윤곤강 전집 ─ 비평

지은이

윤곤강 尹崑崗, Yoon Gon-Gang

1911년 9월 24일 충청남도 서산읍 동문리 777번지에서 태어났다. 일본 동경 센슈대학專修大學 법철학과를 졸업하고 『비판批判』에 「넷 성城터에서」1931.11를 발표하며 작품 활동을 시작했다. 『시인춘추詩人春秋』, 『시원詩苑』, 『자오선子午線』 동인 등에서 활동했으며, 『신계단新階段』에 평론 「반 종교문학反宗敎文學의 기본적基本的 문제問題」1933.5의 발표를 시작으로, 비평 활동을 겸하며, 시집 『대지大地』1937, 『만가輓歌』1938, 『동물시집動物詩集』1939, 『빙화氷華』1940, 『피리』1948, 『살어리』1948를 발간하는 등 왕성한 시작 활동을 보인다. 그리고 김기림 시론 이후, 한국 시문학사에서 두 번째 로 발간된 시론집 『시詩와 진실眞實』1948을 상재했으며, 윤선도의 작품을 엮고 해설을 붙인 찬주 서 『고산가집孤山歌集』1948을 간행하기도 했다. 중앙대학교 국어국문학과 교수로 재직하다 척수 염과 신경쇠약에 시달려 1950년 향년 39세를 일기로 작고했다.

엮은이

박주택 朴柱澤, Park Ju-Taek

1959년 충남 서산에서 출생했으며 경희대학교와 동 대학원 박사를 졸업했다. 1986년 『경향신 문』 신춘문예로 등단하여 『꿈의 이동건축』문학세계사, 1991, 『방랑은 얼마나 아픈 휴식인가』문학동 네, 1996, 『사막의 별 아래에서』세계사, 1999, 『카프카와 만나는 잠의 노래』문학과지성사, 2004, 『시간의 동 공』문학과지성사, 2009, 『또 하나의 지구가 필요할 때』문학과지성사, 2013 등의 시집을 발간했다. 주요 논 저로는 『낙원회복의 꿈과 민족정서의 복원』시와시학사, 1999, 『반성과 성찰』하늘연못, 2004, 『현대시의 사유구조』민음사, 2012 등이 있고 공저로는 『윤곤강 문학 연구』국학자료원, 2022, 『한국문학사와 동인 지문학』소명출판, 2022 등이 있다. 현재 윤곤강 문학기념사업회장을 맡고 있으며 경희대학교 국어 국문학과 교수로 재직하고 있다.

윤곤강 전집 – 비평

초판인쇄 2023년 10월 20일 **초판발행** 2023년 10월 31일

지은이 윤곤강 **엮은이** 박주택

펴낸이 박성모 **펴낸곳** 소명출판 **출판등록** 제1998-000017호

주소 서울시 서초구 사임당로14길 15 서광빌딩 2층

전화 02-585-7840 **팩스** 02-585-7848

전자우편 somyungbooks@daum.net **홈페이지** www.somyong.co.kr

값 25,000원

ISBN 979-11-5905-825-7 03810

ⓒ 소명출판, 2023

이 전집은 충청남도와 서산시의 지역문화예술행사지원 보조금 지원으로 출간되었습니다.

윤곤강 전집 ─ 비평

윤곤강 지음
박주택 엮음

일러두기

1. 『윤곤강 전집 — 비평』은 윤곤강의 비평집 『시(詩)와 진실(眞實)』(1948)에 상재된 비평문과 단행본에 수록되지 않은 산문을 총괄하여 수록하였다.

2. 『시와 진실』의 상재된 순서대로 수록하였고, 미수록 산문은 발표순으로 수록하였다.

3. 의미를 훼손하지 않는 것을 원칙으로 현대어 표기 방식으로 수록하였다. 아울러 'ﾉﾉ'와 'ㅅ'와 같은 반복 기호는 음절이나 어구를 반복 표기하는 것으로 하였다.
   예 : 점ﾉﾉ → 점점, 희게ㅅ → 희게 희게

4. 원간본(原刊本)에서 발견되는 명백한 오·탈자의 경우 본문 내용에 기초하여 수정하였다.
   예 : 나하를 → 하나를

5. 한자 표기의 경우 한글만으로 의미가 전달이 되는 경우는 한글로 표기하는 것을 원칙으로 하되, 한자 병기(倂記)가 필요한 경우 한자를 위첨자로 표기하였다. 인명, 지명, 서명의 경우는 한자 병기하였다.
   예 : 遠磨 → 원마遠磨, 島崎藤村 → 시마자키 도손島崎藤村, 『朝光』→ 『조광朝光』

6. 시 제목이 한자인 경우 한글과 한자를 병기하였으며, 시어의 의미를 정확하게 전달하기 위한 시인의 의도된 한자 병기는 원문을 따랐다.
   예 : 大地 → 대지大地, 금錦

7. 중세 국어(옛말)를 원용한 구절의 경우 시인의 원주석이 있는 경우는 원문대로, 그렇지 않은 경우는 현대어로 표기하였다.

8. '사이시옷' 표기의 경우 시인의 의도된 표기인 경우는 원문대로, 그렇지 않은 경우는 현대어로 표기하였다.

9. 단행본, 문집, 신문, 잡지(정간물), 장편소설, 서사시, 전집 등은 겹낫표(『 』)로 논문, 시, 단편소설, 소제목, 비평 등은 낫표(「 」)로 표기하였다. 그 외 기호나 강조점 등은 원전을 따랐다. 단, 본문에서 사용한 인용이나 강조를 위한 낫표나 겹낫표는 원문대로 표기하였다.

10. 원문의 복자는 ×로, 판독 불능 글자의 경우 ■으로 표기하였다.

서문

1. 비평 정신의 태동

윤곤강은 1931년 시인으로 등단한 후 1933년 『신계단新階段』
에「반종교문학反宗敎文學의 기본적 문제基本的 問題」를 발표하면서 비
평 활동을 시작한다. 그는 시가시대의 진실한 표현이 되어야 한
다는 비평적 태도를 견지하며 새로운 시 세계를 구축하고자 했
고 해방 이후에는 전통을 현대적으로 계승하는 문제에 골몰하
며 민족 정서를 시대에 조응하는 시인의 정신과 내면에 대해 치
열하게 탐구했다. 윤곤강은 일본 유학에서 돌아와 카프에 가입한
후 카프 2차 검거사건에 연루되고 곧 카프가 해체되면서 사실상
구성원으로서의 활동 시기가 짧았지만 카프 해체 이후 본격적인
비평 활동을 전개하는 가운데 역사적 현실에 대응하는 문학적
인식과 창작 태도의 정립 과정을 보여준다. 그의 비평은 프로 논
리에 국한되지 않고 서구 이론을 수용하는 과정에서 양산된 문
학 이론들을 비판적으로 분석하며 모더니즘·순수·전통 문제로
뻗어나간다.

윤곤강의 초기 비평은 카프 활동과 맞물리며「반종교문학의
기본적 문제」『신계단』, 1933,「현대시평론現代詩評論」『조선일보』, 1933,「시詩
에 잇서서의 풍자적 태도諷刺的 態度」『조선일보』, 1933,「33년도年度의 시
작 6편詩作 六篇」『조선일보』, 1933,「신춘시문학총평新春詩文學總評」『우리들』,

1934, 「창작비평가創作批評家의 호만豪慢한 태도態度」『조선중앙일보』, 1934를 통해 철저한 현실 인식을 드러낸다. 이 시기 사상성과 계급성을 표방하던 카프는 일제의 탄압 속에서 내용·형식 논쟁과 대중화론을 거치며 창작방법론을 재검토하고 있었다. 윤곤강은 철저한 현실 인식을 강조하며 "참으로 진실한 의미의 프로레문학은 참으로 진실한 의미의 푸로레타리아-트의 입장에서만 가능성을 줄 수 잇다는 것"「반종교문학의 기본적 문제」,『신계단』, 1933을 표명한다. 프로시의 빈곤이 창작자의 소시민성과 외세의 악화와 더불어 "시로써의 특수성의 결여"「현대시평론」,『조선일보』, 1933에서 비롯한 현상임을 지적하고 있는 윤곤강은 시가 인간의 정서를 불러일으키는 데 특수한 가치가 있음을 논급하며 사상의 노골적 표출보다는 경험적 현실로서 '생활生活'에서 나오는 감정을 강조한다. 이러한 논지는 식민지 현실을 직시하고 타개할 문학으로서 시정신과 형식을 아울러 추구했다는 점에서 독자적인 입장을 드러낸다.

윤곤강은 시대적 요구에 응답하는 것이 시인의 책무라는 입장을 견지하며 당시 문학에 범람하던 낭만성과 모더니즘 경향에 대해서는 부정적인 입장을 고수한다. 현실에 대한 진정성 있는 경험과 이로부터 우러나오는 정신이 합치되어야 함을 주창하는 그의 논리는 구체적인 삶이 부재하는 문학은 추상에 빠질 수밖에 없고 현실로부터 도피하는 것이므로 마땅히 지양해야 할 대상이라는 것이다. 이러한 입장에는 당시 프로문학의 논리를 반영하는 용어인 '생활生活'을 재규정하고 당파성을 넘어 문학적 실천으로 나아가고자 했음을 보여준다. 윤곤강에게 문학이란 시대와 불가분한 것이면서도 현실에 굴하지 않는 자주적 성격과 자기 삶 속에서 자연스럽게 발현되는 인간성의 제시에 있다.

주지하듯 30년대 비평계는 계급문학과 모더니즘문학, 순수문학과 민족문학이 혼재하는 가운데 헤게모니 분쟁을 띠는 양상으로 전개되었다. 윤곤강은 "시적 개성의 창조"「시의 옹호」,『조선일보』, 1939라는 언명에서 드러나듯 시의 본질과 창작 태도에 대한 지속적인 관심은 카프 해체 이후 "생동하는 시인의『에스푸리』"「병자시단의 회고와 전망」,『비판』, 1937를 강조하며 앞서 주창한 정치성에서 한 발 물러나 문학의 형식과 본질을 재고하는 태도로 변화한다. 이러한 전환은 윤곤강이 현실과 문학의 관계에 유연하게 대응했다는 것을 보여준다. 이와 함께 계급성과 관념의 과잉인 문학적 현실 속에서 "시험과 실패를 거쳐서 표현에 향하여 돌진을 거듭하는 고난"이 곧 "시적 창조의 고난"「시의 생리」,『조선일보』, 1938이라는 자기 갱신을 밟아갔던 것이다. 이는 30년대 중·후반 신진 문인들의 등장과 함께 새로운 감각을 통한 시 쓰기가 도래하면서 '포에지'를 강조하는 방향으로 나아간다.

윤곤강의 시론은 사상과 순수 문제를 경유하는 가운데 과학성을 표방했던 모더니즘을 비판하며 자기 세계를 탐구해 가는데 이러한 방향성은 식민지 현실에 대한 위기 의식과 존재론적 근원을 비평의 실천으로 삼은 데 있다. 윤곤강이 생동하는 현실에 부대끼며 사상을 문학적으로 승화해야 한다는 시정신을 강조하는

입장을 제시하고 있는 것은 프로문학의 논리를 공유하는 것이면
서도 문학의 미학적 가치에 주목한 것이었다.

2. 새로운 시정신으로서의 '포에지'

윤곤강이 1930년 일본 센슈대학専修大學에서 아방가르드 담론
을 경험하며 자기 인식을 형성하는 시기 조선 문인들은 피식민지
정체성과 일본의 문학 사상을 경유하며 자신들의 문학싱을 확보
해야 하는 이중 과제에 놓여 있었다. 그는 「『이데아』를 상실喪失한
현조선現朝鮮의 시문학詩文學」『풍림』, 1937에서 이념만을 좇는 프로문학
의 현실과 기교와 방법에 몰두하는 모더니즘 문학을 동시에 비판
하는데 이러한 현상의 이면에 자의식의 과잉에 있다고 진단하며
철저한 비판 없이 문학을 생산하는 구조 자체에 문제를 제기한다.
30년대 중·후반 조선 문학의 문제적 상황을 파헤치며 새로운 문
학 언어를 창조하는 것이 곧 "새로운 생활을 생활한다는 것"을 진
단하며 "시가시대의 선구자"「『이데아』를 상실한 현조선의 시문학」, 『풍림』, 1937임
을 언명하고 있는데 여기서 "새로운 표현이란 항상 새로운 표현
형식의 추구 없이는 무의미한 것"「창조와 표현」, 『작품』, 1939이므로 소재
가 되는 객체에 대해 특유의 사유와 감각이 투사되어야 한다는 것
이다. 따라서 그에게 문학은 전형화된 형식이나 시대정신을 상실
한 문학을 배격하는 데에서부터 출발한다. 그가 말하는 미는 창조

성을 기초로 정신 활동을 통해 대상을 차원 높은 세계로 견인하는 것이며 그와 같은 "씨스템의 필연적 발전에 의하여 「생동하는 씨스템」을 가지게 된다는 의미"「영감의 허망」, 1939를 통해 문학이 역사적 현실의 우연이 아니라 독창적인 인식과 언어 체계를 통해 발전이 가능하다는 것을 노현하는 것이었다.

30년대 후반은 다양한 문학적 모색과 대응이 전개되는 것에 맞물려 파시즘 체제가 강화되는 신문학의 정체성과 방향성이 가늠하기 어려운 상황에 놓인다. 『삼사문학三四文學』의 쉬르레알리즘 문학, 『낭만浪漫』과 『자오선子午線』 동인의 낭만주의 문학, 40년대 전후 청록파青鹿派 문학 등 다양한 문학 경향으로 분화되는데 이는 리얼리즘과 모더니즘의 이항 구도 속에 자율성의 영역에서 문학을 재고하는 신진 문인들의 태도에 말미암은 바가 크다. 이 시기 윤곤강은 인간과 문명에 대한 현실문제에 대해 시대와 불화하는 자신을 직시하며 막연한 낙관이나 세기말적 포즈로는 주체로서의 존립을 보장할 수 없다는 부정적 인식과 마주한다.

예컨대 윤곤강이 카프에 참여하면서도 문학의 본질과 방향성에서 뜻이 달랐던 것은 리얼리즘이 나아가야 할 방향이 문학의 형식과 스타일을 고려한 "새로운 종합적 방법으로서의 리얼리슴"「문학과 현실성」, 『비판』, 1936이었기 때문이었다. 윤곤강에 따르면 리얼리즘이 개인의 주관성을 표출하는 동안 자연주의는 실증과 관찰로 구성된 현실이 곧 문학 그 자체라는 오류를 범했고 이에 따라 새롭게 도약할 리얼리즘이 요청된다는 것이다. 윤곤강의 이러한 의식은 프로문학의 창작 방법 논의 선상에 있는 것이었고 진정한 리얼리즘 문학이란 수단으로서의 현실이 아니라 주관적 내용을 통한 생활의 진실한 표현이어야 한다는 입장을 고수하며 유물론적 변증법과 소시얼리스틱 리얼리즘을 논구한 것이었다. 윤곤강의 이와 같은 태도는 임화가 제기한 낭만적 정신을 필두로 문학의 예술적 성취 방법론에 대해 고민하는 것이었다. 이처럼 윤곤강은 문학의 내용과 형식을 통일성 있게 갖추면서 창작 주체의 미학적 태도를 강조한다. 형식과 내용은 언어 예술로서의 문학관을 드러내는 것이기 때문이다.

윤곤강에게 있어 '시정신-포에지'는 시의 본질이자 시인의 순수한 문학 행위이다. "그것은 곧 시인의 순수행위이며, 동시에 그 시인의 내부생명의 직접적 표현"「포에지이에 대하여」, 『조선일보』, 1936이므로 시인은 창작이라는 순수 행위를 통해 '생활한다는 것'에 대해 묻고 답할 수 있는 존재이다. 시를 통해 살아있는 생활과 개인을 탐구하고 이로부터 발생하는 의미를 구하는 과정 전체가 창작 주체의 역량임은 물론 계몽과 혁명이라는 명분 아래 메시지를 일방적으로 전하는 것 역시 아닐뿐더러 고도화된 언어 형태를 통해 말하고자 하는 바를 효과적으로 전달할 수 있는 것이 시의 특수성이라고 인식하고 있는 것은 언어 예술로서 내용과 형식의 상호교환성을 총체적으로 파악하고 있는 것이라 하겠다. 시인의 사명은 "시대적 진실이라는 인간적 사상과 위대한 생명성의 완전한 결합으로서의 발현인 참된 『시』"「포에지이에 대하여」, 『조선일보』, 1936에 있으므로 정신 활동의 순수한 표현인 시정신을 궁극의 경지로 보고 새 시대의 시인이 갖춰야 할 책무이자 방향성으로 인식해야 한다는 것이다. 이는 주체의 자의식을 추동하면서 새로운 시 쓰기의 가능성을 타진하는 것이라 할 수 있다.

「시詩와 문명文明」『동아일보』, 1940에서 그는 참된 시란 환상이 아니라 소리이며 시적 언어는 눈으로 볼 수 있는 이미지로 환치되어야 한다고 주장한다. 이와 같은 이유는 새로운 심상을 통해 시가 특유의 미적 가치를 발현할 수 있고 그것은 곧 시인의 창조적인 노력에 의해 직조될 수 있는 까닭이다. 모름지기 의식적인 정신 활동을 통해 보다 높은 차원의 미감으로부터 비로소 생명성이 발현할 수 있고 시대에 대한 심미적 표현을 발전적으로 종합해야 할 때 경험적 산물로서 시적 직관이 발현되어 현실과 마주하는 순수가 촉발된다고 보는 것이다.

3. 비평가로서의 사명과 전통주의 시론

윤곤강이 비평을 통해 지속적으로 강조한 것은 시인됨이다. 시인은 남다른 시적 소질과 정신을 가지고 있어야 하며 시적인 것이 곧 창작 주체임을 강조하며 내면에서 일어나는 충동을 포착하는 능력과 자발적인 창작 동기를 통해 시 쓰기로 전환시키는 능력을 갖춰야 한다고 보았다. 시는 "인간의 정서의 흐름과 움직임을

표현하는 것"「현대시평론」,「조선일보」, 1933이므로 시인은 생활에서 발현
되는 생생한 감정을 포착하여 공감을 유도하는 가운데 사상과 결
합하는 주체적 존재라는 것이다. 이러한 능력은 시인만이 지닐 수
있는 직관의 영역으로 이는 단순한 지성이 아니라 이를 개성적으
로 표현하여 보편의 차원으로 끌어올리는 동시적 표현으로서 생
활을 근간으로 한 정신 활동이다. 즉 시대정신은 시정신으로 귀결
되고 이를 통해 작품의 가치 또한 결정된다는 것이다. 윤곤강이
자기 삶과 이를 시로 창작하는 과정 자체를 중시하며 "『방법』으로
서의 포에지이, 방법 추구로서의 포엠"「시의 진화」,「동아일보」, 1939을 강
조하는 것은 진정한 시정신이 생활을 포착하는 불굴의 인식과 육
화된 체험의 합치로부터 나온다는 것을 강조하는 것이었다. 다시
말해 "형상 세계로부터 받는 자극으로부터 발생한 소재가 형식에
까지 발전하고, 그 형식을 통하지 않고서는 찾아 볼 수 없는 한 개
의 『내용』을 제작하는 시적 푸로세스를 우리는 포에지"「시의 진화」,
「동아일보」, 1939라고 부를 수 있게 된다는 것이다. 시인이 자신의 가치
관을 시적으로 승화하기 위해서는 생생한 체험뿐만 아니라 진실
한 정서와 방법적 스타일을 종합하여 새 가치를 생산해야 함을 주
장하는 윤곤강은 포에지가 정체된 것이 아니라 창작 주체의 생활
과 사유 속에서 역동하는 개념이라 인식하고 있는 것이다.

이처럼 윤곤강은 자신의 문학 세계를 성찰하며 문학 스타일
을 답습하거나 단순한 현상을 토로하는 것이 아니라 새로운 것을
추구하는 창조 정신을 설파한다. 이는 현실과의 긴밀한 영향 관

계 속에서 문학의 본질과 역할이 무엇인가에 대한 사유를 자각하게 해주며 생에 대한 고뇌와 비평가로서의 정체성을 통합하고자 하는 실천적인 도정을 보여준다.

해방을 기점으로 식민 잔재를 청산하고 민족문학의 방향성과 피식민자로서 취했던 문학 행위에 대해 불가피성과 한계를 성찰하며 민족 차원의 새로운 문학을 강구하던 이 시기 윤곤강은 전통에 몰두하며 시와 시론에 접목하려는 시도를 전개한다. 민족문학이 추구해야 할 가치를 전통에서 찾고 그로부터 민족성을 구체화하는 전통주의 시론을 강화하며 민족의 현실을 인식하고 그에 부합하는 민족 정서를 제시해야 한다고 강조한다. 그가 「전통傳統과 창조創造」『인민』, 1946에서 전통이 과거의 정체된 현상이 아니라 미래를 내포한 창조적 동력이라고 파악한 것은 전통의 본질을 파악하고 생동하는 생명체를 강구하고자 하는 것에서 비롯했다. 전통으로부터 민족의 기원과 가치를 고양하여 민족이 당면한 문제를 극복하는 가운데 미래가 도래한다는 논지는 윤곤강에게 전통이 역사적 발전으로서의 연속성을 강조하는 것이었다.

이러한 사유는 조선어에 대한 윤곤강의 인식에서 찾아볼 수 있다. 윤곤강이 한학을 배우고 방언으로 조선어 시편들을 다수 창작했고 해방 직후 조선방언학회 상무위원으로 활동하는 등 모국어를 중요하게 생각했던 점을 상기한다면 새로운 민족 국가 건설이라는 핵심적 과제 속에서 분열된 민족을 통합시키고자 한 그의 노력으로 파악할 수 있다. 방언을 활용한 시집 『대지大地』1937,

『만가輓歌』1938를 비롯하여 해방 이후 시집 『피리』1948, 『살어리』1948 에서 고려가요와 향가 등 고유의 가락을 활용한 것은 모국어 회복을 통해 민족 정체성을 지키고자 했던 것으로 외래 사조를 무분별하게 수용했던 것에 대한 자성이자 민족의 분열 상황에 대한 현실적 차원의 대응이다. 윤곤강이 '말할(쓸) 수 없음'의 영역이었던 조선어와 고시조의 생명성을 강조한 것도 생동하는 언어의 가능성을 살피고 있는 것은 바로 전통과 창조의 발견을 위한 것이었다. 48년 발표한 「문학文學과 언어言語」, 「나랏말의 새 일거리」, 「문학자文學者의 사명使命」을 비롯한 글에는 민족 정신과 해방기 현실이 갖춰야 할 포에지를 강조하고 있는데 이러한 사유에 맞닿는 전통적 시 형식과 표상들은 역사적 특수성에 부합하는 정서에 접목함으로써 새로운 고유성의 증명으로 나아가려는 작업이었다. 이는 전통의 계승 없이는 근대성을 성취할 수 없으며 해방기 현실에 부합하는 비평적 전환을 드러내는 것이었다.

4. 윤곤강의 비평 정신과 의의

윤곤강은 격랑의 시대적 조류 속에서 당파적 구호나 이데올로기에 매몰되지 않고 문학하는 행위에 대한 존재론적 의의를 정립하고자 했다. 그는 「문학자의 사명」『백민』, 1948에서 "모름지기 자아의 민족적 개성과 성격과 천질과 전통을 추호도 손실하지 않고 오히려 그것을 고양시키고 고조하지 아니하면 안될것"이라 언명한다. 진정한 문학자의 사명이 섣부른 낙관이나 절망이 아니라 실현 가능한 전망을 제시하는 데 있음을 강조한 것이다. 문학자가 현실의 압제나 방해에 굴하지 않는 정신과 의지를 지닌 존재로서 민족적 개성과 특질을 고양해야 한다고 했을 때 그것은 시인으로서의 자질이란 인류애를 근간으로 한 인간다움에 있고 인간에 대한 이해와 감수성을 바탕으로 민족 문학이 발전할 수 있다는 것을 의미한다.

이와 같이 윤곤강의 비평사적 위치는 30년대 신세대로서의 면모에서 드러난다. 이 시기 문단은 서구 문예이론의 유입과 유학파 그리고 지면 확대 등을 배경으로 다양한 사조적 흐름과 작품들이 양산된다. 이러한 경향은 세대 논쟁으로 전환되며 새로운 문학의 본질과 정신을 요구하는데 윤곤강은 30년대 사상적 조류를 비판적으로 검토하며 시대정신을 구현하는 문학 태도를 모색한다. 임화는「시단詩壇의 신세대新世代」『조선일보』, 1939에서 윤곤강을 신세대로 규정하며 구시대의 반성을 촉구하며 새로운 시대의 시정신을 고민하는 주자라고 평가한다. 김동리 역시「신세대新世代의 정신精神」『문장』, 1940에서 윤곤강을 생명파적·윤리적 경향으로 분류하며 감정의 실체로서 개성과 생명의 구경을 추구하는 신세대의 일원이라고 논급한다. 이러한 논의는 신세대를 통해 새로운 문학 양식의 가능성과 문학의 위기에 대응하는 사유를 드러내고 있는데 이러한 문학적 상황 속에서 윤곤강이 변화하는 시대에 철저한 자기의식과 시정신이 있었음을 보여주며 비평관을 자신의 시 세계에 구현하며 끊임없이 시적 혁신을 모색한 것이라고 할 수 있다.

윤곤강에게 시는 내용과 형식의 이항적 분화 방식을 넘어 현실을 시화하는 과정 그 자체이자 세계관이었다. 시가 곧 시인이라는 그의 입장은 역사적 현실을 가로질러 문학의 참된 정신과 태도를 구하고자 한 독자성을 드러내는 것이었으며 시인의 역량을 통한 개성의 표현이 고유한 감동의 양식이자 시대적 보편성을 띠는 조화로움이라는 것을 의미하는 것이었다. 이러한 맥락에서 윤곤강에게 비평은 시대와 쓰기의 차원에서 의의를 지닌 것으로서 "문학작품을 위한 방법론우에 항상새로운기초를 배양하고 일방더나아가서는 『비평』그 자체의방법을 고도의영역에로 인도하는데 그존재성의 필연적이유必然的理由가 가로노혀잇"「창작비평가의 호만한 태도」, 『조선중앙일보』, 1934는 것을 자각하는 것이었다. 문학 정신과 양식을 비판적으로 사유하며 현실 인식과 미적 형상화의 변증법적 통일을 강조하는 윤곤강은 현실에 대한 위기의식 속에서 문학의 본질과 가치를 재고했다는 점에서 그리고 프로 문학 논리의 연장선상에서 쇄신을 표명하며 진실한 생활의 표현에 주목함으로써 예술에 대한 자각과 성찰을 강조하며 민족 정서의 연대를 강구했다는 점에서 높이 평가받아야 할 것이다.

『윤곤강 전집—비평』은 윤곤강의 비평들을 모아 그 의의와 입지를 조명하고자 했다. 원전을 그대로 실으면서도 독해를 위해 한글을 병기한 것은 연구자뿐만 아니라 독자들에게도 쉬운 접근을 위해서이다. 시론집 『시詩와 진실眞實』에 수록되지 않은 누락된 비평들을 수록하여 완성도 높은 전집을 발간함으로써 윤곤강의 비평 세계를 전체적으로 조망할 수 있을 뿐더러 시대정신과 비평의 변모 과정을 체계적으로 살펴볼 수 있어 이 시기 문학에 대한 이해를 도울 수 있을 것이다. 급변하는 문학의 장에서 문학과 현실의 영향 관계를 비평적 통찰로 풀어내며 시의 빈곤과 문학의 위기를 타개해 보려는 비평관을 뚜렷하게 보여준 윤곤강은 식민지 현실의 위력과 회유에 휩쓸리지 않고 새로운 시정신을 지닌 문학 주체로서의 자의식을 끊임없이 모색해 갔던 것이다. 이와 같은 성과는 혹독한 자기반성과 치열한 비평 정신을 통해 나온 것으로 본 전집을 통해 가치와 의의를 찾을 수 있길 기대한다. 윤곤강이 강조해 마지않던 살아 있는 문학적 현실과 본질적 사명을 살펴볼 수 있는 『윤곤강 전집─비평』이 출고되기까지 지원을 아끼지 않은 충청남도와 서산시에게 깊은 감사를 드리며 발간을 위해 꼼꼼하게 수고해 준 윤곤강문학기념사업회 임원과 연구원 그리고 회원들 그리고 어려운 가운데 전집을 아름답게 꾸며주신 소명출판에 깊은 감사의 뜻을 전한다. 이 전집을 통해 윤곤강에 대한 활발한 연구와 학술의 장이 새롭게 마련되기를 소망한다.

2023년 10월
윤곤강 문학기념사업회
회장 박주택

차례

18   윤곤강 전집 – 비평

시와 진실
詩와 眞實

파우스트Faust의 시인 괴에테Goethe의 "시와 진실"을 사랑하는
마음에서 그의 책의 이름을 본떠 나의 책의 이름을 삼았다.

지난날, 시를 중심으로 한 나의 「시론과 감상」을 모아 놓은 것이
다. 그러나, 여기에 모은 것들은 모두 날짜를 달리하고, 또 발표
한 곳도 같지 않은 것들이니, 모두가 알맞지 않을 뿐더러, 그 속에
는 원고조차 송두리째 잃어버린 것도 적지 않다.

— 그러므로, 이것들을 모두 좋든 싫든 좋은 나의 「시詩의 사고
思考」의 걸어온 발자취를 말하여 주는 것이나, 지금의 나의 「시詩」
에 대한 생각으로 볼 때에는 마음에 들지 아니하는 것들이 거의
라 하여도 지나친 말은 아니리라.

더구나, 몇해 동안 「시」에 대하여 입을 다물고 지나온 나로서,
「시」에 대한 보다 더 높은 생각을 나타내는 새로운 이야기라도
해보고자 마음이야 없지 않지만, 나는 그보다도 먼저 그것을 이
룰 수 있게 하기 위하여 지난날의 나의 모습을 엮어 모아, 지나간
「사색에의 전별을 위한 만가輓歌」를 부르기로 하자!

○

이러한 구질한 나의 모습을 애써 남에게 보이고 싶지 아니한
생각대로 하였다면, 벌써 이 스크랩은 한 뭉치의 "불쏘시개"의 운

명을 면치 못했을 것이니, 알 수 없어라. 나는 이러한 생각의 "사다리"를 건너서 비로소 오늘의 나의 「시」의 자리에 다다르게 되었음을 송두리째 잊을 수 없는 야수꺼움이여!

마침내, 나는 이것들을 "불쏘시개"의 운명에 빠뜨릴 수는 없으니, 비록 떨어지고 때 묻은 나의 헌 옷衣일지라도 나는 차마 내어 버릴 수는 없다.

포에지이詩의 세계와 리터리추어文學의 세계, 포에지이는 「방법」의 발명이요, 리터리추어는 그 응용인 것이니, 「시론」은 나에게 있어 그 방법의 풀이인 것이다. 내가 오늘날의 「시」의 생각에 다다르게 된 것은 이 책에 쓰인 길을 밟아서만 비로소 이루어진 것이며, 따라서 하찮은 것이나마, 모름지기 나는 지금까지 내가 걸어 온 모습을 속임 없이 드러내어 놓고, 아낌없는 스스로의 채찍질을 내림으로써 나의 앞길을 밝히며, 「시」의 인스피레이션inspiration을 만들어내는 살찐 거름肥料을 삼기로 하자.

그리고, 나의 뒤에 오는 이들이 나의 이 구질한 발자취를 보고, 스스로의 헛된 번거로움을 덜 수 있게 된다면, 그 또한 다행한 일의 하나가 아닐 수 없다.

○

예로부터 「시」는 보이지 않는 그림繪畫이요, 소리 나지 않는 노래音樂이었다.

「시」란 사람의 넋을 홀려 내고, 못살게 굴어 죽게 만드는 것인가? 그렇지 않으면 사람의 넋을 구하고 깨끗하게 하여, 살아 있는 기쁨을 맛보게 하는 것인가?

아니다! 이런 것을 굳이 따지고 캘 까닭이 무엇이랴! 우리에게 만일 "꿈"이 없고 "눈물"이 항상 말라 있다면, 해골 같은 이 누리는 얼마나 슬픈 저승일 것이냐?

「시」를 마음할 때, 마음은 젊은 "꿈"에 살고, 그림을 볼 때 마음은 향긋한 맛에 취하고, 노래를 들을 때, 마음은 맑은 물처럼 깨끗하여진다.

그렇다고 해서 「시」란 반드시 때時代와 사람人間을 떠나서 변하지 않는 것으로서 따로 떨어져 있는 것은 아니니, 한 제네레이션Generation이 스스로의 빛나는 저녁노을을 남기고, 지는 해와 함께 숨죽을 때, 다음 제네레이션은 그 등 뒤에서 솟아 나온다. 온갖 『문화』의 발전은 그것의 『전통』을 참되게 이어나가는 데 있으니, 「시」도 이에서 벗어남이 없다.

우리가 가진 바 「시의 체험」은 시간으로 보아 참으로 짧다. 그러나, 그것은 서로 뒤섞이고, 얽혀져서, 갈래와 매듭이 많다.

그러므로, 먼저 걸어갈 『시인』들은 싸늘한 『시의 황야』에서 너무도 빠른 『지는 해』를 안고 울면서 가버린 것이다.

지금 우리는 또 다시 머지 아니한 또 하나의 『지는 해』를 눈앞에 두고, 자욱 자욱 걸어 나가는 것이다. 「시」는 바야흐로 스스로의 자리位相와 갈 길行方을 잃고, 한바탕 차디찬 눈보라 속에서 몸부

림쳐도 좋을 때가 왔다.

아아, 뮤우즈詩神여! 나에게 새로운 스테른토을 찾게 하라.

무인 섣달 「꽃마을」에서

1

현대시現代詩의 반성反省

비판의 정신이라는 것은 현상에 만족하지 않는 정신이요, 습관적 중복감重複感을 미워하는 정신이요, 날카로운 신선미新鮮味를 갈망하는 정신이요, 부여된 것에 맹종하지 않는 정신이다.

우리들의 낡은 시의 세계에 있어서는 「자연」에 대한 인간의 단순한 감정의 — 감동이라고 해도 좋다 — 문자화가 곧 시가 될 수 있고, 시의 행세를 누릴 수가 있었다.

그러나, 다만 눈에 비친 자연의 광경 그것만으로 만족할 수 없는 불행한 인간의 자식인 우리는, 마침내 그것에 권태를 맛보게 되고, 그 권태는 드디어 그것에 대한 반성을 가져오게 되었다.

— 라고 하는 것은, 인간이 행용 향유하는 바 「감정」이라는 것도 또한 한 개의 「자연」에 지나지 않는다는 것을 자각하게 된 까닭이다. 누구나 다 느낄 수 있고, 누구나 다 읊을 수 있는 것이 시라는 값싼 사고는 모조리 걷어치워야 될 때가 온 것이다.

오늘날, 우리들의 이성은 우리가 가질 수 있는 단순한 감정에 대하여 무조건으로 악수하기를 거부한다. 그놈은 항상 감정의 등 뒤에서 감시의 눈을 휘두르며 감정에게 질서를 주려 하고, 심지어 명령까지도 내리려 한다.

우리는 흔히 「생활이 없다」라는 말에 접하거니와, 생활이 없다는 말은 「생활이 없다」는 뜻을 의미하는 것이 아니라, 그것은 「생활이 비생활적」이란 말이다. 시인이 생활을 가져오기 전에 「시」를 먼저 가지려 할 때에는, 시와 시인과의 시인과 현실과의 무서운 싸움—상극성이 생기게 되는 것이다.

생활만 있으면, 이데올로기이만 있으면, 좋다는 값싼 시의 노자심老婆心이 거세된 포엠Poeme의 황야에는 「생활 없는 포엠」이라는 색다른 한 개의 비극이 찾아온 것이다.

—이 비극은 확실히 전날의 비극보다도 오히려 비참하다.

언어—말에는 그것이 가지고 있는 「의미의 면」과 그것이 전하는 「음의 면」이 있으며, 그러므로, 시는 이 두 개의 면의 미학의 구성을 통하여 대상을 요리하는 예술 가운데에서 가장 극단적인 것이라고 말하거니와, 사실 우리가 오늘날 접촉하는 시를 보면, 사태는 역립逆立되어 있다.

(물론, 나는 여기에서 현조선 시단에 대한 추상적 매도를 베풀고자 하는 바는 아니다.)

우리의 시에 있어 가장 원시적이라고 볼 수 있는 낡은 서정시를 가지고 이야기할지라도, 그것은 자아의 서정성의 마지막 연료를 상징주의의 족사族舍에서 재灰를 만든 다음, 그때부터 우리의 시의 행로에는 말할 수 없는 고뇌의 장야長夜가 계속되었던 것이다.

조선으로 말하면, 신시新詩가 생긴 다음, 안서, 요한 등의 시대가 가장 허물없는 조선적 서정성의 절정을 보여준 때라고 말할 수 있으리라.

그러나, 시인이 있는 그대로의 서정을 미워하고, 또한 그것을 기양棄揚하기 시작할 때, 그곳에는 시인의 불행과 시의 혼란이 약속한 것처럼 찾아오게 된 것이니, 그것은 우리가 호흡하고 있는 지금까지도 오히려 여파를 주고 있는 것이다. 그것은 참으로 멀미 나는 장야의 몽환이었다. 참으로, 하품이 날 만큼 손때 묻은 인정담人情談을 경청한 우리들이다. 어서 멀미 나는 이 장야의 몽환을 버려야 되겠다.

이제부터라도 「황랭荒冷한 화단」을 조망하며 병든 소녀처럼 콧노래를 짜는 헐한 소녀심은 버려야 된다. 고매한 시의 정신, 그리고 그것이 빚어주는 시적 내용, 이것은 시인 스스로의 「생의 음향」에까지 고도화되지 아니하면 안 될 때가 왔다. 한낱 비속한 에피고오넨아류의 신세로 자아의 직능을 삼으려는 불쌍한 근성―그것을 조양하는 불순한 피는 정맥으로 돌려보낼 때가 왔다. 보다 더 커다란 「야망」을 거듭하기 위하여 인간성의 참된 코오스를 향하여 돌진하여도 좋을 때가 왔다.

그러한 의미에서 시의 표현 방법과 『언어의 마술성』만으로 『시의 세계』와 통상을 개시하려는 뮤우즈들은 하루바삐 붓대를 던지고 언어학의 입문서나 읽는 것이 좋을 때가 왔다. 『생활의 호흡』이 높고 길고 크고 굵고 길고 넓지 못한 곳에 참다운 시의 생탄을 바라는 것처럼 허망한 백일몽은 없으리라.

그러한 의미에서 시의 흐름의 상류를 저어간 사공의 한 사람 — 말라르메가 시를 가르키어 『극점에 달한 언어』라고 지칭한 것은 결코 시로부터 『생활』을 축방逐放하라는 말은 아니었다. 또 음의 질서를 말하여 『법칙없는 즉흥품即興品은 한 번도 아름다운 적이 없다』는 아랑의 어구도 언어만으로 시를 향유하려는 언어광신의 뮤우즈들이 쌍수를 들어 찬상할 만치 그렇게 값싼 중의 염불은 아니었다.

비속한 쎈치멘트감상의 못池 속에서 시간과 공간의 해저를 게鱉처럼 횡행하면서, 소박한 『감정』을 매아미처럼 울고 있는 낡은 시의 나팔수는 어서 막 뒤로 숨어 버려야 될 때가 왔다.

○

만약, 우리들의 뮤우즈들이 좀 더 총명한 두뇌와 명석한 정신의 소유자로서 육체와 정신을 상호 분리시키지 않고 좀 더 깊고 넓게 시대상과 정열적인 격투를 하였다면, 시라는 것이 의미와 음의 양면의 심미성의 강열한 통일 가운데서 빚어지는 열매實라는 것을 이해하였다면, 경박한 모어던이즘이나 포오르마리즘 등의 유행병에 걸려, 헐한 『아류』 노릇을 하지 않고서도 생활을 영위할 수 있었을 것이며, 소박한 정치적 개념과 선전삐라를 자기도 모르게 제작하지 않고서도 문학을 문학할 수 있었을 것이다.

○

인간의 안계眼界에 반사된 자연의 광경을 대상으로 하는 서경시抒景詩가 우리의 뮤우즈들의 시적 식욕을 유인한 것은 오랜 예전의 일이나, 아직도 시사 위에 일획을 그을 만한 작품을 갖지 못하였다.

시인 자신의 주관세계 — 즉 인간의 희로애락을 대상으로 하는 서정시에 있어서도, 우리들의 시는 내용과 형식이 천편일률적이요, 깊이와 너비가 없고, 감각의 예리성과 절박성이 박약하고 호흡과 선이 징약孱弱하고 또한 형식의 불연마不研磨와 언어 구사의 저급성만을 보여준 이외에는 남는 것이 없다.

그리고, 인간 내지 사회의 해석, 비판을 대상으로 삼는 사상시에 있어서도 소박, 평범한 일반개념을 더구나 세련되지 못한 표현방법으로 억지로 사개를 맞춘 것 같은 작품만이 범람하고 있다.

그리고, 한 개의 푸롯트를 가진 사건 내지 한 개의 역사적 사실을 대상으로 하는 서사시에 있어서도 지금에 이르기까지 파인의 「국경의 밤」에서 한 걸음도 내디딘 작품을 갖지 못하였다는 초라한 현실!

— 이처럼, 우리의 시의 세계는 초라하였고, 초라하고, 또한 앞으로도 초라한 계절이 더 계속될 것이다. 물론 이것은 한 개의 신둥진 예언도 아니다. 있는 그대로가 말하는 산 현실現實일 따름이다.

○

— 한 개의 『풍경』을 『있는 그대로』 『보는 그대로』 그려 놓는 것은, 그 시인이 한 개의 카메라·맨보다도 불건강한 것을 의미한다.

한 개의 인간 내지 사회의 해석, 비판을 설명하는 것으로 자아의 기능의 전부를 삼으려 하는 것은, 그 시인이 한 개의 불순한 소아병자보다도 더욱 불순한 것을 의미한다.

— 『단순한 감정으로 불려진 시는 한 개의 전설보다도 허망하다』는 말은 그 말 자체 속에 벌써 한 개의 파라독스를 준비하고 있거니와, 사실 인간의 단순한 감정이 시의 행세를 누릴 수 있는 계절은 이미 가버린 것이다. 그것은 시인의 이성과 감정本能이 삼투되어 있고, 그 감정이 노현露現될 때 이성이 스스로 그것에 맹종하던 시정신의 낡은 세계에서만 통용되는 무용의 파아스에 불과하다.

— 라고 하는 것은 인간 = 시인이 가지는 어떠한 감정도 그것이 단순한 감정의 서술일 때에는 시가 될 수 없는 까닭이다. 그리고 시인이란 감정을 기록하고 서술하는 사람이 아니라 『감정을 감정하는 사람』이기 때문이다.

낡은 시의 세계에서는 감정만을 포착할 수 있는 사람이면 곧 시인의 행세를 누릴 수 있었으나, 지금에 있어서는 그것은 한 개의 『동·키호오테』에 불과한 것이다.

우리는 감정을 포착하는 것만으로 만족을 삼지 못하고 그것에 돌입하여 그것을 추돌하지 않고서는 견디지 못한다. 우리는 지나간 수많은 **뮤우즈**들의 너무나 자연적인 감정의 표정에 접독接獨하여 왔으며, 이제는 그 맥없는 인정담人情談과 손때 묻은 상식풀이에 두통을 맛보게 된 것이다. 참으로 지리한 권태다!

○

— 권태는 반성을 가져오고 반성은 자각을 낳게 한다. 우리의 새로운 시는 낡은 시가 종언을 고하는 지점에서부터 새로 **스타아트**를 끊게 된다.

물론 우리가 할 일은 산문가가 할 일과는 특이하다.

그들은 오성적悟性的 방법을 자아의 것으로 삼는 대신, 우리는 이성적 직관의 힘을 가지고 문학의 광야를 개척하여야 된다.

우리들 시인에게 부여된 자유 — 그것은 감정의 실체를 향하여 정면으로 돌진하고, 그것의 실재의 비밀을 들추는 자유이다. 마침내 시는, 문학은, 양의 문제보다도 질의 문제가 더욱 위대한 힘을 발할 수 있다는 의미에서이다. 그러나, 물론 이 말은 곧 시인이 감정에 대하여 절대적 자유를 가지고 있으며, 시시성時時性과 공간성까지도 초월한 것이라는 말을 의미하지 않는다.

오직 시인이 자아의 감정에 대하여 자아의 의욕하는 방향으로부터 거짓 없는 도전을 개시할 때 비로소 그 자유는 도래될 것이다.

『조선일보朝鮮日報』, 1938.6

시詩의 생리生理
시적詩的인 것의 추구追求

　우리들 인간으로서 가장 새로운 생활의식에 불탈 수 있는 시기 — 즉 청년기의 초기에 처한 사람은 누구나 감정의 격동 속에서 살게 되며, 저마다 시인임을 자신한다.

　온갖 훌륭한 시인이 대개 이 시기에 시를 쓰기 시작하였다는 사실이 너무나 명료하게도 그것을 설명하여 준다.

　물론 이 시기에 시를 쓰지 않고 장년기를 훨씬 지나서 시를 쓰기 시작한 사람일지라도 나중에 훌륭한 시인이 된 사람도 없지 않지만……

　그런데, 여기에서 우리가 생각할 수 있는 것은 시를 쓰는 사람 중에는 소질이 있는 사람과 그것이 없는 사람 — 이 두 가지 구분이 있다는 것이다. 그리고 세상에는 전자보다는 후자가 그 양으로 보아 엄청나게 많다는 것이다.

　그리하여 시적 소질이 없으면서도 스스로 그것을 알지 못하거나 의심하지 않는 부류의 사람들은 시보다 더 매력 있는 다른 것이 닥쳐오기 전에는 그대로 시를 붙잡고 늘어지는 것이다. 그러나 이러한 부류의 사람은 그다지 많지 아니하니 문제될 것은 없다.

　또 일시적 호기심이나 불순한 허영에서 시를 작란作亂하는 부류가 있는데, 그들 역시 어느 시기가 경과하면 정한 듯이 시를 내

던지고 아무 곳으로나 빠져 달아나는 것이니, 그 수가 비록 많다 할지라도 그다지 문제가 되지 않는다.

물론 그들은 한결같이 시의 『이름』을 더럽히는 부류임에 틀림 없다. 그들로 말미암아 일시적이나마 참된 시의 시인이 괴로움과 거리낌을 받을 것만은 속일 수 없는 산 사실이므로이다.

그러나, 다시 한 번 고쳐 생각하면 본시부터 시의 소질이 없는 그들에게 참된 시와 시인이 끝까지 해를 입을 리는 만무한 일이니, 비록 그들에게 해를 입은 시인이 사실에 있어 과거나 현재에 없지 않다 할지라도, 그것은 한낱 『시간』의 문제에 불과한 것이다.

때時間가 모든 것을 해결하여 준다는 말이 있다.

여기에서도 우리는 이 말을 신뢰할 필요가 있다. 시의 세계에 있어 가장 강렬한 힘을 가진 것은 다른 아무것도 아니요, 실로 시의 『의지』인 것이다.

그것 앞에는 어떠한 방해도, 어떠한 역설도, 어떠한 협박도 소용이 없다.

그러므로 우리는 여기에서 일시적 기분으로 시를 유희하고, 시인을 흉내 내는 사람이나, 시를 직업으로 삼는 사람이나, 허영과 호기심으로 시를 작란作亂하는 부류의 사람에 대하여 불만과 경멸을 되풀이할 시간을 만들지 않아도 좋다.

다만 우리는 그들로부터 박해를 받았고, 지금도 받고 있는 참으로 『시적인 것』을 찾고 그것을 지켜 나아가면 그만이다.

○

참으로『시적인 것』 그것은 참으로『시인적인 것을』 함께 가지고 있다. 그리고 참으로『시적인 것』과 참으로『시인적인 것』을 찾는 길은 오직 우리가 시의 뜻^{意志}을 믿으며, 항상 그것과 한 가지로 생활함으로써 찾을 수 있는 것이다.

우리의 신시가 가진 바 짧고 초라한 과거와 현재의 발자취를 통하여, 우리는 그것의 가치를 검토하고 그리함으로써 시의 앞날을 지시 받아야 된다는 명제도 여기에서 생기게 되는 것이다.

현금^{現今} 우리의 시가 양적으로는 엄청나게 불어가는 것이 속일 수 없는 사실이나, 그러나 개개의 시 작품으로 볼 때에는 그다지 괄목할 거리가 없어, 시로서의 영구성을 가진 것이 희귀하다는 것을 미루어 생각할 때, 시집이 많이 나오고 독립한 시지^{詩誌}가 많이 나온다고 그것을 곧 시의 부흥이라고 말할 수 없다는 것을 새삼스럽게 통감한다.

우리는 온갖 시의 덤불 속에서 참으로『시적인 것』과 참으로『시인적인 것』을 식별하여『진짜』와『가짜』를 갈라놓지 아니하면 안 된다.

물론 여기에서 참으로『시적인 것』을 이야기하는 것은 참으로『시인적인 것』을 이야기하는 것과 동일한 것으로, 시란『소질』없이는 쓸 수 없는 것이요,『시인』이란 소질을 가진 사람을 말하는 것으로, 따라서 소질이 없이는 결코 시인이 될 수 없다는 것을 망각하여서는 안 된다.

그러면 시의 소질이란 무엇을 말하는 것일까? 우리는 그것을 시인이 시를 쓰게 되는 자발적인 충동—다시 말하면 시를 쓴다는 것보다도 오히려 항상 시의 자극을 내면적으로 감지하는 충동이라고 명명할 수 있다.

그것은 식욕과 마찬가지로 또한 성욕과 마찬가지로, 스스로 제압하기 어려운 욕망 가운데의 하나가 되어 있는 것으로, 이 내면적 충동이 어떻게 해서 일어나는가? 하는 것은 여기에서 논할 문제가 아니거니와, 그것이 인간으로서의 시인의 물리적, 정신적 활동을 지배하고, 또한 구성되어 있는 조직 전체의 활동에서 오는 것만은 사실일 것이다.

물론 이 문제를 심리학적으로 설명하여, 정신의 본질을 『지성』과 『감성』, 혹은 『의지』와 『감정』의 지위 문제에까지 논급論及하게 될 것이나, 양자의 지위 문제를 설명하는 심리학적 당부야 여하하든 『의지』보다는 『감정』이 시인을 구성하는 요소로서, 보다 더 중요한 지위를 가진 것이라는 것을 의심할 여지는 없다.

그러나 한 가지 주의할 것은 『감정』이나 『감성』이 시인을 구성하는 데 있어 중요한 지위를 가진 것이라는 말은, 결코 시인으로 하여금 덮어놓고 격렬한 감정에 사로잡혀 감정의 『노예』가 되라는 의미가 아니라는 것이다. 그러한 것을 시인의 소질이라고 믿는 것은 틀림없는 한 개의 넌센스인 까닭이다.

본시 시인의 감정이란 격렬하고 민감하고 세밀해야 된다고 한다. 그러나 시인의 소질이란 단순한 감정만을 말하는 것은 아니다. 오히려 시인이 감정을 가졌다는 말은 스스로 자아의 감정을 객관화하고, 더 나아가서는 자아인『개個의 감정』과 타他인『전형의 감정』을 통일하여 그것을 표현하는 능력을 가졌다는 의미이다.

그리고 비로소 이 능력이야말로 시에 대한 충동을 자극하는『힘』이 되는 것이다. 그리하여 시의 자극을 내면에 느낀다는 말은, 시적 표현에의 욕구를 갖는다는 말을 의미하는 데 불과하다고 말할 수 있다.

그러므로 시인이란 이 충동이 항상 내면에 움직이고 있어 표현할 것을 추구하여 마지아니하는 사람의 명칭인 것이다.

○

이상에서 우리는『시적詩的인 것』과『비시적非詩的인 것』내지『시인적인 것』과『비시인적인 것』의 구별을 더듬어 보았다. 그런데, 이번에는 그것을 좀 더 구체적으로 예증하여 보기로 하자.

가령 여기에 격렬한 감정을 가진 사람이 있다고 하자. 그리고 그 사람이 자아의 격렬한 감정을 발표하였다고 하자. 예例하여 소리를 지르고 주먹으로 책상을 쳤다고……

그러나 이것을 가리켜 우리는 시인의 소질을 가졌다고 말하지는 못한다. 감정을 갖는 것과 표현하는 것과는 결코 동일한 것이 아니요, 또한 표현에 대한 시인의『욕망』이라든가『자극』이라든가 『매력』이라는 것은 인위적인 욕망, 욕구인 까닭이다.

어떠한 감정을 객관화하고 입체화하고 보편화하려는 욕구라는 것은, 시인이 제이차第二次로 가져지는 감정의 방향일 것이요, 창조라는 어려운 문제가 등장하게 되는 것도 여기에서이다.

그러므로 있는 그대로의 감정을 아무렇게나 드러내는 것과 표현의 차이라는 것은, 전자는 감정의 진위를 불구하는 데 비하여 후자에 있어서는 감정의 진위를 중요시하는 데 있다고 말할 수도 있다.

표현하려는 소재 즉 감정과 표현된 것과의 완전한 합치 — 여기에 소재에 대한 시인의 비판력이 요구되고, 여기에 표현을 꾀하는 비상한 노력의 문제가 나서게 되는 것이다.

그러면 우리가 말하는 소질이란 어떠한 것인가의 문제가 생기게 된다. 그러면 『소질』이란 항상 고정된 것이 아니라는 것이다.

그것은 끊임없이 『유동』한다. 만약 그것이 고정화되어 성장하지 않는다면, 표현이라는 것을 생각하는 것부터가 우스운 까닭이다.

소질의 끊임없는 유동 — 그것은 『성장』 속에 살고 있다. 온갖 시험과 실패를 거쳐서 표현에 향하여 돌진을 거듭하는 고난! 이것은 시적 창조의 고난이라고 말한다.

그리하여 표현에의 끊임없는 자극과 욕망은 항상 시인의 심신心身을 따라다니면서 그것의 표현을 요청하여 마지아니한다. 그러므로 소질이란 항상 성장의 가능성을 가진 것이다. 성장의 가능성이 없는 소질이 있다면, 그것은 참된 의미의 소질이 아니다.

그러나 눈을 돌려 우리의 현실을 볼 때, 얼마나 그것은 참혹한 정경을 드러내고 있는가?

한 번도 이름조차 보지 못하던 사람들의 시에 대한 열의가 끓고 있는 반면, 시를 쓴 연한이 오래다는 단지 그것 하나로 소위 『대가』가 되었다는 사람들과 중견이라는 사람들은, 무거운 침묵으로써 직능을 삼는 것이 아니냐?

낡아 빠진 대가들의 시에 대하여 신망을 갖는다는 것부터가 한 개의 미신일 것이요, 생활적 호흡과 시적 소질 여하를 가리지 않고, 시의 세계에 덤벼든 사람이 태반이나 되는 중견들의 시적 창조력에 눈부실 앞날을 촉망하는 것도 허망에 가까운 일이다.

물론 이러한 침체가 올 것만은 정해 놓은 운명이었다―라고 하는 것은 지금까지의 우리의 시란 앞으로 우리가 가져올 참된 의미의 시를 낳아줄 한낱 준비 과정에 불과하였던 까닭이다.

다시 말하면 모방의 시대였다. 모방의 시대에 모방 이상의 것을 요구하는 것은 무리이고 강요이기도 했다. 한 개의 『세대』를 건너 뛰려는 분수령에서 지금 우리의 시는 고뇌를 씹고 있는 것이다.

이 지리 지리한 고뇌의 장야長夜가 거쳐 간 다음 쾌청快晴이 오면 그만이다. 그 쾌청快晴을 한시라도 바삐 가져오기 위하여 우리는 노력하면 그만이다.

『조선일보』, 1938.7

시^詩의 진화^{進化}
시^詩와 방법^{方法}의 추구^{追求}

시 혹은 문학에 『진화』라든가 『진보』라는 말을 쓰게 될 때, 그 것은 대저 어떠한 의미에서인가. 그것은 두말할 것도 없이 『방법』 의 『진화』 혹은 『진보』를 의미한다.

그런데 방법이란 그 대상인 소재가 『한 개의 예술품으로서 형 성 발전될 때, 그와 동시적으로 작용하는 정신 활동의 각도』를 말 한다.

물론, 오늘의 시의 성격상 자연발생적 가요는 대상으로 삼지 않게 된다.

여기에서 대상이 되는 것은 자유시의 발전체로서의 시 전반 이다. 현대시의 방법 모색기에 생겨난 것이 자유시요, 자유시가 여러 가지 갈래와 모양으로 변모되면서, 그 방법의 파악을 위한 『포에이지』의 자각에까지 이르게 된 것이, 오늘날 우리가 말하는 『포엠』인 까닭이다.

그러므로, 시의 진화란 그 방법의 발견으로부터 수행되는 것 으로, 그것은 시에 대한 새로운 요구와 본능의 훈련에 의하여 이 루어지는 것이니, 낡은 시인들이 두 번 다시 가져 보지 못할 커다 란 정열을 이바지하던 자유시가 오늘날의 시적 사고로 볼 때에는, 한낱 고전에 불과한 것으로 간과되는 것은 오히려 당연한 일이다.

우리가 시사詩史를 통하여 보면, 운문시가 해체된 그 위에서 자유시가 움튼 것처럼, 자유시가 해체된 그 위에서 현대시의 온갖 싹은 움튼 것이다. ─ 여기에서 말하는『현대시』란 E·A·포오 이후의 순수서정시 전반을 말하는 것으로, 이마지즘『표현주의』따따이즘, 풀마리즘, 슈울·레아리즘, 모오던이즘 전반을 포함한 통칭이다.

물론, 시의 진화라는 것은 단지 그것들을 현상적으로만 볼 때에는 운문시에서 자유시로, 자유시에서 현대시 ─ 이렇게 세 개의 경로를 밟아 왔다고 대별大別할 수 있을 것이다.

그러한 의미에서, 운문시의 형식을 기양棄揚한 자유시가 자주적인 필수의 요건인 새로운 관념의 위치에 대한 이해를 갖지 못한 채, 그것의 형식적인 변모만에 매감魅感되어 건질 수 없는 과오의 역사를 만들어 놓은 것이라든가, 그다음에 나온 온갖 유파의 시가 자주적인 필수의 요건인 새로운 관념의 위치에 대한 진실한 자각을 갖지 못한 채, 그 외부적인 변모에만 끌리어, 무자각한 모방의 본능만을 채우는 데 머물고, 실상 자유시의 과오의 역사보다도 더욱 큰 과오를 빚어내게 된 것은, 시의 역사를 볼 때 커다란 비극이 아닐 수 없다.

두말할 것도 없이, 시에 있어서의 형식의 혁신이라는 것은 단순히 형식적인 혁신만이 아니라, 그것을 결과로서 가져오게 한 필수의 관념의 혁신에 의한 것이다. 다시 말하면, 시의 진화란 형식에 그치는 외부적인 것이 아니라, 실로 시에 대한 내부적인 진화 ─ 즉『관념』의 진화인 것이다.

그러므로, 시의 장르를 확연하게 찾아내기 위하여는 시에 대한 새로운 『관념』과 낡은 『관념』의 위치를 이해하고 분별하는 데 있을 것이다. 그것이 없이는 시를 창작하거나 이야기할 아무런 자격도 자유도 우리에게는 있을 수 없게 된다.

시에 있어, 그 형식의 변혁을 꾀하기는 조금도 어려울 것이 없는 일이다. 왜냐하면, 그것을 단지 포옴形式의 면에서만 문제 삼는 것이라면, 시처럼 쉽게 쓸 수 있고 이야기할 수 있는 것은 둘도 없을 것이므로이다.

○

그러므로, 문제는 시의 진화라는 것을 그 외부적인 변혁에서만 추구할 것이 아니라, 그 내부적인 근원에 들어가 추구하는 데 있다.

사실 슈울 · 레아리즘은 이 시의 『관념』에 대한 자각에 대하여 선견先見의 눈을 가졌었다.

— 그들은 『시란 사람의 심정에 호소하는 것』이라는 종래의 시의 낡은 『관념』을 기양棄揚했다.

그들의 이론적 근거는 다음과 같이 요약된다. 즉 『시는 사람의 심정에 호소하는 것』이라는 관념은 낡은 낭만주의의 시에 한한 것으로, 그것은 쎈치멘탈 = 시라는 낡은 시적 사고의 유산물이다. 노래로 부를 수 있는 시가 대개 이 부류에 속하나, 그것의 가치란 시적 가치 이외의 가치가 도리어 큰 것이다.

왜냐하면 사람의 심정에 호소하는 것은 반드시 시나 문학에 의하지 않고서도 될 수 있는 것으로, 새가 우는 소리나 바람이 부는 소리도 사람의 심정에 호소할 수 있는 까닭이다.

그러나 새가 우는 소리나, 바람이 부는 소리가 곧 시가 되지 못하는 것은 되지 못한 감상구感傷句를 엮어 놓은 연문戀文이 결코 시가 되지 못하는 것과 같다.

이와 같이 슈울·레아리즘은 시의 관념에 대하여 의혹을 품고 자아의 이론 체계를 세우기에 급급했다.

그럼에도 불구하고 실제에 있어 『쎈치멘탈 = 시』라는 생각과 습성을 지닌 사람이 시를 쓰는 부류 속에도 얼마든지 존재한 채 오늘날까지 내려온 것이다. 그들이 거의 1세기 동안이나 두고두고 기양棄揚하고자 해도, 이 습성은 역시 오늘날까지도 천연두의 병균처럼 뿌리를 남기고 있는 것이다. 물론 거기에는 그렇게 될 수 밖에 없는 원인이 있었다.

첫째, 사람들의 시에 대한 낡은 『관념』이 장구한 시일 속에 뿌리를 박고 있는 것과, 둘째, 낡의 시의 『관념』을 기양棄揚한다는 슈울·레아리즘의 이론적 근거가 실상 비합리적인 것, 원래 자유시가 형상形上으로 운문적인 것, 다시 말하면, 내용율을 요구하게 된 것은 그것이 쎈치멘탈이즘 위에 자주적 생명을 보유시킨 데 있었다. 바로 그것이 시로 하여금 문학의 영역에서 경시를 받게 된 소이所以의 태반이기도 하지만—

우리가 그 실증으로 쎈치멘탈이즘의 망령을 버리지 못한 시인이 써놓은 시라는 것을 읽어보면, 산문과 시의 혼합이 눈에 걸리게 된다.

물론 자유시에 대하여 우리가 특기할 것이 없는 것은 아니다.

자유시 이전의 시 즉 운문시에 비하여 자유시는 『의미의 확대』라는 것을 초래했다.

이 『의미의 확대』라는 것은 시의 형식의 무제한이라는 나쁜 조건을 가져온 것이기는 하니, 그것을 자유시 자체의 내부적 부면部面에서 생각할 때에는 커다란 의의가 있는 것이었으니, 이 점에 있어 자유시는 그 이전의 시로부터 오늘날의 시로 건너오는 가장 큰 필수의 과정의 역할을 했다고 볼 수 있을 것이다.

본시, 자유시는 시의 관념상으로는 운문 형태를 제 것으로 삼으면서, 산문의 특질인 『의미의 독립』을 함께 구유具有하려는 망동妄動을 꾀했다. 자유시의 파탄의 근본적 원인은 실로 이곳에 있었다.

자유시의 파탄은 포에지이는 운문에만 있는 것이 아니라, 산문에도 있다는 시적 사고의 새로운 발견이 생기기 비롯한 때, 한 개의 뚜렷한 관념으로 나타나게 되었으니, 시는 『의미의 확대』와 함께 운문 형태를 취할 필요를 느끼지 않게 되었다. —산문의 발달은 『의미의 문학』으로서 존재하고, 운문과는 전혀 목적을 달리하는 까닭이었다.

그리하여 지금까지 운문에만 한정되었던 포에지이는 산문에도 존재한다는 새로운 자각이 생기게 되자, 이 자각이야말로 시의 진화를 의미하는 것이었다.

슈율·레아리즘은 자유시의 이러한 허망성虛妄性을 가장 정열을 가지고 반발한 새로운 이즘이었다. 그들의 주장에 있어서는 시는 『의미의 독립』에 의하여 창조되는 것으로, 이 점이 산문과 다른 『특성』이 되어 있다. 그들은 운문 형태로부터 포에지이를 탈환한다. 그것이 소위 『의미의 독립』이라는 것이다.

그러면 그들이 말하는 『의미의 독립』이란 어떠한 것인가. 그것은 『질서 없는 것을 있게 하는 것』장·콕토오의 말이요, 그것은 『주지의 힘으로써 이루어지는 것』이니 『의미는 주지적으로 다른 것으로부터 절연되어, 새로운 의미를 가지게 되는 것』이라 한다.

그리하여, 거기에서는 『의미』라는 것이 어떠한 의미인가 하는 『의미의 의미』가 추구된다. 그러므로 시에 있어서의 『의미』의 순화라는 것은 『의미의 진화』에 의하는 것으로, 이와 같이 『의미』가 『주지』의 힘을 빌려 새로운 『의미』를 낳는 곳에 포에지이를 가진 산문까지를 포함한 시가 생탄生誕된다는 것이다. 그리고 『의미의 독립』은 스타일을 갖는 까닭으로, 산문시는 스타일과 이메지를 가져야 되거니와 『의미의 진화』가 다시 명확한 이메지를 탈취하게 되는 곳까지 이르게 되면, 시는 벌써 존재를 상실하게 되고 단지 포옴만이 남아지게 된다.

그리하여 시가 스타일을 가진 점에서는 다른 문학의 장르 — 예하여 노오텔같은 것과 다른 것이 없으나, 형태만으로 양자를 구별하지 않고 그 사고의 내면을 통하여 구별할 때에는 용이하게 구별된다는 것이다.

그리하여 슈울·레아리즘의 시의 관념에 있어서는 시와 산문을 그 형태에서 찾는 것이 아니라, 그 사고에서 찾게 된다. 다시 말하면 시와 산문의 구별은 포에지이를 목적으로 했느냐? 아니했느냐? 하는 데 따라 좌우된다는 것이다.

이상에서 보아 온 바와 같이 슈울·레아리즘의 발견은 거대한 것이었다.

그들은 시에 있어서의 운문의 불가결성을 파괴시켰다. 왕래의 막연한 자유시의 계열에 속한 온갖 유파의 시적 사고 위에 공전의 발견을 초래한 것이다.

『자유시라든가 산문시라든가 하는 현상적인 파손을 만드는 바 시의 특질, 다시 말하면 시의 정신 활동에 속하는 주지 —— 이러한 의미의 시를 포에지이詩 行爲라고 부르고, 파손으로서의 실제의 시 작품으로 나타난 것이나 나타내는 것을 포엠詩이라고 부른다. 이 말은 주지적 정신 활동 가운데에서 포엠에 결과되는 것을 특히 포에지이라 부르고, 그 한 개 한 개의 소산물인 시 작품을 포엠이라 부른다는 말이니, 이것은 종래의 시의 해석에 비하여 새 발견을 보여준 것이 아닐 수 없다 —— 종래의 시의 해석에 있어서는 시 행위와 시 작품과를 방법적으로 명확하게 구별하지 못한 채 『시』라는 일어一語로써 그 불철저한 해석을 묵과하여 온 까닭이다. 슈울·레이리즘의 공적이 크다는 의미는 여기에 있다.

그러나, 슈울·레리리즘은 자아의 주장에 대한 결론을 내리기에만 성급했다. 그리하여 그들은 일면적인 해석에 빠지고 말았다.

첫째, 인간의 주지적인 정신 활동의 일반에 있어 특히 포엠을 결과하는 정신 활동이라는 것을 용인한다 하자. ─ 그들의 주장 대로 ─. 그러나, 그렇게 되고 보면 인간의 주지적인 정신 활동 가운데에는 철학을 결과하는 철학적 정신 활동이 있고, 과학을 결과하는 과학적 정신 활동이 있고, 시를 결과하는 시적 정신 활동이라는 여러 가지 정신 활동을 아푸리오리로 규정하게 된다.

이것은 재래의 시에서 말하는 시란 정신의 시적 상태에 불과하다. 인스피레이슌설을 기양揀揚할 수는 없으나, 역시 시로 하여금『정신의 시적 활동에 불과하다』는 설을 별개의 용어로써 나타내는 데 불과하다. 오십 보나 백 보나 오류를 범하는 데는 조금도 다름이 없다.

○

그러면 슈울·레아리즘이 이상과 같은 오류를 초래한 동인은 무엇인가.

첫째, 시를『방법적』으로 추구하지 못하고 단지 개별적인 한 정사限定詞로써 성급한 속단을 내린 데 있다. 왜냐하면 인간의 정신 활동에 있어 철학, 과학, 시……이렇게 각자의 특질이 부여되는 것은 오직 그『방법』에 의하여 이루어진다는 것을 망각한 까닭이다. 여기에 슈울·레아리즘의 커다란 이론적 오류가 있다. 그들의 사고에 의하면 포에지이와『방법』이란 전혀 별개의 것이요,

포에지이는 그 방법에 선행하는 것이요, 따라서 『방법』이란 다만 『수단』이나 『수법』에 불과하게 된다.

여기에 슈울·레아리즘의 시의 방법론의 건질 수 없는 착오가 있고, 시가 현대에 있어 또 한 번 십자로 위에 놓이게 된 커다란 동인이 마련된 것이다. 여기에 슈울의 과오를 실증하면서 시의 새로운 방법관을 세워야 되는 동인이 생기게 된 것이다.

우리는 시의 방법은 슈울처럼 포에지이가 선행하고, 거기에 포엠을 낳기 위한 방법을 채용하는 것이 아니라, 선행하는 것은 오직 대상인 소재뿐이라고 사고한다. 슈울처럼 포엠을 목적으로 하는 포에지이와 방법을 목적으로 하는 포에지이가 별개의 것으로 나누어질 수 없는 까닭이다.

소재 — 포에지이 — 와 방법의 관계에 있어 선행하는 것은 오직 소재이다. 물론, 이 말은 소재면 아무것이나 다 요구된다는 뜻은 아니다. 선택이 요구된다.

한 개의 포옴을 가진 소재군은 한 개의 포옴으로 사고한다. 그리고 물론 포옴과 함께 스타일도 갖는다. 포옴과 스타일은 한 개의 포엠에 반드시 불가결의 것이기 때문이다.

그러나 한 개의 포엠은 결코 여러 갈래의 소재와 집합이 아니니, 그것은 질서 있는 한 개의 씨스템을 가져야 한다.

그러면 이와 같이 분산된 소재군이 어떻게 해서 한 개의 씨스템에까지 발전되는가. 여기에 『방법』이 요구된다. 이 『방법』이란 어떠한 『목적』을 달성시키기 위하여 빌려오는 수단이나 방법이 아니라, 그것은 씨스템 자체의 필연적인 발전의 『법칙』이다.

그러므로, 그것은 『동적動的으로 본 씨스템 자체』이다. 이것이 술울처럼 『방법』 이전에 시적 정신을 가정하지 않는 새로운 발견이다. ─『방법』만이 모든 정신 활동을 결정하는 선행의 역할을 하는 것이요, 『방법』 이전에 있는 것은 오직 인간의 정신에는 주지적周知的 활동 일반이 있다고 믿는 새로운 사고思考.

그러므로 포에지이란 다른 아무것도 아니요, 바로 이 『방법』에 불과하다. 그리고 포에지이란 동적으로 보는 포엠이다.

포엠을 형식하지 않는 포에지이라는 것은 있을 수 없고, 다만 포에지이를 의식하느냐? 못 하느냐? 가 오늘의 시인과 낡은 시인을 구별하여 주는 유일의 조건이 된다. 이와 같이 오늘까지 시적 방법에 있어 등한시되고 망각된 것을 중시하는 이 『변혁』 ─ 이것이 시의 진화를 의미하는 것이다.

첫째 『운문』 내지 내재율의 불가결성의 부정.

둘째 『언어』 내지 『문자』의 기능에 대한 재비판.

셋째 『산문』과 포옴과 스타일의 성질에 대한 추구.

그리하여 거기에서는 한 개의 지어진 포엠보다도 그 포에지이가 중시된다. 즉 『방법』으로서의 포에지이, 방법 추구로서의 포엠이 필요시된다.

물론, 그렇다고 해서, 우리는 포에지이와 포엠을 별개의 대상으로 분리하여 생각하는 것은 아니다. 다만 『방법』으로서 나누어 사고하는 것이다.

포엠이 결과하지 않는 포에지이가 없는 것처럼, 포이지이의 자각없는 포엠이란 포엠의 가치로 보아 무가無價한 까닭이다.

○

우리가 시를 쓰는 것은 전혀 의식적인 행위이요, 쓰여서 시가 되는 것은 자연 발생적 작용이니, 양자는 항상 모순을 낳는다. 쓰지 않고서는 시는 존재하지 않고, 시가 존재하면서 써지지 아니하는 상태란 상상할 수 없는 까닭이다.

거듭 말하거니와 포에지라고 이름하는 작시作詩의 푸로세스는 아푸리오리로 시적인 것이 존재하고, 그것에 의하여 포엠이 제작되는 것이 아니라, 제작의 푸로세스 바로 그것이 시를 의미한다.

물론, 이것은 새삼스러운 발견은 아니다. 포올마리즘 슈울·레아리즘 등이 이미 발견해 준 유물이다.

그러므로, 여기에서 당연히 문제 되는 것은 그러면 무엇이 작시의 프로세스를 생기生起시키는 동인이 되느냐(?)는 것이다.

그런데, 여기에 대하여 우리는 슈울·레아리즘과 상반되는 해석과 주장을 갖는다.

슈울은 현실에서 눈을 감고『애매한 상태로부터 완전히 무관한 제로인 대상을 표현하려는 것』이라고 한다.『슈울·레아리즘시론』

이에 대하여, 우리는『소재는 산 현실의 생활의 개개의 현상 속에만 있다』고 본다.

개개의 현실을 응시하는 데 의하여 개개의 현실로부터 오는 자극에 의하여, 스스로 그 풍부성을 얻게 되는 것이 소재요, 그 소재가 형식에까지 발전될 때 비로소 포에지이가 형성되는 것이라고 주장한다.

그러한 의미에서 우리가 여기에서 말하는 시의 방법론이란 실상 색다른 주장도 이즘도 되지 못할는지 모른다. — 자유시를 위시하여 온갖 현대의 모든 이즘의 방법적 오류를 승양乘揚하고, 낡은 형식주의의 그릇된 방향을 청산하는 데 의하여, 십자로 위에 방황하는 오늘의 시의 명일明日의 방향을 추구하는 데 그 의의가 있다고 볼 수 있는 까닭이다.

눈앞의 현실적 사상事象 — 즉 형상 세계로부터 받는 자극으로부터 발생한 소재가 형식에까지 발전하고, 그 형식을 통하지 않고서는 찾아볼 수 없는 한 개의 『내용』을 제작하는 시적 푸로세스를 우리는 포에지이라고 부르며, 현실의 사상事象에 눈을 감지 않고 에스푸리도 테크니크도 제이차적第二次的인 것으로 사고한다. 에스푸리를 길러 주는 것은 현실의 사상事象을 제외하고서는 없으며, 현실의 사상事象의 감각을 떠나서는 얻어지지 않는 까닭이다. 즉 『가시성』可視性 — 외계의 사상事象으로부터 시의 행위가 소재가 되는 것의 전도傳道가 시작되는 까닭이다.

물론, 우리는 『방법』 이전에 있는 인간의 『주지적 활동』을 중시한다. 『……만약 『진보』라는 것을 나타내는 것이 있다면, 그것은 언어이다……문학적 방법의 원칙은 언어의 원칙과 전혀 일치한다. 주지란 종합적인 것으로부터 분석적인 것을 낳는 경향이다. 문학적 표출의 완전성 — 즉 정확, 엄밀한 표출이다.』^{아바크론비이의 말}

그러므로 우리는 『종합』을 버리고 『분석』만을 강조하지는 않는다. 그것은 한낱 비교적인 의미의 표현인 까닭이다.

엄밀한 의미로 본다면 종합을 떠나서 분석이란 있을 수 없으며, 분석이 없이는 종합이라는 것도 무의미한 것이다. 그러므로 우리가 오늘날 『주지적』이라고 부르는 것은 낡은 『분석 정신에 대한 기양棄揚으로부터 시작하여 분석에 의한 단위 세포로 밀실된 강렬한 종합 정신』을 말하는 것이다.

현실의 중시. 무한히 풍부한 세계 형상의 포옹. 현실에 대하여 온갖 감각을 연마하면서 현대적 주지의 정신을 가지고 돌입하는 태도.

우리의 시적 행위의 무한성과 시적 방법론의 새로움은 여기에 있다.

『동아일보東亞日報』, 1939.7

이데아의 상실喪失

　시가 문학의 근원이라는 것은 아리스토·토올의 『시학』에서 그 예증을 빌려올 것도 없이, 시인 이외의 사람에게까지 통속화되고 일반화된 언어이거니와, 또한 그것은 시를 그 누구보다도 가장 사랑하는 시인들의 둘도 없는 광영이기도 하다. 그러한 의미에서 뽀오들레르의 단 십이음으로 구성된 시詩 일행一行을 앞에 놓고 『바르삭크의 소설 한 권만한 내용을 가지고 있는 명시구』라고 칭송한 발레리이의 형용어를 회상할 것도 없이, 시는 문학의 근원이 아니라고 반대할 사람은 없으리라.

　―이러한 시가 로오망의 유행에 밀리어 불우의 역사를 제 것으로 하면서 오늘날에 이르게 되었다는 것은 참으로 섭섭한 일의 하나가 아닐 수 없다.

　그러나, 또한 그것은 무리한 일은 아니었다. 현대와 같이 과잉된 자의식 가운데에 이데아를 상실한 하루살이의 생활을 영위하면서, 관념의 동굴 속에 『말라빠진 인간성』이라는 애인을 품고, 강건한 『신념의 세계』와 교통을 사절한 오늘날의 뮤우즈들에게, 참다운 꿈詩은 고별을 당한 지 이미 오래니, 그것은 오히려 당연한 일이다. 그들의 혼란된 두뇌를 제 아무리 짜낸들 거기에 무슨 소득이 있을 것이냐?

조선에 신문학이 발생된 이후 소설보다도 몇 걸음 뒤떨어져 생장하게 된 시가, 그 초창기 이래 시인의 정신력이 지속적으로 지양되고 고양될 지반을 굳게 잡지 못한 까닭으로, 종국에는 시인의 정감에만 골몰하게 되고, 스타일의 완벽을 보이지 못한 채 몰락하자, 그 뒤를 계승하게 된 현대시가 전대의 온갖 혼돈과 잡음 속에서 생장하였던 것이다.

그리하여 대전 이후 기성 질서의 괴멸에 따르는 의식의 혼란으로 말미암아 생탄하게 된 따따이즘, 미래파, 슈울·레아리즘, 싸타이야의 기발함을 자랑하고, 포옴의 미를 자칭하는 모어던이즘 등등의 광파狂波의 침입도 받았다.

─ 그곳에서는 문학을 하는 것, 시를 쓰는 것, 그것이 문제가 아니었다 ─ 라고 하는 것은 단지 실생활의 있는 그대로의 현실의 사생寫生이 곧 문학이 아닌 것만은 사실이나, 문학은 생활하는 인간의 생동하는 『주장』이며, 또한 반드시 그것의 『행동화』가 아니면 아니 되었던 까닭이다.

그러나 성급한 그들은 종국 실패하고야 말았다.

보라 ─ 자아의 신념과 억센 의욕을 요기㘹棄한 오늘의 시의 세계를 ─ 은퇴, 퇴영, 이데아의 상실 ─ 이것이 참된 시요, 참된 시의 표본일까?

오늘날의 우리의 시는 이데아를 상실하고 이메지를 이메지로서 졸직猝直하게 제시하는 탄력을 갖지 못하고, 또한 그것의 실행자인 시인의 생활이 빈곤한 것이다. 시인에게 있어 『생활』이 없다는 것은 『죽음』과 등가되는 불행이다. 인간이 자아의 육체와 정신을 따로 따로 분리시킨 다음까지라도 존재를 주관하고 인식할 수 있다면 모르거니와, 그렇지 못한 이상 생활이 없다는 것은 인간의 하나인 시인에게도 또한 같은 비극을 빚어내는 것이므로이다.

그리고, 시는 원래부터 문학 중에도 가장 완벽한 문장, 언어에 의한 표상으로서는 궁극의 지점에 있는 것인 만큼, 필자는 질적으로 본 오늘의 이데아를 상실한 시의 일반적 쇠퇴의 특성을 통틀어 놓고 다음의 한 말로써 표현하고 싶은 준동蠢動을 받는다 ─ .

오늘의 시의 쇠퇴의 특성은 감각을 통하여 신비의 세계를 동경하고 교섭하려는 데 있고, 또한 쎈치멘탈·로맨티시즘의 경향을 띤 데 있다고.

이 특성은 우리 시인의 구신인舊新ㅅ들을 통틀어 놓고 일반적으로 가지고 있는 바 현현現顯된 특성으로, 그것은 시의 생활의 인식력 등등의 핍여乏如에서 오는 것이어니와, 이 경향은 오늘날 우리 시의 전반을 통하여 시적 경지의 저류를 형성하는 한 개의 현상이 되어 있다.

이러한 시는 대개 시로서의 저미低迷한 색채를 보이게 되며, 또한 그 제재는 대개 공허한 다반사와 망상과 혈맥상통하는 것이니, 이러한 것은 시로서의 가치로 보아 저열할 것만은 정한 이치이다.

그곳에는 분류奔流와 같이 일관된 강대한 힘도 없고, 또한 고결한 해조도 찾아볼 수가 없는 것이다.

고정화固定化. 산만한 시행詩行. 그리고, 통일의 굴레를 벗어던진 시상詩想. ― 이것이 오늘날의 시를 뒤덮고 있는 운명이다.

새로운 말言語을 창조한다는 것은 새로운 생활을 한다는 것을 의미한다. 시가 문학의 선구요, 시인이 문학자의 선구라는 광영 ― 이것도 생활과 신념을 상실한 시와 시인에게 붙여진 형언은 아닌 것이다.

시가 시대의 선구자라는 언어가 의미하는 바 내용은 시와 시인의 무조건한 찬사가 아니라, 시라는 것이 시대의 선구자인 동시에 시대의 쇠퇴·쇠멸을 선구하는 것이기 때문이다.

『조선문학朝鮮文學』, 1937.2

감동^{感動}의 가치^{價值}

우리 시단^{詩壇}(?)에도 한동안 시론이니, 시학이니, 하는 여러 가지 문제를 내세우고, 지금까지의 우리의 시인은 시학이 없음으로 근저^{根柢}가 없다고 호언을 하면서, 자기만이 오직 시를 아는 척하는 삶이 있었다(우선 나 자신부터가 그런 사람 중의 한 사람이었음을 기억하고 있다).

지금 그것을 회상하여 본다면, 물론 시인에게 시학이 필요하고 시론이 필요하다는 말은 반드시 역설은 아니었다 할지라도, 시인이 시학과 시론을 모르면 훌륭한 시를 쓸 수 없는 것처럼 비장한 논리를 피로^{披露}한 것은 우스운 노릇이 아닐 수 없었다. 더구나 시를 쓰는 것보다도 시론이나 시학을 사고하는 것이 보다 더 가치가 있는 것처럼 풀이한 것은 너무나 지나친 노파심이었다.

그런데, 내가 여기에서 지금 지나간 이야기를 내세우는 것은 다른 아무런 이유도 없다. 단지 시란 끝까지 시인의 두뇌를 기조로 한 산물이 아니라, 시인의 감동을 기조로 한 산물이라는 것 ―즉 시는 학문의 길을 통하여 이루어지는 것이 아니라는 것을 다시 통감하는 까닭이요, 지난날 우리의 시에 대한 이해가 너무나 추상적이어서 스스로 위험을 내포한 것이었다는 것을 통감하는 까닭이다.

물론 우리는 감동이라는 것을 아무런 식별도 없이 막연하게 지명하는 것은 아니다. 감동은 인간의 생리적 기질이라든가, 시시時時의 환경 변화라든가, 그밖의 온갖 눈에 보이지 않는 현상으로부터 받는 영향에 따라 복잡화되고 음영화되어, 혹은 『기력』이라든가 『정서』라든가 하는 여러 가지 것으로 구별되나, 요컨대, 감동이란 육체와 정신의 양면으로부터 받는 자극에 따라 일어나는 내면적인 격동 내지 미동인 것으로, 그 원인도 또한 내외 양면에 걸쳐 있다고 보는 것이 마땅할 것이다. 그리고, 원인이나 기인이 어느 곳에 있든, 감동이란 시에 있어 무엇보다도 가장 귀중한 것, 의의 있는 것, 본질적인 것, 따라서 유일한 『현실』이라는 것을 믿지 아니할 수 없다.

시를 무엇보다도 사랑하고 시를 쓰는 것으로 유일한 기쁨을 가지려는 사람에게는, 오직 이 감동의 본질을 잡아서 표현하는 것이 생활 중에 가장 참된 부분이요, 가장 뜻깊고 가장 아름다운 『순간』이 아닐까?

그러므로, 시에 있어서 가장 참된 일을 찾는다면 그것은 감동을 정확하게 표현하는 일이라고 말할 수 있다.

그것을 『감동』의 레아리티이의 탐구라고 지명하여도 좋다.

그러면, 과연 우리가 말하는 감동의 정확한 표현이란 어떠한 것을 의미하는가? 그것은 첫째 감동 그것의 진부를 구별하는 일일 것이다.

감동 그것의 특질과 근저根柢가 무엇인가? 이것을 엄밀하게 정세精細하게 시험하는 일.

그러나, 문제는 그렇게 간단하지 않다. 미약한 감동을 강렬하게 표현하는 것은 정확한 표현이라고 말할 수 없는 것과 같이, 강렬한 감동을 애매하게 표현하는 것도 정확한 표현이 될 수는 없다.

그러므로, 문제는 늘 감동의 진부, 진위를 찾아내어, 그것의 가부를 결정하는 데 가로놓여 있는 것이다.

강렬한 것이 단지 과장에 불과할 때를 상상해 보라. 미약한 감동이 때로 훌륭한 작품이 되는 때가 있다면, 그것도 감동의 정확한 표현이 될 수 있다는 것을 상상해 보라. 한 편의 시 작품을 앞에 놓고, 그것이 시냐? 시가 아니냐? 하는 구분을 결정해 주는 것도 이 한 점에서 생기는 일이다.

그러므로 문제는 감동의 강약과 특성의 차이 문제가 아니라, 실로 시에 있어서의 가치 문제가 되는 것이다.

또한 감동이란 그 성질상, 그것이 시인의 상상력을 좌우한다는 것을 알 수 있다. 이 상상력에 따라 우리의 시적 개성은 결정되는 것이니, 감동에 따라 곧 비존을 보는 형型의 시인은 그 비존의 암시적인 심보리즘을 직선적으로 표현할 가능성을 가지고 있는 것이다.

그러나, 이런 때에도 감동이 심보리즘의 밑바닥에 감추어지는 수가 많음으로, 시인은 심보리즘의 타당성에 대하여 엄밀한 테스트를 하고, 그것의 취택取擇의 수단을 완전히 파착把捉하지 않으면 아니 될 것이다.

또한 어떠한 감동을 외부에 드러내어 외적 사상이나 사건을 주시하는 경우 — 즉 단순한 이성적 관찰을 가지고는 끝끝내 찾을 수 없는 선명하고 확연한 감각이나 지각을 맛볼 수 있는 경우에는, 사상 그것의 단적이요, 단편적인 묘사만으로 감동이 전해지는 수도 없지 않다.

또한 감동의 표현을 이성적으로 외계의 사상이나 사건을 빌려서 표현하려는 때도 있으나, 이러한 때에도 항상 감동이 없이는 표현에까지 이르지 못하는 것이다. 이것들은 무엇보다도 우리의 경험이 웅변으로 그것을 설명하여 주는 것이다. 더구나 여기에서 우리가 말하는 『이성』이란 보통 우리가 이야기하는 이성이 아니라, 오히려, 시에 있어서의 형식적인 요소를 지명하는 데 불과하다.

그리고, 시는 끝까지 개인적 경험을 기초로 하지 않고서는, 그것의 존재 의의가 상실된다는 것을 우리는 알고 있다.

시는 개인의 경험, 개인의 실감이 없이는 있을 수 없으며, 시는 시인 까닭에 개인적인 것이요, 개인적인 특성이 있으므로써 개성과 보편성의 양면을 구유具有하는 개인과 개인에게 강렬하게 전달되는 것이다.

여기에 시의 시다운 특성이 있고, 시의 시로서의 존재 이유가 있는 것이니, 시인은 다만 가지가지의 산 경험을 쌓아 올리면서, 자아의 성실을 상실하지 않고 꾸준히 나아가면 그만이다.

그때 — 청중은 시인이 부르는 노래의 진부를 결정하여 줄 것이다.

경험 — 물론, 시인의 경험도 인간으로서의 경험에서 벗어나지는 못한다. 그러나 그것은 깊이와 너비와 높이를 요구한다.

그러나, 또한 그것은 반드시 외부의 경험의 다양다채만을 요구하는 것은 아니다. 내면적 경험의 깊이와 너비와 높이를 구유具有하지 않고서는 안 된다. 그것이 없이 시를 유희하는 것처럼 위험한 일은 둘도 없으리라.

흔히 천박, 공허, 유치한 시를 써서 한 번도 한 사람에게도 공감을 주지 못하는 것을 보게 되는 것은 그 까닭이다.

결국, 시인의 임무란 『행동』이 아니라 『자세』임을 알 수 있다. — 시인에게 반드시 인격이 요구될 필요가 없다는 말은, 추상이 시가 되고 허위가 시인을 낳는다는 말과는 결코 동의어가 아닌 까닭이다.

이상에서 우리는 시의 기조가 되는 『감동』에 대하여 그리고, 그것의 성격에 대하여 이야기하였다. 이번에는 이상과 연관하여 요즈음 우리 주위의 시적 풍경을 구경求景하기로 하자.

우리가 소위 신시新詩라고 지명하는 것의 — 비록 흉내에 불과하였다 할지라도 — 발아發芽를 보게 된 이래, 상금尙今도 우리의 시의 왕국은 언제나 황무 그대로였고, 지금도 또한 그러하다.

— 어느 곳에 새로운 시가 있고, 새로운 시인이 있느냐? 흉내의 비극 — 고유한 전통이 없는 채, 언제나 슬픔만이 남아 있다.

우선, 근대로부터 휫맨을 위시하여 전대의 낭만 시인, 온갖 세기말 시인, 그리고 섣부른 계급 관념의 소박한 토로를 흉내 내었고, 최근에 와서는 **모오던이즘** 등의 흉내가 연출되었다.

그러나, 흉내는 언제나 흉내에 지나지 못하였으니, 그것은 끝까지 한 개의 『고전』도 남기지 못한 것이다.

그리고 같은 흉내 중에도 그 색채와 표정과 도가 각각 상이한 것이니, 십 년이 여일如一하게 자유시의 허울形式만을 떠메고, 미온적 정서나 고담古談, 폐적閉寂, 중용中庸 등의 중세적 취미를 토로하는 것으로써 자아의 유일한 직능을 삼는 부류(1)가 있는가 하면, 시를 계급의식을 선전하는 한 개의 도구처럼 생각하고, 소박한 감상, 연설구를 늘어놓는 것을 다반사로 여기는 성급한 부류(2)가 있었고, 외국문학에서 굴러들어 온 귀 설고 눈 설은 것을 되는 대로 주워다가 자아의 비속한 기질을 기조로 하여, 한 개의 멋모를 흉내를 일삼는 부류(3)가 있었다.

그런데, (1)에 있어서는 아무런 희망도 발전의 싹芽도 찾아볼 길이 없다. 여기에 구태여 이 부류에 속하는 사람의 이름을 적지 않더라도 우리의 상상은 능히 그것을 알 수가 있으리라.

(2) 이 부류는 한 개의 시대적 사조로 볼 때에는 의의가 없다고 할 수 없으나, 그러나 시 자체로 볼 때에는 커다란 수난이었다는 것도 일리가 있으며, 비록 거기에서 시로서의 가치가 있는 작품이 나타난 때가 있다 할지라도, 그것은 한 개의 우연이었음을 알 수 있다.

(3) 이 부류는 생활 경험의 천박과, 비속한 취미와, 경박한 기질과, 시적 재능 부족과, 사상적 깊이가 없는 부류로 구성되어, 다

른 어느 부류보다도 흉내를 유일의 직능으로 삼았다. 거기에는 아무런 골격도, 근육도, 혈액도 없었다. 그럼에도 불구하고 자아의 시와 시론만이 오직 새롭다고 자긍한 것이다. 그러나, 근본이 흉내이며, 유행만을 따라 헤매었으니, 남은 것은 아무것도 없었다.

그다음, 우리는 이상의 삼자 외에 다른 한 개의 부류를 엿볼 수 있으니, 그것은 자유시의 말로를 직접으로 목격하여, 그것의 참된 진로를 의식하고 그것의 전통을 받아, 흉내가 아닌 자아의 감정, 상상, 감각을 가지고, 내적 자연을 표현하려는 부류가 그것이다.

그들은 자아의 가진 바 시혼詩魂을 꾸준히 길러 나간다면, 앞날의 시의 화단의 찬란한 꽃다발은 오직 그들의 소유일 것이다.

문제는 오직 자아를 확신하고 한 생전生前 자아의 지향하는 꼴을 향하여 돌진하는 데 있다. 무풍대인 우리의 시의 광야 위에, 참으로 역량 있는 시인들의 썩어 처진 등걸 속으로부터 떼 지어 일어날 앞날을, 우리는 예상하기에 부족을 느끼지 않는다.

다시 한 번 우리는 강조하자! 시는 두뇌의 소산이 아니라 감동의 소산이라는 것을 ─ 그리고 추상이 될 수 없는 것과 같이 허위는 결코 참된 시인을 낳지 못한다는 것을 ─.

『비판批判』, 1938.8

시詩의 옹호擁護

시단詩壇 ─ 이라고 불리는 것의 존재가 무엇을 의미하고, 어느 곳에 있는 것인지, 시를 쓴다는 나부터가 그것을 알지 못한다.

이것은 비단 나의 죄만이 아니리라, 사실 우리가 지금 말하는 시단이라는 것 자체 속에 스스로 휴대되어 있는 한 개의 성격인 까닭이다. 본시 시단이라는 것의 명칭부터가 퍽 애매하게 불리는 것으로, 실상 그것은 존재되어 있지 않다고 말하는 것이 지당할는지도 모른다.

시단이란 원래 다른 분야 ─ 창작단이나 평단보다도 더욱 애매한 존재가 되어 있는 것이니, 우리는 다만 이름만으로의 그것을 들어왔고 불러왔고 지금도 부르고 있을 따름이 아닌가? 그러한 의미에서 우리가 지금 말하는 시단이란, 실상 한 사람의 인간이 제 마음대로 쭉 그어 놓은 한 개의 직선상의 일을 말하는 데 불과하다고 말할 수도 있을 것이다. 따라서 시단에는 우리가 창작단이나 평단에서 흔히 말하는 『수준』이라는 것이 무척 애매할 뿐더러, 전혀 그것이 없다고 해도 망발이 되지는 않을 것이다.

그리하여, 시단은 명실 그대로 산문적이요, 분산적이다. 따라서 시인도 분산적이다. 그들은 ─ 제각기 한 자리를 잡고 독립한 채 청중 없는 독창을 부른다. ─ 싱거운 음악회와도 같이, 그러나 단지 그것뿐이다.

물론 우리의 시인들을 개별적으로 볼 때에는 확실히 진전을 보여주는 사람이 없는 것은 아니다. 일시의 풍조로 되어 있던 대사회적 의미로서의 자아 모멸, 개성 비하를 일삼으며, 시의 무능을 말하고 스스로 시로부터 버림받은 것 같은 존재의 사람들은 이젠 거의 청산되었다고 하여도 무방할 것이니, 이것만으로도 시를 위하여 축하할 일이다. 사실 현재의 시단이 분산적이요, 지지하게나마 다소 생기와 활동성을 띠고 끈기 있는 정열에 불타려 하는 것 같이 보여지는 것은 그 까닭이리라.

더구나 허다한 이 시인들은 저마다 독선의 장군이 되어 자가도취를 일삼은 것이다. 거기에서는 한 사람의 시인이 하나의 절대를 의미하는 한 개의 유파를 지어 놓았다. 물론 그 유파라는 것이 우리가 요망하여 마지아니하는 시인의 사상과 취미적 기조 위에 세워진 것이라면 두말할 것도 없이 훌륭한 일이지만 문제는 그렇지 않다. 그것은 아무런 개성적 기조도 가지지 못한 문자 그대로의 분산과 혼란만을 의미하는 것이었다. 사상과 취미의 개성적 기조는 그만두고, 그것들을 결합시키고 통합시킬 아무런 준비도 성의도 노력까지도 없었다. 각자가 제각기 "아성을 쌓아" 올리고 달팽이처럼 생활을 영위할 뿐이었다.

여기에 『시단』이라는 것의 유명무실한 명칭의 존재가 있게 되고, 시를 쓴다는 사람조차가 그 의미를 애매하게밖에 기록하지 못하는 슬픈 이유가 있게 된다. 여기에 시단의 혼미^{昏迷}가 있고, 시의 전설이 만들어지고, 시와 시인에 대한 온갖 멸시와 의혹이 나타나게 되어, 한 개의 **미제라블**을 빚어 놓은 것이다.

무수의 무의미한 절대, 유파, 분리, 파생, **아나크로**, 시의 범람, 시인의 남발, 권태, 암담, — 이러한 조잡한 거리에서 시와 시정신을 찾아보려는 것부터가 한 개의 무모일는지도 모른다.

그러면 이와 같이 시단이라는 것이 한낱 유명무실한 존재가 되어 있고, 시라는 것이 말할 수 없는 **미제라블**을 감수하게 되는 까닭은 무슨 이유에서일까? 이것은 우리의 흥미의 초점이 되기에 부족함이 없다. 그 원인이라는 것은 비단 한두 가지가 아니요, 잡다할 것이다. 생각나는 대로 적어만 볼지라도,

첫째 — 우리가 말하는 시라는 것이 오랜 전통을 갖지 못한 것.

둘째 — 현대문학의 주류는 산문인 것(이것이 좋고 나쁜 것은 별문제이다!)

셋째 — 오늘의 시라는 것의 거의 전부가 말의 손재주로 되어 있는 것.

넷째 — 내용으로나 형태로나 조잡하여, 시상의 통일이 결여된 것.

다섯째 — 현대시 특유의 난해성과 무이해성.

여섯째 — 시인의 재능과 역량이 기성 문화의 수준을 넘지 못하는 것.

일곱째 — 생활이 없는 것(이것은 내적 생활의 심도를 말함이다!) 등등. 이 밖에도 매거枚擧할 수 없을 만큼 그 이유는 산적하여 있다.

그런데, 우리가 이상과 같이 그 원인의 일반적인 것을 찾아내었다면, 반드시 거기에는 그것을 구출하려는 노력이 있어야 될 것이다. 그러나 그것을 엄청나게 크고 많은 온갖 숙제를 한자리에 앉아 풀어 낼 수는 없다. 그러므로 우리가 여기에 한 가지 문제 삼을 것은 극히 초보적인 — 그러나 초보적인 까닭으로 하여 왕왕 망각되어 버리는 — 작은 문제를 갖다 놓고, 요리하여 보자는 것이다.

— 그것은 시정신의 옹호이다. 시를 산문정신의 추종으로부터 돌려오고, 시를 산문시대에 순응시키려는 무모로부터 탈환시킴으로써 시로 하여금 산문정신을 극복시키고, 시정신으로 하여금 시대를 리이드시키자는 것 — 이것이다!

사실, 지금까지의 우리 시인들은 한낱 초보적인 이 신념과 자각을 잃어버리고, 스스로 혼미 속에 방황하여 산문정신 위에 시를 매각하려는 무모와 굴욕 속에 인종되었던 것이다. 자연주의, 레알리즘 산문 의식을 걸머진 주지주의……이런 것들 — 현대문학의 한 조류와 한 유행 속에 수많은 사람들이 주체를 잃고 방황하였던 것이다.

그러나 시인에게서 시정신을 포기시키고 시적 환상을 제거시키면, 그곳에 남는 것은 과연 무엇일까? 창백한 산문정신의 잔해뿐이다. 번연히 내려다뵈는 이 잔해의 유혹 속에 얼마나 우리의 시인들은 회의를 품었으며, 절망의 **촌도라**에 얼마나 많은 눈물을 뿌리었던가?

불행은 본시 우리들의 시인이 온갖 예술의 근원이 되어 있는 것은, 항상 포에지의 정신뿐이라는 신념과 자각을 확신하지 못한 데서부터 시작된 것이었다. 눈부시게 뒤바뀌는 이론과 이즘 속에 눈코를 못 뜨고 헤매인 데 있었다.

모름지기 우리는 자아에게 향하여 다음과 같이 반문하는 것을 주저하고 두려워할 게 없다.

나에게 천부의 재능이 있는가? 답변은 간단할 것이다. 왜냐하면 이것을 우선 갖추지 못한 사람이 시의 세계를 침범하는 것은 도리어 한낱 고통에 불과한 까닭이다. 그리고 오늘날 우리가 말하는 시단은 사실 진지한 『감성인』과 저능한 『감상인』 — 이 두 가지 형의 사람들에 의하여 성립(?)된 것으로, 거기에는 전자 "감성인"보다도 후자 "감상인"이 더욱 많은 까닭이다. 그러나 지금에 와서는 작년의 시인이 반드시 금년의 시인이 될 수 없고, 금년의 시인이 내년의 시인일 수 없을 만큼 시의 수준은 높다. 사실 재래의 신체시형 — 소위 자유시형의 시처럼 오늘의 시를 단지 "상상과 어조에 의한 감상"을 자아내는 것으로 사고하는 사람들이, 지금의 시를 읽고 실망을 느낀다는 것은 오히려 지당할 일일는지도 모른다. 그들은 단순한 감성의 소유자로서 단순한 심상으로 오늘의 시를 대하므로, 아무런 인습시형型의 망령에게 괴로워하지 않고, 직감적으로 시의 내부에 뛰어 들어갈 수가 있다. 오늘의 시인이 내일의 시인이 아닐 수도 있고, 오늘의 시인 아닌 사람이 내일의 시인일 수도 있는 것도 그 까닭이다.

시의 의지처럼 냉혹하고 또한 뜨거운 것은 없다. 우리는 끊임없이 유동하고 변모되는 그 속에서 그것의 영원한 실체 — 포에지이의 정신을 파악해야 된다. 여기에 시정신 옹호의 의의와 임무가 가로놓여 있는 것이다.

눈부시는 황홀 속에 끊임없는 비죤을 안고, 새로운 시적 개성의 창조를 위하여 고뇌의 길을 떠날 때가 왔다. 현대는 감성의 해조와 함께 시가 상실된 시대라고 규정을 내리는 문학의 참새들의 잔소리에 귀를 기울일 필요를 만들지 않아도 좋다. 다만 우리는 현대가 산문의 시대인 까닭으로, 보다 더 『광의의 서정』 — 포에지이가 더욱 크게 욕구되고 확대된다는 것을 믿으면 그만이다.

우리의 앞에는 아직도 산더미 같은 미개척의 황야가 가로놓여 있다. 그것들은 창조자의 손에 개척되기를 갈망하고 있다. — 냉철한 철학의 수풀, 아름다운 서정의 샘물, 캄캄한 자의식의 동굴, 질펀한 서사의 자갈밭, 아무 데로 가든지 길이 로오마인 시의 나라로 통하기만 하면 그만이다. 길은 "자유"이다. 무게와 깊이와 폭을 가지고 걸어가면 그만이다. — 시정신의 고양과 옹호는 여기서부터 시작될 것이다.

『조선일보』, 1939.1

직관直觀과 표현表現
특질物質과 정신精神의 현격懸隔

현대 생활에 있어서 가장 기묘하다고 말할 수 있고, 또 어느 점으로는 낙담을 사게 하는 온갖 양상 중의 하나가 되어 있는 것은 물질과 정신의 현격懸隔이다. 정신의 활동은 다만 이론이나 혹은 응용과학의 영역에 비하여, 제 자신을 유지하여 나아가는 데 전혀 실패하였을 뿐더러, 오히려 그것에 짓밟혀 왔다고 보는 것이 지당할 것이다.

— 소위 "과학만능"이 그것이다.

우리가 선철先哲이라고 부르는 **풀라토**오로부터 **칸트**에 이르는 형이상학의 위대한 추진력은, 한낱 구세기의 구렁 속에 파묻혀 버린 느낌을 준다. 그것의 실재를 찾기 위한 자기관찰의 정신력을 주장하는 순수한 신념 같은 것은, 이미 상실되어 버린 것이 아닐까? 그것은 통속 과학의 주장이다. 지성이란 단지 인간 활동을 위한 의식에 불과하다는 견해의 영향이 아닐까?

우리는 항상 주관과 객관의 온갖 문제를 앞에 놓고 가슴을 졸인다.

그러나 실상 우리가 말하는 "사고"라든가 "의식"이라는 것은 공간空間에는 존재하여 있지 않다. 그리고 의식과 그 내용에 적용된 내면과 외면의 주장이란 마치 "구체球體"의 미점美點과 둔각의 불미점不美點을 증명하려는 것처럼 기상奇想만을 가져온다. 만약 "주관적"이라는 것과 "객관적"이라는 것의 대우법이 형이상학의 영역에 있어, 유용한 "가작물"인 것처럼 그 위치를 고수하였다면, 그렇게 해를 입지는 아니했을 것이다.

"외계外界"가 존재하고 거기에서 신비적인 것 자체가 심령의 전당으로, 그 의지를 전달한다는 관념은 한낱 음유적인 방법에 불과하다. 그것은 다만 어떠한 사실을 지각하였다고 생각하는 태도의 묘출描出을 가져오게 할 뿐이다.

그러나 철학자나 공중公衆은 다 같이 현상現象 사상事象을 지식의 주체主因, 다시 말하면 논리의 상호작용이나 자기관찰 등의 직관력으로, 우리가 포착하는 보다 더 위대한 "실재"라든가 중대한 "증언"을 발견할 수 있다. "존재"가 인간의 심령에 대하여 외재물外在物로 의식되고 "지식"이 그 대상으로부터 절단될 때, 대상의 존재가 정신의 앞에 위치하여 있는 "어떠한 것"이 될 것만은 명확한 일이다. 그러나, 온갖 심리학은 우리가 그것을 해석하여 나갈 때, 정신의 외면에는 아무것도 없고, 그러므로 그것과 대조하는 자료가 없다는 것을 표시하여 준다.

외면적인 것은 기계적이요, 기계적인 것은 동시에 자연적인 것이 되어 있는 "어떠한 것"에 대하여 우리가 가지고 있는 관념은 이미 외면적인 자료의 의식을 표시하는 것이 아니라, 정신이 스스로 만든 자료를 표시하는 데 불과하다.

── 이와 같이 정신은 만드는 자미滋味에 의하여 외면적인 "무엇"

을 만들어 내게 된다. 그것이 스스로 쾌락을 갖지 못하게 될 때, 그것을 다시 폐지하는 데 의하여 그로부터 도피할 수 있는 까닭이다.

『……정신의 외측에는 아무것도 없다. 심리학이나, 역사학이나, 예술이나, 그 밖에 온갖 과학의 논거는 정신이 그 위에 작용할 수 있는 직관이요, 사유이다.』크로체 돌石의 객관적 존재를 상대자에게 신복시키기 위하여, 그것을 차蹴라고 말하였다는 이야기가 있다. 이 이야기는 그 대상의 존재를 단정하기 위해서는 자아가 가지고 있는 자의식의 도움을 구할 수밖에 없다는 한 개의 증거임을 알 수 있다.

두말할 것도 없이, 존재의 철리哲理와 시적 창조의 관계는 밀접하다. 후자는 단지 인간 심리의 집합소가 아니라, 그것은 의식의 원천源泉에 도착하여 형이상학의 범위에 떨어진다. 직관이란 실재와 존재되어 있는 한 개의 "이메지"와의 지각知覺의 조화가 구별되지 아니한 것을 의미한다. 직관에 있어서 우리는 외부 현실에 대하여 경험자로서 대치하지 않을 수 없다. 그리고 그것들이 있는 것과 마찬가지로 우리의 인상을 부가물 없이 객관화한다.

『직관은 성격을 부여賦與하는 활동이다. 그것은 구상적具象的이요 개별적인 것에 있는 사물의 지식을 우리에게 부여賦與한다. 정신의 이 직관적 활동은 어떠한 지적 활동의 암시로부터도 완전히 자유이고, 또한 그것은 독립되어 있다. 직관은 단독으로 존립할 수 있다.』월톤·키아

시인이란 이러한 직관을 이상한 강도로써 경험하고 표현하는

사람이다. ─라고 하는 것은, 시인이란 시인 이외의 인간과 "종족적"으로 다른 것이 아니라, 다만 직관 ─즉 성격을 부여負與하는 활동의 정도"에 있어 다른 까닭이다. 이 말은 너무 막연하다고 비난될지 모른다. 그러나 이 말속에 함의되어 있는 정신적인 경험은 누구에게나 이해될 것이다. 그러므로 우리가 그 성분 중에서 이러한 경험의 내용을 분석하려 할 때, 우리는 그것을 보다 더 잘 이해하고 보다 더 명료히 포착하였다고 생각하는 수가 많다. 그것은 우리가 최후의 것 즉 경험의 원천과 분석의 출발점을 생각할 때, 마치 그 주제가 막연하게 되고 또한 추상적으로 된 것처럼 생각되는 이유이기도 하다. 요즈음 덕수궁 뜰을 거니는 사람에게 가장 인상을 깊이 하는 것은 "분수"이리라. 보는 순간의 제일인상第一印象, 그 인상의 선명, 그 윤곽의 청정, ─그것은 참으로 생생하고 또한 극히 정확한 직관直觀이다.

그러나 만약 뿜어 오르는 물줄기가 정지된다면 우리의 눈은 안전眼前에 있는 고정된 그 광경에 고착되어, 다시 그것의 세부를 찾게 되거나, 혹은 그 유별類別과 논리적인 능력을 시험하고자 할 것이다. 우리는 그때보다 더 잘 지각할 수 있는 것처럼 생각된다. 그리하여 우리는 그것은 전체가 아니라, 부분과 국부의 감각까지를 지각한다. 그리하여 집에 돌아와서도 분수의 광경을 그려 볼 수가 있고, 또 다른 분수를 볼 때에도 전에 본 그것과 비교하여 생각할 수가 있게 된다.

그러나 이러한 것들은 말言論의 ─최초의 생생한 광경 자체로서의 정확한 의미의 ― 추상적 개념인 최초의 생생한 광경의 완전성에서 우러난 것이다. 우리는 그것은 분해하고 해부한다. 그리하여 돌발적인 경험의 산^産 실상은 그곳으로부터 떠나간다. 그러한 의미에서 온갖 분석은 그 선행자인 직관보다 구체적일 수는 없다고 말할 수 있다.

그러므로 온갖 심미적 표현의 기초가 되는 직관은 단순한 "감정"이나 되지 못한 "인텔렉트^{知力}"의 재작용과 혼동하여서는 아니 된다. 순수한 감정과 다른 참된 직관은 "동시적 표현"이다. 표현 방법에 있어 대상화되지 않는 것은 직관이 아니다. 그것은 "감성"이요, 또한 동물적 본성이다. 물론 여기에서 말하는 표현 방법이란 광의의 의미이다. 그것은 순수한 내부적 진전의 과정으로서, 그 증좌가 사람에게 보이거나 들리거나 하는 것은 전혀 불필요한 것이다. 그러나 창조적 활동에 있어서 직관은 한 개의 없을 수 없는 충동이요, 시인이라고 불리우는 사람만이 가질 수 있는 재산이기도 하다. 보통인^{普通人}에게 있어서는 그것은 비교적 약한 정신 활동 전체의 극소 부분에 대한 예리한 지각이다. 맑게 흐르는 냇물이 목마른 사람에게는 우선 갈증을 푸는 수단으로밖에 여겨지지 않는 것처럼 ―.

시인은 느낌을, 다른 사람이 자기의 "느낌"과 동일한 직관을 맛볼 수 있도록 명료한 체험으로써 표현한다. 날카로운 감수^{感受} 능력을 갖지 못하여, 그들이 비록 목도하면서도 도움^助이 없이는 전혀 체험하지 못하는 것까지를 표현한다. 시인의 기능은 분해하는 일이 아니요, 어떠한 국부의 퇴적도 그가 즉시 경험한 것과 등가의 것을 나타낼 수 없는 것이다. 그러한 의미에서 시의 "레아리즘"이라는 것은 아무리 세부의 완전을 다한 것이라도 표현으로서는 완전하다고 말할 수 없을 것이다. 그것은 고작해야 직관의 본질적인 근원의 대용물에 지나지 못한다. 우리가 우리의 시에서 확실한 정서의 섬광을 때때로 볼 수 있게 되는 것은, 우리 자신이 창조한 직관에 의한 것이다. 같은 의미에서 시에 있어 "레아리티이" 말을 치중하는 것은 그 표현이 아니라, 직관의 원료를 공급하는 데 불과하다고 말할 수 있다. 그러므로 "레아리티이"만을 위주하려는 시인은 코끼리象를 더듬는 장님盲人처럼 포에지이詩의 일부분만을 더듬게 된다. 그들은 마치 "푸른 바다 속 동실 뜬 섬島 위의 소나무 숲을 보고 있을 때, 멀리 지나가는 배舟의 사공沙工과 같이 시의 세계에 대한" 공헌은 간접적이라고 말할 수 있다. 그는 그의 제이차第二次의 시각의 표시에 의하여 우리의 신흥을 자극하지 못한다. ― 즉 그는 "비논리의 의미"를 갖지 못한다. 시를 갖지 못한다. 그는 "카메라·맨"보다도 열등하다. 그의 시는 한 토막의 "씨네마·필림"이나 또는 "사실적 산문"의 일부분보다 무가無價하다.

『의식의 사고와 시적 표현의 기초는 구체적 직관 그 자체이다.』S. 길버어트

그 속성과 관계는 분석의 진행에 따라 단지 경험될 뿐이다.

그리고 항상 진실이라고 불리우는 것의 "논리의 목적"이나 "분석의 능력"이 시의 세계에 있어 훌륭한 효력을 갖지 못하게 된다.

그러한 진실은 단지 그 자신의 외측의 표준에 따라 경험의 다음 시험을 할 뿐으로, 그것은 직접의 것이 되지는 못한다.

심미적으로 말하면 "꿈"도 "레아리티이"와 같이 "진실"이 될는지 모른다. ─ 시의 가치는 결코 "세엘러·판쓰"의 가치가 아니다. 그것은 순간의 경험 다시 말하면 황홀의 돌연한 감각의 준열峻烈한 표현에서 생기는 것으로, 그것은 양보다도 질을 위주하는 예술의 "장르"인 까닭이다.

우리는 주위에 있는 온갖 것을 관찰하여 그것들의 "반작용"을 포착하려 한다. 그것은 아무것이라도 좋다. 거리와 길, 집과 사람, 산과 들, 물과 불, 짐승과 벌레, 연기와 구름, 식당과 병원, 결혼과 장례, 연애와 자살, 자유와 매음, 자동차와 **삘딩**, 공장과 신문, 전화와 **라디오**, 분수와 금어金魚……무엇이든지 좋다. 인간의 가치의 오욕, 기계 문명과 인간 생활과의 상극, 현실 생활의 권태, 자각된 사실로부터 도망하려는 경향!

현재에 대한 불안과 초조, ─ 그것의 요인인 우리들 시인의 일부의 한 습성이 되어 있는 태정怠情과 결합되어 우러나는 일종의 회의일는지도 모른다.

우리는 외적 사상의 무수한 집결 속에 헤매고 있다. 사실 위에 사실을 쌓아 올린다. 그리하여 마침내 사상의 산악 속에 자아를 의식한다. 얼마나 풍만한 소재가 우리를 둘러싸고 있느냐? 우리는 이 속에서 끊임없이 자아의 "꿈"을 포착하려 한다. 그러나 닥쳐오는 소재素材를 미처 요리하지 못하고 식상하여 자빠지는 눈물겨운 심정.

꿈, — "꿈"이란 우리에게 있어서는 "비논리의 의미" 즉 "시"와 동의어이다. 환영이 비상하는 순간과 찰나를 끊임없이 포착하여, 그것은 "아름다움"과 "참됨"을 표현하는 것은 뼈를 쑤시는 괴로움과 등가한다. 그러나, 우리는 이 "괴로움"을 즐거움으로 바꿔야 한다. (시의 역사를 피상적으로 관측하여 "하아모니의 상실"과 "상징시의 도로徒勞"의 이원론으로써 그 운명을 타진하는 사람, 혹은 "텔레비죤의 발명"으로 그것의 장래를 비관하는 사람, 시를 "값싼 지성"이나 "윗트"의 상대물로 인정하는 사람, — 이러한 사람들이 백으로 수를 가하게 된대도, 창조 능력을 가진 시인들은 그러한 "선견"에 귀를 기울이지는 않을 것이다.)

직관은 고뇌의 저쪽에 있다. 이쪽에 있다고 생각하고 손쉽게 잡으려는 데 항상 무모無謀가 반복된다. — 그것은 표현력의 곤란한 "경기競技"요, 감성의 "난행군"이다. "실험의 핵심을 찾는 것보다 응용과학의 관찰의 계통이나 페르시아적 상징의 도구를 늘어놓는 것"은 쉬운 일이다. 그것이 가슴속의 환영의 유사품을 가지기 위하여 보다 더 주의를 요하게 되는 것은 젊은이면 누구나 가질 수 있는 심상 내지 감상의 "목록"을 늘어놓는 병벽病癖이다.

직관이란 결코 두뇌의 태풍도 아니요, 또한 그것의 단순한 "에코오音響"도 아니다. 온갖 범속사가 가장 귀중한 인간의 재산인 의식된 심령을 괴롭게 하는 현실 속에서 우리는 호흡하고 있다. 여기에 욕구되는 것은 과학과 철학과 자의식의 검사만이 아니다. 직관의 요소는 자기 검사가 아니요, 과학이나 논리의 임무를 횡

령하는 강도도 아니다. 시적 직관은 강한 구체물이요, 경험의 핵
심이다.

『동아일보』, 1940.6

과학科學과 독단獨斷
시詩에 관關한 변해辯解(1)

엄밀한 의미로 보면, 동일한 것은 둘도 없다. 그러한 의미에서 철학자가 가장 싫어하는 개별적인 것에 절체적絶體的 성질을 부여負與하는 일이 우리의 가장 자랑스러운 직능이 아닐 수 없다. 과학에서 말하는 "원칙"의 가치는 귀납에 의한 양적 가치를 말한다. 이 원칙을 그대로 시와 시의 방법에 적용한다면 "대다수의 인간이 가진 사고는 소수의 인간이 가진 사고보다 반드시 가치가 있다"는 **도그마**獨斷가 생긴다.

독단! "과학적"이라는 미명하에 행하여지는 온갖 과학 이하의 **도그마**의 횡보, 무수한 소박론素朴論, 단수 **모노다니아**偏狂의 세계, 일련의 쇄말주의鎖末主義와 실용주의자의 염소炎燒된 실용역학, 속물화된 주지주의의 전략, 무방법한 형식주의자의 실각, 소녀기少女期의 목가적 환상과 유행가조流行歌調 낭만파……

우리에게 있어서는 **푸로이드**도 완전히 한낱 **레디메이드**의 군복이었다. 그것은 우선 우리의 육체에 알맞지 않는다. 따라서 우리의 생존 의식과도 어긋난다. "꿈"은 "푸로이드"의 말처럼 단지 개인을 극한으로 하는 과거의 기억의 재현도 아니요, 또한 경험으로부터의 추상도 아니다.

"꿈"은 무의식한 창조적 활동의 거짓없는 표현이다. 그것을 가리켜 "완전한 욕망의 충족"이라고 말하는 푸로이드의 설說은 어느 점까지는 꿈을 설명하여 주기는 하나, 그러나 그 전모를 설명하여 주지는 못한다. 가령 꿈속에 나타나는 "뱀"에 대하여 푸로이드가 말하듯 리비도오性慾의 의의意義 이외에, 공포라는 가장 시원적인 심리타입의 대용물인 때도 있다는 것을 우리는 능히 알 수가 있다. ─ 결국 푸로이드의 설변도 한 개의 "단수 모노마니아"에 불과하다.

『인생은 정연整然과 배열된 마차 양등洋燈의 행열이 아니다. 그것은 일종의 밝은 원광이다. 의식의 최초로부터 최후까지 우리의 주위를 둘러싼 반투명체이다.』바지니아 · 울프

실상, 우리가 말하는 "과학"이라는 것도 "신비"라는 것을 상대의 위치에 관념하는 솔직한 의미에 있어서, 그 자체 속에 스스로 모순을 내포하고 있는 다소 유심적인 일종의 "허세"일는지도 모른다. 같은 의미에서 "과학적"이라는 말도 그러한 못난 자세의 부산물이라고 말할 수 있을는지도 모른다.

온갖 것을 알 수 있다고 사유하는 것은 "과학"의 거오倨傲이며, 또한 불순한 최대의 오류이기도 하다. 같은 의미에서 유심唯心과 유물唯物의 한편만을 추켜들고 나서는 것은, 전세기前世紀의 이원론적 시대에 있어서만 영웅적 위력과 감성을 자랑할 수 있던 미신에 불과하였다고 말할 수도 있을 것이다.

시란 변화하기 쉬운 온갖 구속을 거절하는 미지의 혼을, 사고의 시원적 과정에 포만飽滿하는 인간의 밤의 정신의 카오오스混沌

를, 조직적인 의지력으로써 표현시키는 일이다.

그러므로, 우리의 "본능적"인 정신이 개성과 보편과의 **아푸리오리**한 융합인 이상, 외연된 **레아리티이**와 내포된 **레아리티이**와의 원심遠心, 구심求心의 두 개의 대립이나, 또는 두 개 중의 어느 한편으로 편중하는 것은 시대 의지의 취약한 패배에 불과하다.

우리는 참으로 "과학적"인 것과 "독단적"인 것을 구별해야 된다. "독단"이 "과학"의 행세를 하려 하고 "독단적 방법"이 "과학적 방법"의 행세를 하려는 진실에 있어서 그것의 진부를 가리지 못한다면, 마침내 우리는 19세기의 종교적 관념주의 — 19세기의 **로맨티스트** — 의 망령으로 화化하고 말 것이다.

『동아일보』, 1940.6

시詩와 문명文明
시詩에 관關한 변해辨解(2)

전절前節에서 내가 말한 것은, 시란 참으로 소박하고, 무기교,
무구속한 정신의 자연적인 표현이라는 것을 역설하려는 것은 아
니었다.

다만 오늘의 연약한 **로맨티시트**들은 보석인 "시적 내용"을, 값
없는 유희적 지각의 대용품과 맞바꾸었고, 더욱 한심한 것은 바
뀐 그 사실까지를 자각하지 못하고 있다는 것을 이야기함이었다.

1, 시란 순쇄純碎 상태의 선전 이외에 아무것도 아니다.

2, 시란 온갖 인간의 소위所爲 중에 아무것도 아니다.

3, 시란 인간의 소위 중에서 가장 죄 없는 짓이다.

— 이 세 가지 뜻을 동시에 해득解得하지 못하는 사람은 우선
시의 문에 들어설 자격이 없다. 그러나, (1)을 모르는 자에 인도주
의가 있고, (2)를 모르는 자에 속물사회파가 있고, (3)을 모르는
자에 아류 **모오던이스트**가 있다.

우리가 가진 문화의 발달이라는 것이 있다면, 그것은 인간이
자연인으로부터 차차 순수인으로 변하여 가고 있다는 사실 이외
에, 아무것도 신뢰할 것이 없었다. 비행선이 발명되어 세계를 수
일 동안에 일주할 수 있게 된 것은 그만큼 지구가 우리의 의식 속
에서 축소된 까닭이다. 그러나 시인은 결코 문명의 직접 산물은

아니다. 문명이 위대할수록 그 시인은 위대할 수 있다고 믿는 것은 백치의 논리이다.

로오마의 문명은 **그리샤**의 그것보다 범위와 조직으로 보아 위대하였으나, **로오마**의 시인은 반드시 **그리샤**의 시인보다 위대하지는 못하였다. 위대한 문명은 시인에게 기회를 준다. 생활의 안전과 여가와 그리고 사소 생활에 필요한 온갖 조건을……. 그러나 현실은 반드시 그러하지 못하다. 거기에 항상 상극이 생긴다. 시인이 문명의 일부가 되는 것은 현실의 추醜와 악惡과…… 그 밖의 온갖 불미한 것의 일부가 되는 것을 의미한다.

그것은 "수레바퀴" 위에 머문 "나비"의 운명과 같다. 거기에 슬픔이 있다. 이 슬픔이 시가 발상發祥하는 원천이기도 하다. 그리하여, 시인은 끊임없이 생탄生誕하면서 운다. 시인이 이러한 무신경하고, 심술궂은 문명의 앙가슴 속에 태어날 때, 그는 유일의 가능한 방법으로써 이에 반동한다.

현실은 끊임없이 도망하고, 충동은 쉼 없이 그것을 추구한다. 충동은 가장 박약하고 투명한 존재이다. 그 상태를 우리는 형용할 수 없다. 다만 우리는 항상 현실과 그것의 거리를 측량할 따름이다. 그것을 측량하는 것은 물론 "의식"이다. 이 "의식"은 "꿈의 형식"이다. 그러나 그것은 또한 꿈의 "존재 양식"은 아니다. 꿈의 형식이란 사색 자체가 가지는 "자주적 형태"라고 보는 것이 지당한 것이다.

시는 결코 "환상"이 아니다. 그것은 "소리"다. 환상은 만물의 괴이한 "그림자"를 보는 행위가 아니라, 그 행위에 의하여 투영된 "그림자"이다. 못난 시인은 남의 그림자만 따라다닌다. 따라다니다가 일생을 허비한다.

　창조적 노력이란 새로운 심상을 말한다. 시에 있어서 하나의 말言語은 눈으로 볼 수 있는 **이메지**이여야 한다. 거기에 시가 가지는 특유한 우주가 창조된다. 시는 "아름다움"을 창조한다. 그러나 시는 결코 자연의 "아름다움"을 그대로 그리는 것寫生은 아니다. 아름다움이란 결코 자연 속에서 따로 떨어져 나와 그려지기를 고대하고 있는 것은 아니다.

『동아일보』, 1940.6

감각感覺과 주지主知
시詩에 관關한 변해辯解(3)

『시는 언어의 **모쟈이크** 이상도 이하도 아니다. 행위와 시는 언제나 인간보다 크다.』[T·E·휴움]

말의 "아름다움"은 시에 탄성을 부여한다. 그러나, 그것은 단지 시의 가능성을 위한 작용물에 불과하다. 이 말은 말의 "아름다움"을 무시하는 의미에서가 아니라, 도리어 그것 이상을 추구하자는 의미이다.

그러한 의미에서 우리의 감각적인 특색을 가진 **뮤우즈** 정지용은 행복스러운 시인이다.

그의 시의 "용어"는 우리의 현대시 위에 많은 영향을 주었다. 그러나 그것뿐이다. ─ 그의 철학은 한 사람에게도 아무것도 주지 못하였다. (그 까닭은 여기에서 지리하게 추구하지 아니한다.)

그러나, 이것은 그를 위하여 그다지 "흠"이 될 것은 없다. ─라고 하는 것은 그의 뒤에 나온 주지의 시인 "김기림"이 주지 ─ 실상 그것이 속화된 **윗트** ─를 "과학적 방법"(?)으로 해설하다가 마침내 시를 놓쳐 버리면서 있는 것보다는 다행한 일이다. 반드시 새로워야 할 그의 신저新著 "태양의 풍속"이 실상인즉 그와 그의 변호 비평가들의 찬양과는 정반대로 "지용시집" 속에 있는 어느 작품보다도 발행 연월일 이외에는 새롭지 못하 ■■ 속일 수 없는 사실을 무엇으로 해석해야 옳을 것이냐.

이론으로 시를 쓰려는 데 그의 무모가 있나 보다.

이야기가 다소 탈선된 느낌을 주나, 문학 특히 시에 관한 지식이 풍부(?)한 사람들이 흔히 남의 작품과 남의 사고를 정정하며 질책하기를 즐겨하듯, 시인 김기림 씨도 그러한 취미를 다분히 보이고 있다. ─

"씨의 노고는 과거 십 년 동안 우리 신시가 경험한 모색의 역사가, 문헌의 형식으로 잘 남아 있지 못한 까닭에, 그것을 헛되이 한 부분이 많다. 출판의 부진으로 그때그때의 시사의 토막 토막이 인쇄되어 보존, 전승되지 못한 죄 때문에, 그 뒤에 오는 사람들이 자꾸 도로徒勞를 거듭하게 되는 것은 유감이다." 人文社 版 『문예연감』 시단

─ 고마운 일이다. 나는 항상 이러한 거룩한 구변口辯을 대할 때마다 황황恍惚과 함께 미소를 준비한다. 비록 그것들이 잠꼬대를 정색을 하고 토로하는 때라도……. 씨의 말에 의하면 나는 씨처럼 십 년 동안의 시사도 모르며, 그러므로 "그것을 헛되이 되풀이한 도로자徒勞者가 되어 있다. 그러나 내 자신이 아무리 생각하여 보아도 졸저 "동물시집"이 (만약 전혀 실패하였다면) 실패한 것은 내가 "십 년 동안의 우리 신시사新詩史를 모르는" 까닭은 아니라고 믿는다. "그 뒤에 오는 사람"인 나도 십 년 동안의 시사쯤은 알고 있는 까닭이라. 죄가 있다면 나의 "재능"이 부족한 것 이외엔 아무것

도 없다고 믿는다. 그것은 마치 우리의 김기림 씨가 "십 년 이상의 신시사를 알면서도" "태양의 풍속" 같은 시를 쓰게 된 것처럼 —.

"비평"이 "비평"일진대 "어떠한 것"이 "어떠하다"는 것을 실증하여 줘야 한다. 시 작품의 비평에 음모와 정치는 불필요하다. 더구나 그런 것만으로 우월과 자홀自惚을 맛보려는 것은 참으로 보기 민망하다.

마침내 방법만으로 시를 쓰려는 곳에 무모가 있다. 그러한 의미에서 온갖 슈울·레아리스트, 내지 모더니스트는 실상 근본적으로는 로맨티시즘의 계열에 속하는 하낱 혼돈의 "자기감약자自己感弱者"에 불과하다. 그들의 착오는 마침내 인테리쟌스主知 — 과학의 헤게모니 — 에 굴복당한 점이다.

『동아일보』, 1940.6

람뽀오적^的 · 에세에닌적^的

시^詩에 관^關한 변해^{辯解}(4)

우선 대상이 정서를 일으키지 않는 곳에 시의 창조는 불가능하다. ― 자동차가 "아름답다"는 이론을 가지고 실제로 응하지 않는 정서를 무리하게 짜내려는 것은, 한낱 무모한 노릇밖에 못 된다. 방법만으로 시를 짜내려는 유^類도 이에서 벗어나지 못한다. "W·휫맨"이 태양 아래에 있는 온갖 것이 시의 영역에 들어간다는 이론을 가지고, 조급하게도 통속 시인의 운명에 떨어지고 만 것처럼 ―

그러한 의미에서 시에 있어서의 방법이란, 항상 부차적인 것이다. "람뽀오"가 위대한 시인인 것은 그의 방법이 아니라, 그의 시에 번득이는 "생의 원형"이다. "에세에닌"이 위대한 것은 그의 시의 방법과 형식에 있는 것이 아니라, 물상과 심상의 상극이 빚어준 인간의 원시적이요, 현재적인 고뇌가 그의 시의 주제인 까닭이다.

○

우리의 젊은 시인 중에서 "람뽀오"적인 시인을 나는 지금 상념하여 본다. 한 사람도 없다. 아쉬운 대로 서정주를 꼽아본다. ― 서 씨의 시 「화사^{花蛇}」를 비롯한 일련의 그의 작품 「입맞춤」 「맥하^{麥夏}」 등등에서 볼 수 있는 "람뽀오"적인 것을 나는 크게 기대를 가지고 주목하는 까닭이다 ―

　　황토 담 넘어 돌개울이 타

　　죄 있는 듯 보리 누른 더위……

　　날카론 왜낫 시렁 위에 걸어 놓고

　　오매는 몰래 어디로 갔나

　　바위 속 산도야지 식식거리며

　　피 흘리고 간 두덕길 두덕길에

　　붉은 옷 입은 문둥이가 울어……

「맥하」의 일부

　"람쁘오"가 통찰한 것은 "생의 원형"이거니와, 이 시인도 "람쁘
오"처럼 온갖 풍속, 온갖 습관 이전에 있는 "생의 원형"을 보여 주
고 있다. "람쁘오"는 그것을 한번 통찰하면 잊어버리기도 못하고
표현할 수도 없는 ― 마치 있기는 있으나 어디 있는지 알 수 없는
것처럼, 이미 신빙信憑할 것이라고는 오직 감성적 도취밖에 없었
다. 그의 이마저리imagery는 작열하는 폭회爆火처럼 단지 그것뿐이
아름다움이었다. "사상"이라고 이름할 만한 자리 잡힌 아이데아
idea가 보이지 않는다. 그러나 거기엔 강렬한 인간의 냄새가 난다.
우리의 젊은 시인 서 씨의 시에서도 그러한 특성을 발견하게 되
는 것은 나 한 사람만이 갖는 편견일까?……다만 그가 지나치게

표현 기벽을 부리려는 것만 고친다면 "람쁘오"와 비등한 것을 앞날에 기대할는지도 모른다.

○

"에세에닌"의 고뇌는 물상과 심상이 상반하는 초점 ─ 현실과 시인의 상념의 상극에서 빚어진 음울이었다. 다시 말하면 그는 "꿈과 현실" 사이에 무릎을 꿇린 것이다. 그는 노래를 노래하려고 자연과 인생을 어루만지면 그저 검고 슬펐다. 그는 마침내 인생학적 고뇌의 구렁에 빠지고 만 것이다.

우리의 젊은 시인 이용악의 시에서 "에세에닌"적인 것을 맛보게 되는 것은 또한 나만이 가지는 편감일까? 그의 첫 시집 『분수령』을 위시하여 「낡은 집」에 이르는 여러 작품에서 받는 "에세에닌"적 특성은 매우 주목할 만하다 ─.

우럴어 받들 수 없는 하늘 검은
하늘이 쏟아져 내린다
왼몸을 구비치는 병든 흐름도
캄캄히 저물어 가는데
예서 아는이를 만나면 숨어 버리지
숨어서 휘정휘정 뒷길을 뒷길을
걸을라치면 지나간 모든 날이

따라 오리라

썩은 나무다리 걸쳐 있는 개울까지 개울건너 또 개울건너

빠알간 수풀에 비웃이 타는

선술집까지 푸르른 새벽인들 내게

없었을 라구 나를 에워싸고 외치며 쓰러지는 수 없이 많은 나의

얼굴은 파리한 이마는 입술은

잊어버리고저

나의 해바라기는

무거운 머리를 어느 가슴에

떨어트리랴

「뒷길로 가자」의 일부

○

— 결국, 사상사思想史의 일환으로서의 "사상"과 "시인의 사상"
과는 끝까지 일률화되지 않는 모양이다. "물"을 극도로 끓이면 화
염이 되느냐(?)는 문제처럼. 그러나 이러한 하치 아니한 생각도
일소하여 버릴 수는 없다.

"노랗게 바랜 포장을 풀자 이성이여 이성이여 전야의 추상의
망령이여" "우리는 우리의 생활을" 제물처럼 고여놓고 감성의 향
불을 피어 올리자!"

『동아일보』, 1940.6

포에지이에 대하여

『시』를 창작한다는 것은 시인 자신 즉 『나』라는 인간이 『너』라는 다른 한 개의 자아에 대하여 발하는 바, 전신적인 한 개의 『질문』이요, 또한 『답변』이다.

그러므로 시를 창작한다는 것 — 그것은 곧 시인의 순수 행위이며, 동시에 그 시인의 내부 생명의 직접적 표현이라고 형언할 수 있다.

그리고 그것詩을 감상하는 자 즉 『읽는 사람』 편으로 고찰할 때에는 『인간 생활』에 대한 진지한 『질문』을 가질 수 있는 자만이, 특히 시로부터 『답변』을 욕구할 수 있다는 것이다.

그리하여 그에게 있어서는 『시』를 읽는다는 것 — 그것이 한 개의 『질문』이 되고, 『질문』에 의하여 『시』로부터 『답변』을 구할 가능성을 가지는 것이니, 여기에 비로소 시의 감상과 이해라는 것의 성립이 가능하게 되는 것이다.

그러한 의미에서 『시』는 『질문』하고 『답변』하는 양자의 두 개의 대립과, 그 대립을 초월한 『통일』에 의하여 성립된다는 것을 사고할 수가 있다. 시의 창작이 시인의 가장 순수한 행위요, 답변이라면 시인은 거기에서 『생활한다는 것』에 대한 『의의』를 속임 없이 『질문』할 수가 있고, 또한 그것의 『답변』을 할 능력을 가지고 있다 말할 수 있는 까닭이다.

그러한 의미에서 시적 표현이라는 것은 『인간』 자체를 표현하는 데 있어 가장 충실할수록 가장 『진실』한 것이라고 볼 수가 있다. ― 단순한 『개념』이라든가 『사상』이라든가를 서술하는 것이 『표현』이 아닌 것과 같이, 인간의 생활적 의의에 대하여 『질문』을 발하고 또한 그것에 『답변』을 하는 도량이 희박하면 희박할수록 그것은 『진실』한 표현과는 원거리에 있는 것이라 말할 수 있다.

여기에 참다운 『시인』이 나타나, 한 개의 훌륭한 시를 창조한다고 할 때, 그는 『온갖 사물』을 노래할 수가 있고, 그 사물의 현재적인 것만이 아니라, 일보 혹은 수보 앞길에 나서서 뒤떨어진 『절름발이』事物를 초호招呼할 것이다. 우리는 이러한 시를 훌륭한 시라고 부르는 것이요, 이러한 위대한 인간적 사상의 고귀한 표현을 항상 원망하여 마지않는 것이다. 시대적 진실이라는 인간적 사상과 위대한 생명성의 완전한 결합으로서의 발현인 참된 『시』―그것의 개화기를 눈쏘고 나아가는 시정신. 우리의 목표는 오직 그것일 것이다!

○

그러나, 우리가 현재 호흡하면서 있는 바 이 지역에는 얼마나 쓸쓸한 시의 황야가 전개되어 있는가? 거기에는 목쉰 그리고 가냘픈 『리즘』만이 들릴 뿐이다.

참된 인간적 진실의 형상적 일표현적—表現的으로서의 시는 찾아볼 수가 없다.

시를 위해서는 진정한 의미의 『순사殉死』까지를 불사해야 될 새로운 시인들까지가 『떡갈나무 잎사귀와 월광으로 짜아낸 연연한 애상곡』을 부르고 있다는 것을 생각해 볼진대, 참으로 시의 세계에는 시적 정신이 고갈되어 있음을 말하는 것이 아니고 무엇이랴.

우리가 가지고 있는 바 새로운 시의 작가들 — 현재에도 시를 꾸준히 발표하고 있는 — 중에 어느 한 사람이고 새로운 『욕구』를 시적 정신의 유일한 목표로 삼아 의지적 열정을 노래하는 이가 있는가(?)를 생각해 볼 때, 거기에는 참으로 쓸쓸한 대답만이 있을 뿐이다.

시인이 한 개의 시를 쓴다는 것 — 그것은 참으로 시인이 호흡하고 있는 바 『현실』의 광맥에 돌입하여 적나라한 『싸움』을 제기하는 의지적 열정의 『표현』이요, 시인이 처한 바 시대의 『운명』 그것까지를 자부하고 나아갈 열정의 『표현』이라는 점에서 추리할 때, 우리들의 시인들의 시적 창조의 정신적 고갈이, 어떠한 특질을 내재하고 있는가를 능히 알 수 있을 것이다.

— 그것은 두말할 것 없이 그들의 생활적 무기력에 그 특질의 근거를 두고 있는 것이며, 그리하여 그들의 시적 창조에는 시인 개인의 푸리즘을 통하여 반사된 피상적 현실의 단층만이 레알리즘이라는 미명하에 진부된 형식의 『외투』를 떨치고 출현되는 것이다.

— 거기에는『있는 그대로의 현실』= 피상적·정지적 현실 그
것만이 표출되어 있으며, 비참한 정태 = 고난의 동혈에서 실혼失魂
된 관념의 세계만이 노출되어 있음을 볼 수 있다. 좀 더 두터운 의
지적 명랑성과 좀 더 원대한 이상의 세계가 표출되는 대신에, 거
기에는 영양 부족에 걸린 인간의 생리적 필연성으로 인하여 초치
招致되는 바 쇠퇴가 있고, 그로 인하여 생기는 히스텔리칼한 성격만
이 참혹한 형자形姿를 노정하고 있다.

그곳에 아무리 훌륭한 시적藝術的 이론이 있어『현실 탐구』를
제창할지라도, 시인의 처한 바 현실적 기조에 뿌리를 박은 자각과
인식 밑에, 그 전형적 감정을 노래하려는 인간적 열정이 없이는,
결국 무의미한 정력의 소비 이외에 아무것도 아닐 것이다 — 아
무리 시에 있어서의 기술과 언어의 배열법에 이르는 표현 방법
을 변혁한다손 치더라도 내면적으로 관류하는 바 시적 정신을 좀
먹고 있는 곳에는 아무런 희망도 없다. 오직 그곳에는 시인 개인
의 걷잡을 수 없는 애상적 쎈치멘트와, 소주관적小主觀的 세계의 산
물인 고뇌를 위한 고뇌가 유일의 선물일 뿐이다. 거기에는 아무런
내일에의 갈망도 없고, 다만 우수와 암담 속에 시인의 기진한 비
탄만이 표현 기술의 소박성과 결부되어 있을 뿐이다. 의욕도 동경
도 우렁찬 리즘도 여기에서는 찾아볼 수가 없다. 오직 암야 같은
암담한 심경의 세계가 단지 그것을 위하여 있을 뿐이다.

『현실』— 시인의 안계眼界에 비치는 폭군(!) 그것 앞에 굴종당
해 버린 니힐한『패배의 노래』에, 자아의 세계를 창조하려는 시인

의 무기력, 그리고 표현 방법의『만네리즘』, 우리는 시인에게 강박하고 명령하지는 않는다. 더구나 과거의 강령과 법규와 **슬로오간**과 **포스터**같은『뼈만 남은 시의 해골』을 재조再造하라 명령하는 어리석은 욕구 같은 것에 있어서랴.

다만 우리가 욕구하고 강박하는 것 ─ 그것은 이것뿐이다.

현실을 보고 그것을 속임없이 그리라는 것을 현상 그대로의 피상적 투영의 감성적 표적이라고 해석하지 말 것과, 또한 **니힐**한 규환叫喚 대신에 가상의 최심오最深奧에 숨은 바『현실의 본질』을 내면적으로 탐탐探探하여 감성적으로 표백시킬 것······

왜냐하면, 보여지고 보는 바 피상적 현실을 그대로 노래하는 것 그것이 곧 시라면 시인은 그 임무와 직능을『사진사』에게 양보해야 될 것이기 때문이다.

현실 ─ 그것이 아무리 훌륭할지라도 그 자체는 시도 아니요, 또한 소설되 될 수 없다.

우리는 자기비판과 자기반성이란 것처럼 무서울 만치, 커다란 효능과 성과의『어머니』가 되는 것은 없다는 것을 기억할 필요가 있다. 현실의 본질적인 감정을 노래하기 위하여, 온갖 망상의 세계와는 하루바삐 **아디유**의 신호를 보냄으로써 발정의 제일보를 내어 놓아야 될 것이다.

○

시적 정신이 고갈된 시인에게 있어서는, 아무리 훌륭한 표현 수법도 일문一文의 가치가 없다. 그리고 시인의 피상적 영상影像인 『현실』을 아무리 훌륭한 기술로 표현한다 할지라도, 그것은 아무런 『질문』과 『답변』을 부여할 능력이 없다. 『질문』을 발하고 『답변』을 부여할 수 있는 시 — 그것은 오로지 시대적 진실의 위대한 사상성과, 생명성의 완전한 결합에서만 가능한 것이며, 또한 그러므로 그것만이 오직 새로운 세대의 시인만이 가질 수 있는 유일의 직무이며, 사명이라는 것이다.

그런 의미에서 시인은 천만의 서적을 읽고 천만 편의 작품을 쓰는 것보다도, 모름지기 자아의 소주관小主觀에 투형投形된 『현실』 그것만을 시의 세계의 전부라고 착각하는 데서 무자비한 자기비판과 자기반성을 감행하여 나아가는 도정에서, 진정한 의미의 『진실』을 노래할 수가 있을 것이다. 이곳에 새로운 시인과 부잔시인腐殘詩人과의 사이에 영원히 넘을 수 없는 성벽이 가로놓여 있는 것이다.

— 시문학의 구극究極은 오직 한 가지 시인이 『현실』 그것을 여하如何히 제기하고 있는가의 문제이기 때문이다. 기술의 중대성의 제기도, 시인의 눈을 통하여 보는 것이 무엇이며, 어떻게 보는가의 종국 목적을 위한 문제이므로이다.

물론, 시인의 세계관 = 광의의 사상성이라는 것은 그렇게 단순한 것이 아니다. 그것은 일정한 법규와 결론도 아닌 한 개의 생동하는 **푸로세스**요, 시인의 사상이 시에 나타나는 바 그것이라는 것도 항상 생동하는 동적인 것으로 구상화되지 않으면 안 될 참으로 복잡한 다양성을 가지고 있는 것만도 사실이다.

이런 것은 무시하고서는 기술의 정당한 이해라는 것은 성립될 수가 없을 것이다.

더구나 소설의 세계와도 판이하여, 사물을 단지 정확히 인식하고 그것을 형상적으로 묘사하는 것만이 아니라, 감정으로서의 말_語로써 표현하게 되는 시의 세계는 일층 고통이 내재되어 있다.

시인이 노래하는데 무아몽無我夢을 꾸게 될 때에는, 내용의 정확한 형상화를 망쳐 놓게 되며, 또한 쓰描는데 무아몽을 꾸게 될 때에 몽롱한 세계의 표현에 종국終局을 지우는 야릇한 관계 — 이것은 참된 시인이 가지고 있는 바 전 육신적 고뇌인 것이다.

그러한 의미에서 우리 젊은 시인들은 과거에 인류가 가졌던 바 온갖 위대한 시인의 시에서 비판과 계승을 통하여, 자기의 살과 피를 만들 영양을 섭취해야 될 것이다.

『조선일보』, 1936.2

2

성조론 聲調論

우리의 낡은 시의 사고에 있어서는, 시란 곧 리듬이 있는 「글」이었다. 그리하여, 시로부터 운문을 쫓아낸 그다음에 와서는 산문에도 리듬이 있다고, 소리를 높여 주장하였다. 과연, 운문이 아닌 산문에도 리듬이 없는 것은 아니었다. 비록 그것이 산문의 리듬일망정 — 본시 악센트가 있는 두 자 이상의 말이 모이면 거기엔 반드시 어떠한 한 개의 리듬이 구성되는 것만은 사실이다. 그러나 악센트를 아무렇게나 모아 놓는다고 거기에 우리가 욕구하는 바 대상이 찾아질 리는 만무하다. 구태여 악센트만이 문제라면 그것은 사전 속에도 얼마든지 산재하는 것으로, 그것을 찾아내기는 밥 먹기보다도 쉬운 일일는지 모른다.

우리가 시에 있어 말하고 또한 찾아내려는 바 대상으로서의 리듬이란 한 개의 시적 효과를 의미하는 것이다. 두말할 것도 없이 운문의 리듬은 그것의 심리적 내지 미학적 유형화를 통하여 한 개의 효과를 가질 수 있었다. 이 효과에 의하여 운문은 자아의 특성을 보유하였다.

그러므로, 자유시가 「운문 형태」를 취하면서 「내용률內容律」이라는 허울 좋은 것을 자주적인 유일의 특질로 삼아 온 것은 말할 수 없는 무지의 소위所爲밖에 아무것도 아니었다.

말이 가지고 있는 단순한 악센트가 모여서 생기는 리듬이란 실상 효과에 있어 제로에 가까운 것이다. 따라서, 그것을 시로 볼 때에는 한낱 무가치한 것이 아닐 수 없다. 그러한 의미에서, 산문에는 리듬이라는 것이 없다고 보는 것이 지당할 것이다. 즉 운문이 아닌 시 = 산문시에는 리듬이라는 것이 없다고……. 혹 있다 하여도 그것은 효과가 없다. 효과를 갖지 못하는 것은 존재의 가치가 없다. 존재의 가치가 없는 것은 존재하지 않는 것과 일반이다.

그러면, 산문에 있는 것은 무엇인가. 단지 있을 뿐만 아니라, 효과를 가지고 있는 것은 무엇인가.

그것은 톤聲調이다.

산문에는 — 따라서 산문시에는 리듬보다도 오히려 톤이 효과를 가지고 있고, 존재의 가치가 크다. 톤만이 오직 산문으로서의 생명 = 특성을 보유시키는 유일의 것이다.

그런데 톤이란 산「말」이 가지고 있는 악센트의 생동하는 표정으로, 그것이 바로 산문으로도 우리가 능히 시를 쓸 수 있게 하는 유일한 힘을 주는 것이기도 하다.

물론, 톤은「있는 그대로」가 반드시「아름다운 것」이 되지는 못한다. 그러나, 그것은 생명의 배경 위에 뛰노는 산 말의 맥박이라는 것만은 의심할 여지도 없다.「있는 그대로」의 톤이 곧 시가 될 수 없는 것은 그것이 산 말이 가지고 있는 소박한 나열이 그대로 시가 되지 못한다고 믿는 사고는 벌써 일반화된 시의 상식이다.

리듬이「있는 그대로」의 모양으로, 곧 시가 될 수 있는 데 반하여 톤은 그와는 반대이다. 톤에는 유형화라는 것이 없다. 유형화라는 것은 리듬에만 있을 수 있는 것이기 때문이다. 따라서, 유형화된 리듬을 구할 수 있는 것은 오직 생동하는 톤뿐이다.

현대시가 운문을 청산한 자유시의 전통인 「산문정신」을 제것으로 삼는다면, 그는 마땅히 리듬과 톤의 가치를 구별하는 데 의하여 전자보다도 후자를 중히 여겨야 될 것이다.

— 이것의 자각조차 없이 시를 쓰고 시의 일반론을 늘어놓는 데서 시와 시인은, 그리고 시론과 시평은 산문과 산문가의 코웃음을 묵인하게 되는 불명예까지를 선물 받게 되는 것이다.

본시, 시에 있어 그 「방법」이라고 부르는 것은 시의 대상을 포에지이詩行爲로써 작품화하는 것의 명칭이다. 그런데, 방법이란 시의 「효과」를 위한 온갖 엘레멘트要素가 없이는 세워지지 못한다. 시의 효과를 낳는 요소 — 그것은 시의 방법과 함께 우리의 불가결의 대상이 되어 있다. 그중에도 톤처럼 시의 효과의 요소로서 중요성을 가진 것은 둘도 없다.

(조선에는 소위 「신시」 이후 오늘에 이르기까지 진정한 의미의 운문시라는 것이 없다. 이 점을 늘 생각하지 않고 구라파의 시적 사고를 그대로 옮겨다가 우리의 시 위에 송두리째 둘러씌울 수는 없다.)

우리가 「자유시」라고 불러온 시란 실상 시인의 한낱 감흥의 문자화, 기술화에 불과한 것으로 그것은 베일을 쓰고 「운문」과 「산문」의 중간을 「게蟹」처럼 횡보한 것의 별명일는지도 모른다.

그것은 물론 뒷날 소위 「산문시」라는 것의 자극을 받아 여러 가지 모습으로 변모하였고, 그에 따라 시인도 확연히「운문 세계」
를 청산淸算한 것처럼 행세하여 왔다.

그러나, 시로부터「운문」의 청산淸算을 문자 그대로「청산」하
여 버린 사람들은 마침내「산문」의 유감에 빠지고 말게 되었다.
다시 말하면, 그들은「운문」의 청산이라는 것을 아무런 새로운
반성과 자각 내지 발견도 없이 내어 버리고 만 것이다.

거기엔 색다른 것의 발견과 탐구와 획득이 미처 있을 수 없었
다. 단지 그들에게는 부지불식간에 그들을 압도하게 된「산문의
위력」과「굴종」이 있을 뿐이었다. 낡은 것의 청산이란 항상 새로
운 것의 발견의 전제 없이 이행되는 것이 아니라는 것을 그들은
의식하지 못했다. 그들의 시에 대한 사고와 방법이 유치한 까닭
이었다.

우리가 지금 말하는 시로부터의「운문 청산」이란 실상 새로
운 문제가 아니다. 오히려 그것은 케케묵은 문제일는지도 모른
다. 여기에 그것을 새삼스러이 들추어 내게 되는 것은 다만 엉크
러진 채 감겨 넘어간「실꾸리」를 다시 풀어 감으려는 심리와 상
합相合한다.

물론, 지금 우리가 말하는 시로부터의「운문 청산」이라는 것
은 지난날의 주견主見 없는 산문시에서처럼 맹목적이요 무자각한
청산이 아니다. 그것은 새로운 것 — 보다 가치 있는 것에의 지향
을 위한 것이다.

현대시가 톤을 갈망하게 되는 이유도 여기에 있다. 본시, 시의

구성 세포인 「단어」와 「구句」와 「문文」 등은 항상 **톤**과 불가분의 것이 되어 있다. 이것들이 결합하여 시의 새로운 창조는 가능하게 된다.

그런데, 위에서도 말한 바와 같이 **리듬**은 산 「말」의 유형화이지만 **톤**은 산 「말」의 생동하는 동적 형태이다. **리듬**은 말의 의미 면과 별개의 규정을 요구하나 **톤**은 말의 의미 면과 불가분의 밀접성을 가지고 있는 까닭이다.

그러므로 톤은 **리듬**처럼 말의 의미 면을 떠나서 「음악적이라」든가 「음률적이라」든가 하는 것을 따로 분리하여 규정하게 되는 이중의 해석을 필요로 하지 않는다. 그러므로, 여기에서는 시의 「음악주의」를 합리화시키기 위하여 「음악과 동일한 목적을 탐구하는 것」이 시라는 **폴·발레리이**의 설변說辯을 구태여 끌어올 필요도 없게 되고, 또한 「이마지즘」처럼 「그림」에다 자아를 기생시킬 필요도 없게 된다.

톤 ― 그것은 우선 「말」이다. 「말」이 쓰이는 데 따라, 다시 말하면, 언어 표출과 함께 반드시 따라오게 되는 억양의 일면이다. 뿐만 아니라 **톤**은 말의 의미를 전달하는 표정의 직능까지를 가지고 있다. 같은 「어구」가 **톤**으로 말미암아 여러 가지 모습으로 나타나게 되는 것은 그 까닭이다.

물론, 그것이 시에 적용되는 것은 시의 방법에 의하여 기술적으로 표현된다. 지금 시를 쓰는 우리에게 무엇보다도 가장 중요한 것은 이 **톤**을 훌륭하게 파악하여 표현하는 데 있다. 그리하는 데서만 우리의 시는 온갖 다른 언어예술의 맨 앞을 서서 그것들을 리이드한다는 특성을 보유할 수 있을 것이다. 왜냐하면, 우리의 시의 낡은 시대에 있어서는 불완전하나마 「내용률內容律」이라는 하나의 의거할 만한 신념 형태가 있어 시인은 맹목으로라도 그것에 의탁하여 자주自主의 만족을 맛볼 수 있었으나, 오늘날에 와서는 그나마도 신뢰할 아무런 자주의 신념 형태까지도 송두리째 상실한 까닭이다.

새로운 방향의 제시를 위한 욕구, 이 욕구는 20세기의 첫 새벽부터 발동한 것으로, 지금에 와서는 이미 우리에게 물려진 불가피의 임무가 되어진 것이다.

시는 「음악」에의 축제로부터 자아를 해방시켜야 된다. 시는 「진술」과 「웅변조」와도 영결永訣을 해야 된다. 시는 그림繪畵에의 기생으로 말미암아 생기게 되는 「자주성의 상실」을 버려야 된다. 현실 사상의 시적 표현 — 그것은 리듬에 의탁하거나 산문의 특성인 논리적 「진술」이나 감정적 흥분제인 「웅변조」의 힘을 경원한다. 오직 고도화된 문자 형태의 형성 — 이것을 오늘의 시는 욕구한다.

『시학詩學』 제5집, 1940.2

영감靈感의 허망虛妄

1

밭에 콩을 갈 때, 팥이 섞인 것을 모르고 심어 놓고 「콩이 팥
되었다」고 놀랐다는 농부의 이야기가 있다.

2

인스피레이션inspiration이라는 말은 행용 "영감靈感"이라고 의역
되거니와 이 말은, 낡은 시적 사고를 지닌 사람들이 만들어 낸 말
이다. ─ 그들은 시라면 우선 **인스피레이션**을 연상한다. 시란 「지
어지는 것이 아니라 저절로 우러나는 것」이요, 따라서 「아무나
손대지 못할 신비한 것」으로 신봉한다. 그리하여, 그들의 사고에
있어서는 「시 ─ **인스피레이션**이라는 것」이 공식화되어 있다.

3

그러나 새로운 시적 사고에 있어서는, 시란 「인간이 가진 온갖 정신의 산물처럼 누구나 다 손댈 수 있는 것」이요, 따라서 「신성이 아니라 인성을 가진 것」으로 사고된다. 그리하여, 거기에 있어서는 「시 — 인스피레이션」이라는 공식은 송두리째 부정되어 버린다.

4

「인스피레이션」이란 그것이 생성하는 **푸로세스**過程를 의식하거나 분석할 수 없는 「정신 내용」을 가리키는 것으로 그것은 온갖 것을 끝까지 우연에 돌려 버리는 낡은 사고의 유산물遺産物이다.

5

왜냐하면, 객관에 자극을 받는 사람의 창조적 의욕이란 실상 우연에서가 아니라, 필연에서 오는 까닭이다. C·G· 융그 이전의 심리학이 모두 「꿈」이라는 것의 현상을 인스피레이션이라고 단정하듯이, 우리의 낡은 시적 사고에서도 한 개의 허망虛妄을 신봉하고 공식화한 것이다.

6

필연이란 인과율에 의한 자연발생적인 「생성의 **푸로세스**」요, 따라서 인스피레이션이란 그 생성의 **푸로세스**가 자연발생에까지 추구되지 아니한 정신 현상을 가리키는 한 개의 허망한 해석에 지나지 않는다.

7

물론, 정신 활동이란 단순한 것은 아니다. 한번 필연성을 가지고 생겨난 「정신」 혹은 「의식」이라는 것은 단지 시간의 유동을 따라 모아지기만 하는 것이 아니라, 정신이나 「의식」은 그 사이에 밀접한 유기적 관련을 가지고 생성되는 것이다. 그리하여 그 유기적인 관련의 「총화總和」가 한 개의 형성形成을 구성한다. 정신의 활동이란 이렇게 하여서 실마리를 풀게 되는 것이다.

8

같은 의미에서 시도 역시 ─ 그 특수성이야 무시할 수 없다 할지라도 ─ 정신의 소산의 하나인 까닭으로, 위에서 말한 「정신 활동」위에서 생기生起되는 것이다.

9

사람들이 한 개의 시 작품을 읽고 거기에서 어떠한 「시적 활동」을 느끼듯이, 한 개의 「세계 형상」 — 가령 기이한 바위를 보고 한 개의 「감동」을 느끼었다고 하자.

10

그러나, 이것은 「시 — 인스피레이션」이라는 공식을 설명할 수 있는 버젓한 한 개의 「구실」이 되지는 못한다. 현상現像을 다만 수동적으로 보고 어떠한 감동을 느끼면, 그것을 그대로 원고지 위에 적어 놓는 것만을 시적 활동의 전부라고 믿기에는 현대인의 지성은 너무나 높은 수준 위에 놓여 있는 까닭이다.

11

만약, 여기에 「시 — 인스피레이션」이라는 것을 믿는다면 사람의 정신 활동 내지 의식이란 항상 객관보다 앞서는 것이 될 것이다. 그리하여, 정신적 활동이라는 것을 「자아」라는 절대정신으로 단정하게 될 것이다. 그리하여, 모든 것은 오직 한 가지 우연성에로 환원되고 말 것이다. 그리하여, 남는 것은 오직 「인스피레이션」뿐일 것이다.

12

이렇게 되고 보면, 시의 창작 과정은 「의식적 활동」이라고 말할 수 있을지라도 그 근본의 「의식의 생성」을 인스피레이션에 의하여 규정하게 될 것이니 상호 모순이 부동附同될 것만은 정定한 일이다.

13

한 개의 시는 질서 있는 한 개의 「씨스템」을 가지고 있다는 말은 그것이 어떠한 다른 방법에 의하여서가 아니라 바로 그 씨스템의 필연적 발전에 의하여 「생동하는 씨스템」을 가지게 된다는 의미이다.

14

두말할 것도 없이, 정신은 물질이 아니다. 정신 현상은 물질 현상이 아니다. 그러나, 물질 현상을 앞에 놓고 정확성을 찾아내는 것과 조금도 틀림없는 정밀성을 가지고 정신 현상을 찾아낼 만큼 인간의 지능은 진보되어 있다.

15

새로운 시적 사고에 있어서는, 그러므로 **포에지**이라는 것은 소재에 의존하면서도 그것은 의식적으로 당위의 **씨스템 — 포엠**詩에까지 형성 발전시키는 정신 활동의 **푸로세스**로 인식한다.

16

그러므로, 시란 끝까지 감동이 「있는 그대로」의 기술이 아니다. 감동의 「있는 그대로」의 기술은 단지 객관의 고정화만을 가져오는 것이다. 그것은 한 개의 **카메라**의 직능조차 못한다. 한 폭의 「그림」이 그 정밀성에 있어서는 한 장의 사진에 비길 거리가 못 되면서도 저만이 가지고 생명을 자랑할 수 있는 것은 그것이

고정화된 객관을 「있는 그대로」 옮겨 놓은 까닭이 아니라, 창조성을 불어 놓아 의식적으로 정신 활동까지를 포함한 객관을 보다 더 높은 곳 — 고차高次의 세계로 끌어올린 데 있다.

17

「시 — 인스피레이션」의 공식을 믿는 낡은 시적 사고는 여기에서 허망한 한 개의 옛이야기가 되어도 좋다 — 지적으로 확신되는 사상에만 시적 신앙을 주려는 벽습癖習이 일부의 사람들에게 굳게 뿌리박혀 있다…… 「과학이 증대하여 가는 세력과 함께 그것은 장차 일반화되어 갈 것이다.」I·A·리챠아스

1939년 중추仲秋

표현表現에 관關한 단상斷想

자아自我에게 주는 독백獨白

한 사람의 시인이 시의 창조적 노선에서 시에 관한 커다란 의 황疑惶을 품고 그것의 참된 본질이 무엇인가?를 추구하기 위한 걷 잡을 수 없는 욕정을 발하고 시의 역사의 심원한 『전당殿堂』 속에 돌입하여 그것의 참된 정의定義를 탐구하고 그것의 참된 목표가 무엇인가?를 파악하려는 것은 결코 무의미한 일은 아니리라.

○

현대로부터 고대 그리샤, 로오마의 『예술의 전당』에까지 소급 하여 보와로의 시론을 읽고 호오레스의 시학을 섭취하고 더 올라 가 아리스토·토올의 비극론을 탐독하는 것도 물론 그 사람의 자 유에 맡겨둘 일이다.

○

— 딴테의 『신곡』을 통하여 밀톤의 『실낙원』을 통하여 괴이테 의 『파우스트』를 통하여 유우고의 『에르나니』를 통하여 하이네의 『독일·동야화冬夜話』를 통하여 휫맨의 『풀잎』을 통하여 — 전대前代

의 온갖 위대한 시인들의 시의 산적山積 속에서 — 그들의 시대적
호흡의 현실 재현인『억압된 감정의 정서화』와 승리를 추구하는
『고귀한 꿈』으로서의 그들의 시를 이데올로기의 분석에서 탐구해
보는 것도 또한 그의 자유일 것이다.

○

우리는 과거의 수많은 시인들이 그것을 탐지하려다 하지 못
하고 비참한 실패 속에 마친 수많은 실례를 알고 있다.
『시란 무엇인가? 그것은 무엇을 위하여 생겨난 것인가?』
그러나, 답은 간단하였다. —『그것을 생각하려는 것은「태양」
과「지구」와「인간」이 왜 생겼나?를 묻는 것과 같다!』
—그들의 최후적 결론이 모두 동일하였다는 이 눈물 없는 비극.

○

인간의 감정 위에 정서 위에 기조를 둔 시와 문학이 그리고 온
갖 예술이『정의』로써 결론지어질 수 있다면 그때 — 시는 문학은
예술은 종언을 고하고 말 것이 아닌가?
정서 — 인간이 사물에 부딪쳐 반응 받는 — 와 사상 — 사물
에서 반응 받은 인간의 심적 활동력 — 의 재현으로서의 시!
—그것은『정의』를 부여하기 전에 벌써 인간의 소유 중의 귀

중한 보배寶物의 하나가 되어진 것이 아니었던가?

○

　여기에 극히 통속화되고 단순화된 언어 —『정서의 재현』이라는 이『명제』의 문을 개방할『열쇠鑰』를 가진 자가 나타나 그 문을 스치기만 할 수 있다면! 그는 참으로 행복 받은 인간의『전형典型』이 아닐까?

○

　시인이여! 그대가 만약 있는 그대로의 감정과 정서를 문자화하여 보라! 그리고 또한 당신이 가진 바『사상』과『학설』을『연설 내용』을 그대로 문자화하여 보라.『연애편지』와『일기문』을 툭툭 잘라서『이것이 시다!』라고 소리높여 외쳐 보라. 그리고 반문해 보라. 당신 자신에게 —『나도 시인이 될 수 있나?』

○

　그리하여 시인은 도망간『연인』을 찾아 지구의 북단과 남단까지라도 맨발을 벗고 따라가든지 그렇지 못하면 중로에서 돌아서고 만다.

— 위대한 시인과 저열한 시인의 구별은 이렇게 해서 창설創設을 보게 되는 것이 아닐까.

○

정서의 고갈 — 전형적 정서의 고갈 — 그곳에서 참된 시가 창조되리라고 믿는 것은 백치만이 갖는 망상이 아닐까?

시인이여! 당신은 모름지기 시에 대한 만권의 이론을 독파하기에 골치를 싸매지 말고 먼저 눈앞에 육박하는『산 현실』속에『가슴』을 두드려 보라. 그리하여 당신에게 그것을 이행할 능력이 있나, 없나를 점쳐 보라.

— 그것이 만권의 책을 읽어 참된 소화를 할 능력이 당신에게 있고 없는가를『웅변』으로 시험해 주리라.

○

시는『극점에 달한 언어』라고 **말라르메**는 말했다.

시는 —『지성』의 힘을 빌려 현실 이외에 있는 질서의 세계를 부호文字적 표출에 의하여 창조하는 것이라고 주지시의 **뮤우즈**詩神들은 외쳤다.

○

그러나, 시인이여!

한 사람의 진실한 시인이 있어 진실로 한 편의 시를 창조한다는 것 ― 그것은 『현실』에 대한 시인 자신의 전신적 싸움을 의미하는 것임을 알라!

그리함으로써만 **나포레온**이 『칼』로써 이루지 못한 것을 예술가로서의 시인은 그의 『시』로써 그것을 성취할 수 있다는 적극적 명제가 생기는 것이 아닐까?

○

시인이 시를 쓰는 것 ― 그것은 인간 = 시인이 시인 = 인간의 생활 속에서 제약받는 감정과 정서의 실체화 ― 표현인 것이며 인간이 가진 바 생활을 ― 생과 사 애와 증오 싸움과 패배 승리와 희열 ― 앞으로 이끌고 나아가는 것이 시인의 참된 임무의 극점이라는 것을! 시인이여! 사념해 본 일이 있는가?

― 시적 정서가 고갈된 곳에 시적 창조가 있을 리 없는 것만은 불을 보는 거와 같이 빤하건만 동에서 뜨는 해를 서에서 뜬다고 고집하는 사람이 왜(?) 그렇게도 많은가?

그러나 이것은 얼마나 되풀이해 온 상식화된 『명제』이랴!

○

그러나! 시인이여!

시적 표현에 있어서 최고적 기조가 되는 것은 정서의 정확한 표현이라는 것을 그대는 알리라.

그렇다. 진위의 『시험관』을 통하여 선택된 실체로서의 감정과 정서의 정확한 표현. 우리의 최대의 요망은 그것에 있다. 『실오리』를 『철사』로 표현하는 것은 정확한 표현과는 거리가 상반될 것이며 『철사』를 『실오리』라고 표현하는 것도 또한 그러하다.

그러므로 시의 생명은 표현의 여하에 의하여 『생』 『사』의 기로에 서ㅍ게 되는 것이 아닐까?

○

물론 실체로서의 감정과 정서는 시인의 상상력을 거부하지는 않는다.

그러나, 시인이여!

시에 있어서 『지성』을 광신하는 『지성 광신자』들은 반기를 들리라—

E・A・포오가 명작 『대아大鴉』를 쓴 것은 순전히 어떠한 기분을 자아내기 위하여 이론적으로 그 작품을 조성한 것이 아닌가?

○

그러나, **포오**가 전혀 감정과 정서의 충동을 제외한 이론적 조성에서 그 시를 지었다는 단언이야말로 『나무』의 잎사귀만 보고 그 나무의 가지와 줄기를 보지 못하는 무모임을 누가 부인하랴. 광신자들 이외에 어느 한 사람일지라도.

○

시인이여!

수사학의 『초보 행진의 대열』로부터 시혼詩魂의 고매高邁와 박력을 자기 생명으로 삼는 상상력의 『황야』는 그대의 고귀한 소유임을 알라. 그리하는 데서만 목전에 육박하는 『산 현실』은 그대의 손에 요리되리라.

— 김빠진 언어의 나열과 시인의 창조력만 좀먹는 속된 『시론』에 『자석』에 붙는 못釘처럼 들러붙지 말고 너는 오로지 네 길을 걸으라.

로맨티시즘 — 그것은 리알리즘과 상반되는 것이 아니라 그 자체 가운데 그것을 상호 내포한다. 즉 둘이면서 하나인 것이라고 할까?

○

물론 전대의 낭만주의 — 그놈은 『숫총각』으로 『장가』도 못가 보고 죽은 『불행아』다.

그러나 새로운 **로맨티시즘**은 **리알리즘**과 혼인함으로써『창조력』과『비평력』을 자기의 것으로 삼는다.

여기에 새로운 시가『주관성』위에 기조를 두면서도 또한『주관성』의 초월 위에 서지 않으면 안 되는 중심 개념이 가로놓여 있다.

여기에 시가 이론도 아니요 지성의 유희도 아니요『선전 삐라』도 아니요『중의 염불』도 아니요『수사학』**노오트**도 아닌 중심 개념이 가로놓여 있다.

○

시인이여!

위대한 사상성과 심원한 상상력의 융합.

— 창조의 샘물泉은 여기에 비로소 용출湧出을 보게 된다는 시적 야심이여.

바로 지금, 새벽을 고하는『닭』의 홰를 치고 우는 소리가 들려오리라.

『조선문학』, 1936.6

시단회고 詩壇回顧

병자丙子 시단詩壇을 말함

시의 빈곤! 침체!

과잉된 자의식의 구렁 속에 **이데아**를 상실한 현대의 노쇠된 청년들이 자아의 행방의 키와 닻을 상실하고 그것을 내던진 것은 이미 오래인 옛일이다. 희망을 노리고 돌진하려는 죄 없는 꿈은 그들로부터 떠나가 버린 지가 이미 어제오늘의 이야기가 아니다.

비리 먹은 당나귀 같은 초라한 현실! 여기에는 자라나는 소아의 천진스러운 자태도 찾아볼 수 없다. 고향을 상실한 사람을 연상케 하는 냉허한 문자의 나열이 있을 뿐이다. 시적 정열과 표현의 조각미, 생동하는 시인의 **에스푸리**, 그리고 심원한 시적 상상력! 이런 것은 그곳에서 찾아볼 수가 없다.

시를 육체와 정신을 함유한 존재를 주관하는 생물로서의 인간의 산물의 하나라고 말할 수 있다면 현실의 시인들의 감각은 육체와 정신을 상호 분리하여 그중의 한 개만을 개유個有하는 불구 된 감각 이외의 아무것도 아니다.

시의 빈궁! 부진! 이것을 막연하게 외치는 사람들이 상상도 못 할 만큼 금일의 시문학은 심각한 위기에 직면하여 있다. **푸로메슈우스**의 고뇌는 **그리샤**의 신화가 아니요 바로 금일의 시인의 고뇌임을 어느 누가 부인하랴.

이것은 조선 시단을 통틀어 놓은 일반적 통성通性이다. 나날이 붓대를 움츠리고 고작 생각하여 빚어낸 것이 어느 문단의 흉내를 낸 "풍자시"의 유행이오 불안의 시가 아니었던가.

이 변태적 특성이 극도로 현현된 시기가 병자년이라는 것을 생각할 때 참으로 굴욕의 뭉치가 치미는 것을 억제할 수가 없지 않은가?

그럼에도 불구하고 병자년을 시의 부흥기 운운하는 얼빠진 사람이 있음을 보거니와, 시가 시대의 선구자라고 떠들고 시집과 시지詩誌가 몇 개 나왔다고 해서 그것이 곧 시의 부흥을 의미하고 시의 질적 상승을 의미한다고 믿는다면 그것은 참으로 한 개의 훌륭한 곡예일 것이다.

병자 시단처럼 시다운 시가 양에 비하여 그 질이 반비례된 연대年代는 두 번도 없었다.

무릇 시인이 있는 곳에 시가 없을 리 없다. 시는 시인의 생활의 속임 없는 반영이오, 시인은 시대의 맏아들이니 초라한 시대는 초라한 시인을 낳고 초라한 시인은 초라한 시를 쓴다는 논리 — 이것을 누가 부인하랴.

시가 양적으로는 증대하면서도 질에 있어서는 일반이 쇠퇴를 나타내고 있는 것은 두말할 것 없이 시인이 처한 바 현실에 대한 태도가 참되지 못하며 따라서 거짓으로써 현실과 접촉하는 까닭이 아닐까?

감각적 형식으로만 현실을 반영하고 그것만으로 사유하는 불구자의 비애가 여기에 있다.

이것이 바로 오늘의 시인들의 초라한 면영畫影이다. 광범한 사회, 인간, 생활, 애愛, 사死, 싸움, 이러한 것들에 정면으로 돌입하는 전신적이오 육체적인 힘이 결여되어 있다는 최대의 불행이 그것이다.

우리는 이 불행을 제거하기 위하여 붓대를 바로 잡아야 될 것이 아닐까?

『비판』, 1936.11

시인부정론 詩人否定論

이러한 "제목"을 붙이게 되는 것을 주저한 것은 성급한 독자가 있을 것을 저어하는 까닭이었다……

○

여기에 두 개의 명제가 있다 —

하나는 — 전통에 대한 반항 — 다른 사람이 써먹고 물려 준 것 이외의 것을 가져 보지 못하는 슬픔.

둘째는 — 한 사람도 가보지 못하였고 앞으로도 또한 가보기 어려운 세계(보다 더 크게 우주라고 불러도 좋다) 그곳까지 돌파하는 기쁨.

○

이 두 개의 명제를 앞에 놓고 생각하여 볼 때, 우리는 전자인 "슬픔" 대신에 후자인 "기쁨"을 가지고 싶어 하리라.

그러나 단지 가지고 싶다는 것과 가질 수 있다는 것과는 언제나 정비례되는 것은 아니니 우리에게 보다 더 커다란 슬픔이 찾아오게 되는 것은 바로 이곳으로부터 시작되는 것이었고 지금도 그렇고, 앞으로도 또한 그러할 것이다.

○

오늘날과 같이 우리의 감성과 지성이 극도로 분열된 세대가 있었더냐? 시는 우리들 현대인을 구하는 대신, 도리어 이반離反하고 있다는 이야기를 귀가 아프도록 접하게 되는 것은 무엇 때문이요, 누구의 죄이냐?

○

— 나는, 오늘날, 예술 작품보다도 허다한 예술가를 보게 된다…………

(이것은 **앙드레·지이드**의 말이거니와 우리의 시와 시인을 말하는 자리에 감히 인용하기를 허락하라.)

○

오늘날까지 우리들의 시인이 가진 바 특성 가운데 악질의 것을 들추어 본다면 그것은 그들이 "시인"이라는 명사의 감상적 식물을 포식한 불건강한 태성惡性이 아니던가?

○

그러한 태성에서 낳아진 시란 손재주만으로 된 시나 억지로 주워 모아 사개를 맞춰 놓은 시의 영역을 벗어나지 못하는 것만도 사실이다.

본래, 태성이란 포식으로부터 오는 한 개의 불순한 산물로서 그곳에는 진보 대신에 착각된 자부심과 허울 좋은 자위감만이 남아지는 것이 아니던가.

○

─ 남이 쓰는 것처럼 나도 시를 썼으니, 나도 시인이다! 헛된 자부심. 값싼 자위감. 시에 대한 외포畏怖보다도 회의懷疑와 탐구보다도 이러한 불순한 것들이 강하여질 때 시인이라는 도금鍍金 간판이 횡보橫步를 하게 된다.

○

……정담政談의 한 토막을 잘라 놓고 시의 간판을 씌워 놓는

사람. 인간론의 한쪽을 떼어다 놓고 시의.렛텔을 첨부하는 사람. 신세리티이만을 둘러메고 나서는 사람. 로맨티시트로서 싸타이야를 지저귀는 사람.……

○

그러나 저주할 만한 역설이 가혹하게도 시인의 등 뒤에서 냉소하고 있음을 어이 하랴─

『시쯤이야 누구든지 쓸 수 있기 때문에(흉내낼 수 있기 때문에) 시는 누구든지 쓸 수 없다.』

○

극단極端의 생각과 극단의 언어,─누구나가 가질 수 있는 평범한 사유, 그것으로부터 우러나온 시란 끝끝내 레토릭의 경계선을 벗지 못한다.

○

오늘날 시가 양적으로는 비대증에 걸리고, 질적으로는 영양 부족에 걸려 있는 것은 시의 죄가 아니라, 시인의 죄에 속한다.

○

천재적 개성 — 우리들의 개성 그것의 차이라는 것은 개인의
성질의 차이에 따르는 것이 아니요, 그 정신 과정의 정도상程度上
의 차이에 불과하다는 케케묵은 해석 — "보편적 인성 사상"은 여
기에서 전별을 고해 두자.

○

시를 신봉함으로써 현실과 시와의 무분별을 가져오고 현실을
시 속에 잡아넣을 때 현실은 시 속에서 거꾸로 서게 된다.

○

우리는 우선 "시"에 대하여 **노오**를 부르자. 시에 대하여 **노오**
를 부르는 것은 시를 부정하는 것을 의미한다.
그다음 우리는 "시인"에 대하여 **노오**를 부르자. 시인에 대하
여 **노오**를 부르는 것은 시인을 부정하는 것을 의미한다.

○

우리는 시를 부정하고 시인을 부정하는 데서부터 도리어 자

아로 하여금 "시"를 쓰는 사람으로 실재한다는 것을 자각시키
자, ─라고 하는 것은 우리가 시를 쓰는 것은 우리가 "시인이라고
생각하는 때문에 시를 쓰는" 것이 아닌 까닭이다.

○

우리는 시를 쓴다. 그러나, 우리는 시를 쓰기 위하여 시를 쓰는
것은 아니다.
우리는 시인이다. 그러나, 우리는 시인이 되기 위하여 시인이
되는 것은 아니다.

○

참된 시인은 자기의 출발이 어느 곳이든 그것을 불문하고, 앞
으로 앞으로 쉼 없이 전진하고 발전해야 된다. 하이네이든 괴이테
이든 벨레이느이든 말라르메이든 휫맨이든 보오들레르이든 그것
은 자유이다.
─라고 하는 것은 한곳에 정지되어 아류의 눈물을 머금고 한
구석에 앉았다는 것은 불쌍한 일인 까닭이다.

○

그러므로 참된 시인은 항상 시를 죽이면서 시의 맨 앞을 ― 첨
단이라고 불러도 좋다 ― 걸어가야 된다. 시인이란 이러한 자각
을 가지고 어둠 속을 헤매는 사람의 명칭이다. 그 자각을 실천하
지 못하고 밑 없는 구렁에 영영 매몰되는 불행이 있을지라도……

― 시를 쓰지 말고 밭을 만들라(!)는 말이 있는 것도, 능能과 전
진이 없는 시인에게 보내는 한 개의 가슴 쓰린 역설이다.

○

문과 창이 없는 방안의 생활.
권태다. 피로다. 죽어 넘어진 이념이다. 말라빠진 감성이다.
대가리가 무거운 지성이다. 천치의 백일몽이다. 종국적인 전체성
을 얻지 못하는 허거품이다. 순간이다. 찰나다.

○

그러나, 우리는 이 속에서 무한한 실체를 건어잡아야 된다. 시
는 쉼 없이 자라고 끊임없이 변하는 그 속에 살고 있다.

○

우선 먼저 가져야 할 것 ―

시를 부정하라. 그다음에 시를 긍정하자.

그다음에 시와 시인과의 상합相合을 가지자. 그때―비로소 한 사람도 가보지 못하였고 앞으로도 또한 가보기 어려운 세계 그곳까지 돌파하는 "기쁨"을 자기만이 가질 수 있음을 자각하자.

『조선문학』, 1939.6

"개성^{個性}"과 "보편^{普遍}"

여기에서는 아나로지이로서 요구되는 「개성」과 「보편」에 대한 일반적 사고는 생략하기로 하자.

○

시에 대한 우리들의 상식은 다음과 같이 자문자답한다 ─.
─ 시라는 것을 개성적 작품 행위 없이 상상할 수 있을까?
─ 없다, 시란 온갖 문학 중에도 가장 개성적인 표현이기 때문에!

○

이 「물음」과 「대답」만으로도, 시란 끝까지 개성적인 것임을 말할 수 있다.

즉 시는 시인 까닭에 개성을 근거로 하고, 개성에 따라 색채가 달라지고 개성에 의하여 생명을 갖게 된다는 것이다. 그리고 흔히 말하는 스타일이란 다른 아무것도 아니요 바로 이 「개성」을 말하는 것으로, 이것은 시만 아니라 온갖 문학의 기조가 된다는 것이다.

○

그러나 또한 시란 개성적일 뿐 아니라, 보편성을 가진 것으로, 그것은 반드시 어떤 크라스^{階級}의 표현임을 알 수 있다. 개성적 특성이란 항상 개성과 보편성의 양면의 관성을 떠나서는 있을 수 없는 까닭이다.

○

T·S·엘리옷트가 자기의 시로부터 소위 파소날·엘레멘트^{個性}^{的 要素}를 제거시키려 한 것도 시의 보편성을 살리기 위한 한 개의 시험이었다는 것을 우리는 기억한다.

○

요컨대 시란 개성과 보편성이라는 두 개의 요소를 상관적 필수 조건으로 삼는 것으로, 그것은 개성에 의하여 만들어지고 개성에 의하여 채색된 작품이 또한 어떠한 크라스^{階級}를 표현하고 사회성을 띠게 된다는 것을 말하여 준다.

○

「개성」이라는 말은 원래 번역어로 학술 용어로서는 그 사용면에 따라 여러 가지 뜻意味을 가졌다 하거니와, 여기에서는 그것을 보다 넓은 의미로 쓰게 된다.

──라고 하는 것은 개성의 문제란 단지 스타일에 한한 문제가 아닌 까닭이다. 그것은 참으로 시인과 시 작품의 내용과 형식, 감상 등의 전총합全總合의 문제인 까닭이다.

○

그러므로, 여기에서 작품의 스타일이 시인의 개성적 표현이라고 말하고, 또, 개성이 보편성을 가져야 된다는 말은 조금도 상반되는 뜻을 가진 것이 아니다.

전자에 있어 「개성」이라 한 것은 예술적 의미요, 후자에 있어 「개성」이라 한 것은 보다 더 넓은 보편성의 의미인 까닭이다.

그리고, 시인은 예술적 내용을 가진 동시에 또한 항상 철학적, 윤리적, 심리적 내용을 가지고 있는 까닭이다.

○

코올리지의 말을 빌면 「시는 우연을 기피한다. 시에 나타나는 온갖 크라스, 성격, 직업 등의 개성은 반드시 어떠한 크라스를 대표한다」.

이 말은 시의 보편성을 말한 훌륭한 「고전」의 하나임을 알 수 있거니와, 그러면 시의 보편성 즉 사회성이란 과연 어떻게 시험될 것인가? 하는 문제가 나서게 된다.

첫째 — 시란 사람에게 읽혀서 이해되어야 할 것.

둘째 — 시란 읽는 사람에게 공감을 주어야 할 것.

— 이 두 가지가 보편성을 시험하는 근본 조건이 될 것이다.

○

시는 끝까지 개인의 경험 개인의 실감 없이는 있을 수 없으며, 시는 시인 까닭에 개성적인 것이요, 개성적인 특성이 있으므로써 시의 시로서의 존재 의의가 있다 하거니와, 그러나, 아무리 개성을 기초로 한 시라 할지라도 그것을 시인 자신만이 이해하고 그것을 읽는 사람 즉 독자가 이해하지 못한다면 그 시는 시로서의 가치가 없을 것이며, 그러한 시를 가리켜 보편성을 가졌다고 말할 수 없는 까닭이다.

○

또한 그 시가 읽는 사람에게 알려진다 할지라도 그것이 전혀 추상적 표현이요 산문적 기술이요 시적 내용이 공허하고 수사만이 남아 있을 때에는 그것도 시로서의 가치를 가졌다고 말할 수 없다.

○

　시란 시인의 참된 감동을 읽는 사람에게 전달시켜 시인의 감동과 동일한 감동을 읽는 사람에게 경험시켜야 된다는 상식.
　그러나, 이 상식 속에 개성과 보편성의 문제가 숨어 있는 것이다. 그리고 시에 있어서의 보편성이란 실로「감동의 전달력」속에서만 찾을 수 있는 문제이다.

○

　그러므로, 문제는 어떻게 해서 개성이 개성의 본질을 잃지 아니하면서 동시에 보편성을 파악하느냐? 하는 데 가로놓여 있게 된다.
　그러면, 개성의 본질을 잃지 아니하면서 개성을 초월하는 과정은 어떠한 것인가? 여기에서 우리는 다시 개성의 문제 속으로 되돌아가서 사고하게 된다.

○

　시에 있어서의「개성」은「형식」에서 나타난다고 말한다.「형식」이란 개성 특유의 감동의 양식을 표현하는 것이므로 ─. 그리고 시인의 감동의 양식이 예외로 상도常道를 탈출한다든가, 시인이 전달시키려는 감동이나 경험이 별다른 것이라든가, 시인이 거 짓을 말한다든가 — 이러한 특별한 여러 가지 **모멘트**와 원인으로 인하여 온갖「형식」이 생기게 된다 할지라도 우리는 그것을「형식」으로서 시험하여 그것의 진위를 가릴 수 있는 까닭이다.

그러므로, 시가 이상의 두 조건을 완비하여, 보편성을 갖게 될 때, 그 시는 곧 개성을 기초로 하고 개성에 의하여 채색된 시라고 말할 수 있는 것이다. 시의 보편성이란 실로 시인의 개성 가운데에 내포된 문제라는 것을 알게 되는 것도 그 까닭이다.

○

그러므로, 시인의 감동이나 경험이 **레알**할 때에는 읽는 사람은 그 시인의 개성적 감동이나 경험이나 사상에 대하여「동감」하게 되는 것이다. 우리가 말하는「서정시의 현실성」의 문제도 이러한 관점 밑에서만 사고되고 해결해 나갈 숙제이다.

○

개성의 표현이 완전에 이르렀을 때, 비로소 시의 보편성을 볼 수 있다는 것, 그리고, 개성이 보편성을 갖게 되는 능력은 시인의 상상력의 힘으로써 성취된다는 것, 그리고, 추상과 구상, 관념과 형상, 진부와 신선, 개個와 전형典型, 지성과 감성, 순수감정과 비순수감정 등등을 조화시키는 것 그리하여 「자연적인 것」과 「인위적인 것」과를 조화시키는 것 — 이것이 곧 개성이 개성을 잃지 아니하면서 동시에 보편성을 갖게 되는 과정인 것이다.

○

물론, 여기에서 우리가 중점을 둘 것은, 표현에 있어서의 「개성」으로 시인의 개성적 특성이 시작詩作 과정을 통하여 작품에 나타나서 미적 효과의 통일을 보일 때, 그곳에 나타나는 개성의 본체는 「이성」이 아니라 상상력이라는 것이다. 물론, 시인의 체질이라든가 기질이라든가, 습성이라든가, 사상성이라든가 하는 가지가지 특성이 전체에 영향을 줄 것만은 정한 일이나, 그것을 통일하는 것은 오직 「개성의 힘」 이외에는 아무것도 없다.

○

그리고, 개성이라는 것을 주관성과 혼동하여 동일시하는 것은 잘못이다.
—주관성이란 개성의 한 속성이요. 주관성이 개성을 만들 수 없는 까닭이다. 시인이 가진 바 개성이란 단순한 주관성을 포함한 보다 더 커다란 「힘」이니, 개성 능력을 가진 그것을 우리는 상상력이라고 명명한다.

○

　시인이 시인이 될 수 있는 것은 시인의 「개성 능력」 즉 「상상력」을 가진 까닭이다.

　두말할 것도 없이 그것은 시인 개성에 따라 각각 색채를 달리한다.

　뿌레에크를 보라, 쉐리이, 하이네, 보오들레르, 포오, 그 밖의 온갖 전대前代 시인을 보라. 그리고 눈을 돌려 우리의 시인들을 보라.

○

　결론은 너무나 선명하게도 다음과 같이 이야기하여 준다.

　한 사람의 시인일지라도, 자아의 개성을 떠나서 시인으로서의 자리를 차지한 것을 한 번이라도 본 일이 있었더냐? 있느냐? 있을 것이냐?

　개성을 떠난 시라는 것을 상상하는 것부터가 시의 사멸을 의미하는 한 개의 역설이다.

『비판』, 1938

3

시詩의 삼원三元

읽고 듣는 것鑑賞만으로 포에지이詩를 사랑할 수도 있다.
쓰는 것創造만으로 포에지이를 사랑할 수도 있다.
이야기論하는 것만으로 포에지이를 사랑할 수도 있다.

○

시에 기하학적인 한 개의 "원圓"을 가상하여 읽고 듣는 것鑑賞을 시의 "외원外圓"이라고 하고 이야기하는 것을 시의 "내원內圓"이라고 하고 쓰는 것創造을 시의 중심 = 중점이라고 하자.

○

이러한 가상을 세워 놓고 우리가 내려다볼 수 있는 것은 무엇인가?
시의 삼원三元 세계다.
"중점"을 찍는 것.
"원"을 긋는 것.
"외원"을 긋는 것.

○

우리들 현대인은 단순보다도 복잡을 사랑한다.

하나가 아니라 둘인 것.

둘이 아니라 셋인 것.

그리하여 비록 하나만이 욕구될 때에도 둘이나 셋을 모조리 욕구한다.

셋을 낱낱이 어루만지고 주물러 본 다음에 비로소 그 가운데에서 가장 구미에 맞는 것을 골라잡는다.

○

선택의 눈! 현대인에게 가장 절실하게 요구되는 것은 선택의 눈이다.

하나를 찾으려다가 둘이나 셋을 한데 뒤섞어 놓고 어쩔 줄을 모르는 선택의 혼란, 혼미를 보게 되는 것도 그 까닭이다.

○

시를 사랑하는 나머지에 읽고 듣는 것만 아니라 쓰는 것까지 사랑하고, 쓰는 것만 아니라, 이야기하는 것까지 사랑하는 것 ─ 이렇게 여러 가지 습성을 갖게 되는 것은 우리가 단순보다도 복잡을 사랑하는 까닭이 아닐까?

○

포에지이의 삼원 세계. 그 속에 생의 고뇌는 투영되고 시인의
슬픔은 생탄生誕된다.

시란 어떻게 쓰는 것인가?

―이 물음에 서슴지 않고 대답할 자신을 가진 사람이 있다면
그 사람은 미치광이에 틀림없으리라고 말할 만치 시라는 것을 한
마디의 말이나 한 줄의 글로 대답할 수는 없다.

이러한 의미에서 볼 때 시를 이야기하는 것처럼 무력하고 무
의미한 수작은 둘도 없다고 말할 수 있으리라.

○

이야기論하는 것 ― 차라리 그것보다는 가슴에다 두 손을 모으
고 소리 없이 뛰는 맥박의 소리를 은근히 가늠하여 보는 것이 나
을는지도 모른다.

○

그러나 어찌할 수 없는 숙명 ― 시란 읽고 듣는 것만으로도 족

함을 얻을 수 없고, 쓰는 것만으로도 족함을 맛볼 수 없고 이야기
하는 것만으로도 오히려 족함을 찾아볼 수 없는 — 이 숙명 속에
우리는 고뇌를 씹어 먹는다.

○

포에지이는 말의 전능력을 가지고 베일을 벗긴다.
포에지이는 우리를 둘러싸고 있다.……
문제는 날마다 그의 마음과 눈이 부딪치는 것을, 그가 처음으
로 보고 느끼는 것처럼 그가 생각하도록 각도와 속도를 맞추어,
그에게 보여 주는 데 있다._{장 · 콕토오의 말}

○

— 이 말은 시의 창조를 이야기한 이야기_論 가운데에 가장 백
미임을 알 수 있다.
그러나 이 말이 곧 시를 낳아주는 어머니가 될 수는 없다. 시
의 삼원 세계의 영원한 비밀이 여기에 있다.

『동아일보』, 1938.10

창조創造와 표현表現

일찍이 **꾸우루몽**은 그의 저著 **꾸우루몽**의 말 가운데에 예술의 창조를 가르쳐 『자연의 아름다움美과 사람의 느낌感覺과 이 두 가지 힘力의 충돌에서 평행사변형의 대각선 예술이 생탄生誕된다』고 이야기한 일이 있다.

그의 말을 여기에 다시 한번 기하학적인 『선』을 빌려 도해하여 본다면 다음과 같다.

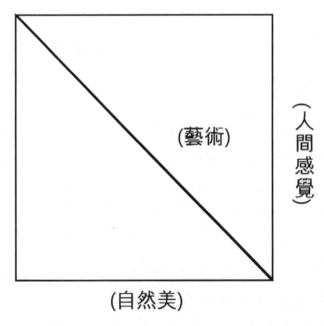

(藝術)

(人間感覺)

(自然美)

그런데 위에서 보는 바와 같이 그가 말하는『인간의 느낌』
이라는 것은 물론 주체主體를 의미하는 것이요,『자연의 아름다
움』이라는 것은 객체客體를 의미하는 것이요, 이상 두 개의 힘의
충돌에서 생기는『대각선』이라는 것은 곧 우리가 말하는 바 예
술─여기에서는『시』라고 말하게 되거니와, 그의 말의 의미라는
것이 비록 우리에게 주어진 허다한 정의와 마찬가지로 한낱 추
상적 개념을 이야기한 데 불과하다 할지라도 거기에서 우리가 한
가지 용이하게 발견 수 있는 것은 예술이란─따라서 시란『표
현』을 떠나서는 있을 수 없다는 사실이다.

다시 말하면 예술은─시는 표현이요 표현이 없는 곳에서 시
의 창조를 찾으려는 것은 허망에 불과한 것으로 표현 문제를 떠
나서 시의 문제는 없다고 하여도 과언이 아니라는 것을 말하여
준다는 것이다.

『자연의 아름다움』이라고 말하는『객관』─ 바꾸어 말하면
『소재』라는 것은 무수무량無數無量한 것이요『인간의 느낌』이라고
말하는『주관』바꾸어 말하면 개성이라는 것은 무수불일無數不一한
것으로 이 두 개의 힘이『충돌』만 되면 곧 예술─시가 생탄生誕되
는 것이 아닌 까닭이다.

이『충돌』이 비로소『대각선』을 낳는 데 의하여 마침내 시는
생탄生誕되는 것이며 이『대각선』이란 다른 아무것도 아니요 우리
가 말하는 바『표현화』를 의미하는 까닭이다.

『자연의 아름다움』과『인간의 느낌』이라는 것은 얼마든지 있

을 수 있고 얼마든지 다른 것으로 그것만으로 창조라는 것을 생각할 수는 없는 까닭이다.

시인이라는 한 사람의 인간＝주체가 한 개의 객체인 『무엇』에 부딪쳐 생기게 되는 느낌感覺이란 어느 곳에도 있을 수 있는 범속사凡俗事에 불과하다.

새가 우는 것을 듣고 봄을 느낀 사람이 있다고 하면 벌써 거기에도 『무엇』과 『느낌』의 충돌은 생겼다고 말할 수 있을 것이다.

그러나 우리는 그곳에서 시를 볼 수는 없다. 거기에는 『대각선』이 없는 까닭이다. 표현이 없는 까닭이다. 항상 우리의 문제는 그것이 어떠한 대각선으로 나타난表現 것인가? 하는 데 가로놓여 있는 까닭이다.

가령 여기에 시를 쓰지 않는 시인이라는 말이 있다고 해 보자. 이런 말이 과연 논리성을 가진 말이 될 것인가.

『물을 떠나서 사는 고기』라는 말과 조금도 다름없는 비논리성을 가진 말이 아닐 수 없다.

물론 『표현』을 위한 원소가 되는 것 즉 『객체』와 『주체』라는 것은 무수무량無數無量 불일不一한 까닭으로 『표현』이라는 것이 『무엇』 『어떤 것』을 말하는 것이냐? 하는 것은 별문제이다.

그러나 또한 표현이란 표현된 일형식一形式을 떠나서 있을 수 없는 것이니 문제는 결국 그것이 『어떻게』 표현되느냐(?) 하는 일점으로 귀착되고 만다. ─ 이렇게 말하면 성급한 독자는 형식주의의 때늦은 염불을 풀이하는 것이냐고 눈을 흘길지도 모른다.

그러나 시란『표현 형식을 떠나서 생각할 수 없는 극단의 예술적 장르』라는 것이 거짓이 아니라면 표현 문제는 무엇보다도 많이 그리고 직접적으로 형식의 문제를 제기하게 되는 것만은 속일 수 없는 일이다. 어떻게『표현』되었느냐? 이 말은 어떠한 표현 형식을 가졌느냐? 하는 뜻을 동의한다. 그러한 의미에서 M·짜꼽프가『예술 작품의 가치는 어느 곳에 있느냐 하면 작품 자체에 있는 것으로 그 작품이 현실과 일치되어 있느냐 없느냐 하는 데 있는 것이 아니라』고譯本,『M·짜꼽프의산문시론』말한 것은 일리가 있는 말이다.

그의 말을 통하여 우리가 느낄 수 있는 것은 표현 형식을 제외한 예술품이란 있을 수 없는 것으로『자연의 아름다움』이라고 불리는 객체現實에 대하여 주체主觀가 어떠한『대각선』을 표현 ― 객관화 ― 형식화 ― 창조하였느냐 하는 데 문제는 가로놓이게 된다는 것이다. 그러한 의미에서『창조』란『새로운 전율』을 만드는 것이라는 말도 결국 표현화 ― 작품화된 것을 떠나서는 말할 수 없는 것이니 표현 과정에 있어『주체』가 최초에 부딪치는 것은 객체인『소재』라 할지라도『주체』와『객체』그것이 그대로 창조가 되는 것은 아니다. 벌써 거기에는 주체도 객체도 아닌 다른 한 개의 것 ― 표현화 ― 형식화된 것이 있을 뿐이다. 그러한 의미에서 오늘날의 시 작품들을 놓고 본다면 거기에는 참으로 주체와 객체의 무질서한 혼합물이 말이라는 현상적 매개물을 통하여 형식화 이전 ― 표현화 이전인 채 ― 내던져진 감을 주는 것이다.

주체와 소재만을 있는 그대로 나열하는 것처럼 시인에게 치

욕되는 일은 없다. 소재는 형식에까지 다시 말하면 표현에까지 발전되어야 한다. 시 작품의 백의 하나도 능히 한 사람의 심령을 울리지 못하는 까닭을 캐고 보면 그 이유의 전반이 대개 그 시가 형식화 이전에 놓여져 있는 까닭이리라.

표현화의 결여 — 형식화 이전의 비극 — 시의 새로움이란 시인에게 있어 표현화의 새로움을 말한다. 시가 표현에 살고 표현은 그 형식을 통하여 결정되는 것이라면 새로운 표현이란 항상 새로운 표현 형식의 추구 없이는 무의미한 것이다. 표현 형식이란 그러므로 소재가 되는 『객체』까지를 새롭게 한다. E·A·포오가 현대시에 새로운 전율을 창조한 것도 그가 자아의 시를(그 특유의 감각과 소재를) 표현 형식이라는 새로운 **푸리즘**에 투영시킨 데 있으리라.

참된 표현이란 『불변의 태양처럼 그 비치는 모든 것을 명확히 하고 보다 더 훌륭한 모양을 만드는 것이다.』ᴬ·포오프, 「비평」

시인의 임무란 『새로운 정서를 찾아내는 것이 아니라 행용의 정서를 사용하는 일이다. 그리고 그 정서를 시화詩化할 때 실제의 정서 가운데에는 전연 없는 감정을 표현하는 일이다.』ᵀ·ˢ·엘리웃트, 「전통과 개인적 재능」

『작품作品』, 1939.6

시詩와 과학科學

19세기의 초두에 살고 있던 시인들의 태반이 "과학"이라는 것을 무서운 "괴물"로 시와 과학은 전혀 상극되는 것 = 다른 우주의 것이라고 신념하였다는 이야기가 있거니와, 20세기인 오늘날에도 이와 조금도 앞서지 못한 "눈과" "뜻"을 가진 사람이 얼마든지 존재한다는 사실이 웃지 못할 희극을 빚어 준다.

○

이상 양자 중에 차이라는 것이 있다면, 단지 전자는 19세기의 종교적 관념주의요 후자는 20세기의 그것이라고 말할 수 있을 뿐이다.

○

그들의 구호는 한결같다.
현대는 과학의 시대다.
시는 멸망할 수밖에 없다.

○

문제는 그 사람이 20세기의 사람이냐? 19세기의 사람이냐? 하는 데 걸쳐 있는 것이 아니라, 그 사람이 지니고 있는 "관념"이 19세기의 것이냐? 20세기의 것이냐? 하는 데 가로놓여 있는 것이다.

○

시와 과학, 더 나가서는 과학과 예술 ── 이것들의 표현 방법의 차이를 가지고 양자의 상극을 말하고 공존을 부정하는 것은 한낱 무식과 무모에 불과하다.

○

시는 인간 생활의 온갖 것을 자아의 품속에 포옹한다. 철학도 좋다. 정치도, 경제도, 심리학도⋯⋯⋯

○

양자가 가진 특유한 표현 방법 ── 수학적 표현은 "수"에 의하여 그것의 순수성을 나타내고 시적 표현은 "언어"에 의하여 그것의 순수성을 지킨다는 상식까지를 거부하는 시의 멸망론자는 두

말할 것도 없이 20세기의 **쏘크라테스**이다. 그들은 자기가 모르는 것, 싫은 것은 모조리 부인한다. 그러나 부인은 부인 이상의 효과를 낳지는 못한다. 대상은 엄연히 존재한다.

○

시를 수학 공식으로 표현한다는 사람은 없다.
"사랑한다" "믿다"는 것을 화학 방정식으로 표현한다는 사람은 없다.

○

— 이 말은 과학과 시의 병존을 부인하는 설명이 되지는 않는다. 피상적인 관념을 가지고 "시의 멸망"을 염불하는 20세기의 **동·키호오테**들은 시의 대상이 되는 것이 인간의 온갖 생활의 전체임을 모르는 맹자가 아니면 19세기의 **로오맨티스트**의 망령에 불과할 것이다.

○

훌륭한 시에는 과학적 **리얼리티이**와 시적 **리얼리티이**가 병존할 뿐 아니라, 시적 **리얼리티이**가 과학적 **리얼리티이**를 초극한다는 사실까지를 부정할 수는 없기 때문이다.

○

본시 시적 리얼리티이란 과학적 리얼리티이와 과학적 초현성超現性과의 조화에서 생기는 생활 창조의 최고점이다.

○

시인은 모름지기 시에 대하아 백퍼어센트의 자신을 가져야 될 것이다.
시가 무엇인지 알지도 못하는 "맹자"들의 구호에 귀를 기울일 필요는 없다.

○

그들이 생각할 수도 없는 훌륭한 시를 창조하면 그만이다. 부인해도 부인되지 않고 멸망을 바라도 멸망되지 않는 시의 불사신! 인간의 생활이 종언을 고하는 최후의 찰나까지도, 과학이 과학임을 더욱 자랑할 수 있으면 있을수록, 시는 시임을 더욱 자랑할 수 있고 자랑할 것이다.

시는 태양과 함께 살고 태양 없이는 하루도 살 수 없는 온갖 것을 위하여 태양처럼 그것들을 포옹하며 존재한다. 인간에게 생의 과제가 없어지는 그날까지 시는 인간의 영원한 "꿈"을 자아내고 "생의 인광燐光"을 발할 것이다.

『동아일보』, 1938.10

시詩의 빨란스

포에지이에 무게重量가 있느냐 없느냐?

포에지이에 무게가 요구되느냐? 아니 되느냐?

— 여기에 만약 그것을 사고해 볼 수 있다면 과연 그것은 어떠한 것일까? 무거운 것일까? 가벼운 것일까?

○

가령 여기에 잘못 만들어진 한 개의 물건 — 예例하여 잉크병을 갖다 놓고 생각하여 보기로 하자.

○

그 무게가 잉크병답지 못하게 너무 가벼워서 자칫하면 엎어진다거나 너무 무거워서 들 수가 없다거나 하다면 그 잉크병은 잉크병답지 못하다고 말할 것이다.

○

— 이와 같이 **잉크병**이 **잉크병**답지 못할 때 그 **잉크병**을 **잉크병**답지 못하다고 믿는 "논리"가 **잉크병**을 "**세르로이드**"나 "**무쇠**"로 만들지 않고 가장 알맞는 "**그라스**"로 만들게 된 사실을 가져온 것이 아닐까?

○

— 이와 같이 알맞지 않는 것을 알맞지 않다고 믿는 사고는 **잉크병**에만 아니라 시에도 적용되기를 허락한다. 그것이 온갖 사물을 이야기하는 데 한결같이 적용되듯 —

○

"시는 무거워서는 못 쓴다"
— 이 말은 "시는 가벼워야 된다"는 말을 의미하는 것으로 시는 시로서의 **빨란스**를 가져야 된다는 말을 동의한다.

○

— 시가 지나치게 무거워 답답함을 선사할 때와 마찬가지로 그것이 지나치게 가벼워서 헛될 때에도 시는 상실喪失되는 까닭이다.

시가 시로서의 **빨란스**를 요망하는 까닭은 여기에 있다.

○

그러므로 우리는 여기에서 M · **짜꼽흐**라든가 하루야마 유키오春山行夫의 흉내를 내어 "의미 없는 시를 쓰는 것으로써 **포에지이**의 순수는 실험된다"는 잠꼬대를 믿을 필요를 만들지 아니해도 좋다.

○

훌륭한 **데생**에는 반드시 알맞는 "여백"이 있다는 재미스러운 이야기가 있다.

시의 **빨란스**를 생각하는 데 좋은 도움을 주는 이야기가 아닐 수 없다.

○

언제나 "**빨란스**"가 없는 곳에는 멀미가 따르는 것이 정한 일이다.

멀미는 갑갑함과 더불어 손잡는 것이 자연의 일이요, 갑갑함은 견딜 수 없는 괴로움과 통로되는 것임을 알고 있는 까닭이다.

○

면할 수 없는 조화의 작희作戱!

무거움은 가벼움을 가져오고, 가벼움은 헤먹음을 불러오는 징그러운 곡예!

○

너무나 지나친 기쁨은 미친놈을 낳는다.

너무나 지나친 슬픔은 죽음을 가져온다.

○

— 이것은 시에도 변함없이 적용되는 원리다.

○

신선한 공기가 욕구된다. 마치 어항 속 금붕어처럼 —. 물이 흐리면 금붕어는 실식窒息한다. — 이 말은 시에도 적용된다.

그러나 맑은 공기는 찾아봐도 없다.

○

지나치게 무거운 것, 지나치게 가벼운 것들의 난무.

곤두 재주를 넘는 사상의 광란, 눈의 피로, 정신의 혼미 포에지이의 암전, 비명, 새벽은 아직도 멀고 아득하다. 그 속에서 우리는 뜬눈으로 새벽을 기다린다.

○

항상 자각 없는 시인만이 "새로움"이라는 것을 형식적으로만 흉내 내고 단지 그것만으로 전부를 삼는다.

○

— 새로움이란 포에지이의 사고에 있어 자아의 시에 대한 자각이 없이는 만져볼 수 없는 까닭이다.

새로움이란 시 자체의 시적 사고의 위치를 모르는 곳에는 있을 수 없다.

— 시인이란 "인스피레이션"을 받는 것보다도 그것을 주는 사람인 까닭이다.

○

"바이올린이스트"가 자아의 "음색"을 골라내듯이 시인은 "퐌다지이" 위에 자아의 "음계"를 그려야 된다.

○

아무도 알 수 없는 것을 써 놓고, 이것이 새로운 것이라고 자랑할 수 있다면 시처럼 하잘것없는 것은 둘도 없을 것이다.

시의 새로움이란 시의 개성적 감성과 개성적 사고를 떠나서는 있을 수 없는 까닭이다.

○

육감이 없고 탄성을 갖지 못한 시는 시의 해골이나 망령일 수는 있어도 바로 시 그것이 될 수는 없다.

한 편의 시를 앞에 놓고 그것이 시냐? 시가 아니냐? 를 사고할 때 그것은 시인이 자아의 이메이지를 얼마나 훌륭하게 외적 사상의 실험관을 통하여 한 개의 독특한 빨란스를 얻었느냐? 못 얻었느냐? 하는 데 따라 결정되는 까닭이다.

○

새로운 시는 사물 가운데에서 새로운 "에스푸리"를 찾아내는 데 의하여 가져지는 한 개의 "선물"이다.

―새로운 시란 시인이 자아의 시가 어떠한 위치에 있는가를 "있는 그대로" 의식하지 않고서는 창조할 수 없는 까닭이다.

○

　여기에 한 개의 화병이 있다고 하자.
　그런데, "화병"이라는 "말"은 시인에게나 화병을 만드는 직공에게나 모두 공통되는 말이다.
　그러나, 이 "말"이 의미하는 바 분위기는 항상 같을 수 없다.
　―시인이 "화병"이라는 말을 표현할 때에는 그 말의 의미하는 바 분위기는 시적 내용을 가지고 있다.

○

　―시인의 창조적 직능이란 한 개의 색다른 "에스푸리"를 생생하게 살려내는 데 있는 까닭이다.

○

　말이라는 것이 모조리 글자로 바뀌는 것이 아닌 것과 같이 글자라는 것이 모조리 시가 될 수는 없다.

○

── 형용어의 군더더기를 주워 모아 놓은 시를 읽고 우리가 불
쾌를 맛보게 되는 것은 그 까닭이다.

○

시인은 말을 알아야 된다.

시인은 말을 사랑해야 된다.

그러므로, 더 나가서는 시인은 말을 만들 줄 알아야 된다.

말을 알고, 말을 사랑하고, 말을 만들고……그리하여 시인을
"말의 마술사"라고까지 부른 사람이 있음을 본다.

○

그러나, 같잖게 만들어진 말을 꾸며내는 것처럼 허망한 노릇
은 없으리라.

── 말이 시의 말이 되려면 그것은 그것을 만드는 시인의 머리
속을 육감을 가지고 거쳐 나와야 되는 까닭이다.

○

결국, 시의 새로움이란 "말"의 새로움이라고 단언하여도 좋다. 새로운 말이란 새로운 "관념"과 새로운 "에스푸리"가 없이는 있을 수 없는 것인 까닭이다.

『동아일보』, 1938.10

시^詩의 의미^{意味}

시에 있어서의 대상은 우선 가청적^{可聽的}인 「언어」이다. 여기에서 말하는 언어란 「문자」를 의미하는 것은 아니다. 그것은 「음성」 혹은 「성조」를 가리키는 말이다. 즉 「음성」을 가진 언어를 의미한다. 또한 그것은 「음」의 감각만으로 된 음악과도 다른 「의미」를 가진 것이다. 그러므로 시의 의미란 「언어」의 한 개 한 개의 단어의 의미에서 구성되는 것이 아니라, 시적 직관이 시적 형상을 가질 때 전체적으로 구성되는 것이다.

시의 「의미」는 시적 형상이 시적 직관에 감수되어 나타난다. 그리고 그 「의미」는 「비논리적」이다. 의미가 비논리적이란 말은 의미가 「의미 아닌 의미」를 가지고 있다는 말이다. 그러므로 이 말은 「의미」가 없다는 말이 아니라 비논리적인 의미를 가졌다는 말이다. 비논리적인 의미란 『생각하는 의미』가 아니라 『느끼는 의미』를 말함이다. 생각하는 의미는 논리성을 요구하나 느끼는 의미는 끝까지 비논리성을 주장하고 요구한다.

1. 꽃이 지면 봄은 간다.

2. 봄은 꽃수레를 타고 온다.

3. 봄은 여름보다 덥다.

(1)은 훌륭히 『논리적』이다 — 1+1=2라는 수학 공식처럼.

(2)는 두말할 것 없이 『비논리적』이다 ─ 1+1=3이라는 수학 공식처럼. ─ (3)은 논리도 비논리도 아니요, 다만 『부정적』이다 ─ 0+0=2라는 수학처럼. ─ (1)에는 생각하는 의미가 있고, (2)에는 느끼는 의미가 있고, (3)에는 부정에 의하여 무의미한 의미가 있다. 이상 세 가지 중에 시의 세계가 영유하는 것은 (2)의 비논리이다. 「봄은 꽃수레를 타고 온다」─ 이것을 단지 생각하는 의미로 본다면 의미가 불통한다. 그러나 그것을 느끼는 의미로 본다면 훌륭하게 의미가 통한다. 그것은 「느끼는 의미」 즉 논리적 의미가 아닌 의미 ─ 비논리적 의미를 가진 까닭이다.

비논리의 의미의 추구! 이것에 대한 이해가 없이 시의 세계와 교섭하려는 것처럼 무모한 노릇은 둘도 없다. 천간으로 헤아려지는 시 작품도 이것의 이해가 없이 쓰인 것은 마침내 「타산의 돌」이 되고 만다. 그러한 의미에서 시의 가치란 실상 그 「비논리의 의미」와 정비례된다고 단언하여도 과언이 아닐 것이다.

『조광朝光』, 1940.6

꿈꾸는 정신精神
시詩는 꿈의 실체화實體化

꿈은 야성野性의 환영이다. 우리는 수면이라는 단순한 동작에 의하여 밤마다 의식을 해체하고, 원시적 생명의 카오스混沌로 돌아간다. 이것은 생명 있는 사람이면 누구나 가질 수 있는 자연의 회복을 의미한다.

수면은 살아 있는 인간의 의식의 한계를 표시하는 까닭이다. 그러한 의미에서 자연율自然律로부터 분립된 인위 생활의 육체로 범하는 온갖 병상은 자연이라는 혼돈이 그 표면에 나타내는 상태를 지칭하는 데 불과하다.

우리의 의식 속에 숨어 있는 온갖 욕망이 빚어 놓은 혼돈이 한 개의 표현 형상을 구하여, 기旣 경험의 인식망을 벗어나 존재 표상으로부터 역한정되고 누설과 굴절의 도가 과도히 편향될 때 꿈은 생기게 된다.

그러나 꿈은 가장 특수한 개개의 인간의 주관적인 심리 현상이요 되풀이할 수 없는 불가능상이니 자동적 기록이 불가능하다. 따라서 꿈은 말하지 못한다. 침묵은 의식이 되지 못한다. 언어란 의식적 활동의 표백이다.

꿈은 물론 시 자체는 아니다. 그러나 우리는 자아의 내부의 혼돈 속에서 우리가 스스로 보는 자의식 상의 분열을 통제하지 못하고 의욕과 억압의 미폭발 상태에 초조하게 된다. 그리하여 그것을 기술이라는 표현 수단에 의하여 연소시키고 객체화시킬 때 마침내 꿈은 시의 장르로 전환된다. 시란 필경 자아의 꿈의 기록에 불과하다. 그리고 생명은 현상으로서 인식되는 상대적 기술의 판단 표상이다. 그 인식의 방식을 조직하는 최초의 가설 속에 이미 사고 자체의 형이상학이 생명의 본질이라는 신비스러운 열쇠鑰의 모양을 만들어 버린다.

그러한 의미에서 생각할 때 우리들 현대인은 야성의 환영을 추구하지만 실상 어금니牙가 빠진 야수군野獸群에 불과하다. 눈을 감기만 하면 원시의 혼란이 불타오른다. 자연 속에서 자아를 해방하는 것이 아니라 수면 속에까지 현실적 연쇄를 끌고 들어가는 것이다. 이와 같이 현실 강도에 대한 한 개의 저항소로서의 수면이 도리어 그 수면 유도의 장해의 독소로 변하게 되어, 마침내 인간은 스스로 "꿈꾸는 어둠"을 두려워하게 된다. A·람뽀오가 이르미나시온 가운데에서 "불면의 밤과 밤"을 노래한 것도 역시 그 까닭이 아니었을까? 자율의 능력을 던져 버린 사람은 꿈꾸는 힘까지도 상실한다. 산 인간성의 현실로부터 벗어나기 위하여, 우리는 "어둠 속에서 꿈꾸는" 원리를 시의 세계를 통하여 전개하게 된다. 그리하여 속된 일상의 회화는 시간 감각을 자랑하는 음악의 박자에 밀리고 감정적인 색채에 있어 흑백의 명암을 자랑하는 그림에 미치지 못한 채 더욱 그 내용이 현실을 몰각한 황당무계한 동화성을 강조하는 데 있어 오늘의 시의 에스푸리는 좀먹고 병들어 있다. 그러나 꿈은 시를 낳는 유일의 기계이다.

"꿈의 가장 좋은 부분은 아침에 증발되어 버린다. 눈을 뜬 다음 우리는 외국어의 연극을 듣고 있는 구경꾼과 비슷한 기분으로 꿈을 생각한다."장·콕토오

시는 현대의 야수군의 꿈꾸는 세계 — 동굴이다. 그것은 객체의 자기 발전의 필연적 진행에 저항하는 인간 의지의 충돌에서 생기는 생명의 불꽃이다.

산문을 필연에 대한 의지의 저항이라면 시는 사물이 가진 바 필연의 방향을 역환逆換하는 꿈의 현실화이다. 물론 시인의 시와 결합하는 것은 표현을 통하여서만 가능하나 그것은 절대부정을 통하여 상호 결합된다. 여기에 존재로서의 시의 부단의 생성 변화가 있다. 시인은 항상 변전하는 "현실'과 "영원한 것"을 동시에 보는 까닭이다. 니이체의 해석에 의하면 사람이 "사는 것의 최고의 향수享受는 위험하게 사는 데 있다"고 한다. 그러한 의미에서 우리는 현실과 시간적 실재의 통일인 현존으로서의 초월자가 되어야 할 것이다. 그러한 각성에서 시의 이념으로 배태시키고 또한 시인의 성실을 발굴해야 될 것이다.

시신詩神은 등불을 끄기 전에 우선 수면 속에서 절대자되기를 희구하는 것이 좋다. 그에게 만일 꿈꾸는 기쁨이 — 정신이 소멸된다면 그의 "우주"는 마침내 파괴되고 말 것이다.

『동아일보』, 1940.10

시詩와 언어言語

말 속에 그詩人의 총명이, 그의 기법이, 그의 미학이, 그의 세계관이 살고 있다.꾸루몽

1. 언어의 기능

시에 있어 언어는 불가결의 대상의 하나이다. 그것에 대하여 시인이 관심을 갖는다는 것은 당연한 일이다.

시란 "말이 생기지 아니하지 못할 그 원초의 요구에 항상 눈뜬 사람의 언어 활동의 가장 순수한 순간에 있어서의 기록"이다.

우리가 시를 쓸 때, 그 매체로서 언어 내지 문자를 불가결로 하는 이상, 언어나 문자의 근본의 제약을 벗어날 수는 없다. 우리가 인식의 객체라고 부르는 현실 세계의 온갖 현상을, 사물을, 바로 그것 자체로서 지면 위에 옮겨다 놓을 수는 없다.

우리들의 감관感官은 특정의 시간과 특정의 공간에 있어서의 정해진 대상을 사寫하게 된다.

예를 들면, 우리가 지금 여기에 한 개의 잉크병을 시각으로써 파악한다고 하자. 그것은 잉크병 일반이 아니라, 반드시 어느 때,

어느 곳에 있어서의 어느 특수한 형태와 자태를 가진 개별적인 한 개의 잉크병이다.

그런데, 그것을 만일 "나는 잉크병을 본다"고 말한다면 그것은 잉크병 일반은 될 수 있어도 결코 눈앞에 보는 개별적인 잉크병 자체는 아니다. 또한 "나는 푸른 잉크병을 본다", "나는 붉은 잉크병을 본다"고 말한다 할지라도, 그것은 마침내 가능한 "푸른 잉크병", 가능한 "붉은 잉크병"을 말하는 데에 불과하게 된다.

그 까닭은 어디에 있는가. 언어는 "일반적인 것을 표현하는 데 불과"헤겔하므로 그러하며, 언어는 "오성의 산물"이요, 오성은 일반적인 것을 사유할 수 있는 데 불과하므로 우리의 인식이란 개별적인 것으로부터 추상적인 것일반적인 것을 거쳐 참으로 "구체적인 것" — 곧 개별적인 것과 일반적인 것과의 종합에 향하는 프로세스에 불과하다.

그러므로, 구체적인 것이 구체적인 것이 되어 있는 것은 그것이 많은 규정의 총괄, 따라서 다양의 통일인 까닭이요, 직관과 표상의 출발점은 사유의 과정으로서, 결과로서 나타나는 것이다.

온갖 예술은 "감각적 매개물에 의한 관념의 표현"이라고 말하나, 시의 매개물인 "말"은 사실 관념이다.R·S 브리제스, 『시의 필요』

2. 언어의 한계성

시어 또는 문학어란 쓰는 말 혹은 쓰인 말을 이름이다. 그러나, 그렇다고 해서 만일 시의 언어가 생활어라는 것을 온통 상관하지 않고 치쳐 버리면서 나아간다면 어떻게 될 것이냐.

그것은 언어의 사멸이 때의 문제가 되어 버리는 데 지나지 않게 된다.─라고 하는 것은, 끊임없이 변모하는 언어활동의 원동력은 어디까지나 생활어에 있는 것으로, 시어나 문학어에 있지 않기 때문이다.

언어는 항상 이야기되는 것이다. 그러므로 시어는 항상 생활어를 좇아가야 된다. 이것이 시어가 갖는 원칙적인 한계이다.

물론, 오늘날과 같은 "저널리즘"의 시대에 있어서는 특히 시어 내지 문학어가 생활어에 반영되는 예가 없지 않다 할지라도, 그것은 예외이다. 시어나 문학어가 생활어로서 시험되어 비로소 언어가치를 결정받게 되는 까닭이다.

언어 자체는 두말할 것도 없이 다른 곳에서 빌려 온 것이다. 다시 말하면 언어는 한 개의 사회적인 규정을 가진 표상에 지나지 않는다. 그러나 한번 시인의 심상을 지나서 시로서의 형식을 갖게 된 언어는 그와는 다르다. 시는 창조다.

시의 표현은 우선 말을 가지고 한다. 이 말의 예술 중에도 가장 순수한 "쟝르"가 시다. 색色의, 형形의, 음音의, 예술 그리고 다른 온갖 예술이 개성의 완전한 미를 표현하는 데 있다면 시는 말을 가지고 하는 개성의 완전한 미를 표현하고 추구하는 예술이다.

그리고 시인은 항상 그 시대의, 그 사회의 이념을 노래함으로써, 항상 어느 시대에 있어서도 요구된다.

창조적 표현—시가 된 언어는 시인의 관념 가운데에 움터 나온 한 개의 생물이요 생성물이다. 훌륭한 시에 언어와 사상이 항상 평형을 갖추고 있음을 보게 되는 것은 그 까닭이다. 그리고, 시의 형식이라는 것도 외부로부터 빌려 온 것이 아니라, 내부로부터 생겨난 필연의 소산이다. 그러므로 시적인 내용이 시적인 형식을 가진 것을 우리는 시라고 부르게 된다.

그리하여 시형이 된 바 시어는 벌써 그 자체가 한 개의 도구가 아니다. 한 개의 수단도 아니다. 그것은 한 개의 목적을 가진 생물이요, 시인의 주관의 표상이다. 언어는 말하는 주관과 한데 뭉쳐 소재가 아닌 한 개의 형식 = 시형이 된 까닭이다.

3. 언어의 함수성

시인에게 있어서는 낱낱의 단어가 그 원료이다. 단어는 극히 여러 가지 모양의 뜻을 가진 것으로, 이것들의 뜻은 시의 구성에 따라 처음으로 똑똑해지는 것이다. 이와 같이 단어가 **콤피지션**의 가능성에 따라 변모되는 것이라면 그것이 형성된 예술 형태의 한 부분이 될 때까지는, 그 어세도 그 효과도 다시 변화될 수 있을 것

이다.프도후킨

가령, 나무라는 말이 있다고 하자, 그러면 이 나무라는 한 개의 특정의 나무가 아니라, 나무 일반을 나타내게 된다. 그 까닭은 어디 있는가, 그것은 우리의 감관感官에 들어오는 외적 세계의 어느 정수定數 = 양量의 낱낱의 사상 전체가 그 낱낱에 공통되는 나무라는 명사로써 똑똑히 표현될 수 있는 동시에, 나무라는 명사가 내포로서의 어느 정수 = 양의 낱낱의 사상 전체를 똑똑히 표현할 수 있는 까닭이다. 바꾸어 말하면 소여所與의 언어와 소여의 개별적 물상의 사이에 함수 관계가 있는 까닭이다.

그러면, 시의 창작에 있어서의 구성의 단계에서는 언어의 함수성은 어떠한 형태를 갖는 것인가. 그것은 두 개 이상의 말의 촉매에 있어서의 낱낱의 말이 갖는 다양성 = 외연의 관계에 있어 나타나는 것이다.

말은 나무의 잎과 같다. 가장 번무한 곳에는 그늘에 뜻의 열매를 많이 찾아볼 수가 없다. 거짓의 웅변은 프리즘의 "글라스"처럼 사방에 화려한 빛깔을 뿌린다. 우리는 그곳에서 벌써 자연의 면모를 볼 수는 없다. 사방이 번쩍이고 까닭 모르게 화려할 뿐이다.

그러나 참된 표현이란 불변의 태양처럼 그 비치는 것 모두를 밝히고 보다 더 훌륭하게 만드는 것이다.A·포프,『비평론』

4. 언어의 전통면

문자란 말의 기호에 지나지 않는다고 한다. 그러면 말이란 무엇인가? 언어학자의 고찰에 의하면, 미발전한 실재 의식 즉 외부 세계 형상의 감각기관예를 들면 눈의 자극에 따라 언어의 표출 가운데에 그 발전의 방법을 구하는 것이 정신 물리적 과정을 거쳐 외면적 기호를 필요로 하고 또 그것에 의하여서만 형성 발전되는 계단에까지 이른 때, 처음으로 말이 생긴다고 한다.

그러므로, 말은 결코 그것에 따라오는 사상의 소산이 음성적 표출을 구하는 것이 아니라, 오히려 아직 형조形造되지 아니한 것이 그 최고의 발전 형식에까지 진전한다는 것이다. 그리하여 말에 의하여 표출되는 것은 말 이외에 있어서는 인간 정신 가운데에 여하한 형식에 있어서도 존재하지 않는다. 그것은 말을 가지고 처음으로 나타나, 말을 가지고 처음으로 성립한다.

그러나 말이 한번 생기면, 그것은 영속적인 하나의 재산이 되어 전달되고, 인간은 소리를 질러 그것을 사용하여 활동시킨다. 그리고, 정신 활동은 필연적으로 말의 재료에 결부되어 바야흐로 그것이 하나의 제한이 되고, 정신은 이 한계의 내측을 밟으며 걸어가게 된다.

그런데 활기와 재능을 가진 사람에게는 이미 있는 말로서는 불만을 느끼게 되고, 그리하여 그는 말의 표출의 능력을 넓히고 많게 하고자 노력하게 된다. 그러나, 의연히 그는 언어의 내측에 머무르게 된다. 벗어날 수가 없는 까닭이다. 이미 만들어진 말이 존재하는 곳에는 이것 같이 아직 말이 없는 존재에까지 뒷걸음질 칠 수는 없으며, 말을 형조하는 과정이란 거의 완료된 것으로 보는 것이 지당하다.

인간이 나타내는 세계는 이미 일종의 문화 세계인 것처럼, 사람은 처음부터 말에 있어 자아의 정신적 발전의 수행되는 바의 요소를 받게 된다. 그는 이 전혀 일정한 재료를 얻어 이것을 자아의 개성의 형型에 끼워서 만드는 것이다. 그는 하나의 세계를 건설하기 위한 용구用具를 받게 되어 있다. 더욱 그것은 부지불식간에 그의 품 안에서 모두 말로 되어 버린다는 것이다.

—이와 같이, 우리는 말이 가지는 전통 면을 벗어날 수는 없다. 그러나 언어학이 가르치는 바와 같이 말은 그 어찌할 수 없는 전통 면을 가진 동시에, 결코 형해形骸만으로 된 송장이 아니다. 그것은 때의 흐름처럼 빠르게 진화되고, 발전되는 무서운 생물이다. (여기에 시인의 고뇌는 항상 태생되는 것이다. 말은 쓰이면서 끊임없이 새로움을 제 것으로 하는 까닭이다. 그러한 의미에서 시인에겐 전통의 언어보다도 생동의 언어가 중요시된다고 단언할 수도 있다. 시의 창조는 언어를 통하여 나타나고, 다시 이념이 작품화될 때, 비로서 자기 표현되는 까닭이다.)

『한글』, 1939.6

4

코스모스의 결여缺如

시단월평詩壇月評

시란 사람들의 혼을 미혹迷惑시키고, 슬프게 하여 죽이는 것인가? 그렇지 아니하면 사람들의 혼을 구하고 깨끗하게 하여 살리는 것인가? 이런 것을 새삼스럽게 따지고 캘 필요는 없다. 우리에게 만약 「꿈」이 없다면 그리고 「눈물」이 항상 고갈되어 있다면 촉루髑髏인 현실은 얼마나 참혹한 지옥일 것이냐?

○

사랑은 첫눈에서 시작되고 시는 그 제일음第一音에서 시작된다는 이야기가 있거니와 이 말은 언제나 진실미를 잃지 않는다.

모윤숙 씨의 「비파호琵琶湖」『인문평론』의 첫 인상이 그러하다.

아름다운 풍경이나 상징적인 언어를 주워 모아 놓았으나 전체로서의 통일이 없고 부조화하다. 더욱 평면적인 수법은 효과를 나타내지 못했다. 그리고 뉴안스라는 것이 시에 얼마나 중요하다는 것을 새삼스러이 느끼게 한다. 뉴안스는 곧 시의 입체적 가치를 살리는 것이다.

유치환 씨의 「절도絶島」同上는 시를 파彫는 노고가 엿보이나, 좀 더 생생한 비약의 단면 스탄서의 호흡을 생각할 필요가 없을까?

물론, 이 시는 색채와 외형만이 아니라 그런 것 사이에 숨은 작자의 생활감이 절실하다.

이용악 씨의 「해가 솟으면」同上이 시가 가진 특색은 감성의 풍부함과 시정의 넓음이다. 「조그마한 자랑을 만날지라도 내사 모자를 벗어 반갑게 흔들어 주리라」 그의 편로偏路적 정서가 빚어주는 아름다운 노래는 무척 불건강한 것처럼 보이면서도 실상 건강하고 편굴偏屈한 것 같으면서 실상 순정적이다. 물론 이 시인의 창의는 늘 동일한 표주標柱를 향하여 여러 가지 모습과 각도로 **모티이브**되는데 그 행동성이나 근본 각도에 별다른 비약은 보지 못하는 것은 그의 사상적 고뇌의 연유일까?

윤곤강의 「우럴어 바뜰 나의 하늘」同上 자기의 시에 대하여 말하는 것은 공제控除해 두자.

○

김중한 씨의 「살구꽃처럼」『문장』 동시에 실린 그의 「시단시평」을 연상하면서 아무리 읽어 보아도 매력 없는 범작이다. 제2연의 끝에 「낙화」「들꽃이 아니랴 쓸어 무삼하리오」에 이르러서는 짝 없는 희화이다. 참신한 **포옴**의 추구도 없다. ─ 시에 있어서 기술의 빈곤은 시인의 **아이데아**의 빈곤을 의미하는 것은 물론이다.

김상용 씨의 「여수旅愁」同上 퇴영적退嬰的인 느낌을 준다. 시적 정서가 감관感官 이상으로 육박하지 못하는 박약. 작자의 정력을 좀 더 엣센하여 표현의 초점에 효과를 꾀할 필요는 없을까.

박두진 씨의 「설악부雪岳賦」同上 읽고 나서 무엇인지 남는 게 있다. 외부로부터 불순한 것이 섞여진 탓이다. 밀도는 자기의 것인데 감도가 낮다.

백석 씨의 「허준許俊」同上 「그 맑고 거룩한 눈물의 나라에서 온 사람이여, 그 따마하고 살틀한 별살의 나라에서 온 사람이여」로 시작되는 이 시에서 우리는 특이한 감성과 언어의 마력을 만난다. 「슬픈 사람이 마음속에 그리는 세계」가 역력히 보인다. 그러나 이 시도 그의 시가 거의 그러하듯 형식의 난잡을 나타내고 있다.

이용악 씨의 「슬픈 일 많으면」同上 위에서 말한 「해가 솟으면」과 같은 말을 하게 될 작품이니 그대로 넘긴다.

유엽 씨의 「업화業華」同上 시라기보다는 시조에 가까운 그리고 좀 저속한 정감의 세계이다. 모처럼 다시 잡는 것일진대 부디 낡아 빠진 피리技法는 불지 말았으면 좋겠다.

이 밖에 『문장』에는 유엽 씨의 추천으로 된 「야산로夜山路」허민가 있는데, 이 시는 단순한 기교에 빠져 있다. 주워 모은 감각이나 레토리크만에 의지하려는 습성을 결별訣別해야 되겠다.

○

노춘성 씨의 「풍경」『조광』 「당사실에 반딧불 잡아 호박꽃 초롱에 넣고 대끝에 매어 휘저으며 숨박꼭질하는데 앞 산기슭에선 쑥쑥

새가 운다」제2연 보거나 듣는 것으로 쓴 시가 아니라, 육체적인 가장 민감한 손길로 어루만지며 쓴 시이다. 전반에 비하여 후반이 너무 동떨어지는 느낌이 없지 아니하나, 이 시인의 작품으로는 최고 수준에 놓일 것 같다.

이 밖에 『조광』에는 『맥』의 동인들의 시가 있는데, 모두 약속한 것처럼 슈울이나 「표현파」의 나쁜 점을 모방하여 「말」이나 「수법」을 병적으로 꾸몄다. 시는 우선 「인간의 소리」여야 할 터인데, 이분들의 시는 얄궂게 시를 「괴어」화하였다. 이것을 순수한 시라고 생각한다면 망발이다. 개별적으로 보면, 그중 이석 같은 분은 좋은 시정신을 가진 듯한데 「동인」이라는 면목으로 인종忍從하는 모양이다. 새로운 시인이 나오지 못하는 까닭을 쩌어너리즘의 쇄국주의로만 들리는 그들의 어리석음을 다시 한번 생각하게 한다.

노천명 씨의 「길」『신세기』이 「길」은 먼지와 열의 현실의 찬연饗宴이 아니라, 시인의 심상에 반영된 꽃다운 환등幻燈이다. 아름다운 질환——스프니일은 고가古家로 통하는 「길」이다. 감성, 언어, 음조가 다 좋다. 소재를 형식이 완전히 정복시켰다. 굳이 결점을 말하면 자아가 뚜렷하게 나타나지 못한 것이라고 말할 것이다. 좀더 파탄하였으면 좋았을 것이다.

서정주 씨의 「행진곡」同上이 시인의 시가 이미 하나의 개성과 개유個有한 수법으로써 우리의 가슴을 울려준 것은 이미 아는 일이다. 그러나 이번의 이 시는 특이한 제재임은 알 수 있으나, 아깝게도 그 정신이 애매하고 저회低徊하여 유감의 작作이 되어 있다. 이 시인은 좀 더 강인한 의지력으로 소박한 토속과 산야 속에서 야성을 파헤쳐 주었으면…….

○

이상에서 나는 실상 양으로는 이십 편도, 못 되나 지리하기 짝이 없는 마음으로, 반의무적으로, 이 달의 시를 살펴 왔다. 그런데 이것은 이 달에 한한 일은 아니지만 우리의 시인들은 「말」이 부족하다든가 표현 기법이 치열하다든가 하는 것은 고사하고, 한결같이 자아의 **코스모스**의 결여를 폭로하고 있다는 것이다. 시인의 생리 ─ 공기와 풍토와 식물과 토양이 뚜렷하게 **레리이푸**되지 못하는 곳에 무슨 빛나는 시의 창조를 찾겠는가? 우리들 시인은 「개구리」가 되자. 독자인 「뱀」으로 하여금 우리를 삼켜버리게 하자.

『인문평론人文評論』, 1940.1

시詩 정신精神의 저회低徊

시단월평詩壇月評

1

신춘新春이라 말하나 태양은 변함 없는 그『태양』이었다. 색채도 형상도 없는 것, 눈에 보이지도 않고 귀에 들리지도 않는 것. 이런 것에 대하여 사람은 항상 까닭 없이 덤벼드는 것이 아닐까? ─이런 생각을 하면 사람이 스스로 만든 질서라는 것처럼 우습고 싱거운 것은 없는 것 같다. 스스로 만든 질서에 얽매여 질질 끌려가는 사람의 습성. 내가 지금 쓰는 것도 그런 것의 하나임을 알고 있다.

2

『인문평론人文評論』 신년호 시란을 펼치면 우선 신석정 씨의 『대숲에 서서』가 나의 구미를 자극한다. 그 에스프리의 아름다운 빨란스! 대기와 같이 맑은 음향! 이런 것이 시의 주위에 하나의 황홀을 빚어준다. 담백하리만큼 맑고 고운 에스프리를 언제까지나 잃지 않는 이런 서정 시인은 드물지 않을까? 비록『서명』이 없더라도 누구나 작자를 알아낼 수 있는 작품이다.

김광균 씨의 「수철리水鐵里」는 한 폭의 색채를 가진 선화線畵를 보는 것처럼 아름다운 정서를 풍경에 의탁하여 묘사한 시다. 『노스탈쟈』도 『알레고리이』도 함께 뭉쳐져서 하나의 애수로 녹아 흐른다.

그러나 이 시는 이 시인에게 있어 포에지이나 기법이 다 전일의 작품에 비하여 아무 진전을 보이지 못하는 판에 박은 작품이다.

이육사 씨의 「독백」도 그 고요한 심령과 음조를 사랑하지 못할 바 아니요, 시를 파는髟 고뇌가 엿보여 작자의 생활감이 절실하지 않은 바 아니나, 이 시인의 시 작품 전부가 거의 그렇듯이 용어에 어색한 곳이 있어 눈에 거슬린다. 용어 이야기가 나왔으니 말이지만 이 씨뿐 아니라 앞에서 말한 김 씨의 시에도 늘 용어에 어색함을 느낀다. 예를 들면 김 씨의 시에 『절로』가 『절노』로 『바람』이 『바름』이 된 것, 이 씨의 시에 『흘리네』가 『홀니네』로 『들리면』『들니면』이 되고, 또 종연終聯 첫행 『닭소리나 들니면 갈랴』의 『갈랴』와 같은 것 — 이런 것은 한낱 지엽枝葉이 아니냐고 할지 몰라도 우선 『언문』의 기술부터 배워야 할 시인이 있는 현상이라, 한마디 고언苦言을 첨부하기로 한다.

3

『문장文章』 신년호는 시란을 전부 정지용 씨의 신작 10편으로 채우고 그 작품들이 삼 년간의 침묵의 소산이라는 뜻을 부첨附添했는데 무디고 외람한 나의 감수성의 죄인지는 몰라도 작품 전부를 통하여 드러난 『만네리즘』의 그림자가 농후하고 이미 새로운 아무것도 찾아볼 수 없는 낡은 기법이 되풀이되었을 뿐이다. 전일의 작품 예를 들면 비로봉毘盧峰 같은 시의 복제품에 불과한 느낌을 주고 그러므로 신선한 맛이라고는 조금도 찾아볼 수 없다. 이 시인이 특색으로 하는 언어의 생략법과 감각적 표현을 여기저기서 대할 수 있으나 시에 있어 가장 높고 값있는 『포에지이』의 저회低徊가 빤히 들여다 뵌다. 돌아다보건대 이 시인에겐 보다 강렬한 개성을 표현한 작품이 있음을 우리는 기억한다. 이 시인은 이미 시적 정열을 상실한 것이 아닐까?

4

『신세기新世紀』 신년호에는 정지용 씨의 「나비」와 모윤숙 씨의 「십이월 밤」이 있는데 정 씨의 것은 전기前記 『문장』지誌와 이중으로 게재된 것이니 말할 것 없고, 모 씨의 것만을 이야기해야 되겠는데 전체가 개념의 언어로 되었을 뿐더러 수법이 평면적이어서 시 입체적 가치를 도와주는 뉴안스가 박약하다. 언제인가 김안서 씨가 이 시인의 시를 왜 그런지 조각조각인 듯이 전체로의『꼴』을 향하고 나아가는 감이 없다고 지적한 말을 생각하게 한다. 이 시인은 모름지기 지금까지 지켜 오던 인습 ─ 동일한 표주標柱를 향하여 되풀이하는 낡은 방법을 버리고 시적 창의의 각도를 근본적으로 파탄시켜 보았으면 좋지 않을까?

5

그다음『조광朝光』에는 윤곤강의「해풍도海風圖」 유치환 씨의「부산도釜山圖」 이찬 씨의「종연終演」 김조규 씨의「연길역延吉驛 가는 길」이 있으나 각각 단행본에 발표된 것이 아니면 힘을 들이지 아니한 구작인 것 같아 모두 괄애括愛한다.

6

가뭄에 콩 나듯 하던 몇 개 아니 되는 시의 동인지가 그나마 하나도 나오지 못하는 모양인데 이것은 시를 위하여 기뻐해야 될 일인가? 시를 쓰기만 하면 미처 거듭 매만질 사이도 없이『개』나『걸』이나 모두 활자화할 수 있고 시인 행세를 할 수 있는 무질서도 딱한 노릇이지만 지금처럼 시의 발표 기관이 제한되고 보아도 더욱 사태는 딱하다. 물론 이러한 시기에 하루살이 시인과 진정한 시인의 구별이 확연해 질 것은 사실이 증언하는 일이니 그러한 의미로는 『오늘』이라는 이 시기를 우리는 덮어놓고 타박할 수도 없는 것이 아닐까?

7

『문장』신년호 소재所載『시단시평』을 보면 그 필자 김송한 씨는 남의 작품들을 턱없이 『개성 없는 언어』 혹은 『자기의 언어가 아닌……』 따위의 말로 분류를 지어 놓고 심한 데 이르러서는 유진오 씨가 언젠가 시를 말하는 자리에 **뽀오들레르**를 찬탄한 것까지 들춰 가지고 시비나 가릴 듯이 **뽀오들레르**만을 시인으로 아는 사람은 **떠스트엡호스키**이만을 소설가로 아는 사람과 마찬가지라는 상식을 풀이했다. 남을 치고 뜨는 것으로 존재를 보이려는 신인답지 못한 태도, 『문학』은 결코 권투나 역기力技는 아니다.

8

서정시의 운명, 현대 메카니즘과 리리시즘 사이에 방황하는 오늘의 시인의 생리적 상극, 우리는 이 난관을 하루바삐 타개해 나아가야 되겠다. 어느 시기에나 시에 대한 질곡이 강하면 강할수록 시정신은 보다 더 앙양昻揚되었다는 사실을 기억하면서……

정월, 희망의 달, 눈이 내리는 달 우리는 새로운 일력日曆 앞에 마주 앉아서 새로운 **뮤우즈**를 맞아들이자.

『인문평론』, 1941.2

"산山제비의 정서情緒"
"뽁·레비유우"

세영世永의 『산제비』 속에서 가장 매력을 느끼는 것이 어느 것
이냐고, 묻는다면 나는 서슴지 않고 『서글픈 내 고향』 모두冒頭에
실린 「비가悲歌」를 골라 잡을 것이다.

○

동백나무 그늘에서 혼자 거닐면
물방아만 쿵 쿵 이 내 가슴 찧고
낯설은 처녀가 토드락 빨래만 한다
시냇가의 딸기 넝쿨은 송아지가 짓밟고
잣봉산 기슭엔 해도 지는데
로화 그는 내 사랑이었다.

○

여기에서 서정시의 전형을 삼기에 조금도 주저하지 아니하는
까닭은 이 시는 말의 함축이 무서울 만치 강렬할 뿐 아니라, 시적
에스푸리의 아름다운 빨란스가 시의 주위에 달콤한 황홀을 자아

내고 있는 탓이다.

○

이 시인에게 있어 「비가」는 그의 초기의 작품에 속하면서도 그가 시적 방법의 전환을 꾀하던 시기에 써 놓은 온갖 시에 비하여 가장 이채異彩를 발하는 것은 무슨 까닭일까.

나는 그 까닭을 다음과 같이 생각한다.

「비가」가 우리에게 매력을 주는 것은 그의 후기에 속하는 온갖 작품처럼 방법의 고정화, 개념의 문구화文句化가 아닌 까닭이라고.

○

사실 이 시인도 다른 허다한 동료 시인처럼 시의 『이론』그것을 잘못 신봉한 사람의 하나였다. 한 개의 고리環＝이론은 고리理論 이외의 것이 될 수 없다는 것을 확신하지 못한 사람 중의 한 사람이었다.

○

―그리하여 그는 마침내 시의 혼미 속에서 고뇌의 장야長夜를

짓씹고 지내 왔으며, 한 개의 고전도 그가 남기지 못할뻔한 것은 그의 죄만이 아니었다고 말할 수도 있으리라.

○

누구나가 말할 수 있고 누구나 쓸 수 있는 글자를 늘어놓기에 멀미 나는 낮과 밤을 시달리기에는 우리의 감성은 너무나 피곤함을 지나친 지점에 서 있다.

○

시는— 젊음을 요구한다.
시는— 생동하는 혈액을 갈망한다.
순결한 혈액 가운데엔 홀몬이 가득하듯이, 시에는 항상 젊음이 있어야 된다.
시는— 한 사람의 전全 존재에까지 확산되어야 한다.
시는— 빈곤을 깨뜨려야 된다.
시인의 고독은— 내던져야 된다.

○

『한 개의 벽이 철학자나 학자들에게 비겁한 정지停止를 강요하

는 곳에 시인이 내딛는 것이다』 ─장·콕토오

『맥貘』, 1938.12[1]

---

1   『시와 진실』 원문에는 출전이 『모(貌)』, 1938.9로 나와 있으나 당시 『모(貌)』라는
     잡지는 확인되지 않으며, 1938년 12월에 『맥(貘)』에 「시와 고전」이라는 제목의
     글에서 「산제비의 정서」와 동일한 내용이 확인되므로 『시와 진실』을 출판하는 과
     정에서 오기가 발생한 것으로 추정된다.

『무심無心』의 푸로필

김대봉金大鳳 시詩

"무심"의 시인은 무척 고뇌를 떠나지 못한다. 그것은 고기가 물을 떠나지 못하는 것과 같다는 말과, 시인과 광인은 종이 한 장을 격隔하여 살고 있다는 말이 참말이라면, 이 시인도 실상 고상한 기호를 가진 셈이다.

우선 여기에 그의 노래의 한 가닥을 피로披露하여 보자.

> 참의 참의 거짓,
>
> 부정의 부정의 참,
>
> 그로 인해 극진極盡된 철화鐵火……
>
> 「출발」의 일절

이 시에는 풍랭諷冷의 면이 가득 찼다. 특이한 센스가 대상을 향하여 깊이를 가지고 부딪쳤다. 그가 미제라불한 현실적 약뇌若惱 속에서 광벽狂癖의 습성을 배우고 동원凍原과 같은 시의 고뇌의 한복판에서 환멸이라는 사탄을 부정하다가 염세厭世라는 요부를 만나 몸부림치는 것은 그의 눈이 흑표黑豹의 눈알처럼 정력적인 까닭일까? 사실 이 시인은 한낱 스켓취에 불과한 시 속에서도 자아의 풍모를 죽이는 일이 없다.

지구가 돌 때,

나도 돌고,

유성이 흐를 때

나도 흘러

스물다섯 고개 넘고 보면,

짝 없어 고단하이.

....

　이것은 이 시인의 기질과 환경이 만들어 준 특이한 **포오즈**임
에 틀림없다. 풍랭諷冷에 중압된 분위기, 물론 그것은 새로운 것은
아니다. 그러나 그 속에는 색다른 심상의 불꽃이 숨어 있다.

숯불은 이는데,

꽃은 피다.

물은 끓는데,

꽃은 피다.

　─라는 용어와 표현에, 야성적 감각의 조루彫鏤와 지성의 서리
犀利가 조화된 "무심"을 비롯하여 『무덤 앞의 유령 같은 환자가 생
사의 곡선 위에서』 아물거리는 "병실" ─

저기 헤아릴 수 없는 해골들이

어둠침침한 낭하廊下에서
시건屍巾을 펼치며
흑표의 눈알처럼 난무한다.

　—에 이르기까지, 그의 감성은 항상 세속적인 것을 통하여 피
안의 지혜의 상공에 뿌려 줄 섬광을 토한다. 그 점에서 이 시인은
한 개의 이국 정서를 우리에게 선사하였다고 말할 수 있다. 물론
이 시인은 한 개의 소재를 시화詩化하는 데 있어 미숙한 점이 많은
것만은 사실이다.
　한정된 지면으로 (마지 못하여) 붓을 놓으며, 삼가 추장야秋長夜
의 잔등 밑에 벗 삼기를 권하여 마지아니하는 바이다.

『동아일보』, 1938.봄

"박꽃"의 인상印象

허이복許利福 제2시第二詩

미지인의 시집을 이야기하기란 따분한 버릇임을 모르는 바 아니다. 우연치 못할 사정으로 하여 붓을 잡고 보니 정말 어이가 없다.

하나 본시 뿍·레뷰우란 것의 성질로 보아 다소의 무리가 있더라도 용인될 수 있다는 것을 믿으매 일면 안심이 된다. 한 권의 새 시집과 아울러 한 사람의 새 시인을 얻게 된 기쁨이 모든 것의 앞을 서는 까닭이다.

○

제1시집으로 『무명초』라는 것이 있다는 말을 듣기는 했으나 나는 그것을 접하지 못한 탓으로 여기에서는 단지 『박꽃』만을 가지고 이야기하련다.

『박꽃』은 우선 박꽃처럼 소박하고 아담한 의장을 하고 나의 시각을 손짓하여 불렀다.

『진리와 지혜는 산문인에게 맡겨 두면 그만인 것이요, 천치 같이 노래하고 바보 같이 읊조리는 곳에만 시인의 시인된 소이가 있는 것』이라는 이효석 씨의 서문을 끌어오지 않더라도 족히 이 시집이 모두冒頭의 주제시「박꽃」일편一篇만을 맛볼지라도 능히

얻을 수 있는 인상이니,

　　　조심 조심 궁리(窮理) 몰아
　　　실손 풀릴가 탈아 감고
　　　험로 더듬어 기는 넝쿨
　　　배재태에 운명을 안고도
　　　너흘 너흘 너의 뜻 너그럽코나

　—라는 첫연의 모습이라든가「흑발」의 제1연에서 맛볼 수 있
는 귀여운 상징의 아름다움.

　　　혼의 쉼터에 밤이 들면
　　　네 흑발에 고삐 맡긴 황소는
　　　삶의 샘 추억의 숲으로
　　　암향을 모리며 찾아갔다.

　—라든가,「나의 밤」첫 연에서 부딪치게 되는 리리시즘의 향기.

　　　늙은 이끼 성돌 지켜
　　　다락 넘어 별 헤는 밤은
　　　나의 당나귀 말뚝 씹어
　　　권마성 소릴 기다린단다

—라든가「소천어」에서 맛볼 수 있는 정밀靜謐 속에서 우러나
는 억센 이념의 약동,

　　못 찾은 때의 설움에
　　찢긴 지느러미 푸드겨
　　별 묻어 뜯어도 샘 못 되오

—라든가가 모두 다재한 재주와 능숙한 솜씨를 보여주고 있다.

○

　물론 이 시집 전반을 통하여 볼 때에는 흠이 적지 않다. 첫째
눈에 티처럼 쓸모없는 사투리가 많은 것, 둘째 소재 그대로 남
아 있는 것이 많은 것, 셋째 수사뿐인 것, 넷째 모작(예를 들면「향
수」「생활」같은 것)이 있는 것, 그러나 이러한 것은 이 시인의 영원
한『흠』이 되지는 아니할 것을 믿음으로서 용인될 수 있는 버금
의 일이다. 여기에서 나는 다만 시인 한 사람이 생겼다는 것을 기
뻐하면 그만이다. 그가 보내준 이번의『열매』가 보다 더 여무지게
익어진 것으로 바뀔 앞날을 기다리면 그만이다.

『조선일보』, 발표 연월 미상

『향연饗宴』을 읽고

김용호金容浩 시집詩集

커다란 슬픔을 가져 보았다는 것은 한 번도 그것을 가져 보지 못한 것보다는 오히려 축복 받은 생활일 것이다.

그리고 젊은이에게 가장 슬픈 일은 말할 것도 없이 우선『사랑』을 잃어버리는 것, 혼을 깎는 것 같은 슬픔은『사랑』을 잃어 본 사람만이 경험하는 고통이다.

북쪽
하늘에
눈비가 새면

그대 간 곳
꿈처럼 졸려

떴다
감았다
등불도 서러운데

눈길 위에 새겨진

옛 추억

『사랑』은 인생의 꽃이다. 꽃처럼 곱고 아름다운 것은 또한 없으니, 사랑을 잃어버리는 것은 슬프다 괴롭다. 그러나 『사랑』은 과연 행복을 가져오는 것인가? 만약 사람을 사랑하는 것으로 자기의 생활을 행복하게 하려는 사람이 있다면 그는 어리석은 사람일 것이다. 왜냐하면 우리는 완전한 사랑을 욕구하면서도 실상 『사랑』을 잃어버리는 것으로써 완전 이상의 것을 찾아낼 수 있는 까닭이다.

그러나 꼭 한번 참되게 사랑을 사랑하였다는 것, 꼭 한번 참된 『사랑』을 잃어버린 슬픔에 밤을 새워가며 울었다는 것, 그것이야말로 둘도 없는 우리의 『보배』요 『자랑』일는지도 모른다.

이 시인이 인생과 사랑의 비탈길에서 방황하는 모습 ─ 울고 비웃고 체념까지도 한다.

그러나 그는 끝까지 방황만을 일삼지 않는다. 총명한 에스푸리를 가지고 돌진하는 **포오즈**를 보인다.

붉은 불 내 정렬
푸른 불 내 한숨
포인트의 기로
앗!

운명이 비웃는다

선로 곁엔 까아맣게 이렇게 써 있다

『기차를 조심하시요』

「시크넬」의 일부

이 시인이 스스로 체념하고 깨닫는 바와 같이 젊은이에게 『사
랑』은 전부라 할지라도 그것은 반드시 행복된 것은 아니다. 그것
은 인생의 한 토막 단시短詩, 가장 아름답고 깨끗한 리리크이다.

그러한 의미에서 우리는 『향연』의 시인에 대하여 더욱 많은
기대를 미래에 가지게 되는 것이다.

『조선일보』, 발표 연월 미상

5

전통^{傳統}과 창조^{創造}

온갖 사물을 새롭게 하려는 것은 사람에게 있어 가장 오래인 염원이다. 그것을 혁신이라고 불러도 좋다. 이 혁신의 염원은 항상 전통을 옳게 파악하고 바르게 계승하는 데서 실현되는 것이다. 따라서 혁신이란 전통을 깊이 파악하며 새로운 창조의 기초를 삼는 것을 의미한다.

"만물 가운데에 오직 사람이 가장 귀하다"는 동양 사상이나 "사람은 만물의 척도"라고 말한 그리샤의 사상이나 모두 다 한 가지로 공통되는 것은 사람은 불^火을 사용하게 된 것으로 해서 만물의 가장 높은 자리를 차지하게 된 것이요, 문자와 역사와 문화를 가졌다는 것, 따라서 그것들의 전통을 가졌다는 것, 그러므로 그것을 새롭게 하려는 염원을 항상 가지게 된다는 것이니, 이 염원은 항상 혁신이라는 방법을 통하여 이루어진다는 것을 말할 수 있다.

혁신이란 사물을 새롭게 하는 것이니 사물의 본성을 가장 순수하고 가장 신선하게 하는 것이다. 그러므로 이 혁신과 대비되는 보수^{保守}라는 것은 사물의 순수한 본질을 쓸어 덮는 것을 의미한다. 그러므로 사물의 순수한 본질은 마침내 파악되지 못하는 것이다.

그 쓸어 덮은 베일을 걷어 버릴 때 사물의 순수한 본질은 나타내게 된다. 그것이 보다 더 철저하면 할수록 사물은 가장 완전에 가까운 광휘를 발하게 될 것이다. 그러므로 사물의 이러한 순수성을 믿는 것이 그 시대의 사람들에게 부여된 임무요 또한 사명일 것이다.

사물을 새롭게 하는 데는 낡은 것을 부정하고 기양棄揚하는 데 있다. 훼닉크스의 "불사조"는 오백 년마다 한 번씩 스스로 불을 일으켜 제 몸을 태워 재灰가 된 다음 그 재 속으로부터 다시 재생하였다.

─이 이야기는 낡은 것의 부정과 새로운 것의 창조를 위하여 싸워 온 인간의 혁신사를 말하여 주는 한 구절이다.

전통이란 다만 과거의 역사에 나타난 한 현상이 아니라 미래까지를 내포하고 좌우하는 커다란 힘을 말한다. 그러므로 어떠한 전통을 전제로 하지 않고 혁신이라는 것을 생각할 수는 없다. 혁신이란 사물이 새로워진다는 것을 말함이요, 사물이 새로워진다는 것은 어떠한 의미로든지 이제까지 없었던 것을 만들어 내는 것을 의미한다. 그러므로 전통 가운데에 이미 혁신을 위한 새로운 맹아萌芽가 마련되어 있는 것이다. 그리하여 혁신은 전통의 탐구와 그 본질의 파악으로부터 시작되는 것이다. 혁신은 그 자체의 움직임과 전통의 본질이 합치되는 데서 이루어지는 것이다. 그리함으로써 우리는 비로소 정당한 전통의 계승자가 될 수 있는 것이다.

여기에 우리가 함께 생각하게 되는 것은 창조와 모방에 대한 문제이다.

예술은 창조의 세계라고 말하거니와 창조는 또한 모방과 밀접한 관계를 맺고 있다. 사람은 자연을 부정하고 자연과 대립 항쟁하는 창조의 정신을 가진 동시에 또한 자연을 본받고 자연을 따르고 자연에게 순응하는 모방의 정신을 가졌다. 이것은 언뜻 생각하면 서로 모순되는 것 같으나 전통과 혁신에서 같이 실상은 상반되는 것이 아니다.

자연이란 스스로 있는 것을 말함이요, 사람이라는 것도 이 자연 속의 하나로 크게 볼 때에는 대자연의 물결에 포함되는 한 존재이다. 그러므로 사람이 가진 문화란 대자연의 모방이라고도 볼 수 있으며, 따라서 혁신을 말함에 전통을 탐구하게 되고 창조를 말할 때 자연을 말하게 되는 것이다.

그러므로 우리가 가장 심각하게 자연에 접촉하여 가장 훌륭하게 자연을 모방하는 것을 가장 훌륭한 창조라고 말할 수 있으며 혁신이라는 것도 전통에 육박하는 힘이 강할수록 창조적이라 말할 수 있을 것이다. 우리는 전통과 혁신을 결단코 대립한 것으로 이해할 필요가 없다. 창조란 전통의 참된 본질을 파악하여 사이비의 전통 = 인습을 타파하고 그것을 보다 높은 단계로 고양시키는 데서부터 출발해야 될 것이다. 전통은 본시 역사적인 것이나 그것은 정지된 물체와는 다르다. 그것은 항상 생동하는 생명체와 같이 신선한 대기大氣를 희구한다. 전통은 항상 새로운 창조를 위하여 준비되어 있는 것이다.

우리는 지나간 어떠한 역사의 순간보다도 이 전통에 대한 책임과 사명을 느끼고 있다.

참된 전통 위에 뿌리 박은 창조, 오직 그것만이 우리 민족 전체를 바른길로 이끌어 줄 수 있을 것이다.

『인민사료』, 1946.1

시詩와 생활生活

옛날 사람들은 싸우며 노래하고, 노래하며 일하였다. 시는 생활과 함께 항상 같이 있어 떠남이 없었다.

그러나, 그렇게 건강한 ― 단순한 생활은 길지 못하였다. 세상이 차차 번거로워지고 직업이 분화되자, 정신적인 일을 하는 사람과의 구별이 생기게 된 것이니, 이때부터 시는 생활과 유리되고 말았다.

○

이러한 경향은 세상이 진보하면 할수록 더욱 격화되어 온 것이다. 그리하여, 시는 마침내 일 없는 사람들의 심심풀이나 노리개감이 되고 실생활과는 아주 상관없는 것이 되어 버렸다.

―시를 쓰는 것보다 밭을 만들라―는 속어도 이러한 뜻에서만 이해될 수 있는 말이 아닐까.

그러나 사람은 짐승과 달라서 지적 = 정신적인 일을 특유特有한 것이니, 이 지적 = 정신적인 일의 발현으로서의 시를 일부의 사람들에게만 독차지하게 하는 것이 옳을 것이냐.

두말할 것 없이, 사람에게는 생래生來의 자질로 인한 재능의 차이가 있고 그에 따라 시인과 시인 아닌 사람의 구별도 생길 것이다. 그러한 개인의 재능과 소질에서 오는 차이를 문제 삼는 것은 물론 아니다.

여기에 이야기하고자 하는 것은 다만 우리들 인간의 일상생활 속에 전반적으로 시정詩情을 침윤시키자는 것이다.

○

지금도, 시라면 그저 일부 취미를 가진 사람들의 하찮은 장난이나 심심풀이로만 여기어 눈도 거들떠보지 아니하는 사람이 지식인 속에도 있음을 보건대, 참으로 아연실색할 노릇이다.

오늘날, 우리는 민족적으로 최대 국면에 서 있다. 이때, 우리가 세상을 알고, 주의를 이야기하고, 정당을 세우는 것도 다 좋은 일이기야 하지만, 우리가 모두 우선 시정을 가져야 되겠고, 읽고 읊고 노래하는 정신부터 배워야 할 것이다. 점잖고, 거만하고, 신둥진 외장外裝을 버리고 어린애의 마음처럼 솔직하게 시정을 가졌으면 좋겠다.

○

보라! 네거리에 벌어진 단말마의 행상진行商陣 — 고작해야 두셋으로밖에 나뉘지 아니할 정당이 누더기 넝마전을 꾸민 현실 — 선언도 강령도 다름이 없는 동종^{同種}의 정당^{政黨}이 열도 넘는 현실, 일을 위함이냐, 정치 장사를 함이냐? 어느 곳에 시가 있단 말이냐?

그들은 세상을 지나치게 알기 때문에(?) 눈앞의 현실만 뵈는 『색맹?』이 된 것이 아니냐?

물질의 악마, 온갖 욕심 — 식^食, 색^色, 지위, 돈, ······

어떤 시인처럼 "염통을 뽑아 버리지도" 못하는 우리는 다만 시정신이 있을 뿐이다. 생활에 시정을 부어 주는 데 있다. 그리하여 알고서도 가지 못하는 방향 = 옳은 길로 이끌어 주자, 생활에 시정이 넘칠 때, 아름다운 것, 참된 것, 옳은 것, 더러운 것, 나쁜 것······을, 이론이 아니라, 직관할 수 있는 것이다.

이론과 판단을 초월한 시정의 도야^{陶冶}!

시정이란 곧 시정신이다.

시정이란 — "사물의 중심에 돌입하는 정신"이다. 그것이 말^語로 나타날 때 시가 되고, 그것이 모양으로 나타날 때 그림이 되고, 그것이 소리^響로 나타날 때 음악이 되는 것이라면, 시정을 잃어버릴 때 온갖 예술은 한낱 형해^{形骸}에 지나지 못할 것이다.

○

그러므로, 시정은 힘의 근원이다.

시정을 잃을 때, 과학도 한낱 끝없는 가설과 숫자의 나열이 되고, 정치도 한낱 눈앞의 사상의 변이와 연속이 될 것이다.

어찌 그뿐이랴, 인간 생활 전체가 모두 다 그렇다. 시정은 생활에 힘찬 자성磁性을 준다. 인간에게 자성이 있어야 되는 것은 인간의 혈관에 피가—뜨거운 피가 있어야 되는 것과 다름이 없다. 그것이 없을 때, 사람은 항상 노예 되기를 부끄러워할 줄 모르는 백치의 정신을 스스로 준비하게 되는 것이다.

생활력의 근원根元인 시정신을 사수하자.

시정신의 민주화, 시는 인민의 것이다.

『건설建設』, 1946

시詩와 현실現實

시대는 진전하고 사상은 변전變轉한다. 이미 우리는 가공화된 공상의 덧없는 영상에 생명을 의탁할 수는 없다. 그러나 또한 우리는 돌아오지 않는 과거의 망령을 안고 회한의 눈물을 흘리며 일모日暮를 기다리고만 있을 수는 없다. 지나간 날은 이미 우리에게서 떠나 버린 것이다.

오직 우리의 신뢰할 유일의 길은 현실뿐이다. 우리의 일절의 존재는 현실 속에 있다. 현실을 떠나서 어느 곳에 존재의 의의가 있느냐! 하염없는 과거의 추모에 우는 대신에 믿을 수 없는 미래의 동경에 번뇌하는 대신에 현실에 살고 현실에 생장生長하자. 현실에 사는 것은 일절의 개념을 버리는 것이다.

그러면 현실이란 과연 무엇인가? 어떠한 것인가? 드디어 우리는 그 내용을 밝혀야 된다. 과거가 없는 현실이란 있을 수 있는 것인가? 우리는 지금 환락의 꿈에 빠져 있다가 밝은 날 교교한 달빛 아래에 한 개 슬픈 묘석이 될는지도 모른다. 우리는 또한 밝은 날도 보다 높은 욕구를 동경하여 광영의 날을 맞이할는지도 모른다. 그러므로 과거를 알고 미래를 사념하지 않는 사람에게는 현실은 암담한 지옥일 것이다. 여기에 현대인의 참혹한 탄식이 있다.

주시황秦始皇의 통일천하와 **트로야**의 전쟁을 꿈꾸던 시대는 갔다. 아름다운 미녀의 사랑에 취한 기사의 꿈을 노래하던 시대도 갔다. 사람들은 모두 한낱 작은 물고기처럼 물을 찾아 헤매인다. 그러나 어느 곳에도 맑은 물은 없다. 사람들은 절망과 비탄에 목놓아 운다. 어떤 사람은 피로하여 쓰러졌다. 어떤 사람은 자포자기에 빠져 버렸다. 어떤 사람은 고민하는 것으로 위안을 삼았다. 와일드의 시가 보오들레르의 시가 헷세의 시가 그러했다……… 사람들은 모두 막다른 골목에 다다랐다. 반성의 시기가 온 것이다. 현실! 오오 현실!

「나는 미래를 홀시忽視하고서 현실을 볼 수는 없다」고 괴이테도 이미 말하였다. 참으로 현실은 과거 없이는 낳을 수 없다. 또한 미래 없이 생장生長할 수도 없다. 현실 속에 역사가 있고 미래의 이류존이 있다. 우리는 과거의 역사에 따라 자아의 나아갈 방향을 알며 미래의 이류존에 따라 부단不斷의 힘을 얻게 된다. 거기에 자아의 진전이 있고 생장生長이 있다. 현실은 과거의 역사의 성과요, 미래의 동인이다. 현실은 그 발자취에 과거를 기록하고 영원히 미래의 방향을 찾아 진전한다. 그러므로 현실을 현실로서 본 때는 그것은 이미 개념이다. 그러므로 과거를 떠나서 현실을 생각할 수는 없다. 또한 미래를 떠나서 생명 있는 현실을 생각할 수는 없다. 여기에 인간의 이상이 있다. 광휘가 있다.

시인은 모두 이 이상과 이 광휘를 찾아야 한다. 그러한 의미에서 일체一切의 시인은 참된 시인은 이데아리즘의 신봉자여야 한다.

이상理想! 그렇다 ── 이상이란 과연 무엇인가. 이상이란 자아의 성실한 욕구를 이루려는 인간의 목적이다. 인간의 힘으로 할 수 있는 최대의 노력이상努力理想을 세우기 전에 우리는 우선 자아 속에서 인간성을 찾아야 한다. 과거의 역사를 찾아야 한다. 인간성을 무시한 이상은 어리석은 망상이다. 자아의 참된 인간성 위에 기조를 둔 욕구에 도달하려는 인간의 목적 이것이 곧 이상이다.

그러면 자아란 무엇인가? 자아란 과거의 자아인가? 본래의 자아인가? 또는 현실의 자아를 의미하는가? 물론 현실의 자아를 말할 것이다. 그러나 현실은 끊임없이 진전한다. 그러므로 현실의 자아는 현실의 자아라고 생각할 때에는 이미 현실의 자아는 아니다. 그것은 단지 개념에 지나지 않는다. 그러므로 현실의 자아도 또한 끊임없이 진전하고 생장生長하면서 있다. 따라서 이 진전하고 생장生長하는 자아를 기조로 하여 세운 이상은 또 필연적으로 진전해야 된다. 과거의 우리는 이상을 요구하였다. 그러나 이 이상의 성격을 몰랐다. 그것은 한 개의 우상偶像에 불과하였다. 참으로 자아의 진전과 함께 진전하는 이상이 아니었다. 그러므로 인간이 그 이상에 도달하였을 때에는 벌써 그 이상은 그의 이상이 아니었다.

이상의 진전은 또한 끊임없는 결함을 인간에게 부여한다. 이것을 보충하기 위하여 인간은 끊임없는 욕구를 갖게 된다. 그러므로 이상은 계획은 아니다. 이상은 목적이다. 이상을 좇는 인간의 삶에는 영원의 걸음步이 있다. 계획을 구하는 인간의 삶은 항상 타산적이요, 개념이다. 떼카당은 현실의 욕구에 편협하여 유치한 해석을 일삼았다. 이데아리즘의 신봉자는 이상을 추구하여 현실을 망각하였다.

　—"가장 위대한 리알리스트는 가장 위대한 미스치스트탐미주의자이다."메레지코후스키이

『예술신문藝術新聞』, 1947.9

비평가 批評家

우리 문단에도 권위 있는 비판가가 하나쯤 있음직한 일이다. 물론 이렇게 말한다 하여,

『그러면, 작가, 시인은 불필요하냐』 하면 또한 그러한 것도 아니다. 우리가 요망하여 마지아니하는 것은 작품을 쓰는 작가, 시인보다도 오히려 몇 걸음 뒤떨어졌다고 말할 수 있는 우리들의 『비평문학』을 생각하고 또한 그 일군인 바 비평가를 말하는 것이기 때문이다.

만약 이것이 못 믿을 소리로 들린다면 우리의 쩌어너리스트 제공諸公들은 모름지기 조그만 지면과 수고라도 베풀어 작가, 시인들에게 『작가, 시인 자신이 쓰는 비평』을 쓰도록 청탁하여 보라.

그것은 다른 것은 그만두고라도 요사이의 비평가들의 평적 레벨과 대비하여 보기 위해서도 의의 있는 일일 것이다.

한 작품을 놓고 각각 다른 사람의 두 비평가가 그것을 평하는 것도 재미있는 일이어든 하물며 한 개의 작품을 놓고 하나는 비평가, 또 하나는 작가, 시인 자신 — 이렇게 두 개의 비평을 써 놓게 한다면 그것도 재미스러운 일일 것이다.

대체로 『비평』이라는 것은 한 사람의 한 사람으로서의 평적評的 역량에서 빚어 나온 것임은 두말할 것도 없는 것이니 그렇다면

『비평』은 문학 작품을 창조하는 것과는 특이성을 가지고 있다고 말할 수 있다.

문학을 하는 사람 — 더 나아가서는 예술을 하는 사람의 직분은 슈우만의 말과 같이 인간의 심오에 빛을 집어넣는 데 있다고 말할 수 있겠으나 기실『예술을 한다는 것』—『문학을 한다는 것』— 이것은 그렇게 쉬운 일도 아니요 또한 끝을 바라볼 수 있는 일도 아니다.

예술가를 앞에 세워 놓고 윌리암·뿌레이크의 흉내를 내어『세계를 한 개의 모래알沙粒로 보고 하늘을 한 송이의 꽃으로 보고 무한을 자아의 장중掌中에 틀어 잡고 영원을 한 시간 속에 포착하라』고 명령을 내리고, 또한 과거의 마르크스주의 비평처럼 작가, 시인에게 일반적 인식과 예술 인식의 특수성을 분별하는 눈眼을 포착하게 할 관대한 이해를 주지 못하는 곳에『훌륭한 예술』의 생탄生誕을 바랄 수는 없다.

덮어놓고 타박을 당하는 눈칫밥 속에 가냘픈 생명을 유지하여 내려오던 온갖 문학적 명구名句 중에 미케란제로의 다음과 같은 문구에 다시금 구미를 붙여 보는 것도 욕되는 짓은 아니리라.

『완전하게 창조하려는 노력처럼 심령을 깨끗하게 하는 것은 없다.』

1936년 5월

기교技巧

문학과 기교 더 나가서는 기술이라고 불리는 문학 표현의 중대한— 문제—

우리는 이것에 대하여 재고할 필요성을 느낀다.

단지 기교만을 위한 문학. 그것은 끝까지 문학 작품의 가치로 보아 얕은 지점에 놓인다— 라고 하는 것은 기교는 그것이 단지 그것을 위하여 있게 될 때 기교 이외의 아무것도 될 수 없으므로이다.

○

문학 작품의 기교를 신화神化하는 자는 여기에 반기를 들지는 모르나 사실에 있어 문학의 문학으로서의 생명은 결코 기교에서 찾을 수 없는 커다란 요인이 그것 위에 놓여 있는 것이다.

예술의 기교를 주로 조형적 표현과 음악적 표현의 두 가지로 대별할 것이므로 조형이라고 말할지라도 그림이나 『조각』이나 『문학 작품』과는 각각 그 표현의 특질을 달리하고 있는 것만도 사실이다.

가령 렛싱그의 말과 같이 봐아질의 시에 표현된 라오오곤은 법의法衣를 떨치고 수건을 쓰고 있으나 조각가들의 손으로 만들어진 조각 라오오곤은 나체 그대로 되어 있다는 것 ― 그리고 이와 같이 문학에는 의장을 갖추어 표현되고 조각이나 그림에는 나체 그대로 근육 그대로 표현되었다는 것.

이러한 것들을 가리켜 표현의 특수성이라고 말할 수 있다고 해서 이것이 곧 『작가는 남이 하지 않는 것을 그려야 된다는』 속된 개성론의 어머니가 될 수는 없다.

○

다른 아무것도 아니요, 바로 그것이 문학 작품일 때 그것이 문학으로서의 옷을 갖추지 못한 것도 문학이 될 수 없고 또 옷만 곱게 입었다고 결코 미인이 못 되는 것과 같이 내용 없는 문학도 문학이 될 수 없다.

언어의 힘을 빌려 심상의 형성을 표현하는 한 개의 시를 여기에 놓고 볼지라도 그것이 첫째 언어 이전의 활자 나열이라고 한다면 얼마나 우스운 일이냐?

『언어가 음악적인 문장일 때, 다시 말하면 언어에 참된 율동과 선율이 있는 문장에는 의미에도 또한 반드시 거기에 심원한 맛이 숨어 있는 것이다』카알아일라는 말은 내용과 형식의 참된 융화점에서만 훌륭한 예술이 생탄生誕될 수 있다는 뜻이 숨어 있다.

1936년 5월

문학文學의 해방解放

오늘날에 있어 「해방」이라든가 「혁신」이라든가 하는 말은 일정한 한계와 방향을 가지기가 어려울는지도 모르겠다.

혁신과 퇴보, 진보와 반동, 해방과 압박이 혼동, 전도顚倒되어 있는 현실 속에서 그것을 운위云謂하기란 참으로 복잡다기複雜多岐한 까닭이다. 오늘날의 온갖 사상적 「카오스混沌」와 정치 권력의 핍박이 그렇게 만들어 버린 것이다.

무릇 「해방」이란 말이 가장 강열하게 표방되기는 「휴마아니즘人本主義」에서 비롯한 것이라고 볼 수 있으며 「휴마아니즘」은 인간 본위의 학문 곧 「인간 능력의 발양을 위한 과학」이라는 뜻이었으니, 인간 본위란 과거의 정신적 영역에서 절대의 권력을 가진 중세적 신학에 대한 인간성의 반항을 의미하는 것이었다.

이와 같이, 문학에 있어서의 「해방」의 뜻은 넓게 해석하면 제한이 없이 퍼질 수 있는 것으로, 가령 인간성의 해방이라는 범주에는 「르넷상스文藝復興」의 문학 「휴우마니즘人本主義」의 문학, 자연주의의 문학, 일차 대전 이후 의식의 해방을 부르짖는 신심리주의문학을 들 수 있으며, 심지어 「따따이즘」 같은 것은, 온갖 사회적 규범과 전통과 관습과 그 밖의 일체의 것으로부터 허무에의 해방을 지향한 것이었다.

우리 근대 문학에 있어서 봉건사상으로부터 자유 민권 사상으로 전환되던 시기에 나타난 해방의 문학적 양상을 살펴보면 그것은 참으로 불철저하고 몽롱한 것이었다. 신문학이 대두된 이후 혁신적이어야 할 문학이 바야흐로 현실의 제조건이 완고하게 그들을 가로막게 되자, 문학은 오로지 환멸의 비애를 주제로 삼게 되었다. 그리하여 조선의 혁신적인 해방의 문학은 절망적인 「니히리즘虛無主義」이나 민족적 애수를 상징하는 「로맨티시즘浪漫主義」으로 흘러가고 말았다.

그리하다가 「해방」이라는 말이 다시 한번 강하게 일반화된 것은 경향문학에서이니, 근로 계급의 해방이라는 것이 그 목표가 되어 있었다.

그러나, 거기에는 단지 종교적 열정과 사회적 정의감의 성급한 분등奔騰이 있었을 뿐이요, 문학 자체의 본질적 발전을 위하여는 아무런 「모멘트動因」를 성숙시키지 못하고, 오로지 유물론의 허울을 쓴 소박한 관념론의 구체화에 떨어져 버렸다.

문학은 마침내 한 개의 고정화된 관념이거나 정당의 사자생寫字生이거나 상인의 앞잡이가 되어서는 안 된다. 그것은 사회적 충동의 파문이 크고 강하면 크고 강할수록 자주적 성격을 엄연히 갖추어 가지고 온갖 외적 위압에도 굴하지 않고, 항상 참된 인간성의 회복과 획득을 지향하여야 된다. 문학의 정신은 온갖 시대적 속박으로부터 해방되려는 자유스러운 인간성의 본원적 발현인 것이다. 현실의 온갖 불합리와 모순에 대하여 영원히 타협하지 않고 굴종하지 않는 불사신의 정신 이것이 문학이요, 이것을 떠받들고 영원히 매진하는 것이 문학자인 것이다.

우선 문학을 온갖 속박으로부터 해방시키라. 봉건적 암흑으로부터, 자본과 기계의 아성으로부터, 편향된 유물 사상으로부터, 진부한 유심 사상으로부터 그 밖의 온갖 외적인 것으로부터 문학을 그 독자적인 본연의 위상으로 환원시키자. 이것만이 문학의 유일한 사명이요, 진로인 것이다.

동야초 冬夜抄

고월古月과 상화尙火와 나

첫눈이 왔다. 날이 몹시 춥다.

어느 사이에 찬 겨울의 우람한 손아귀가 나를 짓누른다. 그 힘에 엎눌린 나는 밤마다 오직 한 가지 멀고 먼 봄의 자취를 고요히 가늠하면서 책을 읽는다.

책상머리에 놓인 「난초」 한 포기가 푸른 빛에 굶주린 나의 넋을 쓰다듬어 주는 방안에서 먼지의 거리의 한 모퉁이에서 시달린 몸을 집이라고 돌아오면 반가이 맞아 주는 것은 다만 한 포기 「난초」뿐…………

입으로 한번 훅 불면 봄바람에 나비 날 듯 흩날릴 「양쌀밥」으로나마 허기를 채우고, 오늘 밤은 또 담요를 두르고 앉아 옛 시인의 노래나 몇 편 골라 읽어 보자.

애달픈 두 사람의 젊은 시인 ― 지금은 이미 옛 사람인 고월, 상화의 시. 둘이 다 나의 좋아하는 시인이기 때문에 ―.

봄날 조는 고양이의 수염처럼 가늘고 보드라운 고월의 감촉. 타오르는 불꽃처럼 알 수 없는 춤을 추게 하는 상화의 마력. 그들의 노래를 읽고 읊다가 가슴이 막히어 책을 덮어 버린 때가 한두 번이 아니건만 나는 어찌하여 이 버릇을 버리지 못하는가?

그들이 남기고 간 적은 노래 속에 나의 즐거움은 크고 많음이여.

그들의 노래 속에 나는 긴 긴 오늘 밤을 묻어 버리련다.

○

마돈나 짧은 심지를 더우잡고 눈물도 없이 하소연하는 내 마음의
촛불을 봐라. 양털 같은 바람결에도 질식이 되어 얄푸른 연기로 꺼지
려는도다
....
....

마돈나 날이 새련다 빨리 오렴으나 사원의 쇠북이 우리를 비웃기
전에 네 손이 내 목을 안아라, 우리도 이 밤과 같이 오랜 나라로 가고
말자

마돈나 뉘우침과 두려움의 외나무다리 건너 있는 내 침실 열 이도
없으니, 아 바람이 불도다, 그와 같이 가볍게 오렴으나, 나의 아씨여 네
가 오느냐?
....

얼마나 황홀한 시의 「누리」이냐? 온갖 형상이 정조淨彫되어 말
은 해맑은 피리소리처럼 울려 나고, 사향노루의 배꼽내 같은 향
훈香薰. 삶의 희열을 기리는 찬가요, 존재로서의 인간의 애절한 엘
레이지悲歌이다.

이러한 "황홀경"을 빚어 놓은 곳에 상화는 빛나는 "별" 같은 다시 없을 뚜렷한 존재이다.

고월의 노래의 본바탕基調은 보다 더 "애수"를 머금었다. 상화를 달밤에 선지피를 뱉아 우는 두견새의 울음에 비긴다면, 고월은 봄날 아지랑이 속에 우는 꾀꼬리 소리라고나 할까?

○

> 그러면 임이여
> 혹시 그대의 문을 두드리거든 젊어서 시들은 나의 넋을
> 끝없는 안식에 멱감게 하소서
> 아, 저 두던에 울리도다
> 마리아의 은은한 쇠북소래 저녁은 갈사록 한숨지어라

그에게는 상화가 지닌 「불꽃」과 「힘」 대신에 호박의 빛깔처럼 따스한 "봄볕"과 보드라운 "바람"과 "종달이"의 노래가 감돈다. "아가씨"와 "우물"과 "나귀"와 "목동"과 국화 향기 속에 파묻힌 "옹달샘"이 있다. 그리고 고독의 저 언덕 너머로 푸른 바다 같이 넘실거리는 상상의 바다가 있다.

나는 이 두 시인의 남기고 간 자취를 바라보며 나의 걸어갈 앞길을 마련하여 볼 때 머리가 저절로 무거워진다. 그리고 내가 고월, 상화의 시를 유달리 사랑하는 것은 거기에 큰 까닭이 있다. 우

리는 지난날 너무나 남의 것만을 숭상하였다. 우리의 조상들이 한漢 문화를 사대한 것을 허물하면서 우리는 얼마나 많이 서구적인 것 내지 왜적인 것에 도취하였던가.

우리의 선조들이 「정읍사」와 「청산별곡」과 「동동」은 모르되, 이백, 두보, 소동파만은 알고 살 듯이, 후예인 우리는 「괴에테」 「벨레이느」 「푸쉬이킨」 「바이론」……만을 떠받들고 살아 온 것이 아니더냐?

돌이켜 생각하면 우리 조선 사람처럼 예술의 재주가 많은 겨레는 없을 것 같다. 말할 수 없는 가난에 쪼들리어 배우고 익힐 틈이 없는 생활 속에서도 오히려 천재적인 특색을 보게 되는 것은 서라벌의 찬란한 고대 문화를 만들었던 화랑의 피가 숨어 흐르는 지위가 아닐까?

(무자, 정월)

창조創造의 동기動機와 표현表現

조운曹雲 시조時調를 중심中心으로 하여

　문예 작품을 그 창작의 동기 또는 기원으로 사고하여 볼진대, 대개 다음의 세 종류로 나누어 볼 수 있을 것이다. 곧「즉흥 창작」과「서정 창작」과「사상 창작」이 그것이다.

　물론 이 세 가지 요소는 아주 개별화되고, 고립화된 것은 아니다. 이것들은 서로 섞이기도 하고 한 가지 요소만으로 고립되기도 하고, 두 개 요소가 동시에 나타나기도 하고, 세 가지 요소가 함께 나타나기도 하는 것이니, 이 점으로 보아 창작의 가치 판단과 그 정신의 탐구란 그렇게 쉬운 일은 아닌 것이다.

　첫째로「즉흥 창작」이라 하는 것은 인간의 눈에 보이고 귀에 들리는 온갖 현상계 속에서 우리 인간에게 어떠한 느낌感興을 돋우어 주는 것이 무의식중에 입으로 또는 붓끝으로 표현되어 나오는 창작의 동기를 말함이니 이것은 현상계에 일어나는 천태만상이 사람의 마음에 비춰어져서 나오는 만치 즉흥적이라 부르게 되는 것이다.

　둘째로「서정 창작」이라 하는 것은 인간의 심령 곧 흉중에 쌓이고 서린 감정이 일시에 터져 나와 씩씩하기도 하고, 우울하기도 하고, 소녀의 가슴처럼 애달프기도 하고, 애를 끓는 슬픔과 시름을 자아내기도 하여 노도怒濤와도 같고 꺼진 화로의 재와 같이 복잡다기한 것이다. 오늘날의 서정시와 민요가 대개 이 부류에 붙은 것이다.

셋째로 「사상 창작」이란 위에 말한 두 가지 — 다시 말하면 사상事象의 관찰로부터 일어나는 느낌과 마음속으로 우러나는 느낌이 서로 어우러지고 녹아져서 나오는 것이니, 이것이야말로 전기電氣의 양음전陽陰電과도 같은 것이라고 말할 수 있을 것이다. 그리고 위의 세 가지 가운데에서 문학 창작에 있어 가장 원숙한 경지를 나타내는 요소라 말할 수 있다.

그런데, 내가 여기에서 창작의 동기에 대하여 새삼스럽게 이야기하며, 그 세 가지 요소를 들추어내는 것은 창작에 관한 일반적인 논고를 피로披露하고자 함은 아니다. 다만 이 세 가지 요소를 토태土台와 기조로 삼아 문학의 정신을 — 곧 문학자는 무엇 때문에 창작을 하는 것이며, 무엇을 표현해야 되는가를 탐구하여 보고자 함이다.

본시, 생활과 문학과의 관계를 살펴보면, 문학은 시대의 추이라는 시간적 제약을 벗어날 수는 없는 것이니, 꼭 같은 소재를 제재로 한 창작에 있어서도 고인古人과 현대인의 표현 내용이 다를 것이며 동시대인이라 할지라도 그 창작자의 개성의 특질로 말미암은 표현의 차이가 생기게 되는 것이니, 문학의 창조란 지적이요 직접적인 의미에서 정감의 「특이」라는 것으로써 설명할 수 있을 것이다.

그리하여 옛사람은 옛사람대로 그때의 그들의 생활을 노래한 것이며, 오늘의 사람들은 오늘날의 생활을 노래하는 것은 당연한 일이다. 그리고, 인간으로서의 공통점에서 서로 공통되는 것도 많겠지만 다른 시대 다른 사회, 다른 생활을 누리는 만큼 그들의 표현하는 문학 작품의 제재도 달라질 것이며, 따라서 그 표현되는 「사상」도 달라질 것이다. 그리고 또 한 가지 어려운 문제가 있으니 곧 동시대인同時代人 사이에서도 그 작품의 소재라는 것이 창작자의 개성에 따라 저마다 생활의 「양상」이 다를 것이요 또 표현된 「사상」에 있어서도 저마다 생활의 「이념」이 동일하지 않을 것이니 그것들을 일률적으로 규정지을 수는 없다는 것이다.

가령 동일한 제재를 표현한 작품에 있어서도 옛사람과 오늘의 사람의 표현 정신이 다른 것이며, 동일한 시대인時代人의 시가에 있어서도 그 표현되는 내용이 다른 것이니, 창작이란 자기 생명 더 나가서는 자기 생활의 표현이란 그 원리에 따라 내용의 개성화, 특이화를 말함에 지나지 않을 것이다.

그러므로, 우리가 문학 작품에 표현된 문학 정신을 탐구하고 그것의 분석과 가치를 규정하기란 그렇게 쉬운 일이 아니다.

다음에 우리나라만이 가지고 있는 특유한 시가의 일분야로서의 시조 작품을 예로 삼아 이야기를 전개시켜 보기로 하자. 동일한 제재를 노래한 것을 비교하여 표현력의 차이와 이들 스스로가 지닌 문학 정신의 진부를 찾아보고 밝혀 보는 것도 그렇게 의미 없는 일은 아닐 것이다.

시조 작가뿐 아니라 현대 시인까지도 그곳을 지나면 그대로 지낼 수 없는 감회를 아니 주고는 못 배기는 송도의 선죽교를 제재로 한 시조 작품 몇 개를 대비하여 보자.

노산과 조운의 「선죽교」

충신의 남긴 뜻이 돌에 스며 붉었으니 하마배^{下馬拜} 하온 인들 몇만인지 모르리만 돌아가 행^行하신 이는 몇 분이나 되는고,

충신의 타는 넋이 홍엽에 배어 들어 용수^{龍鬚} 송악^{松嶽}에 두루 심겨 천만 수를 유객이 헛보고 지나니 그를 설어 하노라.

묻노라 저 읍비^{泣碑}야 네 눈물 얼마완대 이도록 흘리고서 상기 아니 마르나니 만고한^{萬古恨} 맺힌 눈물이니 그칠 날을 몰라라.

계읍던 옛집터를 절하고 굽혀 드니 벽상^{壁上} 영정^{影幀}이 사신 듯 말하시듯. 마추어 울밑 황국^{黃菊}이 서리 속에 섰더라.

『노산문선』에서

선죽교 선죽교러니 발남짓한 돌다리야 실개천 여윈 물은 버들잎에 덮였고나 오백 년 이 저 세월이 예서 지고 새다니.

피니 돌무느니 물어 무엇 하자느냐 돌이 모래 되면 충신을 잃겠느
냐 마음에 스며든 피야 오백 넌만 가겠니.

포은만한 의열로써 흘린 피가 저럴진대 나보기 전(前)일이야 내 모
른다 하더라도 이마적 흘린 피들만 해도 발목지지 발묵져

『조운시조집』에서

위의 두 작품을 대비하여 볼 때, 우리가 직감되는 인상은 전자
는 레토리크(修辭)는 많아서 앵무새처럼 다변적이나 후자에서 보는
것 같은 진실에의 육박미가 부족하다.

본시 시란 아름다움(美)을 통하여 표현되는 인간의 진실성이라
면, 후자는 판에 박은 고시조의 틀(型)에다가 억지로 말솜씨를 꿰매
어 붙인 느낌을 주며, 따라서 누구나가 노래할 수 있는 일반적이
요 평면적 표현에 지나지 않으며, 후자는 언뜻 보면 단조한 듯하
지만 사람으로 하여금 예술이란 한낱 오락의 대상이 아니라 피로
써 엮어지는 생명의 인화(燐火)라는 느낌을 직감하게 하는 것이다.

선죽교를 노래한 시는 이 밖에도 많이 있으니, 박팔양의 시
「선죽교」와 요즘 새로 나온 시조 작품 김상옥의 「선죽교」도 노산
의 「선죽교」에서 그 지향하는 세계가 한 걸음도 앞서지 못한 것
을 어찌하리요.

조운의 「선죽교」가 가장 백미인 것은 이 시인은 생활의 시 —
생명의 시 — 과감한 진실성을 찾아 육체적으로 돌진하는 인간

적 투지를 가지고 있는 까닭이라고 나는 믿고 있다. 그러한 의미에서 나는 조운을 현대 조선 시조 작가 속에서 가장 이채異彩를 가진 존재라고 생각한다. 비록 그가 세속에 물들지 않고 문단적 지위를 바라지 않아 고독 한가운데에 파묻혀 있어 알아주는 사람이 적다 할지라도 마침내 이 시인의 시조가 찬연한 광망光芒을 비쳐줄 날은 가까워 온 것이다.

지금까지 우리 조선에는 시론 내지 시 작품의 비평의 전통이 서지 못한 까닭으로 시를 가지고 문학, 더 나가서는 예술 더 나가서는 인간 문제까지도 논의하게 되어야 할 풍습이 시인에게나 비평가에게나, 익숙하지 못하여 시詩가 문학의 중심이 되고 시론이 평론의 중심이 되지 못한 채 내려왔으므로 한 편의 시 작품과 한 사람의 시인도 그 가치를 정당한 이해 밑에서 평가된 일이 희소하다.

내가 여기에서 이런 말을 하면, 혹 어떤 사람은 오해하여 조운의 변호 비평을 한다고 비웃을지도 모르나 나는 결코 조운을 변호하려는 생각은 추호도 없다. 이제껏 얼굴이 넓지 못한 나는 선배의 한 사람인 조운 씨의 얼굴도 본 일이 없으며, 다만 조운이라는 이가 조선의 신문학의 초창기부터 이름이 있어 온 이로 문단적으로는 퍽 야망도 없는 이라는 것, 그리고 시를 쓰기 위하여 시를 쓰는 부류의 시인이 아니요, 시가 스스로 우러나므로 시를 쓰는 천래적天來的인 시인이라는 것, 그리고 호화판 시집 한 권 없이 볼꼴사나운 시조집, 한 권을 그나마도 자기 제자의 호의로 작년丁亥五月에 가지게 된 시인이라는 것 이외에 아무것도 나는 모른다.

조운이야말로 현대 시조문학의 개척자로서 가장 빛나는 존재임을 나는 알고 있다. 물론 시조 창작의 양에 있어서는 가람李秉岐과 노산李殷相에 비겨 적을지 모르나, 질에 있어서는 가장 으뜸이 아닐 수 없다. 시조라는 낡은 시가 형태를 내용과 형식에 있어 현대화에 노력한 점에 있어서도 조 씨의 공이 가장 크다고 볼 수 있으니 예로부터 시조가 즐겨 그 제재로 삼는 자연 묘사의 시조를 놓고 볼지라도 위당鄭寅普의 「근화사」이거나 노산의 「금강산」 「박연」이나 최남선의 「단군굴에서」나 가람의 「만폭동」이나 수주卞榮魯의 「백두산 갔던 길에」나 노산의 「금강산」이나 월탄의 「비로봉」이나 지용의 「백록담」이나 ― 이것은 시조가 아니라 시이지만 ― 그 밖의 어떠한 작품을 갖다 대어도 조 씨의 「구룡폭포」 한 편과 어깨를 겨눌 작품을 나는 보지 못하였다.

다음에 조운이 금강산을 노래한 일편을 여기에 피로하여 놓고 함께 감상하여 보기로 하자.

사람이 몇생이나 닦아야 물이 되며, 몇겁이나 전화해야 금강의 물이 되나! 금강의 물이 되나!

샘도, 바다도 말고, 옥류, 수렴, 진주담과 만폭동 다 고만 두고 구름 비 눈과 서리 비로봉 새벽 안개 풀 끝에 이슬되어 구슬구슬 맺혔다가 연주팔담 함께 흘러 구룡연 천척절애에 한번 굴러 보느냐.

이 시조의 형식은 단시형이 아니라 이른바 「사설시조」의 형식으로 된 것이거니와, 이 시조에 나타난 시적 정신이야말로 최고의 것이 아닐 수 없다. 거기에는 단순한 수사도 즉감에서 온 감흥도 아니요 시인의 심령 속에 어리고 서린 오랜 시간성을 거쳐서 비로소 맺어진 열매인 것이다. 들으니 이 시인은 지필도 없이 금강산을 구경하고 돌아와서 삼 년 뒤에 이 작품을 썼다 한다. 한 편의 시를 전 생명의 발로로 안다면 모름지기 우리는 시를 대하기를 죽음을 대하듯 진집眞執하여 될진저!

그와 같은 경향의 시조로 「만월대에서」라는 시조를 보면 이 시인의 시조는 참으로 사상적으로 심원한 맛을 가지고 있으니, 거기에는 말이 **레토리크**修辭의 재료로 쓰인 것이 아니라 시가 욕구하는 생동하는 산 시어로서 빌려 온 것이다.

영월 자규루는 봄밤에 오를거니 만월대 옛궁터는 가을이 제철일다 지는 잎 부는 바람에 날도 따라 저물다.

송도는 옛이야기 지금은 하품이야 설움도 낡을진대 새 설움에 아이느니 대뜰에 심은 벗나무 두길 세길 씩이나.

조운, 「만월대에서」

설움도 낡을진대 새 설움에 아이느니. 「대뜰에 심은」 왜놈의 국화 벗나무는 「두 길 세 길 씩이나」 무성만 한다는 이 시인의 사상이야말로 설명이 아닌 참으로 창조적 표현의 경지에 다다른 것

시와 진실 **241**

이다. 그는 또 「석류」를 노래하여,

투박한 나의 얼굴
두툴한 나의 입술
알알이 붉은 뜻을
내가 어이 이르리까

보소라 임아 보소라
빠개 젖힌 이 가슴.

— 이라고 노래하였다. 참으로 시도 여기까지 이르면 시신詩神도 감히 시 앞에 묵언의 예배를 드리지 않을 수 없을 것이다.

수주가 그의 「토막 생각」에서 말씀한 것처럼, 사랑은 몰입이요 예술은 표현이다. 몰입하고 표현할 수는 없다. 뮤우즈詩神는 우리에게 두 가지를 다 같이 누릴 특전을 주지는 않는다.

우리가 시를 짓고 그림을 그린다는 것은 무엇을 의미하는 것인가? 생활의 방편으로 또는 인간 생활의 「Ennui」를 잊어버리기 위한 도락주의로 또는 시나 소설과 비평을 쓰지 않고서는 자기라는 것을 발견할 수도 없고 확충할 수도 없으며 표현할 수도 없다는 절대의 성실감에서 문학하는 사람도 있을 것이다.

우리는 우리 스스로가 위의 어느 부류에 붙어 있는가를 스스로 반성하여 보고 비판하여 보아야 될 것이다.

문학을 한다는 것은 생의 유희도 아니요 도락도 아님을 깨닫게 될 때 비로소 문학의 정신은 파악되는 것이니, 우리의 갈 길은 「장미꽃을 뿌려놓고 탄탄대로가 아니다」.Roman Roland

시인의 생명이란 죽음의 준비인 것이다. 그림자가 물체를 따르는 것 같이 아름다운 죽음은 반드시 아름다운 생활의 뒤를 이어 오고 참된 죽음은 반드시 참된 삶의 뒤를 따르는 것이니, 시인의 삶은 죽음을 아름답고 찬란하게 싸줄 도의禱衣를 ― 땀의 올과 피의 씨로 된 비단의 ― 짜는 시기인 것 뿐이다.

뮤우즈여 피비린내 나는 현실의 동굴 속에서 영원한 고행자의 모습을 지키어 나가라. 영원한 생명 ― 문학의 정신은 그 보상으로 그대만이 가지는 유일의 보배일진저!

(무자 정월)

미수록 산문

반종교문학^{反宗教文學}의 기본적 문제^{基本的問題}

×

필자는 본지 2월, 4일^{1933년호}를 통하여, 전후^{前後} 2회로 끝을 마친 이기영 씨의 작품 ─ 희곡 「인신교주」를 읽었다.

그것을 한 개의 계기로 하여 반종교문학의 기본적 문제를 논의하고자 한다.

이 희곡에 있어서 작자는 종교 ─ 조선이라는 특수적 지위에 속한 종교 다시 말하면 민족개량주의의 일화신인 인내천교 ─ 를 제재로 하여 종교 비판은 모-든 비판의 전제라는 맑스의 저명한 반종교론 및 무신론에 관한 명제를 적극적으로 강조하였을 뿐 아니라 한 걸음 더-나아가서는 반종교×쟁과 문학과의 문제를 제기하였다.

이에 우리는 이 희곡에 대한 작자의 의식적 행동의 의의를 말하지 않더라도 가측^{可測}할 수 있을 것이다. 그것은 A, B, C인 까닭에 ─. 왜냐하면 이 「인신교주」는 종교의 일면을 아낌없이 적나라하게 묘사했음으로써 그것은 마침내 종교라는 일반적 형태의 반동적 「모르히네성^性」과 아울러 푸로레타리아-트의 종교에서의 ×리^離, 타^打 ×를 위한 반종교적 의식의 조직까지를 초래했음으로써이다.

허나 우리가 이곳에서 논의할 바 문제는 작자의 이러한 의도

및 예술적 구상화에 대한 것이 아니라 도리어 그것을 말하기 전에 우선 먼저 반종교×쟁운동의 의의 및 이론적 고찰이 필요한 것이다.

왜냐하면 반종교×쟁운동의 의의에 관한 이론적 고찰이 없이는 반종교문학 내지 이 논하려는 바 「인신교주」에 대하여도 추호만한 논조의 설을 부가할 수 없기 때문이다. 그러므로 우리는 우선 먼저 종교의 본질과 및 반종교×쟁의 원칙적인 이론의 고찰이 필요한 것이다.

×

인간의 역사의 맨 처음 자연계의 종종種種상 — 그것을 우리는 자연력이라고 부른다 — 즉 외부적 힘力인 자연력이 인간의 두뇌에 환상적으로 반영되어 종교적 표상을 낳았다. 그러나 또한 일면에 있어서 이 자연적 모-든 힘力과 한 가지로 사회적 모-든 힘力이 — 그것을 지배 관계라고 부른다. — 발동하기 비롯하였으니 그것들은 마치 자연력과 같은 불가항적 힘力으로 인간에게 대항하고야 말았다. 이곳에 신의 성격 형성의 발단 — 종교의 근본적 기인이 가로놓여 있는 것이다.

그럼으로써 우리들의 선배가 남기고 간 저술을 인용하는 것을 주저치 않을 것이다.

『일체의 종교는 인간의 일상생활을 지배하는 외부적 힘ヵ이 인간의 두뇌에 환상적으로 반영한 것에 불과하다. 그리고 이 반영에 있어서는 지상의 힘이 천상의 힘이라는 형자를 취한다. 역사의 초기에 있어서는 맨 처음 자연력이 그러한 반영을 하였으며 그것이 제 민족 간에 일층 발전되어 극히 종종 다양의 인격신을 낳은 것이다.

그러나 얼마 안 되어 이 자연력과 병행하여 사회력도 작용되기를 비롯하였다. 이 사회력도 또한 인간에 대하여는 변함없는 외부적인 것이며 더 나아가서는 처음에는 역시 설명할 수 없는 것으로서 인간에 대립하고 또한 자연력 그 물건과 일견 동양同樣한 자연필연성을 가지고 인간을 지배하는 것이다. 이에 의하여 처음에는 다만 신비·불가사의한 자연력만을 반영하는 환상의 형자가 사회적 속성을 얻어 역사적 힘의 대표자가 된다.』

이것은 엥겔스가 그의 저서 『반듀-링론』에서 논파한 바어니와 우리는 예곳에서 자연력의 종교적 표상의 근거가 어느 곳에 놓여 있음을 보았다. 즉 종교는 현실의 역사적·사회적·물질적 제관계를 형성한 데 그 근거가 놓여 있다는 것을 간파하였다.

다시 한번 곱씹어 말한다면 종교는 각 시대의 사회적 생산관계의 ×××××에 불과한 것이다.

「인간은 자기들 자신의 창조한 경제 관계에 의하여 자기네 자신의 생산 수단에 의하여 마치 어떤 외부적 지배에 의한 것처럼 ××된다.」엥겔스 이곳에 종교적 반사 작용의 물질적 기초가 있고 또한 환상적 반영으로서의 종교를 가능케 하는 기초가 놓여 있는 것이다.

종교는 인간의 두뇌의 산물일 뿐 아니라 두뇌의 산물 중에도 가장 비열한 공상적 산물인 것이다.

허나 인간의 두뇌의 소산인 정신적 생산은 아무런 독립적·고립성 내지 자율성을 가진 것이 아니라 경제적 생산관계에 그 기인을 둔 것이다.

그러므로 종교의 사회적·물질적 근거는 인간의 경제적 생산 과정에로 환원되고야 만다.

이것을 근대에 옮겨와 다시 한번 고찰해 본다면 근대적 종교의 물질적 근거는 자본주의적 생산 관계에 그 기인을 찾을 수밖에 없는 것이다.

강대무류強大無類한 자본의 미증유한 세력 앞에 좌우되어 부절不絶의 위협과 무쌍無雙의 억×을 받고 불안중첩한 ××와 싸우며 독립적 경지에 고민하지 않으면 안 될 인간들은 이 외부적인 불가항적 ×박력으로부터 구출될 오직 한 개의 길을 다만 종교라는 환상적 천국에로 유리하는 데서 찾고자 하는 것이다.

그러나 종교는『억×된 인간의 탄식이오. 말세적 행복에 위무되어 현세적 고통을 은인隱忍·자내自耐하려는 이외에 아무것도 아니다』라고 맑스도 간파한 것과 같이 금일의 푸로레타리아-트로 하여금 현실 생활의 모-든 ××를 종교라는 환상적 자가도취의 천국에서 자무自撫·자내自耐하게 만드는 다량의 「매독성」을 내포한 것이다. — 천국을 몽상함으로써 현실적인 계급××의 실천적 객관 진리를 가진 인간적인 모-든 ××××에서 이탈되어 공기구적空氣球的 자내·자무로 전락하게 만드는 전율할 「모르히네성」이 숨어서 작용하는 것이다.

그러므로 종교는 계급×취 및 지배××의 유일의 ××적 도구로써 적극적 가치를 갖게 되는 것이며 따라서 또한 반동적 역할의 수행을 위한 무쌍의 효과를 발휘하는 것이다.

이곳에 종교의 일반적인 역할성이 누워 있다.

이 역할성을 이용하여 금일의 지배××인 뿔조아지-들은 종교의 자유를 신임할 뿐 아니라 자기네가 애당초 꿈도 안 꾸던 강박적인 종교심리를 제조하여 직접간접으로 ××××를 하며 또한 적극적으로 종교의 일층 강대화를 도모하는 것을 볼 수 있다.

(차간 16행 약略)

×

이상에서 필자는 반종교×쟁의 의의에 관한 이론적 고찰이 너무나 장황하였으므로 「인신교주」에 관한 직접적 촉수가 늦었다.

그러나 「인신교주」에 관한 촉수가 좀 더 진실한 의미의 의도하에서라면 문제의 취급은 이것이 순조順調가 아닐까 생각한다.

왜냐하면 그것 없이는 우리들의 반종교문학의 문제를 구체적으로 이해하기커녕 도리어 이해할 수 없는 까닭이다.

이 「인신교주」는 인내천주의를 숭봉하는 천도교를 제재로 하여 제작된 전 2막의 희곡으로서 작자는 이 작품에 있어 성공하였다고 볼 수 있다. 그것은 종래의 다른 모-든 작가들이 종교를 다만 단순한 관념적 내지 감정적으로 부정해 버린 것과는 상이하여 그 사회적·경제적 기초를 토대로 하여 그것의 필연적 몰락 과정을 구상화시키었고 또한 반종교투×의 대중적 ×××에 중점을 두고 묘사한 점을 발견할 수 있음으로써이다.

작가가 이 희곡에 있어 취급한 문제는 정면으로 푸로레타리아-트의 투×적 장면을 제재 삼지 못한 것만은 유감 천만이나 그러나 일면에 있어서 작가는(전면적은 아니다) 푸로레타리아-트의 입장에 서서 이 희곡을 작성한 것을 엿볼 수 있다. 다시 말하면 이 작품은 직접으로 노동자·농민의 문제를 취급치 못하였으나 그 취급한 문제는 그들의 ×쟁에 대한 반동적 형태인 종교의 몰락 과정 그것이었다.

나는 이곳에서 그 희곡의 가진 바 내용의 본말을 상세히 기록치 못하는 것을 유감으로 생각하면서 그의 개요만을 우선 기술해 보려 한다. ─

이 희곡의 내용 개요를 말한다면 제1막은 인신교의 교주 양웅과 그의 애인 음혜수 양인이 온천장에서 정욕 생활을 하는 일 장면을 그린 것으로 이것은 일반 종교의 이면을 폭로한다는 의미에서 취급된 듯하다.

그다음 제2막에서는 제1장은 인신교 대회 개최 광경을 묘사한 것으로 이 희곡의 중심 「테-마」가 그려진 부분임을 알 수 있다. 이곳에는 교주, 교간, 평신도 대표, 교구 도주, 방청객, 배교자, 사찰 등등이 등장하여 현실적인 종교의 기만성 내지 몰락성을 여실히도 폭로 당하는 것이다.

또 제2장에서는 평신도 대표인 농민 교도와 양웅의 전처·신애인 등등이 양의 집에 등장하여 양의 모-든 죄악이 숨김없이 노골화되고 따라서 교도들의 자각, 더 나아가서는 종교의 몰락 필연성을 그린 것이다.

이상으로써 이 희곡의 내용의 뼈다귀는 종료되었으므로 다시 이 희곡의 부분 부분의 예를 들어 이야기하기로 한다.

×

처음 제1막이 본지 2월호에 실렸을 때 그것을 읽은 독자는 누구를 막론하고 다-한 가지 한낱 사실주의 희곡에 불과한 감을 면치 못했을 것이다.

그러나 제2막이 동지 4월호에 연재되자 그곳에 우리는 커다란 경이의 눈으로 그를 대하지 아니치 못했다. 그리하여 마침내는 감탄하지 않고서는 견딜 수 없게 되었다. 제2막 제1장에서 배교자인 강이 교주의 기만적 언사에 분개되어 손을 들고 일어서며 군중―교도에게 소리치다가 마침내 순금의 손에 끌려 나아가는 장면 같은 데는 독자로 하여금 ××적 「어필」을 주지 않고는 마지 안 했다.

『나도 그전에는 인신교 신자였소. 이 낮에 난 독가비 같은 인신교를 박멸하는 사업이 오즉 당신네들을 잘 살게 하는 방법의 첫걸음인 줄 알아야 된다!』^{제2막 제1장에서 배교자 강이 순금에게 끌려 나아가며 외친 말}

이것은 일견 아무런 가치 내용도 가지지 못한 한낱 감정적 언사 같이 보이나 그러나 배교자 강이 「모히성」에서 완전히 탈출하여 정당한 계급××의식에로 전환하였기 때문에 뒤에서 신음하는 대다수의 대중의 죄 없는 잠꼬대를 일깨워 준다는 의미에서 생각할 때 그 얼마나 커다란 사건이랴! 그렇기에 그가 끌려 나가는 순간 방청객 중에서

「그렇다! 인신교를 타도하자!」

「××××의 마굴 인신교를 때려 부수라!」

「색마교주를 매장해라!」…………소리가 연대어 일어난 것임을 우리는 보지 안 했던가!

또 제2막 제2장에 들어가서 농민인 평신도 대표들의 대화에 우리는 이 희곡의 진로를 발견할 수 있었다.─

「나도 땅을 괜히 팔았지! 이다음에는 다- 우리 땅이 된다는 바람에……… 아하………』^{평신도 대표 병의 말}

「연보를 잘 내야 소원이 성취된다기에 팔아 드리었지요! 아이고 나는 저놈의 옥토끼 새끼 치듯 하는 장리를 어떻게 갚아야 옳담! 엉! 엉!』^{동 정의 말}

「여보 동관 제-미-부틀! 그놈의 동관 소리가 입에 젖어서…… 형님』^{동 병의 말}

이곳에는 「모히성」에 취했던 몽롱한 농민의 자연발생적 반성이 솔직하게 엿보이며 종교와의 ×쟁심리의 자연발생적 도화선이 엿보이는 것이다.

그리하여 그들은 최후적으로 양웅의 집 응접실 — 도구 등 등 — 에서 분풀이를 하다가 순금에게 끌려 가고야 마는 것이 아니냐?

×

요컨대 이 희곡이 내포하는 바 문제는 전술한 바와 같이 적극적으로 문제를 취급하였으며 반종교문학의 진전할 바 방향의 제시를 암시해 주었다는 점에서 크게 평가되고 또한 논의되어야 될 것이라고 믿는다.

참으로 진실한 의미의 푸로레문학은 참으로 진실한 의미의 푸로레타리아-트의 입장에서만 가능성을 줄 수 있다는 것을 우리는 이 작품을 통하여서도 또한 배웠다.

반종교문학에 관한 제 문제는 적극적으로 문제 되고 발전되어야만 될 것이다.

반종교 ×쟁을 중심 「테-마」로 한 문학이 실천적 ×동을 통하여 쏟아져 나올 날을 바라고 또 기대하지 않을 자 그 누냐?

끝으로 필자는 「인신교주」를 한낱 계기로 하여 반종교문학에 관한 기본적 문제를 취코저 했다. 그러나 자신의 의도와는 반비례로 실천에 있어 필자의 능력을 의심치 않을 수 없었다. 그리 생각하는 나머지 이것으로써 끝을 맺고자 한다. `

-완- 1933.4.23일 야^夜

『신계단』, 1933.5

현대시평론_{現代詩評論}

(一) 새로운 출발_{出發}에

우리들은 방금 문제 삼아야 할 온갖 문제를 가지고 있다. 그리고 그의 결정적인 해결을 재촉하는 모-든 ××을 — 마치 그것들은 불가 영역의 산상에 중첩되어 있는 사리와 암석과도 같이 우리들의 행로 위에 가로막혀 있는 것이다. 그것은 전 세계를 풍미하는 정신적 불안 및 ×민지로서의 특수 조건이라는 이 두 가지를 제외하고서는 설명할 수 없는 문제일 것이다. 그것의 한 개의 산_生현상으로서 우리는 수다한 ××변동과 「비도덕」적 ×압을 보았다. 그 여파에 쏠려 우리들의 사업 중의 하나인 「잡지」까지도 연거푸 ××의 신세라는 비참한 「운명」 속에 신음하게 되었다. 그리하여 매월 새로운 호수를 달고 서적 시장에로 유출되던 모-든 합×적 출판물들은 그 미약한 ××까지도 불×가 되고 말았다. 아마 이제부터는 소생의 희망이 있다 하더라도 전날과 같은 기대는 갖지 못할 것 같다.

지금 필자가 이 일문을 초하는 날_{8월 27일}까지도 우리들의 친애하는 잡지로서 8월호의 명목이 부른 것은 한 개 이상을 더 발견치 못했다는 이 「피육적」 현상만으로도 그것은 자명한 사실이 아닌가! 그러나 우리는 결코 절망의 구렁에로 읍거할 운명의 소유자가 아닌 참된 운전수인 것이 ×하면 할수록 우리들의 ××는 비록 행방과 방법에 있어 바뀜이 있을지라도 감퇴되거나 ×락되지는 않을 것이다. 오히려 보다 더한층 노골화된 ××대립과 ××××이 첨예화의 지역에로 ××될 것이다.

이러한 객관적 정세 하에 시 분야의 회고라는 조그만 문제를 가지고 등장하는 데 대하여 자못 의심한 형편이로되 우리들서 시 문제 그것도 역시 참다운 행방을 요구하고 있을 줄 믿음으로써 감연히 붓을 잡게 되었다.

하나 비단 시에 대한 논의뿐 아니라 모-든 사물에 대한 논의라는 것 — 그것처럼 우리들에게 곤란을 주는 것은 없을 것이다. 더구나 그 논하려는 바 대상을 잡은 사람이 평가인 동시에 작품을 낳는 사람일 때에는 더욱 사태는 곤란케 될 것이다. 그러나 그 난점에서 일보전진하여 마치 자기 자신의 손으로 불을 놓고 그 속에 뛰어 들어가 허우적거려 보려는 용단을 가지고 붓을 잡았다면 문제는 그 각도를 달리할 것이다. 그러므로 이 일문에 나타난 온갖 오류와 결함에 대하여는 아낌없는 비판과 동지적 교시가 있기를 바라 마지않는 바이다.

9.26

(二) 프로시^詩의 빈곤^{貧困}

그가 만약 진실한 의미의 시인이라면 시에 대한 백 편의 이론보다도 일편의 시를 쓰는 것이 나을 것이다—라고 이것은 모 유명한 시인이 시를 쓰는 사람들에게 진실한 성의로써 충고해 준 충고의 한 토막이다. 이 충고를 접한 사람은 누구나 그것이 유치한 잠꼬대임을 알고도 남을 것이다.

왜냐하면 우리들이 접한 바 충고의 본질이라는 것 — 그것은 시론과 시작을 분리하여 말했음으로이다. 시론과 시작이 시작과 시론이 상호작용하여 시의 진전은 비롯하는 것이며 항상 양자는 변증법적 발전성을 갖게 되는 것이다. 그리하는 데서만 모-든 사물의 발전 형태와 마찬가지로 시는 비로소 그가 띠고 있는 기능의 전역량을 발휘할 수 있을 뿐 아니라 또한 정당한 「코-쓰」를 찾아 진전하는 것이다.

그러므로 시는 그에 따르는 시론과 교호관계를 맺는 데서 드디어 진전한다는 것 — 그것은 상식이 아닐 수 없다. 마치 그것은 길 가는 행인이 갈 바의 도정을 전유하며 또한 걸어온 바 뒷길을 회고하는 것과 같이 —

우리들의 주위에는 「놀맨의 빈궁」과 마찬가지로 「포엠의 빈궁」이 절규되어 왔다.

이것은 조선의 문학 운전수들의 좌우를 막론하고 모두 공통적으로 당하고 있는 현실적인 사실이다. 정체의 비애에 허덕이며 걸어 나가는 『뿌르조아』 시가 당하고 있는 정도의 정체를 『푸로 레』시에 있어서도 당하고 있는 것이다. 물론 그 질적 차이는 유수 와 같이 상이하다 할지라도 전자에 있어서는 「전진이 하강이오」 후자에 있어서는 「정체가 새로운 출발에로의 배태!」이므로. —

어찌하여 그런가를 이곳에서 좀 상세히 구명하고 넘어가는 것이 편할 것이니 우선 그것부터 이야기하여 보기로 하자!

금일의 『뿔조아』 시는 사회의 온갖 부문에 있어 자기의 몰락 을 경험하는 것과 마찬가지로 자기 몰락을 경험하고 있는 것이 다. 그것은 「뿔조아」 사회를 형성하고 있는 경제 발전에 있어 생 산제력과 생산제 조직이 모순을 일으키는 데 경제적 파탄이 비롯 은 것과 같은 의미에서 해석할 수 있을 것이다.

그렇다! 그들의 시는 그들의 지배와 양립할 수 없다. 그것은 「진실한 형상 가운데에 현실의 내용은 체현시킬 능력」이 없다. 그리고 그들 —「뿔조아」 시인들은 자기가 서 있는 바 현실의 세 계를 진실로써 이야기할 능력을 상실한 것이다.

또 한 가지 순수예술의 전당에 은폐되어 있는 일련의 「푸치· 뿔조아」 시인들 역시 그 이상을 벗어나지 못한다. 아무리 그들이 「영원의 문제의 세계」에 「순수예술의 세계」에 침잠함으로써 생 활에 대한 진실을 이야기해야만 될 자기네의 의무를 도피하려 할 지라도 그것은 수포에 돌아가는 것이다

왜냐하면 그들의 자유라는 것 — 그것은 「단순히 은폐된(혹은 위해적으로 가면을 씌워진) 재포財布와 매수買收와 부조扶助에의 종속에

불과」한 까닭이다. 왜냐하면 「사회 속에서 생활하면서 사회로부터 자유일 수는 없」는 것이므로 ─

그리하여 그들의 「순수예술」이라는 ■■된 봉사는 ■■에 있어서 『뿔조아지-』의 이익을 위하여 독자의 의식을 가공하는 역할을 하는데 최상의 임무가 있으며 그리하는 데서 근로××의 ×× 의식성의 성장을 방해하고 있는 것이다.

이와 같이 「뿔조아지-」에의 봉사가 예술과 진실을 양립시키지 못하게 되고 그것은 마침내 예술의 퇴화와 내용의 비속화 및 형상적 형식의 상실 등을 초래하고 말았으니 이에 진실의 거부는 비로소 「뿔조아」 문학의 해체를 초래함과 동시에 일면 그의 파멸을 재촉케 하는 것이다.

이상의 양자와는 정반대적 위치에 놓여 있는 시는 대중을 위한 진실을 이야기하는 ××적 시인 것이다. 왜냐하면 그것은 ×자본주의적 입장에 서 있음으로써이다. 이곳에서는 『진실은 문학을 자본주의에 ××하고 사회주의에 ××하는 ××로 변한다.』

(三) 푸로시詩의 빈곤貧困

예술적 형상 중에 현실을 그 일체의 진실과 그 일체의 모순과 그 일체의 발전의 방향과 ××××××-×의 역사적 「투찰」에 있어서 체현할 수 있는 것이다. 그리하여 이 시에는 ×××××과 결부되어 있는 바 그 세계관을 자기 것으로 삼고 또한 자기 것을 만들며 있는 바 세계에 대하여 완전한 진실을 이야기할 능력과 사명이 놓여 있다.

×

상절에서 필자는 다소 탈선된 감이야 있겠지만 「전진이 하강 이오」 「정체가 새로운 출발에로의 배태」라는 뜻을 좀 더 밝히기 위하여 조담을 늘어놓았다. 이에 우리는 생각할 여지도 없이 뿔조아 시의 빈궁의 기인을 구명하였다.

하나 「푸로」 시의 빈궁에 대하여서는? 하고 다시 한번 외쳐볼 때 문제는 새삼스러이 어지러워짐을 느낀다 — 어찌하여 새로운 출발에로의 배태인 문학이 정체되었느냐 — 고.

그렇다! 그것은 틀림없는 의문이 아닐 수 없겠다. 우리는 이것까지도 마저 구명하고야만 앞으로 나아가기에 편의를 느낄 것이다.

그것의 가장 큰 본질적인 중대한 원인이란 무엇이냐? 그것은 첫째로 푸로시문학 위에 놓여 있는 지위의 우월에도 불구하고 그 것의 운전수들의 무력에 있는 것이다. 다시 말하면 그들 운전수들은 안함광의 말과 같이 「소시민적인 겁나怯懦에 빠져 가두적인 자신에 대한 격렬한 자성의 실천적 구상화가 없으며 추상적인 정치론에 안착되었으며 ■■적인 문화주의적 편향에 함입된」 까닭이라고 볼 수 있다.

또한 둘째는 조선의 오늘이 당하고 있는 ××적인 외적 정세의 ××× ×××한데 있다 할 것이다.

그러면 이상의 지적한 바 두 가지 기인을 해득하였음으로써 문제는 종언되었느냐 하면 그것은 절대로 아니다. 우리들의 시의 빈곤의 전부의 보다 더 구체적인 소설이 필요한 것이며 그것 없이는 문학 중에도 소설도 희곡도 그 밖에 아무것도 아닌 틀림없는 시로서의 빈곤의 전체에 긍하여 과범한 모-든 결함을 메울 수 없을 것이다.

필자가 차일문에서 논해 보려는 바 주지가 이곳에 있는 것이다. 즉 「푸로」문학의 한 형태로서의 「푸로시의 빈곤을 완전히 극복하려는 관점 밑에서 지금까지의 모-든 결함 중의 하나인 시로써의 특수성의 결여에 대하여 그것의 오류를 지적하려는 것이다 (물론 거기에는 시인작가의 ××적 실천이 끝까지 근본이 된다는 것을 잊어서는 안 될 것을 잘-알고 있다. 그러나 이곳에서는 시인 작가의 실천 문제에 관하여 는 다른 기회에 「문학의 창작에 관하여」라는 제목하에 논하여 보기로 한다).

×

우리들이 가지고 있는 수다한 시 중에는 거의 내용은 일률화 되었으며 음률은 단조음률하였음을 발견할 수 있다.

그것은 대개 「×××××에의 끊임없는 관심과 그것을 이해하기 위한 상당히 높은 ××주의적 교양」이라는 일본의 쿠라하라^{藏原}의

제의를 현 기계적으로 밀수입해 들였던 과거의 오류의 잔물적 산물인 것이다. 다시 말하면 「개심」이라든가 「교양」 등을 피상적으로만 이해하고 시 가운데에 「슬로간」을 직접 써 넣은 것이 「참말의 시다!」라고 외치는 소박한 시론이 낳은 「사생아」인 것이다.

9.30

(四) 기계론^{機械論}의 청산^{清算}

그런 의미에서 같은 일본의 나카노 시게하루^{中野重治}가 그 뒤에 지적한 바 아랫말은 비상히 중대한 의의를 가지고 있는 것이 아닐 수 없었다.

근로하는 인간의 감정생활 없이는 「푸로레타리아」 시는 있을 수 없다 — 고방점 — 곤강.

그러나 나카노^{中野}의 지적한 바 이 충고가 조선의 시인들에게 교훈으로서 들려온 지가 벌써 2개년 이상이 지나간 오늘날까지도 조선에는 아직도 그러한 잔재의 뿌리를 아주 전별치 못했다는 사실은 실로 조선의 시의 창작에 종사하는 사람들의 무책임함을 말치 않을 수 없다. 「캅프」가 주로 외적 정세 앞에 옵낫 못하는 수밖에 없었다는데 이 오류의 전책임을 돌려보내서는 안 될 것이다. 그것은 조직체와 동시에 한 개별적 인원과 그것을 향하여 나가려는 일련의 운전수들 각자 각자를 포함한 연루적 오류가 아니면 안 된다.

시는 결코 「××××에의 끊임없는 관심」이라든가 「그것을 이해하기 위한 상당히 높은 ××주의적 교양」을 떠나 독자적 보조위에 분리시킬 수는 없다. 하나 ××적 노동조합의 「방침서」나 「자본주의 제3기에 있어서의 노동자 계급의 당면의 임무의 기술」이나 「제규정, 규약, 강령」 등등을 ■어 넣어서 표현할 수 없을 뿐아니라 하여서는 안 된다.

　다만 시는 시가 아니면 할 수 없는 일 — 온갖 근로하는 인간이 ×××××-×의 ××에 직접으로 연루될 수 있도록 감정으로써 표현하여 「논문」이나 혹은 「강령」으로써 능히 나타낼 수 없는 범위까지를 ×코 나아가게 하는 일 — 을 자부하고 있는 것이다.

　「기계론자는 항상 이 일을 어디인지 잃어버리는 것이다. 아니 이해치 못하는 것이다.」

×

　그러면 과연 우리들에게 그러한 기계론적 시가 있느냐? 그렇다! 얼마든지 ■■것이다!

　그것에 가까운 예의 하나로서 『우리들』지 8월호 소재 — 「나는 순진한 노동자였다」^{조쳘}작를 들고 이야기해 보자!

　나는 아무것도 모르는

　순진한 노동자이었다

태양이라고는 조금도 맛보지 못하는
어두운 공장 안에서 일하는 노동자였다

×

낮이면 낮 밤이면 밤
공장 안에서 기계와 한테 싸움하는
노동시간이 길든 짧든
임금이 많든 적든
아무 말 않고 꾸준히 일하는
순진한 노동자였다

×

그런데 그들은 나를 내■냇다
나의 밥자리에서 아무 ××도 없이
나를 밀어내었다
그리하여 나는 실직 ― 실직에서 헤매고 있다
누가 나를 실직자를 만들었느냐!

(完) 기계론^{機械論}의 청산^{清算}

이것은 물론 문제 삼아야 할 『캎프』 중의 시인의 솜씨는 아니다. 그와는 반대로 극히 신인의 솜씨인 것이다. 그것이 8월 중의 좌익적인 출판물로서 오직 하나뿐인 『우리들』지에 기재되었다는 사실은 더욱 흥미를 준다. 이러한 것만이라면 모-든 우리들의 좌익적인 출판물들의 8월호는 하나도 『수절』을 면했을 만치 이 시는 어느 모로 보든지 태작인 것이다.

표정에는 『뉴안스』^{陰影}가 없고 색채는 일원적이며 기름기가 없는 것이다. ― 이곳에서는 주제의 적극성의 결제는 둘째치고 이것들 ― 음률·색채·음영의 일양성·『만네리슴』 소란성 ― 은 시로써 불러져야 할 감정의 결제에 빠지고 말았다.

시가 아닌 『설명』이라든가 『이론』이라면 모르거니와 『인간의 정서의 흐름과 움직임』을 표현하는 것이 시인 이상 이것은 시가 아니오 비^非시인 것이다. 읽고 난 뒤에 마음속에 남는 것이라고는 빼빼 마른 문자의 형상뿐이며 활동 사진관에서 듣는 음악 같은 복잡한 소란성뿐이 남는다.

그러한 의미에서 『우리들』^{5·6월호소재} ― 「아우에게 보내는 노래」^{안우삼 작}과 『신계단』^{7월호소재} ― 「산촌의 『나무꾼』 동무」^{김우철 작}는 「나는 순진한 노동자였다」에 비하여 행과 연이 보다 길고 복잡함에도 불구하고 다소 소란성에서 벗어났음을 보는 것이다.

전자에 비하여 후자는 시로써의 형상화에 있어 감정의 흐름

이 생생하게 유출하고 있음이 아니고 무엇이랴! (주제적 극성 등등
은 말할 것도 없이)

물론 이것들이 완전무결한 시의 표본이라고 나는 말하는 바
가 아니다. 시적 형상화의 방법상으로 볼 때 많은 결함이 있는 것
만도 사실이나 그럼에도 불구하고 이 시들은 우리들의 가슴속 깊
이 호소하는 그 무엇이 있는 것이다.

금년에 들어와 금일까지에 우리의 눈물을 끄는 시 중에서 가
장 괄목할 만한 것은 「간판」權煥 작이었다. (시재록략詩再錄略) 이 시에
서도 우리는 언어의 행과 행을 절단하여 나열시켜 가지고 『××의
본질』이라든가 『××노동조합의 강령』을 설명하는데 그의 임무가
있는 것이 아니라 그와는 반대로 ××의 노■에 ××고 있는 근로
하는 ××적 인간의 정서를 『■조의 전하는 정서의 움직임』을 가
지고 표현해야만 된다는 것을 넉넉히 엿볼 수 있을 것이다(그러해
서 이곳에서 주의할 것은 광범한 한 사실의 기초 위에 입각하여 계급적 일을
위한 풍부한 재료를 묘사하는 데서 일보 퇴각하라는 의미는 추호도 아니라는
것을 알아야만 될 것이다).

『제약된 감정, 이론에 의하여 먼저 설정된 정서 대신에 일상
의 노동의 양자와 그 노동의 과정이 현실에 호기하는 정서와의
불가분의 표현에』 시는 놓여야만 된다. 다시 말하면 『×다!』라고
뼈를 쑤시는 감정에 의하여 움직이지 않을 수 없는 『××××의 고
도의 ××적 사상』과 결합하는 곳에 시는 놓여 있어야 된다. 그럼
으로써 시는 ××의 본질로 향하게 하는 사상적 결합의 첫 새벽을

낳는 어머니母이다. 그리하는 데서만 오늘날의 심각한 그리고 ×
×××에 빠진 대중의 ××에 구렁에서 광범한 ××를 ×득하는 ××력
은 끈기 있게 솟아날 것이다.

다만 구습에 발린『시문학의 당파성』이라든가『주제의 적극
성』이라든가『유물변증법적 창작 방법』등을 외침으로써 시의 이
러한 특수적인 한 결함을 구출하는 것이 아니라는 것을 알아야
한다.

시는―또 한 번 곱씹거니와―도식적 공식적 일반적 ××기
술인 예술로서의『석錫의 병대 인형의 기마대』가 아니라 정서의
요동의 박자를 통하여 감염시키는 ××적인 무기인 것이다.

그것은 오직 시인의 ××적 실천으로부터 오는 경험의 소산이
라는 것을 또한 망각하지 말아야 될 것이다. 이 일은 그다지 적은
일이 아니라 전문학의 그리고 전문화의 그리고 전×××××××의
일이 아닐 수 없는 것이다.(尾)

10.3

『조선일보』, 1933.9.26~10.3

시詩에 있어서의 풍자적 태도調刺的態度

(1)

시에 있어서의 한 경향으로서 우리는 소위 『풍자적 태도』라는 것을 볼 수 있다. 그것은 그렇게 새로운 것은 아니다.

그러나 필자가 이곳에서 문제를 걸고 논의하게 된 것은 근자에 이러한 종류의 시 몇 편을 접하였기 때문이다. 그것이 한 개의 모-멘트가 되어 붓을 잡게 만든 것이다.

권환 씨의 「책을 살으면서」와 「향락의 봄동산」이 그것이다.

그런데 이 두 개의 시 작품이 우리에게 논의의 자료를 제공하는 이상 그것은 그다지 하치 않은 일은 아닐 것이다.

물론 이상의 두 개 시 중 전자는 이미 다른 이의 시론에서 부분적으로나마 문제 되었음을 보았다.박승극, 『최근의 푸로시단』

또한 이상의 두 개의 시는 제목만 다른 같은 성질의 것으로 볼수 있으므로 따라서 그중 한 개만 논하여도 양자를 죄다 규율할수 있을 것이다.

그러한 모-든 관계상 필자가 이곳에서 문제 삼을 것은 풍자시일반에 관한 논의인 줄 믿는다. 물론 이상의 두 개 시를 연관적으로 반드시 문제 삼아가면서.

◇

시에 있어서의 풍자적 경향! 이것은 한 개의 태도를 구성하게
된다. 그리고 이 풍자적 경향의 특질이라는 것은 그것이 가장 주
지주의적인 데 있다고 볼 것이다.

그러면 주지주의적인 것 — 그것은 대개 어느 시대 어느 층의
사람들의 특질인가? 그것은 가역사를 통하여 우리가 알 수 있는
한에서 볼 때 두말할 것도 없이 소뿔조아시인들의 가지고 있는
유일의 특질임을 알 수 있는 것이다.

왜? 그들은 역대의 그 어느 시대의 인간들보다도 주지적이었
기 때문에 —. 그러므로 우리는 이러한 풍자적 경향이 어느 시기
의 산물인가를 알아내기에 그리 주저를 느끼지 않아도 좋다.

그것은 두말할 것도 없이 사회가 아직도 안정을 전실치 않고
따라서 개인주의가 그 형상이나마 아주 근절되지 않은 쩨넬레숀
의 특산물이라는 것이다.

그러므로『풍자』라는 것은 일정한 주의나 사상이나 주장 같은
것도 되지 못하였을 뿐만 아니라 다만 개인주의적 태도를 통한
『냉소』와『시니시슴』皮肉을 통하여 나타났으며 아무런『신념』과
『입장』과 또한『힘』이라는 것도 찾아볼 수 없는 것이 그의 특성이
었다. 그리하여 이러한 태도는 극히 주지적 성질을 띠고 나타났
던 것이다. 그리하여 그것이 문학 작품에 출현하였을 때 우리는
그것을『풍자적』이라고 불렀다. 그러므로 이『풍자』라는 것은 다

만 『풍자』를 위한 『풍자』와도 같이 나타나게 되었음을 볼 수 있다. — 즉 그것의 한 개의 예를 들추어 본다면 영국의 엘리옷트·학크스레이·알된그톤 등등의 풍자 시집 『채찍과 전갈蝎 Whiss and Scorpion』을 들 수 있을 것이다.

그들은 전혀 개인주의적인 『이데알리스트』였으며 그들의 『풍자』라는 것은 결국에 있어 『이데알리슴』 속에 질식하고 마는 운명을 자부하였었다.

(2)

그렇다고 해서 『풍자』의 본질적 특질의 전부가 그것이었다고 볼 수는 없을 것이다. 왜 그러냐 하면 우리는 일면 『풍자』의 본질적 특징을 구해줄 세기의 새 사도들이 그 뒤에 있어서 일어났다는 사실을 잘 알고 있으므로. —

그들에 이르러서는 전자에 비하여 사회적 모순에 대한 (불구적이나마) 통절한 비판력과 서슬이 시퍼런 해부도가 엿보였다. 그리하여 그들은 점차로 『싸테이리스트』에 가까이 이르렀다. 그것의 적절한 예의 하나로써 우리는 아메리카의 문학 위에서 그것을 발견할 수 있다 — 대전 이후인 192○년대를 비롯한 소위 『칼버-튼』이 지적한 바 『시니시슴 시대The age of cynicism』로부터 1929년에 비롯한 공황 이후의 전향 시인들하-만·스펙터, 노만·막크도-드, 하리-·크로스삐-등등의 걸어온 발자취는 그것을 무엇보다도 명시해 주고도 남을 것이다. 이들에게 있어서는 『풍자』는 다만 『풍자』에만 그치지 않으려는 흔적이 드러났다. 그들에게서는 『메타피지칼』한 향기 이외에 또한 시인의 적극적 사상의 표백이 엿보이고, 부정적 요소뿐만 아니라 시인의 불타는 감정이 암시되었음을 엿볼 수 있다.

그러나 그것은 그다지 단시일을 통하여 찾아낸 성과가 아니라 사회 정세의 급격한 변화가 그들로 하여금 일편의 정정과 형상만의 개인주의까지도 마저 빼앗아 가게 된 제넬레숀에 들어와서 시작된 일이다. 그래서 그들은 풍자시가 가지고 있는 기왕의 가치 저하에서 그것을 최상껏 상승시켰다. ―『풍자』를 다만 사회에 대한 시인의 개인적이며 추상적인 불평불만 등으로 그치게 하고 마는데 좀 더 그것을 현실적 = 사회적 엘레멘트를 띠게 만들려고 했다. 물론 그들의 진보라는 것의 본질도 전게 『채찍과 전갈』의 시인들과 상대적으로 대조하는 데서만 용인되는 바가 될 것이지만 ― 왜냐하면 그들이 아무리 기진맥진하도록 애썼자 그것이 결국 『풍자』의 영역의 뛰어넘지 못하였다고 가정한다면 그것은 한 개의 웃음거리가 되고 말았을 것이므로. ―

◇

그러면 『풍자』라는 그 자체 속에 벌써 근본적인 모순이 내포되어 있는가?

두말할 것도 없다! 어째서 그러냐 하면 시에 있어서의 풍자적
경향 내지 태도라는 그 자체가 벌써 적극적 성격을 띠지 못했음
으로써이다. 그것을 우리는 추구해 보기로 하자!

우선 그것을 추구하기 위해서는 상술한 시「책을 살으면서」
와「향락의 봄동산」과 아메리카의 전향시인들의 풍자시 등을 문
제 삼아야 될 것이다.

(3)

이에「책을 살으면서히틀러-의 부르는 노래」의 일절과「향락의 봄동
산장개석의 부르는 노래」의 중간 일절을 이하에 기술하여 보기로 하자.
물론 전부가 아닌 부분을 떼어서 논하는데 작자는 불만일지도 알
수 없지만 — 한 개의 시 중에 일부분이라는 것 그 자체가 벌써 그
시 전체와 관련을 가지게 되는 것도 사실이라는 것과 그것이 가
장 중요 부분이라는 것과 또한 지면 관계라는 이 세 가지 전제하
에 — 용인해 주기를 바라는 바이다.

　　갈색『샤쓰』입은 동무들아
　　쇠투구 눌러 쓴 동무들아
　　독일적 곡조를 높이 불러라
　　그리고 모조리 태워버려라

무에든지 독일적이 아닌 글,『쏄만』혼이 없는 책

『엥겔쓰』『고-리키-』의 것이야 말할 것도 없고

『레마르크』『씽클레어』의 것도 성해방을 지꺼리는『히튜슈-에르

드』의 것도 모조리 쓸어 버리라 —

「책을 살으면서」 중의 일절

송자문이 큰 배에 잔뜩 뛰어오던 지대덩이는

우리들의 이 동산을 훨씬 더 아름답게 꾸밀 수 있겠지요

이태리, 불란서에서 연방사가져오는 비행기들은

지긋지긋하게 이 동산을 헐괴^壞여고 오는 주모^{朱毛}를 막아 주겠지요

동쪽 서쪽에 야만스럽게 날뛰는 남색 옷 동무들은

우리들의 이 동산을 튼튼하게 보호해 주겠지요

「향락의 봄동산」 중

(주모^{朱毛}는 홍군의 거두 주배덕^{朱培德} 모택동^{毛澤東} — 계자^{計者} 주註)

이상의 두 개 시를 볼진대 그것은 이제동성의 격을 보여줌을

볼 수 있다. 그런데 — 이 노래는 모두 다-『히틀러-』나『장개석』

이『기뻐서 부를 바 아무런 조화성이 포함되지 못했다』든가 그들

이『어째서 나쁘다는 것을 표현해 주치 못했다』든가 하는 것은

둘째치고라도 이 시는 벌써 형상화에 있어 풍자시가 가지고 있는 가치의 최량의 지점까지 미치지 못하고 말았다는 것이다. 왜 그러냐 하면

첫째로— 이 시에 있어서는 『풍자』가 풍자를 하는 『주체』의 입을 통하지 않고 그것을 당하는 피동자인 『객체』의 입을 통하여 나오게 된 데에 그 이유가 있다.

원체부터 『풍자』의 힘이란 『풍자』를 하는 편의 입을 통하여 나올 때라도 그것이 흔히 『풍자』에 그치고 말기 쉬운 것인데 도리어 『풍자』를 당하는 사람의 입을 통하여 『죽은 소리』로서 들리게 된 데에 그 결정적 결함의 근원이 있다고 볼 수 있을 것이다.

(4)

『냉소』와 『시니시슴』皮肉이란 그것을 던지는 『주체』가 그것을 받는 『객체』에게 직접으로 찌르는 때에도 흔히 그것은 무기력한 그리고 공허한 『외침』이 되는 것을 보는 까닭이다.

둘째로— 이곳에서는 사회적 모순의 현실을 정당한 푸로의 입장에서 시적으로 표현하려 했음에도 불구하고 그것이 『○자』라는 『외투』를 쓰고 나타난 이상 그것은 이미 푸로적 직각적直覺的 힘을 죽이고 말았다는 것이다.

물론 그곳에 표백된 것은 ×자본주의적인 소위 『적의』에 넘치

는 『피육皮肉』이었다. 그것을 무시하고 하는 말은 아니다. 그러나 그의 형상화에 있어서 불구가 되고 말았다는 것이다.

◇

이상의 제諸 사실은 무엇을 말하는가?

두말할 것도 없이 『풍자시』에 있어서는 『시니시슴』皮肉과 『기지』와 『냉소』의 그 이상을 벗어날 수가 없다는 것을 말해 주는 것이다.

풍자! 그것은 대체로 보아 소극성에서 벗어날 수가 없는 것이다! 그것이 『정치적 풍자시』일지라도 그것은 소극적인 태도에서 탈출할 수 없는 결정적 특성이 가로놓여 있는 것이다.

풍자적 경향이라는 것 그 자체가 본시 주지주의적 성격을 가지고 있는 이상 설혹 그것이 푸로의 입장에서 오는 데서 어느 정도까지의 (가치의 가능 한도 내의) 상승을 본다 하더라도 결국 그것은 『풍자』적 성격에 귀결되고 말 것이다.

그러한 의미에서 우리는 풍자적 시의 가치를 그다지 크게 평가하지는 못할 것이라는 것을 알아야 될 것이다. 우리들의 길은 감정과 사상과 ×쟁을 통한 직각적 『힘』이 넘쳐흐르는 생생한 시에 놓여 있음으로써이다!

그러나! 우리는 다-같이 다음과 같은 말을 한번 강조할 수 있을 것이다. ―

『○자! 그것의 최고 가치를 발굴하는 사람이라는 것은, 오즉 당해 사회의 사회적 모순을 정당히 분석 비판하고 역사의 진정한 추진력을 걸머진 층의 시인만이 찾아낼 수 있다』— 라고. 왜 그러냐 하면, 현실의 힘찬 파악력과 추진력을 가진 층의 시인만이 풍자시의 본 성격인 주지주의적인 운명을 무너뜨릴 수 있음으로 — (구출하지는 못할망정!) 물론 그때에 이르면『풍자』는『풍자』가 아닌 직각적인 것으로 환원될 것이다. 그리하여 그곳에서는『풍자』는『파산』당하고 말 것이다.

왜 그러냐 하면 그곳에서 취하여지는『태도』는 벌써 보다 더 광범한 사회적 모순에 대하여 뿔조아의 기만을 풍자하고 폭로할 뿐만 아니라, 개인주의적인『피육皮肉』과『기지』의 여로餘燼는 꺼져 버리고, 그곳에서는 참으로 강렬하고 참으로 리알한 직각력直覺力이 사회적 힘을 가지고 ××적 부르짖음』이 되기 때문이다.

— 그것의 산예증으로 우리는 상술한 아메리카 경향시인들의 시를 들 수 있다. 그들은 자기네의 시작에 있어서 풍자적 태도에서 벗어남으로써 생생한 박력과 직각적 힘을 찾아낸 것이다.

그러나 풍자 — 그놈의 성격은 끝까지 소극성을 벗지 못할 것이다. — 소극성은 풍자의 제일의 천성이다!

○자적 태도 — 그놈은 생생한 박력과 직각적 힘과는 인연이

먼- 것이다!(完)

1933, 9 「연구노-트」에서

『조선일보』, 1933.11.25~29

33년도^{年度}의 시작^{詩作}

6편六篇에 대對하여

(1)

금년이라고 부르는 한 해도 저물고 말았다. 오늘이라는 사회적 불안을 등에 걸머진 채로. ―

연말 연초면 으레히 각 부문에서 회고라든가 전망이라든가 하는 것을 연중행사와 같이 지면에 등장시킨다. 금년에도 또다시 그것은 되풀이될 것이다.

그리하여 이 무질서한 연중행사는 간혹 진실한 태도에서 행하여지지 못하는 일이 많다.

그러나 우리는 그러한 쩌날리즘의 유행이나 사대적 호기에 끌려서는 안 될 것이다.

어떠한 시간적 결산의 심요를 느끼는 경우이면 보다 진실한 태도와 보다 전체적 전반적인 인식에서 전■을 위한 ■■과 고도의 비약을 위한다는 통제된 관심 하에서 그것을 수행하지 않으면 안 된다.

그러나 좋은 의도는 반드시 그만한 결과를 의미하는 것은 아니다. 이하 시작에 대한 평필을 들기는 하나 여러 가지의 불비한 조건으로 다만 제 평가의 한 모퉁이에서 일부의 임무나마 해보려는 데에 필자의 성의는 끊기지 않을 수 없다.

　김동명 씨의 「황혼」_{신동아}

　그곳에는 「황혼」이 있다. 그리고 또한 그 『황혼』 속에 헤매이는 『황혼의 사도』가 있다.

　――그는 박명한 이상주의자다. 공허한 공상의 바다에 키를 잃고 변두리 없는 수평선 위에서 『황혼』을 안고 규환^{叫喚}하는 인생의 마지막 「애탄」이 있다.

　――그것은 자기의 세계인 자기의 계급의 붕괴 앞에 읊조리는 속절없는 눈물이다. 다만 『황혼』의 남은 빛이 가냘픈 ■광을 빗길 뿐이다.

　허나 가는 곳은 암야요, 닿는 곳은 밑 없는 구렁덩이가 남아 있을 따름이다.

　그것까지를 그는 알고 있다. 알고 있음으로써 그는 마지막으로 넘어가는 『황혼』과 한 가지 쓰러지기를 원하여 마지않는 것이다.――

　　이 몸이 만일에 죽는다면
　　원컨대 황혼의 고요한 품속에 안겨서 그리하여 내 최후의 숨 한
　토막을
　　황혼의 미풍에 부치고 싶으다

종절

12.17

(2)

송순일 씨의 「눈 오는 밤」 _{문학타임스}

눈 오는 밤 —

깊숙한 밤 속에 『빠구샤』 같이 살찐 고기덩이들

눈알이 타올라 『마짱』 놀이로 술잔을 날려

돈더미에 눈이 흐려 골탄 같이 검어진 마음들

그래도 내리는 눈은 펄펄 기왓골 위에.

천년을 나리기로 그들의 마음 희여지려만 —

제1절

시의 가치의 『평가의 척도』가 되는 것은 기술의 교졸이라는 점에 있는 것이 아니라 보다 더 중요한 것은 『무엇』을 『어떻게』 노래하였느냐는 데에 있는 것이다. 기술과 형식의 여하도 궁극에 있어서는 세계관의 문제로 돌아가는 것이기 때문에. —

그러나 이 시인의 눈에는 항상 인도주의적인 『텐쓰』가 번쩍거릴 따름이다. 그리하여 그의 시에는 다만 사회악이 이런 것이 인간의 천성인 『마음의 악』에 있다는 기독교적 해설에 그치고 만다. — 그것을 벗어 버리고 그 이상 뛰어나가지 못하고 궁극에는 그 속으로 질식해 버리고 말기 때문이다.

그러므로 그곳에서는 사회적 제 모순을 관념적 추상적 관점

에서 — 마치 인간의 문제 대신에 천체의 문제부터 생각해 내려
던 옛 철인들처럼 사회악을 다만 인도적인 눈을 통하여 『비관』할
뿐이다. 그리고 그것에 그치고 만다.

그리하여 나중에 남는 것은 시인의 표현 기술의 우월과 시적
내용과의 모순이다.

요컨대 현실의 객관적 진리를 정당히 파악하는 데서만 시적
파산은 건질 수 있을 것이다. 그리하는 데서만 기술적 가치도 광
휘를 다- 할 수 있을 것이다.

12.19

(3)

김기림 씨의 「오후의 꿈은 날 줄을 모른다」^{신동아} 무엇보다도
먼저 읽어보기로 하자!

1
날아갈 줄 모르는 나의 날개여
2
나의 꿈은 졸고 있다
오후의 피곤한 그늘에서
3

창조자를 교수대에 보내라

4

그러나 하느님 내게 날개를 다고 나는 화성에 걸쳐 앉아서

나의 살림의 깨여진 지상을 웃어주고 싶다

하느님은 그런 재주를 부릴 수 있을까? 원―오후는 아름답지 못

하다 내일은 오겠지.

이러한 시를 대할 때―우리는 혐악 대신에 먼저『하품』을 느

낄 수밖에 없다!

대체, 이 모던·뽀이군은 무엇을 생각하며 무엇을 먹고 생활

하는 것일까? 뿔조아가 못 되는 것만은 하루 동안에 오후까지를

다― 즐겁게 넘기지 못하는 것만 보아도 잘 알 수 있는 일이다.

예 고르다 골라 골랐다

오르다 올라 올랐다

누르다 눌러 눌렀다

흐르다 흘러 흘렀다

강해講解

이것도 어간 아래에 「어」나 「었」이 올 적에 덮어놓고 「고르

어, 고르었다」「오르어, 오르었다」「누르어, 누러었다壓」「흐르어,

흐러었다」로만 쓴다면, 어법에 꼭 맞아서 아무 문제도 없을 것이

나, 이것이 말소리에 여간 틀리는 것이 아닙니다. 너무 어법에만 치우쳐서 무슨 말인지 잘 알지 못하도록 쓰는 것은 도리어 언어의 ■■을 잃게 하는 것입니다.

　다른 ■■ 용언은 어간에나 혹 ■■에나 한 군데에만 ■■이 있는 것이지만, 이것은 그와 성질이 달라서 어간과 어미에 다 변칙이 되는 것입니다. 「흐르다」란 말 어간 「흐르」의 아래에 종속적 「어」나 「었다」가 올 적에는, 어간 끝음절의 홀소리 ─가 줄고, ㄹ이 더하여 ㄹㄹ이 됩니다. 그래서 ㄹ 하나는 어간에, ㄹ 하나는 종속어에 각기 들이어 씁니다. 다시 말하면, 「흐르」는 들이어서 「흘」로, 새로 온 ㄹ은 그 아래 말에 화합시키어 「리, 렀다」로 쓴다는 것입니다. 이것을 르 변격 용언이라 합니다.

　이것이 어찌 이렇게 된 것인지 자세히 알 수 없으나, 훈민정음이나 월인천강곡이나 용비어천가 등 기타 고■에 「달리讀」를 「달아」로, 「올라가다」를 「올아가다」로, 이렇게 르변격을 모두 한 모양으로 썼습니다. 이것을 보면, 「다르다」나 「오를다」의 속에 있는 ㄹ이 설측음 ㄹ인가 하며, 지금도 「달르다」 「올르다」로 발음하는 것을 보아 더욱 그러한가 합니다. 만일 설측음 ㄹ이면, 「달라」 「올라」로 쓸 것인데, 무슨 까닭으로 「달아」 「올아」로 썼든지를 알 수 없습니다. 하여간 이것이 어떠한 음의 현상이 있었던 것은 의심 없습니다.

12.20

(4)

　우리는 이 시에서 우선 자본주의 (략略) 사생아인 도시의 소비자 인간 — 소시민의 자식인 모·뽀 — 이 변능적 감각을 연상케 된다.

　그는 현실에 대한 생활적 환멸을 느낀다. 자본가도 아니오. 푸로레타리아도 아니다. 다만 소비층에 속한 모-던·뽀-이다!

　그리하여 현실 생활에 대한 엷은 환멸이 찾아올 때면 —『한 번 지상으로부터 비상천할 수 없을까!』하는 공상을 지어보기도 한다. 더구나 점심을 배불리 먹고 나서 나무그늘 같은 데서 한때 어린 꿈을 맺었던『피녀彼女』의 생각이나 눈에 그리어 볼 때에는 더욱 그런 공상은 치밀어 오른다.

　그리하여 그의 생활에 대한 태도가 갈팡질팡하듯이 모-든 생각에 조그만 두통을 느끼게 될 때에는『창조자』를 원망하며『교수대』에 보내라고 소리친다. 그러나 그 음향은 머리 위에 있는 나뭇잎 하나도 움직이지 못하고 허공에서 스러지고 만다.

　그러면 또다시 그는『하느님』에게 다시 간교를 부려 본다. 뿔조아와 푸로레타리아와의 양 틈에 끼어 살기는 재미가 없어서『화성』으로나 올라가 살겠으니 어서『나에게 날개』를 달라고. — 그리하여『지상을 내려다보고 웃고 싶다』— 고.

　그러나 그렇게 말하면서도 쥐 같이 영리한 소시민의 자식인 모뽀는 내심 그것의 불능함을 벌써 깨닫고 다시 절망을 느낀다. —『하느님은 그런 재주는 부릴 수 있을까? 원 —』하고.

그러나 그 절망은 역시 크지 못하다. 또다시 『내일』이나 하고 내일을 기다리는 것이다.

12.21

(5)

이 시인의 시적 경향이 비현실적이라는 것은 이상에서도 보아 왔거니와 그것을 좀 더 구체적으로 말한다면 이 시는 생활면에 감촉되는 현실을 ■관적 전체성에서가 아니라 다만 편편의 감각적 현상으로만 이해하고 있다는 것이다.

그리고 이 시에 있어서 「감상성」과 「낭만성」이 전무한 이유도 이해하기에 그리 힘들지 않을 것이다. 왜 그러냐 하면 이곳에서는 「감상성」과 「낭만성」이 시인의 현실에 대한 적극적 태도를 멀리하기 위해서만 구수당하였음을 볼 수 있음으로써이다.

그러나—그것은 할 수 없는 일이다. 그들에게 있어서는 사회는 『사회학』의 연구대상으로서만 예술은 『예술학』의 연구대상으로서만 이해되고 이 두 개의 유기적 결합이 있는 대신 각각의 분리 대립만이 눈에 보이는 것이다. 그것만 말해두면 족할 것이다.

조벽암 씨의 시적 양면

씨의 작품은 언제나 추상과 관념으로만 흐르고 만다. 거기에는 단순히 언어의 『헛소리』와 공■한 표현과 개념의 ■출과 관념적인 것 — 이것들은 단순한 자연발생적인 아나키적인 테리성 위에 그 뿌리를 박고 있다 — 들이 꼬리 치고 있을 뿐.

그리하여 그것들은 불평과 반항할 줄을 알면서도 그것을 어떻게(어디로) 내놓아야 좋을지를 모른다.

그리하여 그것에까지 권태를 맛볼 때에는 아주 『절망』과 『애■』의 구렁에로 미끄러진다.

전자에 속하는 것으로 『우울한 심정』문학타임스, 『막간의■설』조선일보 등등을 들 수 있고 후자의 속하는 것으로 『■에 비친 가을』(?) 동아일보, 『농촌삼추農村三秋』조선일보 등등을 들 수 있다.

12.22

(6)

그러고보니 씨의 「재필才筆」에 『냉정한 판단력』까지 잃어버린 홍효민 씨에게 이렇게 물어보고 싶다. — (씨에게 만약 기억된다면!)

『푸로레타리아 시인 임화 이후에는 이 조벽암 씨를 추천하고 싶다』라는 씨의 무지하고 경박한 판단은 어느 구멍을 찾아야 될 것이냐? — 고.

그러나, 우리는 이 시인에게서 그 누구보다도 부지런한 활동성을 볼 수 있다.

씨에게는 무엇보다도 먼저 의식적 비약이 있어야 될 줄 믿는
다. 그리하는 데서만 개념의 ■출과 관념적인 것과 공허한 표현
과 방향 없는 반항■은 그 방향을 찾게 될 것이므로. — 것[1]

◇

정용산 씨의 「말 못 하는 작별의 순간」_{신계단}

이곳에는 『계집애』도 아니요, 귀여운 『어린애』도 아니요, 그
리운 『육친 형제』도 아니다-만 동지로서의 두 젊은이의 『말 못
하는 작별의 순간』이 그려져 있다. 과연 그것은 슬프기도 하고 기
쁘기도 하고 무섭기도 하고 또한 괴롭기도 할 것이다.

그러나 이곳에는 다만 우리가 지금까지 무조건으로 시인해
내려오던 한 개의 결함인 『망국적』인 쎈치멘탈성과 낭만성이 꼬
리를 치고 있는 것이다. 그리하여 이 시를 한낱 감상적 서정의 구
렁으로 밀어 넣게 된 것이다.

다시 말하면 — 이 시는(략略) 현실적인 고도의 인식 위에 그
주제의 적극성을 세우지 못하고 막연한 계급적 도취와 추상적인
미래에 대한 승리 관념으로서 마비되었다는 것이다.

이곳에 이 시가 일정한(략略)적 경지를 밟고 있음에도 불구하
고 그의 센치멘탈성에 사로잡혀 결국은 한낱 계급적 외피를 입은
예술지상주의적 성격을 갖게 되었다는 근본적 기인이 가로놓여

---

1   오기.

있는 것이다. 물론 이러한 경향은 씨에게만이 아니라 우리들이 오늘날까지 무의식적으로 범하여 온 오류의 하나일 것이다.

우리는 하루바삐 우리들의 시에 숨어 있는 예술지상주의적 잔재물을 뽑아버려야 될 것이다. 그리하는 데서 일보 전진을 위한 한 개의 『도움』을 실현할 수 있을 것이다.

그리하는 데는 우선 무엇보다도 먼저 이 시에 있어서의 『망국적』인 감상성과 낭만성에서 ■별을 고하여야 될 것이다. 시에 있어서의 『정서의 요동』의 직각성이라는 것은 센치멘탈성과는 인연이 멀기 때문이다!

12.23

(完)

권환 씨의 「동면」_{중앙일보}

이곳에서는— 현실적인 생활면과 구체적인(략略) 면이 개별적이 아니라 전체성을 잃지 않은(략略) 통일 위에서 직각적 힘과 아울러 우리들의 가슴에 육박한다.

이 속에서는 (략略)막연한 부르짖음도 또한 다른 시에서 보는 『망국적』인 센티멘탈성도 씻은 듯이 자취를 감추고, 그리하여 생생한 현실적 생활면에 끈기 있게 나아가는(략略) 불타는 진실이 씨 특유의 세련되고 평이한 수법을 통하여 그리어졌다.

필자는 이곳에서 이 이상 더 말치 않으련다. 다만 그것을 같이
음미하는 데서 모-든 것은 자명해질 것이므로. ―

아주머니 이것을 받아주시오
무명 솜옷 한벌 이것이라도
이것은 우리 부인 동무들이
한 치 두 치 베 조각 모아서
정성껏 고이고이 만든 것입니다.
벌써 눈보라가 훌훌 날리고
찬서리 바람이 두 볼을 깎는 이때에
아즉 홑 무명옷을 입고 있는 아드님을 위하여

×

책은 ― 윤이 밥보다도 좋아하는 책은
때때로 우리가 보내드리니
그것일랑 걱정마시우
지난 주일에도 『에스페란토』 강좌 셋째 권을
우편으로 보내주었습니다

×

그리고 아주머니

얼마 안 되는 이것이라도 받으시오

양식 쌀을 팔아 자시우

이것은 우리가 드리는 것입니다

사랑하는 외 아드님을 보고 나서

차고 긴 겨울을 이 쓸쓸한 오막집에서

혼자 쓰라린 고생으로 지내시는 어머니

오래 못 보는 아들 때문에

한숨 한번 쉬지 않는 어머니

내 아들이 참으로 잘난 줄을 아는

씩씩하고 훌륭한 어머니를 내 위하여. (끝)

(부기 = 필자가 이상에서 6편의 시 작품만을 취급한 것과 소재지의 월호
를 부치지 못한 것은 필자 개인의 사정材料其他이라는 것을 말해둔다.) 1933,
11월 말일 —

12.24

『조선일보』, 1933.12.17~24

창작비평가創作批評家의 호만豪慢한 태도態度

(一)

필자는 수일간 모 지우知友로부터 소설 쓰는 이무영 씨가 중앙보에 「신춘창작평」을 썼다는 소문을 들었다.

그때까지도 그것을 읽지 못하였던 관계상 필자의 그에 대한 호기심은 자못 높았었다. 더구나 다른 모-든 이유는 제거하고라도 이 씨가 처음으로 창작평에 붓을 잡았다고 하는 그 사실만으로서도 필자의 호기심을 자아내기에 부족함이 없었던 것이다. 그래 즉시로 지우의 집으로 뛰어가 그것을 읽어 보았다. 허나 그것을 통독하였을 때 필자는 다-만 아연하였을 따름이었다.

사람은 항상 자기의 상상 이외의 사실에 직면할 때면 경이를 느끼는 것이 상례일 것이다. 더구나 『■포 이발』 같은 일문을 위시하여 기타 최근에 이르기까지에 가진 여념을 소비하여 가며 평가들에게 관대 훈계(!)를 아끼지 않던 씨의 범한 소행이라는 것을 생각 하였음에 있어서이랴!

필자는 이곳에서 아연을 금치 못한 씨의 평문에 대한 소감의 일부를 솔직하게 고백하고자 한다. 그러므로 현명한 독자들은 필자의 행사에 대하여 외람한 짓이라고 의심할 필요까지는 없다.

왜냐하면 필자가 이곳에서 적발하려는 것은 힘에 넘치는 이 씨의 「창작평」을 『재비평』하려는 것이 아니라 씨의 취한 바 평적 태도 — (중략) 호만성豪漫性 — 을 적발함으로써만 그치려는 것이 필자의 본의의 전부이기 때문이다.

×

구구의 설화 애틀시안트라도 씨의 「창작평」을 읽어본 사람이라면 하자를 물론하고 — 예외를 제하고서는 — 씨가 과분한 사감으로써 평필을 잡았다는 것을 직각하였을 것이다.

— 어느 때에는 주책없이 찬사를 늘어놓고 어느 때엔 턱없는 호만성을 가지고 증오와 수살을 보이었다.

심지어 보통학교 사오 학년 작문 중에서는 가작으로 추재推載한다는 등 채점한다면 80점도 아끼지 않다는 등 남의 소설을 사오십 편만 읽으라는 등 ××문학 이전의 것이라는 등 한 작가가엄흥섭 좋지 못한 경향으로 흐른 것은 『카프』가 과대평가한 까닭이라는 등 — 가쿄 등의 체계와 물적 근거의 구명도 없이 과■한 형용사의 가지각색의 난무■■하였다.

그중 일례를 독자와 한 가지 살펴보기 위하여 이 씨가 「결혼 전후」조벽암 작와 「젊은이의 고민」홍구 작을 평한 평문 중의 일부를 상호 대조하여 보기로 하자 —.

『당장 조석시■이 간 데 없는 그나마 아내의 해산 전에 경제적으로 막다른 골목에 봉착하고 있는 주인공이 해산 준비보다도 일 년 후에 사용될『요람』을 사 들고 올라온다던가 그것을 괴이하게 여기지도 않는 아내는 다- 함께 주책없는 부처라고 아니할 수 없다. 작자의 처음 의도가 여기에 있었다면 별문제이지만—』

「결혼 전후」 평문 중

『보통학교 사오 학년 정도의 작문 중에서는 가작으로 추재할 정도의 내어 놓기에 부끄러운 작품이었다.

……남이 쓰니까 나도 써본다는 그러한 불■■■태도는 단연 버려야 할 것이다. ………홍 씨 자신 현대 젊은이의 고민을 쓰려고 한 것이겠으나 그들은 고민은 커녕 희희낙락하고 있다. ■■날 일흔■습일 모르나 다른 사람………의 작품을 최소한도라도 사오십 편쯤 읽는다면 필자의 충고의 본의를 깨달을 것이다.』젊은이의 고민 평문 중 이상 두 개의 평구評句를 대조하여 볼 때, 우리는 이 씨의 평적 태도가 얼마나 자기의 평문의『전언』중의 어구—『이 일문에서 응당 있어야 할 비가 빠졌다면 그것은 필자 자신의 평안의 미급한 것이오. 작자 혹 일독자와의 견해에 상이점이 생긴다면 그것은 작자 혹은 독자와의 그 어느 한 편에 논리적 견해에 상반점이 있는 것일 것이다.』— ■■욕하는가를 가측할 것이다.방점■■-필자

(二)

　새로 웃돋는 싹을 구두발로 짓뭉개버리듯이 과도過度 돋은 흥
분을 가지고 후자를 대하던 씨가 왜? 무엇 때문에? 전자를 논하
는 마당에서는 도에 지나친 겸손을 부리었던가? 그것은『평안의
미급』과『견해의 상이점』과『논리적 견해에 상반점』으로만 동■
할 수 없지 않은가?『젊은이의 고민』을 도리어『희희낙락』하게
그리어 놓은 사람만이『오십 편의 남의 소설을 읽어』야 되■고
『당장 조석시■이 간 데 없고 아내의 해산 전에 경제적으로 막다
른 골목에 봉착하고 있는 주인공이 해산 준비보다도 일 년 후에
사용될『요람』을 사 들고 들어온다던가 그것을 괴이하게 여기지
도 않은 아내』를『비진실』하게 그리어 놓은 사람만은『작자의 처
음 의도가 여기 있었다면 별문제이지만』하고 작중 인물만 나무
라면 족할 것일까? 평자는 좀 더 용기를 발휘할 만한 순간적 패기
로나마『보통학교 사오 학년 정도의 작문』보다도 못할 뿐 아니라
『남의 작품을 사오십 편쯤 읽어』야 될『내어 놓기 부끄러운 작품
이다』라고 외쳐볼 수 없었던 모양이다.
　현명한 독자는 또 한 번 다른 일례를 이야기할 여유를 독자에
게 주기 바란다.
　왜냐하면 이곳에 다시 예거할 사실은 전자의 것과는 각도를
달리한 특이한 것이기 때문이다. ―
　그것은 필자의 습작인「이순신」을 평한 부분을 말함이다. 물

론 이것은 필자 자신의 것이라고 해서 지금 이 자리에 문제 삼는 것도 아니다. 필자 자신 스스로 그 작품을 좋다고 생각하여 본 일도 없다(이것은 쓸데없는 말 같지만 「이순신」은 원래 「벽소설」이라고 쓴 것이었고 제목 모두에도 그렇게 기록한 것이었으나 편집자의 과실로 낙쇄한 것이었다).

씨는 평을 나려 말하는—『조선××의 문학이 일어나는 그 전의 작품이었고』하고 금옥 같은 문자 20자로 (그중에도 2자는 『×』신 ■■ 입었지만!) 필자의 작품에 대하여 실■한평■ 변하였다. — 아니 씨의 말을 빌면 『청산』(?)해 버렸다.

아마도 씨는 20자보다 4자나 적은 16자로써도 『청산』(?)을 내린 것도 있고 하니 『탕아』에 베푼 씨의 평사 필자는 그것으로써 『영광』을 삼을 줄 알았던 모양이다.

그러나 씨의 베풀은 수고에도 불구하고 그 작품을 위하여는 1자도 일문의 가치가 없다는 것을 작자와 필자가 이의한다면 이의까지를 『청산』(?)시킬 만한 준비까지를 가지고 이러한 고명한 평언을 내렸는가가 의문이다.

물론, 하다 못하여 작품의 형상화를 위한 방법 등등이 졸렬하다든지 내용이 어떻다든지 또한 그 밖에 다른 『충고』라도 베풀었다면 필자보다 소설에 대한 대가인 씨의 평언에 무조건하고 이목을 기울였을 것이다.

한데 씨는 다 — 만 『조선의 ×문학이』(? 아마 푸로문학이란 말을 이렇게 쓴 모양이다 — 필자)『일어나든 그 전의 작품이었고』하고 창작평을『주마등』돌아가는 것을 보고 설명하듯 집어치웠다.

재삼 말하거니와 필자는「이순신」을 형상화하는 데 있어 표현 기술이 부족하였을지도 모를 뿐 아니라 확실히 부족하였다고 필자 자신도 시인하고 있지만 씨가 지적한 바 이상의 평문 같은 비평에 대하여서는 최후의 일순까지라도 날카롭게 저항하겠다는 것이다.

왜냐하면 — 무조건한 씨의 언설 중에는 (중략)「이순신」을 중개자로 삼는『요술』로부터 이제 처음으로 (중략) 아성에 들어온 송××의 소녀 왕의 한 사람을 그 진실한 방향에로 이끌려 한 작품의 내용이 부당하여서『청산』(?)한다는 의미가 내포되어 있다고 밖에 더 크게 해택解澤할 수 없기 때문이다.『무엇』이『어떻기 때문에』그러한가를 물적 근거의 구명도 없이 재단을 내리는 것처럼 경동은 없을 것이다. (중략) 씨는 아마 채 읽지도 않고 제호 밑에 쓰여 있는 작자 명만 보고 평을 쓴 모양이다. — 이러한 고의적인 사적 감정과 조급한 호만성은 하루바삐 그야말로『청산』(?)해 버려야 될 것이 아닐까!

왜냐하면 이러한 졸평은 작가의 창작력을 파괴하지도 못할 뿐 아니라 다 — 만 대중의 정력만을 소비하는 데 족할 것임으로이다.

（三）

그러나 씨는 『무지한 대중이 옳은 말보다 그릇된 말을 더 많이 하는 비평가의 평문에 방황하는 것이 안타까울 뿐』씨의 글로 「비판적인 넘우 비평적」이라는 것을 알고 있음으로써 그것을 악이용한 모양이니 이러한 태도에 대하여 우리는 『부절한 ■기만으로 버티어 보려는』 것이라고 씨가 안회남 씨에게 한 말 흠지어야 될 뿐 아니라 『작가에 따라서 기준이 동요되었고 작자에 쫓아서 비평가로서 있어서는 안 될 사정에 사로잡혀』 있다고 동상, 씨가 백철씨에게 한 말한 말까지 첨가해야 할 것이다.

아니 그것도 과하지 않다면 ■발표된 창작을 ■개 ■독하고 ■개 문제 삼는 것이 비평가의 원칙인 것처럼 ■석하는 폐단이 있는 상 싶으다.…… 그는 쉽사리 오만했고 격했다.…… 더욱이 소설에 있어서 그렇다.…… 비평가는 적이라도 증오해서는 안 된다』라는 말 동상, 씨 한설야씨에게 한 말까지도 첨부해야 될 것이다. (중략)

비평 — 비단 어떠한 비평에 있었든 그것이 만일에 『과학』이 되지 못하는 때에는 그것은 『비평』이 될 수 없는 것 같이 문학 작품을 『비평』할 때에 있어서도 그것은 결코 예외적인 것이 될 수 없다.

왜냐하면 문학 작품의 비평의 의의와 역할이란 당해 작품이 연출하는 바 사회적계급적 교죄를 전면적으로 — 그의 활약의 과정에 있어서 또는 그것의 존재의 온갖 관계 밑에서 — 추구하고 그

교죄의 처하는 바 논리적 체계에 총합 통일하는 데 의하여 정당한 사회적계급적 생■물의 하나로서의 문학 작품을 위한 방법론 위에 항상 새로운 기초를 배양하고 일방 더 나아가서는 『비평』그 자체의 방법을 고도의 영역에로 인도하는데 그 존재성의 필연적 이유가 가로놓여 있기 때문이다.

그러므로 ─ 일정한 문학 작품이 일정한 대상 위에 실현하는 바 가치의 운동이라는 것은 전혀 합법칙적 필연적인 것으로서 양자의 대립과 연관적 지점 위에서 비로소 객관적으로 결정되는 것이다.

그러므로 ─ 『비평』이 『과학적 비평』이 되려 할 때에는 이 객관적인 합법칙성을 발견하는 데 의하여 출발하는 데서만 가능한 것이다.

그러므로 ─ 과분한 ■■■물적 근거의 구명을 무시한 사적 편견 내지 증오심이 낳은 불순한 고의적 태도에 사로잡힌 『비평』이라는 것은 벌써 『비평』의 세계와는 인연이 먼 것이다. 그것은 한 개의 『테마』나 소주관적 자위책을 위한 일개의 『문자의 행렬』이 될 수는 있으나 그것을 대하는 대중은 누구나 그 진부를 선택하는 데 있어 그다지 곤을 ■느끼지 않을 것이다. 느낀다 할지라도 그것은 극히 짧은 시간상의 문제 외에 불과한 것이다.

그러므로 ─ 필자가 이곳에서 장황한 설변을 토하는 것은 일편 무의미한 짓일지도 알 수 없을 것이다.

그러나 필자는 『그렇게 되고야 말 것』과 『그렇게 만들어야 될 것』과의 거리를 주름잡기 위하여 한 개의 강수지일江水之— 적適의 노弩라도 메들기를 불사하겠다는 의도로써 감연히 천박한 머리로나마 붓을 잡은 것이라는 것을 독자들 앞에 솔직하게 고백하는 바이다. —34·2월 하순—

『조선중앙일보』, 1934.2.25~28

시적 창조詩的創造에 관關한 시감時感

　오늘날처럼 우리들의 시가 생기발랄해야만 될 성장의 길로부터 탈선되어 「고난의 밤」을 걷고 있는 때는 한 번도 없었을 것이다.

　── 만네리슴의 「구렁」에 허덕이면서 가냘픈 자아의 생명을 버티며 나아가려는 자의 비참한 생명 그것이 아니고 무엇이랴! 자유분방한 표현과 전진적 창조의 「나팔」을 소리 높여 외쳐야 될 우리들의 시가 「빈곤」이라는 「외투」에 말려 현실과 먼 거리에서 저회低徊하게 된 것을 누가 무엇으로써 부정할 수 있으랴!

　이것을 다── 만 기성 시가의 고갈과 다른 의미의 「빈곤」이라고 말함으로써 족할 것인가?

　아니다? 그것을 객관적인 외적…………으로 말미암은 「침체」라고만 변명하기에는 너무나 바닥이 들여다보이는 현상이 아닐까!

　그것은 마── 치 무력한 인간의 자기주관……………………………과 같이 「바다」에 띄어 버려야 될 것이다.

　시의 「빈곤」에 대한 또 한 개의 「변명」이 있으니 그것은 기술적 불급 위에 시의 「빈곤」을 전적으로 합리화시키려는 자이다.

　그러나 이것도 또한 「아니다!」 소리와 한 가지 뿌리쳐 버려야 될 「거짓말」임을 우리는 잘 알고 있다.

　왜냐하면 우리들의 시의 「빈곤」이 단순히 기술적 불급에만 그 원인이 가로놓여 있다면 그것은 「나무」의 「잎사귀」만을 보고 그 「전체」를 보지 못하는 자의 인식 부족 이상으로 인정할 수 없기 때문이다.

그러면 — 우리는 시의 「빈곤」의 오리지날을 어느 곳에서 찾아야 될 것인가?

그것은 오즉 시인 자신의 생활적 무력 위에서 캐어^採내야 될 것이다. — 시는 단순히 외적⋯⋯⋯⋯로 인하여 「빈곤」의 「구렁」에 빠져 있는 것도 아니요. 기술적 불급으로 인하여 그러한 것도 천만번 아니다 —.

시 — 근로하는 인간의 가슴속에 거화를 뿌려 줄 능동력을 가진 진정한 의미의 시는 시인 자신이 그들의 생활적 호흡 속으로 들어가 뿌리 깊이 백히는 데 의하여서만 비로소 산^生「쇠북소리」가 되어 그들의 가슴속에 고도의 파동을 일으킬 수 있는 것이다.

시인들은 모름지기 시에 대한 만권의 이론을 공부하는 것보다도 눈앞에 육박하는 산 현실 그 속에서 시를 찾아야 된다. 아무리 훌륭한 이론이 있다 할지라도 현실 그 이상의 것이 될 수는 없다.

물론 우리는 결코 시에 있어서의 이론의 역할을 부정하는 자가 되어서는 안 된다.

그러나 우리는 「이론」 그 물건에 사로잡혀서는 안 된다는 것이다.

왜냐하면 이론 — 그것은 「한 개의 암시가 될 수는 있지만 그 이상의 것이 될 수는 없」기 때문이다.

우리들의 허다한 시인들은 왕왕히 시론을 가지고 시를 「봉쇄」
시키고 만 것이 아니었던가? 그리하여 「이론」을 본 뒤로는 시를
쓸 수가 없다 — 고 한탄하는 동무를 우리는 얼마나 많이 보아 왔
던가? 이론의 「척도」를 시적 창조의 행정 위에 광범하게 — 뿌리
깊이 — 결합시키지 못하고 한낱 기계적 = 도식적으로 재단을
내리는 데서 시 자체의 발전이 초래될 리 만무하다.

예술상의 온갖 규범 — 「그것은 한 개로 나누어 볼 때에는 조
금의 틀림이 없다」 할지라도 『현실』의 온갖 방면을 포함할 수는
없는 것이다.

한 개의 고리^環는 한 개의 쇠사슬^鎖로 볼 때에는 극히 적은 존
재일지라도 한 개의 「고리」 그 물건은 언제까지나 「고리」 이상의
것이 될 수는 없다!

두말할 것도 없이 지나간 날의 우리들의 시의 이론이 막연히
「주제의 적극성」을 「타령」처럼 외우면서도 그것의 구체화의 도
정에 이르러서는 아무런 효과도 나타내지 못했다는 것을 생각해
보라!

주제의 적극성 — 그것은 두말할 여지도 없이 중요성을 가지
고 있지만 그것을 가지고 예술의 온갖 것을 전적으로 척도할 수
는 없었던 것이다!

거듭 말하거니와 우리들의 시는 — 시론에 의하여서보다는
「현실」에 의하여 오히려 「훌륭한 교훈」을 받을 수 있는 것이다.

왜냐하면 — 시에 대한 이론이라는 것도 시에 대한 절실한 고

난 속에서 헤매이는 시인 그 자신의 소산 이외의 아무것도 아니기 때문이다. 시는 시인 자신의 직접적인 육체적 정감을 떠나서는 존재할 수 없기 때문이다.

그러므로 이론 — 그것은 한 개의 「비료」가 될지언정 한 개의 「종자」가 될 수는 없다.

여기에 한 개의 경청할 만한 고전적 경고가 있다. —

임의 일어난 사물을 이야기하는 것은 시인의 사명이 아니다. 오히려 앞으로 일어날 가능과 필요가 있는 법칙에 의하여 이 가능한 것을 노래하는 것이 시인의 임무이다._{아리스토-톨}

시인은 「가능」과 「필요」를 찾기 위해서는 「현실」의 광굴 속에 들어가는 데 의하여서만 그 광맥을 파낼 수 있는 것이다.

그리하는 데 의하여서만 생기발자한 새 세계를 노래하는……시는 바야흐로 나타나게 될 것이다.

왜냐하면 시인이 한 개의 감정을 진실히 노래한다는 것은 현실의 온갖 모순에 대한 시인 자신의 전신적 싸×을 의미하며 그럼으로써 그것은 인간의 역사를 전방에로 이끌 수 있는 위대한 능동적 힘을 가지게 되는 까닭이다. 시적 창조의 길로…… 시적 창조의 길로…… 생생한 현실적 묘사의 길로……이것은 오 — 즉 오늘날의 우리들의 어깨 위에 놓인 뜨거운 사명의 하나이다 —.

『문학창조』, 1934.6

쏘시알리스틱·리알리슴론論

그 발생적發生的·역사적歷史的 조건條件의 구명究明과

및 정당正當한 이해理解를 위爲하여

一, 리알리슴의 혼선混線

창작 방법 문제를 중심하여 끊임없이 야기되는 시끄러운 물의
야말로 문학사상에 있어 획기적 몬유멘트기념비를 남겨준 저 — 유
명한 르네상스시대의 그것과도 유사한 성관을 보여주고 있다.

그것은 일지역적 문제뿐만 아니라, 인간이 호흡하는 곳이면
그 어느 곳을 막론하고 모두다. — 이 문제의 물의가 상정되지 않
은 곳은 없다고 하여도 과언이 아닐 만치 그것은 오늘의 문학의
「대해」를 「범람」시키고 있음을 볼 수 있으니 그곳에는 온갖 혼과
질서를 벗어던진 아나크로적 각양 각종의 난무가 제멋대로 감행
되면서 있으며 그러함으로써 통제와 전통의 「굴레」를 벗어던진
문학의 야원의 일부는 마 — 치 「폭풍우 전야」의 풍경을 말하는
느낌을 주고 있다.

그곳에는 어제 날까지도 자기가 확고한 신념으로써 주장하던
바 문학적 신념까지를 일조일석에 집어 던지고 새삼스러운 「회
의」와 「불가지론」의 「세계」로 타락하는 자가 있는가 하면 또한
아무런 관심도 베풀지 말자던 일련의 인간들까지 나중에는 그에

박차를 가하여 뜻모를 「염불」을 외우게 된 것이다. 마―치 그것은 「천상」으로부터 「비래」한 「신비한 무엇」처럼 경이의 눈을 홉뜨고 어찌하면 좋을지를 몰라 쩔쩔매느라고 그것의 현실적인 발생적 근거의 역사적 조건의 구명 같은 것은 애당초부터 꿈에도 생각하여 볼 여지가 없는 현상이다.

그리하여, 덮어놓고,

「현실」을 보고, 그것을 있는 그대로 그려라! 현실은 얼마나 아름다우냐?」

라는 의미 내용의 구체성이 결제된 문구를 마―치 「주문」같이 논제의 선두에 내세우면서 좋게 보아야 자기합리화밖에 못되는 청산주의적 딜렘마에까지 낙착되고 더 나가서는 문학에 있어서의……… 성 까지를 은연중에 거부하려는 반×적 논조까지를 기탄없이 드러내 놓게 된 것이니,

「내 자신이 한 권위 있는 정치가로서 예술을 생각하여 본 일이 없다……그러나 예술에 관한 것은 예술가만이 이해할 수 있다는 정당한 명언에 의하여 나의 미력은 이 불행을 대상하여 줄 것이라고 믿는다」는 둥.

심지어 더 나가서는 우리들의 오늘날까지의 문학에서 「얻은 것은 이데오로기―며 상실한 것은 예술 자신」이라는 망설까지 보게 된 것이며, 또한 한 걸음 더 나가서는 「예술의 미적 가치」를 생리학적 명제로 귀의시키려는 그리하여 종국에 있어서는 범신론 세계로 유리되고 마는 「불가지론」으로 떨어지려는 좋지 못한

경향까지 머리를 들게 되었으며 또한 일방 일부의 사람들은 신경 불감증에 걸려 창작 방법의 「슬로 — 간」의 명칭 문제에만 급급 한 나머지 슬로 — 간의 명칭 대치 문제에만 설변을 롱하고 있다.

그리고 일부면의 층의 인간들에게서는 그것을 한낱 창작 기술 문제 내지 수법 문제라는 케케묵은 형식적 악몽이라는 가석한 존재로써 취급을 받고 있다는 것이다.

인식된 역사적 내용의 커 — 다란 사상적 깊이와 쎅스피어적 생명성 현실의 충만성과의 완전한 융합은 다 — 만 미래에 있어서만 또한 독일사람에 의하여서가 아니라 다른 나라 사람의 손에 의하여 달성될 것이다엥겔스라는 명언의 「현실의 맹아」를 말하여 주는 바 쏘시알리스틱 · 리알리슴이 이러한 굴욕을 아직도 전면 치 못한다는 것을 재고해 볼 필요가 있지 않으냐?

사실인즉 이러한 「혼란」의 근원지는 언제나 마찬가지로 물 건너 문단이었다.

그곳에서부터 「혼란」은 비롯한 것이었으니 「발삭크적 방법」 이니 「주체적 리알리슴」이니 「부정적 리알리슴」이니 「논리적 리알리슴」이니………그리다가 최근에 와서는 다시 「납프」가 주로 외적 정세로 인하여 부득기 일보 퇴각을 마지못하여 당하고 있는 현상을 무쌍의 「미끼」로 삼아 가지고 「혼란 위에 혼란」을 가하고 있는 것이 아니었던가?

그러나 그래도 그곳에서는 방금, 우리들 지역과는 달라서 그에 대한 정당한 이해를 위한 물의가 개별적으로나마 계속적으로 나타나며 머지않은 앞날에 그 서광이 보일 것만도 속일 수 없는 사실이다.

우리들의 지역에서는 그것까지도 구경할 수가 없다. 다—만 수인의 평가의 손으로 그것에 대한 광고문 같은 보고가 있었으며 또한 다소 깊이 들어간 논조가 전무한 바는 아니었으나 그러나 있다고 하더라도 그것은 오히려 없는 이만 같지 못한 논조의 것이었다. 즉 다시 말하면 그것은 한 개의 오류를 벗어 버리기 위하여 다른 한 개의 보다 더 건질 수 없는 오류를 대상하는데 밖에 소용없는 범위의 것이었다. 꼬리를 감추었던 예술지상주의의 상아탑이 다시금 재발할 기회를 엿보다가 자기 주관으로는 위대한 신발견이나 한 듯이 극히 상식적인 ABC의 반복으로부터 시작하여 마침내는 건질 수 없는 비탈길로 낙하되고 만 것이다. 그리하여 그 실증의 하나로 박영희 씨의 논조를 예거할 수 있으니 씨는 관대하게도 뿌레하-놉흐의 명구—「예술작품 가운데에서도 사상이 의의를 갖지 않는다는 결론은 결코 나오지 않는다. 오히려 사상적 내용을 갖지 않는 예술작품은 없다. 그 작자가 단지 형식만을 존중하여 내용을 고려치 않는 작품일지라도 어느 일정한 사상을 표현하고 있다. 사상 없이는 예술은 존재할 수 없다」^{「문학론」}—를 극히 초보적인 상식으로 돌리어 버리면서 이렇게 말하고 있다.—

「일정한 예술적 작품은 일정한 사회생활과 불가피의 관계에 있으면서도 그 실^實 예술의 미적 가치는 차한^{此限}에 부재하다는 의미다. 이곳에서 예술의 항구적 효과론이 성립된다. 만일 예술적 작품이 그 작품을 제작한 시대와 밀접한 관계로는 충분하고 또한 충실히 그 시대와 사회를 반영하였으면서도 이 미적 형태가 결핍되었다면 이것은 시대에서 시대에 세기에서 세기에 애독될 수 없는 것은 물론이며 단 1년도 그 생명이 없을 것이다.」「예술의 항구성」

그것은 참으로 뿌레하-놉흐의 혼이 만고에 현대에 살고 있다면, 대경실색을 면치 못할 비논리적 어구임에 틀림없다. 「미적 가치」에 대한 것은 고사하고라도 그다음 「예술 작품」에 대한 씨의 논조만 보더라도 씨가 얼마나 흥분한 나머지 쓴 것이라는 것을 족히 알 수 있다. 왜냐하면 예술적 작품에 있어 「그 작품을 제작한 시대와 밀접한 관계」가 「충분」하고 「또한 충실」하게 「그 시대와 사회를 반영하였」다면 미적 형태(?)가 결핍될 리 만무하며 또한 미적 형태가 「충분」하다면 「예술적 작품」으로서의 그 시대와 사회를 반영한 데도 역시 「충분」이외 것을 볼 수 없을 것이므로이다. 경애하는 미지의 선배에게 외람한 짓이나 그러나 필자는 당돌한 언사를 늘어놓게 되었다. 그러한 불순한 행동을 조금이라도 감소시키기 위하여 씨가 필자보다도 먼저 접하였을 고전적 명구로써 대변하는 것도 무의미한 짓은 아닐 것이다. ―

희랍 예술이 우리에게 매력을 주는 것은, 미숙한 사회적 조건이 결코 복귀하지 않는다는 사실이다. 그것은 불가분으로 결합되어 있다.K·M,「경제학 비판서설」

(물론, 꼬투리가 나온 판이니 「미적 가치」에 관하여도 의견을 말하고 싶

기는 하나 그러나 이 자리에서는 할애하고 넘어가련다. 그것은 별개의 장문을 요하는 복잡한 것이기 때문에. ─)

二, 혼란混亂의 기인基因 (근본적 요소根本的要素)

그러면 ─ 과연, 이것들 ─ 온갖 혼란과 조급성과 의회 등이 꼬리를 물고 대두된 근본적 요소은 어느 곳에 그 근거를 두고 있는가?

이것은 지금의 우리로서 재삼 고려해 볼 만한 긴급 문제의 하나가 아닐 수 없다. 즉 우리에게 혼란을 초래케 만든 근본적 기인은 ─ 모 ─ 든 부차적 기인 위에 가로놓여 있는 ─ 무엇인가를 추구하여 보는 것 ─ 이것은 우리의 행정을 위하여 필요 불가결의 문제의 하나가 아닐 수 없다.

그런데 급한 사람은 재촉하여 마지않을 것이다. ─「그래, 너는 그「기인」을 무엇에 두느냐?」고. 필자는 부끄럼 없이 답하련다. 그것이 비롯 의식 못한 커 ─ 단 오류로 변하는 한이 있다 하더라도 ─. 그「기인」의 가장 으뜸가는 것을 말한다면 그것의 발생적 지역의 현실적인 역사적인 이해의 부족에 있다고.

왜냐하면 ─ 창작 방법의 새로운 슬로 ─ 간 ─ 쏘시알리스틱 리알리슘이란 광범하고 복잡한 내용을 가진 것이라는 것을 정당히 이해하려면 우선 먼저 그것의 발생적 지역인 쏘베 ─ 트적 현실이라는 것을 이해하고 그곳에 역사적으로 발전되어 온 문학의 고도의 표현이라는 것을 이해함으로써만 논의의 가능성이 생기는 것이며 그럼으로써 만고에 그것을 전제로 하지 않는「물의」라면 천만번 문제 되더라도 무용지장물이 될 것이며 무의미한 정력의 소비 이래의 다른 아무것도 될 수 없을 것임으로이다.

이러한 의미에서 우리가 만약 이 문제가 상정되기 전에 그에 대한 준비적인 지식 — 역사적 이해를 다소나마 가졌던들 오늘날 이처럼 혹심한 혼란까지는 초래치 안했을 것이다.

이곳에 필자가 감연히 당돌한「논제」를 걸고 그것의 발생적·역사적 사건 내지 정당한 이해를 위한 탐구를 시하여 보려는 전의도가 가로놓여 있는 소이^{所以}다.

허나 외람한 출발의 전면에 암초가 기다리고 있는지도 모르는 이 출발의 행정이야말로 참으로 위험하기 짝이 없는 바이다. 그러나 일면 역사는 항상 곤란한 시기에「영웅」을 요망하는 것이며 그러한 의미에서 역사는 항상「우수한 연출가」로서 뛰어난 인물이 나타나지 안 할 때엔 시대가「영웅」을 만든다는 명언에 의하여 다른 훌륭한 참피온선수의 출현에 고갈된 오늘날에 있어「약한병졸」의 한 사람이나마 되기를 강조한다는 의미에서 필자는 적은 용기나마 부여하여 주기를 바라는 바이다.

그런데 지금 다음 장으로 넘어가려는 마당에 있어 우선 필자가 참작한 재료 중의 주요한 것 몇 가지를 기술하려 한다. 편의와 곡해를 사지 않기 위하여 그것은 둘도 없는 무기가 되는 까닭이다. 사실 근래에 와서 평단을 비난하는 일부 작가와 및 관객자가 너무도 어림없는 허물을 억지로라도 찾아내려는 좋지 못한 일이 없다고 누가 감히 단언할 것이냐(!) 하는 의미에서만 보더라도 불가결의 필요를 느끼어 마지않는 까닭이다.

「쏘베-트·러시아 문학이론」岡澤秀虎 著

「××××적·레알리슴의 ××」

「소베-트 문예 비평사 연구」岡澤, 「러시아 문학 연구」 제1집

「쏘베-트 문학 노-트」川口浩, 「문화집단」 3월호

「쏘베-트 문학의 현상」岡澤, 「문예수도」 5월호

三, 리알리슴의 발생적發生的 역사적歷史的 조건條件의 구명究明

1928년 이래의 쏘베 ─ 트 문학은 창작 방법의 탐구와 신양식의 확립의 문제를 싸고도는 온갖 논쟁의 역사를 가지고 있다.

그러므로 최근 확립된 쏘베-트 문학의 신양식 ─ 쏘시알리스틱·리알리슴을 진정하게 이해하기 위해서는 이 논쟁의 역사를 알아야 된다. 왜냐(?)하면 ─ 쏘시알리스틱·리알리슴은 역사적으로 발전하여 온 구체적 주장이며 이 역사의 검토가 없이 또는 문학이론의 이해가 부족하기 때문에 최근 우리 문단 일부에서는 「유물 변증법적창작 방법이란 슬로 ─ 간은 나쁘고 그 대신 쏘시알리스틱·리알리슴급 ××적 로맨틱시슴이 필요하다고 주장되고

있다」고 논술하는 사람이 있으나 그러나 창작 방법과 양식과는 상반되는 것이 아니라 창작 방법의 검토로부터 시작하여 구체인 문학론양식상의 주장에까지 성장하게 된 것이 「쏘시알리스틕・리알리슴」인 것이다.

이상과 같은 의미의 적절한 논조를 오키자와岡澤도 그의 『쏘베트 문학 비평사 연구』 모두에서 기술하고 있다.

×

일찍이 쏘베-트 러시아에 제1차 5개년 계획이 실시되던 해 ─ 소위 사회×× 재건설기이던 1928년 5월에 개최된 제1회 전소연방 푸로작가 대회는 푸로문학의 「못트」로서 「심리주의적 리알리슴」을 선언한 것이었다.

그것을 제창한 중심인물로는 아벨밧하, 리베친스키 ─, 파제-엡흐 등 그 외 수 명으로서 그 주장하는 바는 문학에 있어서의 「인간 심리 묘사」를 중시하여 「산인간」 및 「직접적 인상」 등의 슬로 ─ 간을 걸고 등장한 것이었다. 아래에 그 대회의 결의문을 초술하여 보기로 하면. ─

랍프에 의하여 제출된 「산인간」을 그려라 ─ 라는 표어는 일방 푸로문학을 현대의 반영에 지향시키는 것이며 타방 스탬프나 도식주의와의 ×쟁의 불가피와 과거의 엘레멘트요소와 새로운 것의 맹아, 의식적 모 ─ 멘트계기와 무의식적인 것 등의 온갖 모순을 품은 복잡한 인간 심리의 표현에의 전향과를 나타내고 있다. 현대의 영웅인 사회××의 건설자 — 그것만이 푸로작가가 무엇보다도 먼저 흥미를 가져야 되는 산인간인 것이다. 이것들의 문제는 자연주의적 생활 묘사의 극복의 필연과 인간의 심원한 심리적 지시에의 전향과 개괄과 예술적 종합에의 전향과의 불가피를 규정하고 있다. 푸로작가는 개인의 심리적 분석을 성격의 자기만족적인 발전 위에서가 아니라 사회적 환경의 영향 하에 형성되며 발전되는 인간의 내적 본질의 지시 위에 기초를 잡지 않으면 안 된다. 푸로문학의 「심리주의」는 뿔조아 문학의 약간의 경향에 고유한 심리주의를 위한 심리주의와는 반대로 인식에 도움을 주고 활동성을 양육하는 객관적인 것이어야 한다.………

×

요컨대 이 주장의 구체적·역사적 의의를 종래의 푸로문학의 결함이던 도식주의를 배제하고 개인을 구체성에 있어서 그리자는 것이었으며 그 적극적 목적은 — 사회생활에의 적극적 참가에 의하여 인간 — 개인의 내부와 현대와를 통일시키자는 것으로서 모 — 든 작품이 차 기조에 준하여 제작되었다. 그리하여 개개의 작품에는 온갖 주인공이 두 개의 대립되는 자아 — 과거의 잔재물로서의 푸치·뿔적 생활감과 새로운 세계관을 가진 인물로써 — 가 출현하여 이 자아의 이중성을 극복하기 위하여는 두 개의 길이 제시되었으니 즉 하나는 「현사회의 압도적인 힘에 자아를 대비하고 귀의시켜 개인과 사회와의 조화를 꾀하는 것」이요. 다른 하나는 「자기분석과 자기비판에 의하여 인간의 지식과 감정과의 조화를 구하려는 것」이었다.

그리하여 실제 작품으로서 제작된 것을 살펴본다면 전자의 일례로서 안나·카라워 — 에와의 「재목공장」이 있고 후자의 일례로서는 뺨후메-쳅흐의 「말친의 범죄」를 들 수가 있다.

그러나 여기에도 한 개의 중대한 문제가 있었으니 실제적 작품 실천에 있어 그것은 (심리적 리알리슴)사회적 진전으로부터 분리된 개인의 묘사 — 심리탐구에 몰락하게 되었으며 「현실의 피동적 관조에 기울어졌」으며 다시금 재건기가 문학에 미치는 바 임무를 시행할 능력을 상실하게 되었다. — 즉 환언하면 「심리적 리알리슴」은 과거의 스탬프나 도식주의에 대한 화살이 되는 한에서는 정당하였음에도 불구하고 이 슬로 — 간의 위험성은 그것이 작가에게 계급적인 것에 대한 개인적인 것의 우세의 시각으로부터 현실을 묘출케 하고 예술가를 주관적인 관념론의 세계로 밀어 넣고 그리하여 그들에게 「현실」을 그 일체의 완전성에서 그리기를 고해한데 그 근본적 결함이 가로놓여 있는 까닭이었다.

그리하여 1929년에 들어온 5개년 계획의 약진적 발전은 문학의 영역에 있어서의 보다 더 고도화발전적 욕구를 강조하게 되었다. 전 연방 「공업·농업 집단화를 위한 개인과 자번과 부농에의 적극적 공세」 등 이러한 온갖 사회생활상의 중대한 시기에 다다라

문학도 언제까지나 「산인간」에만 역점을 둘 수 없게 되었다. 그리하여 「심리주의적 리알리슴」의 비판과 아울러 새로운 방법 내지 신양식의 맹아가 비롯하기 시작하였으니 그 주요한 활동 분자로는 뻬스파-롭흐, 츠일링, 섹켈스카야 등 기타 수 명이었으며 그 주장하는 바 요소는 대개 이하와 같다.

푸로문학에 있어서의 「산인간」의 표어에 대하여 우리는 싸운다. 이 표어에 있어서는 푸로작가에게 가장 주요한 것 — 즉 현실에 대한 명확한 정치적 계급 행동적 관계의 요소가 망각되어 있다. 이 표어는 구체적이 아닐 뿐 외라 무내용하다. 왜냐하면 여하한 문학일지라도 「산인간」 이외의 것을 알지 못함으로 — . 우리는 또한 푸로문학의 유일한 창작 방법으로 제출한 『심리주의적 리알리슴』에 대하여 싸운다. 그것은 표어가 관념적 개인주의적 경향에 마스크를 씌워가지고 사회생활과 계급××으로부터 유리된 협소한 개인적 우연적 체험에 폐쇄된 소세계의 피동적·관조적 표현에 푸로작가를 인도시키고 꾀하는 까닭이다. ……개인은 사회적 산물이라는 이해 — ××주의가 작가에게 주는 이 이해는 그것에 의하면서 푸로작가가 자기의 창작적 환상과 생활과의 적극적 관계에 의하여 온갖 다른 리알리스트보다 더 많이 그리고 훌륭하게 생활을 반영할 뿐만 아니라 그것을 ××화하고 자기의 창조에 의하여 변혁할 수 있게 하기 위한 필요조건으로 하여서만 나타나는 것이다. 그러므로 그에 의하여 그려지는 인간의 타입型은 단순히 「산인간」의 모사뿐이 아니라 그 인간의 개작 —「그것이 성공하면 할수록 그 인간은 현대와 과거의 전면에 있어 나타나는」—이어야 한다. 그러므로 문제는 주로 적극적인 것과 부정적인 것을 가진 인간을 최대한으로 「생생하게」 그리는 데 있는 것이 아니라 사회주의의 건×자로서의 푸로××××-×의 계급적 내지 객관적 문제의 정당한 이해로부터 출발하여 이 사회××의 건× 자들을 미래에 꽃필發花 인간으로서 제시할 수 있다는 점에 있다.………만약 푸로작가의 근본 임무가 「있는 일」과 「있었던 일」을 정확히 반영하는 점에만 있는 것이 아니라 현대의 온갖 경향의 주의 깊은 인식의 기초에 입각하여 미래를 내다볼 수 있다는 점에도 있다면 쏘베-트 문학의 양식으로서 단지 리알리슴만이 아니라 ××적 로맨틔시슴도 없을 수 없다. 아니, 좀 더 적절히 말한다면 옛 리알리슴과 옛 로맨틔시슴의 극복 즉 문학의 방법에 의한 그들의 변증법적 양기만이 진정한 현실에 입각하여 그 발전적 방향을 제시할 수 있으며 현실보다도 더 높이 설ㄹ 수 있으며 또한 현실을 그 독특한 방법에 의하여 극복할 수 있는 것이다.………

×

차此주장은 과거의 리알리슴 및 그 로맨틔시슴을 극복하고 진정한 「현실」에 입각하여 그 발전의 방향을 지시할 수 있는 문학—즉, 진정한 의미의 쏘베-트 문학 독자의 메토-드방법 내지 스타일양식을 구하고 또한 지시하는 것이었다. 그러나 그곳에도 역시 문제는 자못 복잡하였으니 그 문제는 하루아침에 구체화될 만큼 간단한 것이 아니었다.

왜냐 할진대 — 그와 같은 의미의 리알리슴 및 로맨티시슴의 구별을 혼연하게 구별한 새양식 그것은 하루아침에 사회적 현실 가운데에 나타날 리가 없었다.

그리하여 1930년 이후 — 즉 재건설기의 초두에 있어 나타난 차주장 — 이론은 필연적인 귀결로서 로맨티시슴에로 편향한 이론적 주장으로 낙착되고야 말게 되었으니 차ᄴ 주장이 푸로레×× × 계급의 새로운 로맨티시슴 — 즉 ××적 로맨티시슴으로서 출현하게 된 것이다.

한데, 여하 한 사회를 예거하여 보던 우리는 그 사회의 복혼기에 있어서는 리알리슴과 로맨티시슴의 혼합한 문학이 생긴다는 것을 문학의 역사를 통하여 알고 있는 것처럼 이곳에서도 이러한 의미의 로맨티시슴은 사회××적 리알리슴과 한 가지 쏘베 — 트 문학에 현재에도 있을 것이오. 또한 미래에도 오래인 시기에 긍하여 존재될 것이라는 것이다.

이 주장-이론이 낳은 대표적 작품으로서의 일례를 우리는 비시넵흐스키 — 의 「제1기병대」와 뻬스멘스키 — 의 「발사」를 예거할 수 있다.

한데, 이 경향의 작품들을 살펴본다면 전자 「심리주의적 리알리슴」의 작품과는 달라 작중의 등장하는 인물들은 「산인간」이라던가 「직접적 인상」 같은 것은 전혀 무시되어 있음을 볼 수 있다. ― 다시 말하면, 그들은 「인상」이라던가 「정서」를 통하여서 보다도 보다 더 많이 의식된 원리에 의하여 출발되어 있으며 그 곳에는 「인상」보다도 「관점」이 자리를 잡고 있는 것이며 그리하여 「심리적중과 자연주의 생활상 묘사에 타락하려 한 푸로문학에 한 개의 생면을 개척한 것이라고」 말할 수 있는 것이다.

四, 쏘시알리스틱 리알리슴에 대^對하여

그러나 쏘베-트적 현실은 사실 문학에 대한 보다 더 고도한 표현을 강조하여 마지않았으니 5개년 계획의 성공에 의하여 쏘베 ― 트 사회에서는 1930년경까지 수반되어 오던 동반자 문학의 이데오로기 ― 로서의 뿔조아, 리베라리슴 ― 신인도주의우오론스키 ― 를 필선으로 한 뿔조아·리베라리슴을 대표하는 「페레워-르파」를 비롯한 일체의 반×적 문학유파의 기초가 점차 무너져가며 쇠멸되고 그 반면에 쏘문학에 있어서의 리알리슴적 정신이 고양함에 따라 ―××적 로맨티시슴과 한 가지 쏘시알리스틱·리알리슴이 출현하게 된 것이다. 그러한 의미에서 작년 3월에 ×에서 종래의 각 단체를 해산하고 단일한 문학 단체를 조직하게 된 것은 결코 우연한 일이 아니다. 다시 말하면 쏘의 사회생활 ― 하부 구조는 5개년 계획의 성공에 의하여 온갖 파 ― 트너 ― 동반자의 이데오로기 ― 를 변×시켜 온갖 문학자가 바야흐로 사회××의 원리의 정당성을 승인하게 되고 또한 일면 그 원리는 벌써 현실에 실현되기 비롯하였다는 것이다. 그리하여 온갖 문학자는 각종의 복잡한 길을 통하여 한 가지 그 원리의 파토론^{원조}과 참피온이 되어 있으며 이곳에 ××적 로맨티시슴의 고양이 점차 리알리슴의 정신에 침투되어 가면서 사회×× 적 리알리슴의 필연적 존재성과 병존하게 된 현실적인 근거가 가로놓여 있는 것이다.

그러므로 사회××적 리아리슴은 종합적 스타일임을 말하며 과거의 온갖 문학과 같이 세계의 리아리스틱한 묘사와 로맨틱한 묘사 사이에 불가피적으로 따르는 상호대립과 분리는 찾아볼 수 없다는 것이다.

그러므로 다소 상식화된 킬포-친의 명구일망정 재고하여 볼 기회를 우리는 이 자리에 가지게 되었다. ―

「생활의 풍부성과 복잡생과를 그 긍정적 및 부정적 모 ― 멘트로서 그 발전의 쏘시알리스틱 근원과 한 가지 묘출하는 방법, 이것을 우리는 사회××적 리아리슴이라 명명한다.」^{방점 ― 곤강}

이 방법을 탐구하여 보기 위하여 최근의 우수한 작가요. 이론가의 한 사람인 그라드콥흐의 말을 빌려오기로 한다면. ―

「……작가는 ― 그 창작적 의도에 있어 항상 전형적인 정세로부터, 어떤 시대의 사회관계의 전 체계로부터 출발하는 것이다. 단지 일개의 백해 운하나 도니에뿌로·스트로이가 문제인 것은 아니다. 우리들의 생활의 온갖 특질을 온갖 전형을 파악하여 건설의 과정을 정세를 인간을, 현대의 복잡한 면모를 정당히 전면

적으로 파악하여 그것을 예술적 형상에 구상화시키는 일 — 이것
이 작가의 사명인 것이다.」「현대문학론」

즉 좀 더 평역한 어구로써 재언하려면 우리는 손쉬웁게 저 —
유명한 작가 빠제에프의 지적을 빌려올 수가 있다. 그는 말한다. —
「………빡그견*의 관념을 예술적으로 전달하려면 예술가는
그 개 생래의 독자적 특성을 가진 구체적인 한 마리의 빡그견을
받듯이 온갖 빡그견의 빡그견과 유사하게 꿈꾸며 묘출描出하지 않
으면 안 된다.」

이것은 곧 우리들에게 중대한 교훈을 제기하여 주고 있으니
즉 그것은 인식과 예술적 표현의 내부적 관계에 대한 것이다.

온갖 사물에 있어 현상이 바로 정확하게 본질 그 자체로서 나
타난다면 이리위치가 말한 바와 같이 「과학은 필요치 않을 것」이
다. 왜냐(?) 할진대 이곳에서 논의 하는 바 예술이라는 것도 허잘
것 없는 약장수의 「요술」 그 이상의 것이 되지 못할 것임으로이
다. 우리는 시각을 하무리 광범하게 작용시키려 하더라도 기실,
우리 눈앞에 그대로 나타나는 바 사물은 항상 현상과 본질의 역
립된 것, 정반대의 것으로 나타나는 것이 상사이다. 그러므로 우
리의 감성적 인식은 항상 현상의 표면을 더듬고 어루만지게 된
다. 그리하여 마침내 사유가 논리적 인식이 현상의 오연奥淵 속에
숨은바 본질을 발견하고 반영하는 것이다. 그리하여 본질은 항상
현상을 통관하여서만 우리들의 면전에 나타나게 되는 것이며 또
한 그러한 의미에서 현상 그 자체도 또한 다면적이요. 다각적인

본질의 일부면 — 일부각을 구성하고 있다. 말할 수 있는 바이다. 그러므로써 「직접적 인상」과 「감성적 인식」은 항상 「논리적 인식」이라는 「철관」을 통류하여서만 통일되고, 유기적으로 상융되며 생동하는 「본질」이 되는 것이다. 그런데 이것은 일반적 인식에 관하여서이나 이번에는 예술적 인식에 관하여 이야기해 본다면 예술의특수성이란 논리적으로 인상된 온갖 것을 재차 현상에까지 인려시키지 않으면 안 된다는 데 있다 — 즉 다시 말하면 한 개의 예술적 작품 가운데에 묘사 표현된 「현실」은 전면적인 본질을 부절히 전체로 하여 「표상」 가운데에 부출시키면서 다면적인 본질의 일면으로서 추상한다는 것이다. 그러므로 우리는 그 우연적인 특수적인 개개의 것을 통하여 보편적 — 유형적인 필연적인 본질에까지 파고 들어가서 파악 표명 하여야 된다는 것이다.

그러므로 예술가의 세계관 그 자체를 예술적 방법으로부터 분리할 수 없다는 것만은 빤한 노릇이다. (이곳에 반기를 들자—누구냐?)

×

우리는 이상에서 무엇을 보아왔는가? 그것은 재언을 요할 것도 없이 쏘시알리스틱·리알리슴이란 방법 내지 양식은 쏘의 노동××의 ××한 ××의 예술적 표현이요 사회×××설 외 예술적 형상에 의한 고도의 표현이라는 것이다. 그리고 그것만이 사회×× ××의 엡폭시대의 「전형적인 정세에 있어서의 전형적인 인물」^{엥겔스}

의「예술적 창조」^{방점}—곤강라는 것이다.

그리하여 우리는 이렇게 말할 수가 있다.

쏘시알리스틱·리알리슴은 계급××의 전계단을 동일한 개인의 심리에 있어 나타내려는「심리주의적 리알리슴」과는 상위한 것으로서 사회적 집단 현실의 묘사를 개개의 인간의 일반적인「산인간」이나「인상」으로서가 아니라, 계급적으로 규정된 층의 대표자로서 그 사상 감정을 묘사하는 방법인 것이다, 라고.

벌써 이러한 방법이 낳아 놓은 현실적인 작품으로 우리는 팜페-롭흐의「빈농조합」쇼—롭흐의「열려진 처녀지」샤기·니얀의「중앙수력발전소」등등이 있음을 본다.

이에 점시간 우리는 이 라-친의 이야기를 들어 볼 필요가 있다.—

사회××적 리알리슴은 이리위치의 반영의 이론의 예술적 문학에 있어서의 구체화인 것이며 사회××적 리알리슴의 작품에 있어서의 현실의 인식은 직접적이 아니라 간접적인 이 현실을 전형화하고 또한 종합하는 바 그 합법칙적 발전을 전개하는 현재 가운데에 미래의 경향을 지시하는 인식인 것이다.………미래를 보는 눈이 없이는 현재를 훌륭하게 그리고 깊이 제시할 수가 없다. ………약간의 우리들의 존경할 만한 비평가들은 이러한 명백한 사실을 무시하고 우리들의 예술의 유일한 급진적인 요인인 형상에 대하여 진부된 뿔조아 유산을 되풀이하고 있다.……사회××적 리알리슴은 그리고 그것만이 형식의 문제를『머리』로부터『발』위에 세울 수 있다.……^{방점}—곤강

五, 약간若干의 결어結語

이상에서 우리는 쏘시알리스틕·리알리슴의 발생적 역사적 조건을 단편적으로나마 일별하였다. 그리고 그것은 얼마나 오늘의 우리들 지역의 일부의 사람들의 리알리슴적 설변에 대하여 「주검」 같은 엄연한 비웃음을 주는가를 넉넉히 짐작할 수가 있다. 최초 킬포-친의 논문을 모—멘트로 하여 마치 「구세주」나 만난듯이 날뛰느라고 정신 못 차리는 그들은, 가뜩이나 이론적 근거가 다소 애매한 킬포-친의 논술을 더욱 굴곡의 「미끼」로 삼아가지고 온갖 「돈·키호—테」를 연출치 않았던가? 그들은 예술의 특수성이라는 말에 황홀하여 그것을 신비화하였으며 창작 방법을 단순히 수법 내지 기술로 돌리고 예술의 천재성의 상아탑을 몽상한다. 그러나 킬포—친을 비롯한 일련의 제시자들도 그들이 말하는 바와는 애당초부터 거리가 상위한 것이었다. 그것을 좌증하여 주기 위하여는 이리위치의 명언 한 토막으로도 능족한 것이다. 이리위치는 일찍이 이렇게 말한 일이있다.

「뿔조아 문학 내지 소뿔조아 문학 특히 그중에 가장 위대한 예술가의 작품 중에 내적 모순이 드러나고, 더구나 모순을 해결하고 융화하지 못하는 것은, 대 예술가가 그들 자신의 제도와 × 취와를 그 누구보다도 심각하게 그리고 보다 더 돌입하여 간취함으로써이요. 또한 그와 동시에 그들 자신이 그러한 제도의 소산이요. 지배 계급의 사상의 표현자로서 착×의 해독을 정당히 이해

못 하고 그것을 폐기하는 길行程을 정당히 구명할 수가 없음으로 써이다.」「꿰-테, 톨스토이론」중

×

모-든 판단 앞에 초조하여서는 안 된다. 냉정한 눈 ─ 이것만이 우리의 둘도 없는 「열쇠」인 것이다.

그리고 모 ─ 든 것은 발전의 과정에서 진전되고 보다 더 높은 단계에로 전화한다는 것을 이해함으로써 온갖 「의회」와 「겁나」와는 원래부터 인연이 먼 것이다.(종)-1934.5.10!

약간若干의 보유補遺

차일문은 고료의 일부가 설명하여 주는 바와 같이 퍽 오래 전에 (논문의 성질로 보아) 초한 것임을 필자 자신으로도 기지한 바 있으나 그러나 마지못할 사정으로 재차 손을 대일 겨를도 없이 그대로 발표하게 된 것이다. 그러므로 필자의 상논문을 초한 이후 지금까지에 다른 분들의 그에 대한 논의가 많이 나타났다는 것을 부기치 않을 수 없다. 잘못하면 곡해를 사지 않을까 하는 염려로………. 특히 기중에서 특기할 만한 것은 안함광 씨의 「창작 방법에 대하여」文學創造, 권환 씨의 「현실과 세계관과 및 창작 방법과

의 관계」^{조보}, 민촌의 「창작 방법 문제에 관하여」^{동아보}, 한효 씨의
「방법과 세계관」^{중앙보} 등이었다고 기억된다. 그러나 그것들의 각
자에 관한 사의견 같은 것을 이 자리에 쓸 수 없음을 저어하면서
붓을 놓음에 제하여 부기하여둘 것은 이번 졸고의 미비한 점은
다음의 기회에 보충키로 한다는 것이다.

1934.7.10

『신동아』, 1934.10

기교파技巧派의 말류未流
주지시가主知詩歌의 이론적 근거理論的根據

　무릇 인간이 자아의 『지성』을 희롱하려는 경향처럼 인간 생활에 있어 소비적인 태도는 둘도 없을 것이다!

　인간의 『지성』의 전 성격을 단순히 소비적 생활의 의미 없는 『이소』 속으로 매끽하려는 태도 ─ 금일에 지至하기까지의 인간의 가진 바 온갖 역사적 시간 내에서 인간이 관찰하고 비교하고 연구하고 비판하여 자연과 인간과의 비밀을 충분히 탐색하여 생활상에 좀 더 양호한 것을 초래케 하는 커 ─ 다란 관문이요 『열쇠』의 하나인 『지성』을 한낱 유희적 대상물로 취급하는 불순한 태도 ─ 우리는 이러한 불순한 태도의 발로를 소위 『주지적 경향의 시가』에서 탐견할 수 있다.

　물론 과거의 그 어느 시대의 인간에 비하여 일층 과학적 진리의 사도인 우리들 현대인으로서 인간이 가진 바 『지성』 그것을 피상적 관념 하에 전적으로 부인할 만큼 우매자는 없을 것이다. 『지성』의 힘을 빌려 생활상 직접 간접으로 유리한 것을 획득하며 자아를 향상시킴을 우리는 인지하고 있으며 인간이 가진 바 온갖 과학적 무기의 힘을 빌려 인간 생활상에 『불미한 것』이라든가 『유해한 것』이라든가를 방기하고 새로운 세계에의 인식과 개발을 극력으로 도모하기를 주저하는 자는 결코 아니다 ─. 현대 인간이 가장 『지적』이요 『과학적』이어야 된다는 이 공리의 문제는 ABC임을 새삼스러이 되풀이할 필요조차 없을 것임으로이다.

허나 『지성』 그것을 단지 인간의 소비적 생활 위에 전적으로 전가시켜 가지고 다— 만 그것을 말류적 병적 호기심의 희롱물로 전 성격을 가장시켜 놓고 무의미한 언어의 행렬과 기황천적 불성이해의 내용과 까닭 모를 코 큰 인종의 문자 등을 구사하여 『시』라는 명칭 하에 매약행상인과 같이 『싸구!료』를 호환하는 경향에 대하여 아연보다도 고소를 금치 못하는 것이며 또한 사물에 대한 관념적 사고와 협소한 소시민적 특질(그들 자신이 자인하고 부인하고 간에 엄연히 객관적 사실로서 노현되는) 것을 가진 바 푸치 뿔 이데올로그— 로 구성된 바 『시인』의 손에 의하여 제작된 시와 시론의 본질을 파악함으로써 우리의 임무를 수행할 필요성까지 갖게 되는 것이다.

물론 이 경향은 그들의 독창적 이론에서 분만된 것이 아니라 영국의 T·S·엘리옽을 비롯한 현대 말기적 인텔리겐챠 문학의 일종의 기형적 표현으로서 현해탄을 거쳐 이 지역에까지 이입된 것이라는데 일층 흥미의 초점이 가로놓여 있는 것이다!

그러한 의미에서 우리는 그것의 조선에의 이식자인 주지시인 김기림편석촌씨에게 선이입자된 「영예화관」을 봉정해야 될 맹종의 강아지들인 그 『에피코— 넨』(아류) 문학 소년들의 둔감성을 더욱 조소하여 마지않을 형편이다.

과거에 있어 푸로시의 발화 당시에 그 내용과 형식을 통한 전

존재적 의미까지를 거부하려고 온갖 형언할 수 없는 증오심을 가지고 말살을 도모하였고 지금도 하면서 있는 바 진부된 시인 문학자들까지가 왜(?) 그들 ─ 주지파 시인 ─ 의 시에 대하여서는 『무자비한 비판』(?)을 선고하지도 못하고 함구무언으로 일률一律되어 온 것인가? ─ 이것이야말로 형언할 수 없는 「신비의 극」이 아닌가. ─ 시를 쓰고 소설을 쓰는 것을 한낱 「재미」로 인식하는 문사도 함구무언이요 시문학의 내용 퇴치 만능주의 문사들도 함구무언, 각모 쓰고 외국어의 발음법 하나만 학습하고 나오면 일약 조선문사로 자임하는 잡동사니 문사들도 함구무언 모두 한결같이 「수절」로써 일치되어 있는 기적적인 양상! 사실 그들은 도리어 그것을 영접하였다고 말할 수 있다. 침묵은 긍정의 표상이라는 명언이 좌증하듯이 그리고 그들 중에는 약간의 불만을 가진 자가 있다 하더라도 푸로시에 대하여서처럼 『시가 아니다!』라고 외우칠 만큼 몰인정을 그것主知詩에게 선고하지는 못했다! 오히려 「이해극난」이라는 말로써 「신기로운 새 것」으로 영접해 주었다.

그러면 과연 『주지적 경향의 시가』라는 것은 어떠한 것인가.

우리의 시적 현실에 재하여 시의 세계의 마물적인 존재인 『주지시가』의 작품과 및 그 이론적 근거를 분석하고 비판할 필요가 있다.

허나 이상에서도 지적한 바와 같이 주지파 시가는 김기림 씨 및 그 에피코-넨의 독창적 이론 체계로부터가 아니라 근대 및 현대의 온갖 세기말 문학자들이 씹어 먹다 버린 것이라는 것이다!

그러므로 차이론의 근거를 캐어내려면 그리고 그 본질을 간명하게 완전히 파악하기 위하여는 김 씨보다도 가장 유능한 창주자요 대변자라 말할 수 있는 T·S·엘리옽을 문제의 중심으로 논의해야 될 것이다.

이 점에 대하여는 김 씨 자신으로도 이의는 없을 줄 믿는다. 왜냐하면 엘리옽 등류의 이론을 통으로 들어삶여 내놓은 것이 김 씨가 말하는 바 시론이요 그 에피코-넨들의 「모체」인 것이므로─사실 그들 주지 시인들─「생활력의 축적과 육체적 정신적 건강이 소모된 퇴폐적 계급 즉 타계급이 창조하고 변혁하고 발전시키는 생활의 표면과 주위를 단 헛되이 주회할 따름인 인간들」의 비하된 생활력에 적응하는 이 말기적 방법(열병적 기교와 퇴폐에 의한)은 노영제국의 일개푸치·뿔 개인주의문학청년 T·S·엘리옽에 의하여 체계화되어 발화된 일편의 「수공물」에 불과한 것이다.

T·S·엘리옽은 「시」로부터 「감정」을 축방해 버리고 「지성」으로써 그것을 대치하려 한 용감(?)한 영국이 낳은 가장 보배로운(?) 거물(?)이다.

엘리옽에 의하면 시는 지적 활동의 최고도의 조직된 형식이요 감정의 「방종한 전회」가 아니라 감정으로부터의 「도피」인 것이다.

그러므로 그에게 있어서는 시인과 시를 상호분란시켜 가지고 나중에 이렇게 부르짖게 되었으니!

「진지한 정서의 표현을 감상하는 사람은 많다. 그러나 기교의 우수성을 감상할 수 있는 사람은 극소하다!」

그리하여 그곳에는 시가 「포에지 ─ 의 세계를 창조』(?)하기 위하여 「관념과 정서의 세계」와 애듸유를 고하게 되고 또한 그곳에서는 진지한 정서의 표현이 시와 그것을 감상하는 것을 한낱 「다반사」와 「추저한 일」로 해석되고 종국에 있어서는 시인에게 철두철미 「시」에 의한 순수한 포에지 ─ 의 세계를 창조하는 것만이 「시인의 임무」요 「사명」임을 강요하고 시에 의하여 인간과 철학의 이상과 생활적 절망과 희망과 의욕과 싸움 등의 세계를 창조하는 것을 가장 저열한 일로 돌려 버리게 되며 그리하여 나중에는 시로 하여금 「푸리틱한 것과 아토모스페어를 표현하는 것도 아니다」라고 선언하게 된 것이다!

그리하여 그들 주지 시인에게 있어서는 다 ─ 만 「시의 목적」이 「포에지의 세계를 창조하는 것」이 되며 그 「재료로서 문자라는 허수적 부호를 대사」한다는 것이다!

그러므로 문자의 청수적 의미라든가 개념으로 자기네의 시를 대할 때에는 이해 불능 내지 몰이해를 초래하게 되는 것이며 또한 그 점이 자기네의 시가가 「새로운」 소이라고 자찬하는 것이다.

─ 거기에는 인간의 사회적 생활상에 필요한 관념과 의식과 감정의 표현을 위한 약속으로서 성립되는 바 문자 내지 문자적 기호까지가 단지 부호 이외의 아무것도 의미하지 않는다는 것이다!

예하여 「봄이다!」 하고 「시」를 썼다고 하면 그들지성론자에게 있어서는 이 「봄이다라!」는 말言과 문자와의 상호 지유하는 바 개념은 「결정적인 것」이 아니며 따라서 그 말을 쓴 바 시인인간의 감정과 사상과 의식에 의존하는 바 사회적 내지 계급적 환경의 소산인 말과 문자의 개념이 부정되어 버리게 된다!

— 이것이야말로 시의 세계의 맹인적 광상 이외에 무엇이랴?

시의 세계로부터 「감정」을 축방逐放시켜버리고 「표현」과 이혼을 시키는 데 의하여 포에지 — (詩)가 창조된다는 「시의 세계의 마물」이 아니고 무엇이랴!

— 「표현」으로부터 시를 이혼(?)시키는 데 의하여 「기교의 우수성」만을 「감상」하며 시 그것은 「일종의 음악이다 그 문자의 부호가 말하는 바 개념과는 전혀 별개의 흐릿한 매력을 준다. 이곳에 시의 「순수성」이 있다A·브레몽」방점 — 곤강고 외치며 가참하게도 백일몽적 현실 도피의 공중누각을 몽상하는 기형화한 푸치·뿔의 청소년들!

사실 19세기 중엽을 지나서 낭만주의가 자연주의에게 「옥좌」를 물려주게 되자 시는 벌써 그 이전과 같은 찬란한 문학상의 지배권을 상실해 버리고 진부된 형식의 일추악한 몽환의 세계로 낙하되고 현실로부터 유리되어 단지 넘어가면서 있는 지배자층에 대한 「아참」과 「수절」과 한인적 예술지상주의의 「기교적 완롱물」의 대상물로 화하고 마렀으니 그것의 연장의 하나가 금일 우리가 논의하게 되는 바 주지시라는 것이다!

참으로 역사는 항상 정지함이 없다는 사실의 좌증적 예거물의 하나가 되기에 부족함이 없음을 발견할 수 있다.

우리는 이것으로써 주지시가의 이론적 근거를 구명하여 내는 데 부족함이 없음을 알거니와 여기에 좀 더 이야기하게 되는 것은 그것의 조선 이식의 양상에 관한 것이다.

조선 사람 중에는 과도하게 남의 것을 모방하는 특성이 있기야 하지만 주지시가 이식된 데에서도 그러한 특성은 발견된다는 것이다. 아무리 재주를 넘어도 「소」가 「말」 될 수 없고 「말」이 「소」 될 수 없는 것이어든, 남이 하는 것이라면 맹목적으로 흉을 내려는 것은 주책없는 맹동 이외의 아무것도 못 되는 것이어든, 쌀밥을 먹든 인간이 금시로 「빵」을 먹으려 하고 「조선 말」을 쓰던 인간이 금시에 「영어」를 쓰려는 격으로 남의 모방을 취하여서야 「파탄」 이외에 그 무엇이 초래되려만 구지 그 성정을 버리지 못하는 인간의 전형을 우리는 조선의 주지시인들에게서도 발견하는 것이다. 더구나 그것주지시가의 이론의 이식자인 시인김기림 씨보다도 그 맹종의 「시신詩神들」조영출 등류인 에피코-넨들의 「강아지 같은 맹종」을 우리는 더욱 고소하여 마지않는 바이다.

그리고 코 큰 인종의 모방에 의하여 제작해 놓은 그들의 시라는 것을 읽을 때 아연을 금할 수 없는 것은 아무리 찾아보아도 그들이 말하는 바 「포에지ㅡ의 세계」는 그 속에서 얻어 볼 수 없다는 것이다! 대체 어느 곳에 『순수한 포에지ㅡ의 세계』가 있단 말인가? 우리는 그것 대신에 한낱 문자의 나열에 의한 초현실 파풍의 습작 도서를 보았고 그 도서 속에서 「허수적으로 차용」하였다는 「부호」 대신에 오ㅡ즉 소비적 생활자층의 관념적 유희의 표상으로서의 개념적 백일몽을 발견하였을 따름이다.

도대체 인간의 감정과 사상과 의식 등의 개념을 표현치 않는 문자가 어디 있으며 시독자적 세계가 어디 있다는 말인가? 현실을 호도하려는 과학적 발견(?)인가.

　인간 자체가 단순히 인식만으로 생활하지 않고 감정하며 인식하며 사상하는 것이라면 시인인간의 시에 어찌「지성」의 세계만이 있고「포에지-의 세계」만이 있단 말이냐?

　— 이것이야말로 시민 사회의 중간층의 이데올로기 — 의 시적 표현 이외에 아무것도 아니다!

　우리는 그 구보다도「지성」을 가장 사랑한다. 아직도 알려지지 않은 미인지의 세계 — 자연의 힘의 비밀을 개조하고 선택하여 인간 생활 위에 유리한 것을 취하여「살」과「뼈」를 만들기 위하여 —.

　그리고 그것은 오 — 즉 새 세대 우수한 인간의 손에 의하여 가장 아름답게 개화될 것이며 그들 지성 광신자들의 손에 의하여는 결코 성수될 수 없다는 것을 잘 알고 있다.

　지성의 진가의 오해·오용이라기보다도 그것이 한낱 변태적 곡용으로 일종의 현실 도피를 일삼는 공중누각상의 몽환일 따름이다.(구고舊稿에서)

『비판』, 1936.3

예술비평藝術批評의 재음미再吟味

예술藝術의 신비성神秘性과 그 본질本質

(一)

온갖 사물에 있어 「현상」 그것이 바로 정확히 「본질」 그 자체로 출현된다면 이리위치가 지적한 바와 같이 「과학은 불필요」할 것이다.

왜냐하면 이곳에 논의하는 바 「예술」이라는 것도 무가한 약장수의 「요술」에 지나침이 없을 것임으로이다.

우리가 아무리 시각을 광범하게 작용할지라도 기실 우리 목전에 그대로 나타나는 바 사물은 항상 「현상」과 「본질」의 역립된 것 = 정반대의 것으로 현현되는 것이 상사이다. 그러므로 우리의 감성적 인식 그것은 항상 「현상」을 더듬고 어루만지게 되는 것이니,

그것은 마침내 「사유」와 몇몇 「논리적 인식」이 「현상」의 심연 속에 숨어 있는 바 「본질」을 발견하고 반영하는 것이다.

그러므로 「본질」은 항상 「현상」을 통관하여서만 우리들의 면전에 현현되는 것이며, 그러한 의미에서 「현상」그 자체도 다면적이요 다각적인 「본질」의 일부면 = 일부각을 구성하고 있다 말할 수 있는 바이다. 그러므로써 「직접적 인상」이라든가 「감성 내지

감관적 인식」이라든가는 항상「논리적 인식」이라는「감관」을 통류하여서만 비로소 통일되고 유기적으로 상■되고 생동하는「본질」이 되는 것이다.

이것은 일반적 인식에뿐만 아니라 예술적 인식에 있어서도 역시 동일한 것이니, 예술의 특수성이란 논리적으로 인상된 온갖 것을 재차「현상」에까지 인도시키는 데 있다. — 즉 그곳에서는 우연적 특수적인 개개의 현상을 통하여 보편적 = 유형적인「필연적인 본질」에까지 파고 들어가서 그것을 파악 표명한다는 것이다.

그러나 우리들의 약간의 존경할 만한 비평가들은『이러한 명백한 사실을 무시하고 굴곡하여, 우리들의 예술의 유일한 흡진적인 요인인 형상에 대하여 진부된 뿔조아 유산을 되풀이하고』있으며 오히려 구가하고 있음을 본다.

예술의 미적 가치라는 신비된 명제를 ■상에 걸고 엄연히 등장하여「불가지론」의 세계를 몽상하고 예술의 특수성이라는 상아탑예술의 복귀를 구가하고 비평에 있어서의 부분적 기능으로서의「인상」과「감상」이라는 극히 초보적 명제를 과도한 흥분으로써 자기합리화의 도구로 삼아가지고 예술 문학의 전진 대신에 후퇴를 구가하는「혼란」과「겁나」의 세계가 우리의 목전에 충만되어 있음을 볼 수 있지 않은가?

이것이야말로 우리 문학 사상에 있어 가장 특징적인 현상이며 밟아서 복잡한 관계를 대동하고 있는 것만도 사실이다.

그들이 과거에 있어 예술비평 내지 온갖 예술적 평가에 대하여 논의하였을 때 그들은 문학예술에 대한 온갖 인식을 우연적·관념적 ■■의 영역으로부터 과학적 예술문학의 인식의 세계로 자기네를 인도하고 구출하는 온갖 위대한 비평가들의 역사적 업적과 유훈을 신봉하였다.

그러나, 그들은 「신봉」 그것을 맹목적 추수로써 일관하였으며 그리함으로써 그들은 그것들을 자기의 「피와 살」을 만들지 못하고 ─ 실천을 통한 력역사적 계승을 성취 못 하고야 말았다.

5.7

(二)

그것이 진실한 의미의 운동이라 할지라도 항상 전대에 대한 반항적 운동이란 대체로 반발적인 과오와 오류를 범하기 쉬운 것인데 하물며 그들의 부정한 반발적 ■가에 있어서는 장황히 설론할 ■지도 없이 벌써 테-제ﾌﾟ에 대한 안티테-제ﾌﾟ로서의 무가를 명백히 좌증하여 줌을 알 수 있다.

과거가 우리에게 부여해 준 온갖 예술적 업적을 ─ 그들이 실천을 통하여 역사적으로 발전시킨-우리는 그들의 소여한 바에 안착함이 없이 전방에로의 진전을 수행하라고 그들이 우리에게 명령한다고 해서 우리들의 약간의 비평가들상론한 바과 같이 진전대신에 후퇴를 수행하라는 의미는 추호만치도 존재치 않을 것이 아닌가.

그러한 의미에서 예술 문학의 건전한 비평 정신의 ■■을 절규하고 이러한 방면에 있어 우리들의 부절한 항쟁이 없음을 통탄하면서 「아직까지의 우리들의 노력은 너무나 영성하였다는 것을 이 자리에서 자기비판하지 않으면 안 될 것이다」라고 안함광이 그의 「문예 평단의 이상 타진」『비판』 3월호 중에서 지적한 바에 논자는 공명하는 바이다.

안은 그의 동 논문 중에서 과거에 있어 광영받은 비평가 박영희의 온갖 유속화와 기계론적 예술의 설해에 대하여 워-론스키-적 고소로의 후퇴를 지적하였고 혼란된 와중에서 예술에 대한 지상주의적 설■을 극히 소박하게 제기하려는 정인■교수의 불미한 태도를 여실히 비판하여 주었다고 생각한다.

그리고 우리는 또 한 가지 여기의 백철의 비평적 내적 예술적 업적에 관한 그의 최근적 동향을 살펴볼 때 참으로 가■할 만한 전화의 세계를 그에게서 발견할 수 있으니 그는 우선 「인상비평」과 「감상비평」이라는 황금솔을 휴대하고 출현하여 그 역시 궁극은 박영희와 동일체계로 환원되면서 있으며 그 누구보다도 맹목적인 신봉으로서 씨가 신봉하여 마지않는 고정화(?)된 「기준」을 황금솔로 삼았다는 재단 비평을 「헌 신발」과 같이 집어치우고 자기는 본시 그 장본인이었다는 것까지를 합리화하려는 예술가답지 못한 비양심적 흥분을 ■하여 비평의 과학적 ■■성을 단지

한낱「재단비평의 청룡도」라고 누워서 천정을 향하여「침 뱉는
격」을 보여주고 있으며「인상이란」-「나의 ■■에 의하면 제십
시신몬테뉴의 말의 예원에 있어 결코 금단의 과실은 아니다」라는
명제를 세워가지고, 비평의「뮤-스」가 생탄하기 전에 그의 자매
들은 그「파아내서스」성산 하의「캐스테일이어」영천에서 언제
나 그들의 미의 투영한 감상하였던 까닭으로써(!) 자기합리화를
주장하려 하나 그것은 너무나 무기력한 자기 상징이 아니고 무엇
이랴!

　그보다도 솔직하게「문학자는 맑스주의를 포기하여야 됨」으
로(!?)라고 그 합리화의 이론 체계를 설정하는 것이 오히려 가치
가 있음을 씨는 망각하였던가?

　「개인주의 관념주의를 부가하여 논난」하였다고 씨가 노호怒呼
하는 임화는 참으로 백치이며 예술비평에 있어「인상」과「감상」
의 필요성을 비평의 전능·전무·본질로 삼지 않는 임화는「몬테
뉴유의 제십第+시신詩神」을 모르는「군君 등等」(?) 중에 가장 증악
할 존재였던가?

5.8

(三)

　아니 임은 오히려 그들에 있어 정당한 지적을 시施한 것이었

다. 예술의 「미적 가치」라는 것은 결코 시간과 공간을 초월한 일정불변하고 항구적인 것이요 시대와 계×과 한 가지로 변화한다는 과학적 미학의 일반적 규정까지를 굴곡하려 한 박영희의 워―론스키―적 고소로의 퇴각도 한낱 흥분적 논■에 불우한 것이며 예술비평의 궁■과 지향하는 목■가 인간 개인의 수시적 심리와 기분의 변화로부터는 완결을 파악할 수 없는 일시대 일계×에 공통한 가치 판단의 엄연한 기준성이 있음을 무시하는 백철의 논변도 결국 미적 가치 평가의 객관적 ■■과 규준을 무시 방포한 점으로만 보더라도 전대의 뿔조아 인상비평과 추호도 벗어남이 없는 「주관적 개인주의 비평을 의미함에」 불과한 것이다!

본시부터 넘을 수 없는 아성이 가로놓여 있는 것이다.

알리스토·톨의 『시학』 이후 금일에 이르기까지의 예술의 본질과 조건과 목적 등에 관한 온갖 예술적 영역의 연구는 참으로 극단의 혼■과 양적으로 무수한 무량대의 축적을 우리에게 제공하고 있는 것만도 사실이다. ―■로 예술의 세계는 무량무한하다는 경이의 명제와 비명이 ■■된 것만도 속일 수 없는 사실일 것이다.

왜냐?하면 과거의 예술상의 온갖 주장과 이론은 참으로 복잡다단하고 불일치하고 또한 「주관적」이요 「비과학적」이라는 점에 그 요인이 내재되어 있는 까닭이다.

예술 철학자들은 「미美라는 것」에 대한 사변적 형이상학정의로써 자기 체계를 수하려 하고, 예술 내지 예술 비평론자들은 전자 예술 철학자들과도 상이한 주관적 신조의 발로로써 그것의 객관적 기초 위에 입각하지 못하여, 양자가 한 가지 미의 문제를 정당한 「학적學的」 파악과 해결 위에 세우ㅍ지 못하였다는 점에서 일치를 보이고 있다.

그리하여, 고전시대의 예술문학을 살펴본다면, 그곳에서 한 개의 실증을 찾아볼 수 있으니, 알리스토·톨의 『시학』과 호레쓰의 「시의 術術」에 의하여 대표되는 차등 제 일류 철학자들의 문학예술의 이론을 예거할 수 있을 것이다. 그들이 건설한 바 이론은 당시 그들이 축집한 그리샤, 로-마의 서사시론과 비극론 속에 나타나 있음을 극소한 한도의 그들의 저작의 전설을 통하여서 우리는 발견할 수 있다.

그러나 고전문학의 조류가 중세 문학시대에 입하여서는 헤부라이 문학과 로-맨스라는 두 개의 상이한 문학 조류와 합류하게 됨을 볼 수 있으니 거기에는 형식의 자유와 내용의 ■대가 초래되고 문학을 일층 로-맨적 정신을 첨가하게 된 것이었다.

딴테는 그러한 의미에 있어 그 시대의 신문예비평의 창시자였다. — 그는 문예비평에 있어 창조의 자유를 허한 문예비평의 원시형적 존재였다. 그리고 또한 그 창조의 자유는 참으로 문예복흥기 내지 근세의 문예비평을 관류하는 창조적 자유의 선구라고 말할 수도 있으리라.

5.9

(四)・(五) 누락

(六)

그의 설명은 재래의 미 = 추상적인 미의 가치에 반하여 이채를 보여주고 있으며 그의 명저 『예술철학』은 그의 문학예술의 가치 평가에 대한 특유한 이론을 말하고 있으나 그러나 그 설의 유물론적인 점이 이채와 진보성을 보여주고 있음에도 불구하고 그는 「역사관과 비평 방법」에 있어 건질 수 없는 「관념론적 성격」을 면치 못하였음을 볼 수 있다.

물론 테-누가 의미하는 바 환경이라는 것도 필경 시대적 심리 — 시대적 특정의 인간층의 「평균인」의 이이를 말하는 것이며, 기점에 있어서는 정당한 것이나 단순한 성급적 소박 유물론으로써 예술문학을 물질적 기초에 직선적으로 설명하려는 데 치명상이 있었다.

그리하여 그에게 있어서는 관념의 운동을 물의 운동의 관점으로 고찰하는 방법을 발견치 못하였다. 이것은 그 시대의 제약성을 말하는 것이며 18세기의 유물■자 일반이 가진 바 모순의 동일성을 좌증하는 것이다. 철학상의 유물론자이며, 역사관으로는 관념론자인 그들의 시대적 제약성 밑에 출현된 미학이 관념론적 미학에서 불탈하는 것만도 사실이다.

또한 「19세기 문예주조사」의 저서 뿌란데스도 역시 그와 동

계열에선 대표자임을 우리는 간취할 수 있다.

이에 반하여 영국이 낳은 유명한 비평가의 일인 아놀드가 「시는 인생의 비평이다」라고 규환하면서 객관적 기준에 대한 테누적 명제에 반기를 들고 나온 것도 우리는 역시 기억하고 있다.

그는 「예술을 위한 예술」을 창설한 것이다. 그의 견지는 예술적 가치를 예술 내에서만 문제 삼고 그 속에서만 그 기준을 설정하는 것이니 페터-, 와일드, 시몬스가 수현된 것이었고 문예의 구극적 요소를 감각적 비지식성 위에 구한, 감각에 호소하는 바 문학적 ■■의 성립을 창설하였다. 이것은 오늘날까지의 온갖 예술지상주의자의 모체가 되어 있고 우리 문단의 현실적 존재인 수다한 문학인에게서까지 그 실증을 발견할 수 있는 것이다.

그들은 문예에 대하여 미적 설명을 ■하는 마당에 있어 「미」의 추상적 해석을 하시하고 미의 구체적 해석 대신에 추상적 신비성 = 영원성을 설변하고 미의 보편적 법칙을 발견하는 대신에 개개의 미의 표현을 가장 타당하게 하시할 「공식」과 「항구성」을 ■중심■하려 한다. 차점^{此點}에 있어 예술을 ■우리 문단에 박영희 같은 이가 말하고 있는 「심미적 가치」에 대한 진전한 흥분은 페터, 와일드 등의 ■미적 비평 내지 ■■■에 워-론스키적 의황^{疑慌}을 가미한 예술지상주의의 발견 이외에 아무것도 아닌 것임을 알 수 있다.

여기에 씨의 논구의 일례를 일별할지라도 가지^{可知}할 수 있듯이 그는 미의 가치에 대한 항구성을 ─ 이것은 불변성을 의미한

다─주장하여 아래와 같이 설파하고 있음을 볼 수 있으니

「일정한 예술적 작품은 일정한 사회생활과 불가피의 관계에 있으면서도 예술의 미적 가치는 차한此限에 부재하다는 의미다. 이곳에서 예술의 항구적 효과론이 성립된다.」『예술의 항구성』 ─ 방점, 곤강.

그리하여 씨는 그 실증으로서 고대 그리샤 예술의 현금에 있어서의 평가평치를 설화한다. 차점에 대하여 논자인 내가 졸론의 일부『신동아』소재에 문제 삼은 일도 있고 또한 그때 그 논문의 성질상 구체적으로 씨가 논한 바 『미적 가치』에 대하여 논의 못 하고 다음 기회라는 막연한 앞날을 약속함으로써 금일에 지至하였다는 것을 논자는 아직도 망각한 바는 아니다.

사실에 있어 씨가 예거하는 그리샤의 신화의 하나인 푸로메슈스를 이 자리에 예거하여 논의할진대 아리스토텔레스가 말했다는 것과 같이 「신화는 진실을 전하는 허위의 이야기」인 것이다.

푸로메슈-스는 천상의 불火을 도적하여 그것을 지상의 생물에게 부여하고 제종諸種의 불의 사용법을 가르쳤다. 주-스의 신제신의 군주은 대노하여 인간을 처벌하기 위하여 판도라세상의 최초의 여자를 푸로메슈스의 형제 에피메슈스에게 보내어 그 결과로 인간에는 역병과 온갖 재해가 천■으로서 하시下施되었다. 주-스의 신은 또한 푸로메슈스를 코카사스 산상의 암석에 결박하였다. 가조鵶鳥는 매일 그의 간장을 파먹었다. 그러나 밤이 되면 그 간장은 다시 반환되어 그는 영원히 고뇌를 ■■하였다. 그러나 하큐리스는 그 가조를 죽이고 푸로메슈스를 구해 내었다.…

우리는 이 신화를 예로써 볼 때 그것이 무엇을 말하며 여하한 사회적 사실을 반영하는 것인가를 궁극에 있어 탐지하려 한다.

5.15

(七)

물론 이에 대하여 K·맑스는 중요한 교시를 주었음을 볼 수 있으니 유명한 저서 『경제학비판서설』 중에 그는 아래와 같이 언파하고 있다. —

온갖 사람들이 기지함과 같이 그리샤의 신화는 단순히 그리샤 예술의 보고일 뿐 아니라 그 토대였다.……온갖 신화는 상상 가운데에 그리고 상상에 의하여, 자연력을 극복하고 지배하고 형성한다. 따라서 자연력에 대한 현실의 지배와 한 가지 신화는 소멸된다.…… 그러나 곤란한 것은 그리샤 예술 및 사시가 여하한 사회적 발달 형태와 결부되어 있느냐를 이해하는 데 있는 것이 아니라, 곤란은 그것이 지금도 역시 우리에게 예술적 향락을 주고 있다는 점이다.…… 「어른」대인은 두 번 다시 「소아」가 될 수 없다. — 소아 같이 되기나 한다면 모르거니와 허나, 그는 소아의 순진을 사랑할 수 있고 그대인는 또한 보다 더 그 진실의 고도화된 평면에 복생산하려고 스스로 노력하지 않을까? 소년성 중에 참으로 여하한 시대이고 그 자신의 특성이 자연적 진실에 있어 소생되는 것이 아닐까? 인간이 가장 찬란하게 전개된 인류의 소년 시대가 두 번 다시 돌아오지 않는 단계로서의 영원의 매력을 어찌 발하지 않는다는 말인가? 불양육의 소아도 있고 조숙적인 소아도 있다. 고대 민족에는 이 ■■에 속한 자가 많다. 그리샤인은 순당純當한 소아였다. 그들의 예술이 우리에게 매력을 주는 것은 그것을 낳아 놓은 미발달한 사회 단계와 모순되는 것은 아니다. 매력은 오히려 후자의 결과요 미성숙한 사회적 조건이- 그 토대 위에 그 예술이 성립되고 그 토대 위에 성립될 수 있는- 재차 회복되지 않는다는 사실과 불가분적으로 결부되어 있다.

여기에서 우리는 예술의 유물사관적 관찰을 단순히 소박하게 기계적으로 이해한 나머지에 워-론스키-적 의구 속에서 예술에 대한 「항구성」을 「미의 불변설」로써 설화하려 하고, 도리어 의구 속에 함입되어 비탄을 발하고 있는 박영희의 이론적 근거의 관념론적 파산을 손쉽게 발견하는 것이며 동시의 「불가지론」과 「미적 가치의 생리학적 명제에의 귀거」의 근원을 가지하는 바이며 또한 동시에 우리들의 사고가 결코 유물사관적 해석과 모순되지 않음을 자신하는 것이다.

예술가가 표현하는 창조물예술작품 —— 이곳에서는 문학 작품을 말함의 내용인 「정리된 = 통일된 감정이라」는 것도 사회적 제약을 통하여 규정되는 이상 그리고 미라는 것이 결코 불변적인 것이 아닌한 우리들의 예술적 평가의 임무는 그 궁극을 사회적 제약의 복잡한 규정성 위에 두는 것이요 예술의 근본적 구성 요소인 물질적 분을(인간도 자연이라는 물질의 일부라는 의미에서 포함되는) 설명하기 위해서만 예술의 인위적 관계 — 형식·양식 등 — 도 문제 되는 것이며 가치를 가지는 것이다.

인식은 오즉 하나인 것이다. 같은 사물에 있어 양개의 인식이란 존재치 못한다.

물론 예술의 특수성 — 논리적으로 인상된 온갖 사물에 대한 인식을 재차 현상에까지 인도시키지 않으면 안 된다는 — 을 무시하는 예술 비평가는 한낱 몽유병 환자일 것이다.

일찍이 루나촬스키-푸리체, E, 맛시와 한 가지 망각할 수 없는 예술적 업적을 새로운 세대를 위하여 남겨준 푸레하-노프는 그의 명저 『예술과 사회 생활』 중에서 말하고 있다. 예술가에게 진실한 영감을 부여할 수 있는 것은 단지 인간과 인간과를 결합하는 바의 것뿐이다. 이 결합의 가능 범위는 예술가에 따라 한정되는 것이 아니라 그가 소속하는 바 사회 전체에 의하여 도달된 문화의 고저에 의하여 결정되는 것이다, 라고.

5.16

(八)

예술가는 사회의 일원으로서 그가 생존하는 시대·계×의 일반 의식을 갖는다. 환언하면, 그가 가진 사상·감정 등의 온갖 인식은 사회 일반의 의식으로부터 독립적인 것이 아니라, 예술의 내용이 되는 바 그의 감정도 그가 존재하는 바 사회의 감정으로부터 전혀 이외인 것은 결코 아니다.

물론, 우리는 그것이 예술인 이상, 그 비평의 중요한 문제의 하나인 예술가의 개성을 그 구성 요소에 있어 해부하고 그 상관관계를 발견함을 거부하지는 않는다.

다만 예술적 가치에 대한 회의적 이념을 가지고 영구불변하는 「예술성」을 옹■하려는 「십자군」들의 불순한 태도를 끝까지 거부하는 것이다.

그들은 「종교와 같이 예술의 역사는 존재치 않음」을 의미하려 하나, 그러나, 이 말은 결코 예술사 자체를 부정하지 못할 뿐더러, 그리고, 예술 자체의 독립적 발전을 주장하는 「관념론」을 조장하는 대신에, 도리어 그것들을 조소하는 파라독시칼한 의미를 우리에게 제공할 따름이다.

오늘날에 있어 미에 관한 판단의 문제를 칸트적 입장에서 인간 개인의 취미 판단으로 귀의시키려는 태도가 한낱 넌센스를 제공하듯이 테누의 반역사적 미학을 연장하여 반사회적인 미학을 제공한 에룬스트그롯세의 명제 —「심리적 형식」과 「사회적 형식」— 를 가지고 예술을 척도하는데 불[2]

왜냐하면(?) 사적유물론 미학의 건설자인 푸레하-노프가 우리에게 제공한 역사적 업적이 벌써 그들테-누그롯쎄로부터의 발전에

---

2   원문상 뒷부분 누락.

서 온 바 그의 정식화임으로이다.

그는 태-누의 말을 정식화하여 과학적 미학은 「예술에게 여하한 명령도 하여下與하지 않는다. 그것은 그에게 향하여 너는 이러이러한 규칙과 및 수법에 의거하라고 명령하지 않는다. 그것은 온갖 역사적 시대에 있어서 지배자인 온갖 규칙과 수법이 여하히 발생하는가를 관찰하는 데 그친다. 그것은 예술의 영원적 법칙을 선언치 않는다. 그것은 그 작용에 의하여 그의 역사적 발달이 제약하는 바 그것들의 영원적 법칙을 연구하려고 노력한다」『러시아비평계의 운명』중고 설파하였다.

단순히 「미」그 자체를 위하여 「미」가 추구되고 「미의 영원성」이 추구되던 시대는 벌써 톨스토이와 칼라일 이전의 논제인 것이다.

「인생을 위한 예술」을 주창하는 인생주의 비평이나, 현대비평의 일 특색을 말하는 영국의 소위 「과학적 비평」이라는 것도 한낱 진부된 예술적 백일몽임을 손쉬웁게 지적할 수 있다.

그러므로, 우리는 이상에서 지적한 바와 같이 예술비평의 임무를 무시하고, 「비평」은 문학예술의 합법성에 있는 것이 아니라 그 「애愛」에 있다는, 온갖 이데올로기와 날카로운 항쟁 위에 입각한다.

전대 문학 비평의 유물인 온갖 주관적·인상적·감상적·비과학적·비사회적·내재적 비평의 예술성에 대하여 항쟁을 제기하며, 대상을 수입하는 주관의 도량에 방임되는 주관적 비평과, 대상을 주관의 내부에 무비판적으로 수입하여 「타他와 아我」와의 경계선을 ■■함을 비평의 기능으로 귀의시키는, 온갖 개인주의적 「인상비평」과 「감상비평」의 절대성과 「지상군주」성과 비과학성을 거부한다.

최근에 있어 쏘시알리스틱·리알리슴과 ××적 로맨티시슴의 문제가 세계의 문학·예술의 분야에 대파문을 야기하자, 온갖 인텔리겐챠 문학인들이 각자 문학 예술에 대한 온갖 「혼란」을 일으키어 「능동파」이니 「행동파」이니 「신낭만파」이니 하고 뒤떠드는 이때에 있어 최근 우리 문단에도 문학비평의 혼란을 야기하고 있음을 이상에서도 지적하였지만 참으로 그들은 그들의 비평의 근저를 극도의 주관 위에 개성 위에 세움ㅍ으로써 그것을 「경전」을 삼아 예술문학의 세계를 모독하려는 것이니, 하루아침에(맑스와 레닌을 팔아먹음으로써 그것이 「인텔리의 명예」(?)라고 하며 문자 행간을 일삼든 그들이!) 「주관」의 신으로 화하고 「문학의 왕국」의 왕여를 타고 나시는 것은 참으로 장관성을 보여주었다.

5.17

(완完)

미는 다른 온갖 일절의 관념과 절대적으로 분리 존재한 영원적 항구적 성격을 가지고 있다고 규환하는 그들이야말로 문학 예술의 공부에 있어 뒷걸음질후퇴함을 좌증하여 주었으며 그들이 구

호를 삼아 외우던 「미학의 명은 관념의 ×명에 귀인한다 할지라
도 관념의 온갖 ××은 우세인 물질적 조건이 야기한 사회 조직의
××의 결과이다」라는 문학사적으로 보아 극히 이론인 차명제는
누구예게다 「대부寶付」하였다는 말인지 도무지 이해할 수가 없다.
민족주의문학인에게 대부하였는가(?) 종래의 씨들의 「화살」의
적이 되었든 예술지상주의자에게 「대부」하였는가(?) 거기에는
야수꺼운 의문만이 남아 있을 뿐이다.

예술에 있어 심미적 가치가 사회적 조건에 의하여 결정된다
면 그것은 벌써 그 존재성을 「사회적 가치」에 자기 해소를 하고
거기에는 새로운 미학의 건설이 필요함을 역설한 푸레하노프를
위시한 온갖 맑스주의적 예술학의 건설자들은 그들을 교양해 주
기 위하여 헛된 열변을 시한데 불과하다고 말함으로써 광휘에 넘
치는 그들의 업적까지를 거부는 백치가 있다면 그것은 전자들에
비하여 더욱 불미한 인간의 후손일 것이다.

「예술작품」의 평가는 종국의 결정자가 주관이므로 과학적 기
준 같은 것을 상상하는 것만도 일종의 몽환이요 「정치적 악몽」이
라고 규환, 절규하는 그들의 손으로부터 문학은 저 갈길로 돌아
왔음을 우리는 인식하며 우리는 그들이 이해하듯이 「기준성」 그
자체를 「척도」와 「정규」와 「도식」과 「고정된 방법」으로 이해하
지 않고 생동하는 인식 과정 이해하며 비평의 대상으로부터 그
객관적 가치는 파출하는 방법으로써 그 존재적 의의를 옹호한다.

그러한 의미에서 일시 맑스주의 비평가로 자임하려던 백철

씨가 불명예스럽게도 기준을 한낱 「정규」와 「규범」으로밖에 이해 못하였음을 발견할 때 그리고 예술 가치 평가에 있어서의 과학적 기준에 대한 모멸을 감행함을 볼 때 아연과 우연지사가 아니라는 두 가지 감각을 우리는 감지하는 바이다.

발전적인 변화와 변질과는 성질-양극에 서프는 것이다. 역사성을 추상한 일반적이요 보편적 법칙이란 것은 존재치 못한다.

그러한 의미에서 지금도 오히려 그 진리성을 말하는 유명한 명구를 망각하여서는 안 된 것이다. 「과학적 미학은 물리학과 같이 객관적이다. 그리고 참으로 그 까닭으로 인하여 일절의 형이상학과는 무연하다 하나 이 객관적 비평이야말로 그것이 참으로 과학적인 한 정치적^{광의의 정치성을 말함}—곤강이다.… 과학적 비평에 대하여는 그 분석이 객관적이면 객관적일수록 즉 그것이 모두 명확하게 모두 조각적으로 사회악을 묘출하면 묘출할수록 그만큼 그것은 사회악을 보다 농후하게 부출浮出시킨다. 비평에 향하여 너는 정론에 달어나면 안 된다고 주의하는 것은 예술의 영원적 법칙에 대하여 운운하는 것과 같이 무익한 것이다.」^{푸레하노프}

우리들의 젊은 비평가들은 과거가 주는 온갖 예술적 업적에 대하여 그것을 소화하고 검토, 비판하여, 건전한 예술, 문학의 비평적 정신을 확립하고 또한 고양함으로써, 예술, 문학의 위대한 건설의 사업 위에 자기 임무를 수행해야 될 것이다!

— 이것은 내 자신에게 보내는 자기반성과 자기비판의 각서임을 먼저 의미한다.

×

　지면적 제약으로 더 구체적인 것을 논의 못 하고 ■필하게 되
었다. 이것은 후일을 기하여 재차 구체적인 논의를 전개시킬 푸
로로그일지도 알 수 없음을 부가해두면서. ― (미尾)

5.19

『조선중앙일보』, 1936.5.7~19

현대문학現代文學에 나타난 신심리주의新心理主義의 본질本質

×

우리가 만약 사물의 관찰에 있어 그 사물의 본질과 현상형태와를 직선적으로 일치한 것이라고 믿을 수 있다면 온갖 비판적인 업적은 자취를 감추게 될 것이며 과학이라고 명명하는 바 인간의 거대한「보물」도 한낱「췌물」이외의 아무것도 될 수 없을 것이다.

왜냐하면 여기에 논하려는 바 문학의 일경향을 정당한 위상에서 파악 비판하기 위하여는 무엇보다도 그것의 발생적 과정과 창장 방법의 분석 검토가 필요하게 되며 그리고 그것은 비판의 오메가-始요 알파終가 되는 까닭이다!

그런 의미에서 나는「현대문학에 나타난 신심리주의문학」의 본질을 해명하기 위하여 그것의 발생적 과정과 창작 방법의 분석 비판을 이 소론의 주제로 삼고자 하는 바이다. 현대문학에 나타난 신심리주의적 경향에 입각한 문학의 발생적 과정 — 근거를 추상적으로 본래의 문학장르인 소설의 이-지꼬-잉을 구출하는 신생면이라고 규정하는 것은 하-버-트, 에스, 고-만이나 봐지니아, 울프 등의 손을 빌 것도 없이 가까운 동경문단의 이등정에게서도 우리는 손쉬웁게 발견할 수 있으며 또한 그와는 달리 그것을 구주대전歐洲大戰이라는 인류의 획기적 춘사椿事에 의하여 일시 외향되었던 인간의 관심이 질서의 회복과 한 가지 재차 내향하게 된데 그 발생적 근거가 내재한 것이라고 규정하는 사람도 앙드레. 벨쥬 있음을 알고 있다.

물론 그들의 규정은 한결같이 구체성을 결하여 있다는 데 일치를 드러내고 있다. 왜냐하면 그들의 규정은 그 대상을 용관성에 있어서 파악하지 못한 까닭이다. 사물을 그 구체성에 있어 파악하지 못하고 추상적 주관주의의 입각지에서 인식하려 할 때 언제나 발현되는 관념적 이념이 그들로 하여금 그것의 비판의 눈을 가리우고 마는 것은 비단 이곳에서만 발견할 수 있는 현상은 아니다.

우리는 그것을 소박한 추상성에서 규정하는 대신 그것을 현실적 내용으로서 역사성 위에 입각하여 그것이 구체적 내용을 규정하는 것이 무엇보다도 보람效果있는 것이라는 것을 인식하지 않으면 안 될 것이다.

사실 우리는 그것 — 신심리주의문학의 발생적 근거를 그들과는 달리 그것을 다음과 같은 기본점에 입각하여 규정할 수 있는 것이다.

그것은 몰락하는 푸티, 뿔, 인테리겐챠-의 말기적 개인주의문학의 일형태에 불과한 것이라고 성숙한 자본적 사회의 사회적 반영으로서 중간자적 입장으로부터 고별을 당한 무능한 소뿔, 인테리겐챠-들이 자기 세계의 옹보와 고식적 호흡을 연장시키는 길은 오-직 「상아의 탑」을 걸머진 예술의 전당을 색다른 펭키로 도하는 길 이외에 아무런 자유도 그들에게는 허여되지 못한 것이었다.

우리는 말기적 푸티, 뿔인간문학자들의 문학의 전발생적 근거를 이상과 같이 규정할 수 있으며 이곳에서 논하려는 바 심리주의문학의 발생적 과정의 기본적 근거도 이상의 규정에서 벗어남이 없는 일반성을 띠고 있다는 것을 인지하는 것이다.

그러나 우리가 여기에 생각하지 않으면 안 될 것은 그것을 발생적 근거의 사회적 구명에 의하여 기본적 규정을 내리는 것으로써 특정적 현상으로서의 신심리주의문학의 발생적 과정을 여지없이 분석하였다고는 볼 수 없다는 것이다.

우리는 다시 그것을 문학적 영역에서 고찰하고 분석, 비판하여야 된다는 것을 알기 때문이다.

그러한 의미에서 우리는 그것의 발생적 과정의 구체적 양상을 문학적 영역에서 규정하여 보기로 하자!

H·S·고-만은 쩸스, 쪼이스의 소설 「젊은 예술가의 초상화A Portrait of the artist as a young man」의 로페스서문 중에 다음과 같이 말하고 있다.

「재래의 소설은 지금 막다른 골목에 놓여 있다. 그 기존의 영역에 있어서는 인간의 성격 묘사와 심리 해부 등은 푸로-벨이나 헨리, 쩨임스 등의 거장에 의하여 완벽을 보여주었고 금후에 있어서의 소설의 발전의 유일한 가능성은 오-직 하나 잔존한 바 인간의 잠재의식의 세계에까지 자기의 영역을 확대하고 ■발하는 이외에 별도리가 없다. 여기에 쪼이스의 새로운 개척의 분야와 신심리소설의 발생적 지반이 있다.」

물론 그의 말을 빌 것도 없이 재래의 뿔조아 소설은 막다른 골목에 놓여 있는 것만은 사실일 것이다.

허나 우리는 고-만의 말과 같이 그것을 인물의 성격 묘사라던가 심리 해부라던가라는 해석을 붙이는 것은 너무나 그 관찰이 피상적이라는 것을 손쉬웁게 지적할 수 있다. 우리는 그것을 소설의 역사적 필연성에 있어서 분석 파악하지 않으면 안 된다.

소설이라는 한 개의 문학장르가 개인주의적 성격을 가지고 있다는 그 숙명적 특성 위에 입각하여 그것을 운위하는 것이 지당할 것이며 18세기 초두의 신흥 뿔조아의 계급적 필요에 의하여 그것이 예술의 역사 위에 발현된 것이라는 것과 그것이 역사적 임무를 다-하고 쇠퇴하려는 인간층과 한 가지 막다른 골목에 놓여지게 된 것이라는 것을 종합하여 사고하는 데 의하여 그것을 정당히 파악할 수 있으리라고 믿는 바이다.

두말할 것도 없이 소설이라는 문학의의 장르는 오-직 예술 발전의 역사에 있어서의 지배적 지위의 교대라는 예술사회적 고찰을 우리에게 제공하는 것이다.

현대소설은 그 내용과 형식이라는 양면에 있어 그 본래의 「적극성과 ××성」을 상실하였으며 그에 따라 그들은 자기네가 솔직히 고백하듯이 전대의 위대한 예술가들의 창조 위에 그 이상 부가할 아무것도 가지지 못하게 되었으며 그것은 드디어 자기호흡의 연장으로서 ─ 말기적 경향의 하나로서 인간 개인의 심적 영역에 전 관심을 향하게 된 것이었다.

그리하여 이들 말기적 인테리겐챠-문학은 두 갈래로 갈라져 하나는 예술에 있어서의 현실이란 다-만 현상으로서의 현실 이외에는 존재치 않는다는 「신심리주의문학」을 걸머지고 「감성」의 비대증에 몰입해 버리게 되고 다른 하나는 예술에 있어서의 참된 현실이란 현상으로서의 현실 이외에 있는 질서의 세계뿐이라는 「주지주의문학」을 걸머지고 「지성」만으로 세계와 교섭하려는 「지성」의 비대증에 몰입하게 된 것이다.

이것은 두말할 것도 없이 현대 인테리켄챠-문학의 병적 분리를 말하는 것이며 그것은 오로지 무질서한 형식의 난무 이외의 아무것도 아님을 알 수 있다.

신심리주의문학의 발생 근거를 우리는 이상과 같이 규정함으로써만 그것이 현실의 일영역을 개인의 의식의 흐름에 의하여 파악하려 하고 인간 심리의 무의식의 세계에 심원히 몰입함으로써 종국을 고하려는 「마술성」을 분석 비판할 수 있는 것이다.

이 지역에서도 이상에서 이야기한 인테리겐챠-문학의 이조류의 노현을 우리는 발견할 수 있는 것이니 김기림 등의 주지적 시가가 「지성문학」의 아류를 말함과 같이 안회남 박태원 등에서 실로 아류적인 「감성문학」의 흉내를 발견하는 것이다.

그러면 과연 그것 ─ 신심리주의문학의 창작 방법은 어떠한 것인가? 우리는 다음에 그것을 고찰해 보기로 하자.

물론 여기에 우리는 그것이 저-유명한 학자 푸로이드의 정신

분석학에서 태생된 심리주의소설의 변형적 사생아라는 것을 망각하는 바는 아니다.

푸로이디슴의 정신분절은 최초 개인의 이상 심리의 해부로부터 시작하여 「베르아란의 상징」의 연구와 같은, 상징주의문학의 설명을 위한 무이의 「모체」가 되었으며, 인간 심리를 내적으로 추구하여 감염성(Cotingence) 혹은 일치성(Identification)이라는 명제를 가지고 그 전전을 설하려는 것으로 마-셸·푸르-스트와 쩰스 쪼이스 등의 본영적 모체가 된 것이었다.

그러므로, 신심리주의문학이 그 표현 방법 창작 방법으로서 「심리적 리아리슴」을 자기의 것으로 삼는다는 것은 결코 우연한 일은 아닌 것이다.

물론, 그들의 창작 방법을 「의식의 흐름」이라던가 「내백」이라던가로 규정하는 「통속 비평가」가 있다.

그러나 우리는 그들 = 통속 비평가들과는 달리 그것들을 「심리적 리아리슴」이라는 방법에 의하여 규정 받는 특정의 표현 기법으로 간취하는 것이 지당하다고 생각한다.

왜냐하면, 특정의 표현 기법 = 기교로서의 「의식의 흐름」이라던가 「내심의 독백」을 한 개의 독립된 예술적 방법에서 분리시켜 논구하는 것은 한낱 「돈·키호-테」 이외의 아무것도 의미하지 않으며, 그것은 오로지 논의의 부절한 혼란만을 제공할 것임으로서이다.

예술적 방법을 단순히 표현 기법이라던가, 기술방법이라고 규정한다면, 그것은 진부된 관념적 해석에 불과할 것이다. 왜냐하면? 예술적 방법은 구극에 있어 작가의 현실에 대한 태도 ─ 그것은 깊이 들어감을 따라 세계관으로 출현되는 ─ 에 의하여 필연적 규정을 받는 것이며, 그러므로써 우리는 온갖 문학적 현상과 경향에 대하여 항상 부절하게 방법론적 기초에까지 ■입하여 그것을 분석·비판해야 되는 까닭이다.

그러면, 신심리주의문학의 창작 방법은 과연 여하한 성질을 가진 것인가? 그리고, 그들-신심리 문학자들이 말하는 바와 같이, 그것은 과연 자기네의 문학을 그것으로써 구출할 수 있을까?

두말할 것도 없이 예술에 있어서의 리아리슴^{현실주의}이라는 것은 현실에 대한 예술가의 태도로써 궁극을 삼는 것이라고, 일반적으로 규정할 수가 있으며, 그것은 「생활과 사회현상을 객관적으로 진실하게 예술적으로 표현하려는 욕구」라고 말한 E·마사의 말을 빌 것도 없이 일반화된 명제일 것이다.

그러나, 문제는 신심리주의문학의 「심리적 리아리슴」에 있어 특정한 성격을 발견할 수 있으니, 그들은 그 리아리슴을 「심리적 한계」에만 국한시키는 데 의하여 그들의 지향하는 의도와는 냉정하게 상반되는 현상을 노정하게 되었다는 것이다. 즉, 그들의 인간 개인의 묘사는 결국 심리적 비극의 전개에만 맹종되고, 개인적 역사의 배면의 푸-란^{의도}의 역할을 연하는 데 불과한 것이었다. ─ 물론, 그것은 그들의 계급적·사회적 기초에서 오는 바 필연적인 숙명성을 말하는 「현실을 보는 눈」에 의하여 규정된 바 필연적 귀결로서의 현현이었다.

그리하여, 그들의 뿔조아·리아리슴에 대한 반발로서의 「심리적 리아리슴」도 그들의 주관적 의도의 가부를 불문하고 역시 정당한 예술적 성과를 초래하지 못하는 객관적 제약성이 가로놓여 있는 것이다.

─ 그들은 예술적 창조에 있어 현상 형태와 사물의 본질과를 혼동하는 데 머무르는 것뿐만 아니라, 그들은 인간 개인의 일절의 현상을 「심리적」 본능에만 결부시킴으로 소아의 행위와 몽환적 세계 속에 자기 해소를 부여당하고 만 것이다.

그리하여 그들의 예술적 방법으로서의 「심리적 리아리슴」은 도리어 울트라·리아리슴^{초현실주의}이라고 명명하는 「비평가」까지 생#하게 한 현실적 기인을 내재하고 있는 것이다.

두말할 것도 없이 그들이 가진 바 예술적 방법이라는 「심리적 리아리슴」은 「현실」을 오로지 인간의 「심리적 이념」의 영역에만 그 주체적 현상을 한정하려 한 데 결정적 치명상이 내포되어 있고, 그곳에 신심리주의문학의 방법론적 퇴폐성의 가장 비참한 성격이 가로놓여 있는 것이다. 그리고, 바로 그러한 성격을 가지고 있음으로써 엑스페리멘탈한 인광을 발하는 것이다.

그리고 여기에 우리는 신심리주의문학의 특정한 표현 기법을 살펴보기로 하자! 「심리적 리아리슴」이라는 예술적 방법에 의하여 직접으로 규정받는 바 「의식의 흐름」이라든가 「내심의 독백」이라는 것은 과연 무엇인가?

우리는 그것을 창작 방법과의 상호작용을 분석하는 데 의하여 정당하게 파악, 비판하여 보기로 하자!

인간의 이상 심리의 해부에서 시초하여 인간의 집단심리의 해부에 이행함으로써 인간 심리의 사회학적, 외적 관찰과 사회적 「모방의 ■■을 ■■하고 인간 심리를 내적으로 리비도-의 표출 혹은 「에스」라고 이름하는 핵의 발견에 의하여 「감염성」 혹은 「일치성」으로써 인간 심리의 ■전을 설명하려는 푸로이드의 정신분석학을 시조로 삼는 쩸스 쪼이스나 봐지니아 울프 등의 손에 의하여 심화된 문학적 표현 기법인 「내심의 독백」은 실로 종래의 뿔조아 리아리슴의 문학기■ 위에 거대■■■■ 초래한 것만은 속일 수 없는 사실이다.

그러나 이 「내심의 독백」의 문학 기법도 「현실」에 대한 맹자적 방법 ─ 신심리주의문학의 창작 방법 「심리적 리아리슴」과 결부되어 자신의 협소한 예술적 몽환을 전위하게 된 것을 결부하여 사고할 때 우리는 그것의 기법의 무능한 혁×성을 아까워하지 않을 수가 없다. ─ 종래의 뿔조아 리아리슴이 심리 묘사를 종속적으로 취치한 데 반하여 「심리적 리아리슴」을 창작 방법으로하는 신심리주의문학은 자기 특유의 표현 기법으로서 「내심의 독백」이라던가 「의식의 흐름」에 의하여 인간 개인의 「내부적 현실」을 그 독백성 위에 전면적으로 고양하려 하였음에도 불구하고 그 기법을 극단적 최종점에까지 끄을고 가려는 데 의하여 필연적으로 문학의 한 장르로서의 소설의 특유한 설화적 한계성을 파■하고

만 것이었다.

그것의 일례로 우리는 그들의 본령적 지역의 작가들의 작품을 예거할 것도 없이 우리 지역에서도 능히 그 예를 발견할 수 있다. 박태원 안회남의 수 개 단편을 보더라도 그곳에서 우리는 손쉬운 예증을 발견할 수 있다.

물론 그것은 온갖 에피코-넨이 다-그러하듯이 씨 등은 그것을 한낱 아류적으로 모방하는 데 불과하나 그들이 이곳에서 말하는 바 「의식의 흐름」이라던가 「내심의 독백」이라는 기술을 애호하는 것만은 사실일 것이다.

박 씨의 최근작 「비랑」『중앙』 2월호이나 「악마」『조광』 3월호나 안 씨의 「고향」『조광』 3월호 등은 그것의 한 예증을 우리에게 제공하는 것이다 「의식의 흐름」과 「내백」이라는 이 「심리적 리아리슴」은 그 기술 방법이 징밀하면 징밀할수록 그것은 더욱 「전달력」과 「감수성」과는 원거리에 놓여지게 되는 것이다.

물론 그들은 「내심의 독백」 이외에 온갖 영화적 수법을 시하고 대상의 동시적 전개를 시하려 하나 「현실」을 동시적으로 전개할 수 없는 질곡성을 가진 문학 장르 소설에 있어서 그것을 시하는 것은 한 개의 헛된 수고에 불과하며 그것은 결코 소설의 표현을 위한 참된 「묘사」가 될 수 없는 것이다.

이곳에 신심리주의문학의 건질 수 없는 치명적 성격이 가로놓여 있는 것이며 우리는 그 실증으로써 이상의 예거한 박, 안 양 씨의 소설이 일부 인테리겐챠-내지 그것을 의무적으로 독파하지 않으면 안 되는 문예 평가의 손에서만 문제된다는 사실을 간과할 수 없는 것이다.

원체 인간 개인의 「내부적 현실」과 「외부적 현실」을 일면적으로 분리함으로써 인간의 심리가 외부 형상에 집중되어 있는 순간은 외부적 현실을 묘사하고 외부로부터 심리를 폐단하였을 순간에는 그 심리 내의 「공상과 감정」 등을 기술한다는 소박한 기계적 기법은 「현실」의 참된 예술적 표현을 영위할 아-무런 능력도 부여되어 있지 못한 것만은 명료한 사실일 것이다.

그리하여 그들은 일반적으로 인간의 사상, 행동이 직접 중요성을 띠고 있는 바 외적 현실을 개인의 심리의 내백이라는 분리된 협소한 세계보다도 더욱 진부된 것으로써 영접하는 것이며 그리함으로써 그들은 「현상」의 심오 속에 숨어 있는 사물의 본질과 「현실의 합법칙성」을 파악하는 곳으로부터 고별을 고하고 사물을 단지 그 현상 형태에 있어 「보고」 그것을 사물의 「본질」이라고 인식하는 것이다.

그곳에 병적 방법의 오리지날이 가로놓여 있는 것이요 현실로부터 맹자가 되려는 말기적 인테리겐챠-문학의 자랑 적절한 문학적 표현인 그 성격을 보여주고 있다. 물론 우리는 그들 신심리학자들에 의하여 부여된 문학의 새로운 기법을 전적으로 말살하려는 자가 되어서는 안 될 것이다.

다-만 그들의 발견한 기법과 구성은 독자적 생명과 진보성을 가진 새로운 문학 방법, 사물을 전체성에서 보고 그것을 가장 「진실」하게 묘사할 수 있는 새로운 푸로문학의 방법으로써 비판 섭취되는 데서만 비로소 그 의의를 다-할 수 있다는 것이다.

×

우리는 극히 단편적으로 이 소론의 주제의 해명을 시하여 보았으나 불비한 점이 많음을 금할 수 없다.

우리는 이 소론에서 좀 더 그것을 구체적으로 논하여야 될 것이요 또한 푸로이드의 정신분석학을 직접으로 문학에 계승시킨 「심리주의 소설」과 「신심리주의문학」과의 상관성 등을 문제 삼아야 될 것이었음으로이다.

허나 여기에서는 다-만 현대문학의 본령지인 쏘베-트 문학에 있어서의 「심리주의」를 논함으로써 이 소론의 끝을 막기로 하여 두자! 그것은 두말할 것도 없이 우리에게 신심리주의문학의 예술적 방법으로서의 「심리적 리아리슴」이 얼마만한 의의와 졸판적 섭취의 가능성을 가지고 있는가(?)하는 중요한 과제의 답변을 위하여 커-다란 도움을 줄 것임으로.

×

일찍이 쏘베-트 러시아에 제1차 5개년 계획이 실시되던 해 소위 사회××재건기이던 28년 5월에 개최된 제1회 소연방 푸로

작가 대회는 푸로문학의 예술적 방법으로서 「심리주의 리아리슴」을 의언하고 그것을 작품화하였었다. ─

아뻴밧하, 리베친스키-·파체-엡흐 등에 의하여 주장된 푸로문학에 있어서의 「심리주의적 리아리슴」은 「인간 심리 묘사」를 중시하여 「산인간」 및 「직접적 인상」 등을 주장하였던 것이다.

그리하여 그들의 이론적 체계는 다음과 같은 의미 내용을 가진 것이었다. ─

「랍푸에 의하여 제출된 「산인간」을 그리라는 표어는 일방 푸로문학을 현대의 반영에 지향시키는 것이요 타방 스탬프나 도식주의와의 항쟁의 불가피와 과거의 엘레멘트要素와 새로운 것의 맹아 의식적 모-멘트계기와 무의식인 것 등의 온갖 모순을 품은 복잡한 인간 심리의 표현에로의 전향을 나타내고 있다.

이것들의 문제는 자연주의적 생활 묘사의 극복의 필연과 인간의 심원한 심리적 지시에의 전향과 개괄과 예술적 종합에의 전향과의 불가피를 규정하고 있다. 푸로작가는 개인의 심리적 분석을 성격의 자기만족적인 발전 위에 두는 것이 아니라 사회적 영향 하에 형성되며 발전되는 인간의 내적 본질의 지시 위에 기초를 잡는 것이다. 푸로문학의 「심리주의」는 뿔조아 문학의 약간의 경향에 고유한 심리주의를 위한 「심리주의」와는 상위한 것으로 인식에 도움을 주나 활동성을 양육하는 객관적인 것이다.」동대회의 결의문

요컨대 그 주장의 구체적 역사적 의의는 종래의 푸로문학의 커-다란 치명상이든 「도식주의」를 배■하고 개인을 그 구체성에

서 묘사하자는 것이었으며 그 적극적 목적은 사회생활에 대한 적극적 참가에 의하여 인간 — 개인의「내부」와「현대」와를「통일」시키는 것이다.

그러나 여기에 한 개한 중대한 문제가 나타났으니「심리주의적 리아리슴」은 과거의 스탬프나 도식주의에 대한 화살이 되는 한에서는 정당하였음에도 불구하고 그것은 작가에게 계급적인 것에 대한 개인적인 것의 우세의 시각으로부터 현실을 묘출하게 하고 예술가로 하여금 주관적인 관념론의 세계로 밀어 넣고 그리하여 그들에게「현실」을 그 일절의 완전성에서 묘출하기를 방해하게 된 것이었다.

그 실제적 작품 활동을 살펴본다면 거기에는 이상의 온갖 결함이 내재어 있음을 발견하게 되는 것이었다. 예하여 그 방법에 의하여 창조된 바 작품으로서 우리는 안나, 카라워-에와의「재목 공장」과 빰푸-메쳅흐의「말친의 범죄」등을 예거할 수 있는 것이다. 그리하여 푸로문학에 있어서의「심리주의적 리아리슴」은 머지않은 앞날에 기양되었으므로 우리는 그 문학의 도정에서 간취하였으며 그에 의하여「심리적 리아리슴」과 새로운 문학과의 관계에 대하여서도 한 개의 커-다란「눈」을 제공받았음을 인지할 수 있을 것이다.

그렇다고 해서 우리는「심리적 리아리슴」을 창작 메쏘-드^{방법}로 하는「신심리주의문학이 개척한 바 테크닉^{수법}에서 우리들에게 가치 있는 바의 것을 분석 비판 섭취하는 것까지를 거부하는 도식적 태도를 취하여서는 안 될 것이다. 왜냐하면 「푸로이드는 뿔조아요 이상가이므로 탐지하기를 불욕한다는 적극적 태도는 또한 기괴한 것이다」라고 말한 포리얀스키-의 말을 대용할 것도 없이 그것은 명료한 상식에 불과할 것임므로이다. 심리분석의 분할은 잠재의식의 구성과 발달과 예술 작품에 있어서의 그 분할과 자의식에의 전환에 지하는 경우의 분할 등에 관한 문제의 ■명에 불가결한 것으로써 인간의 인식능력 위에 도움을 주고 또한 인간의 인식의 일표현인 문학적 방법 위에도 불소한 도움을 줄 것이다. 다-만 운위하는 바 잠재의식의 내용은 자의식과 한 가지 완전히 사회 계급적 실재에 의하여 규정된다는 것을 인지하고 그것은 또한 현상하지 않은 사진의 건판과 동양」^{포리얀스키}하다는 기본적 인식 밑에서 우리는 온갖 것을 분석 비판 섭취하여야 될 것이다. 그러한 의식에서 우리는 「신심리주의문학」을 그 본질 ■에 있어 해명하고 고찰하고 연구, 분석하는 데 의하여 우리의 「살과 피」에 도움^助을 줄 수 있다는 것이다.

『비판』, 1936.6

문학文學과 현실성現實性

■■적 현실이 문학 작품의 소재로서 중요성을 갖게 된 것은 누구나 아는 바와 같이 리알리슴문학에서 시작된 일이었다. 그것은 물론 「제3신분」의 상승기인 18세기의 초두에 비롯한 경향으로 「관찰의 자유」와 「구속으로부터의 해방」이라는 시민사회의 역사적 등장의 일표현을 의미하는 것이었다.

그러므로 리알리슴문학에 있어 문제의 대상이 되는 것은 「있는 그대로 그리라!」는 것의 규정 문제요 또한 객관적 현실은 리알리틔!진실성를 갖추기 위하여 어떻게 이해되어야 될 것 인가(?)의 문제이었다.

과연 그것이 문학인 이상 「진실의 재현」 위에 그 목■를 두지 않는 문학은 없을 것이나 「있는 그대로의 현실」이 가장 중대하게 그 초점이 되기는 리알리슴문학의 생탄에서 비롯한 것이니, 소위 쎈치멘탈·리알리슴은 그것의 단초적 출현이었다.

그리고 쎈치멘탈·리알리슴이 특히 일기문이나 서간문이나 참회록 등의 표현 형식을 갖추고 나온 것은 새로움으로 현실을 눈을 뜨게 된 개인의 심적 독자의 추정성으로 인한 필연의 특성이었다.

그러므로 센치멘탈·리알리슴문학의 작품에는 소재가 개인의 주정성 = 감상성을 통하여 표현되므로 거기에는 강렬한 감수성이 있었다.

그러나 쎈치멘탈·리알리슴의 소재로서의 「현실」은 단지 개인의 주관을 위한 매개물에 불과하였으며, 그것은 개인의 심리적 주관 내지 감상성을 위하여 부차적 임무를 수행하는 것에 불과하였다.

그리하여 사실성이 ■■한 센치멘탈·리알리슴은 한 걸음 더 객관성이 풍부한 리알리슴^{자연주의}에로 이행되었다. —듸-켄스, 삭카레이 등의 쎈치멘탈·리알리슴과 스탄달 발삭크 등의 자연주의는 그것의 한 예증을 우리에게 제공하거니와 그들은 거의 전부 문학의 대상을 「객관적 현실」에 치중한 것이다.

자연주의를 비롯한 사실주의문학의 대상은 「객관적 현실」이요 그러므로 그곳에는 「관찰」과 「실증」이 문학을 좌우하는 오리지날^{근원}이었다. 그리고 그것만이 그들 리알리스트들의 둘도 없는 메도-드^{방법}의 전부이었다.

이것은 물론 당대의 문학적 현실이 「낭만」이라는 달콤한 포도주만으로 만족하지 못하였다는 좌증이며, 문학의 소재의 일보 광범화를 의미하는 사실적 표상이었다.

그리하여 그들 자연주의문학의 참피온^{선수}은 과학으로 실증된 사실과 관념이 문학의 리알리틔-를 좌우하고 현상적 현실의 표출이 바로 문학의 표현의 본질이라고 믿었다.

허나, 그들의 신조에는 당초부터 결함이 있었다. 즉 그들이 「현상」으로서의 현실을 묘출하는 것이 바로 문학의 리알리틔-

를 표현하는 것이라고 생각하는 것은「현상적 현실 = 문학적 진실」이라는 환상을 낳게 하고 또 한 걸음 더 나가서는,「현상적 현실 = 문학적 진실」이라는 되렘마에 빠지게 된 것이다. 그리하여, 그것은 마침내「과학적 지식」과「실증적 경험」만이 문학을 지배하는 전부인 것처럼 환각된 것이다.

이것은 자연주의문학의 건질 수 없는 커-다란 치명상임을 그다음에 출현된 온갖 문학적 이슴과 대비하여 더욱 명확히 알 수 있다.

― 인상주의는「감각적 현실」에 치중되고 심리주의는「심리적 현실」에 치중되고 주지주의는「지적 현실」에 치중되고,…… 푸로·리알리슴은 그 이데올로기-의 일면화에 빠졌다.

그러므로 리알리슴을 그 조선 격으로 직계 받은 푸로문학에 있어서는 유물변증법적 창작 방법이 제기된 이후 지금에 이르기까지「주제의 적극성」이라든가「생동하는 현실」등등의 온갖 문제가 보다 더 복잡하게 문제를 일으키었으니,

― 도대체 유물변증법적으로 그리라는 것은 어떻게 그리는 것인가(?)의 문제가 우선 첫 문제요 또한 끝 문제인 것 같기도 하였다.

「있는 그대로 그리는 고정된 현실이 아니라, 생동하고 발전하는 것의 온갖 것을 포함한 유일의 방법, 유물변증법적의 방법으로 그리라!」

― 이것은 물론 전대의 리알리슴과는 다르게「과학」과「문학」사이에 ■재한「인식의 동일성」과「형식의 특수성」을 이해하고 인식하는 데에는 확실한 도움을 주었으나 그러나 사실 그것을 문

학으로써 실천화하는 데 이르러서는 미해결의 문제 그대로 남아 있게 된 것이었다.

그리하여 참피온들은 엔겔스의 「발삭크론」 중에서 「전■■ ■■ 있어서의 전형적 타입의 창조」라는 철학■■■■ 되풀이하고 그것의 뜻을 해석조차 못하는 박■■ ■피온들은 문학에서 붓을 내던지고 찰학과 ■■■■ 공부였다.

그리하여, 있는 그대로 그리라는 것은 「사물의 ■을 ■■화 시키는 것이 아니라 그 전체성과 발전성 가운데에 생■하는 한 개의 푸로세스過程로서 묘출하는 것이요」 그러므로 그곳에서는 인간 타입을 묘출하는 데에도 「인간성 일반」이 아니라 계급성과 정치성을 갖춘 구체적 인간을 그리는 것이라」고 주장하게 되었다.

물론 이 주장은 그 의미에 있어 정당한 것이었고 중요한 발견이기도 했다. 왜냐하면, 온갖 우연성과 온갖 ■곡성을 내포한 「현상으로서의 현실」을 단지 「있는 그대로 그린다는 것」은 도리어 현실과의 분리를 의미하는 까닭이다.

그러나 이 주장과 이해·인식 그것만으로 당장에 훌륭한 문학 작품이 나오지는 못했다. 오히려 거기에도 ■■가 있었다. 한 가지만을 강조하는 데서 항상 생기는 일면화 — 이것이 역시 그곳에도 있었다. 마-치 전대의 리알리슴이 범한 과오 그 모양만 못지않게 거기에도 「인식의 동일성」과 「형식의 특수성」을 혼동하는 경향이 부지부식간에 문학자의 머리에 잠입된 것이었다.

그리하여 세계관과 문학과를 직선적으로 해석하는 너무나 컴

먼센스상식한 과오가 문학자의 머리에 ■■을 일으킨 것이다.

문학자의 세계관 그 자체를 문학적 방법과 분리할 수 없으며, 문학자가 「유물론과 변증법」을 참으로 이해한다면 그만큼 그에게는 푸러스가 될 것이며 결코 마이너스가 되지 않는다는 정당한 논리 — 이것을 강조하는 데서 생긴 일반적 과오는 문학의 기술 내지 수법 더 나가서는 문학의 형식과 스타일 문학자의 재능 등을 전적으로 무시하는 경향으로 나타난 것이다.

그러한 의미에서 우리는 이리위치의 「반영의 이론」의 예술·문학에의 구체화를 말하는 쏘시알리스틱·리알리슴이 「사회××설의 문학적 형상에 의한 고도의 표현」으로 문학·예술의 작품과 비평에 전반적으로 새로운 정신을 고조하게 된 것을 맞아들였던 것이 아니었던가?

문학적 방법의 일면화 — 일반적 인식과 문학적 인식의 특수성을 혼동하고 혹은 무시하여 문학의 형식과 스타일 문학자의 기술 등등을 도외시하는 경향을 버리고 새로운 종합적 방법으로서의 리알리슴을 제기하게 된 것은 참으로 문학의 사적 사실 중에도 가장 푸러-스를 의미하는 것이며 리알리슴의 참된 계승을 의미 하는 것이라고 믿는다. =구고舊稿=

『졸판』, 1936.10

『이데아』를 상실^{喪失}한 현^現 조선^{朝鮮}의 시문학^{詩文學}

×

다사^{多事}와 무사^{無事}의 무미한 교착 속에서 병자년도 과거^{過去}했다.

문학, 더 좁게 말하여, 시의 병자년 — 그것은 확실히 무실다사한 1년이었다. 졸직^{卒直}한 언어의 형용을 불사한다면, 그것은 양적상승과 질적 하락의 1년이었다.

그리고 어느덧 신년이 — 문단적 용구로는 「신춘」이라고 불리는 — 왔다! 그리하여 편집자의 부탁도 「신춘시가평」으로 되어 있다!

그러나 지금, 소설 기타 다른 온갖 『장르』에 비하여 쉽고도 어려운 것이 시라는 것을 믿는 필자의 두뇌로서는 — 이것이 단지 필자 자신의 주관적 사고인지 알 수 없으나(?) — 그것을 서슴지 않고 건드릴 만용을 갖고 싶지는 않다!

문단전반을 통하여 「비평」과 「평론」이라는 것이 말썽거리만을 빚어 놓는 「장본물」이 되어 있고, 심지어는 한때 『비평무용론』이라는 파라독시칼한 화제까지 대두되었고, 또한 쩌-너리슴의 경기구를 탑승한 창작평가들까지 『인상비평』이니 『감상비평』

이니 『기준비평』이니 하는 여러 가지 문제를 앞에 놓고 스코라적 사고에 질식되어 갈팡대는 오늘의 현실에 있어서이랴. 더구나 요사이 우리 문단에는 『문학의 본도는 창작에 있다』고 새로운 발견이나 되는 것처럼 설변하는 논자까지 있었고, 또 쩌-너리슴의 공기만으로 생활의 전부를 향유하려고 멋모를 필무筆舞를 달리는 사람들이 『소설의 주류시대』니 『약진하는 문단』이니 하는 광대한 제호 밑에 쥐꼬리만한 일반론을 아직도 못하면서 이것저것 무책임하게 나열하는 현실을 목격할 뿐 아니라, 그러한 무모한 「작란」에 권태를 느끼는 필자로서 그러한 무모한 노력과는 손을 끊기로 작정한 바이니, 여기에서는 예의 「월평」 식式인 「신춘시가평」은 그만두기로 한다. 「신춘」이라고 불리어질 수 있는 1월호 제지諸誌에 실린 시 작품 중에서 단 한 작품일지라도 좋을지니, 참되게 읽고 참되게 인상하고 참되게 감상하고 참되게 연구하고 참되게 음미하고 참되게 분석하고 참되게 평하고 싶은 의도를 가지려는 바이니 — 만고, 능력이 의도를 반역하여 그것을 실행 못하는 것은 어찌할 수 없는 일이지만은 요사이 작품평을 쓴답시고 만譽에 가까운 곡예를 부리는 참피온들의 태반이 읽어보지도 못한 남의 작품을 읽어보기라도 한 것처럼 가장하고 홍야! 부야!를 찾고 가야! 부야!를 나열하는 것을 목격하는 필자의 심경으로서는 이만한 의도나마 갖고 싶다는 것을 첨부하여 둔다.

×

시가 문학의 오리지날이라는 것은 아리스토·톨의 『시학』에서 그 예증을 빌려올 것도 없이 시인 이외의 사람에게까지 통속화되고 일반화된 언어이거니와, 또한 그것은 시를 그 누구보다도 가장 사랑하는 시인들의 둘도 없는 광영이기도하다! 그러한 의미에서 뽀-드레르의 단 12음으로 구성된 시 일행을 앞에 놓고 『발삭크의 소설 한 권만한 내용을 가지고 있는 명시구』라고 칭송한 발레리-의 형용어를 회상할 것도 없이 시는 문학의 오리지날이 아니라고 역설할 사람은 없으리라!

— 이러한 시가 로-망의 유행에 밀리어 불우의 역사를 제 것으로 하면서 오늘날에 이르게 되었다는 것은 참으로 섭섭한 일의 하나가 아닐 수 없다.

그러나, 또한 그것의 무뢰한 일은 아니었다. 현대와 같이 과잉된 자의식 가운데에 이데아를 상실한 하루사리와 생활을 영위하면서 관념의 동굴 속에 『말라빠진 인간성』이라는 애인을 품고, 강건한 『신념의 세계』와 교통을 사절한 오늘날의 뮤-즈들에게 참다운 꿈詩은 고별을 당한지 이미 오래요, 그것은 오히려 상사常事일 것이다 그들의 혼란된 두뇌를 제 아무리 짜낸들 거기에 무슨 커-다란 소득이 있을 것이냐?

조선에 신문학이 생탄된 이후, 소설보다도 몇 걸음 뒤떨어져 생장하게 된 시가 그 초창기 이래 시인의 정신력이 지속적으로 지양되고 고양될 지반을 굳게 잡지 못한 까닭으로 종국에는 시인의 정감에만 골몰하게 되고 스타일의 완벽을 보이지 못한 채 몰락하자 그 뒤를 계승하게 된 푸로시가 전대의 온갖 혼돈과 잠음 속에서 생장하였던 것이요, 그때부터 현대 조선의 시가는 완연히 양대의 조류를 타고 패기만만한 각자의 ■을 걸어 나가게 되었던 것이 아니던가?

— 대전 이후 기성 질서의 괴멸에 따르는 의식의 혼란으로 말미암아 생사하게 된 따따이슴, 미래파, 슐리알리슴 싸타이야의 기발함을 자랑하고 폼의 미를 자찬하는 모-던이슴 등등의 광파의 침입도 받았고, 또한 그러는 동안 생활의 근저에서 유리당한 민주적 내지 인도주의의 경향을 보인 이데아를 상실한 소박한 포에지-와 고갈된 리슴만이 앙상한 형해를 유지하였고 내추랄리슴의 전통을 그 전적 생명으로 적수濕受한 푸로시는 전대의 온갖 전통의 파괴와 새로운 것에 대한 불붙는 의욕에 시 그것보다도 「신념」 그것을 억세게 고집하면서 눈에 보이는 꼴을 향하여 돌진하였던 것이다.

— 그곳에서는 문학을 하는 것, 시를 쓰는 것, 그것이 문제가 아니었다 — 라고 하는 것은 단지 실생활의-있는 그대로의 현실의 사생이 곧 문학이 아닌 것만은 사실이나 문학은 생활하는 인간의 생동하는 『주장』이며, 또한 반드시 그것의 「항동화」가 아니면 아니 되었던 까닭이다.

그러나 성급한 그들은, 천진스러운 그들은, 결국 실패하고야 말았다. 소위 삼십 년대의 『뼈다귀만의 포엠!』이 그것의 실증을 위한 한 개의 표본이라는 것은 이미 우리의 묵은 기억장의 하나가 아니냐?

그런데 이 당시의 시를 가리켜 『리슴은 죽고 이데올로기만 있었다』라는 것과 현 시단은 약진한다는 의미의 이야기를 최근 시인 박세영씨가 논한 것을 보았거니와 『정축丁丑시단전망』『중앙시보』 신년호 소재 씨의 논은 무척 애매하였다. 물론 그것이 氏의 문적표상 文的表象의 능력부족으로 인한 것이라면 모르겠으나 그렇지 않다면 氏의 논은 확실히 착오일 것만은 사실이다. 더구나 氏의 논점은 수 년 전 『얻은 것은 이데올로기요 잃은 것은 예술 자체』라는 평가 박영희 씨의 말을 보다 더 소박하게 모사한 것 같이 생각되며 사실에 있어 과거의 소위 『뻑따귀의 포엠!』이 시문학으로 볼 때 참으로 치열한 것이었다 할지라도 그것은 그때의 현실로 보아 있을 수 있는 일이었던 까닭이다.

중언할 여지조차 없는 일이다! 「유아」이었던 「성인」에게 『너는 유아시절에 왜 밥을 먹지 않고 젖을 먹었느냐?』고 비방 하는 것과 무엇이 다르랴? 氏의 시에 대한 논점은 이와 대동소이한 것이다!

보라! 자아의 신념과 억센 의욕과 참된 이데올로기를 요기拗棄한 오늘날의 역립된 포엠의 세계를 —. 『포엠을 위한 포엠!』이라는 이름으로 불리는 뮤-즈들은 고사하고 과거 『뻑따귀의 포엠』의 뮤-즈로서 둘째가기를 싫어하던 권환, 김창술, 박세영, 이연, 임화, 박아지 등 제 씨의 오늘날에 있어서의 음퇴, 퇴요, 이데아의 상실, 화조월석, 현실도피 — 이것이 참된 시요 참된 리슴이요 참된 시 문학의 표본일까?

문제는 바로 이곳에 있다! 시 작품의 개수가 많고 아마추어 시인의 수가 늘어가고 구질한 동인지가 몇 개 생겼다고 시가 「약진」을 하고 시의 루넷산스가 도래한다고 흥분찬송하기에는 우리의 시의 세계는 너무나 초라하다.

오늘날의 우리의 시는 이데아를 상실하고 이메지-를 이메지로서 솔직하게 제시하는 탄력을 갖지 못하고 또한 그것의 실행자인 시인의 생활이 빈곤한 것이다.

시인에게 있어 「생활」이 없다는 것은 「주검」과 등가되는 불행이다. 인간이 자아의 육체와 정신을 따로따로 분리시킨 다음까지라도 존재를 주관하고 인식할 수 있다면 모르거니와, 그렇지 못한 이상 생활이 없다는 것은 인간의 하나인 시인에게도 또한 같은 비극을 빚어 내놓게 될 것임으로이다.

그리고 시는 원래부터 문학 중에도 가장 완벽한 문장, 언어에 의한 표상으로서는 궁극의 지점에 있는 것인 만큼 과거의 푸로시가 『뼉다귀의 포엠!』이었다는 것을 『다-만 이데올로기-만이 있었으므로』라고 일언으로 평가를 내리는 것은 도리어 웃음거리를 장만하는 일에 가까운 것이 아닐까?

필자는 질적으로 본 오늘의 이데아를 상실한 시의 일반적 쇠퇴의 특성을 통틀어 놓고 다음의 한 말로써 표현하고 싶은 준동蠢動을 받는다. ─

『오늘의 시의 쇠퇴의 특성은 감각을 통하여 신비의 세계를 동경하고 교섭하려는 데 있고, 또한 센치멘탈·로맨틔시슴의 경향을 띤 데 있다』고!

이 특성은 우리 시단의 구신인들을 통틀어 놓고 일반적으로 가지고 있는 바 현현된 특성으로 그것은 시의 적극성, 사회성, 생활의 인식력 등등의 핍여에서 오는 것이어니와 이것에 대하여서 임화 씨가 『진보적 시가의 작금』「풍림」제2집 중에서 지적한 것을 본다.

이 경향은 오늘날 우리 시가의 전반을 통하여 시적 경지의 저류를 형성하는 한 개의 무-드가 되어 있다

이러한 시는 대개 시로서의 저미低迷한 색채를 보이게 되며, 또한 그 제재는 대개 공허한 다반사와 심심풀이 같은 망상과 혈맥 상통 하는 것이니 이러한 것은 시로서의 가치로 보아 저열할 것만은 정한 이치이다.

그곳에는 구류와 같이 일관된 강대한 힘도 없고 또한 고결한 리슴도 찾아볼 수가 없는 것이다. 그곳에서 그것을 찾으려는 것은 오히려 무모한 곡예일는지도 모를 일이다.

고정화된 리슴! 산만한 시행! 그리고, 통일의 굴레를 벗어던진 시상! 이것이 오늘날의 시가를 뒤덮고 있는 운명이라는 것이다.

새로운 말==語을 창조한다는 것은 『새로운 생활을 생활한다는 것을 의미하는』 까닭이다. 그리고 위에서도 이야기한 바와 같이, 시가 문학의 선구요 시인이 문학자의 선구자라는 광영(!) ― 이것도 생활과 신념을 상실한 시와 시인에게 붙여진 형언이 아닌 것만도 사실이 좌증하는 바가 아닐까?

― 라고 하는 것은 시가 시대의 선구자라는 언어가 의미하는

바 내용은 시와 시인의 무조건한 찬사가 아니라 시라는 것이 시대의 선구자인 동시에 또한 시대의 쇠퇴·쇠멸을 선구하는 것이기 때문이다.

×

「신춘시가평」이라는 제호의 의미를 살리기 위해서라도 이제부터 신년호 제지에 실린 시 작품에 대하여 개별적이요 구체적인 감상을 이야기하여야 되겠으나 그러나 시급한 시간에 무책임한 평구(?)를 주마간산 격으로 늘어놓기가 싫어 이것으로써 각필하여 두는 바이다.

(정축. 1월. 15일. 초고)

『풍림』, 1937.2

병자[丙子] 시단[詩壇]의 회고[回顧]와 전망[展望]

시단의 분위기

매년 연말이 되면 편집자들은 『회고』를 주문하고 집필자들은 그것을 청부하는 것이 한 개의 풍습으로 되어 있거니와 병자년이 라는 금년도 드디어 종언을 고하게 되니 여기에 『회고』라는 연중 행사가 또다시 얼굴을 내어 놓게 된다.

그러나 필자가 아무런 준비도 없이 편집자의 주문을 청부하 기로 약속하고 금일까지도 붓을 잡지 못하게 된 것은 거기에 여 러 가지 사정이 가로놓여 있는 까닭이었다.

무엇보다도 딱한 노릇은 시문학의 발랄성이 을해년을 시초로 하여 병자년에 이르러서는 참으로 미증유의 침체를 형성하여 세 대의 새로운 호흡과 싸움의 칼을 노래하던 생기발랄한 시인들까 지가 거의 전부 패배와 비굴의 독주를 마시고 나락의 『엘레지-』 를 그 소박한 감상어구로 되씹고 마침내 무풍지대로 화한 『시의 나라』는 하루사리의 넋[魄]을 타고난 문학서생들의 『월광과 떡갈 나무 잎으로 짜어낸 연연한 『리슴』과 『초코렛』의 미각을 연상케 하는 문자유희의 범람을 이루었다는 ─ 이 구질한 시단을 이렇다 저렇다 말하는 것이 도리어 자아로 하여금 적면을 사게 하는 일이라는 것을 자인하는 까닭이었다.

물론, 필자의 이러한 구실을 웃을 사람이 있어—지나치게 약빠른 신경과민한 『뮤-스』—『노-』를 부르고 나설지도 알 수 없다.—

『너의 그 구실은 거짓이다. 병자년처럼 시문학이 왕성한 해가 어디 있었는가? 첫째로 단행본 시집을 비롯하여 수많은 시의 전문지가 나오지 않았느냐?』고!

그러나 필자의 말이 의미하는 바 내용은 그것이 아니다. 그것은 양과 질의 문제를 앞에 놓고 하는 이야기요 질의 빈곤을 가지고 말하는 것이다. 더욱이 시문학이라는 그것이 서ㅍ 있는 바 문학운동으로 사고할 때 그것은 너무나 유령의 춤을 상상하기에 부족을 주지 않는 것이었다.

그리고, 이것은 다-만 시문학이라고 불리는 분야에만 한정된 분위기가 아니오 병자문단의 전 분위기를 말하여주는 속임없는 양상일 것이다.

『포엠』의 빈곤! 침체! 그렇다! 어찌 이것을 을해년이나 병자년이라는 국한된 연역에 부책시킬 수 있으랴.

과잉된 자의식의 구렁 속에 『이데』-를 상실한 현대 조선의 쇠노된 청년 인테리들이 자아의 행방의 키와 닷을 상실하고 그것을 내던진 것은 이미 오래인 옛일이다. 희망을 노리고 돌진하려는 죄 없는 『꿈』은 그들로부터 떠나가 버린 지가 이미 어제 오늘의 이야기가 아니다.

벌써 과거(!)라고 불리는 신경향파시대로부터 비롯하였다는

30년대 영거! 쩨넬레숀의 유물적 실증론 대두시대에는 그래도 시적 정신을 화조풍월의 정감과 값싼 감상성과『초코렛 감각』과는 인연이 없었다!

그러나 빌어먹은 당나귀 같은 초라한 현실! 여기에는 자라나는 소아의 천진스러운 자태도 찾아볼 수 없다.『고향을 상실한 사람』을 연상케 하는 공허한 문자의 나열이 있을 뿐이다. 시적 정열과 표현의 조각미, 생동하는 시인의『에스푸리』그리고 심원한 시적 상상력! 이런 것은 그곳에서 찾아볼 수가 없다.

시를 육체와 정신을 합유한 존재를 주관하는 생물로의 인간의 산물의 하나라고 말할 수 있다면 현실이 시인들의 감각은 육체와 정신을 상호분리하여 그중의 한 개만을 개유하는 불구된 감각 이외의 아무것도 아니다.

『포엠』의 빈궁! 부진! 이것을 막연하게 외치는 사람들이 상상도 못할 만큼 금일의 시문학은 심각한 위기에 직면하여 있다.『푸로메슈-스』의 고뇌는『그리샤』의 신화가 아니오 바로 금일의 시인의 고뇌임을 어느 누가 부인하랴?

그리고 시문학의 사상성의 결여! 이것은 조선시단을 통틀어 놓은 일반적 통성이다. 나날이 몰아치는 눈보라 속에 비굴한 붓대를 움추리고 고작 생각하여 빚어낸 것이 어느 문단의 흉내를 낸『풍자시』의 유행이오『불안의 시』가 아니었던가?

수 년 전까지는 그래도 이름이나마 지속하던 푸로시인이라는 명사가 지금에는『진보적』이라는 세 글자로 대치되고 이곳 저곳에 질서 없이 산재한 발표 기관에 가냘픈 명맥을 이어가는 형자形姿!

이 변태적 특성이 극도로 현현된 시기가 병자년이라는 것을 생각할 때 참으로 굴욕의 뭉치가 치미는 것을 억제할 수가 없지 않은가?

그럼에도 불구하고 병자년을 시의 『부흥기 운운復興期云云』하는 얼빠진 사람이 있음을 보거니와 시가시대의 선구자라고 떠들고 시집과 시지가 몇 개 나왔다고 해서 그것이 곧 시의 부흥을 의미하고 시의 질적 상승을 의미한다고 믿는다면 그것은 참으로 한 개의 훌륭한 곡예일 것이다!

물론 조선의 인구가 죽네! 사네! 하면서도 매년 증가를 보이듯이 시의 나라에도 시를 쓰는 사람의 수가 차차 늘어가는 것만은 사실이다. 우선 여기에 병자시단에 동원된 전 인원을 생각나는 대로 적어 볼지라도 고색창연한 뮤-스 — 정인보, 변영로, 김안서, 이응수, 이동원, 춘원, 박월탄, 이은상, 조운 김오남 등 제씨를 비롯하여 박팔양, 김동명, 김창술, 정지용, 김상용, 적구, 임화, 박세영, 김해강, 이찬, 김기림, 박아지, 모윤숙, 송순일, 신석정, 김병호, 박용철, 임연, 김조규, 영랑, 이정구, 이병각, 양운한, 노천명, 조영출, 민병균, 황순원, 백석, 일석, 김광주, 이흡, 유치환, 장기제, 마명, 허보, 허준, 조벽암, 육사, 등 제씨와, 필자 윤태산이 등장되었고 또 이밖에도 동인시지 또는 준동인시지를 중심으로 수많은 뮤-스가 등장되었다.

이와 같이 병자 1년 간의 조선시단은 문자 그대로 『양의 증대』를 보여주고 있다.

그러나 앞에서도 이야기한 바와 같이 병자시단처럼 시다운 시가 양에 비하여 그 질은 반비례된 연대는 두 번도 없었다.

적구의 시 일편, 박팔양의 시 일편, 김창술의 시 일편, 임화의 시 일편, 이찬의 시 일 편을 제하고서는 모두 이지 꼬-잉의 빛이 완연하였다.

시집詩集과 시지詩誌

단행본으로 나온 시집『백석시집』은 조선말을 능숙하게 구사한 점으로는 괄목한 부면이 있었으나 시로서 볼 때 그 내용이 너무나 공허하였다.

그리고 역시 단행본 시집으로『골동품』황순원 저이 있으나 이것은 그의 제1시집이라는『방가』보다도 뒤떨어지는 활자작란에 불과하였고 아무런 반응도 주지 못한 이 시집은 문자 그대로『골동품』이었다. 저자는 이것을 도리어 곡해·오인하여 자기 시가 울트라모-던인 탓이라고 자음自吟할는지도 모르지만 기탄없이 말한다면 필자는 저자에게 차라리『방가』로 뒷걸음질하여 다시 출발하라!고 충고하고 싶다.

그다음 또 단행본『영랑시집』이 있다 ─ 이원조 씨가 한숨에 읽었으나 그늘에 핀 꽃과 같이 너무나 시대성을 유리한 시라는 의미의 독후감을 쓴 바도 있거니와 이러한 것은 사춘기에 있는 귀동녀의 책상머리에다나 갖다 놓고 싶은 고갈된 『리리크』였다.

그다음에는 역시 단행본 시집인 『기상도』_{김기림 저}가 있다. 이것은 최재서 씨가 찬탄하여 『평』(?)한 일도 있고 또 그 평이라는 것이 덮어놓고 추어주는 것이어서 읽는 사람에게 비웃음을 자아내게 한 일도 있거니와 하였던 병자시단에 이색을 보여준 시집인 것만은 사실이었다.

이 『기상도』의 저자 김 씨는 원래 탐구와 근공의 인이오 천재형의 시인이 아닌 모양으로 그의 시는 타국잡지에서 직접 의역한 것 같은 냄새를 풍기고 또 그 제재는 색다른 것이 있어 이채를 보이기는 하나 항상 희화도 아니오 작란도 아니오 깊이 있는 풍자도 될 수 없는 유희적 기분이 충만하고 상에 있어 통일이 없고 내용에 있어 심각한 맛이 없다. 도리어 심각한 제재도 그의 손에서 『초코렛』을 씹는 소비심리·감각으로 변질되어 버린다.

표현에 있어 무리한 재기를 억지로 짜내려는 언어의 무리가 있고 더 나가서는 내용에 있어 대상을 보는 눈이 천박하고 따라서 피상적이오 『카메라』와 같은 맛을 준다. 그것은 마침내 내용과 형식감각의 모순을 노정하고 있다. 원시생활의 감각도 아니오 직접 싸움의 칼을 잡는 절박한 현실에서 우러나오는 생기발랄한 감각도 아니오 다—만 현대적 생활을 지성에 의하여 빚어낸 소위 『주지적 감각』이 엿보일 뿐이다.

그럼에도 불구하고 최재서 씨 같은 이가 그것을 덮어놓고 찬양하고 심지어는 알 수 없는 시를 쓰는 것이 새로운 것이오 문학을 위해서는 환영할 일이라는 의미의 어림없는 평구를 늘어놓은 것은 참으로 괴기한 일이었다.

시를 논할 때 찬사만을 나열하는 것이 참된 평이 아니라는 의미에서 사정·이해를 여두^{慮頭}하고 자기도 모르는 소리를 남발한 것을 생각할 때 최 씨의 평적 태도는 참으로 비열하기 짝이 없었다.

필자가『기상도』에 대하여 불만을 이야기한 것도 지나친 악평이라고 말할 사람이 있을는지 모르겠으나 어떻든 시집『기상도』는 현대시의 새로운 도정을 걸어 나가야 될 온갖 시인에게 한 개의 자극을 준 것만은 속일 수 없는 사실이라고 하겠다.

소박한 감상 구^句를 생긴 그로 질서 없이 나열하는 자유시의 아류보다는 오히려 새로운 경지를 보여주고 있다는 것 — 이것은『기상도』의『거점을 내포한 장점이라고』말할 수 있다.

그러나 그것은 그것으로 끝을 막는다. 그것 이상의 아무것도 아니다. 새로운 시의 창조는 그곳에서 찾아볼 수가 없다. 시의 진전을 방조하는 전통적 감정과 표현의『만네리슴』을 적축^{摘逐}하고 시의 새로운 관념을 초래시키기에는 그 힘이 너무나 약하고 또한 야성적이다.

더구나 언어의 문제에 있어 사고할 때, 그것은 시의 사멸 이외의 아무것도 아니었다.

××

그다음 동인시지 형태로 출현된 『시건설』이 있는데 이것은 예고에 비하여 너무나 온갖 것이 빈약하였다. 물론, 1집에 나타난 현상만으로 그것을 평가할 수는 없으나 편집동인으로 김창술, 김해강, 김병호 등 제씨와 신인 정강서, 김풍인등 오씨를 비롯하여 일반 기고가로 신석정, 이찬, 송순일, 윤곤강, 유치환, 한흑구, 진우촌, 서정주 등 제씨가 등장되었고 앞으로의 그 진전이 고대될 뿐이다.

그다음 계간지 『낭만』이 있다 — 이것 역시 최초에는 동인지 형태로 나오게 되었던 것으로 동인 수(數) 씨와 필자 병각 씨 등 수인이 합력하여 편집한 것으로 전자 『시건설』과는 그 성질이 다르다. 전자 『시건설』에 비하여 『낭만』은 무명의 동원이 반수 이상을 차지하고 있다.

우선 박세영, 임화, 이찬, 김해강, 윤곤강, 이정구, 이병각, 양우정, 양운한 등 제씨를 비롯하여 서남철, 임사명, 반상규, 민태규, 김교영, 이용악, 오장환, 이순업, 윤형섭 등, 제씨가 등장되어 있다. 한동안 『낭만』이 예고될 때 필자의 개인시집인 것처럼 오보된 일도 있거니와 앞으로도 꾸준히 나가겠다는 편자 민태규 씨의 노력을 비는 바이다.

그다음 『시인부락』 — 이것은 이 글을 초(草)하는 금일까지[11월 15일]까지 인쇄가 끝나지 않았다고 전하거니와 11월호로 세간에 얼굴을 보일 것만은 틀림없다

듣는 바에 의하면 김동리 기타 무명 동인 수(數) 씨로 형성된 시

지라 한다(아직 나오지 않은 것을 여기에 집어넣는다는 것은 좀 우스운 일이나 『병자년』이란 연역의 일을 지금에 쓰게 되는 관계로 그대로 집어넣게 되었다는 것을 첨부한다).

시론詩論과 시평詩評

　시 작품이 아닌 시론 내지 시평론은 병자년 간에도 역시 이렇다 할 만한 것이 없었다.

　『문학』지 신년호에 임화 씨의 『시에 관한 감상』이 있었는데 시의 창작에 관한 고심을 이야기한 부분은 감명할 점이 있었다. 『신조선지』에는 이병각 씨의 『문학의 시대적 융통성으로 「풍자와 우화시에 대하여」라는 소론이 있었으나 그 의도는 여하하든 논조가 명확하지 못하고 평범한 상식에 불과한 감을 주었다.

　동아보지에는 정월에 박용철 씨가 임화 씨의 『■천하의 조선시단』(?) 『신동아』 올해 12월호 소재에 대한 반박문을 주로 한 「올해 시단 총평」을 발표하였으나 동 시기 경에 조보에 발표된 김기림 씨의 「시인으로서 현실에 적극 관심」에 비하여 너무나 논조가 비열하였다. 반박과 자기옹호를 위한 흥분이 충만된 감을 불금不禁케 하였다.

　그에 비하면 『중앙』지 2월호에 발표된 임화 씨의 『기교파와 조선시단』은 정당한 논조였다. 물론 그 논조에 박 씨를 치기 위하여 김 씨의 논에 어깨를 대인 것에는 불만이 있었으나, 대체로 그는 정당하였다.

　그리고 2월에는 조보에 필자의 『창조적 정신과 우리 시가의
당위성』이 있었고 사월에는 필자의 『조선여류시인의 측면상』<sup>『여
인』 속간호</sup>과 『기교파의 말유』^{『비판』} 4월호가 있었는데 이것들의 시비는
자신의 것이므로 그대로 넘어가기로 한다. 그다음 어느 달인지
기억되지 않으나 이원조 씨가 조보에 『영랑시집』 독후감을 쓴 듯
하고 또 양운한 씨가 중앙보에 시에 관한 논을 발표한 듯한데 지
금 수중에 재료가 없어 이야기할 수는 없다.

　그리고 5월에는 『조선문학』에 필자의 「시단시감」이 있고 9월
에는 『중앙』지에 이하관이라는 『개명』으로 김문집씨가 『시단』<sup>『문
학의 인상』</sup>의 일부에 대한 인상문을 발표하였으나 별로 신통한 소리가
아니었다.

결언^{結言}

　무릇 시인이 있는 곳에 시가 없을 리 없다. 시는 시인의 생활
의 속임 없는 반영이오, 시인은 시대의 맏아들이니, 초라한 시
대는 초라한 시인을 낳고 초라한 시인은 초라한 시를 쓴다는 논
리 — 이것을 누가 부인하랴!

　조선의 시가가 양적으로는 증대하면서도 질에 있어서는 일반
이 쇠퇴를 나타내고 있는 것은 두말할 것 없이 시인이 허한 바 현

실에 대한 태도가 참되지 못하며 따라서 거짓으로써 현실과 접촉하는 까닭이 아닐까?

감각적 형식으로만 현실을 반영하고 그것으로만 사유하는 불구자의 비애가 여기에 있다!

이것이 바로 오늘의 조선시인들의 초라한 면영面影이다. 광범한 사회, 인간, 생활, 애, 사, 싸움, 이러한 것들에 정면으로 돌입하는 전신적이오 육체적인 힘이 결여되어 있다는 최대 불행이 그것이다.

우리는 이 불행을 제거하기 위하여 붓대를 바로 잡아야 될 것이 아닐까?

한때, 보다 더 큰 것을 노래하겠다는 선량한 의도나마 가지었던 일부『인테리』시인들까지 비열하게도 화조월석의 노예가 되어 일기장에나 적어 둘 구질한 감상구를 이것저것 함부로 내어놓고 시라는『렛텔』을 붙여 산매하는 양은 피차 목불인견目不忍見의 꼴이었다.

비열할 시인만이 자기결점의 적발과 예리한 판단을 무서워하는 것이다. 과감한 자기비판이 있는 곳에 영광의 내일이 손뼉을 치고 맞이할 것이다!

×　×

이상으로 병자시단의 회고를 — 라고 하는 것보다도 한 조각의 감상을 — 대강 끝맺기로 한다. 좀 더 자세한 것을 써보려는 의

도와는 반대로 분마奔馬 같이 붓대를 달리게 되어 도리어 적면을
불금不禁할 지경이다.

(11월·15일 밤)

『비판』, 1937.2

임화론 林和論

　논論? 더구나 『원고지 십이 매』라는 꼬리표가 붙은 기형적 『논』──이것이야 너무나 지나치게 어이가 없는 노릇이다.

　이렇게까지라도 새로운 화제와 명제를 내어 걸고 소매잡화상의 흉내라도 내지 않고서는 견딜 수 없는 오늘날의 잡지인이 가엾기도 하다.

　내가 두 번째의 원고의 독촉을 받은 지금, 이미 단념했던 붓대를 마지못하여 다시 잡고 여기에 「돈·키호-테」 노릇을 자진하여 범하게 되는 이유도 태반은 나의 죄가 아님을 백치만을 제해 놓고서는 미리 짐작하리라. 그리고 단편 중에도 단편이요 추상적 소묘 중에도 추상적 소묘인 이 글은, 임화의 인간을 작품을 문학론을 조금이라도 알고 있는 사람에게만 다소나마 흥미가 있을 성질의 것임을 미리 짐작하리라!

　단 그에 대한 나의 견해 속에 오류와 다소의 모독이 전혀 없으리라고 신임해 주는 것만은 사절하거니와──.

×

　처음, 나는 임화를 시인으로 알았다. ──「우산받은 요꼬하마」

나 「우리 오빠와 화로」 등은 아직도 우리의 기억에 남아 있다. 비록 그의 시 작품 중의 가작이라고 볼 수 있는 것들이 대개 동경 좌익시단의 뮤-즈들 — 예하면 나카노中野, 모리야마森山 — 의 시 작품을 『아류』한데 불과하였다 할지라도 기왕한 권환 등의 『뼉다귀의 포엠』을 소탕시키는 데 있어서는 둘도 없는 「참피온」의 임무와 역할을 한 것이 아니었던가?

그러한 의미에서 한 백 년 후 조선에도 훌륭한 문학사가가 생탄하여 현대 조선의 시사를 초한다면, 그는 현 조선의 시사 위에 혜성처럼 빛나는 임화의 존재를 무시할 수는 없으리라!

시대적 조류의 『화화火花』 같은 비등점에서, 자아의 발견과 자아의 행정의 「코-쓰」를 탐구하기에 성급한 호흡을 억제 못하던 소위 삼십 년대 문학 분파기에 있어 임화는 용감한 그 병졸의 한 사람의 역할을 게을리하지 않았다.

그러한 의미에서 임화는 『삼십 년대三十年代』의 문학 분위기가 만들어 놓은 존재요, 따라서 그는 이름 그대로인 황무지의 야생화이었다.

그다음, 나는 비평가로서의 임화를 알았다. — 이것은 그를 위하여 그다지 명예스러운 일은 아니다.

비평가로서의 그는 더욱 무리無理가 많았다. 『임화의 평론은 아무리 읽어보아도 요령불득이요 횡설, 종설이요 문학이야기를 하는가하면 금시에 철학입문 해설을 한다』는 의미의 말을 기회만 있으면 피력하는 모 씨의 형언을 용■할 것도 없이 평가로서의 그에게 우리는 더 큰 것을 바라고 싶지 않다.

그리고 종국에 나는 임화를 다시 시인으로 알았다. 이것은 그가 자기의 천분인 시의 나라를 향하여 역량을 ■주하고 시적 표현의 색다른 모양을 보여주던 작품 「영원한 청춘세월」 이후의 일이다. 뒤를 이어 발표된 「바람」 「만경벌」 「헌책」 「암흑의 정신」 「주리라!」 「현해탄」 등 시작은 그의 작품 중에도 가장 뛰어난 것들임을 알고 있는 까닭이다.

백조의 노래를 읊는 오랜 옛시인 임화라는 의미의 말을 지성 광신의 『사이비 영국류』의 「뮤-즈」 김기림이 거의 음모에 가까운 적의를 표명한 일이 있거니와 나의 생각으로는 『위대한 낭만 정신을 고집하는 사이비 독일류의 임화적 시풍』_{홍효민의말}으로서는 어찌할 수 없는 일이 아닐까(?) 믿는다.

육안으로 보는 얼골 모양과 사진으로 박아 보는 얼골의 모양이 반드시 같을 수 없는 것과 같이 다른 온갖 시인 중에서 임화는 끝까지 임화인 것을 자랑으로 알아야 할 것이다. 그것이 임화로 하여금 보다 더 임화답게 하는 길이므로 ―.

확실히 임화는 임화다운 『말』을 가지고 있다. 수중의 식물을 보는 것과 같이 임화는 현실이라는 수중에서 「에스푸리」를 찾는다. 그리하여 그는 「콕토-」가 말한 것과 같이 「한 개의 상투구를 잡아가지고 그것을 연마하여 그 신선미와 발랄성을 보여주기에」 고심한다. 그리고 그는 끝까지 쾌오_{憎惡}와 복복復■의 시인이다. 객관적으로 분석한 적을 적으로서 혹렬하게 추적하는 시인이다.

최근, 그의 시가『현해탄』이후 점차로『사이비 독일풍』으로 변질하고 철학적 이념의 동찰로 은입하는 것은 아마도 그가 시의 감상성을 제거시키려는 의도에서 발현되는 결과인 듯하나 도를 지나치는 감을 준다.

이전에는 그의 시가 너무나 감상성의 구토를 사게 하는 감을 주더니 지금에는 그의 시가 너무나 철학적 이념의 냄새가 비만되어 곰팡내가 풍긴다. 그리고 바로 이것이 그로 하여금 주지의「뮤-즈」김기림에게『오랜 옛날의 시인』이라는「파라독스」를 발하게 한 무이의 이유이기도 하리라. 그리고 바로 이것이 그로 하여금 과도기의 고뇌의 구렁에서 발버둥이를 치게 하여 마지않는 속일 수 없는 특징이기도 하다.

지의 인이라기보다도 재의 인인 그는 기어코 시의 불행을 파악하고 그 누구보다도 앞서서 그 누구보다도 뒤지지 않게 새로운 시의 도정을 향하여 돌진의 행렬을 촉진할 것을 나는 믿고 있다. 인간 임화가 비록 운명적인 백수의「인테리」요 사상 속에서만 극단의「에고이스트」를 면할 수 있는 보잘것없는 사상적「파토롱」이라는 것은 만인 기지의 사실이지만(끝).

『풍림』, 1937.3

문학文學 수감隨感

비평批評과 비평가批評家

우리 문단에도 권위있는 비평가가 하나쯤 있음직한 일이다.
물론 이렇게 말한다 하여
『그러면, 작가, 시인은 불필요하냐?』고 하면 또한 그러한 것도
아니다. 우리가 요망하여 마지아니하는 것은 작품을 쓰는 작가,
시인보다도 오히려 몇 걸음 뒤떨어졌다고 말할 수 있는 우리들의
『비평문학』을 생각하고 또한 그것의 역자인 바 비평가를 말하는
것이기 때문이다.

만약 이것이 못 믿을 소리로 들린다면 우리의 쩌-너리스트 제
공들은 모름지기 조그만 지면과 수고라도 베풀어 작가, 시인들에
게『작가, 시인 자신이 쓰는 비평』을 쓰도록 청탁하여 보라!

그것은, 다른 것은 그만두고라도 요사이의 비평가들의 평적
레벨과 대비하여 보기 위하여서도 의의 있는 일일 것이다.

한 작품을 놓고 각각 다른 사람의 두 비평가가 그것을 평하는
것도 재미있는 일이어든 하물며 한 개의 작품을 놓고 하나는 비
평가 또 하나는 작가, 시인 자신 — 이렇게 두 개의 비평을 써놓게
한다면 그것도 재미스러운 일일 것이다.

대체로『비평』이라는 것은 한 사람의 한 사람으로서의 평적 역량에서 빚어 나온 것임은 두말할 것도 없는 것이니 그렇다면 『비평』은 문학 작품을 창조하는 것과는 특이성을 가지고 있다고 말할 수 있다.

그러한 의미에서 근래 비평가 박영희 씨가『문학의 본도』는 『창작에만 있다』고 절규한 것은 참으로 불가사의의 평구가 아닐 수 없었다.

문학을 하는 사람-더 나가서는 예술을 하는 사람의 직분은 슈-만의 말과 같이 인간의 심오에 빛을 집어넣는 데 있다고 말할 수 있겠으나 기실 예술을 한다는 것』—『문학을 한다는 것』— 이 것은 그렇게 쉬운 일도 아니요 또한 끝을 바라볼 수 있는 일도 아 니다.

예술가를 앞에 세워놓고 윌리암, 뿌례-크의 흉내를 내어『세 계를 한 개의 모래알沙粒로 보고 하늘을 한 송이의 꽃으로 보고 무 한을 자아의 장수掌手에 움켜잡고 영원을 한 시간 속에 포착하라』 고 명령을 내리고, 또한 과거의 맑스주의 고전비평처럼 작가, 시 인에게 일반적 인식과 예술 인식의 특수성을 분별하는 눈眼을 포 착하게 할 관대한 이해와 참된 의미의 고도화된 사상성과 정치성 을 인식시키는 힘力을 주지 못하는 곳에『훌륭한 예술』의 생탄을 바랄 수 없다.

『덮어놓고 타박을 당하는 눈칫밥』손에 가냘픈 생명을 유지 하여 내려오던 온갖 문학적 명구 중에 미켈란젤로의 다음과 같은 문구도 다시금 구미를 붙여 보는 것도 욕되는 짓은 아니리라!

『완전하게 창조하려는 노력처럼 심령을 깨끗하게 하는 것은 없다.』

문학文學과 기교技巧

문학과 기교 더 나가서는 기술이라고 불리는 문학표현의 중대한 일 문제!

우리는 이것에 대하여 재고할 필요성을 느낀다.

단지 기교만을 위한 문학! 그것은 끝까지 문학 작품의 가치로 보아 얕은 지점에 놓인다 ― 라고 하는 것은 기교는 그것이 단지 그것을 위하여 있게 될 때 기교 이외의 아무것도 될 수 없음으로 이다.

$$\times$$

문학 작품의 기교를 신화하는 내용퇴치 만능환자들은소위『기교류』 여기에 반기를 들는지 모르나 사실에 있어 문학의 문학으로서의 생명은 결코 기교에서 찾을 수 없는 커-다란 오로지 날이틔-가 그것 위에 놓여 있는 것이다.

×

　예술의 기교를 주로 조형적 표현과 음악적 표현의 두 가지로 대별할 것이므로 조형이라고 말할지라도 『그림』이나 『조각』이나 『문학 작품』과는 각각 그 표현의 특질을 달리하고 있는 것만도 사실이다.

　가령 렛싱그의 말과 같이 봐아질의 시에 표현된 『라오-곤』은 법의를 떨치고 수건을 쓰고 있으나 조각가들의 손으로 만들어진 조각 『라오-곤』은 나체 그대로 되어 있다는 것! 그리고, 이와 같이 한 개에 그서도 문학에는 의장을 갖추어 표현되고 조각이나 그림에는 나체 그대로 근육 그대로 표현되었다는 것!

　이러한 것들을 가리켜 표현의 특수성이라고 말할 수 있다고 해서 이것이 곧 『작가는 남이 하지 않는 것을 그려야 된다는』 속된 개성론의 어머니가 될 수는 없다!

×

　다른 아무것도 아니요, 바로 그것이 문학 작품일 때 그것이 문학으로서의 옷을 갖추지 못한 것도 문학이 될 수 없고 또 옷만 곱게 입은 『문둥병녀』가 결코 미인이 못되는 것과 같이 내용 없는 문학도 문학이 될 수 없다는 상식화된 언어!

　이렇게 말하면 한 개의 모래를 사랑하여 그것을 그리는 것이나 한 개의 조개껍질을 사랑하여 그것을 그리는 것이나 다 한 가지 사회적이 아니냐고 어린애 같은 소리를 떠벌리는 사람 발이 노발대발할지도 모르겠으나………

×

언어의 힘을 빌려 심상의 형성을 표현하는 한 개의 시를 여기에 놓고 볼지라도 그것이 첫째 언어 이전의 활자 나열이라고 한다면 얼마나 우스운 일이랴?

언어가 음악적인 문장일 때, 다시 말하면 언어에 참된 율동과 선율이 있는 문장에는 의미에도 또한 반드시 거기에 심원한 맛이 숨어 있는 것이다. (카알아일)라는 말은 내용과 형식의 참된 융화점에서만 훌륭한 예술이 생탄될 수 있다는 뜻이 숨어 있다!

×

새로운 것을 탐내어 얼토당토않는 기교를 부리는 회전 캄메라식 시가 김기림 씨와 그 아류들의 손에서 빚어 나오고, 괴물이라고 떠드는 바람에 덧도 모르고 활자연루活字連累를 일삼는 이상 씨류의 시(?)가 『재능 없는 수필보다도 못한』 횡행하는 것은 세기말의 기형 문학의 표현밖에 아무것도 아니다.

낙오^{落伍}의 담^談

근년 내*에 우리 비평문학의 원로격인 박영희 씨와 또한 정력 있는 비평가 백철 씨를 비롯하여 이갑기 등이 제각기 『과오』를 벗기 위한 반발적 행위를 취하게 된 것을 덮어놓고 나무랄 수 없을 만치 과거의 이 지역의 문학적 코-스는 아류적 기분에 충만되고 속박한 정치주의의 가장물에 불과하였다.

그러므로 우리의 취할 바는 다-만 그들의 취한 바 과오의 청산태도가 더러웠고 예술가로서의 포-즈가 너무나 연약, 비열하다는 것을 반박하고 욕하는 것보다도 도리어 그들에게 앞서 나아가 진솔한 태도로 자기비판과 과오의 청산을 게을리하지 말아야 되었다.

그러한 의미에서 박, 백, 이 등 제씨의 『반발의 적』이 되어 있는 임화 씨로 취할 바의 길은 그들을 비난하는 것 보다도 자주의 반성과 과오의 솔직한 청■과 신방향의 지시가 아니었던가(?) 생각된다.

삼십 년대에 비롯한 속된 이데올로기-를 문학 위에 생으로 가장시키었다고까지 과도한 반발을 그들에서 정면으로 공격 받는 임화 씨에 있어서이랴!

과오가 과오인 것으로 알려질 때 그것을 깨끗하게 씻어버리는 것은 예술가의 일에서뿐 아니라 보다 더 현실적인 정치적인 일에서도 없지 못할 일이다.

원래 비평가는 『재판관』의 행세를 하고 작가는 『피고』의 신세에 인종하였다는 말 — 그리고 문학의 길은 끝까지 문학 독자의 길이 있다는 말 — 그러므로 문학자와 정치가와는 다르다는 말 — 그리고 예술가는 예술로서의 특이한 재능과 기량이 필요하다는 말 — 이것들은 그것을 말하는 사람이 비록 뿔조아 문학자요 반동문학자라 할지라도 그것이 정당한 것이라면 우리의 두뇌와 인식의 주머니는 그것을 받아들이기에 조그만 주저躊躇을도 필요가 없다!

일찍이 포리얀스키-는 푸로이드를 말하여 다음과 같이 토로한 일이 있다.

프로이드는 뿔조아요 이상가이므로 탐지하기를 불욕한다는 극단의 태도는 도리어 기괴하다.

얼짜 문예비평가가 게다가 맑스의 말과 정치적 어구만을 『입문서』와 물 건너 월간지 등에서 주어 번역하여 『비평가』라는 이름을 『압매ラ』하는 — 이 지역에는 늘 계속되어 나타나고 있으며 그들은 『남이 쓰니 나도』 하는 식의 불량한 치기를 부리는 것이 사실이라면 포리얀스키-의 이상의 형언은 그들을 위하여 둘도 없는 교훈이 되리라.

미천을 털고 보면 문학개론 한 책도 못 읽고 남의 작품이라고 쇠통 읽은 일이 없고 읽을려고 하지 않는 인간이 허다하다는 것을 잘 알고 있는 우리는 이부터라도 좀 더 진솔하게 문학을 생각하여 보기로 하자!(舊橋)

『조선문학』, 1937.4

시詩와 현실現實의 상극相剋

소묘素描 · 조벽암趙碧岩

　　이 땅이 가진 젊은 시인의 한 사람일 조 씨를 이야기하여 보려
는 것이 이 소묘를 초하는 나의 본의이다.

　　그러나 인간적으로 일면식이 없는 그의 시를 이야기하는 것
은 다소 어색한 모험인 것을 자인 못하는 바도 아니다. 나보다도
더 많이 그를 알고 나보다도 그의 시를 더 잘 아는 사람이 있으리
라는 것을 믿는 까닭이다 ― 그의 인간됨까지를 아는 사람이면
그의 시를 이야기하는 데 좋은 도움이 될 것을 아는 까닭이다.

　　그러나 나는 불행히 그와 상면할 기회를 갖지 못한 채 지금에
이르렀으며 그러므로 나의 여기에서 취할 바 태도는 오직 그의
시에만 국한하자는 것이다. 그것만이라면 나도 안심을 하고 대들
패기를 가질 수 있는 까닭이다.

　　나의 『정규』가 비록 바르고 고르지 못하여 엇가는 일이 있을
지라도 나는 나의 『규정』으로써 나의 대상을 측량하기를 기호하는
까닭이다.

×　×

　　나의 『규정』의 「푸리슴」을 통하여 채택된 시인으로서의 조 씨

는 확실히 『증오憎惡와 복수復讐』형의 시인은 아니다.

그는 공격 대신에 자조와 자책으로써 그것을 대행하는 시인이다.

그렇다고 그가 또한 때를 따라 적렬敵烈하게 경敵을 노리며 대립하는 것을 묵과할 수는 없다. 다-만 그는 객관적으로 분석된 자아의 적을 적으로써 종국까지 추적하는 것을 단념하는 것이다.

그의 시의 혈관을 관류하는 한줄기 연연한 광채는 적에 대한 증오憎惡에 대하여 구체적 형상을 갖추지 못한 채 석조夕照처럼 재를 넘어 버린다. 그리하여 그것은 마침내 자아를 울화鬱化하고 자아의 의식까지를 자책하는 정감의 반발로 변질되어 심혼의 밑바닥에 침전되어 버린다.

그리하여 베일을 뒤집어 쓴 이념의 심저에 가로누운 견고한 핵심을 탐색할 만한 『이지의 칼』을 힘차게 휘두르지 못한 채 유성처럼 순간의 『화화火花』를 발산하고 영겁의 어둠 속에 자멸을 고할 따름이다.

지금 나의 서재에 꽂힌 월간지 중에서 그의 시를 골라 몇 개 적어본다면 다음과 같다.

「시금석」「추부의 안해」「여광을 찾아오느나」「씀바귀」「단장」「안동차료安東茶寮」「추정」「제야」「향수」…… 등이다. 물론 이밖에도 그의 시는 발표된 것이 많음을 기억하나 방금 수중에 그것들이 구비되어 있지 못한 탓으로 전부 열거할 수는 없다.

기름 냄새 풍기는 여사旅舍의 제야는
석캐처럼 질근질근 향수를 간지르고

한등은 짓궂게 고전의 햇틔를 부리노니
추억의 방랑속에 애탄이나 맡겨보자

어둠마자 동굴 같이 깃드린 창모슬에
객심은 처연히 요요한 고독을 쥐여 짜고

명일의 유향 속에 퇴색한 옛을 묻으랴고
만종의 침륜처럼 밤새도록 울어나 보자

「제야」

이것은 그의 시 중에서 골라낸 하나의 표본이다. 그리고 보는
바와 같이 이 시 속에는 『향수』가 여사에서 제야하는 그에게 석
캐처럼 질근질근 간지르고 추억의 방랑이 그를 애탄시킨다. 그를
위하여 찾아든 것은 끝까지 어둠의 동굴이요 『니힐』의 굴레를 쓴
심혼의 퇴색된 침륜뿐이다. 『니힐』은 거머리처럼 그를 빨고 그는
『니힐』의 독주에 실혼되어 처연한 고독에 흐느끼며 운다. 이것은
바로 그와 현실의 상극에서 빚어지는 비극이다! 여름날 파리 떼
처럼 졸졸 따라다니는 『니힐』의 요정은 그로 하여금 투명한 이념
의 구렁에까지 유혹하는 것이다. 현실과 상극되는 자아의 자질을

구출하는 총명한 이지의 칼날과 용감스러운 비약의 날개를 그에게서 찾아보려는 것은 거운 허망에 가까운 일이다.

바로 피비린내 나는 비약이 있을 때 그의 시는 찬란한 서광을 발할 것을 마음속에 구도해 보는 것은 나만이 가지고 있는 노파심일까?

이와 같이 이 시인은 자아의 밟아 온 시의 행정 위에 명쾌하고 억세고 심원한 호흡을 보여주는 대신에 연소하고 둔하고 암담하고 창백한 기복만을 보여준다.

물론, 상론한 바와 같이 그가 때때로 돌발하는 비약의 찬광을 무시할 수는 없으리라. 암담한 현실에서 자조와 권태와 증오^{憎惡}를 발하여 항쟁의 잠재의식을 가질 때 그는 강렬한 이메지-를 파촉하려 한다. 그러나 다음 순간 가혹한 현실이 그 내면에 숨기고 있는 온갖 모순을 적나라하게 드러내밀 때 그의 이념은 다시 뒷자리로 퇴각하게 되고 그곳에는 배전^{倍前}의 공허가 새끼를 치는 것이다.

그의 시는 대개가 이러한 정감에서 빚어 나오는 창백한 인테리적 고뇌의 발로이요 바로 그 까닭으로 하여 그의 시는 피를 토하는 것 같이 비참한 애조를 띠우고 울려 나오는 것이다.

그가 처음 시의 세계를 향하여 미숙한 걸음의 첫발을 들여놓은 『시금석』시대에는 지금의 그의 시와는 상반되는 자질이 있었다. 그 당시의 그의 시는 현실불관하는 소박한 이념과 정열이 충만하였었다. 비록 그것은 시라고 이름을 붙이기가 거북한 정도의 것이기는 하였지만 그러나 그것을 북돋아 나갈 자질의 소유자가 되지 못할 운명적 숙제는 그로 하여금 육체와 정신을 중압하는 자조적 이념의 동굴 속으로 그를 추방하고야 말았으니, 이 시인에게는 오직 피로와 『니힐』만이 유일의 선물이 되고 시적 표현의 재능만이 지필에게 수고를 입히게 된 것이다.

그리하여 시인과 현실의 피비린내 나는 상쟁! 이것이 이 시인을 초점으로 하여 뚜렷하게 나타남을 우리는 목격한다. 뼈저리게 푸득이는 암울의 날개는 참담한 비명과 함께 낙일落日을 맞으려는 듯이…….

배후에 절박한 암울이 강도될 때, 혹렬한 위기는 항상 머리를 들고 그를 침략한다! 기진한 의회疑懷와 ■색한 자조와 자책이 이 시인에게 있어서는 둘도 없는 『어머니』가 되어 시형의 수연을 손짓하여 부른다.

지금 그에게 남겨진 것은 자조·니힐의 정감을 걷어차고 현실과 혹렬한 싸움을 다시 전개하는 데 있음을 나는 믿는다. 그때 그에게 다시 시의 청춘이 찾아들 것이다.

우리는 그때 그와 현실과의 참다운 격투가 시작되는 거짓 없는 『타임』을 조망하며 두 손뼉을 치고 그를 호환할 것이다. 자아의 야수꺼운 습성과 앙탈을 끊어 버리는 고뇌! 그리고 자아의 정신과 육체를 상합시키는 무서운 싸움! 신음하는 시혼과 범람하는 『니힐』을 억압하는 불붙는 의지! 통곡하며 일그러진 시형의 개조!

고한^{苦汗}은 바로 여기에서 바다처럼 넘쳐흐를 것이다.

이것은 이 시인에게만 이야기될 상식은 아니다! 우리들 젊은 인테리 시인들의 곰팡내 나는 시문학을 부숴 버리기 위한 한 개의 강렬한 의욕이다. ― 정축^{丁丑} 초하^{初夏} ―

『조선문학』, 1937.8

감정感情을 감정感情하는 사람

낡은 시의 나라에 있어서는 인간의 감정의 문자화가 곧 시가 될 수 있었다

그러나, 때는 바뀌었다. ─ 인간의 단순한 감정은 한 개의 감정에 불과한 까닭이다. 시는 인간의 감정의 감정한 것의 표현이요, 그러므로 시인은 『감정을 감정하는 인간』이다.

그것은 무엇보다도, 인간은 감정만으로 생활하지 않고 이성이라는 다른 한 개의 『생활소』를 가진 까닭이며 오늘날의 우리에게 있어서는 이성이 감정본능에 대하여 덮어놓고 손잡기를 싫어하는 까닭이다.

그러므로 우리들 새로운 세대의 시인들에게 남은 일은 감정을 있는 그대로 그리는 일이 아니라 『감정을 감정』하는 일이다 ─ 그것은 다만 우리가 가지고 있는 감정과 이성의 강렬한 통일 밑에서만 감행할 수 있는 일이다.

뮤-즈여! 소박한 감정을 기양棄揚하라!

『조선문학』, 1937.8

"분향焚香"을 읽다

이찬 제2시집

새삼스럽게 물어볼 필요는 없다. 무엇 때문에 예나 이제나 불행과 생과 사…… 이런 것들을 시인이 즐겨 읊게 되는가를 —.

문제는 극히 단순하다. 무엇 때문에 우리가 그것을 읽고 같은 불행과 같은 절망을 맛보게 되는가를 생각하여 보면 그만이기 때문이다.

現代의 모-드로 볼 때에는 그 이름이 너무 낡은『분향』—.

그러나 시의 가치란 세-리판쓰의 가치가 아님을 기억할 필요가 있다. 그러므로『분향』은 언제나 그윽한 연기와 함께 현대인의 취각을 부른다.

애써봐야 보람 없기
애씀을 버렸다

생각해야 별 수 없기
생각조차 버렸다

오 이제는 오리라
백치의 행복이여

『명열嗚咽』의 일부

멀미 나는 날과 밤에 모래알처럼 우리가 씹어 삼키는 것을, 가장 쉬운 말과 가장 자유스런 문체로, 우리가 『처음으로 보고 느끼는 것처럼』^{장·콕토오의 말}을 펴 보인 이 시를 읽고 공감을 지나쳐 오히려 멀미까지를 맛보게 되는 것은, 그의 시가 『낡은 시』에 속한 까닭이라는 단순한 이유에서가 아니라 동시대인으로서의 우리가 소유한 감성적 습성에서 빚어지는 분위기일지도 모른다.

사실 이 시인은 운명적인 자아의 불행과 절망을 안은 채 북방의 령을 넘나고 때로 차창을 벗 삼아 고독을 분풀이한다. 북방의 시인답지 않게 그의 시가 한결같이 이마-쥬의 강도가 흐리고 말의 함축이 부족하다 할지라도 암담 그 속에서 몸부림치는 거짓 없는 생활을 그린 사랑스러운 데생의 몇몇 개와 족히 우리가 친할 수 있는 것은 그 까닭이다.

영이 영을 불러 밀어를 주밧든 곳
길이 눈꼴 틀려 비꼬기만 하고……

　　　　　　　　　　　『북방의 길』의 일부

그리하여 우리는 자유시의 계통 속에서 자라난 이 시인에게 없는 것만 같지 못하던 『비혜비아리즘』의 멀미가^{待望} 형화^{螢火} 영기는 그윽 달밤 그늘진 수풀 속의 한 그루 향나무^{焚香}의 내 마음새와 바뀐 사실을 목격할 수가 있다.

오호 어여쁜 웨드여

이런 밤엔 자장가가 좋잖으냐

그 달고 간지러운 음율이

그 나릿하고 포근한 여음이

차라리 잠을 부르게

잠을 부르게—

밖은 十二月 갈 길도 먼데

우리 시인은 추위가 제일 싫단다.

『티-룸·에리사』의 일부

　그가 불행과 절망을 한시라도 잊어버리기 위하여 남방의 도
회의 밤을 헤매이며 『코코아』를 마시고 『신데리아』에 시선을 굴
리는 때에도 『머리는 무거워』 노스탈쟈-가 우러난다. 물론, 이밖
에도 『삶에의 경고』를 비롯하여 나의 구미口味를 부르는 시가 없
는 바 아니다. 그러나 여기에서는 다만 한 캐치를 흔드는 것으로
그의 앞날을 고대하기로 하자. (정가일원定價壹圓, 송요십구전送料十九錢,
경성한성도서주식회사발행城漢城圖書株式會社發行, 진■경성칠육육○번振■京城
七六六○番)

『조선일보』, 1938.9.6

지성^{知性} 없는 생활^{生活}은 불가^{不可}

서양문화의 전통을 갖지 못한 우리에게 그 문화가 섭취되기 시작한 것은 이미 반세기 전의 일이요 문화에 대하여서만 아니라 이 자리의 이야기 커리가 되어 있는 지성 문제에 있어서도 동일한 규정을 내릴 수 있다고 나는 생각하오.

우리에게 지성의 전통이 없다는 말은 우리가 이미 지성과 더불어 생활하고 있으며 그것 없이는 견딜 수 없다는 사실까지를 부정할 수는 없으리라고 믿는 까닭이요. 더구나 여기에 말하는 소위 「지성」이라는 것이 문학적 의미에서 쓰인 것이라면 이 말은 더욱 강조되어도 좋으리라고 믿으오.

『비판』, 1938.11

권환^{權煥} 시집^{詩集} "자화상^{自畵像}"의 인상^{印象}

외우 권환 형은 이미 시집을 가졌어야 할 시인의 한 사람이다. 그러나 가져야 될 것이 되지 못한 채 내려온 것 — 짧지 아니한 그의 시생활에 비하여 그의 시집이 한 권도 없었다는 유감은 이젠 곱다랗게 사라진 것이다.

이 시인의 출발은 소위 관념시의 전성기였다. 어느 의미로 보면 이 시인이 그 대표적인 존재였다고 볼 수도 있을 것이다. 사실에 있어 이 시인의 과거의 반품^{伴品}은 관념의 생경한 노출이라고 비난의 화살을 독차지한 일도 있었다.

그 시대의 시인들의 시에 대한 태도로 본다면 이 시인이 시적 표현의 태도에 있어 일면화된 것도 무리한 일은 아니었다. 그때의 시인들의 관념은 모두 일면화와 조급성을 가지고 있었다. 예컨대 기쁨만을 노래하는 시인은 슬픔을 슬픔만을 노래하는 시인은 기쁨을 서로서로 커-다란 배덕처럼 생각하는 경향을 가졌었다. 이 시인도 그러한 경향으로부터 예외일 수는 없었다.

지금 생각하면 모두 불건강한 사고에서 생긴 착오와 오류였다. 자유시가 자아의 막다른 골목에 다다라 여러 가지 형태로 전전하며 방황하게 되자 시의 세계는 무섭게 파탄되어, 어떤 자는 서정의 원시림 속에 흘리고 온 꽃다발을 주워 들고 시들은 향내를 되맡아 보고, 어떤 자는 생경한 관념의 탱크를 타고 향방도 모를 암야의 황야를 헤매었고, 어떤 자는 언어의 기술사의 간판을 걸머지고 저도 모르는 잠꼬대를 방매한 것이었다.

그러는 동안에 마침내 때는 왔다. 시에 대한 시인들의 태도와 사고는 성장한 것이다. 이 시인도 새로운 호흡 속에서 자아의 방향을 탐구한 것이다.

○

시집 "자화상"에는 과거의 시 작품은 한 편도 들어 있지 않다. 모두 그 이후의 반품 사십 편으로 되어 있다.

그런데, 이 "자화상"에서 내가 느낀 것은 첫째로 시의 제재가 확대된 것, 둘째로 감성이 풍부해진 것, 셋째로 표현 기법이 다각적인 것이다. 물론, 이 세 가지는 하나가 있으면 다른 두 가지도 스스로 따르게 되는 것이지만, 이 세 가지가 융합되어 그의 시의 면모는 일견 변이의 감을 주는 것이다.

·················

그저 물끄러미 쳐다보았다
바다 같은 하늘을
그저 뚫어지게 보았다
그러나 아무것도 뵈지 않았다
뚫어지게 보았다

그러나 푸른 하늘뿐이었다

"투시"의 후반

이 시는 구태여 유달리 읽는 사람의 이목을 끄는 "말"이나 수법을 쓰지 아니했다. 그러나, 일면 평범하고 소박한 언어 속에서 스스로 빚어지는 시의 매력은 의외로 크고 강하다.

시란 별다른 괴물도 마술도 아니다. 시란 역시 인간의 소리성이다.

더 이야기하지 못함을 유감으로 생각하며, 끝으로 이 책이 족히 강호제현의 추야장등의 벗이 될 것을 확언해두고 이만 괄필하기로 한다.

(발행소 경성부 종로구 내수정 194 조선출판사)

『조광』, 1943.10

문학文學과 언어言語

작가와 시인들이 『말』을 문학의 면에서 논의하는 것은 흔히 보아오거니와 그것을 말의 면에서 논의하는 것은 별로 보지 못하였다. 더구나 이것은 우리 문학자에게 있어 아무런 불명예도 아닌 것처럼 여기는 풍습이 있는 듯하다.

신문학이 발생된 이후 오늘에 이르기까지 우리 무학자들은 자기들이 쓰고 있는 바 말의 실질에 대하여 너무나 무관심하였다. 우리는 문학의 형식 문제에 있어서도 다만 그 양식만을 추구하여 왔으며 말의 양식에 대하여서는 손도 대어본 일이 없었다.

물론, 문학의 양식이나 말의 양식이라는 것은 ■■한 것이다. 그러나 이 두 가지는 근본적으로 어느 일점의 결기점에서 접합하는 것이다.

그러므로 문학의 양식이라는 어려운 과제를 생각할 때 우리는 먼저 『말의 양식』이라는 것을 정확하게 파악해야 될 것이다.

우리나라에서는 먼 태고적부터 그릇된 한 개의 언어의 양식을 채용하여 왔다고 볼 수 있으니 곧 중국 글자를 빌려다 쓴 『이두문학』부터가 그 그릇된 시초였다.

가령 한양조 이후의 문학공■을 통하여 가장 지배적인 세력을 가지고 나타나 있는 한문혼합의 문학은 문학사가들이 붓을 갖

추어 찬양하지만 나에게 말하라면 그것은 언어상의 불■ ■■ 불
통일을 ■한 시대라고 말하고 싶으며 참으로 국문학의 오랜 함몰
기라고 말하고 싶다.

소위『시조』문학이 그■은 본보기이나 그것은 언어에 눈뜬
우리 겨레의 고유한 문학적■■를 망각한 데서 결과된 것이었다.

그 보기예로 여기에 고시조 한 수를 내어걸고 보기로 하자.

청산이 벽계수야 수히감을 자랑마라
일도창해하면 다시오기 어려워라
명월이 만공산하니 쉬어간들 어떠리

— 이 얼마나 한문과 우리말의 혼■의 오^惡■■을 보여주고
있는가? 여기에 비하여 고려의 가요를 볼진대 거기엔 얼마나 부
드러운 우리말의 산 리듬이 뛰놀고 있는가? 그것은 마치 흐르는
물처럼 ■■하게 유창하게 샘물처럼 흘러나오는가를 —.

살어리 살어리랏다
청산에 살어리랏다
머루랑 다래랑 먹고
청산에 살어리랏다
얄리 얄리 얄랑셩 얄라리 얄라

― 고려가요의 ■■적인맞은 한양조로 내려와서는 소위 『시조』라는 특이한 문학양식으로 출현되어 한자혼용, 한문혼합의 관습이 숭상되고 한■■의 색채가 유입되어 귀족문학으로서의 『시조』의 성격을 마련해 주었으니 문학에 있어 그 양식이란 이렇게 악^惡한 것이다.

그리하여 한양조의 문학은 ■■ 아름답고 부드러워 이것이 길이 후세인 오늘날까지도 전하여 내려왔지만는 문■■■■■ 그 ■■가 ■■다. 보다 더 넓은 ■■적 ■■성과 민족 염원적 요소 ― 곧 대중성이 결여되어 있다.

우리 『한글』처럼 ■■로서의 가치에 있어 뛰어난 것은 없다고 자만하면서도 우리는 지금까지 외래어의 압박에 사로잡혀온 민족은 물론 없을 것이다. 모름지기 우리는 우리말을 찾고 우리말을 살리고 지켜 나가는 것으로 문학자의 유―한 직능을 삼아야 될 것이다.

(■)

2.21

『민중일보』, 1948.2.20

나랏말의 새 일거리

문학자로서 본

글 이름 풀이

"나랏말의 새 일거리" 이런 타이틀^{title}을 붙인 것부터 못마땅하여, 이마를 찡그리는 "불쌍한 겨레"가 있을는지도 모르겠다.

"한글"을 위하여 목숨을 이바지한 스승들 속에 한 자리를 차지하기에 조금도 부끄러울 것이 없는 최현배님을 헐뜯기 위하여, 다른 생각은 할 겨를도 없는 듯이 보이는 사람들이 흔히 보기로 들추는 "날틀-비행기" "번개등 = 전등" 같은, 최님 스스로도 말하지 아니 헛개비 같은 "낱말"을 쳐들고 나서서 나를 비꼬아 댈는지도 모르나, 내가 여기에서 굳이 "국어의 신 과제"라는 것을 "나랏말의 새 일거리"라고 이름을 지어 붙이는 것은 다른 아무런 까닭도, 고집도, 나 스스로의 재미를 가지지 않는다. 다만 나는 이 갈

리는 두 겹 세계의 글자를 쓰는 삶이 무엇보다도 싫은 지위에서
이다.

1. 실마리 말과 겨레

사람은 누구나 다 제 나랏말을 사랑하고, 아끼고, 자랑한다.

그것은 뜻을 가진 삶을 비롯한 때부터 곧, 어머니의 뱃속에서
나온 때부터 스스로 배우고 익혀진 것의 하나인 까닭이다.

그 증거로는 어떤 나라 사람이라도 모두 제 나랏말을 가장 좋
은 말로 알고, 믿는 것으로 미루어 보아도 넉넉히 짐작할 수 있는
일이다.

—그것은 오히려 마땅한 일이기도 하다. 그러나, 그들은 멋도
모르고 그렇게 생각할 따름이다. 그들은 그 깊은 뜻을 모르는 것
이다.

나랏말이 없으면 그 나라의 넋도 자랑도 뻗어 나갈 수가 없는
것이다.

그리하여 생각도 하지 못하는 사이에 자랑도 넋도 다 사라지
고, 마침내 그 목숨까지도 잃어버리게 되는 것이니, 알지 못하는
동안에 남의 나랏말이 밀려 들어오게 되고, 마음에도 없는 남의
자랑을 억지로라도 내 것을 삼아야 되는 눈물겨운 세월이 마련되
는 것이다.

그리하여 마침내 도적의 거친 말굽 아래에 짓밟히는 꽃봉오리의 신세를 맞이하게 되는 것이다. ― 이런 말을 끄집어낸다고 성미 급한 사람이 혹시 나를 가리켜 배타주의의 랫텔을 붙일는지도 모르지만―.

우리나라의 일만 돌아다 보더라도, 우리는 넋을 잃고 대낮에 꿈을 꾸고 있는 동안에 아직 못게라! 한문에 눌리고, 또 그 뒤를 맞아 왜말에 치가 떨리도록 짓눌린 것이 아니었던가. 앞으로 또 어떠한 낯선 말에 눌리게 될지, 그것은 38선의 금처럼 알 수 없는 수수께끼의 하나가 아닐 수 없다.

우리의 지금의 사정으로 미루어 보건대, 가까운 앞날 또 어떠한 무서운 일이 빚어질지 누가 뚜렷한 자신을 가지고 말할 수 있을 것이냐?

총과 칼보다도, 밥과 돈보다도 혀의 힘, 붓대의 움직임이 얼마나 크게 같은 겨레로서의 우리들의 목숨을 좌우할 것이냐!

―어찌 이것이, 다만, 스무해에 가까운 나의 말과 글을 아끼고 지켜온 데서 얻어진 깨달음이라고만 말할 것이냐?

○

우리가 가진 온갖 것 가운데에 가장 오래된 것의 하나가 말이요, 가장 오래 내려온 것의 하나가 글이니, 나랏말의 참된 주춧돌을 괴기 위해서는 무엇보다도 먼저 말이라는 것의 본바탕을, 그리고 끊임없이 바꾸어 나가는 그 모습을, 되도록 뚜렷하게 갈라내고 골라내어, 그것의 참된 바탕을 찾아내지 않으면 안 될 것이다.

말이란 그것이 무엇을 나타내는 것이며, 무엇을 뜻하는 것인가? 이것이 가장 큰 우리의 일거리인 것이니, 무릇 말은 사람과 사람 사이에 서로 되어지는 것으로, 슬기와 느낌을 나타내는 연장이 되는 것이요, 이 두 가지가 서로 얽혀지고 뒤섞여져서 온갖 우리 겨레의 살아나가는 거짓 없는 모습이 빚어지는 것이다.

말이야말로 우리의 목숨을 주고도 바꿀 수 없는 값을 가지고 있다. 모름지기 우리는 아득한 옛적부터 오늘날까지의 우리말의 걸어 온 자취를 찾아내기 위하여 어린애의 말로부터 어른의 말까지 바뀌어 내려온 가지가지의 모습을 더듬고 찾아보지 않으면 참된 나랏말은 그 주춧돌을 세울 수 없을 것이다.

우리는 말의 본바탕과 그 바뀌어 나가는 모습을 물질과 정신의 두 몫으로 나누어 그것을 가리고 추리어, 마침내 말이 우리의 생각과 느낌을 어떻게 좌우하는 것인가를 알아 보아야 될 것이다.

무릇 인류 학자들의 말을 빌 것도 없이 손과 말, 이 두 가지 속에 사람은 들어 있다고 말할 수 있다. 곧 손과 말의 발명, 이 두 가지가 사람으로서의 유다른 물질적 논리와 심리적 논리가 되어 나온 것임을 넉넉히 짐작할 수 있다.

다시 말하면, 손은 사람의 물질적 연장이 되고 말은 그 마음의 피어나 감을 나타내고 빛나게 하여, 오늘날의 인류의 역사를 빛어주게 된 것이라고 말할 수 있으니, 말이란 사람이 가진 바 진화를 가져 온 온갖 창조의 어머니라는 것을 우리는 알 수 있다.

그렇다면 대체 말이란 어떠한 일을 맡아보는 것인가? 말의 어느 모가 사람의 마음의 발달에 이바지하는 것인가? 그리고 말과 같이 이상한 것을 생기게 하고 발달하게 한 개인과 사회와의 관계는 어떠한 것인가? 이러한 여러 가지 물음에 대답해야 될 것이다. 그리고 말이라는 것은 어떻게 해서 사람의 삶으로부터 생긴 것인가? 또 삶이 말을 생기게 한 다음 그것은 어떻게 바뀌어 온 것인가? 하는 것을 밝혀야 될 것이다.

○

그런데 말이라는 것을 잘못 알아 한 개의 신비스러운 것으로 여기는 사람이 있음을 보거니와, 말은 사람을 떠나서 홀로 생기고 홀로 걸어가는 것으로 생각하는 것은 큰 잘못이다.

말은 우리의 마음의 삶과 떠날 수 없는 관계를 가진 것으로 처음부터 말은 움직이고 있는 마음일 것이다.

사람이 인류homo sapien인 것은 쓸모 있는 사람homo faber인 까닭이지만은 말하는 사람homo loquens인 것이 더욱 큰 까닭이 되어 있다.

2. 한자 이야기 조윤제님의 그릇됨

한자 폐지 문제가 아직도 말썽거리가 되는 듯하다.

우리도 지나간 날의 가슴 쓰린 치욕의 역사에 비추어 보아 어서 이런 문제 같은 것을 매스티케트masti-cate하고 나가야 될 일임에도 불구하고 아직도 볼꼴 사나운 고집을 쓰는 이가 간혹 대낮의 도깨비처럼 나타난다.

그들 가운데에는 낡은 머리에 굳어진 스스로의 신세를 앙탈하기 위하여 마지막으로 용을 쓰는 사람도 있고, 또 지금까지의 스스로 독차지했던 "아는 사람"으로서의 오소리티이authority를 잃는 것이 애달파서 앙탈을 해보는 사람도 있고, 또 지난날 왜놈의 판국에서는 나서지도 못하던 점쟁이로서 말과 글만이라도 전보다는 마음 놓고 쓸 수 있는 세상이 되고보니, 엉뚱한 생욕심이 치밀어, 큰 ■비나 되는 양, 가장 나랏말과 겨레의 일과 가르치는 일을 근심하는 양, 잠꼬대를 늘어놓는 사람도 있는 듯하다.

더욱이 묘한 것은 대개 그들은 지나간 왜놈의 세상 때, 돈냥이나 있어 순조롭게 행세를 할 수 있던 크라스class의 자제들로 해방이 된 오늘날에도 오히려 학벌의 허울이나 믿고 있는 털어놓고 보면 먼지만 쏟아지는 따위의 사람들 속에 더욱 많음을 보거니와, 이들이야말로 예수교의 풀이말을 빌려 말한다면 "구할 수 없는 영혼"들이라 아니 말할 수 없는 노릇이다.

지난해 7월에 "국어 교육의 당면한 문제"라는 조그마한 책을 내었다가 지난달 "한글"에서 이정학 님에게 걷어채인 조윤제 교수도 어느 편이냐 하면 위에 말한 카테고리category의 한 자리를 차지해야 될 듯하다.

씨는 이 씨의 말을 빌 것도 없이, 이제껏 어디서 낮잠을 자다가 나왔는지 정말 큰 망신을 사서 한 셈이다.

씨는 우리 겨레가 이러한 계제에 이중 문자의 생활에서 벗어나려는 것이 잘못이라고 한다. 왜놈이 달아난 다음, 한글말, 한자글, 왜말글이 세 겹의 언문 생활에서 왜말글이라는 한 겹이 시원스럽게 벗어진 오늘날에 있어 또 한 겹 남아진 한자글의 무쇠 굴레마저 벗어 버리려는 것이 무엇이 잘못이라는가?

씨여! 차라리 점잖게 입을 다물고 돌이켜 생각해 볼지어다. 그리고, 한자 문제를 이야기할진대 차라리 그 폐지에 대한 참된 겨레의 마음에서 우러난 폐지의 정신일랑 고이 받들고, 다만 그 실천 문제에 대하여서나 좋은 말씀이라도 베풀어 볼 일이지, 일껏 생목숨과 피땀을 흘려 가며 우리의 나랏말을 지켜 온 조선어학회를 흘기고 헐뜯는 안은 아무리 좋게 보려 해도 볼꼴 사나운 일이다.

물론, 이 글을 쓰는 나는 조 씨를 한 번도 만나 본 일도 없을 뿐더러 아무런 사사로운 감정도 없는 것이다. 오직 우리 나랏말을 사랑하고 지키어 나가려는 마음만은 씨에게 지지 않으려는 뜻에서 이런 말씀을 하게 되는 것이다.

나는 한자 문제를 그렇게 어렵게 생각하고 싶지 않다. 그 까닭은, 한자가 폐지된 것은 오히려 마땅한 일이기 때문에 ―.

다만, 내가 근심하고 꺼리는 바는, 옳은 한자 폐지를 실행하기 위한 조바심으로 말미암아 교과서에 싣게 된 글들이 나랏말의 감으로 좋지 못한 것이 많이 섞여 있다는 것뿐이다. 때가 급한 관계도 있었겠지만 거의 한자와 한문으로 된 글들을 그대로 한자만 지우고 그 소리만을 우리말 소리로 바꾸어 놓았으니, 가뜩이나 가르칠 사람이 모자라는 지금의 우리로서 무식한 교사만 애 태우고, 배우는 아이들도 고생을 아주 면하지 못하는 형편이 아닌가? 이 점으로는 조선어학회 스스로도 깨닫는 바가 있어야 될 일이다.

내가 이른바 8·15 뒤에 교단에 서서 증험한 바에 의하면, 학생들의 맞춤법을 아는 정도란 참으로 놀랄 만큼 빠르고 쉽다는 것이다. 다만 그 교재의 내용이 너무 빡빡하고 논리적인 글이 많아서 지리 책인지, 역사책인지, 공민 책인지……알 수 없는 것이 많고, 또 그 글을 쓴 사람에 대한 간단한 설명도 없을 뿐더러, 영어인지, 독일어인지, 희랍어인지 사전도 찾아볼 수 없게 그대로 외국어라는 줄금만 표해 놓았으니, 그나마 만만한 사전도 없는 시골 학교 선생들이야 조금이라도 양심(?)이 있다면 보따리를 싸지 않을 사람이 어디 있겠냐? 심지어 이런 이야기까지 있다.

서울 시내 어느 공립 중학교 국어 공부 시간의 한 토막 에피소드episode이다.

한 생도가 일어나 선생에게 묻는 말—

"선생님! 이 노래 — 엄마야 누나야 강변 살자 —를 지은 김소월이라는 이는 어떤 사람입니까?"

선생…헴! "이 사람 김소월은 기생인데 시조도 잘하는 사람이
다…"

생도…!?

이 모양으로 가르치고 배워서야 어디 우리 겨레가 살아날 날
이 있을까?

선생도 선생이려니와 교과서를 만든 곳의 허물이 더 크다고
볼 수 있다.

3. 맞춤법 이야기 맞춤법과 문학자

앞에서 이야기한 조 씨는 또 맞춤법 문제에 대하여 배운 사람
답지 못한 말씀을 하였으니, 씨의 말을 빌면, 한글 맞춤법 통일안
은 아무도 모르게 슬그머니 문교부에 그냥 미끄러져 들어갔다조
씨의 말는 것이다. 씨의 이 말은 무엇이냐(?) 하면, 자기 같이 훌륭한
권위를 제쳐 놓고 왜 그런 대견한 일을 하였느냐(?)는 꾸지람과
노여움에서 우러난 푸념에 지나지 않는다.

그러나 씨의 말과는 반대로, 한글 맞춤법이야말로 한글을 목
숨보다도 아낀 주시경 스승의 횃불을 받들고 죽음을 무릅쓰고 싸
워 온 허다한 스승들의 피로서 뭉치어진 피눈물 나는 우리 겨레
에게 주어진 가장 갸륵한 선물일 것이다.

매우 미안한 말씀이나 조 씨도 지난날의 낡은 버릇이 남아 새

맞춤법을 배울 수가 없는 모양이니, 차라리 어린애의 세계로 다시 돌아간 셈치고 맞춤법 공부라도 좀 해 보소라.

물론 맞춤법을 지켜 나가는 조선어학회의 우리들도 그것을 절대화시켜 놓고 무슨 푸닥거리라도 하듯 어린 백성들을 홀려 먹으려는 마음은 가을 터럭만큼도 없다. 그 속에 얼마든지 험이 있고 불완전이 있다 할지라도 우리도 남과 어깨를 겨루고 살고 지운 불타는 마음에서 남과 같이 통일된 말을 가져야 되겠다. 거기에 고쳐야만 될 험이 있다면 고칠 수도 있는 돌림성을 마련하여 놓고 우리 겨레의 스스로 서는 마음과 한겨레끼리 물고, 뜯고, 할퀴고, 팔아먹고, 깎아 먹고, 빼앗아 먹고, 짜 먹지 않는 이상의 나라를 세워 보고져운 마음에서 통일안은 그 피눈물 나는 역사를 물들여 가며 빛을 돋은 것이다.

차라리 씨는, 나랏말과 나랏글과 배우는 이들을 위할진대, 낡은 허울을 훌훌 떨어 버리고, 자리도 가리지 말고, 그 일 속으로 들어와서 힘껏 씨름이라도 하여 보고 난 다음에 다시 말하여 보시라.

씨는 새로운 발견이라도 한 듯이 "이 선생"을 "이 선생"이라고 한다면, "이李 선생"인지 "이= 선생"일지 알 수 없다고 탄식하였으나, 이것이야말로 아주 어린애 같은 말이 아닐 수 없다. 씨의 말과 같이 "이 선생"이 "이 선생"이 되고, "조 선생"이 "조曺 선생"이 되고, "견甄 선생"이 "견犬 선생"이 될지라도, 우리는 이중 문자 삼중 문자 생활을 버리기 위함이라면 달게 받아야 할 것이다. 이만큼 말하여도 못 알아 듣는다면 씨는 조선을 사랑할 줄 모르는 조선 사람이 아닐 수 없다.

한자를 폐지한다니까 한문으로 된 우리 역사니 옛글도 연구하지 말라는 소리로 알아 듣는 무리가 많음을 보거니와 그것도 쓸데없는 걱정에 지나지 못한다. 한문으로 된 것들은 외국말로 셈치고 전문가나 유다른 맛을 아는 사람에게 맡기기 위하여 한문을 배우고 싶어 하는 이에게는 그 자유를 주면 그만이 아닐까?

"먹食으니"가 "머그니"로, "떡餠 먹어라"가 "떵 머거라"가 되어도 좋다면 씨는 우리 겨레가 다른 겨레에게 영영 짓밟혀 없어져도 좋다는 말과 무엇이 다를까보냐!

어찌, 씨에게만이랴. 이른바 문학을 공부한다는 우리 겨레 가운데에도 맞춤법 하나 제대로 알고 쓰는 이가 드문 것을 보면 참으로 한숨 나는 일이다.

심지어 명색 대학교단에서 글을 가르친다는 사람이 무엇에 바치獻는 노래의 글자도 쓸 줄 몰라서 …에 받치는 노래라고 몇 번이나 쓰고 돌아 다니는 것을 볼 때, 보는 사람이 도리어 얼굴이 붉어질 지경이다.

영어도 합네, **불란서어**도 합네, **독일어**도 합네, 하는 사람들이 왜 소학교 삼년생도 다 아는 맞춤법도 배우려 하지 않은가? 내가 이런 바른 소리를 하면 대개는 코웃음을 치며 대답하리라.

우리는 있는 말은 그만두고라도 없는 말까지 새로 만들고 없는 글자도 만들어 쓴다. 마치 **섹스피어**shakespeare처럼…

그러나 이런 생각으로 스스로 위로하며 지나는 동안 그들의 시나 소설은 드디어 소학생에게까지 오밋트^{Omit}당할 날이 오고야 말 것이다. 책 속에 겉장 뒤에다가 장식은 누구, 한글 교정은 누구 하고 박는 따위의 책이 또 나와 보아라. 소학생도 웃고 가리라.

뮤우즈^{muse}여! 그들로 하여금, 이 밤이 새기 전으로, 저마다 하나씩 빛나는 별을 찾게 하라.

(무자, 첫달, 초사흘, 화동에서)

『한글』, 1948.2

문학자^{文學者}의 사명^{使命}

세상에는 시나 소설을 쓰는 이가 많다. 그리고, 그것들을 읽는 이는 더욱 많다.

그러함에도 불구하고 『시란 무엇이며 소설이란 무엇인가? 사람은 무엇 때문에 시를 쓰고 소설을 쓰며, 또 그것을 읽게 되는 것인가? 그리고, 그것들을 무엇 때문에 인간과 더불어 존재하는 것인가? 따라서 문학자의 사명이란 과연 무엇인가?……』— 이러한 여러 가지 어려운 문제는 여전히 해답을 얻지 못한 채, 우리들 인간들의 영원한 숙제가 되어 있는 것이 아닐까?

이제야 우리는 이러한 숙제를 참되게 사고해 보고 탐구해 보지 않고서는 견디지 못할 때가 다다랐다.

『사물』 곧 『자연』이 인간의 『심상』에 반영되는 대로 우리 시인은 시를 쓰고 읊으며, 청중은 그 시를 되는 대로 주워 듣고 웃고 우는 것이 아닐까?

『인간』이란 본시 울고 웃는 생명의 한 개체로 생탄됐 것인데, 시가 생기기 때문에 더욱 울고 웃는 빈도가 늘게 된 것이다, 고나 할까?

그리하여, 시인은 시를 짓고, 독자는 시인이 쓰는 시를, 마치 길섶의 이름 모르는 야생화를 꺾듯, 그리고 마침내 그 꽃은 시들어지기가 무섭게 버림을 받게 되는 것이 아닐까?

진실로 『시』라는 것이 이렇게 무가의 것일진대, 우리 인간은 너무나 애닯고 속절없는 존재가 아닐까?

민족이 오직 하나의 신 — 민족적 이념을 가지고 있을 때, 그 민족은 생장하게 되며, 그것을 한번 상실할 때 그 민족은 곧 멸망하게 된다는 옛 시인의 말은 진실미가 아직도 새롭다.

시 — 민족적 이념이란 매우 막연한 의미를 가지고 있으나, 그것은 한 개의 유기체로서 한 개의 개성으로서의 민족의 『생명의 원천』을 의미한다. 그것은 다만 끌어모아진 삼천만 심령이 아니라, 삼천만 가운데의 한 사람, 한 사람의 내심에서 발로되는 심혼의 총체로서 위대한 역학성을 가진 것이다.

그것은 이 땅덩이의 방방곡곡에 침윤되어 영원히 고갈되지 않는 맑은 샘물의 표상이다.

그러므로 민족적 이념은 시간과 공간을 따라 달라진다 할지라도, 일체를 초월하고, 일체를 어루만져 길러養주는 무진장하고 전지전능한 위대한 힘의 개념을 내포하고 있는 것이다.

겨레民族의 이념이란 한겨레의 생명력의 근원이요, 골수이다. 그리고, 그 존재의 형식과 그 ■촉하는 온갖 것一切에 자아의 낙인을 남겨놓게 된다. — 이른바, 이것이 민족문화를 만들어주는 형성력의 발자潑剌한 발견인 것이다.

그러므로, 시인이란, 문학자란, 어떤 때 어떤 일에, 한번만, 크게 소리치고 마는 되는 대로의 존재가 아니라, 칠생의 괴물이 되어, 일곱번 넘어져도 다시 일어나는 불사신이 되고, 눌리고 눌려도 절멸되지 않는 것, 온갖 외적인 장해에도 굴사하지 않고, 항쟁하는 불멸의 영혼과 골수인 것이다. 저마다 제 민족을 지키고, 저마다 남의 민족을 침해하지 않는 정신의 고양을 위하여 세계만민이 공략하는 이상의 실현을 위하여 존재의 의의가 있는 것이다.

참된 인류학을 가진 개성과 민족일진대 이 누리의 한모퉁이에 쪼그리고 앉아 졸고 앉았을 때가 아니다. 시인이란 모름지기 자아의 민족적 개성과 성격과 천질과 전통을 추호도 손실하지 않고 오히려 그것을 고양시키고 고조하지 아니하면 안 될 것이다. ― 이 사업이야말로 시인에게만 주어진 유일의 사명이 아닐까?

인류의 고대사에서는 시인은 시인일 뿐 아니라, 민족의 교육자요, 입법자요, 재결자요, 명령자요, 예언자이었다. 그때에는 직업인으로서의 소설가와 가로의 행상인으로서의 시인이라는 것은 설혹 있었는지도 모르나 기록에는 남아 있지 않다.

옛날의 시인은, 그 예언자로서, 그 명령자로서, 삼군을 호령하고, 지혜는 만인의 앞을 섰으며, 지위는 왕후보다도 높았으니 그의 일언으로 왕위를 좌우하였고, 만인을 산과들로, 몰고 다닐 수가 있을 만큼 역량과 품격을 갖추고 있었다. ― 잔인한 왕후의 궁전의 문 앞에서 노래하는 군중이 한번 『저주의 시』를 읊으면, 궁전은 하룻밤 사이에 폐허로 변할 수 있었다. 곧 그들은, 그 나라와 민족의 풍습을 깨끗히 할 수 있었으며 **코스모스**宇宙와 질서와 신령들과 영웅에 대하여 교시하고 찬양할 수가 있었다. **서라벌** 민족에 있어서도 시인은 신종교과 영웅화랑에게 영예를 줄 힘을 가지고 있었다. 오로지 민족의 신과, 민족의 영웅과, 민족의 공동체를 위한 노무를 시인은 맡아 보았다. 이러한 古代에 있어서의 시와 시인의 의의와 임무가 오늘날의 그것과 전혀 천양의 차가 있는 것이다.

오늘의 시인은 너무나 무기력한 인간의 후예로 타락되어 버렸다. 그들은 황야에 헤매는 한 마리 들개야견와도 같고 풀끝에 잠들다 스러지는 이슬방울과도 같은 존재가 된 것이다. 인생으로도 최하층의 위상에 놓여지고야 말았다. 구제 받을 수 없는 죄악과 박해 속에, 사생아와 같은 생존을 누림으로써 그들의 운명은 창백한 새벽 달과도 같이 처참한 것이다. 생활력에 있어 범인보다도 무력하고, 정신력에 있어 모리배보다도 저열하게 되어 마침내 시인의 품격은 진흙 구렁 속에 전락되어 버렸다.

허나, 오늘날이라 하여 시인의 명예와 품격을 위하여 과감히 싸우기를 요청하지 않는 것은 아니다. 인성이 타락되면 될수록 시인은 보다 더 준렬히 투쟁하여야 될 것이다. 악과 부정과 불합리와 민족반역과 동족상살이 도를 가할수록 그것은 보다도 강대하게 정비례되어야 할 것이다.

그러므로, 시인은 위대하게 살기 위하여 의식적으로 그 생존의 기간을 단축시켜야 될 것이다. 시인이란 우선 신념이 심원한 인간적 양심과 지순한 감수성을 가지고 그 시대에 결여되어 있고, 더욱 그 시대가 스스로 깨닫지 못하는 것까지를 수태하여 생탄시키는 인류애를 기조로 한 민족문화 발전의 모체가 되어야 할 것이다. 견고한 결단력과 심원한 이성과 고매한 자신을 가지고 돌진하는 정신 — 이것이 시인이 되기보다 우선 인간이 되어야 하는 오늘날의 시인의 직능일지니, 미연의 것 — 곧 결여되어서는 안 될 것은 마침내 억세게 생환되는 것이다.

민족적 시인의 요청, 인간으로서의 민족이 있고, 민족의 넋이 있는 한, 민족의 성화를 지키기 위하여 참된 민족의 시인은 엄연히 존재할진저!

『백민』, 1948.5.1

고산孤山과 시조문학時調文學
그 생애生涯와 작풍作風에 대하여

머릿말서사

우리의 자랑의 하나인 시조는 한양조 오백 년 동안에도 그 중 엽에 이르러 가장 찬란한 빛을 자랑하였다고 볼 수 있으니 송강 정철, 노계 박인로를 비롯하여 그 뒤를 이어 나온 고산 윤선도, 노 가재 김수장, 남파 김천택을 그 대표하는 인물로 손꼽을 수 있다.

이들 오대가의 시조는 성조, 풍격, 사조가 모두 군재를 벗어날 수음절창으로 조선의 시조사 위에 — 아니 가요문학사 위에 불후 의 광■을 쏘아주고 있다.

이들을 중국의 시성들에게 비긴다면 이백, 두보, 백낙천, 도연 명, 한퇴지를 연상하게 될 것이며, 또 이들을 서구의 시성들에게 비긴다면, 괴이테, 하이네, 바이론, 밸레이느, 푸시이킨의 모습을 생 각하게 될 것이다.

그러나 여기에서는 오직 고산 한 사람에 대하여서만 그 생애 와 작풍을 간단히 ■어 보기로 하자.

그의 생애生涯

고산의 이름은 선도, 자는 약이, 해남 사람으로 1587, A.D.—만력 15년에 출생하였다.

그의 사람 됨됨이는 어려서부터 머리가 남달리 좋고, 배우기를 즐기었으니, 의, 복서, 음양, 지리에 이르기까지 모르는 것이 없었다.

고산은 스물여섯 살에 국자진사가 되고, 광해 임금 때 초야에서 상소하여 ■신 이이첨이 국정을 독차지하여 나랏일을 그르친다는 뜻의 긴 글을 올리어 온 조정을 크게 놀라게 하매, 마침내 경원으로 유배를 가게 되었다. 이는 하늘이 낳아준 그의 천품에서 우러난 것으로, 치세의 잘못﨟을 들어 화근을 지적하여 왕도를 바로잡기 위한 정성의 표현이었다.

경원에서 열세 해라는 긴긴 세월을 울분한 가운데에 보내다가 인조반정 때 풀리어 돌아왔다.

그 뒤에 대군의 스승이 되어 ■한 학범을 세우고 옛사람의 잘잘못을 가리어 옳은 길을 가르치니 인조께서도 항상 그 인품과 지■를 감탄하셨다 한다.

그 뒤에 형조정랑, 한성서윤 시강원문학, 성주현감을 거쳐 고향에 돌아와 유유자적하다가 병자호란이 일어나자 향당 수천 명을 거느리고 서울로 때를 몰아 달려왔으나 이미 서울은 되놈의 말굽 아래 짓밟힌 꽃송이가 되어 버린 때였으니, 그는 비분 탄식하고 다시 고향으로 돌아갔다.

　아지못게라 세상의 일인져! 그 일로 말미암아 임금이 분문하지 않았다는 지위로 영덕으로 또 귀양을 가게 되었다.

　거기에서 한 해 뒤에 풀려 고향으로 돌아왔다. 고향에 돌아와서 바다와 바다와 산수의 ■지를 찾아 노닐게 되었다. 그 뒤에 효종께 부르셨으나 나가지 않고, 효종이 승하하시니 좌상 심 광원이 아뢰어 『선도는 감■에 정통하다』하여 산릉의 일을 의논하게 되었다.

　그러나, 고산이 산릉을 점처 수원으로 定하매, 우암 송시열들이 반대하여 다른 곳으로 정하였다. 선도는 남 모르게 탄식하여 가로되 『반드시 또 다른 곳으로 옮기게 되리라』하더니, 과연 다섯 해 뒤에 산릉이 무너져서 여주로 개장改葬하게 되었다.

　그리고, 효종의 국상에 태후 마땅히 장자삼년의 복제를 따라야 되겠는데 송시열들이 일년으로 정하니, 고산은 크게 분개하여 또 상소를 올리었다. 어떠한 ■■도 ■■도 불같이 타는 그의 진실성을 꺾을 수는 없었다. 저마다 정의와 국사보다도 붕당과 세력의 ■화로 화한 그 당시의 조정에 이 숭고한 시인의 심령이야 지금에 앉아서도 넉넉히 미루어 알 수 있는 일이기도 하다.

　마침내 그의 상소문이 선왕을 범하고 어진 신하들을 모함하였다 하여, 그는 또 다시 삼수로 귀양을 가게 되었다.

　옥■ 유계는 임금께 아뢰어 상소문을 태워버렸다.

　판■■ 조■이 아뢰어 『선도는 무슨 죄가 있사오니까? 선도가 상소를 했을 제 누가 임금을 위하여 분소를 하자 여쭈었소이까? 고려의 공민왕이 이존오의 상소를 불태웠고, 광해주는 정 온의 상소를 불태웠으니, 정사가 이를 쓰고 야사가 이를 적어 어느 때, 어느 조정, 윤선도의 올린 예론의 상소를 불태웠다 하리니, ■조의 누됨이 그 어떠 하오리까?』하고 바른말을 하다가, 조 형은 그 때문에 벼슬을 삭탈 당하였고, 교리 홍자원도 뒤를 이어 상소하여 선도의 억울함을 호소하고 풀어주기를 주장하다가 마침내 잡아 갇히게까지 되었다.

그 뒤 을사년에 다시 선도는 광양으로 이배되니, 남쪽 바다 풍토가 좋지 못한 곳에서 두 해 동안이나 한 많은 세월을 보내었다. 이때도 임금은 풀어주려 하였으나, 영상 홍명하는 끝까지 반대하였다. 그러나, 임금이 굳이 풀어주시었다.

우리는 여기에서 우리 겨레의 뿌리 깊이 박힌 당파의 싸움을 엿볼 수 있거니와 선도가 풀리어 해도海島에 들어가 바닷가에 노닐며 갈매기를 벗 삼고 산에 들어 새의 노래를 동무 삼아 노래와 글로 그 여생을 마치게 된 것은 참으로 눈물나는 시대와 시인과의 상극상을 말하여 주는 것이다.

그는 현종 신해년에 돌아가니, 나이 팔십이요, 숙종께서 충현이라 시호를 내리었다.

그러나, 이러한 허울 좋은 시호쯤이 그의 넋에 무슨 위로를 주었을 것이냐!

그의 시풍詩風

고산 시조로 현존한 것은 대략 통계하여 칠십오 수에 지나지 않으나, 그 바탕質에 있어서는 가장 뛰어남을 볼 수 있으니, 그의 작풍은 돈후와 화이를 주지로 한 듯하며 어느 것을 보아도 모두 소박하고 유창하고 평명하다. 이것은 누구나 다 알 수 있는 노래를 쓰려는 평민적인 그의 자각과 노력을 엿볼 수 있다.

그의 시조는, 송강 정철의 것처럼 예술적 ■■에 있어서는 비록 높다하지 못할지라도 ■■과 ■■과 ■■한 것만이 시가 아닐진대, 고산의 시조야말로 풍■하고 소박하면서도 속되지 아니한, 참으로 사람의 냄새를 풍기는 가장 보편성을 가진 예술일 것이다.

그는 시를 짓는 정신의 뿌리를 사람의 성정 위에 두고, 눈에 비취는 것 귀에 들리는 것, 마음에 느끼어지는 온갖 것들을, 아무런 꾸밈새로 억지도 없이, 스스로 노래하는 것으로써 그 시의 신조를 삼았으니, 고산의 시조가 되도록 평명한 것을 주지로 삼았으면서도, 정치가 곡진하고 사람의 간장을 파고드는 알 수 없는 박력을 가진 것은 말귀어구 소리체운 꼴시형이 깎고 다듬어져서 혼연한 예술의 경지를 나타내어 주는 데 있지 않을까?

어려운 것을 걸러낸 쉬움과 복잡한 것을 씻어낸 간소 ─ 이것이 바로 고산의 남다른 특성인 것이다.

더욱이 고산은 『산중신곡』과 『어부사』에 그 비범한 재주를 나타내었다. 우리 근고가요 속에서 보기 드문 재주와 기백을 가지고 있다.

고산의 특색도 시조의 일반적 특질이라고 말할 수 있는 자연에의 돌아감귀환과 인생의 유간을 부르짖고 있다.

고산이 귀양살이에서 풀리어 해도에 들어가 바닷가에 노닐며, 갈매기와 벗하고 산에 들어 새노래를 동무 삼아 그 일생을 마치게 된 것은 부의와 권세에 대한 반항에서 우러난 눈물겨운 시대의 불행아로서 그의 모습이 뚜렷히 드러나 있다.

> 보리밥 풋나물을 알마초 머근후에
> 바희끝 물가에 솔카지 노니노라
> 그나마 여나믄 일이야 부럴줄 이시랴

—라는 『산중신곡』 중의 『만흥』 2장의 노래라든가, 동 3장의 노래

> 잔들고 혼자안자 먼뫼를 바라보니
> 그리든 임이오다 반가옴이 이러하랴
> 말삼도 우음도 아녀도 못내조하 하노라

— 와 같은 노래를 위시하여 『어부사』 중의 『춘사』 4장의 노래—

우는 것이 벅국이가 푸른 것이 버들숲가 이어라 이이라 어촌 두어
집이 냇속에 나락 드락
지국총 지국총 어사와 말가한 기픈 소헤 온갖 고기 뛰노나다

— 와 같은 것은 참으로 우리 나라말의 극치라고도 말할 수 있
을 것이다. 송강 정철처럼 벼슬에 대한 탐냄도 없고, 헛된 세상에
대한 미련도 없다. 그의 호처럼 고고한 산악의 정신이 고양되어
있을 뿐이다.

물론, 고산에 있어서도 혐결점이 없는 것은 아니다. 그의 시조
에 있어서도 역시 고시조의 일반적이요 공통적인 혐이 없는 것은
아니다. 그 증거로는 그의 시조에 고사가 튀어나와 자연스러운
맛을 덜어 버리게 하며, 또 풀기 어려운 궁벽한 중국고사가 함부
로 나와서 우리에게 좋지 못한 인상을 주는 것이다. 가령, 그 심한
예를 들어 이야기 한다면 『어부사』 중의 『하사』 8장에 나오는 『상
대부』라든가 『겨울노래』 6장에 나오는 『■압지』 『초목■』 따위가
그러하다.

허나, 이러한 혐이야 비록 고산 한 사람에게만 탓할 일이 아니
니, 이러한 혐을 지닌 채로 그의 시조의 가치는 무시無視할 수 없는
자리에 놓여저 있다고 보아야 옳을 것이다. 고산이야말로, 그 고
고한 호와 같이 우리나라 문학사 위에 큰 존재로서 찬연히 빛나
는 것이다.

『예술조선』, 1948.9

해설

박주택

윤곤강 시론의 근대시사적 의미[1]

1. 서설序說

윤곤강은 근대문학사에서 시와 시론을 함께 성취하며 자신의 문학적 논리를 시에 접면시킨 시인이자 시론가로 평가할 수 있다. 그는 1931년 『비판批判』지에 시 「넷 성城터에서」를 발표한 이래 「폭풍우暴風雨를 기다리는 마음」1932, 「겨을밤」1933, 「눈보라 치는 밤―장사의 노래」1934, 「어둠ㅅ속의 광풍狂風」1935, 「당구장撞球場의 샛님들」1936, 「대지大地」1937 등을 발표하며 30년대 문학사에서 중요한 거점을 마련한다. 그런가 하면 1933년 『신계단新階段』에 「반종교문학反宗敎文學의 기본적 문제基本的 問題」를 시작으로 「현대시평론現代詩評論」1933, 「시적 창조詩的 創造에 관關한 시감時感」1934, 「쏘시알리스틱·리알리슴론論」1934 등의 시의적인 시평을 연이어 발표함으로써 30년대 문단에 시론가로서의 입지를 굳힌다. 이 시기 윤곤강은 첫 시집 『대지大地』1937와 두 번째 시집 『만가輓歌』1938를 연이어 상재하며 그의 문학적 자장력을 마련한다.

윤곤강의 비평은 대체로 평론의 성격을 띤다. 비평이 이론을 바탕으로 시를 분석하는 방법론적인 모색이라면 평론은 평가와

---

1 본 해설은 박주택, 「윤곤강 시론의 근대시사적 의미 연구」, 『국제언어문학』, 국제언어문학회, 2023, 93~131쪽을 확장·심화하여 기술되었다.

감상이 기본으로 이루는 까닭이다. 예컨대 최재서가 「현대주지주의 문학 이론現代主知主義 文學 理論의 건설建設」『조선일보』, 1934.8.5~12에서 영국평단의 주류를 소개하면서 흄의 불연속적 세계관과 엘리어트의 전통과 개인에 관한 문제를 역사적으로 고찰하고 있는 것은 이론에 근거하는 것이었다. 흄이 개인의 가능성을 진보적으로 바라보고 있다든지 시가 개성으로부터의 도피라고 주장하고 있는 엘리어트의 이론을 소개하고 있는 것은 최재서의 근대적 비평의 틀을 마련하는 것이었다. 그가 「비평批評과 과학科學」『조선일보』, 1934.8.31~9.7에서 리드의 심리학적 문예비평을 환상과 외디푸스 콤플렉스를 이론적으로 전개하고 있는 것과 리차즈의 『시詩와 과학科學』을 체계적으로 설명하고 있는 것은 분명 근대기에 있어 서구문학에 대한 이론적 근거를 바탕으로 비평의 방법론과 시에 대한 논리를 구성하고자 하는 것이었다. 김기림이 「시詩에 잇서서의 기교주의技巧主義의 반성反省과 발전發展」『조선일보』, 1935.2.10~14에서 모더니즘 시가 단순히 기교주의에 매몰됨에 유의하며 기교주의의 발생과 환경, 근대시의 순수화운동, 시의 상실과 전체성에 대해 의견을 제시하며 '시가 기술의 각 부분이 통일을 이루되 전체로서의 시가 되어야 할 것이며, 그 시의 근저에 정신이 종합'되어야 하는 질서 의지를 강조한 것은 근대시운동에 대한 이론 부재의 반성적 차원의 것이었다.

최재서, 김기림, 백철, 이양하 등이 서구의 이론을 소개하고 이를 근대시단에 전개하고 있는 것과는 달리 윤곤강은 방대한 독서를 바탕으로 근대문학의 방향성을 비판하며 카프 쇠멸기에 있었던 30년대에 프로시에서 '포엠의 빈곤'을 발견하고 프로시가 당파성과 유물론적 변증적 창작 방법에 대한 결함을 지적한 것은 용기 있는 것이었다. 주지시파에 대해서도 유희적 대상물로 취급하는 태도를 지적한 것은 근대시단의 새로운 시의 질서를 세우고자 한 것이었다. 윤곤강은 '생활' 그리고 '시'와 '정신'을 강조하며 현실과 멀어진 시의 세계를 경계했다. 그는 「현대시現代詩의 반성反省」『조선일보』, 1938.6에서 비판의 정신이라는 것은 현상에 만족하지 않는 정신으로 습관적 중복감을 미워하고 날카로운 신선미를 갈망하는 것이라 주장한다. 그는 김억과 주요한의 시가 허물없는 조선적 서정성의 절정을 보여주었다고 평가하며 콧노래를 짜는 헐한 소녀심을 버리고 고매한 시의 정신, 그리고 그것이 빚어주는 시적 내용, 이것이 시인 스스로의 생의 음악에까지 고도화되어야 함을 역설한다. 이러한 의미에서 시의 표현 방법과 언어의 마술성만으로 시의 세계와 통상하는 것을 백일몽으로 규정하고 '센치멘트愍傷와 경박한 모더니즘의 유행병' 그리고 '소박한 이데올로기와 선전 삐라'를 세련되지 못한 문학으로 규정한다.

윤곤강에게 시인이란 "감정을 감정하는 사람"이다. 이는 시인이란 감정의 단순성에서 벗어나 지성과 감정, 사상성과 서정성이 서로 삼투되고 노현露現될 때 견고한 시정신을 견지하는 사람이라는 것을 의미한다. 이처럼 윤곤강은 시가 어느 한편으로 기우는 것에 대해 우려를 드러낸다. 윤곤강은 「시詩의 생리生理」『조선일보』,

1938.7에서 "일시적 기분으로 시를 유희하고, 시인을 흉내는 사람이나 허영과 호기심으로 시를 작란하"는 사람에 대해 "온갖 시의 덤불 속에서 시적인 것과 시인적인 것을 식별하여 진짜와 가짜를 갈라놓지 않으면 안된다"며 "시의 자극을 내면적으로 감지하는" 시인의 소질에 대해 논급한다. 시인의 능력이란 지성과 감성을 통일하고 "자아인 개個의 감정과 타他인 전형의 감정을 통일하여 그것을 표현하는 능력"을 갖춘 사람이다. 그리고 이러한 능력이야말로 시에 대한 충동을 자극하는 힘이 된다는 것이다. 이와 같은 까닭으로 그는 표현하려는 감정과 표현된 것의 완전한 합치를 추구하며 시인의 감정과 내면에 대한 비판적 자세와 노력을 문제 삼는다. 윤곤강은 이것을 "시적 창조의 고난"이라고 말한다.

윤곤강이 30년대 문학에 대해 부정적 인식을 갖는 것은 "모방의 시대에 모방 이상의 것을 요구하는 것은 무리"라는 사유 아래 우리 시의 "고뇌의 장야" 후에 오는 새로운 시의 시대를 위한 요구라 할 수 있다. 「시詩의 진화進化」『동아일보』, 1939.7에서 윤곤강은 시의 진화가 곧 방법의 진화를 의미한다고 말하며 방법을 대상이 예술품으로 형성될 때 동시적으로 작용하는 정신 활동의 각도라고 말하며 관념 역시 진화해야 한다고 주장한다. 그러면서 그는 우리 시의 진화가 운문시에서 자유시 그리고 현대시의 세 경로를 밟아왔다고 말한다. 윤곤강은 김억과 주요한 그리고 김소월에 이르는 자유시는 "E·A 포우 이후의 순수서정시 전반을 말하는 것으로 이미지즘, 표현주의, 따따이즘, 풀마리즘, 슈을·레아리즘,

모오던이즘 전반을 포함한 통칭"이라 정의한다. 그러나 윤곤강의 이와 같은 진화의 계보는 운문시와 산문시, 정형시와 자유시, 근대시와 현대시와 같은 이항 체계의 분류를 명확히 이해하고 있지 못하고 있음에도 불구하고 운문시의 형식을 버린 자유시가 관념의 이해를 갖지 못한 채 그 형식적인 변모만을 추구한 과오를 지적하고 있고 또한 근대시의 여러 이름을 순수 서정시로 포괄하여 이해하고 있는 것은 서정시의 장르적 범주를 적확하게 이해하고 있는 것으로 평가된다. 그는 시의 진화가 외부적인 형식에 그치는 것이 아니라 내부적인 관념의 근원으로 들어가 추구한 데 있다고 보면서 시가 사람의 심정에 호소하는 것이라는 선입견에 일침을 가하고 있는데 이는 서구 문학사에 대한 이론적 실제를 올바르게 파악하고 있음을 보여준다. 그는 김기림과 마찬가지로 백조파류의 낭만적 감상성을 철저히 배제했다. 그렇다고 해서 그가 김기림이 내세우고 있는 지성을 강조한 것은 아니었다. 오히려 윤곤강은 지성이 지니고 있는 건조성을 비판하며 풍부한 세계 형상을 포용하고 온갖 감각을 연마하며 주지의 정신을 가지고 돌입하는 태도야말로 "시적 행위의 무한성과 시적 방법론의 새로움"이 있다고 말한다. 따라서 윤곤강의 논급하고 있는 시란 결국 포에지에의 정신을 의미하는 것으로 시를 사유하고 그것을 표현하고 형식화시키는 데 있어 정신활동과 연결되는 것이라 할 수 있다.

「"개성個性"과 "보편普遍"」『비판』, 1938에서 그는 시가 개성에 의하여 생명을 갖게 된다고 전제하며 보편성과 양면성을 강조한다. "엘리오트가 자기의 시로부터 개성적 요소를 제거시키려한 것도 시의 보편성을 살리기 위한 시험"이었다는 것을 예로 들며 "시인과 시 작품의 내용과 형식, 감상성의 전총합의 문제"로 개성과 보편성을 인식한다. 이 점을 상기한다면 참된 시란 "시인의 감동과 동일한 감동을 읽는 사람에게 경험시켜야 된다는 것"을 제기하고자 하는 것은 명확한 시의 통찰에서 비롯된 것이라 할 수 있다. 윤곤강은 "개성의 표현이 완전에 이르렀을 때, 시의 보편성을 볼 수 있고 추상과 구상, 관념과 형상, 진부와 신선, 개個와 전형, 지성과 감성, 순수감정과 비순수감정 등을 조화시키는 것"이 "개성이 개성을 잃지 않으면서도 동시에 보편성을 갖게 되는 과정"이라고 주장한다.

　윤곤강의 KAPF조선프롤레타리아문학가동맹, 이하 카프에 대한 현실 인식을 살펴보고 모더니즘 인식에 대한 구체성을 파악하는 것은 그가 내세우고 있는 시정신이 무엇인지를 살펴보는 데 있어 중요하다. 이와 함께 해방 후 『피리』1948, 『살어리』1948에 나타난 전통 의식이 어떤 연유에서 비롯하였는지를 근대시사에서 김기림의 『시론詩論』1947 이후 두 번째로 발간한 윤곤강의 『시詩와 진실眞實』1948을 바탕으로 윤곤강 시론의 전모를 살펴보자.

2. 프로문학과 쏘시알리스틱 · 리알리슴의 총체적 인식

윤곤강은 1934년 2월에 카프에 가입한다. 이때는 박영희, 김기진으로 대표되는 카프가 무산 계급의 예술운동으로서 민족 개량주의 문학과 예술의 대중화 문제에 천착하던 시기를 지나 일제의 검열과 검거로 쇠멸기에 접어들고 있었다. 특히 31년 7월 1차 검거에서 박영희, 김기진, 임화, 이기영, 안막 등이 검거되고, 34년 7월 2차 검거 사건 후 카프는 완전히 해체 위기에 이르렀다. 이 시기 윤곤강은 2차 카프 검거사건에 연루되어 장수長水 감옥에서 5개월 동안 영어囹圄의 몸이 되었다가 12월에 석방되었다. 윤곤강의 카프 가입과 프로레타리아 예술운동에 대한 동지적 관계는 1937년 첫 시집 『대지』에 잘 반영되어 있다.

윤곤강은 카프에 가입하기 전 33년 「현대시평론」『조선일보』, 1933. 9.26~10.3에 프로문학에 대한 자신의 의견을 개진한다. 이 글에서 그는 '프로시의 빈곤'과 '기계론의 청산'을 설파한다. 그는 시론과 시작이 상호 작용하여 시의 변증법적 발전성을 갖게 된다고 말하며 '쌕르조아 시'가 자기 몰락을 경험하고 있다고 진단한다. 그러면서 이것이 "「쌜조아」 사회를 형성하고 있는 경제발전의 모순"에서 비롯한다고 주장하며 모더니즘이 '영원의 문제의 세계'와 '순수 예술의 세계'에 침잠함으로써 생활에 대한 진실을 회피하고 있다며 '쌜조아지 문학'의 예술적 파멸을 예측한다. 윤곤강은 이 글에서 프로시의 빈 원인으로 다음 두 가지의 이유를 들고 있다.

첫째는 프로시가 "문학 지위의 우월에도 불구하고 소시민 의식과 격렬한 자성의 실천적 구상화가 없으며 추상적 정치 이론과 문화주의적 편향에 매몰"되어 있고 둘째는 "조선의 오늘이 당하고 있는 외적 정세에 있다"고 지적한다. 윤곤강은 시가 새로운 사회를 위한 예술의 주체적 자각과 능동성을 강화해야 한다고 주장한다. 이는 조직적인 대중과의 연대감과 '전위'와 '투쟁'의 실천적 관점을 요구하는 것이었다. 윤곤강은 일본의 나카노 시게하루中野重治의 "근로하는 감정생활 업시는 「푸로레타리아」 시는 잇을 수 업다"고 지적한 것이 중대한 의의를 가지고 있다고 적시하며 다음과 같이 언급한다.

『제약制約된 감정感情, 이론理論에 의依하여 먼저 설정設定된 정서情緖 대신代身에 일상日常의 노동勞働의 양자樣姿와 그 노동勞働의 과정過程이 현실現實에 호기呼起하는 정서情緖와의 불가분不可分의 표현表現에』 시詩는 놓여야만 된다. 다시 말하면 『×다!』라고 뼈를 쑤시는 감정感情에 의依하여 움직이지 않을 수 없는 『××××의 고도高度의 ××적사상××的思想』과 결합結合하는 곳에 시詩는 놓여있어야 된다. 그럼으로써 시詩는 ××의 본질本質로 향向하게 하는 사상적 결합思想的 結合의 첫새벽을 낫生는 어머니母이다. 그리하는 데서만 오늘날의 심각深刻한 그리고 ××××에 빠진 대중의 ××에 구렁에서 광범廣汎한 ××를 ×득得하는 ××력力은 끈기잇게 솟아날 것이다.

다만 구습口習에 발린 『시문학詩文學의 당파성黨派性』이라든가 『주제主題의 적극성積極性』이라든가 『유물변증법적唯物辨證法的 창작創作방법』등等을 외침으로써 시詩의 이러한 특수적特殊的인 한 결함缺陷을 구출救出하는 것이 아니라는 것을 알아야 한다.

「현대시평론」 부분

　윤곤강은 노동과 정서가 불가분의 관계를 맺고 있어야 하며 사상과 감정이 결합하는 곳에 시가 놓여 있음을 지적한다. 특히 시문학의 당파성을 지적하며 유물론적 창작방법이 도식적이고 공식적인 것이 되어서는 안 된다고 설파한다. 윤곤강이 그의 시론에서 끊임없이 제기하는 것은 뼈를 쑤시는 감정과 고도의 사상에 기반한 시의 새로움이다. 「시적 창조에 관한 시감」『문학창조』, 1934.6에서 "우리들의 시가 빈곤이라는 외투에 말려 현실과 머-ㄴ 거리에서 저회하게 된 것은 누가 무엇으로써 부정할 수 있으랴"며 정체를 객관적인 외적 상황과 창작기술의 부족이라는 변명으로 돌리지 말자고 주장한다. 그는 이 글에서 시의 빈곤의 원인을 시인 자신의 생활에서 찾아야 하며 "근로하는 인간의 가슴속에 고도의 파동을 일으킬 수 있는 생활의 호흡 속으로 드러가 쌕리 깊이 박히는 것"에 의해서만 가능하다고 말한다. "만권萬卷의 시에 대한 이론보다는 살아 있는 현상 속에서 시를 찾아야 한다"며 이론을 바탕으로 기계적이고 도식적으로 재단하는 실태를 비판한다. 이 점에서 그는 "시론에 의하여보다는 현실에 의하여 오히려 훌륭한 교훈을 받을 수 있다"고 주장하며 시에 대한 "절실한 고난과 시인 자신의 직접적인 육체적 감성"이 필요하다고 역설한다.

그리하는데 의依하여서만 생기生氣발자한 새 새끼를 노래하는……
시詩는 바야흐로 나타나게 될 것이다.

왜냐하면 시인詩人이 한 개의 감정感情을 진실眞實히 노래한다는 것은 현실現實의 온갖 모순에 대對한 시인詩人 자신自身의 전신적全身的싸×을 의미意味하며 그럼으로써 그것은 인간人間의 역사를 전방前方에로 이끌 수 있는 위대한 능동적能動的 힘을 가지게 되는 까닭이다. 시적 창조詩的 創造의 길로…… 시적 창조詩的 創造의 길로…… 생생生生한 현실적 묘사現實的 描寫의 길로…… 이것은 오 — 직 오늘ㅅ날의 우리들의 어깨 위에 놓인 뜨거운 사명의 하나이다 —.

「시적 창조에 관한 시감」 부분

이처럼 윤곤강은 시의 현실의 모순에 대한 전신적 싸움을 의미하는 능동적 힘을 가지는 것이 필요한 문예운동을 강조하고 있는데 이는 유물변증법적 리얼리즘의 논의가 일기 시작한 27년부터 33년 정도까지의 문학 상황을 반영하는 것이었다. 근대 문학에서 현실을 변증법적으로 인식하려는 태도는 박영희와 김기진의 내용·형식 논쟁과 창작 방법의 논쟁 등을 비롯하여 대중화론, 목적의식론, 농민문학론 등으로 그 범위를 점차 확대해 갔다. 그럼에도 이론과 실천이 통일을 이루지 못하고 이론의 우위 속에

교조적인 강령의 형식을 띠고 말았는데 윤곤강이 주목한 것은 바로 이 점이었다. 박영희는 「문예운동文藝運動의 이론理論과 실제實際」『조선지광』, 1928.1에서 문예운동의 방향성을 점검하며 프로문학이 무산 계급운동이 되어야 하며 당의 정책이 통일된 조직으로 거듭나야 한다는 것을 주장한다. 그러면서 그는 부르주아 사회에 대응한 형식이 '향락의 형식'이라며 무산 계급의 형식을 새롭게해야 함을 강조한다. 이에 대해 한설야는 「문예운동文藝運動의 실천적 근거實踐的 根據」『조선지광』, 1928에서 문예운동이 이론과 실천의 통일을 역설하며 박영희의 조합주의적組合主義的 태도를 비판하였다. 김기진 역시 「변증적 사실주의辨證的 寫實主義 — 양식문제에 대한 소고」『동아일보』, 1929.2.25~3.7에서 변증법적 리얼리즘의 방향성을 제시하며 대중을 지도하는 데 있어 프롤레타리아 예술은 그 도구로서 가치가 있다며 "프롤레타리아 철학인 변증법적 방법을 창작 상에도 적용되지 않으면 안 된다"고 주장한다. 김기진의 이 같은 주장은 현실을 객관적으로 보는 운동을 전체와의 관계 속에서 분석하고 묘사해야 하며 "기계적 사실주의와 변증적 사실주의는 동일하게 취급할 수 업다"고 주장한 것을 추동하는 것이었다. 김기진은 예술이 대중화하기 위해서는 목적을 교묘하게 전달하는 수단으로 재미있고도 평이하게 제작하는 맑스철학에 입각한 프롤레타리아 사실주의 창작방법론을 주장한다. 이에 대해 안막은 「푸로예술藝術의 형식문제形式問題 — 프로레타리아의 리아리즘의 길로」『조선지광』, 1930.3~1930.6에서 김기진의 논리를 비판하면서 일본의 구라하라 고레히토藏原惟人의 프로레타리아 리얼리즘을 인유하고 있는데 구라하라는 변증법적 유물론을 프롤레타리아 리얼리즘의 관점으로 채택할 것을 주장하며 전위와 투쟁을 내세우는 진보적인 이론가였다.

이에 대해 윤곤강은 「현대시평론」에서 『×××××의 쓰님 업는 관심과 그것을 이해하기 위한 ××주의적 교양』[2]이라는 구라하라의 제의를 "기계적으로 밀수입 했던 과거의 잔물적殘物的 산물"이라며 비판한다. 윤곤강은 '슬로간'에 불과한 것을 '참말의 시'라고 외치는 것을 "소박한 시론이 나흔 사생아"라고 혹평하며 "근로하는 인간의 감정생활 업시는 「푸로레타리아」 시는 잇슬수 업다-"고 한 나카노 시게하루中野重治의 발언을 '중대한 의의'라며 추켜세운다. 이는 김기진이나 안막보다 실천을 더욱 강조하는 것으로 변증법적으로 통일된 시를 내세우는 계급적이고도 국제적인 프로레타리아 예술을 강조하는 것이라 할 수 있다.

윤곤강은 김기진이 주장하고 있는 도식적인 창작방법론이나 도구화된 강령적 성격이 시의 예술성을 해친다고 보았다. 그는 시인이 지니고 있는 예술성이 이론 투쟁의 도구나 마르크스주의 사상에 희생되는 것에 대해 극도로 경계했다. 이는 프롤레타리아 이데올로기를 강화하더라도 '생활'과 '현실'의 세계관을 담아내며 현실의 진실을 파악해야 한다는 그의 지론에서 비롯된다. 프

---

2   ×××××: 프롤레타리아
     ××: 맑스

롤레타리아 문학의 기계성과 도식주의를 비판하고 있는 것은 헤겔의 내용과 형식의 변증법이나 루카치의 내용과 형식의 통일성과도 궤를 같이하는 것으로 이는 모두 '전체성과 총체성'에 대한 인식이라 할 수 있다. 윤곤강의 이와 같은 인식은 투쟁성과 방향성을 모색하는 과정에 나온 내용·형식 논쟁이나 목적의식론 그리고 창작방법론과 대중화론이 단선적이고 직선적인 세계관에 불과할 뿐 유기체성을 바탕으로 전체적인 통일된 인식을 포괄하는 총체성이 결여되어 있다고 보았기 때문이다. 이와 같은 배경은 이후 사회주의적 리얼리즘의 출현의 요인이 되었으며 윤곤강 또한 이와 같은 분위기에서 자유로울 수 없었다.

근대문학에서 리얼리즘은 낭만주의의 반동에서 야기된 초기 리얼리즘과 카프의 문예이론으로 삼은 비판적 리얼리즘 그리고 앞서 논한 변증법적 리얼리즘을 거쳐 사회주의적 리얼리즘 1933~1940 등의 양상으로 전개되었다. 윤곤강이 활발한 활동을 하던 시기에 변증법적 리얼리즘은 창작 방법에 대한 유물론적 변증적 세계관이 압도함에 따라 사회주의적 리얼리즘에 대해 관심이 증폭되기에 이르렀다. 이에 따라 사회주의 리얼리즘은 백철, 안막, 윤곤강, 권환, 이기영, 임화, 김남천 등에 의해 소개되고 정립화되기 시작한다. 백철은 「문예시평文藝時評」 『조선중앙일보』, 1933.3.2~8 에서 러시아에서 변증법적 리얼리즘이 거부되고 사회주의 리얼리즘이 성립되는 과정을 소개하면서 그 이론적 배경과 수용 가능성을 논했다. 이와 같은 소개에 의해 사회주의 리얼리즘은 34

년 8월 '제1차 전소련작가대회'에서 채택되어 창작방법 등이 논의된 것과 34년 4월 소련 공산당이 '문예단체개편에 대한 결의'와 그해 10월 고리끼 자택에서 열린 제1차 작가회의 등에서 거론되던 사회주의 리얼리즘이 조선에 동시적으로 수용되었다. 안막의 「창작방법문제創作方法問題의 재토의再討議를 위爲하야」『동아일보』, 1933.11.29~12.7에서 그는 사회주의 리얼리즘이 등장한 연유와 소련의 창작 방법에 대해 소개하며 유물변증법적 창작 방법의 예술성을 외면한 기계적 도식성을 문제 삼고 있는데 이에 대해 김남천은 「창작방법創作方法에 있어서의 전환轉換의 문제問題」『형상』, 1934.3에서 안막이 소련의 창작 방법을 기계적으로 도입하고 창작 방법이 당 조직과 밀접성을 갖는 것임에도 불구하고 사회주의 리얼리즘에 대한 구체적이고 전면적인 이해가 부족하다고 지적한다.

윤곤강은 「쏘시알리스틱·리알리슴론論 — 그 발생적·역사적 조건發生的·歷史的 條件의 구명究明과 밋 정당正當한 이해理解를 위爲하여」『신동아』, 1934.10에서 창작 방법에 대한 혼선과 혼란의 근본적 요소 그리고 리얼리즘의 발생적·역사적 조건의 구명과 쏘시알리스틱·리알리슴에 대해 논의한다. 그는 이 글의 보유補遺를 통해 안함광의 「창작방법創作誘法에 대對하여」『문학창조』 1호, 1934.6, 권환의 「현실現實과 세계관世界觀과 밋 창작방법創作方法과의 관계關係」『조선일보』, 1934.6.24~29, 이기영의 「창작방법문제創作方法問題에 관關하여」『동아일보』, 1934.5.4~10, 한효의 「우리의 새 과제課題 — 방법方法과 세계관世界觀」『조선중앙일보』, 1934.7.7~12 등이 특기할 만하다고 평가한다. 그러면서도 사회주의 리얼리즘에 대한 논의가 "창작방법 문제를 중심으로 끊임없이 야기되는 시끄러운 물의야말로 문학사상에 있어 획기적 몬유멘트^{기념비}를 남겨"주었다며 "온갖 혼란과 질서를 버서던진 아나크로적 각양각종의 난무"가 마치 "폭풍우 전야의 풍경을 말하는 느낌을 주고있다"고 논급한다. 이와 같은 언급은 비판적 리얼리즘에서 유물론적 변증법론을 거쳐 사회주의 리얼리즘에 이르는 도정에 대한 피로감을 역설하는 것으로 '주문같이 논제를 선두에 내세우'는 자기합리화와 '반동적논조'에 대해 극렬한 입장을 표명하는 것이었다.

김기진과 함께 카프를 조직하고 중심 인물로 활약했던 박영희가 33년 12월 카프를 탈퇴한 뒤 34년 「최근最近 문예이론文藝理論의 신전개新展開와 그 경향傾向」, 『동아일보』, 1934.1.2~11에서 "예술은 무공無功의 전사戰死를 할 뻔 하엿다"며 "다만 얻은 것은 이데오로기며 상실한 것은 예술 자신이었다"라는 메카시즘적 선언에 대해 윤곤강은 '망설妄說'이라 비판하고 프롤레타리아 문학이 "창작방법의 슬로-간의 명칭문제에만 급급한 남어지 슬로-간의 명칭 대치문제에만 설변을 농弄하고 있"다며 창작기술 문제가 "케케묵은 형식적 악몽"으로 취급받는 것에 깊은 우려를 드러낸다. 그러면서도 그는 "인식된 역사적 내용의 커-다란 사상적 깊이와 현실의 충만성과의 완전한 융합"이 필요함에도 불구하고 쏘시알리스틱・리알리슴에서조차 이러한 문제에 자유롭지 못한 것을 재고할 필요가 있다고 역설한다. 그는 이러한 혼란의 근원지를 '물건너 문단'인

일본에 있음을 적시한 뒤 「발삭크 방법론」, 「주체적 리얼리즘」과 같은 NAPF의 문제를 걸고 넘어진다. NAPF가 주로 자신들의 내부문제를 "외적 정세로 인하여 부득기 퇴각을 마지 못하여 당하고 있는 현상을 미끼로 카프 역시 혼란우에 혼란을 가하고 있는 것을 외부 문제로 돌리고 있다"고 강하게 성토하고 있다.

그러면서 윤곤강은 「쏘시알리스틕·리얼리슴론」에서 NAPF의 사정에 대해 "정당한 이해를 위한 물의가 개별적으로나마 계속적으로 나타나며 머지 않은 앞날에 그 서광이 보일 것"이라 긍적적으로 진단하는데 반해 카프의 최근 경향성을 비판하며 혼란과 조급성 등이 거두된 근본적 요소를 긴급 문제로 인식하고 그 근거를 "발생 지역의 현실적이고도 역사적인 이해의 부족"함에 두고 있다. 윤곤강은 창작 방법의 새로운 슬로-간인 쏘시알리스틕·리알리슴에 대해 "먼저 그것의 발생 지역인 쏘베―트적 현실을 이해하고 그곳에 역사적으로 발전되어 온 문학이 고도의 표현이라는 것을 이해"해야 한다고 주장한다. 이와 같은 기본적 전제가 바탕을 이룰 때 쏘시알리스틕·리알리슴에 대한 이해가 있을 것이며 이를 진정하게 알기 위해서는 쏘베-트 문학을 역사적으로 검토하고 문학이론에 대한 습득이 선행되어야 한다고 역설한다. 아울러 "우리 문단 일부에서는 유물변증법적 창작방법이란 슬로―간은 나쁘고 그대신 쏘시알리스틕·리알리슴급 ××적로맨틕시슴[3]이 필요하다고 주장되고 있다"하며 창작 방법의 검토와 문학론에 대

---

3   ××的 로맨틕시슴 : 혁명적 로맨틕시슴

한 광범위하고도 구체적인 이해가 필요하다고 주장한다.

그러나 앞서 말한 이 글에서는 쏘시알리스틱·리얼리슴의 정의나 문학론에 대해서는 자세한 언급을 피하고 있는데 다만 "1928년 5월에 개최된 제1회 전소연방프로작가대회는 프로문학의 「못트」로서 「심리주의적리알리슴」을 선언했다"고 말하며 그 중심인물에 아뻴밧하, 리베친스키, 파제-엡흐 등을 거론하고 있다. 윤곤강은 이 선언이 인간 심리 묘사를 중시하며 산 인간과 직접적 인상 등을 슬로-간에 걸고 등장하였다며 RAPF에 의하여 제출된 심리주의 리얼리슴은 프로문학을 현실에 반영하여 도식주의를 배제하고 의식적인 것과 무의식적인 것 등의 "온갖 모순을 품은 복잡한 인간심리의 표현에의 전향"할 것과 그중에서도 "현대의 영웅인 사회주의의 건설자"인 '산 인간'에 흥미를 지녀야 한다고 주장한다. 그러면서 프로문학의 심리주의는 '뿔조아 문학의 심리주의'와는 반대로 "인식에 도움을 주고 활동성을 양육하는 객관적인 것"이어야 한다는 입장을 분명히 하고 있다. 윤곤강은 29년에 들어서 "문학의 영역에 있어서 보다 더 고도화를 강조하게 되어 심리주의적 리알리슴의 비판과 방법과 양식"이 싹트기 시작하였으니 "옛 리얼리슴과 옛 로맨티시슴의 '변증법적 극복'이 필요한 쏘베-트 문학 양식"으로서 혁명적 로맨티시즘이 필요하다고 역설한다.

윤곤강은 사회주의 리얼리즘을 심리적 리얼리즘과 혁명적 로맨티시즘과의 경과 속에서 파악하고 있다는 사회주의 리얼리즘에 대해 무비판적으로 수용하거나 거부하려는 태도에 경계하고 있다. 윤곤강이 사회주의 리얼리즘의 핵심적 개념이라고 할 수 있는 총체성·세계관·창작방법에 대해서 구체적인 언급 없이 개략적으로 프로문학의 재건 방향을 모색하고 있음에도 불구하고 리얼리즘이 지니는 현실 인식과 로맨티시즘이 갖는 이상을 총체성으로 인식하는 세계관을 융합하려는 본질적 특성을 꿰뚫고 있다는 점에서 중요한 이론적 위상을 차지한다.

윤곤강은 「임화론林和論」『풍림』, 1937.3에서 임화를 "현조선의 시사詩史우에 혜성처럼 빛나는 존재"라며 임화가 "삼십년대의 문학분위기가 만드러놓은 존재요, 따라서 그는 일홈 그대로인 황무지의 야생화"라고 추켜세운다. 그러나 이는 윤곤강은 이 글에서 임화가 "「우산받은 '요꼬하마'의 부두」나 「우리옵바와 화로」 등이 대개 동경 좌익 시단의 나카노中野, 모리야마森山 등의 시 작품을 아류한데 불과"하며 임화가 "임화다운 말을 가지고 있지"만 "『현해탄』이후 점차로 「사이비독일풍」으로 변질하고" 있다고 강력하게 비판한다.

이와 같은 배경에는 윤곤강의 시를 대하는 정신에 있는데 이는 김기림을 일컬어 '사이비 영국류'라고 몰아붙이고 있는 것과 마찬가지다. 윤곤강의 이와 같은 논리는 창조성을 바탕으로 하는 그의 시의식의 결과이다. 윤곤강은 "시는 개인의 경험, 개인의 실감實感이 없이는 있을 수 없으며, 시는 시인 까닭에 개인적인 것이요, 개인적인 특성이 있음으로써 시로서의 존재 이유가 있"다「개성과 "보편"」, 『비판』, 1938며 '무한한 실체인 창조적 개인'을 강조하는 윤곤강의 에피고넨亞流에 대한 지극한 혐오를 드러낸다.

「문학文學과 현실성現實性」『비판』, 1936에서 그는 "현상적 현실과 문학적 진실을 동일시하는 자연주의 문학과 인상주의의 감각적 현실·심리주의의 심리적 현실·주지주의의 지적현실 그리고 푸로·리알리슴의 이데올로기의 현실"을 뭉뚱그려 비판한다. 특히 유물변증법적 리얼리즘에 대해서는 제기된 "주제의 적극성이라든가 생동하는 현실 등의 온갖 문제가 있는 그대로 그리는 고정된 현실이 아니라, 생동하고 발전하는 것의 온갖 것을 포함한 유일한 방법"이라는 현실과 문학 사이의 '인식의 동일성'과 '형식의 특수성'을 간과하는 당대의 프로문학을 비판한다. "계급성과 정치성을 가춘 구체적 인간을 그리는 것이라"고 주장하는 프로 문학의 '현실'에 대한 이해와 인식이 정당하고 중요함에도 불구하고 윤곤강은 '훌륭한 문학 작품이 나오지 못했다'고 진단하며 이는 "한가지만을 강조하는데서 항상 생기는 일면화" 때문으로 '통일과 전체성'에 대한 인식 부족을 그 원인으로 들고 있다.

그러한 의미意味에서 역사歷史는 항상 「우수優秀한 연출가演出家」로서 뛰어난 인물人物이 나타나지 않을 때엔 시대時代가 「영웅英雄」을 만든다는 명언名言에 의依하여 다른 훌륭한 참피온選手의 출현出現에 고갈枯渴된 오늘날에 있어 「약弱한 병졸兵卒」의 한사람이나마 되기를 강조強調한다는 의미意味에서 필자筆者는 적은 용기勇氣나마 부여負與하여 주기를 바라는 바이다.

「쏘시알리스틱·리알리슴론」 부분

윤곤강이 '인식의 동일성'과 '형식의 특수성'을 이해하고 그것을 실천에 이르러야 한다고 주장하는 근거에는 시에 대한 본질적 인식과 생활에 대한 그의 주견에 힘입는다. 이는 「시詩와 현실現實」『예술신문』, 1949.9에서도 나타나는 것으로 여기에서 그는 "오직 우리의 신뢰할 유일의 길은 현실뿐이다. 우리의 일체의 존재는 현실 속에 있다. 현실을 떠나서 어느 곳에 존재의 의의가 있느냐! 하염없는 과거의 추모에 우는 대신에 믿을 수 없는 미래의 동경에 번뇌하는 대신에 현실에 살고 현실에 생장하자"고 주장하고 있는데 이와 같은 논의는 「시詩와 생활生活」『건설』, 1946에서도 확인된다. 여기에서 그는 "시정詩情은 생활에 힘찬 자성磁性을 준다. 인간에게 자성이 있어야 되는 것은 인간의 혈관에 뜨거운 피가 있어야 되는 것과 다름이 없"다며 "생활력의 근원인 시정신을 사수死守하자"라고 설파한다.

윤곤강은 문학의 대중성을 위해 프로 예술의 내용과 형식 문제 그리고 창작방법에 이르기까지 광범위하고도 날카롭게 전체성의 시각에서 생성하는 운동성으로 진화의 가능성을 추구하고자 했다. 조선 내의 문예운동이 그 자체의 발전적인 분화를 거듭하고 외적 탄압의 간고함에도 불구하고 국제주의적 시각에서 프로문학을 바라보고자 했던 것은 그의 큰 공적이라 할 수 있다. 이 같은 과정에서 윤곤강은 '변증법적 리얼리즘'이 안고 있는 도식성과 기계론적 도식주의를 끊임없이 비판하고 '사회주의 리얼리즘'이 등장할 수밖에 없는 요인들을 분석하고 고언苦言을 서슴지 않았던 것은 조선 시단과 세계 시단의 폭넓은 통찰에서 비롯한 것이었다. 이와 같은 점은 내용·형식 논쟁·목적의식론·대중화론·농민문학론 등 여러 분파적인 당파성을 전체적 시각으로 바라볼 수 있게 해주었다는 의의를 지니고 있다. 이러한 의미에서 윤곤강이 리얼리즘과 로맨티시즘을 접합시킨 혁명적 리얼리즘을 조선 시단에 앞장서 고취하고자 한 것은 높이 평가 받아야 할 것이다.

3. 주지시의 마물적魔物的 존재
에피고넨과 '모던쏘이'의 감각

윤곤강은 '현실'과 '생활'을 기저로 하는 프로문학의 방향성을 위해 끊임없이 모색하고 그 발전적 미래성을 담보하고자 했다. 그러면서도 그는 그 자신 부르조아 예술이라 칭할 수 있는 모더니즘에 대해서도 깊이 있게 분석하고 통찰하고자 했다. 리얼리즘 논의에서도 발견되듯이 윤곤강에게 있어 비판은 특별한 의미를 지닌다. 그가 「현대시現代詩의 반성反省」『조선일보』, 1938.6에서 "비판의 정신이라는 것이 부여된 것에 맹종하지 않는 정신"이라고 할 때 이것은 문학과 사회의 해석과 시대상에 대한 명석한 정신을 요구하는 것이었다. 「감동感動의 가치價値」『비판』, 1938에서 그는 감동을 "육체와 정신의 양면으로부터 받는 자극에 따라 일어나는 내면적인 격동"으로 파악하고 이성을 "형식적인 요소를 지명하는 데 불과"하다고 정의한다. 그는 동시대 시인에 대해 "낭만 시인, 온갖 세기말 시인, 그리고 서뿌론 계급관념의 소박한 토로를 흉내내었고, 최근에 와서는 모오던이즘 등의 흉내가 연출되었다"며 감동을 향한 자세가 부족한 조선시단의 시적 풍경을 비판한다.

모더니즘에 대해서는 "외국문학에서 굴러 들어 온 귀설고 눈설은 것을 되는대로 주어다가 자아의 비속한 기질을 기조로, 한 개의 멋 모를 흉내를 일삼는 부류"라고 비난하며 이와 같은 부류가 "생활 경험의 천박과, 비속한 취미와, 경박한 기질과, 시적재능 부족과, 사상적 깊이가 없는 부류로 구성되어, 다른 어느 부류보다도 흉내를 유일의 직능으로 삼았다"며 거기에는 "근본이 흉내이며, 유행만을 따라 헤매었으니, 남은 것은 아무 것도 없다"면서 다다이즘이나 쉬르리얼리즘, 이미지즘이나 모더니즘에 대해 맹렬하게 물아붙이고 있다. 이와 같은 논조는 「시詩의 옹호擁護」『조선일보』, 1939.1에서 보다 더 강렬하게 드러나고 있는데 그는 이 글에서 "문자 그대로의 분산과 혼란만을 의미하"는 "무의미한 절대와 말의 손재주 그리고 내용의 형태가 조잡하고 시상의 통일이 결여된 난해성과 무이해성 그리고 '생활'이 없는 것" 등을 들어 '산문의식을 걸머진 주지주의 등이 주체를 잃고 신념과 자각을 잃어버린 상황'을 날카롭게 비판하고 있다. 「직관直觀과 표현表現」『동아일보』,

1940.6에서는 "환영이 비상하는 순간과 찰나를 끄님없이 포착하여, 아름다움과 참됨을 표현하는 것은 뼈를 쑤시는 괴로움을 즐거움으로 바꿔야 한다"며 "시를 '값싼 지성'이나 '윗트'의 상대물로 인정하는" 시인들에 대해 '표현에 있어 창조적 선견에 귀를 기울여야 한다'고 주장한다. 윤곤강은 당대를 "물질과 정신의 현격懸隔에 있다"고 보고 "정신의 활동은 이론이나 응용과학의 영역에 비하여 제 자신을 유지하여 나아가는 데 실패하였을뿐더러 오히려 그것에 짓밟혀 왔다"고 진단하고 있는데 다음과 같은 글은 이와 같은 논리를 보다 구체적으로 개진한다.

독단獨斷! "과학적科學的"이라는 미명 하美名下에 행행行하여지는 온갖 과학 이하科學以下의 도그마의 횡보橫步, 무수無數한 소박론素朴論, 단수單數 모노마니아偏狂의 세계世界, 일련一連의 쇄말주의鎖末主義와 실용주의자實用主義者의 염소炎燒된 실용역학實用力學, 속물화俗物化된 주지주의主知主義의 전락顚落, 무無방법한 형식주의자形式主義者의 실각失脚, 소녀기少女期의 목가적 환상牧歌的幻想과 유행가조流行歌調 낭만파浪漫派 (…중략…) 온갖 것을 알수 있다고 사유思惟하는 것은 "과학科學"의 거오倨傲이며, 또한 불순不純한 최대最大의 오류誤謬이기도 하다. 같은 의미意味에서 유심唯心과 유물唯物의 한 편만을 추켜들고 나서는 것은, 전세기前世紀의 이원론적 시대二元論的 時代에 있어서만 영웅적 위력英雄的威力과 감성感性을 자랑할 수 있던 미신 迷信에 불과不過하였다고 말할 수도 있을 것이다.

시詩란 변화變化하기 쉬운 온갖 구속拘束을 거절拒絶하는 미지未知의

혼魂을, 사고思考의 시원적 과정始原的 過程에 포만飽滿하는 인간의 밤의 정
신精神의 카오오스混沌를, 조직적組織的인 의지력意志力으로써 표현表現시키
는 일이다.

그러므로, 우리의 "본능적本能的"인 정신精神이 개성個性과 보편普遍과
의 아푸리오리한 융합融合인 이상以上, 외연外延된 레아리티이와 내포內包
된 레아리티이와의 원심遠心, 구심求心의 두 개의 대립對立이나, 또는 두
개 중中의 어느 한 편으로 편중偏重하는 것은 시대 의지時代 意志의 취약脆
弱한 패배敗北에 불과不過하다.

「과학科學과 독단獨斷」, 『동아일보』, 1940.6

이 글에서 윤곤강은 과학이라는 미명 하에 행해지는 도그마
와 편집적인 모노마니아monomania의 세계, 쇄말주의 그리고 속물
화된 주지주의 나아가서는 감상적 낭만파류 등을 아우르며 과학
과 독단을 구별해야 하며 독단이 과학의 행세하는 것에 진위를
가려야한다고 주장한다. 이는 윤곤강이 끊임없이 제기하고 있는
'현실'과 '생활'에 대한 자각을 상기시키는 동시에 내용과 형식을
전체적으로 통일시키고자 하는 그의 시론과 궤를 같이 한다. 시
를 "인간의 행위 중에서 가장 죄 없는 짓이다"라고 말하고 있는
것은 "에피코넨에류 모더니스트"를 겨냥한 발언이지만 "시인이 문
명의 일부가 되는 것은 현실의 추와 악과 그 밖의 온갖 불미한 것
의 일부가 되는 것을 의미"「시와 문명」, 『동아일보』, 1940.6한다는 발언에서
와 같이 윤곤강은 과학과 문명을 부정하는 것이 아니라 오히려

인간의 순수 본성에는 긍정적이지만 비문명적 세계에 대한 동경의 혐의가 있다는 것을 긍정적으로 파악하는 반근대적 의미로서의 발명을 뜻한다.

그가 「시詩와 과학科學」『동아일보』, 1938.10에서 "시인들의 태반이 과학이라는 것을 무서운 괴물로 여기고 시와 과학은 전혀 상극되는 것, 다른 우주의 것이라고 생각하는 것은 희극"이라며 이는 무식과 무모를 드러내는 일이라 일갈한다. 결국 윤곤강은 문명과 과학이 지니고 있는 표현 방법과 리얼리티의 차이는 존재할지라도 시와 불가분의 관계를 이루고 있으며 오히려 시는 "과학과의 조화에서 생기는 생활 창조의 최고점"이라고 말한다. 이와 같은 윤곤강의 논지는 다음과 같은 글에서 보다 면밀하게 이어진다. 그는 「감각感覺과 주지主知」『동아일보』, 1940.6라는 글에서 "시는 언어의 모자이크 그 이상도 그 이하도 아니다"라는 흄의 말을 인용하며 감각적인 특색을 가진 정지용을 행복스런 시인이라 일컬으며 그가 "현대시에서 많은 영향을 주었지만 그러나 그뿐, 그의 철학은 한 사람에게도 아무것도 주지 못하였다"고 심각하게 폄훼하며 시에 있어서 근대적 의미로서의 사상을 강조한다.

윤곤강이 과학과 이성을 강조하는 주지시파에 이처럼 예민하게 반응하고 있는 것은 윤곤강 그 스스로가 근대에 대한 부정에서 시적 사유가 출발하는 것이 아니라 앞서 논급한 바와 같이 감정과 사상, 내용과 형식, 현실과 이상 등이 전체성을 이룰 때 창조성과 감동의 시학이 될 수 있다는 그의 판단에서 비롯한 것이다.

특히 윤곤강은 김기림에 대해 극심한 반감을 가지고 있는데 그 단초를 발견할 수 있는 것이 『문예연감文藝年鑑』인문사, 1939이다. 여기에서 김기림이 윤곤강의 『동물시집動物詩集』1939에 대해 부정적 평가를 내리고 있는 것에서이다.

『동물시집動物詩集』을 내놓은 윤곤강 씨尹崑崗 氏는 늘 시詩에 잇어서 새로운 영토領土를 개척開拓하려는 끊임 없는 노력努力을 해오는 사람 가운데 한 분인데 씨氏의 노고勞苦는 과거過去 10년十年 동안 우리 신시新詩가 경험經驗한 모색摸索의 역사歷史가 문○의 형식形式으로 잘 남아 있지 못한 까닭에 그것을 헛되히 되풀이한 부분部分이 많다. 출판出版의 부진不振으로 그때 그때의 시사詩史의 토막토막이 인쇄印刷되어 보존保存, 전승傳承되지 못한 죄罪 때문에 그 뒤에 오는 사람들이 자꾸 도로徒勞를 거듭하게 되는 것은 유감遺憾이다. 씨氏와 같은 순수純粹한 노력가努力家가 만약萬若에 그런 편의便宜만 있었다면 반드시 더 큰 새로운 자존심을 가져왔으리라고 믿는다.[4]

이에 대해 윤곤강은 "십 년 동안의 시사쯤은 알고 있"다며 "죄가 있다면 재능이 부족한 것 뿐"이라고 일갈하면서 "십 년 이상의 신시사를 알면서도 『태양의 풍속』과도 같은 시를" 썼느냐며 김기림에 대해 "참으로 보기 민망하다"고 되받아친다. 그러면서 윤곤강은 "온갖 쉬르리얼리스트 내지 모더니시스트는 근본적으로 로

---

4   김기림, 「詩壇」, 『文藝年鑑』, 인문사, 1940, 33~34면.

맨티시즘의 계열에 속하는 혼돈의 '자기 감닉자感溺者'"에 불과하다고 혹평하며 그들의 착오는 주지가 과학의 헤게모니에 굴복당했다며 일갈한다.

이와 같은 배경에는 「표현表現에 관關한 단상斷想」『조선문학』, 1936.6에서도 보듯이 "지성의 힘을 빌어 현실 이외의 세계를 부호文字적 표출에 의하여 창조하는 것이라고 주지시의 뮤우즈詩神들이 외"치고 있지만 "진실로 한 편의 시를 창조한다는 것이 현실에 대한 헌신적 싸움이라는 것을 알라"며 "시는 이론도 아니요 지성의 유희도 아니요, 선전 삐라도 아니요 중의 염불도 아니요 수사학 노트도 아닌 것에 중심 개념이 가로놓여 있다"라는 표현으로 사상과 감성적 상상력의 융합에 대한 그의 시론을 내세운다.

「33년대年代의 시작 6편詩作 六篇에 대對하야」『조선일보』, 1933.12.17~24에서 김동명의 「황혼」, 김기림의 「오후의 꿈은 날 줄을 모른다」, 권환의 「동면」 등을 단평하며 시가 "보다 진실한 태도와 보다 전체적인 인식에서 전진과 비약을" 수행해야 한다는 것을 강조한다. 그러면서도 그는 김기림의 「오후의 꿈은 날 줄을 모른다」에 대해 비교적 긴 글을 할애하며 그의 시에 대해 "하품을 느낄 수밖에 없다"고 혹평하며 이 "시에서 자본주의 사생아인 도시의 소비자—소시민의 자식인 모던뽀이의 변태적 감각을 연상하게 된다"고 비소한다. 그리고는 김기림이 비현실적 공상의 세계에 대해 생활이 없고 감각적 현상만으로 현실을 이해하고 있다고 맹렬히 비판한다.

윤곤강은 '현실'과 '생활'의 구체성에 기반한 전체성 내지는 통일된 조화의 시학을 내세운다. 따라서 감각과 모더니티를 내세우는 김기림 시에 대해서는 부정적일 수밖에 없다. 그러나 이러한 것을 고려하더라도 윤곤강의 김기림에 대한 비판은 사적 감정이 개입되어 있다는 인상을 지울 수가 없는데 이와 같은 경우는 「신춘시문학총평新春詩文學總評」, 『우리들』, 1934.2에서도 발견된다. 윤곤강은 여기에서 포엠의 곤궁이 지속되고 있다며 이를 질병으로 파악하고 34년도 시문학계 분위기가 어두운 그림자와 기근 속에 놓여 있다며 이와 같은 '근대문학의 불안과 위기'가 '오늘날의 사회적 불안과 위기와 떼어서 생각할 수 없는 성질'의 것이라 진단한다. 여기에는 조벽암의 「새아침」, 김상용의 「무제 2수」, 박세영의 「폭풍 이는 바다로」, 박아지의 「명랑한 삶」, 김기림의 「소아성서小兒聖書」, 모윤숙의 「미라에게」 등을 평하고 있는데 김기림의 「소아성서」에 대해서는 "순수성에 대한 관념적 설정"이 있다면서도 "맹목적 순종을 강요하는 종교적 강박을 부리며 순수성에 대하여 추상적 흥분을 일으킨다"고 비판한다. 여기서 그는 김기림의 수사적 방법에 대해 "기상천외의 직유를 쓴다"며 시적 형상을 제시하지 못한 "기괴한 언어의 집합"이라 맹공격한다. 그러면서 「소아성서」가 "과도한 주지로 인해 이해하기 어려움과 기벽이 지나쳐 극도의 괴이가 있을 뿐"이라고 비난한 뒤 "지성의 비대증에 걸"려 "현실 이외에 있는 질서"를 놓치고 있는 "무질서한 형식 혁명"이라고 혹평한다.

김기림으로 대표되는 주지시에 대한 본격적 비판은 「기교파技 巧派의 말류末流」『비판』, 1936.3에서도 이루어진다. 이 글에서 윤곤강은 "지성을 희롱하는 경향처럼 인간 생활에 있어 소비적인 태도는 둘도 없을 것"이라며 주지시가 "인간과 자연의 비밀을 탐색하며 생활을 좀 더 좋게 진작시키려는 지성을 유희물로 취급하는 것은 불순한 태도"라며 지성의 긍정적인 힘이 무변하고 강대함에도 불구하고 이와 같은 태도와 달리 "지성을 소비적 생활 위에 전적 으로 전가시켜 호기심의 희롱물로 전성격을 가장시켜 놓고 무의 미한 언어의 행렬과 이해하지 못한 내용" 등을 나열하는 것은 "코 큰 인종의 문자 등을 구사하여 시라는 명칭 하에 약을 파는 상인 과도 같"다고 설파한다. 그러면 그는 "관념적 사고와 협소한 소시 민적 특질을 가진 바 영국의 엘리오트를 비롯한 인텔리겐차 문학 이 일종의 기형적 표현으로서 현해탄을 거쳐" 조선에까지 정착 하게 된 것으로 한층 "흥미의 초점이 가로놓여 있다"고 냉소한다. 그러면서 윤곤강은 그 공격의 주된 화살을 김기림에게 돌리고 있 는데 윤곤강은 김기림을 '주지시의 이식자'로 파악하고 "맹종의 강아지들인 그 에피고넨아류 문학 소년들의 둔감성을 더욱 조소 하며 마지 않는다"며 김기림류의 시에 대해 싸잡아 비난한다. 또 한 조선 문단이 프로문학에 대해서라면 "형언할 수 없는 증오심 과 망상의 도모"를 서슴지 않으면서도 이와 같은 면모를 지닌 주 지시에 대해서는 그 비판이 보이지 않고 유구무언하는 것에 대 해 '수절守節'로써 일치되어 있는 '기적적인 양상'이라고 못박으며

"프로시에 대하여서처럼 시가 아니다라고 외칠 만큼 몰인정을 주지시에게 선고하지 못"하고 있는 풍조를 토로하며 "이해하기 어려운이라는 말이라는 것으로써 신기한 새로운 것으로 영접해주었다"고 신랄하게 비판한다.

윤곤강은 주지시 경향의 시를 '마물적魔物的인 존재'로 규정하고 "주지파 시가는 김기림씨와 그의 에피코-넨의 독창적 이론 체계로부터가 아니라 근대와 현대의 온갖 세기말 문학자들이 씹어먹다 버린 것"이라 혹평하면서 김기림의 시론이 "엘리오트 등류의 이론을 통으로 삭혀 내놓은것이 김씨가 말하는 바 시론이요 그의 에피코-넨들의모체"라고 힐난한 뒤 "육체적 정신적 건강이 소모된 퇴폐적계급"의 병적 기교에 의한 말기적 방법인 '수공물手工物'에 불과하다고 혹평한다. 그러나 이 같은 윤곤강의 시적 인식과 평가는 근대와 현대에 대한 분류에서부터 세기말적 문학인 데카당스와 근대적 의미로서의 모더니즘을 혼동하여 일으킨 것으로 사조思潮 대한 적확한 이해가 기반된 것이라고 보기 어렵다.

김기림은 「모더니즘의 역사적 위치歷史的 位置」『인문평론』, 1939.10에서 "20년대 후반은 경향파의 시대였으나 30년대 초기부터 중반까지의 약 5, 6년 동안 특이한 모양을 갖추고 나왔던 모더니즘의 위치는 신시 전체에서 질적 변환을 일으켰다"고 주장하며 "모더니즘은 두 개의 부정을 준비했는데 이는 로맨티시즘과 세기말 말류인 센티멘탈·로맨티시즘을 위해서이고, 다른 하나는 당시의 편내용주의 경향을 위해서였다"라고 단정한 뒤 모더니즘은 "언어의 예술이라는 자각과 문명을 기초로 일정한 가치를 의식하고 쓰여져야 된다"고 주장한다. 그러면서 20세기는 "이메지스트에서 시작되어 입체파, 다다, 초현실파, 미래파 등의 징후가 나타났다"며 모더니즘이 "신선한 감각으로 문명이 던지는 인상을 붙잡았다"고 하며 모더니즘의 시사적 위치와 위상에 대해 갈파하고 있다. 또한 김기림은 정지용에 대해 '천재적 미감으로 말이 주는 음의 가치와 이미지, 청신하고 원시적인 시각적 이미지를 발견하였고 문명의 새 아들의 명랑한 감성을 처음으로 우리 시에 끌어이끌어 들였다'며 높이 평가한 뒤 김광균과 신석정 그리고 장만영 등의 시인들을 "시단의 완전한 새시대"라고 고평한다.

임화가 「기교파技巧派와 조선시단朝鮮詩壇」『중앙』, 1936.2에서 김기림을 "기교파 시인들 가운데에서 지도적 지위에" 있다고 전제한 뒤 또한 기교파가 "현실 도피와 절망 자체가 우리들의 생존을 위하여 유해하고 언어의 기교주의 구사에 의하여 비판적 의지가 무디어지고 있다"고 비판한다. 그리고 김기림이 주장하고 있는 전체주의가 오히려 "푸로레타아 시에 있다고 봄이 명확한 개념"이라며 김기림이 주장하고 있는 '전체주의'를 전유한다. 아울러 김기림의 내용과 기교의 통일에 대해서도 "우선 물질적 · 현실적 조건에 성립하고 그것에 의존하여 통일과 전체를 변증법적으로 이해"하는 것이 필요할 때라며 김기림의 전체주의 시론을 형식 논리라고 비판한다.

이러한 관점에서 윤곤강 역시 임화의 논리와 유사하게 김기림의 시론과 시를 비판한다. 그러면서 김기림이 그 이론적 근거로 삼고 있는 "지적 활동의 최고도의 조직된 형식이 시"라는 엘리어트의 논리를 부정함으로써 김기림에 대한 공격을 더하며 "기교의 우수성을 감상할 수 있는 사람은 극소하다"라고 하면서 관념과 정서의 세계와 고별하는 오류를 낳고 있다고 비판한다. 또한 윤곤강은 주지시파가 "언어가 기호나 부호에 그치고 있다"는 것을 들어 '맹인적 광상'이라고 깎아 내린다. 더 나아가 "백일몽적 현실도 피의 공중누각을 몽상하는 기형화된 청소년들"이라고 맹비난을 퍼부은 뒤 주지시를 "기교적 완롱물"이라고 평가절하한다.

김기림에 대한 윤곤강의 비판은 정지용에 대해서도 마찬가지이다. 「시정신詩精神의 저회低徊」『인문평론』, 1941.2에서 윤곤강은 『문장』지에 실린 정지용 신작 10편에 대해 "만네리즘의 그림자가 농후하고 이미 새로운 아무 것도 찾아 볼 수 없는 낡은 기법이 되풀이 되었을 뿐이다"라고 하며 "「비로봉」같은 시의 복제품에 불과한 느낌을 주고 신선한 맛이라고는 조금도 찾아 볼 수 없다"고 비판하면서 "시적 정열을 상실한 것이 아닐까?"라며 냉소한다. 윤곤강의 김기림과 정지용에 대한 공격은 그가 뿌리를 내리고 있는 리얼리즘에 대한 천착에서 비롯한 것이지만 이론적 근거를 논증적으로 고찰하기보다는 인상 비평에 가까운 재단에 기울어져 있다는 것은 논증의 협애를 드러내는 것이라 하겠다. 그러나 윤곤강은 그의 시론에 바탕을 이루고 있는 비판정신에 기대어 독해의 충동을 자극하며 주요 쟁점인 계급 문학과 창작 방법, 신문학사에 대한 기술 태도, 주지주의 문학론에 대한 비평, 기교주의 논쟁에 대한 통찰 그리고 모더니즘에 대해 폭넓게 고찰하고 있는 것은 그의 시에 대한 열정과 날카로운 통찰에 힘입은 바 크다.

윤곤강은 「예술비평藝術批評의 재음미再吟味」『조선중앙일보』, 1936.5.7~19에서 "예술의 특수성이란 논리적으로 인상된 온갖 것을 재차 현상에까지 인도시키는 데 있다. 그곳에서는 우연적 특수적인 개개의 현상을 통하여 보편적이고도 필연적인 본질에까지 파고들어 가서 그것을 파악하고 표명"해야 한다고 주장한다. 그리고 "예술가는 사회의 일원으로서 그가 생존하는 시대와 계층의 일반 의식"을 갖는다고 주장한다. 이는 예술에 대한 실제적 가치가 사회적 조건에 의해 결정된다는 존재성의 가치를 의미하는 것이겠지만 윤곤강이 부정을 제기하는 것은 그의 시정신에 관한 투철한 지론에서 비롯한 것이었다. 이 점에서 윤곤강의 시론이 근대가 이룬 문학적 업적을 이해하고 문학의 새로운 건설을 위한 책임에서 유래한 것이라는 것을 파악하는 데에는 그리 어렵지 않다. 또한 이데아를 상실한 조선의 시문학을 누구보다도 철저히 각성하고 새로운 문학을 위한 신념이 자리하고 있었다는 것 역시 부정할 수 없는 사실이다.

4. 포에지이 정신과 민족 공동체

윤곤강이 지속적으로 피력하고 있는 것은 시의 본질, 시의 생활과 실제의 시 작품을 시포엠와 시정신포에지이의 통일과 전체성의 균형이었다. 「포에지에 대하여」『조선일보』, 1936.2에서 그는 "시를 위하여서는 진정한 의미의 순사殉死까지를 불사해야" 된다고 말하며 시인이 시를 쓴다는 것은 "시인이 호흡하고 있는 바 현실의 광맥에 돌입하여 적나라한 싸움을 제기하는 의지적 열정의 표현이요, 시인이 처한 바 시대의 운명 그것까지를 자부自負하고 나아갈 열정의 표현이라는 점"에서 시인들의 창조 정신을 강조한다. 윤곤강이 말하는 창조란 생활의 무기력을 떨쳐버리고 "피상적 현실의 단층만을 바라보는 진부"함을 이겨내는 것이다. 그는 전형적인 애상 감정을 노래하는 감상성과 표현과 창작 방법의 도식주의는 "무의미한 정력의 소비"에 불과하고 자기 비판과 반성이 동반하지 않는 비본질적 만넬리즘에 대해 비판한다. 「영감靈感의 허망虛妄」『중추』, 1939에서 "인스피레이션이 지어지는 것이 아니라 저절로 울어나는 것이"라는 고정적인 관념에 대하여 "인스피레이션이란 그것이 생성하는 푸로세스를 의식하거나 분석할 수 없는 정신내용"이라는 것을 강조하며 그 이유를 "자극을 받는 사람의 창조적 의욕이란 우연에서가 아니라, 필연에서 오는 까닭"이라고 설명한다. 이같은 견해는 "한 개의 시는 시스템의 필연적 발전에 의하여 생동한다"는 유물론적 변증론에 입각한 것이지만 포에지이를

"의식적인 당위의 시스템으로 인식"한다는 것은 시의 창조성이 정신의 정신활동 속에 보다 고차적인 과정과 조건 속에 이루어진 것을 의미한다.

윤곤강이 정신과 물질을 대립적으로 파악하고 있는 것은 단순히 물질이 오브제로 존재하는 것이 아니라 의식의 과정 속에 정합되는 시스템의 정밀성을 요구하는 것이었다. 이와 같은 논조는 「표현에 관한 단상」『조선문학』, 1936.6에서도 드러난다. 여기에서 그는 시가 정서나 사상의 표현으로 일면화하는 것이 아니라 살아 있는 '산 현실'과 '살아 있는 창조'가 아니면 안된다는 상상력의 변증적 융합을 주장하고 있다. 그는 30년대 시단을 회고하면서 동시대를 시의 빈곤과 침체로 파악하고 사회와 인간, 현실과 생활, 삶과 죽음에 대해 정면으로 고투하는 전신적 힘을 요구하며 조선시단의 부흥과 질적 상승을 위해 그의 지론을 계속한다.

그가 「시인부정론詩人否定論」『조선문학』, 1939.6에서 동시대를 "감성과 지성이 극도로 분열된 세대"로 인식하고 "정담情談의 한 도막을 잘라 놓고 시의 간판을 씌워 놓는 사람, 값싼 로맨티스트, 싸타이아諷刺를 지저귀는 사람, 레토릭의 경계선을 벗지 못하는 사람"에 대해 부정하는 것과 참된 시인이란 "자기의 출발이 어느 곳이든 쉬임없이 전진하고 발전"하며 "항상 시를 죽이면서 첨단이라고 불러도 좋을 시의 맨 앞을 걸어가야 된다"는 발언은 시를 인식하는 현실의 투철함에서 나오는 것이다. 또한 "오늘날의 시가 양적으로는 비대증에 걸리고, 질적으로는 영양 부족에 걸려 있는 것은 시의 죄가 아니라 시인의 죄"라고 말하고 있는 그는 하이네와 괴테, 베를렌느와 말라르메, 휘트먼과 보들레르 등의 시에 "정지되고 아류의 눈물을 머금고 한구석에 앉았다는 것은 불쌍한 일"이라고 일갈한다.

윤곤강이 「"개성"과 "보편"」(『비판』, 1938)에서 개성과 보편성의 양면의 상관성을 언급하며 개성을 스타일의 문제가 아니라 "시인과 시 작품의 내용과 형식, 감상 등의 전 총합"으로 본 것은 개성이 완전에 도달했을 때 동시대적인 보편성을 갖는다고 말한 것을 뜻한다. 윤곤강은 이해와 공감을 보편성의 근본 조건으로 규정하고 개성의 가치를 감동의 가치로 확산할 것을 요구한다. 그에게 개성이란 형식이나 스타일에 국한하는 것이 아니라 철학적·심리적·윤리적·사상적인 내용을 기본 가치로 하여 시의 현실을 심원하게 고양하고 창조하는 것이었다. 이 점에서 「창조創造와 표현表現」(『작품』, 1936.6)에서 "서로 힘의 충돌에서 생기는 것이 시"라고 말하는 것은 시가 표현으로서의 창조를 강조함으로써 예술성을 획득한다는 그의 지론을 드러내는 것이기도 했다. 표현의 주체로서 표현이 형식을 떠나서는 생각할 수 없는 것이라고 볼 때 창조 또한 "새로운 전율을 만들어 내며 주체와 객체 사이에 놓인 표현 형식을 새롭게 드러내는 것"을 의미한다. 이렇게 볼 때 "표현 형식이란 객체까지 새롭게 하"는 특유의 감각으로 전율과 감동을 창조하는 것이라 볼 수 있다. 윤곤강이 주체의 인간 감각과 객체의 자연적 대상을 독립된 존재로 보지 않는 것은 주체의 감정과 인식을 객체인 대상에 투영하는 것이 아니라, 서로 독립된 주체가 각각의 상응성으로 인해 고도의 예술성을 획득하는 것이 표현으로서의 창조라는 것을 주장하기 위함이었다.

이처럼 주체와 객체가 서로 맥박을 나눌 때, 그리고 마음과 눈이 서로 마주칠 때, 그 속에 생의 고뇌와 영원성이 생탄生誕될 때 시의 숙명 속에 함께 할 수 있다. 윤곤강은 「시詩의 빨란스」『동아일보』, 1938.10에서 시의 무게를 논하며 "시가 지나치게 무거워 답답함을 선사할 때와 마찬가지로 그것이 지나치게 가벼워서 헛될 때에도 시는 상실"된다며 시의 균형을 강조한다. 여백의 통로를 통해 숨을 쉴 수 있으며 무거움과 가벼움의 "징그러운 곡예" 속에 "시 자체의 시적 사고의 위치"를 알아야만 '시적 빨란스'를 유지할 수 있고 시인 자신이 "시가 어떠한 위치에 있는가를 있는 그대로 의식할 때 창조"가 가능할 수 있다고 말한다. 나아가 "시인의 창조적 직능은 색다른 에스푸리를 생생하게 살려내"고 "말을 알고, 말을 사랑하고, 말을 만들 줄 알아야" 한다며 시인의 시를 향한 꿈꾸는 정신은 "무의식 속에 숨어 있는 욕망이 빚어 놓은 혼돈이 표현 형상을 구하여 인식망을 벗어날" 때 그리고 "어둠 속에서 꿈꾸는 원리를 시의 세계를 통하여 전개하게 된"다고 말한다. 이 점에서 「꿈꾸는 정신精神」『동아일보』, 1940.10은 윤곤강이 내세우는 현실과 창조를 동시에 살필 수 있으며 "현실과 시간적 실재의 통일인 현존으로서 초월자가 되어야" 한다고 주장하는 그의 시에 대한 각성과 시인으로서의 성실을 엿볼 수 있다. 윤곤강은 시가 언어로 된 예술이라는 것을 깊이 있게 자각한다. 그가 언어와 말 그리고 표현에 대해 지속적으로 언급하고 있는 것도 윤곤강 그 자신이 언급하고 있는 구르몽의 "말 속에 시인의 총명이 있고, 그의 기법이, 그의 미학이, 그의 세계관이 살고 있"다는 논리를 기저로 하고 있기 때문이다.

「시詩와 언어言語」『한글』, 1939.6는 이러한 그의 주견을 무엇보다 잘 살필 수 있는 글이다. 그는 "언어가 불가결의 대상"이라 표현하며 "시란 언어활동의 가장 순수한 순간에서의 기록"이라고 단정한다. 그는 언어의 기능으로 "헤겔의 말처럼 언어는 일반적인 것을 표현하는 오성의 산물"이므로 "일반적인 것을 거쳐 구체적인 것과 개별적인 것과의 종합을 이루는 푸로세스"로 '많은 규정의 총괄' 그리고 '다양의 통일'이 "사유의 과정으로서 나타나는 관념"이라고 인식한다. 이 점은 윤곤강이 시로서의 형식을 갖게 된 언어를 개성의 완전성으로 표현해야 한다는 당위성을 지니고 있는 것이지만 윤곤강이 언어는 사회적인 규정을 가진 표상으로서 시인은 "항상 그 시대의 그 사회의 이념을 노래함으로써" 수단이 아니라 목적으로서 그리고 우연이 아니라 필연으로서 균형을 지닐 때 창조적 표현이 구현될 수 있다는 것을 의미한다. 아울러 "언어의 함수성이란 개별적인 언어가 갖는 다양성과 외연의 관계에 있어 나타나는 것"으로 말이 진화되고 발전되는 "무서운 생물로서 이로 인해 시인의 고뇌는 항상 태생胎生"되는 것이라는 진술 또한 윤곤강만의 언어관을 드러내는 것이었다.

윤곤강이 언어를 영속적이고 필연적으로 인식하고 언어를 통해 자아의 발전적 요소를 갖게 된다는 사유 과정으로서 논급하고 있는 것은 언어에 대한 그의 고뇌에서 비롯된 것이라 할 수 있다. 이 점에서 「성조론聲調論」『시학』, 1940.2은 시의 형식과 내용인 리듬과 악센트 그리고 음률과 톤聲調에 대한 요소를 논급하고 있어 주목을 요한다. 그에 의하면 리듬이란 시적 효과를 의미하는 것으로 자유시가 "내용률이라는 특질을 삼는 것은 무지의 소치"라고 말하며 과거 것으로의 운문에는 리듬이 있지만 산문시인 자유시에는 "존재 가치가 없는 효과만이 있"고 시에는 "리듬보다는 톤이 있어 생동하는 표정으로 유일한 힘"을 주고 있다고 주장한다. 그러나 이러한 주장은 자유시에도 그 길이의 장단에 따라 통사 구조의 변화에 따라 시의 흐름이 장단과 완급을 이룬다는 사실을 고려할 때 그리고 주체의 감정과 사유의 조절에 따라 연과 행에 리듬이 생길 수 있다는 것을 감안한다면 윤곤강의 이와 같은 주장은 리듬에 대한 불충분한 이해에서 비롯된 것이라 할 수 있다. 또한 시의 방법에서 톤의 효과를 유일하게 중요성을 삼은 것은 리듬과 시정신을 구별하고자 한 그의 시론에 의한 것으로 자유시를 산문시로 규정한다거나 신시新詩의 정형성을 운문시로 치부하여 청산의 대상으로 삼는 것은 성조에 대한 고착된 의식에서 비롯한다고 볼 수 있다.

　　윤곤강은 시집『피리』서문에서 "나는 어느새 서구의 것, 왜의 것에 저도 모르게 사로잡혔니라. 분하고 애달파라"며 "「정읍사」

나「청산별곡」,「동동」이나「가시리」를 돌보지 않고 이백, 두보, 소동파, 도연명, 왕유에 미친듯 나 또한 괴테나 하이네 푸시킨이나 에세이닌, 바이런, 베를렌느, 보들레르, 발레리나 시마자키 도 손島岐藤村, 이시카와 다쿠보쿠石川啄木, 소마 교후相馬御風, 우에다 빈上田敏, 하기와라 사쿠타로萩原朔太郎를 숭상하고 본 떠 온 어리석음이여!" 하고 외래의 것에 천착했던 뉘우침과 허망함을 토로한다. 윤곤강은「전통傳統과 창조創造」『인민』, 1946.1에서 "혁신의 염원은 전통을 옳게 파악하고 바르게 계승하는 데에서 실현되고 창조의 기초를 삼는 것을 의미한다"며 혁신은 전통의 계승 속에서 창조된다는 지론을 계속한다.

또한 "창조가 전통의 참된 본질을 파악하여 인습을 타파하고 그것을 보다 더 높은 단계로 고양시킬 수 있다"고 주장하며 이것이 "민족 전체를 바른길로 이끌어 줄 수 있을 것이다"라고 말한다. 그는 박팔양의 시「선죽교」와 김상옥의 시조「선죽교」, 그리고 조운의 시조「선죽교」를 비교하며 "진실에의 육박미와 생활과 생명의 과감한 진실성을 찾아 육체적으로 돌진하는 인간적 투지를 가지고 있다"며 조운의 시조에 대해 고평하며 조운의「만월대에서」와「석류」에 대해 "시신詩神도 감히 묵언의 예배를 드리지 않을 수 없을 것"이라 찬탄한다. 윤곤강의 전통 문학에 대한 관심은 옛 시가인 고려가요와 시조에 기울어져 있다. 그 자신「정읍사」,「모죽지랑가」,「동동」,「서경별곡」,「정석가」,「청산별곡」 등을 재해석하며『피리』1948에 재전유하여 수록하거나 3·1절을 맞이하여 이윤재와 한용운에게 바치는 시조를 『살어리』1948에 수록하고 있는 것은 과거 『전대前代 인간들의 감정생활感情生活』, 『풍림』, 1937.3에서 시조를 귀족적이며 봉건적 형식이라고 비판한 것을 상기한다면 그의 변화는 놀라운 것이다.

「고산孤山과 시조문학時調文學」, 『예술조선』, 1948.9에서 윤곤강은 "한양조 오백년 동안 정철, 박인로를 비롯하여 윤선도, 김수장, 김천택"을 뛰어난 시조 시인으로 꼽고는 "이들 5대가의 시조는 성조聲調, 풍격風格, 사조思藻가 모두 수음절창秀吟絶唱으로 조선의 시조사時調史에서 불후 빛"을 내고 있다고 평한 뒤 윤선도의 「산중신곡」 중 만흥 2장의 노래와 「어부사」 중의 춘사 4장의 노래를 "우리 나랏말의 극치"이며 "우리 문학사에 큰 존재"라고 말한다. 윤곤강의 시조에 대한 관심은 두말할 것도 없이 전통과 창조에 관한 관심에서 비롯한다. 이는 혁신과 새로움이 전통의 기반 위에서 가능한 것으로 인식하고 그 스스로 시집 『피리』나 『살어리』에서 고전 시가를 재해석하여 창조의 혁신을 실천한 것만 보아도 알 수 있다. 그러나 윤곤강은 「문학文學과 언어言語」, 『민중일보』, 1948.2.20에서 고려가요와 시조의 문학 양식에 대해 시조가 한문과 우리말의 혼동의 극치를 보여주고 있으며 "이러한 한자 혼용, 한문 혼합의 관습이 숭상되고 한문투의 색채가 유입되어 귀족문학으로서의 시조의 성격을 마련해 주었"다고 앞서처럼 비판한다. 그러나 이와 같은 비판은 시조가 계승과 창조의 측면에서는 공감할 수 있는 일이지만, 형식주의와 봉건적인 문투는 쇄신해야 한다는 윤곤강의 당위적 입론이 반영된 것이라 할 수 있다.

　윤곤강은 고려가요에 대해서 "부드러운 우리말의 산 리듬이 뛰놀고 있"으며 "흐르는 물처럼 유유悠悠하다"며 "민족 염원적 요소인 대중성이 결여되어 있다"는 시조 평과는 달리 높은 평가를 내리고 있다. 이러한 윤곤강의 우리것에 대한 애착은 「나랏말의 새 일거리」『한글』, 1948.2에서도 잘 나타난다. 여기에서 그는 "나랏말이 없으면 나라의 넋도 자랑도 뻗어 나갈 수가 없는 것"이라며 "외래의 것에 치가 떨린다"고 말하고 있다. 그는 말과 글이란 "목숨을 주고도 바꿀 수 없는 값을 가지고 있다"고 주장하며 한자 병용 문체에 반대해 한글 전용을 두둔한다. 이 점에서 「문학자文學者의 사명使命」『백민』, 1948.5.1은 말과 글이 민족 언어로서 문학자들에게 그 정신성을 이어가야 한다는 지적과 함께 시인은 "외적인 장애에도 굴사屈死하지 않는 불멸의 영혼과 민족적 개성과 전통을 추호도 손실하지 않고 오히려 그것을 고양시키는" 사명을 부여받은 자로 "시대가 깨닫지 못하는 것까지를 생탄시키는 인류애를 기조로 민족 문화 발전의 모체가 되"어야 한다고 강조한다.

　「문학文學의 해방解放」『시와 진실』, 1948에서 윤곤강은 "근대 문학은 환멸의 비애를 주제로 삼아 절망적인 니힐리즘이나 유물론의 허울을 쓴 소박한 관념론에 떨어져 버렸다"고 회억하며 문학 자체의 본질적 발전을 위해 다음과 같이 말한다.

　　문학文學은 마침내 한 개의 고정화固定化된 관념觀念이거나 정당政堂의

사자생寫字生이거나 상인商人의 앞잡이가 되어서는 안 된다. 그것은 사회적 충동社會的 衝動의 파문波紋이 크고 강强하면 크고 강强할수록 자주적 성격自主的 性格을 엄연嚴然히 갖추어 가지고 온갖 외적外的 위압威壓에도 굴屈하지 않고, 항상 참된 인간성人間性의 회복回復과 획득獲得을 지향志向하여야 된다. 문학文學의 정신精神은 온갖 시대적 속박時代的 束縛으로부터 해방解放되려는 자유自由스러운 인간성人間性의 본원적 발현本源的 發顯인 것이다. 현실現實의 온갖 불합리不合理와 모순矛盾에 대하여 영원永遠히 타협妥協하지 않고 굴종屈從하지 않는 불사신不死身의 정신精神 이것이 문학文學이요, 이것을 떠받들고 영원永遠히 매진邁進하는 것이 문학자文學者인 것이다.

우선 문학文學을 온갖 속박束縛으로부터 해방解放시키라. 봉건적 암흑封建的 暗黑으로부터, 자본資本과 기계機械의 아성牙城으로부터, 편향偏向된 유물 사상唯物思想으로부터, 진부陳腐한 유심 사상唯心思想으로부터 그 밖의 온갖 외적外的인 것으로부터 문학文學을 그 독자적獨自的인 본연本然의 위상位相으로 환원還元시키자. 이것만이 문학文學의 유일唯一한 사명使命이요, 진로進路인것이다.

「문학의 해방」 부분

윤곤강은 이 글에서 "문학이 한 개의 고정화된 관념이 되어서는 안 되고 참된 인간성의 회복과 획득을 지향해야 한다"며 문학의 정신은 "시대적 속박으로부터 해방되려는 인간성의 본원적 발현"으로 "문학을 온갖 속박으로부터 해방"시키라고 주장한다. 윤곤강은 해방 후 전통 시가와 겨레말 그리고 민족 문화와 같은 시

해설 491

대정신을 본원적으로 파악하고자 문학 자체의 본질적 발전과 시대정신을 구현하고자 했다. 이런 이유로 그의 시론에서 '시적인 것'과 '비시적인 것', '진짜'와 '가짜'를 직설적으로 논급하며 근대문학을 '모방의 시대'라고 규정짓는 것도 새로운 문학을 위한 도전의 충동에서 나온 것이었다. 윤곤강이 혁신을 부르짖으며 시에 있어 창조를 논급한 것 역시 근대시의 과오를 자각시키고자 하는 것이었다. 그가 강렬한 종합 정신을 내세우는 것 또한 내용과 형식의 균형을 의미하는 것이었다.

윤곤강이 정신활동에 속하는 포에지이시^{행위}를 바탕으로 실제의 시 작품을 포엠시라고 부르며 포에지이시^{행위}와 포엠시를 분별하는 오류를 지적한 것은 문학적 인식에 대한 그의 공적이었다. 윤곤강이 포에지이의 정신성을 시의 혁신으로 자각하고 새로운 시인과 낡은 시인을 구별하는 조건으로 시의 이데아를 내세운 것도 시의 존재성에 대한 자주성의 발현에서 나온 것이었다. 시가 매너리즘에 빠져 위기에 놓여 있는 것을 지적하고 있는 것도 시의 진부眞否를 위한 시와 시인의 임무를 의식하고 매진하려는 그의 의지에서 힘입은 것이다. 「시의 옹호」『조선일보』, 1939.1에서 윤곤강이 "전통을 갖지 못한 것, 말의 손재주로 되어 있는 것, 시상의 통일이 결여된 것, 난해성과 무이해성"을 우리 문학의 문제점으로 지적하며 "여러 조류 속에 수많은 사람들이 주체를 잃고 방황하였"다고 개탄한 것도 "시정신의 옹호에 대한 임무가 가로 놓여 있었기" 때문이었다. 이는 그가 지속적으로 강조해 온 주체적 태도에 말미암은 바 전통 속에서 새로운 것을 창조해야 한다는 자주의식에서 비롯한다.

5. 시와 진실, 근대시사의 대타적 자리

윤곤강은 30년대 시와 비평 활동을 통해 근대문학을 새롭게 추동하고자 했다. 비록 그의 비평이 임화나 최재서, 백철이나 김기림에 비해 크게 주목받지 못한 것도 사실이나 동시대 상황을 광대하게 살피고 있는 것은 독창적인 통찰에서 비롯된 것이었다. 리얼리즘이 안고 있는 도식적인 기계론의 청산을 강력하게 주장한 것도 유물론적 변증법을 창작 방법의 혁신으로 인식하면서 프로문학이 겪고 있는 빈곤을 극복하고자 하는 것이었다. 그리고 그가 부르조아 문학을 예술의 퇴화로 받아들이며 당대의 주류를 이루고 있던 모더니즘에 대해 비판자의 입장을 고수하고 있는 것은 시를 본연의 위상으로 환원시키고자 하는 그의 노력이었다. 말하자면 프로시에 대해 노동 조합의 방침서나 계급의 당면 과제나 강령 등이 끼어드는 일이 있어서는 안된다며 이데올로기를 청산할 것을 주창한 것은 프로문학에 대한 적확한 인식에서 발현된 것이다. 또한 김기림을 자본주의의 사생아로 치부하며 '모던쏘이의 변태적 감각'이라 몰아붙이고 있는 것은 근대시에 대한 그의 열정에서 나온 것이었다. 비록 모더니스트에 대해 병적 분리를 일으키는 형식 혁명주의자라고 비판하고 있지만 그 배경에는 현실을 꿰뚫는 자각과 생의 원형과 시의 본질에 다가설 때 시가 생탄하고 있다는 믿음 때문에서 나온 것이었다.

크가 현실을 중시하고 세계 형성을 포용하려는 것은 시의 무한과 방법의 새로움에 대한 기대에서 비롯한다. 윤곤강은 유물론적 리얼리즘과 사회주의적 리얼리즘 그리고 주지주의에 이르기까지 폭넓은 안목을 통해 시적 과정을 위해 비판을 멈추지 않았다. 현상 속에 부여된 것에 맹종하지 않고 비속한 에피고넨과 생활이 없는 시에 대해 극도의 혐오를 보이고 있는 것과 오성적 방법과 이성적 직관의 힘을 강조하는 것은 시적인 것을 찾고자 하는 노력에서 출발한 것이었다. 또한 자극을 감지하여 통일하려는 의지와 그것을 비시적인 것과 구별하며 시인적인 것에 이르러야 한다고 주장하는 것을 통해 시의 창조와 혁신적인 태도를 지니고자 한 것은 정신활동을 아푸리오리a priori로 규정할 때 가능한 것이었다.

윤곤강이 포에지이와 포엠을 질서 있는 집합으로 보는 것도 이 두 항의 깊이 있는 해석과 주장을 갖는 것이었다. 시를 문학의 근원이라고 평하며 휴머니즘을 내세운 것은 시를 쓰고 문학을 하는 것을, 세계를 창조하는 동인으로 바라보는 데에서 비롯되는 것이었다. 이 점에서 언어를 사회적 규정을 가진 표상으로 완전한 미를 표현할 수 있다고 주장하는 그의 언어관은 시어의 한계성과 가능성을 열어 두고 지적하는 것이었다. 언어를 기호로 인식하며 심리적 과정을 거친 끝에 말이 생기고 시가 생긴다고 하는 생성론적 인식은 당대에는 보기 어려운 진보적인 언어관이었다. 윤곤강은 시집 『피리』1948, 『살어리』1948에서 시와 시론이 상면하며 전통 속에서 창조의 실마리를 찾는 것은 혼란한 해방 정국에 있어 이정표를 세우는 것이었다. 아울러 역사가 낡은 것의 부정을 통해 새로운 것을 창조하려는 혁신사革新史라고 말하는 그의 진의는 전통과 창조가 서로 독립한 것이 아니라 전통의 참된 본질 속에서 출발하고 있음을 뜻하는 것이었다. 이 때문에 윤곤강은 참다운 민족 의식을 끊임없이 노래했으며 편주서『근고조선가요찬주近古朝鮮歌謠撰註』1947와 찬주서『고산가집孤山歌集』1948을 통해 민족 공동체를 위한 윤곤강만의 자주시론自主詩論을 내세웠다.

연도	내용	문단 활동 및 생애 관련 기사 자료
1911 (1세)	9월 24일, 충남 서산읍 동문리 777번지에서 출생했다. 본관은 칠원(漆原)이며 아버지 윤병규(尹炳奎)와 어머니 김안수(金安洙) 사이의 3남 2녀 중 장남으로 태어났다. 본명은 혁원(赫遠)과 붕원(朋遠)이다. 필명으로 태산(泰山)을 사용했으며 아호로 곤강(崑崗)을 사용했다.	아호 곤강(崑崗)은 천자문 '금생여수 옥출곤강(金生麗水 玉出崑崗)'에서 유래했다. 증조부는 중추원 참의관을 지냈다.
1924 (13세)	3세 연상인 이용완(李用完)과 결혼하였다.	「서산인사(瑞山人士)의 동정(同情)」(『조선일보(朝鮮日報)』, 1927.8.27)에 부친 윤병규가 당시 5원을 기부한 사례로 언급되었다. 부친은 1500석을 거두었던 대지주였다.
1925 (14세)	14세가 되던 해까지 의금부 도사를 지냈던 조부 윤정학(尹靖學)으로부터 한학을 공부하였다. 부친을 따라 상경. 서울 종로구 화동 90번지에 거주하면서 보성고등보통학교 3학년에 편입한다.	당시 보성고보 학생들은 교장 정대현의 유임을 위한 분규 투쟁을 지속하였다(『조선일보(朝鮮日報)』, 「분규계속(紛糾繼續)되는 보성고보(普成高普)의 맹휴(盟休)」, 1925.10.20).
1928 (17세)	보성고보 졸업 후 혜화전문에 입학했으나 의사(醫師)에 뜻이 없어 5개월만에 중퇴한다. 장녀 명복(明福)이 태어난다.	
1929 (18세)	본명 혁원(赫遠)을 붕원(朋遠)으로 개명하였다.	
1930 (19세)	일본 동경으로 건너가 센슈대학(專修大學) 법철학과에 입학한다.	『시인춘추(詩人春秋)』 동인으로 활동했다.
1931 (20세)	11월에 종합지 『비판(批判)』에 「넷 성(城)터에서」를 발표함으로써 작품활동을 시작했다. 장남 종호(鍾浩)가 태어난다.	
1932 (21세)	『비판(批判)』에 시 「황야에 움돋는 새싹들」(8월), 「아침」(9월), 「가을바람 불었을 때」(12월)를 게재했다.	
1933 (22세)	센슈대학 졸업 후 일본에서 귀국하여 연희전문학교에 입학한다. 5월 「신계단(新階段)」에 평론 「반종교문학(反宗敎文學)의 기본적 문제(基本的 問題)」를 발표했다.	『조선일보(朝鮮日報)』에 「현대시평론(現代詩評論) 새로운 출발(出發)에」(9월)와 「시(詩)에 있어서의 풍자적태도(諷刺的態度)」(11월), 「33년도(年度)의 시작(詩作) 육편(六篇)에 대하야」(12월)를 연재했다.
1934 (23세)	2월 10일, 카프(KAPF, 조선프롤레타리아예술가동맹)에 가담하였다. 2차 카프 검거 사건에 연루되어 7월에 전북 경찰부로 송환되었다가 장수에서 5개월 간 복역하다 12월 석방된다.	시 「살어리」, 「일기초(日記抄)」를 집필하였다. 『형상(形象)』에 소설 「이순신(李舜臣)」(2월)을 발표했다. 「푸로예맹(藝盟) 진용정돈(陣容整頓)」(『조선일보(朝鮮日報)』, 1934.2.19)에서 신입 맹원으로 언급되었다.

연도	내용	문단 활동 및 생애 관련 기사 자료
1935 (24세)	일본의 감시를 피해 외가인 충남 당진읍 유곡리로 낙향한다.	『시원(詩苑)』 동인으로 활동했다.
1936 (25세)	차남 종우(鍾宇)가 태어난다.	시론 「창조적정신(創造的精神)과 우리 시가(詩歌)의 당위성(當爲性)」(『조선일보(朝鮮日報)』, 1936.1.31~2.5), 「표현(表現)에 관(關)한 단상(斷想)」(『조선문학(朝鮮文學)』)을 발표했다.
1937 (26세)	아버지의 권유로 상경하여 화산학교 교원으로 근무하며 동료 교사 김원자와 서울 종로구 제동정 84-40에서 동거생활을 시작한다. 4월, 제1시집 『대지(大地)』(풍림사)를 발간한다.	시론 「이데아를 상실(喪失)한 현조선(現朝鮮)의 시문학(詩文學)」(『풍림(風林)』)을 발표했다. 김광균, 민태규, 오장환, 이육사 등과 함께 시 전문 동인지 『자오선(子午線)』을 창간하고 작품활동을 했다. 더불어 『시건설(詩建設)』, 『낭만(浪漫)』 동인에 참여했다.
1938 (27세)	7월, 제2시집 『만가(輓歌)』(동광당서점)를 발간한다.	당시 박세영의 「뿍·레뷰—윤곤강시집(尹崑崗詩集) 『만가(輓歌)』 독후감(讀後感)」(『동아일보(東亞日報)』, 1938.8.31)을 통해 작품 세계를 엿볼 수 있다.
1939 (28세)	8월, 제3시집 『동물시집(動物詩集)』(한성도서 주식회사)을 발간한다. 차녀 명순(明淳)이 태어났다.	경성호텔에서 출판기념회를 가졌다(『동아일보(東亞日報)』, 1939.9.2). 시 전문지 『시학(詩學)』의 동인으로 활동했다.
1940 (29세)	8월, 제4시집 『빙화(氷華)』(명성출판사)를 발간한다. 3녀 명옥(明玉)이 태어났다.	6월 1일부터 18일까지 『동아일보(東亞日報)』에 「시(詩)와 직관(直觀)과 표현(表現)의 위치(位置)—물질(物質)과 정신(精神)의 현격(懸隔)」을 4회 연재했다.
1943 (32세)	명륜전문학교(성균관대학교의 전신) 도서관에서 촉탁으로 근무한다.	6월 조선문인보국회(朝鮮文人報國會) '시부회(詩部會)' 간사로 임명된다.
1944 (33세)	동거하던 김원자가 사망하고, 일본의 징집을 피해 충남 당진읍 읍내리 368번지로 낙향하여 징용을 피해 면서기로 근무한다.	
1945 (34세)	광복 이후 상경하여 조선프롤레타리아문학동맹에 가입해 중앙집행위원으로 활동했다.	12월 9일부터 『조선일보(朝鮮日報)』에 「통일(統一)의 구체성(具體性)」을 4회 연재했다.
1946 (35세)	모교인 보성고보 한문 교사로 근무했다.	조선문학가동맹(朝鮮文學家同盟) 시부위원으로 활동하다가 탈퇴했다. 권환, 박세영, 이찬 등과 함께 해방기념시집 『횃불』(우리문학사)을 발간한다.
1947 (36세)	편주서 『근고조선가요찬주(近古朝鮮歌謠撰註)』(생활사)를 발간한다. 성균관대학교 국어국문학과 시간강사로 출강했다.	

연도	내용	문단 활동 및 생애 관련 기사 자료
1948 (37세)	1월 제5시집 『피리』(정음사), 7월 제6시집 『살어리』(정음사)를 발간한다. 시론집 『시(詩)와 진실(眞實)』(정음사)를 발간한다. 윤선도의 작품을 엮고 해설을 붙인 찬주서 『고산가집(孤山歌集)』(정음사)을 발간한다. 중앙대학교 국어국문학과 교수로 부임했다.	조지훈이 「『피리』의 율격(律格)」(『경향신문(京鄉新聞)』, 1948.5.23)을 발표하여 제5시집 『피리』의 문학적 성과를 논했다.
1949 (38세)	척수염과 신경쇠약에 시달렸다.	김동리, 김동인, 박인환, 안수길, 양주동, 유진오, 이봉구, 이은상 등과 함께 박종화, 김진섭, 염상섭 주재의 한국문학가협회 결성식에서 추천회원으로 언급되었다.
1950 (39세)	향년 39세를 일기로 2월 23일(음력 1월 7일) 서울 종로구 화동 138-113번지에서 영면하였다. 충남 당진군 순성면 갈산리에 안장되었다.	노천명이 「애도(哀悼) 윤곤강(尹崑崗)」(『경향신문(京鄉新聞)』, 1950.3.3)을 발표하여 시인의 넋을 기렸다.
1993 (사후)	충청남도 서산시 서산문화회관에 윤곤강 시비(나비)를 건립했다.	
1996 (사후)	시론집 『시(詩)와 진실(眞實)』(박만진 편, 한누리미디어)을 발간했다.	
2002 (사후)	『윤곤강 전집』 1·2(송기한·김현정 편, 다운샘)을 발간했다.	
2021 (사후)	윤곤강 문학기념사업회를 창립했다.	
2022 (사후)	학술서 『윤곤강 문학 연구』(박주택 외, 국학자료원)를 발간했다.	

성공으로 가는 위대한 비밀의
규칙은 없다
성실하는 약속은 잘 지키는
허세는 부리지 않는 친절 베푸는
것과 같은 작은 비밀이

세기의 책들 20선,
천년의 지혜 시리즈

스노우폭스북스는

100년 이상의 세월을 넘어

30개 이상의 언어와 2800회 넘는 개정판으로

최소 200만에서 최대 1000만 부 이상 판매된 책.

시대와 세대를 넘어 현재까지 절판 되지 않고

세계 여러 나라에서 오랫동안 읽히고 있는 고전 중의 고전

위대한 지혜와 불멸의 통찰을 담은
'세기의 책들 20선 천년의 지혜 시리즈'를 출간합니다.

2023년 12월부터 2025년 3월까지

총 5회에 걸쳐 5개 분야 (경제경영/자기계발/철학/인문/에세이)의

20종의 책을 여러분께 진심을 가득 담아 전해드리고자 합니다.

천년의 지혜 시리즈
경제경영편

5000년의 부

원제 The Richest Man in Babylon
조지 사무엘 클라슨 (George Samuel Clason)
최초 출간일 1926년

가장 쉽고, 가장 확실하며,
가장 빠르게 즉시 가난에서 벗어날 방법이 담긴 5천 년 전 유물

23년 12월 13일 출간 완료

23년 12월 13일 출간 완료

불멸의 지혜

원제 The Science of Getting Rich
월러스 워틀스 (Wallace Wattles)
최초 출간일 1910년

"만약 단 한 권의 책만 읽는다면 나는 이 책을 읽겠다"

부의 기본기技

원제 The art of money getting : golden rules for making money
피니어스 테일러 바넘 (Phin eas Taylor Barnum)
최초 출간일 1880년

'비범함은 평범한 기본기를 지속하는 것의
또 다른 이름일 뿐이다'

23년 12월 13일 출간 완료

23년 12월 13일 출간 완료

결코, 배불리 먹지 말 것

원제 相法極意修身錄
미즈노 남보쿠 (水野南北/mizuno namboku)
최초 출간일 1812년

200년 동안 왜 이 책은 절판되지 않았을까?
〈돈의 속성〉, 〈사장학개론〉의 저자 김승호가 강력 추천한 책!

돈의 속성

by 김승호

『돈의 속성』 초판이 출간된 2020년 6월부터 2022년을 앞둔 오늘까지 코로나19 팬데믹 상황이 지속되고 있습니다. 전 세계적인 경제적 충격에도 다행히 주가는 2020년 폭락 전보다 더 올랐으며 대다수 사람의 금융 자산에 대한 이해와 수준이 높아졌습니다.

책 제목에 '돈'이라는 단어를 넣는 것부터 거부감을 느끼던 사회가 이 책이 나온 후, 제목에 돈을 넣은 책이 백여 권 가깝게 출간된 것을 보며 이제 한국 사회도 돈을 직시하고 올바로 바라보는 시선이 생긴 것 같아 안도감과 보람을 느낍니다.

또한 국민적으로 경제 지식이 늘고 금융 공부가 일반화돼가는 과정을 보며 기쁨을 느꼈습니다. 책이 출간되고 재판을 거듭하면서 다양한 인사와 감사, 제안과 질문을 수많은 독자로부터 받았습니다. 한 분 한 분 답할 수 없어 이 자리를 빌려 감사를 드립니다.

특히 젊은 청년들에게 많은 연락이 오는 것을 보며 그들의 돈에 대한 가치관에 영향을 줄 수 있었음을 무엇보다 보람으로 생각하게 되었습니다.

지난 2년간 급변하는 경제 현상에 전 세계가 노출됐습니다. 이런 상황을 겪으며 처음 책을 출간했을 때와 다르게 견해가 바뀐 부분도 있습니다. 출간 당시 진행하던 투자의 결과를 궁금해하시는 분들도 있을 것입니다. 혹은 출간 당시 미처 다루지 못한 부분이나 추가로 언급하고 싶은 내용이 있었습니다.

마침 출판사에서 200쇄 기념판을 기회로 개정과 증보 요청이 있어 이에 몇몇 내용을 수정하고 새로운 목차를 첨부하였습니다. 이렇게 오랫동안 베스트셀러 자리에 머물며 스테디셀러로 독자 여러분들의 사랑을 받는 책이 된 것에 대해 다시 한번 감사드립니다.

휴스턴에서 김승호

2021년 12월 27일

인간은 경제적 자립을 위해 돈을 필요로 한다. 이 돈을 이해하는 방식은 지난 수 세기 동안 많은 사람을 통해 다양하게 교육돼왔다. 하지만 정작 돈을 다루는 지혜의 수준이 높아진 시대는 없었다. 세대가 바뀌고 시간이 흘러도 우리는 여전히 제자리다. 지극히 현명한 사람도 돈에 대해 무지한 경우가 태반이고, 정작 부를 이루고 유지한 사람은 그 비밀을 말할 이유가 없었다. 그나마 알려진 방법은 유효기간이 지난 알약 같은 지나간 과거의 지식뿐이다.

인생에서 돈에 대한 문제를 해결한다는 건 영적 각성만큼이나 삶에 있어 중요한 가치다. 방치하거나 무시하면 현실의 돈 역시 나를 무시하거나 방치하기 때문이다. 돈을 세속적이라는 이유로 방치하고 두렵다고 피하면 그 피해가 나와 내 가족 전체와 다음 세대까지 이어지며 평생 노동의 굴레를 벗어날 수 없다.

　나는 가족을 위해서라면 하루도 쉬지 않고 일하던 노동자 아버지 밑에서 태어나 겨우 굶지 않을 정도의 어린 시절을 보냈다. 그러나 지금은 미국 정부와 한국 정부에 1년에 수백억의 세금을 내는 사람이 되었다. 한적한 시골 동네에 떨어진 파키스탄 노동자 같은 신세에서, 하버드에서 교육받은 변호사와 회계사를 기다리게 만들며 전 세계에 걸쳐 여러 사업을 총괄하는 사업가가 되었다. 6달러짜리 냉면을 파는 한인식당의 육중한 나무 문이 겁이 나서 들어가려다 포기했던 사람이 매일 일반 직장인의 몇 년 치 월급을 벌고 있다.

　나는 가난의 가장 바닥부터 거의 최상급의 위치까지 올라봤으며 이 과정에서 돈의 여러 속성을 자세히 경험해볼 기회를 얻었다. 돈을 번다는 게 어떤 뜻인지, 돈은 어떻게 움직이는지, 돈은 왜 사라지는지, 돈은 어디로 몰려다니는지, 돈은 무슨 일을 하는지, 돈은 어떤 흔적을 남기는지를 비교적 깊고 넓게 볼 수 있는 위치에 올라설 수 있었다.

분명 누군가는 나보다 더한 통찰이 있을 것이다. 더 깊은 사고와 논리, 더 큰 사업에서 자수성가하여 돈의 속성을 낱낱이 이해하는 사람도 있을 것이다. 하지만 세상에 나온 책들은 실제로는 돈을 벌어본 적이 없는 이론가가 쓴 것이 대부분이다. 결국 이런 책을 저술해 돈을 버는 사람이 더 많다. 정말 돈의 속성에 대해 잘 아는 자산가들은 그 비밀을 굳이 글로 남기고 싶지 않았을 것이다.

이런 비밀을 알고 있는 사람이 몇 안 된다는 걸 알기에 운명에 이끌리듯 나는 내게 그 일이 주어졌음을 받아들이기로 했다.

그럼에도 이 책을 쓰기까지 몇 년을 고민했다. 몇 권을 출간하긴 했지만 여전히 글쓰기는 내게 어려운 일이다. 그런데 예전에 영화관을 빌려 일반 대중에게 했던 〈돈의 속성〉이라는 주제의 강연이 방송으로 촬영돼 편집본으로 소개되고, 이 일을 계기로 여러 유튜버를 통해 생산, 재생산되는 과정에서 내 의도와 목적에서 조금씩 변형되는 일이 생겼다. 바로잡으려고 했을 때는 이미 조회수가 천만을 넘길 정도로 영상이 퍼진 후였다. 그러다 보니 지금이라도 더 늦기 전에 내가 전달하려던 내용을 명확하게 책으로 정리해야겠다는 생각에 이르렸다.

나는 이 책에서 돈의 철학적, 윤리적 가치관을 깊게 논하거나 설명하지 않을 것이다. 그만한 능력도 되지 않는다. 대신 돈에 대한 모든 생각이나 경험, 관점을 담으려고 한다. 돈을 벌고, 또 돈이 내게 붙어 있게 하는 일을 그 누구보다 잘할 수 있다고 감히 생각하기 때문이다.

돈이야말로 나와 내가 사랑하는 사람들을 보호하거나 도울 수 있고 남에게 신세를 지지 않고 살 수 있게 해준다. 이는 돈의 지극히 평범한 가치다. 그러나 세상은 이런 평범한 가치를 유지하는 데 결코 평범함을 요구하지 않는다. 그렇기 때문에 평범한 방식으로는 풍족한 돈을 가질 수 없다. 내가 그동안 어떤 방식으로 돈을 대해왔는지 자세히 설명함으로써 독자 역시 같은 기쁨을 누릴 수 있기를 바랄 뿐이다.

한 가지 주의를 드리면 독자 여러분이 이 책의 가치를 받아들인다고 모두 부자가 되거나 경제적 자유인이 되지는 못할 수 있다. 그러나 나이가 어린 청년일수록 이 책의 가치를 공감하고 실행하면 반드시 부자가 될 것이다. 또한 누구라도 이 가치를 받아들이면 이전과 분명 차이 나는 삶을 살 수 있으리라 확언한다.

종교 외에 세속적 영역에서 여러분의 삶에 행복한 영향을 준 사람으로 기억되길 바랄 뿐이다. 이 책은 평소 내가 강연이나 수업에서 이야기했던 돈의 다섯 가지 속성과 부자로 살고 싶은 사람에게 필요한 네 가지 능력에 대한 내용을 담고 있다.

돈의 다섯 가지 속성으로, '돈은 인격체다, 규칙적인 수입의 힘, 돈의 각기 다른 성품, 돈의 중력성, 남의 돈에 대한 태도'를 말한다. 부자가 되기 위해 필요한 네 가지 능력으로는 '돈을 버는 능력, 모으는 능력, 유지하는 능력, 쓰는 능력'을 다룬다. 그리고 이것을 각기 다른 능력으로 이해하고 각각 다르게 배워야 한다고 강조해왔다.

전작인 『생각의 비밀』, 『알면서도 알지 못하는 것들』에 나온 문장이나 유사한 표현이 일부 나올 수 있다. 중복된 표현이 있어도 이해를 구한다. 더불어 경제 용어를 잘 모르는 분도 쉽게 이해할 수 있도록 되도록 풀어 쓰려고 노력했다. 모쪼록 독자 개개인의 경제적 독립과 자립의 삶에 도움이 되길 바란다.

차례 ─────────────────

돈은 인격체다

돈은 인격체(person)다. 돈이 사람처럼 사고와 감정과 의지를 지닌 인격체라고 하면 누군가는 받아들이기 힘들어한다. 인격체란 스스로 생각하고 자아를 가진 개별적 실체를 뜻하기 때문이다. 돈은 스스로 생각하지도, 움직이지도 않으며 단지 숫자로 이뤄졌을 뿐이니 왠지 억지처럼 느껴질 수 있다. 하지만 비즈니스에서는 회사도 인격을 부여받는다. 바로 법인(法人, legal person)이다. 여기에는 인(人)이 붙는다. 법인은 사람과 동일하게 소송을 하고 소송을 당하기도 하며 하나의 주체처럼 개인과 싸우거나 협의하거나 협력할 수 있다.

돈은 법인보다 더 정교하고 구체적인 인격체. 어떤 돈은 사람과 같이 어울리기 좋아하고 몰려다니며, 어떤 돈은 숨어서 평생을 지내기도 한다. 자기들끼리 주로 가는 곳이 따로 있고 유행에 따라 모이고 흩어진다. 자기를 소중히 여기는 사

람에게 붙어 있기를 좋아하고, 함부로 대하는 사람에겐 패가
망신의 보복을 퍼붓기도 한다. 작은 돈을 함부로 하는 사람에
게선 큰돈이 몰려서 떠나고 자신에게 합당한 대우를 하는 사
람 곁에서는 자식(이자)을 낳기도 한다.

이처럼 돈은 인격체가 가진 품성을 그대로 갖고 있기에
함부로 대하는 사람에겐 돈이 다가가지 않는다. 이런 돈의 특
성 때문에 나는 돈을 인격체라 부른다. 이 글 안에서도 돈을
인격체로 대하는 듯한 문장이 계속 나올 것이니 독자 여러분
은 이해해주기 바란다. 내가 풍족한 부를 이루는 데 성공한 것
은 돈을 '스스로 감정을 가진 인격체'로 대하며 돈과 함께 사는
법을 배웠기 때문이다.

돈을 너무 사랑해서 집 안에만 가둬놓으면 기회만 있으
면 나가려고 할 것이고 다른 돈에게 주인이 구두쇠니 오지 마
라 할 것이다. 자신을 존중해주지 않는 사람을 부자가 되게 하
는 데 협조도 하지 않는다. 가치 있는 곳과 좋은 일에 쓰인 돈
은 그 대우에 감동해 다시 다른 돈을 데리고 주인을 찾을 것이
고, 술집이나 도박에 자신을 사용하면 비참한 마음에 등을 돌
릴 것이다.

돈은 감정을 가진 실체라서 사랑하되 지나치면 안 되고

품을 때 품더라도 가야 할 땐 보내줘야 하며, 절대로 무시하거나 함부로 대해서는 안 된다. 오히려 존중하고 감사해야 한다. 이런 마음을 가진 사람에게 돈은 항상 기회를 주고 다가오고 보호하려 한다.

돈은 당신을 언제든 지켜보고 있다. 다행히 돈은 뒤끝이 없어서 과거 행동에 상관없이 오늘부터 자신을 존중해주면 모든 것을 잊고 당신을 존중해줄 것이다. 돈을 인격체로 받아들이고 깊은 우정을 나눈 친구처럼 대하면 된다. 그렇게 마음먹은 순간, 돈에 대한 태도는 완전히 바뀌기 시작한다. 작은 돈을 절대로 함부로 하지 않게 되고 큰돈은 마땅히 보내야 할 곳에 보내주게 된다. 사치하거나 허세를 부리기 위해 친구를 이용하지 않고 좋은 곳에 친구를 데려다주려 할 것이기 때문이다.

품 안의 돈을 기품 있는 곳에 사용하며 사랑하는 사람과 보호해야 할 가치가 있는 곳에 사용할 것이다. 이를 지켜보고 있는 돈도 더 많은 친구들을 옆에 불러들일 것이다. 내가 돈의 노예가 되는 일도 없고 돈도 나의 소유물이 아니므로 서로 상하관계가 아닌 깊은 존중을 갖춘 형태로 함께하게 된다. 이것이 진정한 부의 모습이다.

    납치나 폭력 혹은 불법을 통해 권력자나 졸부 품으로 들어간 돈은 언제든 탈옥할 날만을 기다리거나 그 주인을 해치고 빠져나오기 마련이니 위험한 돈과 친해질 생각도 지워야한다. 돈이 인격체라는 것을 알아차리고 받아들이는 순간부터, 당신의 평생 부자 인생길이 열리는 것이다.

나는 나보다
더 훌륭한 경영자에게 투자한다

30대 중반, 주식에 투자했다가 큰 실패를 겪었다. 과거의 주식 정보를 바탕으로 가장 좋은 거래 패턴을 찾아내 투자하는 프로그램 매매에까지 손을 댔었다. 당시는 이 방법이 가장 빨리 가난을 해결해줄 거라 믿었다. 나 스스로 일반인보다 똑똑하고 대담하다고 생각했다. 돌이켜보면 그건 투자가 아닌 투기였다. 얼마나 어리석은 행동이었는지 부끄럽기 그지없다.

당시 투자자로서 내 수준은 유치원도 못 들어간 유아 수준이었다. 하지만 스스로 대학원생 정도라 생각했으니 잘될 턱이 없었다. 과거 데이터를 놓고 미래 예측을 내놓는 책과 강연이 많다. 그럴 때면 과거의 내가 생각이 나서 안타까운 마음뿐이다. 그들의 현재 재산과 미래 재산 상태를 짐작하면 정말 그렇다. 나는 전 재산을 날렸고 다시는 그곳에 얼씬거리지 않았다. 다시 주식을 시작한 건 5년 전쯤이다. 지난 5년간 꽤 많은 주식을 매입했으나 거의 팔아본 적이 없다. 혹 누군가 주식투자를 하는지 물으면 하지 않는다고 말한다. 주식을 사고파는 일로 돈을 버는 일반적인 주식투자는 하지 않기 때문이다.

자산이 생기면 내가 하는 일은 두 가지다. 내 회사를 더 키우는 데 사용하거나 또 다른 자산을 만들 만한 곳에 보낸다. 최근 몇 년 동안 내 회사에 더 이상 자본이 들어갈 일이 사라지면서 내 잉여 자본은 투자처를 찾아야 하는 상황이 되었다. 나는 사업가이자 경영자로 한평생을 살아왔다. 그럼에도 나보다 월등하게 뛰어난 경영자나 사업체가 많아 어느 땐 내가 어린아이처럼 느껴질 정도다. 내가 엄두도 못 낼 시장에서 더 좋은 사업을 하는 회사나 경영자가 너무나 많다. 다행히 이런 회사는 상당수 상장돼 있다. 상장돼 있다는 건 누구나 원하는 만큼 그 회사를 살 수 있다는 뜻이다. 백 달러만 사도 되고, 천 달러를 사도 되며, 수백만 달러도 하루에 살 수 있다. 세상에서 가장 큰 회사라도 마찬가지다.

우리 거래처 중에도 해마다 성장하며 경영까지 잘하는 회사가 많다. 혹은 내가 소비자나 고객으로 만나는 회사 중에서도 훌륭한 경영자를 많이 보았다. 그런 회사들은 대부분 내 회사보다 크고 더 성장해 있으며 더 유능한 경영자들이 있다. 나보다 더 훌륭한 경영자가 나보다 더 좋은 회사를 운영하는데 내가 투자를 망설일 이유가 없다.

결국 나보다 훌륭한 경영자에게 투자하는 일은 그들과 동업하는 것과 다름없다. 거기다 그들이 원하지 않아도 언제든 동업이 가능하다. 이제 필요한 건 그 회사의 배당 정책과 배당 비율 그리고 적정 가격대를 찾는 일뿐이다. 적정 가격이란 정해진 예산으로 주당 얼마에 살 수 있느냐보다 몇 주를 살 수 있느냐에 달렸다. 주식 숫자에 따라 배당 비율이 달라지기 때문이다. 사업의 세계와 투자의 세계에서는 나보다 나은 사업과 경영자에게 투자하는 것이 불법도 아니고 비도덕적인 일도, 부끄러운 일도 아니다. 지극히 합법적이고 합리적이며 자랑스러운 일이다.

나는 되도록 내가 지분을 가진 회사의 물품이나 서비스를 이용한다. 이제 내 회사이기 때문이다. 마이크로소프트 (MSFT) 컴퓨터로 아마존(AMZN)에서 나이키(NKE) 신발을 사고 체이스뱅크(JPM)에서 받은 비자카드(V)로 결제하고 애플 (AAPL) 전화기로 우버(UBER)를 불러 공항에 가서 델타항공

(DAL)을 타고 집으로 가다 중간에 코스트코(COST)에 들러 코카콜라(KO) 한 박스를 사와 삼성(005930) 냉장고에 넣어놓고 나면 자급자족하는 느낌이다. 단순히 소비자나 경쟁자 혹은 방관자가 아닌 주인이 되는 방법이다. 배당일이나 기다리며 주가가 떨어지면 나의 좋은 회사를 더 싸게 살 수 있다는 감사한 마음조차 든다. 나보다 더 훌륭한 경영자의 옷깃을 붙들고 걸어가는 기분은 아버지 같은 좋은 형을 가진 느낌이다. 여러분도 좋은 큰형님을 찾기 바란다.

200쇄 증보판 메시지

2021년 6월, 서울 삼성동 건널목 앞에 서 있었을 때였다. 마주 건너던 젊은 청년이 나를 알아보고 팔짝팔짝 뛰며 너무도 반갑게 인사를 해왔다.

"회장님! 저 회장님 덕분에 돈 벌었습니다. 회장님 책에 나온 주식을 책 읽자마자 바로 샀는데, 거의 대부분 2배씩 올랐습니다. 정말 감사합니다."라며 손을 붙잡고 놓아주지 않았다. 나는 그의 손을 떼어 내며 말했다.

"다행히 올랐으니 망정이지 만약 떨어졌으면 날 욕하고 원망했겠군요? 내 책을 정말 진지하게 읽었더라면 그런 식으로 주식을 사는 일을 하지 않았을 겁니다. 언젠가 다시 나를 욕하게 될지 모르니 오늘 인사는 받지 않은 걸로 합시다."

너무 정색했는지 청년은 머쓱해하며 헤어졌다.

사실 나도 당시 폭락이 한창일 때 이 글에 적힌 주식들을 모든 현금을 동원해 샀고 우버와 델타항공을 제외하곤 아직까지 한 주도 팔지 않고 있다. 덕분에 개인 금융자산이 거의 두 배가 늘었지만 나를 따라 주식을 샀던 다른 사람들이 모두가 그 청년처럼 재산이 늘지는 않았을 것이다. 개개인이 가진 돈은 돈마다 모두 성격이 다르고 주인의 성격이 또한 다르기에 같은 결과가 나오지 않음은 뻔한 사실이다.

유명인이나 금융전문가를 따라 투자하는 것은 들어가는 시간은 알 수 있을지 모르나 나오는 시기를 모르기에 같은 수익이 나오지 않는다. 내가 주식을 고르는 방식을 설명하려 했던 내용이 누군가에게 투자 정보로 읽힌다는 사실에 놀랐다.

　　부디 나와 길에서 인사했던 청년이 지금도 그 주식을 팔지 않고 있길 바라고 내가 그 주식을 샀기 때문에 따라서 사는 것이 아니라 왜 그런 주식을 골랐고 일부는 왜 팔았는지 이해하는 날이 오길 바란다. 그렇다면 비로소 내가 그의 감사를 받을 수 있을 것이다.

복리의 비밀

재테크에서 빼놓을 수 없는 게 복리의 위력이다. 복리란 중복된다는 뜻의 한자 복(複)과 이자를 의미하는 한자 리(利)가 합쳐진 단어다. 원금과 이자에 이자가 붙는다는 뜻이다. 그리고 그 이자의 이자에 이자가 붙는다는 뜻이다. 복리에 상대되는 말은 단리다. 단리는 원금에 이자가 한 번 지불되는 상태를 말한다. 이렇게 단리로 받은 이자와 원금을 합친 금액에 다시 이자를 받는 구조가 복리라고 이해하면 된다.

1,000만 원을 연이자율 6%의 단리로 5년간 이자를 받기로 했다면 5년 후에 1,300만 원을 받는다. 하지만 이자를 사용하지 않고 그대로 원금과 합쳐 이자를 받으면 48만 8,502원을 더 받는다. 차이가 없는 듯해도 이미 20개월간의 이자를 추가로 받는 셈이다. 이것을 10년으로 바꾸면 219만 3,967원으로 87개월간의 이자에 해당된다. 만약 이 상태를 20년간 지속한

다면 원금보다 많은 1,110만 2,045원의 추가 이익을 얻게 된다. 영리한 사람이라면 이쯤에서 같은 복리 이자를 받더라도 1년에 한 번 이자를 받는 것보다 분기별로 나눠 받는 것이 더 좋고 월별로 이자를 받으면 훨씬 더 이익이라는 걸 즉각적으로 알았을 것이다.

그런데 만약 거꾸로 복리 개념을 채무 이자에 적용해 갚아야 할 상황이라면 무섭고 끔찍한 수치가 산출된다. 마이너스 통장을 개설해 연이율 10%로 500만 원을 빌렸다면 월 이자가 겨우 4만 1,667원이지만 이를 안 내고 버티면 다음 달 이자는 두 달 치인 8만 3,334원이 아니라 347원이 늘어난 8만 3,681원이다. 4만 1,667원에 대한 이자가 합쳐졌기 때문이다. 여기서 이 347원을 '겨우'라고 생각하는 사람과 '무려' 347원이라고 생각하는 차이가 투자의 차이를 만들고 부의 차이를 만들며 삶의 차이를 만든다.

만약 이렇게 2년 동안 융자금을 갚지 않고 있으면 2년 후 원리금은 605만 1,525원에 매달 이자가 5만 429원으로 변해 있고 3년이 지나면 668만 5,199원의 원금과 5만 5,710원의 이자가 된다. 그리고 연리 13.4%에 해당되는 금액으로 늘어나게 된다. 겨우 347원이 만든 결과다. 다른 예를 들어보자. 만약 집을 구매할 때 30년 상환 4% 복리로 3억 원을 융자 받았다고 가정하면 지불해야 하는 총금액은 9억 9,000만 원이나 된다. 이를 30년간 나눠 월별로 지불하면 월 모기지(mortgage) 비용은 276만 원씩으로 21년간 이자를 지불해야 겨우 그다음 달부터 원금이 줄기 시작한다. 복리가 이렇게 무섭다.

결국 복리를 내 편으로 만드는가, 적으로 만드는가에 따라 재산의 정도가 달라진다. 복리를 내 편으로 만들기 위해 해야 할 첫 번째 일은 복리에 대한 이해다. 조지워싱턴 대학의 조사에 따르면 미국인의 3분의 1만이 복리를 이해한다고 한다. 알베르트 아인슈타인(Albert Einstein)은 복리야말로 인간의 가장 위대한 발명이자 세계 8대 불가사의라고 말했다. 워런 버핏(Warren Buffett) 역시 복리의 혜택을 가장 많이 받은 투자자이며 복리의 도움이 없었다면 지금 자리에 오르지 못했을 것이다. 복리는 간단하지만 투자에서 가장 중요한 원리 중 하나다. 투자자가 복리를 이해하지 못한다면 부를 다룰 자격이 없다. 복리는 투자 자체보다 더 중요하다. 복리 효과가 부를 어떻게 변화시키는지 이해하려면, 복리와 진지하게 친해지고 함께 어울려야 한다. 여기서 1964년 워런 버핏이 서른네 살이 되던 해에 보낸 주주 서한을 살펴보자.

"복리라는 주제는 전반적으로 고리타분하기 때문에, 미술품에 비유해 소개해볼까 합니다. 1540년 프랑스 국왕 프랑스와 1세가 레오나르도 다빈치의 그림 〈모나리자〉를 4,000에키에 구입했습니다. 당시 4,000에키는 2만 달러의 가치입니다. 만일 프랑스와 1세가 현실감각이 있어서 그림을 사는 대신, 연간 세후 6% 수익률로 그 돈을 투자했다면, 현재 1,000,000,000,000,000달러 이상으로 불어났을 것입니다. 연간 6%로 1,000조 달러 이상을 만들어내는 것입니다. 현재 미국 국채 발행 규모의 3,000배가 넘습니다."

어려서부터 복리의 개념과 혜택을 정확히 꿰뚫어 본 젊은이는 그의 나이 50세 이후 미국 최고 부자 중 한 명이 되었고 91세인 현재까지 그의 부는 계속해서 늘어나고 있다. 복리가 그를 최고 부자로 만든 것이다.

우리 삶에 자연스럽게 스며들어 가장 큰 영향을 끼친 두 가지가 비누와 복리다. 비누가 발명된 후 개인위생이 개선되며 인간 수명이 비약적으로 늘어났으며 복리가 발명된 후 부의 이동이 수없이 일어났기 때문이다. 당신이 복리의 중요성을 이해했다면 이제 막 부자가 될 가장 기본적인 준비가 끝난 것이다. 축하한다.

일정하게 들어오는 돈의 힘

가정해보자. 1년에 수입이 5,000만 원인 사람이 있다. A 라는 사람은 매달 일정하게 400만 원을 버는 사람이고, B라는 사람은 어느 땐 1,000만 원을 넘게 벌기도 하지만 어떤 달은 한 푼도 벌지 못한다. 두 사람 모두 매년 5,000만 원의 수입이 생기지만 돈의 힘은 서로 다르다. 수입이 일정하게 발생한다는 건 그 수입의 질이 비정규적인 수입보다 좋다는 뜻이다. 질이 좋은 돈은 다른 돈을 잘 불러 모으고 서로 붙어 있어도 흩어지지 않는다. 비정규적인 돈보다 힘이 강해 실제 액면가치와 상관없이 잠재 가치 척도 주가수익률(PER)이 높다.

농사를 짓는 데 필요한 강수량이 1,000mm라고 가정해보자. 그런데 봄에 한 번 500mm 퍼붓고 가을에 한 번 500mm 퍼붓는다면 그 땅에서는 농사를 지을 수 없다. 홍수 아니면 가뭄이기 때문이다. 대신에 하루 10mm씩이라도 매일 꾸준히 내리면 상당히 좋은 결실을 맺을 수 있다. 브라질의 렌소이스 사막은 연간 강우량이 1,600mm나 되지만 아무것도 키우지 못한다. 6개월에 한 번씩 비가 오기 때문이다.

마찬가지로 기업 운영도 가장 중요한 것은 현금흐름(cash flow)이다. 현금 유입과 유출을 통틀어 현금흐름이라 한다. 기업의 현금흐름이 좋지 않으면 이익이 나도 부도가 날 확률이 높아진다. 언젠가 비가 와도 당장 가뭄이 들어 작물이 타 죽는 것과 같다. 몸 안에 피도 일정하게 흘러야 사지가 움직이고, 호흡도 일정해야 생명이 연장되며, 음식도 일정하게 먹어야 죽지 않는다. 10분 동안 물속에 있다가 모자란 숨을 몰아넣는다고 사람이 살아날 수는 없다. 굶어 죽은 사람 입에 고기를 넣어준다고 사람이 살아나지 않는 것처럼 말이다.

돈도 같다. 현금흐름이 일정하게 유지돼야 경제적으로 삶이 윤택해진다. 돈이 일정하게 들어온다는 건 체계화된 경찰이나 군인 수백 명만으로 수천, 수만 명의 군중을 효율적으로 통제하는 것과 같다. 이 흐름이 거친 인생을 통제할 수 있는 상태를 만들어준다.

장사나 사업을 계획 중이라면 개천을 막아 여름 한철 하루 1,000만 원 매출을 올리는 사람을 부러워 말고 매일 수십만 원씩 꾸준한 돈이 들어오는 국밥집을 부러워해야 한다. 여름철에 번 1,000만 원은 그 돈이 솜사탕처럼 가벼워서 만지기만 해도 쉽게 부서지지만 국밥집 100만 원은 단풍나무처럼 단단해서 건물도 만들어낼 수 있기 때문이다. 행사 때 몰려온 단체손님을 상대하느라 단골을 무시하는 사장은 성공할 수 없다.

비정규적인 수입은 한 번에 몰려온 돈이라 실제 가치보다 커 보이는 착각을 일으킨다. 그래서 자신이 많은 돈을 벌게 된 줄 알고 사치하고 함부로 사용하게 돼 결국 모으지 못하게 된다. 흔한 생각으론 돈이 또 언제 들어올지 모르니 저축을 해가며 살 것 같아도 실제로 그렇게 조정하는 사람은 별로 없다. 내 손에 바늘이 있고 풍선이 눈앞에 어른거리면 찔러보고 싶은 것이 사람 마음이다. 따라서 수입이 비정규적인 사람은 자산을 정규적인 수입 자산으로 옮기는 작업을 시작해야 한다. 연예인, 강사, 학원 교육자, 건설 노동자, 시즌이 있는 사업체 소유자, 운동선수, 개원의사처럼 수입이 일정하지 않은 직업을 가진 사람이 여기에 해당된다.

수입이 일정하지 않다는 말은 또 다른 말로, 개인의 재능이나 재주가 많아서 단기간 많은 수입을 얻는다는 뜻이다. 이런 사람들은 자신의 수입이 생기는 대로 일정한 소득이 나올 수 있는 부동산이나 배당을 주는 우량 주식을 사서 소득을 옮겨놓아야 한다. 하루라도 빨리 일정한 소득으로 옮겨놓지 않으면 비정규적인 돈은 정규적인 돈을 소유한 사람들 아래로 빨려 들어가고 말 것이다. 정규적인 돈과 비정규적인 돈이 싸우면 언제든 정규적인 돈이 이기기 마련이다.

규칙적인 수입의 가장 큰 장점은 미래 예측이 가능해진다는 점이다. 미래 예측이 가능하다는 말은 금융자산의 가장 큰 적인 리스크를 제어할 수 있다는 뜻이다. 리스크는 자산에 있어 가장 무섭고 두려운 존재며 모든 것을 앗아갈 수 있다. 어디에 숨어 있는지 몰라서 모퉁이를 돌다 갑자기 맞닥뜨릴 수 있는 것이 리스크다. 이 리스크를 제어할 수 있다는 건 대단한 장점이다. 그 자체가 신용을 부여하며 이 신용은 실제 자산으로 사용할 수 있어 같은 5,000만 원이라도 1억 원 혹은 그 이상의 자산으로 변형돼 현실에 나타난다.

돈은 중력의 힘을 가졌다

중력은 현대 물리학의 상호작용 힘 중 하나다. 뉴턴(Issac Newton)에 따르면 '중력은 질량을 가진 모든 물체에 작용한다'. 중력은 질량을 가진 물체가 다른 질량을 가진 물체에 작용하는 힘을 말하는데 그 힘의 크기는 각 물체의 질량에 비례해 가까운 곳에 있는 물체를 잡아당기며 매우 먼 거리까지 미친다. 거리의 제곱에 반비례해 멀어질수록 힘이 약해지기는 하지만, 먼 거리에서도 여전히 작용한다.

지구에 살고 있는 우리는 중력의 거대한 힘을 못 느껴도 지구를 벗어나려는 우주선은 시속 4만km의 속도로 날아야 겨우 지구의 중력권을 벗어날 수 있다. 우주 위를 날아다니는 별똥별을 지구로 끌어들이는 것도 중력의 힘이다. 지구는 달보다 무겁기에 더 강한 중력을 가지고 있고 태양은 지구보다 더 크고 무거워서 더 멀리까지 그 중력의 영향력을 행사한다.

눈으로 확인할 수 있는 이 영향력의 경계가 태양계다.

신기한 건 돈도 이 중력과 같은 작용을 한다는 것이다. 돈은 다른 돈에게 영향을 주며 그 돈의 액수가 크면 클수록 다른 돈에 영향을 준다. 돈은 가까이 있는 돈을 잡아당기는 능력이 있으며 주변 돈에 영향을 준다. 돈이 중력과 같이 작용하는 원리를 잘 이용하면 누구나 아무리 작은 돈이라도 큰돈으로 만들어낼 수 있다.

강원도 태백시 창죽동의 검룡소라는 작은 연못에서 시작한 물줄기가 강원도, 충북, 경기, 서울을 거쳐 서해까지 494km에 걸쳐 펼쳐지는 한강이 된다. 길이 6,679km에 하구의 폭만 240km이며 초당 20만 9,000m³의 물을 바다에 쏟아내는 아마존강 역시 페루 남부 안데스 산맥 네바도 미스미산(Nevado Mismi) 안에 있는 개울에서 시작된다.

우리가 살고 있는 거대한 지구도 한 개의 작은 입자가 주변 입자를 끌어당기고 그 부피를 키워가면서 5,972,000,000,000,000,000,000톤의 현재 모습을 갖춘 것이다. 이렇듯 아무리 작은 것이라도 그 속성을 이해하면 주변을 끌어당겨 부피나 크기를 키울 수 있고 이렇게 커진 자본은 다른 자본을 점점 더 쉽게 많이 끌어들인다.

누군가가 10억 원이라는 돈을 모으기로 마음먹었다고 하자. 10억 원은 300만 원을 받는 급여 생활자가 한 푼도 쓰지 않고 모아도 27년이 걸리는 금액이다. 엄청나게 긴 시간이고 힘든 일이다. 그나마 전액을 저축했을 경우의 이야기다. 투자를 한 경우라도 한 푼도 잃지 않았을 때 이야기다. 급여의 50%를 저축했다면 50년이 지나야 모을 수 있는 돈이다. 하지만 돈의 중력을 이해하면 이야기가 달라진다. 이 세상에 큰돈을 가진 사람 중 누구도 그런 식으로 돈을 모으지 않는다. 또한 돈은 이렇게 움직이지도 않는다.

먼저 10억 원을 모으기 위해서는 1억 원이 필요하다. 그리고 1억 원을 모으기 위해서는 1,000만 원이 필요하다. 그 1,000만 원은 매월 100만 원 혹은 그 이상을 저축하는 것으로 시작된다. 1년을 잘 모아서 1,000만 원을 모았다고 가정하자. 이 1,000만 원을 모으기 위한 노력을 100으로 가정하자. 다음 1,000만 원을 모으기 위해 들이는 노력은 처음 1,000만 원을 모으기 위해 들어간 노력 100보다 낮아진다. 왜냐하면 이미 처음 만들어놓은 1,000만 원이 이자나 투자를 통해 자체 자본을 만들고 있기 때문이다.

처음 1,000만 원은 내 노동과 시간으로 오롯이 나 혼자 이루었지만, 그 1,000만 원이 스스로 일을 해서 나를 돕고 있기에 둘이 함께 일을 하는 셈이다. 즉, 나와 자본이 다른 자본을 만들기 위해 함께 일하고 있는 것이다. 그러므로 두 번째 1,000만 원을 모으기 위한 노력 수치는 95 정도라고 볼 수 있다. 이런 수치는 두 번째 1,000만 원을 모으고 세 번째 1,000만 원을 모을수록 점점 작아진다. 처음 1,000만 원을 모으는데 10개월이 걸렸다면 두 번째 1,000만 원은 9개월, 그다음은 7개월, 그다음은 5개월, 이렇게 줄어든다. 처음 1,000만 원을 모으기 위해 100을 노력했다면 1억 원이 되는 마지막 1,000만 원은 불과 20 혹은 30 정도의 힘으로 만들어진다. 그렇게 몇 년 후에 1억 원을 모으고 그 1억 원은 동일한 과정을 통해 다시 몇 년 후엔 몇 억이, 더 지나면 100억 원이 되는 것이다.

재산 증식 과정을 보면 1, 2, 3, 4, 5처럼 양의 정수(자연수)로 늘어나는 것이 아니라, 1, 2, 4, 8, 16과 같이 배수로 늘어난다. 이 원리를 이해하면 누구나 부자가 될 수 있다. 온 우주에 중력의 힘이 미치고 있듯 중력은 우주의 근본적 힘이며 세상을 만드는 원리 중 하나다. 이 원리는 무엇인가 불어나는 모든 것에 적용된다. 단지 돈은 물체가 아니기에 그것을 모으겠다는 사람 그 자신의 마음을 필요로 할 뿐이다.

리스크가 클 때가
리스크가 가장 작을 때다

투자는 미래에 대한 관점을 따른다. 그 관점의 핵심은 리스크를 어떻게 관리할 것인가에 있다. 우리는 어떤 자산이나 어떤 주식이 오를지 어느 정도 예측할 수 있다. 그러나 그 예측이 맞아도 리스크는 여전히 존재한다. 특정 자산에 진입하는 시기에 따라 수익이 다르기 때문이다. 전체 자산이 오르고 있는데도 손해를 보는 이유는 내가 가진 시간이 모자라거나 내가 투자한 돈의 질이 좋지 않기 때문이다.

다이아몬드라고 모두 같은 다이아몬드가 아니고, 금이라고 다 같은 금이 아니다. 다이아몬드는 알파벳 D부터 Z까지 23등급으로 결정되며, Z등급 이상은 팬시 컬러 다이아몬드로 또다시 분류돼 그 가격도 천차만별이다. 마찬가지로 금 역시 순도에 따라 같은 무게라도 그 가치와 가격이 다르다. 내 돈도 투자 기간을 오래 견딜 수 있는 돈이 있는가 하면 1년도 못 버티는 약한 체력을 가진 돈도 있다. 불과 몇 달만에 다시 빼야 하는 품질 낮은 돈도 있다. 때문에 좋은 방향으로 예측을 잘해도 수익을 내지 못하는 사람이 많다. 투자 시장에서 장기적인 성공을 거두려면 리스크를 이해하고 내 자금 상태를 파악해 이길 수 있는 리스크와 상대해야 한다.

흔히 리스크가 크면 손실이나 이익도 크고, 리스크가 작으면 손실이나 이익도 적다고 이해하는데 이건 수학의 가장 기초적인 공식, 덧셈이나 곱셈을 이해하는 것과 같다. 수학에도 곱하면 오히려 작아지는 답이 있듯 리스크도 복잡한 여러 경우의 수가 있다. 리스크가 증가하면 이익에 대한 불확실성도 증가하고 손실 가능성도 증가한다는 의미다. 보통 변동성이 큰 시장이 리스크가 크다고 생각하지만 변동성에 따라 기대수익이 달라지는 경우는 거의 없다. 사실 리스크가 크다고 알려진 것 자체가 리스크를 줄여놓은 상태라는 걸 알아차리는 사람이 별로 없다. 흔히 주식시장에서는 돈을 버는 활황기에는 리스크가 없는 것처럼 보이고, 주가 폭락기에는 리스크가 큰 폭으로 증가한 것으로 생각한다. 폭락장에서 얼마나 깊고 오래 손해가 발생할지 모르니 그 리스크가 너무 커 보여 아무도 주식을 사지 않아 급락한 것이다. 사실은 그 시기가 리스크가 가장 줄어 있는 때다.

상승장처럼 아무도 리스크를 겁내지 않을 때가 리스크가 가장 큰 경우도 있다. 오히려 리스크가 사라진 것처럼 보이는 상승장이 가장 리스크가 크다. 거품이 생기는 유일한 지점이기 때문이다. 따라서 리스크를 정확히 꿰뚫어볼 수 있는 눈을 가져야 한다.

워런 버핏의 유명한 말이 있다. "남들이 욕심을 낼 때 두려워하고, 남들이 두려워할 때 욕심을 내야 한다(Be fearful when others are greedy, and be greedy when others are fearful.)." 워런 버핏은 모두가 두려워하는 지점을 리스크가 줄어든 상태로 본 것이다.

결국 나쁜 상황은 나쁜 상태가 아니다. 오히려 할인된 가격에 자산 구매 기회를 주니, 리스크가 줄어든 시점이 된다. 리스크가 무서워 아무도 매입하지 않는 순간이 리스크가 가장 적은 순간이 되는 것이다. 역설적이지만 비행기가 가장 안전한 때는 비행기 사고가 나고 일주일이 지났을 때다. 모든 항공사가 정비 점검을 더욱 철저히 하는 시점이기 때문이다.

리스크의 특성 중 하나는 과거 사례가 미래에 영향을 주지 않는다는 점이다. 패턴을 찾는 사람들은 새로운 미래, 아직 일어나지 않은 상황을 고려하지 않는다. 새로운 일이 벌어지면 이 상황을 과거의 일과 묶어 다시 해석할 뿐이다. 그러나 언제나 세상에는 역사에 없던 최악의 상황이 일어난다. 그리고 투자 세계에서 이를 대비하지 않는 사람은 사라지게 되어 있다. 또한 리스크는 정기적인 모습을 가진 채 비정기적으로 나타난다. '평균 10년에 한 번', '평균 30% 하락'과 같은 용어는 리스크를 이해하는 데 가장 방해가 되는 데이터다. 평균이라는 말처럼 실속 없는 것이 없다. 때때로 평균은 아무 의미가 없거나 사실을 왜곡하고 있기 때문이다. 그래서 리스크를 이해한다는 건 패턴과 분석에 의한 가정이 아니라 리스크에 대한 철학적 접근이라고 보는 것이 더 합리적이다.

욕심은 리스크를 낳는다. 이 욕심이 대중에게 옮겨 붙으면 낙관이라는 거품이 만들어진다. 거품은 폭락을 낳는다. 그러나 자포자기하고 두려움에 떠는 시기가 오면 봄이 오고 해가 뜬다. 이건 굳이 통계나 패턴으로 증명하지 않아도 인문학적인 지식으로 알 수 있다. 모든 욕심의 끝은 몰락을 품고 있다. 그리고 모든 절망은 희망을 품고 있음을 기억해야 한다.

남의 돈을 대하는 태도가
내 돈을 대하는 태도다

나는 예전부터 코스트코 주차장에 차를 세우고 들어가면서 주차장 구석에 널브러진 쇼핑카트를 일부러 끌고 들어가곤 했다. 내가 슈퍼마켓을 직접 운영하던 젊은 시절에 해마다 100여 개 넘는 쇼핑카트가 사라지거나 파손됐다. 쇼핑카트를 끌고 집으로 가거나 주차장 구석에 처박아놓고 가버린 고객들 때문이다. 그 일로 매년 2만 달러 이상 손해가 났던 기억 때문에 내가 고객으로 장을 보러 가도 쇼핑카트를 함부로 대하지 않는다.

자기 자식은 지극히 사랑하면서 남의 자식에게는 매몰찬 사람이 있다. 자기 자식은 금처럼 귀한데 며느리나 사위는 한 번도 남의 집 귀한 자식이라는 생각을 해본 적이 없는 것이다. 돈에 대해서도 같은 태도를 지닌 사람들이 있다. 내 돈은 엄청 아끼고 절대로 함부로 사용하지 않으면서 공금이나 세금의 사용에 대해선 무심한 사람들을 간혹 본다. 가볍게는 친구가 밥을 사는 차례에는 비싼 것을 주문하거나 단체 회식비용이 몇 사람의 과한 술값으로 지불되는 경우가 있다. 무겁게는 국가의 세금이 들어간 기물이나 물품을 훼손하거나 국가보조금을 부풀려 받아내거나 세금을 탈세하는 경우도 있다. 공금, 세금, 회비, 친구 돈, 부모 돈은 모두 남의 돈이다. 남의돈을 대하는 태도가 바로 내가 돈을 대하는 진짜 태도다. 친구가 돈을 낼 때 더 비싼 것을 시키고 회식 때 술을 더 주문하는행동은 내가 돈을 어떻게 보고 있는지를 알려주는 척도다.

세금이나 공금 같은 공공 자산을 함부로 하는 사람은 자신의 돈 역시 함부로 대하고 있음을 알아야 한다. 세금으로 만든 모든 공공시설, 도로, 안내판, 행사, 의료서비스 등에는 내돈도 일부 들어 있다. 친구와 번갈아가며 사는 밥값에는 내가낼 때만이 아니라 상대가 낼 때도 내 돈이 포함되어 있다.

내가 존중받으려면 먼저 존중해야 하듯 내 돈이 존중받으려면 남의 돈도 존중해줘야 한다. 나는 100% 내 지분으로돼 있는 회사일지라도 회사 용도에 맞는 경우에만 법인카드를 사용한다. 그리고 내 회사 매장에 가도 반드시 돈을 지불하고 물건을 구매한다. 해당 회사의 사장이나 개별 매장의 매니저는 이익 정도에 따라 실적을 받기에 내가 임의로 물건을 가져온다는 건 그들의 이익 실적에 손해를 입히는 일이기 때문이다. 그것이 단 1원이라도 남의 돈이다. 또한 세금 납부는 국가 시스템을 통해 그 국가를 사용하는 모든 사람에게 주어진 책임이자 의무다. 내 농장 안에 길을 만들고 개울에 다리를 하나 놓는 데도 수익 원이 들어간다. 그러니 한 푼도 안 내고 멀리 떨어진 도시를 한 시간 이상 가로질러 다닐 수 있는 건 이미 많은 사람이 내놓은 세금과 내가 낼 세금이 모여 있기 때문이다.

세금은 내 돈이지만 동시에 남의 돈이다. 합법적인 절세는 내 자산을 보호하는 일이지만 탈세는 남의 돈을 훔치는 일이고 남의 돈을 함부로 하는 행위다. 남의 돈을 함부로 하지 않을 때 내 돈도 함부로 취급받지 않는다. 남의 자식에게 함부로 하지 않을 때 내 자식도 함부로 취급받지 않는다. 내 아들이 귀하다면 내 며느리도 귀한 것이고 내 딸이 금쪽 같다면 내 사위도 금쪽인 걸 알아야 한다.

나는 지금도 여전히 코스트코 주차장에 세워진 쇼핑카트를 보면 꼭 끌고 들어간다. 쇼핑카트를 모으러 주차장을 뛰어다닐 직원의 일감을 덜어주려는 마음에서다. 이제 코스트코는 우리 회사와 사업을 같이하는 파트너 사업체이기도 하다. 내 아들과 그 집 딸이 결혼하듯 내 돈과 코스트코 돈이 결혼을 한 셈이기도 하다. 코스트코 주식을 0.003%나 가진 주주이기 때문이다. 그래서 카트 바퀴 한쪽은 내 것이라는 마음으로 더 열심히 챙긴다. 남의 돈을 존중하다 보면 그 돈이 내 돈이 되는 일도 있기 때문이다.

100억을 상속받았는데
절대 잃지 말라는 유언이 붙었다면

회사에 다니던 제욱 씨는 어느 날 자식 없는 큰아버지로부터 100억 원이라는 거금을 상속받았다. 이제 부자로 살 수 있다는 꿈에 부풀어 유서를 자세히 읽어보니 두 가지 조건이 있었다. 첫째, 유산을 한 푼도 잃으면 안 된다. 둘째, 연간 물가 상승률은 이익에서 제한다.

사치하거나 방탕한 생활로 후손이 자산을 탕진하는 꼴을 보고 싶지 않았던 이 어른은, 돈을 마땅히 관리할 만한 사람이어야 유산을 가질 수 있다고 생각하셨다. 만약 이 조건 중에 하나라도 어기면 언제든 다시 회수한다는 조건도 붙어 있었다.

이제 어떻게 해야 될지 고민해보았다. 100억 원이란 돈은 일반적으로 아무나 쉽게 벌 수도 없으며 하루에 100만 원씩 30년을 모아야 만들 수 있는 거금이다. 부동산을 사서 임대료를 받는 방법이 괜찮을 것 같지만 건실한 세입자를 만나야 하고, 세금과 건물 시세의 변동을 생각하면 가장 안전한 방법은 저축을 해서 이자를 받는 방법이다. 주식 투자는 더더욱 겁이 나는 일이다. 원금을 보장받고 이자 이익을 얻을 수 있는 은행 예금이 가장 좋은 방법처럼 보인다. 그래서 제욱 씨는 2020년 4월 현재 한국의 시중 은행 이자율과 상품을 각각 들여다봤다.

KB국민은행은 1년 만기 일반 정기예금 금리가 연 0.80%다. NH농협은행의 정기예금인 '큰만족실세예금'은 기본금리가 0.75%이고 우리은행 'WON예금'은 0.65%, 하나은행은 '주거래정기예금' 기본금리가 0.75%고 '고단위플러스정기예금'은 0.70%였다. 정부의 기준금리가 내려가면서 이자율이 대부분 1% 안으로 들어온 것이다. 1년 만기 상품이 가장 높은 0.80%이므로 100억 원 이자는 8,000만 원 정도가 된다. 15.4%인 이자과세 1,232만 원을 제하고 나니 세후 실수령액 100억 6,768만 원으로 6,768만 원을 벌었으니 이 정도면 충분히 부자로 살 수 있을 것이라 생각했다. 한국 통계청의 소비자물가조사에 나온 자료를 살펴보면 최근 5년의 평균 소비

자 물가상승률은 1.1%다. 그러나 다행히 2019년도 물가상
승률은 0.4%이므로 100억 원에서 4,000만 원 평가절하되었
으니 4,000만 원을 제하면 2,768만 원의 이익이 발생한 것이
다. 이를 월별로 나누니 230만 원 정도밖에 되지 않는다. 100
억 원이라는 거금을 상속받고 멋진 부자로 살 줄 알았는데 오
히려 직장을 그만둔 것이 후회스럽다.

예를 들기 위한 가상의 이야기지만 제욱 씨의 사례로 우
린 몇 가지 교훈을 배울 수 있다. 첫째, 100억 원은 거금이지
만 일정한 소득을 손실 없이 만들려고 하면 생각보다 적은 돈
이다. 반대로 말하면 나에게 230만 원의 정기적인 수입이 있
다면 100억 원을 가진 자산가나 별반 다를 것이 없다는 것이
다. 정기적이고 고정적으로 들어오는 수입은 보통 그 액수의
100배 규모 자산의 힘과 같다. 그만큼 정기적인 자산은 높은
가치를 가진 고품질의 자산이다.

둘째, 돈은 버는 것만큼 지키기도 힘들다. 돈을 잃지 않
고 지켜내는 일은 결코 저절로 이루어지지 않는다. 반드시 배
워야 할 일이다. 버는 것은 기회와 운이 도와주기도 하지만
지키는 건 공부와 경험과 지식이 없이는 결코 얻을 수 없는
가치다.

셋째, 정말 100억 원을 가졌어도 230만 원 급여 생활자의 생활 태도를 넘어서는 순간 재산이 하향할 수 있다. 이 사실을 인지하고 검소하고 단정한 삶을 살아야 한다. 당신은 100억 원을 벌 사람이니 미리 이 지혜를 받아들이기 바란다.

빨리 부자가 되려면,
빨리 부자가 되려 하면 안 된다

부자가 되려는 사람들이 가장 많이 하는 실수는 빨리 부자가 되려는 마음을 갖는 것이다. 빨리 부자가 되려는 욕심이 생기면 올바른 판단을 할 수가 없다. 사기를 당하기 쉽고 이익이 많이 나오는 것에 쉽게 현혹되며 마음이 급해 리스크를 살피지 않고 감정에 따라 투자를 하게 된다. 거의 모든 결말은 실패로 끝나고 만다. 혹시 운이 좋아 크게 성공을 했어도 다시 실패할 수밖에 없는 모든 조건을 가진 자산과 인연만 만들게 된다. 무리한 투자나 많은 레버리지를 사용하는 버릇을 버리지 못하고 힘이 약한 재산만 가지고 있기 때문이다.

이런 실패를 통해서도 배우지 못한 사람들은 늦춰진 부자의 길을 앞지르기 위해 점점 더 무리한 투자나 허망한 꿈만 좇다 끝내 절망하고 세상을 원망하며 고약한 사람으로 인생을 마무리하게 마련이다. 부자는 결코 빨리 되는 것이 아니다.

빨리 부자가 되는 유일한 방법은 빨리 부자가 되지 않으려는 마음을 갖는 것이다. 자수성가의 길을 걷는 사람이라면 나이 40에 부자가 되는 것도 너무 빠르다. 20대나 30대에 빨리 부자가 된 젊은이들 중에 그 부를 평생 가져갈 수 있는 사람은 손에 꼽을 정도다. 그래서 부자가 되기에 가장 좋은 나이는 50세 이후다. 젊은 시절에 부자가 되면 부를 다루는 기술이 부족하고, 투자로 얻는 이익이나 사업으로 얻는 이익이 더 눈에 보여서 모으고 유지하는 능력이 가진 재산에 비해 약해진다. 결국 다시 가난해질 확률이 높다.

또한 빨리 부자가 되려는 마음은 누군가와 나를 비교하고 있거나 주변에 나를 과시하고 싶어 하는 마음이 그 본질이다. 부는 차근차근 집을 짓는 것처럼 쌓아나아가야 한다.

돈을 버는 기술과 돈을 모으는 능력, 돈을 유지하는 능력, 돈을 쓰는 능력을 골고루 배우려면 나이 50도 버거운 것이 사실이다. 이 네 가지 능력은 잘 차려진 밥상의 네 다리에 해당한다. 이 중에 하나라도 길이가 짧거나 없으면 음식이 많이 차려지는 그 어느 때 와장창 무너지기 마련일 테니 말이다. 빨리 부자가 되려는 마음을 버리고 종잣돈을 마련해 복리와 투자를 배우고 경제 용어를 배워 금융문맹에서 벗어나야 한다.

죽어라고 절약해 종잣돈 1,000만 원 혹은 1억 원이라도 만들어 욕심을 줄여가며 자산을 점점 키워서, 그 자본 이익이 노동에서 버는 돈보다 많아지는 날이 바로 당신이 부자가 된 날이고 경제적 독립기념일이다. 이날을 길이길이 기념해 당신과 가족의 해방일로 삼으면 된다. 이렇게 부자가 되는 사람은 절대로 다시 가난해지지 않으며 부가 대를 이어 발전해나갈 수 있다. 이것이 가장 빨리 부자가 되는 방법이다. 절대로 빨리 부자가 되려 하지 마라. 부자가 되는 가장 빠른 방법은 이 사실을 가슴에 새기는 데서부터 시작된다.

경제 전문가는
경기를 정말 예측할 수 있나?

없다. 아무도 없었고 앞으로도 없을 것이다. 물론 단기간의 특정 구간에서는 가능하다. 그러나 거시경제(macroeconomics)의 경기를 예측해서 맞추는 사람은 없다. 연이 나는 모습을 보며 바람이 부는 방향을 알 수는 있지만 그 바람에 풍선을 날린다고 어느 방향으로 날아갈지 알 수 없는 것과 같다. 특히 몇 달 후, 몇 년 후의 경기를 학자 혹은 전문가의 타이틀로 예측한다 해도 그들의 말을 사실로 받아들이면 안 된다.

일부분이나 누군가는 맞겠지만 그건 점쟁이들이 같은 말을 해도 누군가에게는 맞고 누군가에게는 틀리는 것과 같다. 다만, 이전에 맞춘 경력만 소개되고 틀린 경력은 사라져 여전히 전문가처럼 보일 뿐이다. 만약 누군가가 경기 패턴의 원리를 찾아냈다면 1년 안에 세상 제일의 부자가 될 수 있고 수년이면 전 세계 재산을 다 가져갔을 것이다.

그나마 그런 영역에 가장 근접한 사람이 경제학자나 경제 분석가이지만 그들이 다른 특정 직업인들에 비해 부자라는 증거는 어디에도 없다. 그런 특별한 능력을 가진 사람이 경제 방송에 나와 경기를 예측하는 발언을 하지는 않을 것이다. 아마 조용히 파생상품을 팔아 대학이나 방송국을 소유하고 이 세상 모든 사업체의 대주주가 되어 있을 것이다. 간혹 정확히 예측을 해서 유명해지는 사람들이 있지만 그의 다음 발언이 이전의 명성을 이어갈 확률은 다른 이에 비해 그다지 높지 않다. 동전을 던져 한 번 앞면을 맞춘 사람이 뒷면을 고른 사람보다 다음에도 더 높은 확률로 앞면을 고르지 못하는 것과 같은 이치다.

이들의 말보다 무서운 건 이들 의견에 무게를 두고 모든 재산을 거는 사람들이다. 어느 누구도 특정 주식이 내일 오를지 내릴지 모른다. 경영자인 나도 내 회사의 내년을 알 수 없다. 전문가라는 명성을 갖고 앞으로 금리가 오른다 내린다, 주가가 오른다 내린다 하는 말은 그저 그 사람의 의견일 뿐, 다른 누군가의 의견보다 비중이 큰 건 아니다. 그래서 현명한 투자자나 전문가는 사람들에게서 '이 주식이 오를까요?', '앞으로 채권 시장은 어떻게 될까요?', '지금부터 반등을 할까요? 아니면 더 떨어질까요?' 같은 질문을 받으면 이렇게 대답한다. '저는 모릅니다.'

'모릅니다'가 정답인 이유는, 미래는 과거 데이터의 틀 안에서 만들어지는 것이 아니라 새로운 미래가 데이터에 합류되는 것이기 때문이다. 그렇기에 규칙이 없으며 예상외의 일이 매번 일어나는 것이다.

경제학자 존 갤브레이스(John Galbraith)는 "세상에는 '모르는 사람'과 '모르는 것을 모르는' 두 종류의 사람이 있다"고 말했다. 환율이나 주가 동향, 원자재 가격 등 경제 전반을 예측하는 사람이 왜 책을 팔러 다니고 돈을 받고 강연을 하며 유튜브에 광고를 해가며 근사한 전문 해설과 예측을 하고 있을까? 우리는 모르는 사람이고 그들은 모르는 것을 모르는 사람일 뿐이다. 스스로 똑똑하다고 믿는 사람은 예측을 하고 예측에 기대어 투자를 한다. 예측이 맞는 경우도 있지만 예측이 맞지 않을 경우도 있다는 것이 진리다.

인류에게 주식 거래소가 생긴 지 400년이 지났지만 아직도 예측이 가능한 이론은 나오지 않고 있다. 투자 세계에는 불변의 진리가 몇 가지 있다. 경제 예측이 가능하지 않다는 점과 확신은 가장 무거운 벌로 응징한다는 점이다. 인간의 현대경제 구조 안에서 이 규칙은 불변이다.

불교의 『반야심경』에서는 '색(色)·수(受)·상(想)·행(行)·식(識)의 오온(五蘊)의 가합(假合)인 나는 공(空)'이라 가르친다. '나는 아무것도 모른다'라는 의미다. '나는 아무것도 모른다'고 할 때 오히려 위기에서 벗어나게 된다. 모를 때가 아니라 안다고 생각하는 것이 틀렸을 때가 위험하다. 심지어 그런 사람은 자신의 예측이 틀린 것이 아니라 이번에는 운이 나빴다고 생각한다. 그러나 모르면, 모른다고 생각하면 사람은 조심하고 경계하며 만약을 준비하게 된다. 알 수 없다는 것을 알 때, 우리는 개별 투자 자산이나 회사에 대해 깊이 공부하고 정보를 모을 수 있다. 또한 그 사실 관계를 확인해서 사람들이 아직 보지 못한 것을 찾을 수 있어야 한다. 이를 바탕으로 시장이 다른 곳으로 갈 때 반대로 갈 용기를 가진 사람만이 시장보다 성공할 수 있다.

이 내용이 자칫 경제 전문가들을 비하하거나 무시할 수 있을 것 같아 첨언을 하고 싶다. 물론 경제 전문가가 실제 투자에서 일반 투자자보다 더 훌륭한 투자를 한다는 점은 확실치 않다. 일반 투자자 중에 일부는 경제 전문가들보다 더 나은 투자를 지속하고 있고, 유능한 경제 전문가라 해도 자신의 자산 투자에서는 딱히 실적을 못내는 사람도 많기 때문이다.

하지만 경제 전문가들의 관점이나 정보 수집 능력은 투자에 엄청난 도움을 줄 수 있다. 즉 이들의 지식과 정보를 어떻게 판단하고 이해하고 실행하느냐에 따라 그 가치가 빛나게 된다. 나는 특히 애널리스트들이 업종 시황이나 개별 주식에 대한 리포트를 내면 반드시 찾아 읽어 본다.

예를 들어 한국메리츠증권 김준성 애널리스트의 테슬라 분석 리포트 같은 경우는 내겐 백만 불짜리 정보다. 신한은행 오건영 부장의 거시 경제 해석은 한국을 넘어 세

계 최고다. 큰 방향을 잡을 때 큰 힘이 된다. 그리고 글로벌
모니터TV의 안근모 편집장의 속보는 세세한 변화에 적응
하게 도와준다. 이런 정보를 바탕으로 개별 회사에 대한 주
식 보유기간이나 출구전략을 세울 수 있다.

하지만 여전히 시장을 예언하는 경제 전문가나 학자
들, 언제나 폭락을 주장하는 전문가들에 대해서 만큼은 부
정직 의견을 거둘 생각이 없다. 허나, 고장난 시계처럼 그
들도 언젠가 한 번은 맞출 것이다.

삼성전자 주식을
삼성증권에 가서 사는 사람

대학 1학년 때 주식이라는 걸 처음 알았다. 하지만 주변에 주식을 하는 사람이 단 한 명도 없었고 어디에서, 누구에게 물어봐야 하는지도 알 수 없었다. 물론 돈도 없어서 얼마가 있어야 주식을 살 수 있는지조차 몰랐다. 그래서 당시 여의도 증권거래소에 무작정 갔다. TV에서 증권 뉴스가 나올 때마다 간혹 보이던 거래 장면이 생각났기 때문이다. 무거운 유리 문 앞에 서 있던 경비원에게 주식을 사러 왔다고 했더니 나가라며 나를 쫓아냈다.

이 일이 나와 주식의 첫 경험이다. 글을 쓰면서 아직도 주식을 사려면 증권거래소에 가야 한다고 알고 있는 사람이 있을까 싶었다. 하지만 놀랍게도 최근 삼성전자 주식을 사러 사람들이 삼성증권으로 찾아온다는 소리를 들었다. 모르는 사람들의 사고 수준은 30여 년 전이나 지금이나 다를 바 없었다. 마치 빼빼로를 사려면 롯데마트에 가야 하는 줄 아는 수준이다.

사실 주식시장은 운도 통하지 않는 무서운 시장이다. 주식을 사고판다는 소리는 회사를 사고파는 일이고 회사를 사고파는 사람들이란 금융과 경영 세계에서 가장 힘센 포식자들이다. 이런 사람들 사이에서 주식 투자에 성공하기 위해서는 경제 용어를 모두 이해할 정도로 공부하고 개별 기업이 어떻게 경영되는지를 이해할 수 있어야 한다. 또한 나라의 산업 발전 과정과 정치 세력의 국가 운영에 대한 포괄적 지식까지도 필요하다. 더불어 인문학적 지식은 물론이요, 여러 사람들의 욕심과 욕망, 두려움과 좌절을 냉정하게 비켜 나갈 자신도 있어야 한다. 빼빼로를 사러 롯데마트에 가야 하는 줄 아는 사람은 삼성전자 주식을 우연히 적기에 샀다 해도 언제 이익을 실현해야 할지 몰라서 이리저리 묻다 적은 이익을 얻는다. 들어갔다, 나왔다를 반복하면서 원금이 사라지기 시작하고 원금을 회복하기 위해 무리한 종목에 투기를 하는 식이다.

만약 주식 투자를 하려고 마음먹었다면 마치 회사를 경영하듯, 대학 학부 과정을 다니듯, 4년은 공부하기 바란다. 좋은 선배가 있다면 수업 시간을 줄일 수 있다. 내겐 워런 버핏, 벤저민 그레이엄(Benjamin Graham), 하워드 막스(Howard Marks), 앙드레 코스톨라니(André Kostolany) 같은 분들이 투자자로서 오랜 성공과(여기서 오랜 성공은 아주 중요하다) 삶의 통찰을 갖춘 철학적 선생이다. 이런 사람들의 투자 철학을 받아들인 선배 라면 배울 만하다. 나는 투자나 사업에서 '왕년'과 '이론'을 가 진 사람을 신뢰하지 않는다. 오랜 기간 투자나 사업을 잘해왔 고 지금도 잘 벌고 있는 사람만 믿는다(여기서도 오랜 기간은 아주 중요하다).

성공 혹은 뛰어난 이론은 그것이 무엇이든 오랜 기간으 로 증명해야 한다. 오랜 기간이란 최소한 한 세대(30년) 이상 을 말한다. 단기간에 성공했거나 한 번 크게 성공한 사람을 믿으면 안 된다. 결실이 없는 이론가를 믿으면 안 된다. 도박 장에 다니는 어떤 친구는 매번 돈을 따온다. 매번 잭팟을 터 뜨려 현금으로 바꾼 영수증을 보여주기도 한다. 하지만 그가 그 잭팟을 터뜨리기 위해 얼마나 많은 돈을 잃었는지는 아무 도 모른다. 잭팟이 터지지 않은 날은 카지노에 다녀온 것을 비밀로 하고 있다는 것도 모른다.

주식에서의 큰 성공도 잭팟과 같다. 이것이 투기가 아니라 투자였음을 증명하려면 오랜 기간 조금씩 성공해나갔음을 증명해야 한다. 삼성전자 주식을 사기 위해 삼성증권에 가는 사람에게 얼마나 많은 선생이 조언을 할 것인가를 생각하면 소름이 돋는다. 증권사 직원들도 사실 투자에 대해서는 아무것도 모르는 사람들이다. 그들은 그냥 장 앞에 앉아 있을 뿐이다. 말 그대로 의자에 앉아 있는 것뿐이다. 그들이 투자를 잘했으면 증권사에서 그렇게 심한 정신적 노동을 하며 앉아 있을 이유가 없다. 가장 좋은 증권사 직원은 "저는 잘 모릅니다"라고 대답해주는 사람이다.

옆집 남자가 낚시를 다니더니 잡아온 물고기가 점점 커진다. 처음엔 손바닥보다 큰 걸 잡았다 자랑하더니 나중엔 팔뚝만 한 걸 잡았다고 한다. 해가 지나니 두 손을 벌려 자기가 잡았던 물고기의 크기를 자랑한다. 이제 관록이 붙어 프로 낚시꾼이 다 된 이웃은 이번엔 두 손을 더 이상 벌리지 않고 손가락의 엄지와 검지를 있는 대로 벌려서 이 정도 크기나 되는 걸 잡았다고 자랑한다. "그건 그리 크지 않은 것 같은데?"라는 내 말이 끝나기도 전에 그가 "물고기 눈하고 눈 사이 길이야"라고 말한다. 한 번도 잡은 물고기를 본 적이 없지만 물고기는 그렇게 자라나고 있었다.

그러니 초보자는 직접 보지 않고는 함부로 믿지 말기를
당부한다.

다른 이를 부르는 호칭에 따라
내게 오는 운이 바뀐다

몇 해 전 한 신문사 기자 소개로 한국의 유명 사업가를 만난 일이 있다. 한국을 비롯해 아시아 전역에 사업체를 가진 분으로 매우 열정적인 삶을 사는 분이었다. 사업체를 정교하고 자신 있게 경영하고 있었다. 국제적인 회사들의 거침없는 공략에도 거뜬하게 버티고 있었다. 그분의 창의적인 아이디어와 자신 가득한 사업 태도에 깊이 감동하는 시간이었다. 하지만 시간이 지날수록 마음에 거슬리는 것이 하나씩 늘어났다.

그가 자신의 사업 이야기를 할 때는 언변만큼이나 눈빛이 살아 있어서 동석한 모든 이들의 집중을 받았고 이를 흠뻑 즐기는 듯했다. 그러나 다른 사람이 대화를 이끌면 곧바로 아무런 관심이 없는 자세로 물러앉았다. 자신이 대화를 주도하지 않을 때는 입을 다물고, 상대의 대화에 참여해 질문하거나 흥미를 보이는 일도 없었다. 또한 그는 대화 중에 나오는 유명인을 모두 '걔는~'이라고 호칭했다. 오바마, 케리(홍콩 행정장관), 아베, 손정의 씨도 모두 '걔'로 불렸고 자신의 친구들도 모두 '걔'라고 불렀다. 그가 현직 장관이든 국회의원이든 후배든 부하직원이든 상관이 없었다. 물론 자신의 사업 영역과 친분을 자랑하려 하는 말이다. 하지만 나도 이 자리를 벗어나면 그에겐 '걔'로 불릴 것이 뻔했다. 최악은 자신의 최근 관심사인 골프에 대해 끊임없이 대화를 이끌어가는 모습이었다. 참석자 중에 아무도 골프를 치지 않는데 누군가가 수목원 이야기를 하면 그 근처 골프장 이야기로 끌고 가고 동남아 여행 이야기가 나와도 다시 골프 이야기고 심지어 누군가 크루즈 이야기를 했는데도 골프와 연결지었다. 배에서 바다로 골프공을 쳐서 날리고 싶었나 보다.

그의 열정과 사업적 재능이 더 이상 빛을 내지 못하고 있었다. 사업에서는 성공을 했지만 어쩌면 그는 더 이상 정말 좋은 친구가 한 명도 남지 않았을 것 같아 안타까움이 들었다. 그날 그 자리에 참석한 사람 중에 그에게 받은 명함을 간직한 사람은 아무도 없을 것이다. 자리에 없는 사람을 하대함으로써 자신을 결코 높일 수 없고, 다른 사람의 관심사에 관심이 없으면 그의 운은 더 이상 발현될 수 없다.

사실 내가 이 이야기를 쓰는 이유는 나 때문이다. 나 역시 최근에 선생 대우를 받고 사업 규모가 커지면서 제법 명성 있는 제자들과의 친분을 자랑하려고 '얘는, 걔는, 쟤는, 그 친구는'이라는 용어를 쓰기 시작한 것이다. 사적인 자리에서조차 선생 노릇 하듯 말이 많아지는 것을 느끼고 정말 화들짝 놀랐다. 그의 모습에서 내 모습을 보고 반성을 하게 됐다.

나는 이런 사소한 것이 사람의 인생과 운과 심지어 경제적 환경까지 모두 바뀌나간다고 믿는다. 꼰대가 되고 꼴통 보수가 되는 것은 한순간이다. 그 순간 인연도 행운도 재산도 모두 사라지기 마련이다. 그러니 이미 성공한 사람은 자신을 되돌아보아야 하고 성공하여 풍요롭고 안정적인 삶을 유지하고 싶은 사람은 절대로 이런 경박함을 배우면 안 된다. 선배와 친구를 존중하고 후배나 제자에게 다정하고 이들이 보이지 않는 곳에서도 한결같아야 한다. 말을 줄이고 남의 이야기를 경청해야 한다. 이런 사람은 누구에게라도 깊은 애정과 신용을 얻는다. 애정과 신용은 없는 운도 만들어낸다.

인간의 마음은 말에 나타나고 말에 정이 없으면 남을 감동시키거나 바꿀 수 없다. 사람은 마음이 오고 간 후에 이론과 논리가 더해질 뿐이다. 우리는 어떤 사람이 말을 잘하거나 논리적이라고 존경하지 않는다. 그에게 진정성이 보일 때, 그의 생각과 뜻이 나와 달라도 존중을 하게 된다. 말은 그 사람의 마음이 내보내는 냄새다. 마음의 냄새가 향기인지 악취인지는 표현하는 언어를 통해 알게 된다. 행운도 행복도 좋은 향을 따라 다닌다.

반복되는 운은 실력이고
반복되는 실패는 습관이다

뭘 해도 잘 안되는 사람이 있다. 어렵게 준비해 가게를 차리면 그다음 달 가게 바로 앞에 도로 공사를 하고 길을 걷다 발목을 다치고 사기를 당하거나 자동차 접촉 사고도 잦다. 본인은 운이 나쁘다 생각하겠지만 이런 일이 잦은 사람은 삶의 방식을 처음부터 다시 점검해야 한다. 급한 욕심에 제대로 확인도 안 하고 매장을 열었고, 생각보다 사업이 안되는 상황을 고민하며 급하게 길을 걷다가 구멍 난 보도블럭에 발을 다친 것이다. 어수선하고 부주의한 행동이 모여 자동차 사고로 이어진 것이다. 사실 이 모든 것은 서로 연결돼 있다. 재수가 없는 게 아니라 재수가 없는 환경에 자신을 계속 노출시켰기 때문에 이런 불운이 따라다니는 것이다.

이런 사고가 잦아지면 인생이 삶에 경고를 주는 것이라

생각하고 큰 사고가 나기 전에 평소의 모든 삶을 점검해야 한다. 여러 가지 작은 사고가 모여 나중에 큰 사고가 되기 때문이다. 돈을 함부로 대하는지, 쓸데없는 인연이 너무 많지 않은지, 음식은 정갈하고 제때 먹는지, 집안에 들고 남이 일정한지, 남을 비꼬거나 흉보지 않았는지, 욕을 달고 살진 않는지, 이런 모든 면에서 자기반성부터 해봐야 한다. 일이 잘 풀리지 않는 사람은 음식을 줄이며 절대로 배가 부르게 먹지 말고 진하고 거친 음식을 멀리하고 일정하게만 먹어도 다시 운이 돌아온다. 식사를 제대로 정해진 시간에 하려면 생활이 일정하고 불필요한 사람들을 만나지 않아야 한다.

이것이 시작이다. 그러면 몸이 가벼워지고 운동을 하고 싶어지며 걷고 움직이다 보면 생각이 맑아진다. 그제서야 비로소 욕심과 욕망을 구분할 줄 알게 되고 들고날 때가 보인다. 그제야 비로소 대중이 움직이더라도 참을 수 있게 되고 홀로 반대편에 서 있어도 두려움을 통제할 수 있게 된다. 많은 인연 속에 가려졌던 진정한 친구도 이때 나타난다. 이때부터는 모든 것이 잘 풀리고 건강도 재물도 인연도 얻게 된다.

반면 평소에 항상 운이 좋은 사람이 있다. 어디 가면 경품도 잘 뽑히고 가위바위보도 잘하고 주차장 빈 자리도 잘 찾는 사람이다. 사업을 해도 어려움 없이 술술 풀리기도 한다. 이런 사람은 사실 운이 좋다기보다 일반적인 사람보다 예리하고 똑똑할 수 있다. 경품 용지를 반으로 접어 넣으니 손을 휘휘 저을 때 퍼진 종이보다 걸릴 확률이 높다. 남자들은 바위를 낼 확률이 높고 여자들은 가위를 낼 확률이 높다. 그러니 남자랑 할 때는 보를 내고 여자랑 할 때는 바위를 내면 확률이 올라간다. 손목에 힘줄이 보이면 바위를 낼 확률이 높고, 주먹을 냈다가 진 사람은 다음번에 보를 내고, 보를 냈다가 진 사람은 가위를 낼 확률이 높다. 이런 몇 가지 요령을 쓸데없이 외우고 있는 사람일지도 모른다. 이런 짐작을 하지 못하면 그가 그냥 운이 좋은 사람이라 생각한다. 이런 사람은 사업을 해도 시대의 흐름에 맞는 아이템을 잘 찾고 잘 빠져나온다. 뭘 해도 술술 풀리는 것 같다. 남이 보기엔 운이지만 본인 입장에서는 많은 공부와 관찰의 결과다.

이런 사람이 가장 조심해야 할 것은 자신은 운이 좋은 사람이라는 착각이다. 운이 좋다는 주변의 칭찬에 실제로 본인도 그렇게 믿는 순간, 대형 사고가 날 수 있다. 자신의 운을 믿고 불확실한 결과에 대담성을 보여 무모한 투자에 뛰어든다. 때때로 성공하기도 해서 모두의 부러움을 얻기도 한다.

그러나 그것은 관찰과 학습을 벗어난 운이다. 운은 절대로 반복되지 않는다. 단 한 번의 실수로 모든 것을 허물어버릴 수 있다. 자기 자만에 빠지는 순간, 개연성이 전혀 없는 일에 확신을 가지며 운을 실력이라 믿고 추측을 지식으로 생각한다. 모든 상황이 잘 풀릴 때는 운도 실력처럼 보이지만 운은 불규칙적이다.

　따라서 나는 운이 좋은 사람이든, 나쁜 사람이든, 일정한 시간에 과하지 않게 정갈한 식사를 하라고 권한다.

뉴스를 통해 사실과
투자 정보를 구분하는 법

코로나 바이러스(COVID-19)가 2020년 3월과 4월 전 세계를 공포로 몰아넣었다. 미국 다우지수는 3만 포인트를 눈앞에 두고 갑자기 폭락해 2016년 10월 지수인 1만 8,000대로 떨어져버렸다. 매스컴에선 각 나라의 감염자와 사망자 숫자가 매일 집계되어 국가 순위처럼 발표되고 온 지구 사람들을 두려움에 떨게 했다. 온갖 경제 전문가들은 대공황 및 여러 폭락 시기와의 연관성을 찾아 공포를 부추기고 대부분의 주식은 회사의 자산 가치 밑으로 떨어져버렸다.

코로나 바이러스로 시작된 문제가 유동성 문제로 이어졌고 하이일드(High Yield) 채권을 발행한 회사들의 부도를 시작으로 우량 기업에 이르기까지 연쇄 부도를 걱정했다. 미국 실업수당 신청 건수는 3월 2주 동안 995만 건으로, 2009년 금융위기 당시 6개월의 신청 건수와 비슷한 수준까지 올라왔다. 이는 평소 건수의 50배 이상이다. 3.5%에 불과했던 미국 실업률이 이미 17%에 도달했을 것으로 계산됐다. 실업률 증가는 소득 불균형을 더 악화시킨다. 이미 미국 흑인의 실업률은 3월 5.8%에서 4월에는 16%로 급등한 것으로 확인됐다. 고용시장의 악화는 향후 생산, 소비, 투자와 실물지표 등 모든 것을 악화시킬 것이다. 1929년의 미국에서 발생했던 대공황에 버금가는 공포가 상기되는 것은 당연한 일이었다. 일명 선진국으로 알려진 미국과 영국 그리고 유럽의 주요 강국들이 그렇게 허무하게 무너져버렸다.

그 나라들은 선진국이 아니라 그냥 강국이었을 뿐이다. 각국의 대처와 의료체계는 실망스러울 정도였고 국가의 지도자들이 감염되자 순식간에 세상을 가둬버렸다. 전 세계에서 유일하게 한국만이 미리 정밀하게 대처함으로써 위기를 버텨내고 있었다. 세계 경제는 미국만을 바라보고 있었지만 미국은 그중에서 가장 치욕적인 결과를 보여줬다. 세상에서 가장 큰 도시인 뉴욕에서만 중국보다 많은 숫자가 감염되고 하루 600여 명이 넘는 사망자가 생길 정도였다. 발생 초기만 해도 최고의 의료 시스템을 자랑하며 자신만만해하던 트럼프 대통령은 가능한 한 적은 희생을 바란다며 꼬리를 내리고 우왕좌왕했다.

모든 기업과 사람들은 현금을 확보하려 했다. 주식을 산다는 건 무모해 보였다. 공포는 공포를 낳아 모두가 시장에 주식을 던져버렸다. 불과 몇 달 전만 해도 자신만만하던 세계 경제가 한순간에 무너져버린 것이다. 심지어 가치 투자와 장기 투자로 유명한 워런 버핏조차 추가 구매했던 항공사 주식을 한 달도 안 돼 어마어마한 손실을 보고 팔아버렸다. 비관적인 전문가들은 이 공황은 절대 V자 반등은 될 수 없다고 말하며 W라느니, L 혹은 U라고 말하기 시작했다.

사실 아무도 미래를 알 수 없다. 나는 사실만을 믿기로 마음먹었다. 그 공포 속에서도 여전히 희망을 보는 사람들이 있었고 그들의 희망이 무엇인지도 궁금했다. 3월 중순, 공포가 가장 극에 달했을 때 주식을 사기 시작했다. 나도 사실 무서웠다. 그래서 내가 가진 현금 자산의 3분의 1 정도를 매집하고 더 떨어질 경우를 대비하고 있었다. 내가 이 공포 속에서 희망을 본 것은 코로나 바이러스의 총 누적 숫자가 아닌 발생 비율과 발생 기간이었다. 대부분의 나라에서 발생이 최고조에 달한 후 줄어드는 기간이 한 달 내외였다. 발생 건수는 매일 증가해서 총합계의 그래프는 올라간다. 하지만 발생 비율은 어제에 비해 발생 건수가 얼마나 늘었느냐를 보기에 그래프가 내려간다. 대부분의 나라가 발생 초기에 방심하다가 발생이 증가하고 공포가 가장 극심해질 무렵부터 한 달이면 안정화되기 시작하는 패턴을 보였다. 나는 발생 건수가 아닌 발생 비율에 주목했다.

발생 비율을 기준으로 삼으면 최고 지점을 막 지나자마자 코로나 바이러스가 통제되고 줄어드는 것이 보인다. 중국, 한국, 이탈리아가 같은 그래프를 그리며 지나갔고, 스페인, 프랑스, 독일이 같은 모습을 보이며 그 뒤를 이었다. 이제 미국, 영국, 캐나다가 그렇게 될 것으로 보인다.

시장은 지금 현재 상황보다 이 상황의 불확실성을 더 두려워한다. 주식시장의 미래가 현재에 있지 않은 이유다. 사실은 누구나 아는 것이다. 그러나 사실이 가리키는 미래는 누구나 알 수 있는 것이 아니다. 이 투자가 성공했는지는 수년이 지난 후에 알게 되겠지만 아주 확실한 사실이 하나 있다. 다우존스 지수가 2만 9,000대에서 3만을 앞두고 아무 걱정 없이 호황을 누리던 시간에 사실은 가장 리스크가 컸고, 거의 모든 사람이 거대한 공포에 떨고 투매가 이루어진 시점에 가장 리스크가 작았다는 사실이다. 만약 다시 다우존수 지수가 1만 포인트로 하락해도 2만 9,000포인트로 가기 전에 반드시 공포스런 1만 9,000포인트를 먼저 지나갈 것은 명백하기 때문이다.

200쇄 증보판 메시지

증보판에 글을 쓰는 지금 다우존스는 36,000포인트를 넘겼다. 물론 나는 이렇게 극적인 V자 반등을 예상하지 못했다. 예측을 하고 투자를 한 것이 아니라 어떤 상황이 와도 대응할 수 있는 한도 내에서 투자를 했고 그 결과 가장 효과적인 결과를 단숨에 얻었을 뿐이다.

예측에 따라 투자하는 것보다 위험한 것은 없다. 예측이 틀리는 순간, 모든 것이 사라지기 때문이다. 그래서 투자는 예측이 아니라 언제나 대응인 것이다.

곳마다 시간은 다르게 흐른다

영화 〈인터스텔라〉에는 시간의 흐름이 동일하지 않음을 보여주는 장면이 나온다. 지구를 떠난 우주선이 웜홀을 통과해 머나먼 은하계에 도착했을 때 우주선 안에서 2년을 보냈을 뿐인데, 지구에서는 23년이 흘렀음을 보여주는 장면이다. 반대로 시간이 지구보다도 훨씬 느리게 흐르는 장면도 있다. 블랙홀의 영향으로 중력장이 강해진 곳에서는 시간이 매우 더디게 흐른다는 논리다.

갈릴레이는 '모든 운동은 상대적이며, 등속운동을 하는 관찰자에게는 동일 물리법칙이 적용된다'는 상대성원리를 발표했다. 하지만 과학자들이 '빛의 속도는 항상 일정하다'는 사실을 발견하며 상대성원리는 도전을 받았다. 기차를 타고 가고 있는 경우, 상대방의 속도를 구하려면 모든 관찰자에게 '속도 덧셈 법칙'이라는 물리법칙이 적용돼야 하지만 빛의 속도를 구할 때는 '속도 덧셈 법칙'을 적용할 수 없다. 아인슈타인은 이런 모순성에 반하는 '특수 상대성이론 원리'를 발표했다. 정지한 사람과 움직이는 사람의 시간이 다르게 흐른다는 것을 증명해낸 것이다.

어려운 물리법칙 말고 쉽게 이해해보자. 가령, 사랑에 빠지거나 열정적으로 일할 때는 시간이 금방 흐르지만 좁은 비행기 좌석에 앉아 있을 때는 몇 시간도 하루처럼 천천히 간다. 월급을 받는 사람은 한 달이 더디 오지만 빚을 지면 돈 갚는 날이 순식간에 다가온다. 나이가 들수록 시간이 빨리 흐른다고 말한다. 60세인 장년에게 1년은 체감상 60분의 1이지만 6세인 아이에게 1년은 체감상 10년이다. 사람도 세상도 누구에게나 언제나 시간이 똑같이 흐르지는 않는다.

돈도 마찬가지다. 돈 역시 특수 상대성원리의 영향을 그대로 받는다. 돈은 액수와 출처에 따라 각기 다른 시간으로 흐른다. 같은 금액의 돈이라도 그 출처에 따라 시간이 각기 다르게 흐른다. 또한 돈의 주인에 따라 시간이 다르게 흐르고 같은 주인이라도 다른 시간을 가진 돈이 있다. 시간이 많아 천천히 흐르는 돈은 같은 투자에 들어가도 다른 돈이 자리를 잡을 때까지 의젓하게 잘 기다린다. 그러나 시간이 없는 조급한 돈은 엉덩이가 들썩거려 다른 돈을 사귈 시간이 없다. 시간이 많아야 친구도 사귀고 연애도 하고 아이도 낳는다. 같은 시기에 주식에 투자된 돈이라도 어떤 돈은 내년 결혼 자금이고, 어떤 돈은 다음 학기 학비로 나가야 한다. 제일 무서운 녀석은 융자 때 레버리지로 따라온 돈이다. 이 돈은 식인종처럼 원금을 잘라먹으면서 뛰어다니다가 심지어는 원금과 그 원금의 주인을 잡아먹으려 뛰쳐나오기도 한다. 반면에 어떤 돈은 딱히 갈 곳이 없어 이곳에서 10년, 20년 배당이나 받겠다고 아주 살림을 차리려 하기도 한다.

사람들 눈에는 돈의 액수만 보이지만 실은 그 돈이 자라나고, 만들어지고, 주인을 찾아가는 과정에서 각기 다른 환경을 겪는다. 한 주인의 품 안에 들어가도 어떤 돈은 시간이 많고 어떤 돈은 시간이 없다. 다른 주인에게 들어간 돈은 그 주인에 따라 또 다른 시간을 가진다. 돈 주인이 이미 시간이 많은 돈을 가지고 있으면 새로 들어온 돈도 이제부터는 시간이 많아진다. 돈이 많이 몰려간다고 새 주인이 그 돈에게 시간을 많이 주는 것은 아니다. 그 주인의 품성이 돈보다 더 좋아야 가능한 일이다.

좋은 주인을 만난 돈은 점점 더 여유 있고 풍요로워진다.

심사숙고해서 좋은 곳으로 보내주고, 조급하게 열매를 맺거나 아이를 낳으라고 닦달하거나 보채지 않는다. 돈은 더더욱 안심하고 좋은 짝을 만나 많은 결실을 맺게 된다. 신기한 것은 시간이 많은 돈이 만들어낸 돈은 모두 다 같은 자식이라서 다시 또 시간이 많은 돈을 낳는다.

그렇다. 누구라도 시간 많은 돈을 거느릴 만한 주인이 되지 못하면 결국 그 돈이 당신을 거느리게 될 것이다.

달걀을 한 바구니에 담지 않았는데
왜 모두 깨질까?

'달걀을 한 바구니에 담지 마라'는 투자 격언 중 가장 오래되고 유명한 격언이다. 사실 이 말은 이탈리아의 오래된 속담이다. 미국의 한 번역자는 세르반테스의 소설 『돈키호테』를 번역하며 "지혜로운 자는 내일을 위해 오늘을 삼갈 줄 알고 하루에 모든 것을 모험하지 않습니다"라는 말을 이 격언으로 의역했다. 이후 분산투자에 대한 포트폴리오 이론(Portfolio Theory)에 기여한 공로로 1981년 노벨 경제학상을 수상한 제임스 토빈(James Tobin)이 그의 이론을 일반인도 이해할 수 있게 설명해달라는 기자의 요청에 이렇게 답한다.

"투자할 때 위험과 수익에 따라 분산투자 하라는 것입니다. 다시 말해 당신이 가진 달걀을 몽땅 한 바구니에 담지 마십시오."

이후 '달걀을 한 바구니에 담지 마라'는 투자 격언 중 가장 유명한 문구가 됐다. 이 구절이 투자 격언으로 활용되며 세르반테스가 말하고 싶었던 '하루에 모든 것을 모험하지 마라'라는 삶의 철학적 의미는 투자에서 리스크를 줄이라는 뜻으로 바뀌어버렸다. 아마도 달걀을 한 바구니에 가득 담았다가 문턱에 걸려 모두 깨진 경험이 있는 농부들이 남긴 교훈인가 보다.

여러 종목에 분산투자 하면 서로의 리스크를 상쇄하며 위험도를 낮추게 되는데 이를 포트폴리오 효과라고 한다. 헤지펀드의 대가 레이 달리오(Ray Dalio)도 "투자에서 가장 먼저 해야 할 일은 미래를 예측할 수 없는 상황을 대비해 전략적 자산배분을 하는 것"이라고 말한다. 분산과 자산배분을 투자의 가장 중요한 원칙으로 지적한 것이다.

그런데 문제는 그 바구니 전체를 한 선반에 올려놓는 일이다. 투자라는 개념에서 여러 주식을 나눠 구매하는 것은 바구니만 여러 개일 뿐, 같은 선반에 올려져 있는 것과 같다. 선반이 쓰러질 수도 있는 것 아닌가.

부동산 투자를 주식 투자처럼 하는 사람이 있다고 하자. 만약 그가 부동산에만 투자하면서 아파트, 땅, 사무실, 상업용 임대건물에 각각 전 재산을 투자해놓았다면 이건 분산투자라 할 수 없다. 선반이 무너지면 아파트도 땅도 사무실도 임대건물도 무너지기 때문이다. 전통적인 투자에는 예금, 적금, 부동산, 주식, 채권, 현물 등이 있다. 이 중에서 한 시장 안에서 이런저런 상품을 사놓고 '달걀을 한 바구니에 담지 마라'라는 격언에 따랐다고 생각하는 건 위험하다.

좋은 포트폴리오는 투자자에게 '평상심'을 유지하게 해준다. 포트폴리오 이론으로 노벨경제학상을 받은 해리 마코위츠(Harry Markowitz)는 평상심을 유지하는 것이 투자 성공의 가장 중요한 요인이라고 말한다. 그 역시 채권과 주식에 50 대 50으로 분산해 투자했다고 말했다. 경제학자 메어 스탯먼(Meir Statman)이 조사한 바에 의하면 열 개 종목으로 구성된 포트폴리오는 돌발성 위험의 84%를 제거할 수 있다고 지적했다.

나 역시 주식을 10여 개의 종목으로 분산해놓고 채권, 예금, 부동산 등으로 나눠놨다. 달걀을 각 바구니에 담아 식탁, 선반, 냉장고, 책상에 나눠놓은 것이다. 물론 너무 많은 분산은 이익도 분산시켜버리기에 각 시장 안에서 개별적 공부가 필요하다. 나는 자산을 모을 때는 집중투자를 하고 자산이 자산을 만들어낼 때는 분산투자를 지킨다. 즉, 공격수로 내보내는 자산은 공격적으로 한 놈만 패는 전투적 투자를 하고 수비수로 지키는 자산은 널리 분산시킨다. 이 자산이 반드시 지켜야 할 자산이라면 몽땅 선반 위에 올려놓으면 안 된다. 잃지 않고 천천히 차곡차곡 버는 것이 가장 빨리 많이 버는 방법이다.

200쇄 증보판 메시지

투자한 자산의 가치가 떨어지는데도 마음이 편안할 때가 있다. 비록 그 자산 가치는 시세에 따라 변동해도 자산의 본질은 변하지 않을 때가 바로 그것이다. 최근 일 년 동안 나는 미국의 빅데이터 분석 기업에 투자를 해 오고 있다.

22년 초 현재 그곳에 투자한 900여 개의 뮤추얼 펀드의 투자 등수와 내 개인투자를 비교하면 나는 개인임에도 불구하고 16위에 해당된다. 해당 주식의 낙폭이 커질 때마다 주식을 모아 왔음에도 현재 -18% 수익을 보이고 있고 수백만 불의 손실이 생겼지만 여전히 싸게 살 수 있다는 것을 기뻐하며 주식을 모으고 있다.

해당 회사의 본질 가치 훼손이 없고 성장세가 여전히 이어지고 있음을 알고 있기 때문이다. 투자한 자산의 가치가 떨어지고 있어도 걱정되지 않고 오히려 기분이 좋을 수 있으려면 해당 투자 가치에 대한 깊은 이해와 공부가 있어야 한다.

나는 이 투자에서 100% 성공할 수 있다고 믿지 않는다. 그러나 내가 직접 창업하는 것보다 훨씬 나은 확률의 결과를 가져올 것이라는 것에는 의심의 여지가 없다. 그러니 가치가 떨어지면 더 싼 가격에 많은 지분을 인수할 수 있다고 생각하고 조용히 기뻐하고 있다. 어차피 내일, 혹은 내년에 팔 생각도 아니기에 지금 주가가 오르는 것에 관심도 없다.

오히려 현금 자산이 생길 때마다 추가 구매할 것이기에 천천히 오르기를 기대한다. 투자한 후에 하루하루가 조마조마하고 등락에 따라 희비가 매일 바뀐다면 당신은 아직 좋은 투자자라 할 수 없다.

부자가 되는 세 가지 방법

부자가 되는 방법은 세 가지밖에 없다. 상속을 받거나, 복권에 당첨되거나, 사업에 성공하는 것이다. 부모가 부자가 아니라면 이 중에 가장 쉬운 것이 사업에 성공하는 것이다. 복권 당첨 비율은 사업 성공 비율보다 훨씬 낮다. 설령 당첨 돼도 돈의 성질이 너무 나빠서 오래도록 부자로 살 확률이 거의 없다.

남은 건 사업인데 사업에 성공하는 방법은 두 가지다. 첫째는 내가 직접 창업을 하는 것이다. 창업은 피를 짜고 뼈를 깎아내는 고통을 참을 용기로 모든 것을 걸고 죽기 살기로 해야 겨우 성공할 수 있다. 성공 이후에도 이를 지키기 위해 한순간도 방심하면 안 된다. 아이디어를 찾아 회사를 설립하고 자본을 구하고 노동과 관리를 병행해야 한다. 소비자에게 인정받기란 결코 쉬운 일이 아니다. 물론 성공을 제대로 하면 내 인생에 나를 완벽하게 선물로 줄 수 있다. 평생 자기결정권을 유지하며 내가 하고 싶은 것을 할 수 있는 자유와 내가 하고 싶지 않은 것을 하지 않을 자유를 갖는다.

둘째는 남의 성공에 올라타는 것이다. 이기는 편이 내 편이다. 선두에 선 말을 타고 가다가 뒤쪽에 있던 말이 앞서가면 재빨리 바꿔 타고 달려도 아무도 비난하지 않는다. 이 방법은 직접 창업하는 방법보다 더 안전하다. 어려서부터 시작할 수 있고 직장에 다니면서도 충분히 할 수 있다. 이미 한 분야에서 1등 기업으로 경영을 잘하고 있는 회사들이 있다. 그들은 회사의 가치를 수백만, 수천만 조각으로 나눠 그 조각 한 개를 주식이라 부르고, 그 주식을 아무나 사고팔 수 있도록 만들어 놨다. 이 조각은 한 장씩도 팔고 1년 내내 언제든 구매할 수 있다. 은행이나 증권사에 방문하면 그 자리에서 바로 살 수 있는 계좌를 만들 수 있고 인터넷이나 앱으로도 가입 가능하다. 그 회사의 주식을 사기 위해 회사를 찾아가거나 연락할 필요도 없다. 금융사들이 대부분 이 거래를 대행하고 있기 때문이다.

이런 회사의 주식을 갖고 있으면 회사가 커질수록 주식 가치가 올라가는데, 해마다 혹은 분기마다 이익을 분배해서 나눠주기도 한다. 잘나가는 기업, 능력이 좋은 경영자를 찾아 그 회사의 주식을 사서 모으는 일은 직접 경영하는 것보다 훨씬 쉽다.

하지만 여기서부터 조심하고 노력해야 되는 일이 있다. 주식을 사서 오르면 팔 생각을 버려야 한다. 주식은 파는 것이 아니라 살 뿐이라는 생각을 가져야 한다. 내가 산 주식이 사자마자 빨리 오르면 좋은 일이 아니다. 오래 천천히 길게 올라야 한다. 그래야 내가 돈을 더 모아서 그 좋은 주식을 더 가질 수 있기 때문이다. 배당이 나오는 주식이라면 평생 팔지 않아도 된다.

만약 당신이 그 회사의 창업주고 경영자라면 그 회사 주식을 사고팔 일이 없을 것이다. 단 한 주만 갖고 있어도 당신은 사주다. 그러니 사주의 마음을 갖고 회사를 공부하고 살펴야 한다. 대표이사, 즉 회사의 사장은 주주들이 경영을 맡긴 고용자다. 그 고용인이 회사를 잘못 운영하거나 회사의 본질 가치가 훼손되지 않는 한 주식은 파는 것이 아니다. 그리고 회사의 경영자처럼 그 회사의 연간보고서, 사업보고서, 재무제표를 읽고 이해하고 그 회사가 만드는 제품에 대한 소비자의 반응과 평가에 사장처럼 똑같이 귀를 기울여야 한다.

이렇게 자세히 이야기해도 실제 행동으로 실천할 사람

이 많지 않을 것이다. 좋은 회사를 어떻게 찾는지도 모르겠고 생각보다 어려운 경제 용어가 길을 막기 때문이다. 만약 독자 여러분의 연령층이 중고등학생 이상이라면 지금부터 내가 제안하는 방법을 따라서 시도해보기를 바란다.

일단, 자신이 가장 관심 있는 분야에서 제일 잘나가는 회사를 찾는다. 해당 업계에서 시가총액이 가장 큰 회사를 고르면 된다. 분야 1등은 아주 중요하다. 1등은 대체로 망하지 않으며 시장에 위기가 생기면 대마불사(쫓기는 대마가 위태롭게 보여도 필경 살 길이 생겨 죽지 않는다는 격언)로 오히려 업계를 장악하기도 하고 가격결정권을 갖고 있다. 업계 1등 기업을 골라 자기 형편에 따라 매달 한 장 이상씩 주식을 구매하라. 구매한다는 그 자체가 중요하다.

주식을 사놓지 않고 공부하는 것과 주식을 보유한 상태에서 공부하는 것은 완전히 다르다. 사업을 바라보는 눈 자체가 달라진다. 일단 단 한 주라도 가지면 해당 기업 관련 뉴스나 업계 정보가 눈에 들어오고 경제 용어가 저절로 이해된다. 그렇게 1년간 꾸준히 모으기 바란다. 주식이 떨어져도 괜찮다. 떨어지면 싼 가격에 더 살 수 있는 것이고 올라가면 오르는 대로 좋다. 걱정할 것은 오히려 너무 빨리 오르는 것이다.

반복해서 얘기하지만 가장 빨리 부자가 되는 방법은 천천히 부자가 되는 것이다. 결과적으로 빨리 부자가 되려고 마음먹은 사람은 주변에 다른 사람만 부자가 되게 도울 뿐이다. 이렇게 5년, 10년 꾸준히 주식을 모으다 보면 점차 여러분도 사업가가 되어갈 것이다. 그 회사의 주주총회도 가서 대표직원의 사업 보고도 받고 그 회사의 로고가 박힌 수건도 하나 얻어 온다. 내 회사이니 그 회사에서 나오는 제품도 사용하고 주변에 소개도 한다. 제품 하나하나 팔릴 때마다 그중 몇백만 분의 1은 내 것이라는 마음으로 회사를 살펴라. 당신이 사주이기 때문이다.

주주는 사주다. 그렇게 기업가 마음을 가지면 업계 전체를 바라보는 눈이 생기고 산업을 이해하게 되고 국가 경제 및 국가 간의 이해 충돌 및 금융시장 전체에도 관심을 갖게 된다. 또한 이는 정치와도 연결되어 있으니 당신의 철학과 사업의 이해관계를 대변하는 정당을 골라 투표를 함으로써 사회 참여가 가능해진다.

일찍 시작할수록 더 좋다. 만약 10대나 20대부터 이렇게 산업을 보는 눈을 키워가면서 직장 생활 중에도 끊임없이 투자를 이어간다면 40세 정도면 자본이 근로소득을 앞서는 날이 올 것이다. 동료들은 그때부터 꺾이겠지만 당신은 자유를 얻는 부자가 되어 있을 것이다. 젊은 시절의 나에게 이렇게 이야기해주는 사람이 얼마나 필요했는가를 되돌아보면 아찔하다. 그러니 당신은 오늘부터 당장 좋은 회사의 주식을 하나 사서 시작하기 바란다.

200쇄 증보판 메시지

'가장 빨리 부자가 되는 방법은 빨리 부자가 되려는 마음을 버리는 것'이라는 내용에 많은 독자들이 감동을 받았다. 그러나 독자들이 가장 뜻깊게 받아들인 이 문장은 그들이 가장 이해하지 못한 문장이기도 했다.

책이 발간된 후 제일 많이 인용된 문장이지만 이를 이해하지 못하는 독자들에게 여전히 빨리 부자가 되기 위해 투자종목이나 투자 시기를 묻는 연락이 왔다. 같은 내용을 읽어도 배우는 사람은 배우고 못 배우는 사람은 여전히 이해하지 못한다는 것이 가장 안타까웠다.

돈을 모으지 못하는 이유

돈을 모으지 못하는 사람의 가장 낮은 핑곗거리는 소득이 적어서 쓸 돈도 모자란다는 것이다. 하지만 쓸 돈이 모자라게 된 이유는 미래 소득을 가져다 현재에 써버렸기 때문이다. 이 현재가 시간이 흐르면서 과거로 쌓이며, 종국에 현재와 과거 둘 모두 책임져야 하는 상태가 돼버린 것이다. 상황을 이렇게 만들어놓은 장본인은 자기 자신이다.

쓸 데는 많은데 수입은 적고 그나마 남은 돈도 투자하기엔 너무 적은 돈이라 생각해서 전혀 모으지 못하는 사람이 있다. 그러나 이런 사람은 급여가 많아져도 결국 똑같은 말을 한다. 소득이 늘어난 만큼 소비도 더 많아지고 미래 소득, 즉 카드를 여전히 사용한다. 급여가 아주 많거나 사업으로 큰돈을 벌어도 여전히 똑같은 사람이 많은 것을 보면 이건 수입 규모가 아니라 생활 태도의 문제다.

음식과 주거가 해결되지 못할 정도로 가난한 상태가 아니라면 누구든 저축을 하고 재산을 모아 투자도 해서 부자가 될 수 있다. 단언컨대 신용카드를 사용하는 사람, 물건을 부주의하게 매번 잃어버리는 사람, 작은 돈을 우습게 아는 사람, 저축을 하지 않는 사람, 투자에 대해 이해가 없는 사람은 절대 부자가 되지 못한다. 부는 그런 사람에게 우연히 들렀어도 순식간에 돌아서서 나온다.

절대로 미래 소득을 가져다 현재에 쓰면 안 된다. 신용카드를 잘라 버리고 직불카드를 사용해야 한다. 신용카드사에서 주는 포인트는 잊어버려라. 그건 신용카드사가 그냥 선물로 주는 것이 아니다. 포인트의 핵심은 '더 사용하기'와 '포인트 수집용 구매'다. 포인트를 모은다는 장점을 이용해서 필요 없는 소비를 늘리고 포인트를 얻기 위해 구매하는 방식으로 소비자를 현혹한다. 이는 마치 달걀을 얻기 위해 암탉을 죽이는 것과 같다. 지금 당장 현금이 없어도 미래 소득으로 구매가 가능하다는 이유로 그깟 몇 프로 안 되는 포인트를 적립받기 위해 소비의 경계를 무너뜨리고 만다.

이때 가장 흔한 변명은 어차피 사야 할 물건이니 포인트를 얻으면 영리한 것 아니냐는 논리다. 그러나 이 논리가 맞다면 카드사는 포인트 적립 시스템을 이미 없애버렸을 것이다. 카드 사용을 중지하고 이번 달부터 직불카드나 현금을 사용해보면 불필요한 지출이 현저하게 줄어드는 것이 보인다. 실제로 더 많은 이익을 보게 된다. 만 원 가치의 포인트를 모으려면 100만 원의 소비가 일어나야 하고 그중에 몇십만 원은 필요 없는 지출이다. 카드 사용은 정말 어리석은 짓이다.

물건을 부주의하게 다루는 사람도 절대 부자가 되지 못한다. 물건이나 상품이 무생물이라는 생각에 함부로 다룬다. 그러나 모든 물건은 자연에서 나온 재료와 인간의 시간이 합쳐져 생겨난 생명 부산물이다. 모두 생명에서 온 것이다. 오랫동안 쓰는 물건이나 밖으로 가지고 다니는 물건에는 예쁜 스티커나 레이블 머신을 이용해 자기 이름을 붙여놓는 것이 좋다. 주인의 이름을 단 물건은 그 순간 생명을 가진다. 설령 잃어버려도 꾸역꾸역 주인을 찾아온다. 집 안에 가져올 때 정해진 자리에 놓고 사용 후에 청소나 관리가 필요한 물건은 즉시 닦아서 손상을 막고, 가끔씩 쓰거나 계절마다 쓰는 제품은 정갈하게 포장해서 먼지가 닿지 않고 언제든 다시 쓸 수 있도록 관리해야 한다. 부(富)는 물건이라도 존중하는 사람에게 붙는다. 재물의 형태는 결국 물건이기 때문이다.

작은 돈은 큰돈의 씨앗이고 자본이 될 어린 돈이기에 씨앗을 함부로 하고 아이를 돌보지 않는 사람은 그 어떤 것도 키우지 못한다. 작은 돈을 모아 종잣돈을 마련해서 투자나 사업의 마중물을 만들어가는 것이 성공의 기초다. 기초를 다지지 않고 지은 건물을 임시가옥이라 부른다. 크게 짓지도 못하거니와 바람만 불어도 날아가버린다. 모든 투자는 작은 돈에서부터 시작된다. 작은 투자로 시작한 투자 경험이 큰 투자도 가능하게 만들어준다. 자산은 모이면 투자를 해야 한다. 투자하지 않는 돈은 죽은 돈이고, 실제로 아무것도 하지 않는 장롱 속의 돈은 인플레이션이라는 독을 먹고 서서히 죽어버린다.

투자에 대한 이해나 경험이 없는 주인에게 끌려간 돈은 홀로 죽어가거나 기회만 생기면 탈출해버릴 것이다. 지금 책을 덮고 가위를 가져다가 신용카드를 잘라라. 부자가 되는 첫걸음이다.

자신이 금융 문맹인지 알아보는 법

한국은행이 2018년 『경제금융용어 700선』이라는 책자를 발행했다. 국민에게 올바른 경제 개념을 알리고 금융 이해도를 높이려는 의도였다. 결과적으로 경제에 관한 합리적인 의사결정을 도우려는 것이다. 해당 파일은 한국은행 사이트에 가면 무료로 다운로드 받을 수 있다. 이런 용어는 실제 경제활동을 하며 사는 모든 현대인이 반드시 배워야 하는 것이다. 나는 이 교육이 고등학교 정규 과목에 편입되어야 한다고 믿는다.

예전에는 시골에 살던 노인들 중에 어떤 분들은 글을 읽지 못해 아들에게서 오는 편지를 집배원이 읽어드리곤 했다. 글을 모르는 중세시대 유럽인은 성직자가 읽어주는 성경의 해석과 가르침을 따를 수밖에 없었다. 책을 볼 수 없으니 신과 직접 교류할 수 있는 방법을 몰랐기 때문이다. 글을 모르는 문맹은 서럽고 가난한 삶을 살게 된다. 컴퓨터 문맹도 마찬가지다. 현재 컴퓨터나 스마트폰 사용법을 모르면 그 어디에서도일자리를 구할 수 없다. 배달 일도 구하지 못한다. 배달 기사들은 몇 개의 스마트폰을 동시에 쳐다보며 업무를 처리한다.이동은 일의 한 부분일 뿐이다. 스마트폰 사용법을 모르면 정보 세계인 지금 세상에서 낮은 하층민으로 살 수밖에 없다. 요즘은 스님도 카톡을 하고, 목사님도 페이스북을 해야 신도들과 교류가 가능한 세상이기 때문이다.

글을 모르는 문맹이나 컴맹 외에 금융 문맹도 마찬가지다. 금융 지식은 생존에 관련된 문제다. 앨런 그린스펀(Alan Greenspan)은 "글을 모르는 문맹은 생활을 불편하게 하지만 금융 문맹은 생존을 불가능하게 만들기 때문에 더 무섭다"라고말하기도 했다. 금맹(금융 문맹)인 사람은 자산을 지키고 늘리는 데 있어 무너진 성벽을 지키는 성주와 같은 신세다. 내 재산을 남들이 가져가려 해도 지키지 못하고 뺏어가도 뺏어간줄도 모른다. 재산을 모으려 해도 내 가치와 상대의 가치를 모르니 매번 터무니없는 값을 지불하거나 헐값에 넘기기 일쑤다. 그래서 실제 생활에서는 문맹이나 컴맹보다 더 비참한 삶을 벗어나지 못하기도 한다. 자신의 성벽을 쌓아 남들로부터 재산을 보호하고 자산을 성 안에 모아두는 모든 금융활동은 이런 용어를 이해하는 데서 시작된다.

우리나라 성인의 금융 이해도를 조사해보면 OECD 평균보다 낮다. 연령대별 이해도를 살펴보면 30대가 가장 높고 그다음으로 40대, 50대, 20대, 60대, 70대 순으로 나타난다. 월 소득 250만 원 이하 사람들의 금융 이해도는 58점인 데 반해 250만 원 이상 420만 원 이하는 63점이며 그 이상의 소득자는 66점 정도다. 20대와 60~70대가 금융 사기에 가장 취약하고 투자 위험에 많이 노출되는 것도 낮은 금융 이해력에 기인한다. 수입이 많을수록 금융 지식이 늘기도 하지만 금융 지식이 많아야 소득도 늘고 재산을 지킬 수 있기에 금융 이해력 자체가 대단한 삶의 도구라고 볼 수 있다. 남녀노소를 불문하고 금융 지식이 부족하면 잘못된 투자나 금융 결정을 하기 쉬우며, 이런 결정은 결국 스스로를 신용불량자나 빈곤층으로 전락하게 해 사회 전체의 문제가 된다.

여기에 한국은행이 국민이 알면 도움이 되겠다고 생각한 용어 중에서 90여 개만 추려보았다. 이 중에 80% 이상을 이해하고 설명할 수 있다면 당신은 거의 완벽한 성벽을 갖춘 성주다. 만약 50~80% 사이라면 긍정적이나, 여전히 공부를 조금 더 하고 투자를 해야 한다. 만약 아는 용어가 50개 이하고 그동안 아무런 관심이 없었다면 모든 공부를 중단하고 이 용어부터 공부해야 한다. 하루가 급하다. 성벽 밖으로 당신 돈이 매일매일 쏟아져 내리고 있다. 아무리 열심히 일하고 아무리 성실하게 보초를 서도 아무 의미 없다. 당신의 노동과 재산은 맥없이 사라져버릴 것이다. 다음 용어를 잘 읽어보고 내용을 이해하고 남에게 설명할 만한 것에 표시해보기 바란다.

가산금리, 경기동향지수, 경상수지, 고용률, 고정금리, 고통지수, 골디락스경제, 공공재, 공급탄력성, 공매도, 국가신용등급, 국채, 금본위제, 금산분리, 기업공개, 기준금리, 기축통화, 기회비용, 낙수효과, 단기금융시장, 대외의존도, 대체재, 더블딥, 디커플링, 디플레이션, 레버리지 효과, 만기수익률, 마이크로 크레디트, 매몰비용, 명목금리, 무디스, 물가지수, 뮤추얼펀드, 뱅크런, 베블런효과, 변동금리, 보호무역주의, 본원통화, 부가가치, 부채담보부증권(CDO), 부채비율, 분수효과, 빅맥지수, 상장지수펀드(ETF), 서킷브레이커, 선물거래, 소득주도성장, 수요탄력성, 스왑, 스톡옵션, 시뇨리지, 신

용경색, 신주인수권부사채(BW), 실질임금, 애그플레이션, 양
도성예금증서, 양적완화정책, 어음관리계좌(CMA), 연방준비
제도(FRS)/연방준비은행(FRB), 엥겔의 법칙, 역모기지론, 예
대율, 옵션, 외환보유액, 워크아웃, 원금리스크 , 유동성, 이중
통화채, 자기자본비율, 자발적 실업, 장단기금리차, 장외시장,
전환사채, 정크본드, 제로금리정책, 주가수익률(PER), 주가지
수, 조세부담률, 주당순이익(EPS), 중앙은행, 증거금, 지주회
사, 추심, 치킨게임, 카르텔, 콜옵션, 통화스왑, 투자은행, 특수
목적기구(SPV), 파생금융상품, 평가절하, 표면금리, 한계비용,
헤지펀드, 환율조작국, M&A.

수학을 공부하기 위해서는 사칙연산을 배우는 것이 시
작이다. 사칙연산을 더 쉽게 이해하기 위해 구구단을 외운다.
영어를 배우기 위해서도 알파벳을 알아야 한다. 대문자와 소
문자 모두 외워야 한다. 이것은 학문의 시작이다. 우리는 금융
이나 경제를 아무에게도 배울 수 없다. 어느 나라 어느 학교에
서도 실제적인 경제 교육을 시키지 않는다. 이유는 간단하다.
굳이 가르칠 이유가 없어서다.

마치 예전에 노예나 노비에게 글을 가르치지 않던 이유

와 같다. 글을 배우면 생각이 깊어지고 기억을 정리할 수 있고 문서가 보이기 때문에 다스리는 사람들에겐 아래 사람들이 글을 배우는 것이 달가울 리 없다. 경제 지식도 마찬가지다. 경제적 지식이 많은 사람은 자산가들의 위치를 위협한다. 온갖 투자 계약이 노출되고 주식거래나 은행거래에서 우위에 설 수 없게 된다. 그러나 나는 한국의 중산층이 두터워질수록 국가의 안전망이 확대되며 건전한 사회로 발전한다고 믿는다. 나는 부자가 되고 남들은 가난하면 좋을 것 같지만 그런 나라는 정치와 사회 안전망이 무너져 결국 그 위험을 상위 그룹 사람들이 떠안게 된다. 그러므로 가장 좋은 나라는 중산층이 두터운 나라, 누구나 열심히 노력하면 중산층이 될 수 있고 더 큰 부자가 많이 나타나는 나라다.

그러기 위해서 첫 번째로 해야 할 일은 고등학교 때부터 실물경제 교육을 시키고 경제 용어를 가르치는 일이다. 교과 과정을 통해 용어만 가르쳐도 수많은 부자가 나올 수 있다. 현재 학교에서 배우는 것 중에 경제활동에 도움이 될 만한 교육은 회계학이 유일할 정도다. 경제학은 개인 경제생활에 전혀 도움이 되지 않는다. 경제 용어만 공부해도 젊은이들이 함부로 부채를 만들지 않을 것이며 수입의 일부를 주식이나 채권에 투자하면서 기업가 정신을 배우고 재산의 형성 과정에 참여해나가며 자긍심 가득한 존경받는 부자가 될 것이다.

나는 한국의 모든 국민이 위에 열거된 용어를 이해하는 나라가 되면 얼마나 멋질까 상상하며 웃는다. 기자들이 함부로 경제를 핑계 삼아 정치적 편향 기사를 쓰지 못하니 엉뚱하게 집을 사거나 폭락장에 바가지를 씌우지도 못할 것이다.

모든 배움의 시작은 용어 이해부터다. 금융 용어를 온 국민이 이해하면 어떤 정치가도 국민을 함부로 하지 못하며 부도덕한 사업가가 설 자리는 점점 줄어들 것이다. 금융 지식은 생존에 관련된 문제다. 고등학교 교과 과목에 금융 교육이라는 과목이 생겨 은퇴한 은행, 금융권 지점장들이 모두 선생님이 되는 날을 상상해본다.

다행히 『돈의 속성』이 출간된 후, 한국은행이 『경제금융용어 700선』을 단행본으로 다시 출간해 주었다. 일부 독자들은 매일 자신의 SNS에 하루에 한 단어씩 올려가며 공부를 하는 등 이 글의 긍정적 효과가 눈에 띄었다.

이미 이런 필요를 느꼈던 경제금융 전문가와 경제 유튜버들은 협력하여 청와대 홈페이지에 중고등학생 교과과정에 금융 공부를 넣어 달라는 청원을 넣기도 했고, 최근 유력 대선후보는 선거 공약으로 학생들에게 금융 공부를 시키겠다고 약속하기도 했다.

이러한 모든 과정들이 결국 대한민국이 앞으로 국민 모두의 자산 안정성과 성장을 이룰 수 있는 중요한 계기가 될 것이라 믿는다.

만약 대한민국이 금융 공부가 가장 잘 된 나라가 된다면 당연히 가장 잘 사는 나라 중에 하나가 될 것이다. 질 높은 경제적 수준의 선진국이 돼 있다는 뜻이기 때문이다.

주식으로 수익을 내는 사람들의
세 가지 특징

주식으로 수익을 내는 사람보다 손해를 보는 사람이 더 많아 보인다. 아마 사실일 것이다. 모든 자산 시장에서 패자가 승자보다 많은 건 보편적 특징이다. 그렇기 때문에 부자는 적고 가난한 사람은 많다. 특히 주식시장에서 패자가 많은 이유는 시장 진입이 자유롭고 적은 금액으로도 투자가 가능한 까닭이다.

사람들은 해마다 불경기라 말하지만 2020년 3월 폭락장에 한국 증권사에 주식을 매수하기 위한 예탁금은 최근 20년 사이 사상 최고의 규모였다. 2월 말에 31조 원 정도 들어와 있던 것이 3월 말에 41조 원이 되며 10조 원 이상 늘어났다. 한국 연간 총예산의 10%에 육박하며 서울 아파트 평균 가격 8억 2,000만 원 기준으로 50,000채나 살 수 있는 돈이다. 한국인 평균가구 자산이 4억 원 정도인데 평균가구 10만 가구의 전 재산과 맞먹는 규모의 돈이 주식을 사겠다고 대기 중이란 뜻이다.

그러나 이 자본들이 모두 수익을 내고 나가지는 못한다. 그들 중에 많은 사람은 손실을 볼 것이고 일부만이 많은 수익을 만들어낼 것이다. 이들 중 손실을 보는 사람들의 특징은 다음과 같다.

첫째, 그냥 따라 들어왔다. 둘째, 무엇을 살지 계획이 없다. 셋째, 돈의 힘이 약하다. 참 이상한 건 재산을 모을 때는 자식같이 아끼고 살피며 모으면서 투자할 때는 가이드 단체 관광이라도 간 것처럼 따라 다닌다는 점이다. 피같이 벌어서 물같이 쓰는 셈 아닌가.

남들이 주식시장에 100년 만에 온 기회라니까 단숨에 있는 돈 없는 돈 다 모아서 한시가 급하게 덜렁 보내놓고 본다. 불과 한 달 전만 해도 전혀 생각지도 않았던 주식에 겁 없이 거액을 들여보낸 것이다. 그럼에도 계획도 없고 공부도 없다. 경제 방송에서 '배당주'에 '국민주'라는 소리 들은 것이 전부인데 그 말에 전 재산을 집어넣으려고 하루 이틀도 못 기다리고 안달이다. 남의 집 개 사료 고르는 것보다 성의 없다. 그렇게 하루 만에 혹은 한두 시간 만에 종목을 결정하는 사람이라면 누군가 한두 마디 하면 바로 나올 것이다. 이런 사람은 조금만 가격이 올라도 1년 치 은행 이자를 벌었다며 좋아하다가 그 주식이 더 올라가면 기다리다 마지못해 따라붙지만 다시 조금만 내려와도 무서워서 손해를 보고 나온다. 애초의 마음은 판 가격보다 떨어지면 사겠다는 심사지만 막상 떨어지면 사지도 못한다.

이런 사람은 투자는 물론이고 투기도 못 하고 그냥 증권사 수수료나 주고 거래량 늘리는 역할이나 하다가 슬금슬금 통장에서 돈이 아이스크림처럼 녹는 걸 보게 된다. 더구나 모아온 돈에 다음 달 대학 등록금이나 내년 결혼자금 같이 시간에 여유가 없는 돈이 섞여 있다. 빌린 돈으로 주식을 하는가 하면 심지어 두세 배의 레버리지를 써서 상품을 사기도 한다. 목 뒤에 칼을 든 협박범과 같이 일하는 것이다. 이런 돈이 섞여 있으면 멀쩡한 돈도 같이 상해버린다.

고구마 상자 안에 썩은 고구마 하나만 있어도 냄새가 나듯 상자 안의 모든 고구마가 걱정이 된다. 그러니 자칭 주변 전문가들에게 "저항선에서 기술적 반등이 일어날 것 같은가?", "내일 주식이 오를 것 같은가?"라는 바보 같은 질문을 하고, 바보 같은 대답을 듣는다. 급하기 때문이다.

그러나 주식시장을 이렇게 상대하는 사람은 결코 주식에서 돈을 벌 수 없다. 설령 우연히 돈을 벌었어도 그 돈은 다시 주식으로 들어와 결국 원금과 함께 사라져버린다. 주식시장은 자신을 도박장으로 만드는 사람에게는 냉혹한 벌을 내려 재산을 몰수해버린다. 주식시장에서는 주식과 그 주식이 거래되는 이유를 명확히 알고 있는 사람이 장기적으로 돈을 번다. 이들은 시장의 기능을 잘 이해하고 있는 사람이다. 주식을 발행하는 이유는 회사를 만드는 데 혼자서 자금을 마련하지 못하니 여러 사람이 나눠서 투자금을 모으기 위함이고, 주식은 그 투자 금액에 따라 배분하겠다는 약속의 증서다.

처음엔 이 증서가 단순한 분배 가치를 정한 종이일 뿐이지만 중간에 이 종이에 적힌 권리를 사고팔려는 사람들이 생겨난다. 사고파는 사람이 많아지자 한곳에서 정해진 시간에 거래할 수 있도록 만든 게 증권거래소다(첫 증권거래소: 1602년 네덜란드 동인도 회사(Verenigde Oostindische Compagnie, VOC)*. 즉, 공동투자로 회사를 만들고 주식을 배분 받고 회사에 대한 성장 기대가 각

---

* 가인쇄된 주식과 채권을 거래할 목적으로 암스테르담에 세움

기 다른 사람들이 중간에 이 권리를 사고파는 것이다. 따라서 주식 투자에서 성공하는 사람들은 크게 세 가지 특징을 갖고 있다.

첫째, 자신을 경영자로 생각한다. 투자금을 모아 함께 회사를 만든다고 생각하기에 회사의 본질을 잘 이해하려 든다. 무슨 회사인지 무엇을 할 것인지, 어떻게 운영하는지 잘 이해하고 있다. 회계장부와 연간 보고서를 꼼꼼히 살핀다. 경영자와 같은 마음으로 시장에서의 회사 역할을 이해한다. 이렇게 자신만의 회사를 머릿속에 만들어놓으면 다른 사람들의 평가나 걱정에 마음이 흔들리지 않는다. 만약 내가 회사를 직접 경영하고 있는 사장이라면, 주변 사람들의 소문이나 전문가의 견해를 듣고 자신의 회사를 팔거나 그만두지 않을 것이다. 투자도 같은 태도를 유지한다. 들어갈 때도 자신만의 판단을 믿고 들어가고, 떠날 때도 자신의 판단을 따라 떠날 것이니 가격 변동에 따라 쓸데없이 들락거리지도 않는다. 과일이 익으려면 시간이 지나야 한다는 것을 알기 때문이다.

둘째, 보유하고 있는 돈이 품질이 좋은 돈이다. 성공하는 사람들의 자금은 돌같이 단단하고 무겁다. 이 돈은 당장 어디로 갈 생각도 없고 오랫동안 그 자리를 차지하고 있어도 편안

하다. 오히려 배당이라는 식사만 제공하면 평생 자리 잡고 살 생각도 하는 돈만 모여 있다. 당연히 결속력이 강하고 텃세나 위협에 굴복하지 않는다. 그 돈은 앉은자리에서 주인 행세를 하기도 한다. 이익이 생길 때까지 언제든 느긋하게 기다릴 줄 안다.

셋째, 싸게 살 때까지 기다린다. 진정한 투자는 팔 때를 잘 아는 것이 아니라 살 때를 잘 아는 것이다. 살 때 싸게 사면 파는 건 한결 쉬워진다. 싸게 사는 것은 어려운 일이다. 더구나 좋은 주식을 싸게 사는 것은 쉽지 않다. 그래서 크게 성공할 회사를 아직 크지 않았을 때부터 골라 오래 기다리는 인내와, 폭락장에서 한꺼번에 가격이 내려간 주식을 공포 속에서 사 모으는 용기를 가져야 한다. 공포가 퍼져 있을 때는 훌륭한 주식도 헐값에 살 수 있다. 이들에게 폭락이나 불경기는 오히려 호경기인 셈이다. 이런 투자자들은 평생 주식시장에서 그 과실을 얻는다.

가만히 생각해보면 세상의 거의 모든 기업이 주식회사 형태로 움직이고 해마다 성장을 해왔다. 그런데 왜 사람들은 주식시장을 합법적 도박장 정도로 생각하거나 제로섬게임장으로 여길까? 그동안 당신이 주식에서 돈을 잃기만 했거나 별

재미를 못 봤다면 성공하는 사람들의 세 가지 특징 중에 단 한 가지라도 해당하는 부분이 있는지 스스로에게 물어보기를 바란다. 아마도 없을 것이다. 이런 사람들은 성공하는 사람들과 똑같은 가격에 똑같은 주식을 사도 결국 돈을 잃는다. 그래서 진정한 투자자는 친척이나 친구에게도 투자를 권하거나 의견을 말하지 않는다. 어차피 나올 때는 같이 나오지 않을 것이라는 것을 알고 있기 때문이다.

결국 주식 투자는 온전한 자기 자본으로 자기 스스로를 믿는 사람들이 그 결실을 가져가는 시장이다.

얼마나 벌어야 정말 부자인가?

보통 국제적인 기준에서 백만장자란 100만 달러(10억 원) 이상의 금융자산을 가진 사람을 가리킨다. KB금융지주 경영연구소가 발표한 〈2019 한국 부자 보고서〉에 따르면 10억 원 이상의 금융자산을 보유한 부자는 32만 3,000명으로 전 국민의 0.63%에 해당한다. 자산 구성을 보면 부동산 53.7%와 금융자산 39.9%로 구성되어 있다.

이 비율을 일반인들의 자산 구성인 부동산 76.6%, 금융자산 18.9%와 비교하면 부자의 금융자산 비중이 두 배 정도 높은 것을 알 수 있다. 이들이 '나는 부자다'라고 생각하는 '부자의 기준'에서 빈도가 가장 높았던 금액은 50억 원(27.7%) 이상이었다. 총자산이 30억 원 미만인 경우에도 70%가 자신을 부자라고 생각하지 않는다. 일반 국민 시각에서는 25억 원 이상 재산을 가지면 부자지만 정작 부자들은 100억 원을 넘어야 부자라 생각한다. 80억 원 이상을 가진 사람들도 20%는 스스로를 부자라 생각하지 않는다. 부는 아주 상대적인 기준이라 한국 부자들의 절반은 자신을 부자라 생각하지 않는 것이다.

이들 한국 부자들은 사업소득(47%)과 부동산 투자(21.5%)로 부자가 된 사람이 대부분이다. 이들은 사업에서 돈을 벌어 부동산에 잉여자본을 투자해왔고 월 500만 원 정도를 저축하며 산다. 이들이 부를 늘리는 수단은 저축이다. 저축을 통해 평균 12년 정도를 모아 종잣돈 5억 원 정도의 투자 자금을 만든다. 이 정도 돈을 만든 평균 나이가 44세. 이 돈은 주로 부동산(61.6%)과 금융자산(35.1%)에 투자되지만, 자산 운용의 핵심 목적은 주로 현상 유지다. 지킨다는 것이 쉽지 않다는 것을 알기 때문이다.

그러나 내가 생각하는 일반적인 부자의 기준은 다음 세 가지다. 첫째는 융자가 없는 본인 소유의 집이고, 둘째는 한국 가구 월평균 소득 541만 1,583원을 넘는 비근로 소득이다. 강남에 수십억짜리 아파트에 살고 있고 억대 연봉자라도 융자가 있고 본인이 일을 해서 버는 수입이 전부라면 부자라 말할 수 없다. 어떤 경제적 문제가 발생하거나 신체적 상해가 생겨도 살고 있는 집이 있고 평균 소득 이상의 수입이 보장된 사람이 부자다. 500만 원 이상의 비근로 소득이 있으려면 20억 원이 넘는 자산이 부동산이나 금융자산에 투자되어 있어야 한다. 마지막 세 번째는 더 이상 돈을 벌지 않아도 되는 욕망 억제능력 소유자다. 세 번째 조건을 충족하려면 한 인간이 자기 삶의 주체적 주인이 되어야 한다.

부는 상대적 비교다. 50억 원을 가졌든 100억 원을 가졌든 스스로를 상대 비교하면 여전히 부자가 아니라고 생각하는 것이 사람이다. 100억 원을 가졌어도 200억 가진 사람 앞에 서면 초라하고 1,000억 원을 가진 사람에게 비굴해질 수 있다.

이런 사람은 아무리 벌어도 항상 가난하다. 수조 원의 재산을 가져도 빌 게이츠(Bill Gates)나 제프 베조스(Jeff Bezos) 앞에 서면 초라하게 느낄 것이다. 스스로의 삶에 철학과 자존감을 가져야 비교하지 않을 수 있다. 돈이 있으니 언제든 명품을 살 수도 있지만 굳이 사지 않아도 되는 상태다. 내 부를 자랑한들 자존감이 느는 것도 아니니 고급 시계나 가방이 굳이 필요하지도 않다. 좋은 집, 비싼 차, 명품, 호화로운 음식을 계속 가져야 만족이 느는 상태라면 평생 나보다 더 부자는 만나지 말고 살아야 한다.

결국 더 이상 일하지 않아도 되는 상황을 만들어내는 것이 부자가 되는 첫걸음이다. 시골의 작은 집에 살아도 자기 집이 있고 비근로 소득이 동네 평균보다 높고 그 수입에 만족하면 이미 부자다. 더 이상 일하지 않아도 될 정도라는 의미는 두 가지다. 내 몸이 노동에서 자유롭게 벗어나도 수입이 나오고 내 정신과 생각이 자유로워서 남과 비교할 필요가 없는 것을 말한다. 즉, 육체와 징신 둘 다 자유를 얻은 사람이 부자다.

내 경험상 실제로 부자가 되면 자신이 얼마의 돈을 갖고 있는지 모르는 순간이 온다. 투자된 자산이나 회사의 가치가 측정 불가능해져서 자신의 자산 규모를 알려면 남들의 도움을 받아야 하고 통장에 얼마가 있는지도 알 수 없다. 현금성 자산도 매분, 매시간 주가에 따라 변동되니 점심 먹는 사이에 집 한 채가 사라졌다 생겼다 한다. 누구와 비교가 불가능한 상황이 오는 것이다. 그래서 나는 내 재산이 지금 얼마인지 아는 사람은 사실 산술적인 부자가 아니라고 생각한다.

따라서 부자란 금액에 따른 기준으로 잡을 수 없다. 부자는 더 이상 돈을 벌 필요가 없어진 사람이기 때문이다.

내가 재산을 지키기 위해
매일 하는 일

나는 더 이상 회사에 정기적으로 출근하지 않는다. 소유하거나 지분을 가진 여러 회사를 이사회를 통해 관여 혹은 관리하므로 이사회 모임이 아니면 자택에서 근무한다. 나와 함께 일하는 사장 몇 명 외엔 내 지시를 직접 받는 직원은 한국과 미국에 한 명씩 상주하는 집행비서 두 명뿐이다. 그 외에 변호사, 회계사, 재정관리사, 주거래 은행의 재무팀장 정도와 일상적으로 상의해가며 일을 한다.

나는 내용이 장황하고 자세한 보고서는 보고서를 위한 보고서라 생각해서, 각각의 사장들에게 일주일에 한 번 200자 내외로 간단히 문자 보고를 하게 한다. 모이거나 만나는 일도 거의 없다. 사장이 매번 자신의 결정을 내게 묻는다면 무능하거나 자격이 없다고 생각한다. 내가 개별 사업에 관여하는 것

119

은 세 가지 경우뿐이다. 증자가 요청될 때 다른 사업 군으로 진입하고자 할 때, 그리고 사장단의 선임이나 해임의 경우다.

이 세 가지 경우가 아니면 굳이 참여할 이유도 없고, 참여하고 싶지도 않다. 따라서 나는 사업 규모에 비해 상당히 많은 자유가 확보된 상태다. 그러나 아내는 내가 안식년에는 일을 하지 않겠다고 해놓고 여전히 하루 종일 일을 한단다. 그래서 내가 무일 하는지 가만히 적어보았다.

먼저 아침에 일어나면 이메일부터 확인한다. 네 개의 이메일 계정이 있는데 모두 들어가서 업무상 요청이나 결재라면 그 즉시 가부를 결정해준다. 모든 이메일 수신함에 필요 없는 메일이나 광고성 자료들은 즉시 삭제해버린다. 나는 책상이나 서랍처럼 메일함도 지저분하게 널려 있는 것을 보지 못한다. 모든 메일은 다 읽고 바로 버리거나 대답을 해주고 제자들이나 팬레터 같은 메일은 모아놨다가 한두 달에 한 번씩 답변이나 응답을 해준다. 이런 메일들은 바로 처리하면 또다시 메일이 날아온다. 결국 채팅하듯 늘어나 감당이 되지 않기에 얻은 지혜다.

메일 확인이 끝나면 사이트로 들어가 신문을 읽는다. 순서는 다음과 같다. 이 순서가 의미 있는 것은 아니나 관점을 늘려가다 보니 순서가 되어버렸다. 먼저 〈뉴욕타임스〉 지를 시작으로 〈워싱턴포스트〉, 〈월스트리트 저널〉, 〈CNN〉, 〈FOX NEWS〉 순서로 미국 주요 신문과 뉴스채널을 보고 영국의 〈파이낸셜 타임스〉, 〈더 타임스〉, 〈로이터 통신〉 그리고 〈EIN WORLD NEWS REPORT〉를 통해 러시아 소식을 훑어보고 일본으로 와서 〈아사히신문〉, 〈요미우리〉, 〈일본경제신문〉을 본다. 마지막으로 YAHOO 재팬의 홈페이지를 둘러본다. 이제 일본에서 나와 중국의 〈글로벌 타임스〉, 〈인민일보〉를 본 후 가끔은 중동의 〈요르단 타임스〉 지를 찾아가고 다시 유럽으로 넘어가 프랑스의 〈르몽드〉 지와 〈르피가로〉 지를 둘러보고 독일의 〈슈피켈〉, 〈디벨트〉, 〈프랑크푸르트 알게 마이너〉 지를 찾아본다.

이렇게 세상을 한 바퀴 돌고 와서 휴스턴 로컬 신문인 〈휴스턴 크로니클〉을 보고 난 후에 한국 신문 몇 개를 들여다 보는 것으로 매일 세상 구경을 하고 있다. 신문을 볼 때면 항상 한 개 이상을 보려고 노력한다. 신문은 다들 자기들의 논조나 정치 성향이 있어서 사실을 보는 시각이 다르고 관심사가 달라서 한곳만 들여다보면 편향성이 생길 수 있기 때문이다. 요즘은 구글이나 파파고의 번역이 매끄러워서 어떤 언어라도 대충 무슨 이야기인지 알 수 있다. 전 세계 신문사 순례가 끝나면 이제 경제 사이트로 옮겨간다.

경제 사이트를 보는 일은 사실 순서대로 되지 않는다. 투자한 회사나 지분을 가진 회사 소식이 나오면 다시 이곳저곳 기사를 찾아봐야 하기 때문이다. 제일 먼저 들르는 곳은 Yahoo Finance다. 이곳은 일반적인 투자 정보가 많아 야후에서 가장 인기 있는 부분 중에 하나다. CNBC, Bloomberg, Market Screener를 들려 CNN Business에 숨겨져 있는 Fear & Greed Index를 확인하고 미국 달러 인덱스 차트를 본 후 런던브렌트 오일 가격을 확인하고 investing.com, dividend.com, finviz.com 사이트를 들른 후, 미연방준비제도 이사회 사이트에 새로운 소식이 없는지 확인차 가보고 궁금한 재무제표가 있으면 marketbeat.com으로 가고 기관 투자자의 동향이 궁금하면 whalewisdom.com으로 간다. tipranks.com와 seekingalpha.com 등에서는 개별 주식에 대한 조사도 하고 하워드 막스가 운영하는 oaktreecapital.com에 들려 하워드의 메모가 있는지도 살핀다. barrons.com을 마지막으로 한국으로 가서 한경컨센서스에 올라온 자료나 팍스넷, 네이버 금융 순으로 돌면 하루의 주요 업무 준비가 끝난 것이다.

여기까지 오는 데 두 시간 남짓 걸린다. 지금부턴 조금 여유롭게 커피를 한잔 내려 마시고 나머지 사이트들을 들를 차례다. 거의 매일 가는 사이트는 loopnet.com이다. 미국 최대 상업용 부동산 매물 사이트다. 나는 이곳에서 내가 관심 있는 도시에 나온 모든 매물을 매일 확인한다. 특별히 내가 살고 있거나 거주지가 있는 휴스턴, LA, 뉴욕은 모든 매물을 기억하고 추적하고 확인한다. 부동산을 1년에 한두 차례 사는데 이렇게 끊임없이 들여다봐야 가격 변동의 추이를 알 수 있다. 부동산은 주식과 달리 가격 형성 과정이 불분명해서 이렇게 끊임없이 비교 추적해야 감이 생긴다.

이제야 개인적 취미 관심사 사이트로 옮겨간다. 미국과 한국의 유머 사이트 한 개씩, 박람회 사이트, 아마존, 넷플릭스, 한국 서점 사이트, 페이스북, 인스타 등을 둘러보는 것으로 오전 일이 끝난다. 이 일을 매일 하고 있다. 이렇게 얻는 정보나 자료를 바탕으로 사업 방향을 정하거나 투자를 정한다. 이런 곳을 매일 다니다가 더 궁금하거나 관련 도서가 보이면 바로 주문해서 읽고 정리한다. 무엇이든 자료화한다. 인쇄를 하고 폴더에 넣는다. 보유주식 정보, 부동산 매물 정보, 연간 보고서, 일반주식 정보 등으로 제대로 인쇄된 스티커를 만들어 폴더에 붙인다. 그리고 항목에 맞게 잘 구분해서 의자 뒤 눈에 띄는 곳에 보관한다.

나는 정보를 모으고 구분하고 이해하는 데 많은 시간을 보낸다. 공부와 정보수집을 게을리할 수 없다. 유튜브를 통해 젊은 선생들의 강연을 듣고 관록 있는 전문가의 의견에 귀를 기울인다. 자산을 벌고 모으고 관리하는 것에 있어서 나는 누구도 믿지 않는다. 유일하게 나를 믿을 뿐이다. 그러기 위해서 여러 사람들의 지혜와 정보를 끊임없이 구걸하는 것이다. 아마 이 아침 행사를 며칠 안 한다고 내가 망하지는 않을 것이다. 어쩌면 한두 달 안 해도 괜찮을지 모르겠다. 하지만 반년 혹은 1년을 공부하지 않거나 무시하면 점점 투자 세계에서 밀려나고 판단이 흐려지고 순식간에 후퇴하거나 어느 날 갑자기 몰락할 수 있다. 책상에 다리를 올리고 늘어진 자세로 있거나 책상 밑에 누워 있는 개에게 발가락을 빨리고 있어도 아침 수업은 매일 이루어지고 있다.

아내 말이 맞다. 내가 일을 계속하긴 하고 있었다.

가난은 생각보다 훨씬 더 잔인하다

　현대인들은 삶의 가치를 부의 축적보다 중요시 여긴다. 나 역시 삶의 가치가 부의 축적보다 중요하다고 생각한다. 그러나 이 말을 하는 사람들의 진의는 항상 검증을 받아야 한다. 사람들이 이런 말을 하는 것은 대개 다음 세 가지 이유에서다. 첫째, 무엇이 삶의 가치인가에 대한 기준이 모호하다. 둘째, 가난이 얼마나 무서운지 모른다. 셋째, 자신이 부자가 되리라는 자신이 없다.

　많은 사람이 돈보다는 자유를 원한다고 말한다. 삶의 가치를 유지하기 위해 자유가 필요하기 때문이다. 하지만 현대 경제사회의 틀 안에서는 자유를 얻으려면 막대한 돈이 필요하다. 안정된 직장으로는 부족하다. 사업체는 수시로 변하고 어떤 대기업도 5년 앞을 내다보지 못한다. 삶의 가치를 유지한다는 것은 지금 이 순간뿐만 아니라 내 인생 전체에 걸쳐 이뤄져야 한다. 그러므로 현재를 활용해 내 남은 미래 전체에 자원을 분배해야 하는 책임이 나에게 있다.

또한 나는 부족함이 없고 검소함에 만족해도 부모, 배우자, 자식의 삶의 가치는 다를 수 있다. 내 삶의 가치를 다른 가족에게 강요해서는 안 된다. 그들의 삶의 가치는 풍요와 쇼핑과 좋은 음식에서 올 수도 있다. 부양의 책임이 있다면 이런 가족의 욕구 또한 무시해서는 안 된다.

가난을 겪어보지 않은 사람은 가난이 얼마나 무서운지 짐작도 못한다. 마음의 가난은 명상과 독서로 보충할 수 있지만 경제적 가난은 모든 선한 의지를 거두어가고 마지막 한 방울 남은 자존감마저 앗아간다. 빈곤은 예의도 품위도 없다. 음식을 굶을 정도가 되거나 거처가 사라지면 인간의 존엄을 지킬 방법이 없다. 빚을 지는 일이라도 생기면 하루는 한 달처럼 길고 한 달은 하루처럼 짧아진다. 매일매일 배는 고픈데 빚 갚는 날은 매달 날아오기 때문이다.

또한 가난은 가족의 근간을 해체시킬 수 있다. 가난이 길어지면 오히려 탐욕이 생기며 울분이 쌓이고 몸에 화가 생기며 건강을 해치게 된다. 삶이 어려워진 사람은 마음의 여유와 평정을 유지하기가 힘들다. 객관적인 시각을 갖기 힘들고 쉽게 상처를 받고 불평과 원망이 늘어나면서 인간관계가 부서진다. "가난은 낭만이나 겸손함이라는 단어로 덮어놓기엔 너무나도 무서운 일이다. 가난하게 태어난 건 죄가 아니지만 가난하게 죽는 것은 나의 잘못이다"라고 빌 게이츠는 말했다.

부자가 되는 방법의 시작은 자신이 부자가 될 수 있다고 믿는 것이다. 어떤 부자를 경멸할 수는 있어도 부를 경멸해서는 안 된다. 물론 자신이 부자가 될 수 있다고 믿는다고 반드시 부자가 되는 것은 아니다. 그러나 나는 부자가 될 수 없다고 생각하는 사람은 절대 부자가 될 수 없고, 부자가 될 수 있다고 믿는 사람 중에서 부자가 나온다고 믿는다.

그 믿음이 실행하게 하고 고민하게 하고 도전하게 만들어주며 길을 만들기 때문이다. 실행해야 하니 저축하게 되고 고민하다 보면 공부하게 되고 도전하려다 보니 누구보다 열심히 일하게 된다. 사실 천만장자, 억만장자 같은 부자는 노력만 가지고는 안 된다. 타고난 재주와 시대적 환경, 그리고 운이 함께할 때 생기는 일이다. 그러나 백만장자까지는 누구나 노력으로 갈 수 있다. 성실하고 절제하고 끊임없이 노력하면 빠르면 40대, 늦어도 50대엔 백만장자로 살 수 있다. 가난이 생각보다 잔인하듯이 부자의 삶은 생각보다 훨씬 행복하다.

금융 공황 발생에 따른
세 가지 인간상

상승장(bull market)이 계속 이어지다 보면 뒤늦게 탐욕에 가담하는 사람들이 몰려들면서 시장의 실제 가치와 상관없이 주식이 계속 오른다. '묻지마 구매 시장'인 오버슈팅(overshooting)이 일어난다. 그러나 상황이 지속되다 보면 반드시 거품이 빠지는 폭락장이 형성된다. 이 시기는 반드시 온다. 그저 자연의 원리다.

단지 언제인지 모를 뿐이다. 잎새가 떨어지고 가을이 지나면 겨울이 온다는 것은 알지만 아무도 이번 겨울은 오지 않을 거라고 생각하는 것과 같다. 그러나 어느 날 갑자기 아무런 예고 없이 폭설이 쏟아지듯 동시에 투매하는 언더슈팅(under shooting)이 일어나면서 주가가 큰 폭으로 하락하고 베어마켓(약세장)으로 접어들게 된다.

대개 이런 대규모 폭락장은 10여 년 만에 한 번 꼴로 찾아온다. 그런데 막상 발생하고 나서야 왜 이런 일이 일어났는지 설명하는 수많은 전문가가 나타나는 걸 보면 그 구체적 원인은 아무도 모르는 듯하다. 이런 폭락장에는 흔히 세 부류의 사람이 있다. 첫째는 이 피해를 고스란히 당하는 사람들이다. 이런 사태는 금융시장에 투자한 사람들에게나 영향을 주는 것 같지만 실제로는 평범한 삶을 유지하는 많은 사람이 직접적인 피해자가 된다. 주식 한 장 투자한 적 없어도 여전히 영향을 받는다.

금융자산은 모두 사업체와 연결되어 있고 주가폭락은 회사의 사업을 축소시킨다. 실업률이 증가하고 실물경제는 빠르게 식어버리며 모든 사람의 소득이 줄어든다. 소득의 축소는 부동산 침체로 이어지고 부동산 하락으로 융자가 회수되거나, 빚을 진 사람들은 채무 독촉을 받게 된다. 주식은 자기들끼리 오르다 떨어졌는데 피해는 내가 당하는 것이다. 이유는 단 하나다. 빚이 있기 때문이다. 빚이 있기 때문에 다른 사람들의 자산 변동이 내 자산에까지 변동을 주고 그 영향에 고스란히 노출된 것이다.

두 번째 부류는 이런 폭락장에 전혀 영향을 받지 않는 사람들이다. 물론 이들은 빚도 없고 직업도 안정적이다. 이들에게 폭락장 뉴스는 언제나 불경기라고 아우성치는 어떤 부류들이 조금 더 시끄럽게 떠드는 소리로 들릴 뿐이다. 어차피 실제 폭락의 영향도 빠르면 1년, 늦으면 몇 년 안에 모두 해결돼 언제 그랬냐는 듯 다시 상승장이 이어질 테니 신경 쓸 이유조차 없는 사람들이다. 이들이 이렇게 태평한 것은 빚이 없기 때문이다.

세 번째 부류가 특이하다. 세 번째 부류는 이런 사태에서도 이익을 보는 자산가들이다. 이들은 이런 사태를 몇 년 치의 자산을 한 번에 벌 수 있는 기회로 본다. 이런 폭락장에는 거대한 부의 이동이 이뤄진다. 하지만 이런 대이동은 물이 아래에서 위로 흐르지 않듯 가난한 자들의 돈이 부자에게로 흐르고 부자는 더 부자가 되는 이동이다.

하지만 부자라고 모두 이 혜택을 보는 것은 아니다. 사람들이 절망하고 공포에 떨며 모든 재산을 던져버릴 때 어둠 속으로 걸어 들어가는 사람들이 있다. 이들은 리스크가 가장 커져서 아무도 사지 않아 내던져버린 자산의 상태가 오히려 가장 리스크가 작은 상태인 것을 알아차리고 실제 행동에 옮기는 사람들이다. 이때는 경기에 대한 가장 극단적인 이야기로 가득 찬다. 그럼에도 이들은 투자를 멈추지 않는다. 산업과 경제에 대한 근본 가치를 믿는다. 세상이 결국 전진할 것임을 믿는 낙관주의자들이다. 이들의 야망은 매번 성공해왔다. 그러나 이들의 성공이 수백 년간 이어졌음에도 막상 그때가 오면 모두 고개를 숙이고 숨어버린다. 상황이 정리되고 고개를 들었을 때 낙관주의 자산가들은 이미 더 높은 집을 지어놓았다. 그것이 신이 세상을 이끄는 방식이다.

살아 보니 산에서 돌이 굴러 내려오면 돌에 맞아 죽은 사람도 있고 피하는 사람도 있고 돌을 내다 파는 사람도 있었다. 가장 큰 부의 이동은 매번 이런 식이었다.

내가 청년으로 다시 돌아가
부자가 되려 한다면

우리 부모 세대에는 저축이 가장 좋은 투자였다. 집집마다 통장도 여러 개 있었고 적금을 붓지 않는 집이 없었다. 1971년 7월 당시 한국 신탁은행 광고에 나온 이자율은 25.2%다. 80년대에도 이런 이자율이 지속되다가 1991년 금리 자유화가 이뤄지면서 10%대로 떨어졌다. 한국 예금은행의 최고 이자율 기록은 연 30%(1965년 9월)까지 오르기도 했다.

만약 1971년도에 100만 원을 복리로 저축해서 지금까지 가지고 있었다면 무려 2,600억 원이다. 저축할 만했다. 그래서 어르신들 중에는 지금까지도 저축이 최고인지 아는 분이 많다. 사회생활을 처음 시작해서 급여가 생기기 시작하면 청년들도 제일 먼저 적금을 넣거나 은행에 저축을 하는 것으로 금융 투자를 시작한다. 관성이다.

그러나 이제는 저축을 통해 부자가 되는 것은 더 이상 불가능하다. 불가능한 것을 넘어서 사실 손실이 나고 있다. 2% 정도의 물가상승률과 이자과세 15.4%를 떼고 나면 사실 원금이 줄어드는 것이다. 은행이 현재 1.75%의 이자를 지불하고 있기 때문이다. 저축을 하는 순간 돈은 사라지기 시작한다.

적금도 별반 차이가 없다. 간혹 5%대의 이자율로 현혹하지만 적은 금액으로 한정하거나 초반 몇 달만 혜택을 주는 식으로 대부분 미끼 상품이다. 저축으로는 결코 부자가 될 수 없다. 그러나 저축은 여전히 부자가 되는 첫걸음이다. 부자가 되기 위해서는 종잣돈이 필요하고 이 종잣돈을 모을 때까지는 은행을 이용해야 한다. 아주 영리하게 저축은행이나 새마을금고를 이용하면 3% 이상의 상품을 찾아낼 수 있다. 물론 은행도 망할 수 있으니 원금 보장이 되는 5,000만 원 내에서 예적금을 들어야 한다.

재산은 '자본 × 투자이익률 × 기간'의 합계다. 즉, 얼마의 돈으로 얼마의 이익률로 얼마나 오랫동안 돈을 모아왔느냐에 달려 있다. 10억 원의 재산을 모으고 싶다면 첫 종잣돈 1억 원을 10%의 이익으로 25년 동안 꾸준히 복리로 모으면 된다. 내 나이가 서른이라면 55세에 나는 부자가 되는 것이다.

만약 지금 서른에 45세에는 부자가 되겠다고 목표를 세웠다면 연간 16.5%의 이익을 복리로 낼 수 있어야 한다. 현재 스물다섯 살이라면 5,000만 원으로 16.5%의 이익을 45세까지 낼 때 10억 원 자산가가 된다. 일찍 시작할수록 훨씬 유리하다. 스물다섯 살에 5,000만 원이라는 종잣돈을 마련하기가 쉽지 않겠지만 16% 이상의 이익을 15년 이상 내는 것 또한 결코 쉬운 일이 아니다.

내가 만약 지금 스물다섯 살 직장인 청년이고 지금의 내 모든 경험과 지식을 이용할 수 있다고 가정하면 나는 은행에 저축을 해서 종잣돈을 마련하는 일은 하지 않을 것이다. 차라리 매달 급여에서 50만 원 정도의 돈을 빼서 한국에서 제일 큰 회사의 주식을 사겠다. 가격이 오르내리는 것은 상관없다. 매달 같은 날 50만 원씩 주식을 사 모을 것이다.

여기에 대한 나의 관점이 최근 조금 바뀌었다. 투자하

기에 의미 있는 액수의 금액 (예를 들면, 20대는 3,000만 원, 30대면 1억 정도, 40대는 1억 이상)을 모으는 데까지는 저축이나 적금을 통해 종잣돈을 만드는 것도 괜찮다는 생각으로 바뀌었다.

안전 자산을 확보하는 과정에서 한 인간의 노력과 품성이 만들어지며, 앞으로의 재산 관리에 많은 영향을 주기에 일단 모으는 과정 자체가 중요한 행위이기 때문이다.

가장 큰 회사라면 현재로는 삼성이다. 그러나 삼성의 시가총액을 넘어가는 회사가 생긴다면 그 회사로 갈아타고 계속 같은 투자를 진행할 것이다. 만약 15년 전인 2005년 당시로 돌아가 매달 50만 원어치 삼성전자 주식을 샀더라면 지금의 총액은 약 5억 원의 가치를 지닌 상태일 것이다. 하지만 그 돈으로 은행 적금을 들었다면 겨우 1억 원이 조금 넘는다. 그 상태로 10억 원의 자산가가 되려면 죽기 전엔 불가능할지도 모른다. 95세까지 적금을 부어야 하기 때문이다. 그런데 현재 5억 원 상당의 삼성 주식을 가지고 있다면 불과 몇 년 안에 10억 원이 될 가능성이 높고, 더구나 배당도 나오기 때문에 더 이상 50

만 원을 매달 투자하지 않아도 될 것이다.

　　이것이 아직 젊은 나이에도 안정적인 직장 생활을 하면서 얼마든지 백만장자가 될 수 있는 방법이다. 하루라도 빨리 시작하면 된다. 공식에서 가장 중요한 변수가 투자 기간이기 때문이다. 백만장자 되기가 생각보다 그리 어렵지 않다. 다시 반복해서 말하지만 부자는 천천히 되는 길이 가장 빠른 길이다.

지혜는 기초학문으로부터
시작된다

투자는 지식과 지혜가 합쳐져야 성공한다. 지혜가 없는 지식은 오만해지고 지식이 없는 지혜는 허공만 안게 된다. 지식은 어떤 대상이나 상황에 대한 명확한 인식이나 이해를 말하고, 지혜는 어떤 현상이나 사물에 대한 이치를 깨닫는 일이다. 어떤 분야든 대가가 된 사람들은 모두 지혜와 지식 수준이 남다르다. 그가 음악가든, 운동선수든, 예술가든 그들의 생각을 들어보면 모두 어떤 경지에 이른 자신만의 철학이 있다.

흥미로운 것은 어느 분야를 통해서도 최고 수준에 다다르면 비슷한 철학적 관점을 지니게 된다는 것이다. 아무리 큰 산이라도 오를 때는 사방에서 다가갈 수 있지만 봉우리에 다다르면 거의 비슷한 곳에 모이기 마련이다. 그래서 성공한 대가들은 대부분 비슷한 철학자가 되어 있는 것을 볼 수 있다.

투자 대가들의 주주서신이나 그들의 책을 읽어보면 한 권의 철학서를 보는 것 같다. 주가 변동성이나 국채 이자율 추이에 대해 설명하지만 실상은 인간의 욕망과 좌절을 이해시키기 위해 숫자로 설명할 뿐이다.

젊은 청년이 세상의 가장 고결한 진리를 얻기 위해 사물의 이치를 배우고자 한다면 가장 먼저 해야 할 일은 역시 공부다. 그의 나이 35세에 바이샤카월의 만월의 밤에 대각(人覺)을 하고 부처가 되신 싯타르타도 보리수나무 밑에서 계속 묵상만 하신 게 아니다. 처음엔 바라문 고행자를 선생으로 모시고 단식과 결가부좌를 유지하는 등 온갖 고행을 했고 브라만교의 행자(行者)에게서 요가도 배웠다. 결국 왕국을 물려받을 생각이 없다는 것을 알게 된 석가의 아버지는 다섯 명의 선생을 보내 아들을 6년 동안이나 개인교습을 시켰다. 대학교수 다섯 명에게 집중 과외를 받으셨던 것이다.

예수님의 산상 수훈 설교는 예수의 가르침 중 으뜸으로 알려져 있다. 1947년 이스라엘과 요르단 사이의 사해 근처의 쿰란 동굴에서 유대교의 한 종파인 에세네파의 고문서가 발견됐다. 유대지파 중에서 에세네파는 금욕주의, 의로움, 경건함을 중시하는 지파였다. 당시 집권 세력이었던 사두개파와 바리새파의 박해를 피해 이런 기록들을 동굴에 숨겨놓았던 것이다. 오래된 이 문서에는 예수님의 산상수훈의 설교가 담겨 있다. 그 외에도 초대 교회의 용어와 조직에 에세네파의 흔적이 많이 남아 있다. 이 기록물들이 예수님이 태어나시기 150년 전에 만들어진 것으로 보아 예수님이 에세네파의 교육을 받았다는 것을 짐작할 수 있다. 예수님은 혼자 목공일을 하면서 독학을 하신 것이 아니었다.

신의 경지로 간 분들도 공부를 하는데 우리는 말할 것도 없다. 학문은 우리가 지혜를 얻는 데 필요한 그릇과 같다. 지혜라는 성수를 담아 오려면 그릇을 가지고 가야 한다. 영어와 수학 같은 학문이 지혜를 얻는 데 무슨 도움이 되냐 물을 수 있지만, 다른 언어를 하나 배우는 것은 다른 문화를 통째로 내 안에 가져오는 것이다. 수학을 배우는 것은 인간 사회의 가치 체계를 누구나 인정할 수 있는 형태로 이해하게 해준다.

기초학문을 배우는 것은 지루하고 괴로운 일이다. 무조건 외워야 하는 경우가 많기 때문이다. 그러나 이런 무조건적인 암기를 건너뛰고는 지혜를 얻을 방법이 없다. 모든 지혜는 언어와 문자로 표현하고 설명해야 하기 때문이다. 투자의 대가가 되기 위해서는 언어와 수학을 누구보다도 잘해야 한다. 그래야 세상과 사업을 해석할 수 있기 때문이다.

이렇게 오랜 성공과 실패를 경험하다 보면 지극히 세속적인 투자 세계에서도 나만의 철학이 탄생한다. 나는 그것이 무엇이든 한 분야의 대가가 된 사람들을 철학자라 생각한다. 위대한 철학자는 생각의 각성에서만 출현하는 것이 아니라 지독하고 지루한 공부와 몸의 움직임 끝에서 탄생한다고 믿는다.

부자가 되기 위해
우선 당장 할 수 있는 일 한 가지

"브라질에 있는 나비의 날갯짓이 대기에 영향을 주고 시간이 지나 증폭되어 미국 텍사스에 토네이도를 발생시킬 수도 있는가?"(Does the flap of a butterfly's wings in Brazil set off a tornado in Texas?)

미국 기상학자 에드워드 노턴 로렌즈(Edward Norton Lorenz)가 1961년도에 기상 관측을 하다가 생긴 의문이 훗날 물리학에서 말하는 카오스 이론의 토대가 되었다. 지구상의 어디에서 발생한 작은 움직임이 토네이도의 시발점이 될 수도 있다는 뜻이다. 이를 나비효과라고 말한다. 지금부터 내가 말하는 것이 독자 여러분의 인생에 나비효과가 될 수 있기를 바란다.

이 글을 읽는 것을 마치면 자리에서 일어나 포스트잇과 필기구를 챙기고 장갑을 낀 후 집 안에서 가장 큰 이불을 가져다가 거실 바닥에 펼쳐 놓자. 먼지가 날 수도 있으니 창문은 열어놓는다. 그리고 이불의 정중앙에 서서 집 안의 사방을 향해 인사를 한 번씩 한다. 입으로 조용히 소리 내어 "집 안에 있는 물건 여러분 안녕하십니까? 오늘 여러분들을 모시고 정리정돈하는 시간을 갖겠습니다"라고 말한다.

인사를 마치면 집 안의 서랍에 있는 모든 물건을 이불 위에 꺼내놓는다. 단, 쏟아부으면 안 된다. 하나씩 달걀 다루듯 이불 위에 차근차근 올려놓는다. 이렇게 꺼내놓고 보면 알게 된다. 얼마나 쓸데없이 많은 물건을 모아왔는지, 한 번도 쓰지 않은 물건이 이렇게나 많은지, 그리고 얼마나 이유 없이 서로 섞여 있었는지 알게 된다.

부끄러울 것이다. 그리고 부끄러워해야 한다. 이제 무릎을 꿇고 앉아 (사죄와 존중을 담아) 물건 하나를 집어 들고 이 물건이 나를 설레게 하는지 느껴본다. 설렘을 무엇으로 표현해야 정확할지는 모르지만 애정이 느껴지고 여전히 간직하고 싶은지 마음에 묻는 거다. 이는 일본의 정리정돈의 여왕 곤도 마리에가 반드시 권하는 방법이다.

여전히 설레는 물건은 오른쪽에 둔다. 그러나 설레지 않는 물건들은 "그동안 고마웠어" 혹은 "사용하지 않고 버려둬서 미안해"라고 말하고 "안녕! 잘가"라고 인사한 후 왼쪽에 모아둔다. 아무리 사소하고 하찮은 물건이라도 같은 방식으로 인사를 마치고 분류해놓는다. 분류를 마친 후, 왼쪽에 있는 물건들 중에 아직 쓸 만한 것들은 기부하거나 팔고, 버릴 것들은 버린다. 이제 오른쪽에 있는 물건들을 그냥 그대로 서랍에 넣지 말고 종류별로 분류해서 한 서랍에 한 종류씩 넣어준다.

뜻하지 않게 각기 다른 서랍에서 다른 종족과 낯설게 지내던 물건들에게 가족과 친지를 찾아주는 일이다. 자리를 잡은 서랍에는 포스트잇으로 가족의 이름을 임시로 적어놓는다. 마사지 및 운동용품, 슬리퍼, 문구류, 리모콘, 소형 전자제품 같은 가족의 이름을 만들어 붙여준다. 물건의 정리가 다 끝나면 사무실에서 쓰는 전문 레이블 기계로 서랍마다 해당 이름을 작고 정갈하게 인쇄해서 예쁘게 붙여놓는다. 너무 크면 오히려 보기 흉하다. 일이 다 끝나면 이불을 정리해서 다시 넣고 차 한잔하며 반성의 시간을 갖는다.

이렇게 정리해보면 우리가 얼마나 세상의 물건을 함부로 대했는지 알게 된다. 알지도, 원하지도, 필요하지도 않은 물건들이 끝도 없이 나올 것이다. 얼마나 많은 물건을 쓸데없이 사왔는지 부끄러워진다. 또 어차피 쓰지도 않을 물건들을 얼마나 많이 가지고 있었는지도 알게 된다. 몸에만 때가 있는 것이 아니다. 이것은 삶의 때다. 이 때를 벗겨내지 않으면 올바른 부는 나를 찾아왔다가도 다시 돌아가버린다.

팔꿈치와 목 뒤에 때가 낀 남자와 연애하고 싶은 여자는 없다. 이 작은 행동이 나비효과처럼 물건을 대하는 태도를 바꾸고 세상을 보는 눈을 바꾸며 돈을 제대로 사용할 줄 아는 사람으로 변하게 할 수 있다. 함부로 물건을 사는 일이 줄어들 것이고 사온 물건들은 제 집에 제대로 자리 잡게 되며 어떤 물건을 찾느라고 이리저리 시간을 쓰거나 못 찾아서 다시 사는 일도 없어진다. 씀씀이가 올발라지고 사람이 달라지며 가족 간에 다투고 싸우는 일도 줄어든다.

이렇게 정리를 하고 나면 부엌이나 옷장이나 차고나 화장실도 치우고 싶어질 것이다. 지갑이나 차 트렁크, 컴퓨터 파일도 동일한 방법으로 정리하길 바란다. 그러면 평생 존중받는 부자로 살 준비가 다 된 것이다. 이제 때만 기다리면 된다.

앞으로 주식이 오를 것 같습니까?

　나에게도 이런 질문을 하는 지인들이 있다. 나는 보통 이런 질문에 답을 하지 않는다. 2020년 3월부터 주식이 떨어지자 뒤늦게 주식에 투자한 지인들이 걱정스런 말투로 여기저기 묻고 다니다가 나에게까지 질문이 들어온다. 사업을 하고 있으니 내 판단이 더 권위가 있을 것이라고 생각하기 때문이다. 더 사야 되나 팔아야 되나 걱정이 많다. 이런 질문에 대답을 하지 않는 이유는 간단하다.

　사실 나름의 답을 갖고 있긴 해도 질문자에게 이 답이 유효하지 않기 때문이다. 폭락한 주식이 언제 오를지는 아무도 모른다. 아무리 유명하고 아무리 대단한 투자 기록을 갖고 있고 한 국가의 지도자라도 그건 모른다. 차트에 따라 기술적 투자를 하는 사람이나 과거의 예를 들어 자신 있게 예측하는 사람이야 수없이 많지만, 맞으면 영웅이 되고 틀려도 범죄가

145

아닌 것이 금융시장이다. 그 일로 고소를 당할 이유도 없다.

또한 나는 시장이 어떻게 될지 알고 있던 터라 거기에 맞춰 이미 투자를 진행하고 있었다. 물론 나도 이 시장이 다음 달 혹은 내년에 어떻게 될지는 모른다. 그리고 그건 내 관심사도 아니다. 하지만 내년 혹은 5년 후에는 어떻게 되어 있을지 너무나 잘 알고 있다.

이제 여러분도 답을 알 것 같지 않은가? 시간을 더 늘려 보자. 10년 후에는 어떨 것 같은가? 그 정도라면 누구라도 답을 알고 있을 것이다. 묻는다는 것은 어리석은 일이다. 다들 답을 알고 있기 때문이다. 아는 답에 맞춰 정답을 쓰면 되는데 너무 조급하기에 알 수 없는 문제를 안고 고민하는 것이다.

10년을 기다릴 수도 있는 자본만으로 투자를 하면서 폭락장에서 더 폭락할까 봐 겁을 내는 것은 이치에 맞지 않다. 폭락이 거듭되면 주식의 가격은 회사의 본질적인 가치 밑으로 내려간다. 리스크가 사라진 정도가 아니라 그 자체가 이익 분기점을 넘어선다. 여기서부터는 시장 고수들과 자본가들이 참여한다. 이들은 주식의 본질적 가치를 계산하므로 명품을 줍는 기분으로 사 모은다. 일반인들이 주식이 더 떨어질까 봐 망설이는 사이 바겐세일은 끝나버린다. 불과 며칠 전까지만 해도 웃돈을 붙여 팔던 명품들이 며칠 만에 20~30% 전품목 세일에 들어가면 당연히 사지 않을까? 더구나 이 상품은 소비재가 아니라서 나중에 다시 웃돈을 받고 팔 수도 있고 중간에 배당도 주는 제품이라면 당연히 순식간에 팔려버린다. 누군가에게는 블랙먼데이가 누군가에는 블랙프라이데이다.

이런 질문을 하는 사람은 두 가지 허점을 갖고 있다. 하나는 빨리 수입을 만들어야 하는 경우이며 다른 하나는 내가 사고 싶은 걸 산 게 아니라 남이 사는 것을 따라 산 경우다. 내 돈도 품질이 좋지 않고, 구매한 상품도 믿지 못하니 결국 자신을 믿지 못해 이익을 만들지 못한다. 이런 버릇을 고치지 않는 한 평생 자본이익을 가질 수 없음을 반드시 기억해야 한다.

따라서 투자를 하는 사람은 예측을 하고 그 예측이 맞아야 수익이 나는 상태에 자신을 놓아두면 안 된다. 시장 상황이 더 악화돼도 대응할 수 있는 상황 안에서 투자를 해야 한다. 이것이 투자의 정석이다.

현재 임차료를 내는 사람들의
숨은 가치

내가 어떤 업종의 비즈니스를 하든 상관이 없다. 만약 현재 임차료를 건물주에게 내고 있는 사람이라면 그 사람은 해당 건물을 소유할 능력을 최고로 많이 가진 사람이다. 현재의 건물주도 그 건물에서 스스로 임대료를 만들지 못하니까 그 건물 안에 들어와서 사업을 통해 임차료를 내줄 사람을 구한 것이다. 즉, 만약 여러분이 임차료를 밀리지 않고 낼 사업체를 현재 운영 중이라면 그 빌딩을 소유할 능력과 힘이 있다는 것이다.

매장, 공장, 사무실과 같은 사업장을 갖고 수입을 발생시켜 임차료를 내고 있는 모든 사업자는 자신의 사업에서 두 가지 수익이 발생한다는 것을 알아야 한다. 그중 첫째는 당연히 사업 자체가 벌어들이는 수입이고 다른 하나는 고객이 들락거리면서 생긴 트래픽에서 발생한 부동산 가치 증가 수입이다.

만약 상권에 크게 영향을 받지 않고 맛집을 운영하거나 업체의 소비자 호응도가 높아 고객이 매장을 찾아오는 정도의 집객 능력을 가진 식당 경영자라면, 이 사람은 음식을 팔아 버는 돈보다 트래픽 증가에서 나오는 수입이 훨씬 더 클 수 있다. 이런 분들은 트래픽 증가에서 나오는 수익을 모두 건물주에게 빼앗긴다. 본인의 능력으로 건물과 상권의 고객 트래픽을 증가시켜 발생한 건물 가격 상승과 임대료 상승을 오히려 건물주에게 지불하는 것이다.

이런 사람들은 그 사업의 본질이 식당 경영이 아니다. 부동산 개발 업자다. 이런 사람들에게는 자신의 사업체 경영 능력을 통해 얼마든지 후미진 자리나 남이 망해서 나간 매장을 살릴 수 있는 능력이 있다. 어느 누구보다도 최고의 부동산 사업자가 될 수 있는 자격이 있는 경영자라는 것을 본인이 모르고 있을 뿐이다. 자신이 백조인데 여전히 오리인 줄 아는 것이다. 조물주 위에 건물주는 우리랑 다른 사람 같지만 그도 평생 모은 돈과 융자를 받아 겨우 건물을 사서 능력 있는 사업자(세입자) 덕에 월세로 융자금과 자기 생활을 하는 사람일 뿐이다.

부실한 사업체가 들어와 임차료를 밀리다가 결국 망하고 나가면 건물주도 숨통이 막힐 것이다. 조물주 위에 건물주라 하지만 건물주 위에 은행이 있기 때문이다.

빚을 이기는 사람은 이 세상에 아무도 없다. 그런데 당신은 임차료를 밀리지 않고 잘 내면서 그동안 사업을 운영해왔다. 만약 건물을 소유하게 되면 어느 누구보다도 은행 융자금을 잘 갚을 수 있는 힘이 있는 사람이다. 은행이 가장 좋아할 고객님이 바로 당신이다. 그러므로 스스로 건물 소유자가 되어 사업과 트래픽 증가 이익을 모두 챙겨야 한다. 트래픽 증가 이익이 음식을 팔아 번 돈보다 많을 수도 있다. 종잣돈을 마련하고 융자를 받아서 적당한 건물을 찾아 한 번만 성공하면 그것을 바탕으로 여러 채의 건물을 소유할 수 있다. 은행이 누구보다도 안심할 고객이다. 이것은 비단 맛집 식당뿐만이 아니라 학원 사업자, 사무실, 어린이집 등 모두에 해당된다.

우리가 알고 있는 대형 사업체들도 사실은 모두 부동산 이익을 동시에 취하는 형태를 가지고 있다. 맥도날드는 세계 최고의 식당 사업자이기도 하지만 동시에 세계에서 최고로 많은 부동산을 가진 부동산 사업자다. 거의 모든 대형 슈퍼마켓들도 다를 바 없고 어린이 공원이나 디즈니랜드, 호텔 같은 사업 역시 부동산 사업이다. 프랜차이즈도 부동산 사업이 될 수 있다. 개인 창업자보다 폐점률이 적은 프랜차이즈는 매장을 확보해서 점주에게 임대료를 받을 수 있다. 맥도날드가 그런 모델이다.

농장도 고객이 직접 사러 오게 만들 수 있으면 그 또한 부동산 사업이다. 생산, 제조, 판매를 동시에 하는 농장이라면 부동산 사업자다. 이를 다른 말로는 6차 산업이라고도 한다. 꽃집도 부동산 사업체일 수 있다. 나는 서울 시내에 계속 꽃매장을 열고 있는데 이 중에 몇몇은 건물을 사서 들어갔다. 시장에 나와 있는 매물이 우리가 들어가서 현재 시장 임차료를 낼 수 있는 정도라면 사서 들어간다. 우리가 발생시키는 트래픽 자산을 상가 건물주에게 빼앗길 이유가 없기 때문이다.

이런 유능한 사업자들이 아직 건물주가 아닌 이유는 아주 황당하다. 일단 한 번도 생각해보지 않아서다. 건물을 사려면 많은 돈이 필요하다고 생각한다. '매장 하나 차릴 때도 근근이 차렸는데 어찌 감히' 하고 미리 겁먹는다. 그러나 이는 사실과 많이 다르다. 당신만큼 능력이 없는 건물주도 건물을 가진 것을 보면 이상하다는 생각이 들지 않는가?

인근 부동산을 다녀보며 매물을 들여다보고 은행을 찾

아다니고 종잣돈을 마련하는 행동을 하다 보면 방법이 보인다. 생각처럼 부동산을 사기 위해 많은 돈을 들이지 않는 방법이 수없이 존재한다. 현재 운영하는 사업체에 붓는 정성의 반정도만 부동산 공부에 쏟으면 매물과 기회를 잡을 수 있다. 부동산은 그 자체로 임대료를 통한 일종의 투자 배당금을 만들 수 있는 제품이므로 레버리지를 강하게 쓸 수 있다. 생각보다 쉽다는 얘기다. 어렵지 않다는 것이 아니라 생각보다 쉽다는 것이다.

'임대료를 내는 사람이 건물주'라는 말을 사업을 운영하는 동안 절대로 잊지 않는다면 어느 날 건물주가 되어 있을 것이다. 만약 이를 잊으면 매년 올라간 임대료에 허덕이다 이리저리 매장을 옮겨가며 건물주 욕이나 하며 사는 신세가 될 것이다. 건물 하나만 내 것으로 잘 잡아 융자를 갚고 나면 그다음부턴 레버리지로 다른 건물들을 살 수 있다. 그만큼 특별한 투자 상품이니 욕망을 절대 포기하지 말길 바란다.

부동산에 투자하는 것이 좋을까?
주식이 좋을까?

지난 10년간 한국의 부동산지수와 주가지수를 비교해 보면 그다지 의미 있는 차이를 느끼지 못한다. 물론 이를 20년 전으로 되돌리면 주식시장이 더 좋은 결과를 얻은 것이 사실이나 부동산지수는 주식 배당에 해당되는 임대료를 산정하지 않기에 무엇이 더 좋다고 단정 짓기 어렵다. 흔히 우리는 부동산 투자자와 주식 투자자를 각기 다른 투자자로 이해하지만 그런 분류 방법이 옳지는 않다. 부동산에 투자하는 사람은 보수적 안정성을 좋아하고 주식에 투자하는 사람은 공격적 고성장을 추종하는 것으로 생각한다.

하지만 부동산 시장에도 임대 수익 기준으로 부동산을 매매하는 시장이 있고 개발을 통해 수익을 만드는 시장도 있다. 임대료 중심으로 부동산에 투자하는 사람은 주식시장에서 배당우량주에 투자하는 사람과 같은 성향이고, 부동산 개발 사업에 투자하는 사람은 주식시장에서 유망 테마주에 투자하는 사람과 같은 성향이다. 즉 투자 시장의 구분으로 투자자 성향을 나누는 것이 아니라 투자 스타일에 따라 나눠야 한다.

주식 배당을 받는 것은 월세를 받는 것과 같다. 월세를 목적으로 하는 건물주가 건물 가격을 매달 확인할 이유는 없다. 배당을 받는 주식 투자자도 배당에 관심이 더 많아 주가 변동에 그다지 민감하지 않다. 이런 사람들은 건물 가격이 올해 오르지 않았다거나 주식이 오르지 않았다고 조바심 낼 일이 없다. 건물 가격은 임대료 갱신 때나 오르는 것이고 주가는 실적이 좋아지면 오르는 것이라 생각하기 때문이다. 그래서 이들은 동일한 성향을 가진 투자자다. 이런 사람들에게 주식이 더 좋은 투자처인지 건물이 더 좋은 투자처인지 묻는다면 배당이나 월세를 비교해서 많이 받는 곳이 좋다고 말할 것이다.

주식에 투자하는 사람들도 크게 두 부류로 나뉜다. 이 두 부류는 사실 전혀 다른 투자자들이다. 회사의 내재가치를 찾아내고 상대적으로 저평가된 회사의 주식을 사서 회사가 성장하기를 기다리는 장기적 투자 관점을 가진 투자자가 있는 반면, 인간 군중의 투자 심리에 따른 기술적 반등과 저항을 따라 매매하는 트레이더들이 있다.

같은 회사의 주식을 사고팔아도 한 사람은 회사와 동업을 하는 경우고 한 사람은 앞의 사람에게 사서 뒷사람에 파는 유통 거래자다. 기술적 투자를 하는 사람은 좋은 트레이딩 시스템과 거래량에만 집중하면 되니 어느 회사인지 혹은 회사의 장래에 대해선 관심이 있을 수 없다. 그래서 주식 입문 초보자들이 주변에 "지금 팔아야 되나요?", "지금 사도 될까요?"와 같이 주식에 대한 질문을 해도 서로 다른 답을 할 수밖에 없는 것이다. 물어보는 사람도 자신이 트레이더(Trader)인지 인베스터(Investor)인지를 알아야 하고, 대답하는 사람도 질문자가 트레이더인지 투자자인지 알고 대답해야 한다.

질문하는 행위는 바람직한 일이다. 공부를 잘한다고 반드시 성공하지는 않지만 질문하는 사람은 성공할 확률이 높다. 그러나 투자의 세계에서는 예외다. 투자는 직접적으로 돈과 연결되어 있기 때문에 그 말 한마디에 따른 결정 하나가 실제 수익과 깊은 연관이 있다. 가장 큰 문제는 답하는 사람이 답을 아는 경우가 없다는 것이다. 은행 직원, 증권회사 직원, 회계사, 전업 투자가, 심지어는 이미 알려진 유명 펀드매니저

들조차 사실은 알지 못한다. 전망과 소문을 전달할 뿐이다. 신문이나 TV에 자주 보이는 고수외전, 필살기, 종목추천, 족집게, 투자 꿀팁, 상승예상 종목, 실전 투자법, 그래프 적중 투자, 매매 특강, 단타 정곡법, 기술적 분석 성공비법 등의 모든 유혹적인 말은 다 사기다.

이 사람들은 이것을 배워 스스로 주식에 투자하다 보니 결국 이것을 가르치는 것이 돈이 더 된다는 것을 알게 된 사람들이다. 또는 증권회사가 후원하는 프로그램에서 거래를 늘리려는 목적으로 고용된 사람들일 뿐이다. 거래 자체가 늘어야 증권사가 이익을 얻는 구조이기 때문이다. 통장을 까서 보여준다는 말로 우연한 성공을 자랑하거나 다단계 상급자들이 고급 차나 통장을 보여주는 것과 별반 차이가 없다. 원래 점잖은 투자자들은 투자 방식을 자랑하거나 통장을 까 보여주거나 남에게 투자를 권하지 않는다.

이 모든 행동은 실제 주변에 의도치 않은 피해자를 발생시킬 수 있고 조언을 듣고 성공해도 오래가지 못하고 조언을 듣고 실패하면 원망을 듣기 때문에 가족이나 친지에게조차 신중을 기할 수밖에 없다. 묻기 전에 물을 만한 자격을 갖춰야 하고 그 자격을 갖추기 위해 공부를 하다 보면 왜 물으면 안 되는지도 스스로 알게 된다. 그러면 부동산이 좋은지, 주식 투자가 좋은지라는 질문이 얼마나 부끄러운 질문인지 알게 된다.

이것이 부끄러운 질문이라는 것을 아는 순간, 당신은 투자할 기본 자격을 갖춘 것이다.

나의 독립기념일은 언제인가?

독립기념일, 광복절, 전승기념일 같은 국가 기념일은 모두 다른 나라로부터 빼앗겼던 주권의 회복을 기념하기 위한 것이다. 개인에게도 기념일이 있다. 인생을 살며 가장 중요한 기념일은 생일(생일은 태어난 날이므로 사실은 생일기념일)과 결혼기념일이다. 이는 마치 개천절과 정부수립기념일 같은 것이고 광복절과 독립기념일 같은 기념일이다. 한 인생으로서의 광복절은 부모로부터 독립해 혼자 살기 시작하는 날이고 재정 자립을 통해 경제적 자유를 취득한 날은 개인 독립기념일이다.

나에겐 6월 27일이 개인 독립기념일이다. 그날이 내 자본 소득이 근로 소득을 넘긴 날이었기 때문이다. 더 이상 일을 하지 않아도 되는 날의 시작일을 개인 독립기념일로 삼았다. 개인의 소득은 크게 두 가지다. 첫째는 자신의 노동이나 일을 통해 만들어내는 급여 수입이다. 직장인들이나 자영업자, 공무원, 전문직 종사자 혹은 경영자들도 모두 직접 일을 해야 수입이 생긴다. 자신의 근로 소득이 기본적으로 소득의 원천이다. 이들은 회사나 상사나 국민이나 고객, 소비자를 위해 일한다. 누군가를 위해 일을 한다는 것은 나에게 주어진 시간과 재능을 남에게 제공해 수입을 만드는 것이고, 만약 이를 제공받는 사람이 거절한다면 나의 수입은 사라져버린다. 나에게 결정권이 없으므로 주권이 없는 것이다.

그러므로 개인이 독립하려면 내 수입이 나의 노동이 아닌 다른 곳에서 나오게 만들어야 한다. 따라서 내가 벌어들인 모든 근로 수입을 아껴서 이 소득이 자산을 만들게 하는 것이 독립운동의 시작이다. 내가 아직 독립하지 않았다면 모든 소득은 자산을 만드는 데 사용해야 한다. 소득의 대부분을 자산이 아닌 소비재에 사용하는 사람들은 평생 독립을 이루지 못한다. 소득이 모여 자산을 이루고 자산이 다른 자산들을 낳고 키우며 그렇게 낳고 키운 자산의 규모가 내 노동 급여를 앞지르는 날이 바로 개인 독립기념일이다.

그날을 앞당기기 위해서는 5개년, 10개년, 20개년 자산 운용 정책을 만들고 투자를 진행하여 기필코 내 세대에서 이

가난의 꼬리를 끊어내겠다는 각오가 있어야 한다. 그날 이후
로는 내가 일을 하든 안 하든 모두 내 자유다. 은퇴를 해도 되
고 일을 해도 좋다. 무엇이든 할 수 있는 자유와 아무것도 하
지 않아도 되는 자유를 동시에 쟁취한 사람이기 때문이다. 자
기 결정권이 스스로에게 생겨난 날이다.

이제 독립을 이루고 나면 조금 사치해도 좋다. 해마다 이
날을 기념해서 가장 좋은 식당을 예약하고 여행을 계획해도
좋다. 나를 위해 꽃다발도 하나 산다. 생일은 내가 잘나서 태
어난 것도 아니니 낳고 기르신 부모님께 선물을 드리는 날
이다. 그러나 개인 독립기념일은 내가 잘나서 이룬 날이니 맘
껏 축하해도 좋다. 가족들도 개인 독립기념일이 당신 인생에
서 가장 중요한 기념일이 되도록 응원하고 그날을 알고 기억
하고 축하하게 하여 절대로 다시 가난해지지 않도록 상기하
고 올바른 부를 즐기도록 한다.

자녀들도 집안의 그런 문화를 통해 자신들도 성장해서
부모로부터 벗어나는 광복절과 독립기념일을 스스로 만들도
록 가르칠 수 있다. 나는 이 글을 읽는 여러분 모두가 개인 독
립기념일을 하루라도 빨리 갖길 바란다. 우리 회사 꽃 매장들

에 '독립기념일 자축'이라고 쓴 꽃바구니 주문이 하루에 수백 개씩 들어오는 날을 기다린다.

돈을 다루는 네 가지 능력

경제활동을 하는 모든 사람은 돈에 있어 네 가지 능력에 따라 자산이 늘어난다. 이 중에 하나만 갖고 있는 사람도 있고, 넷을 모두 갖고 있는 사람도 있다. 이 능력은 돈을 버는 능력, 모으는 능력, 유지하는 능력, 쓰는 능력으로 나뉜다. 돈을 버는 능력을 가진 사람을 부자라 부르지만 부자가 부를 유지하려면 이 네 가지 능력을 모두 갖추고 있어야 한다. 이 능력 중에 하나라도 있으면 부자가 될 수 있다. 그러나 부를 계속 유지할 수는 없다. 그리고 이 능력은 각기 다른 능력이다. 그러니 각기 다른 방식으로 배워야 한다.

돈을 버는 능력을 가진 사람들은 우리 눈에 쉽게 보인다. 이 능력은 밖으로 드러나 보이기 때문이다. 이 능력을 가진 사람은 대부분 진취적이고 사업에 능통하며 세일즈를 잘하는 유능한 사람이다. 낙천적이고 포기하지 않아 사업가들 중에 이런 사람이 많다. 전문직에 종사하며 성실하고 똑똑한 사람들도 이 능력이 있다. 특히 사업가들 중에는 이 능력만 유난히 뛰어난 사람이 많다.

하지만 이런 사람들은 상대적으로 다른 능력이 부족해 오히려 빚을 지거나 사기를 당하거나 부하직원들이 횡령을 해도 모를 정도로 벌어놓은 재산을 관리하는 데 미숙한 면이 많다. 이런 사람들이 가장 잘하는 말은 "밖에 나가서 버는 것만 하면 좋겠다"다. 회계적인 문제나 투자 세부 문제, 재무제표를 읽고 이해하는 것을 아주 힘들어하고 방관하기 일쑤다. 이런 사람들은 재산을 모은 후 뭉칫돈으로 날린다. 세금 보고를 허술히 하거나 복잡한 투자 지출 문제에 봉착하면 믿고 맡긴다는 듯한 호인의 태도를 취하지만 사실은 귀찮고 이해를 못하기 때문이다.

또한 많은 사람에게 돈을 어떻게 벌어야 하냐는 질문을 받지만 그 질문을 받는 당사자조차 자기가 많이 벌고 있다는 것을 인지 못 하는 경우도 많다. 항상 이것저것 내고 나면 아무것도 남은 것 같지 않아서 많은 돈을 벌면서도 버는 느낌이 들지 않기 때문이다.

돈을 모으는 능력은 돈을 버는 능력과는 또 다른 능력이다. 돈을 잘 번다고 돈을 잘 모으는 것은 아니다. 돈을 모으려면 자산의 균형을 맞추고 세밀한 지출 관리 능력이 있어야 하기 때문이다. 더불어 영수증 처리, 물품관리 같은 사소한 것부터 세율, 이자, 투자, 환율과 관련된 지식과 이해를 가져야 하고 재정분리, 지출관리에도 소홀함이 없어야 가능하다. 그뿐만 아니라 돈을 대하는 태도 자체가 올곧아야 한다.

작은 돈을 함부로 하면 안 되고 큰돈은 마땅히 보내야 할 곳에 보낼 수 있어야 한다. 작은 돈을 함부로 하면 주변이 그를 따라서 돈을 함부로 하고 마땅히 풀어야 할 때 큰돈을 풀지 않으면 주위에 사람이 떠난다.

사람이 떠날 때는 돈도 갖고 떠난다. 그래서 돈을 모으는 능력은 인품에 따라 차이가 난다. 단호함과 너그러움이 같이 있어야 한다. 돈을 벌어도 모을 줄 모르면 밑 빠진 독과 다를 바 없다. 아무리 많이 벌어도 구멍이 새고 있으면 언젠가 빈 항아리가 될 수밖에 없다.

돈을 유지하는 능력은 돈을 벌 줄 아는 사람이 돈을 모으는 능력을 얻은 후에, 모아놓은 재산을 지키기 위해 반드시 필요한 능력이다. 이 또한 버는 능력이나 모으는 능력과는 완전히 별개의 능력이다. 재산을 지키는 일은 가장 힘든 일 중에 하나다. 성을 공격하는 것보다 지키는 것이 더 힘든 것과 같은 이치다. 이때는 자산가라는 이유로 대우도 받고 이름도 알려져서 사치와 허영이 문 밖에 항상 대기하고 있다. 자신과 걸맞은 집, 차, 음식, 친구, 명품을 찾기 시작한다. 금융, 정치, 경제를 보는 눈도 일반인들과 다르다고 생각하기 시작하고, 더 이상 선생을 구하지 않고 스스로 선생이 되거나 어른 행세를 시작하기 좋은 때다.

자산이 허물어지는 것은 한순간이다. 집을 짓는 데는 3년이 걸려도 허무는 데는 하루면 끝이다. 자산을 가진 사람이 자산을 유지 못 하는 가장 큰 이유는 올바르게 투자돼 있어야 할 자산을 관리하지 못한 탓이다. 세상에서 투자는 가장 힘들다. 아무것도 하지 않는 것은 가장 나쁜 투자다. 그러니 아무것도 안 할 수도 없는 일이다. 투자는 열심히 하는 것으로 대신할 수 없는 분야다. 통찰과 거시적 안목이 함께해야 하고 들어감과 나옴의 기준이 있어야 한다. 순식간에 성벽이 무너져내릴 수 있기에 그렇다.

마지막으로 돈을 쓰는 능력은 고도의 정치기술과 같다. 검소하되 인색하면 안 된다. 나는 검소한 삶을 살아야 하지만 가족이나 주변에 강요하면 안 된다. 직원에게 강요해서도 안 된다. '부자인 나도 이렇게 아끼는데 너도 아껴야 하지 않겠어?'라는 말은 교훈이 아니다. 삶의 가치가 다를 뿐이다.

지출해야 할 것은 반드시 기일을 지켜 지출하고 늦거나 미루면 안 된다. 설령 그것이 부모님의 용돈이라 해도 정해진 날짜에 직원 급여 나가듯이 정확하게 나가야 한다. 그날 벌어 하루를 사는 사람들에게 일을 시키면 그날 바로 지불해줘야 한다. 그것이 청소든, 수리든, 배달이든, 심부름이든 그렇다. 그런 돈은 그날 바로 줘야 한다. 시간을 팔아 돈을 버는 사람들의 시간을 빼앗았으면 갚아줘야 한다. 미용실 약속을 하고 잊었거나 늦어서 일을 못 하게 만들었으면 머리 손질을 안 했어도 비용을 지불해줘야 한다. 미용사에겐 그 시간이 다시 돌아오지 않는 자산이기 때문이다. 변호사 친구에게 의견을 들었으면 밥값을 내줄 것이 아니라 상담료를 지불해야 한다. 그 변호사 친구도 밥값 정도는 충분히 낼 수 있기 때문이다. 지적 상담료가 비싼 이유는 그만한 가치를 하거나 그 지식을 배우기 위해 많은 시간을 들였기 때문이다. 식당에 예약을 했는데 못 가게 되면 미안해하지 않아도 된다. 그냥 돈을 보내주면 된다. 그것이 상식이다.

반대로 쓸데없이 위세나 허영심 때문에 밥값 내고 다니

지 마라. 돈 많으면 밥값은 당연히 내야 된다고 믿는 사람들과 어울릴 필요 없다. 그런 사람들에게 듣는 욕은 보약이다. 폼이나 명예는 그런 데서 나오는 것이 아니다. 남의 돈을 존중할 줄 아는 사람에겐 밥값 몇 번 더 내줘도 되지만 당연시 여기는 사람들까지 챙기면 내 돈이 나를 욕한다. 돈을 잘 쓰는 능력을 배우려면 욕도 먹을 줄 알아야 한다. 내 돈에게 욕먹는 것보단 낫다. 내 돈이 날 욕하면 떠날 수 있기 때문이다.

즉, 이 네 가지 능력이 각기 다른 능력임을 이해하고 각각 배우려고 노력해야 한다. 이 중에 하나라도 소홀히 하면 오래 부자로 잘살 수 없다. 잠깐 부자가 된 맛은 느낄 수 있을는지 모르지만 정말 그렇게 되면 오히려 그 비참함이 더 커진다. 한번 가져봤던 것을 빼앗기는 슬픔은 한 번도 가져보지 못한 슬픔보다 더 크기 때문이다. 많이 벌어서 잘 모으고 잘 지키고 잘 쓰는 행복한 부자가 되기 바란다.

이런 곳에 나는 투자 안 한다

나는 아무리 많은 돈을 벌 수 있어도 절대 하지 않는 사업과 투자 영역이 있다. 생명이 사라져야 돈을 버는 영역이다. 전쟁에 관련된 회사나 총기, 무기, 담배, 술, 마리화나, 마약 같은 분야다. 회색 지역에 있는 사업들도 마찬가지다. 친구 중에 한 명은 렉카차 회사를 운영한다. 사고는 어차피 나는 것이고 렉카차 때문에 사고가 더 나는 것도 아니니 이것이 나쁜 비즈니스라고 말할 수 없다.

하지만 누군가에게 불행한 일이 생겨야 수입이 발생하는 경우라면 나쁜 마음이 생길 수밖에 없다. 이 사업의 가장 큰 수입은 인명 사고가 발생하는 경우다. 당연히 불손한 생각이 들 수밖에 없다. 이처럼 누군가가 죽거나 상하거나 망해야 돈을 버는 사업이라면 마음이 가지 않는다. 분명 누군가 해야 하지만 굳이 내가 그 일을 하고 싶지는 않다. 그 외에 추심이나 부채 청산, 전당포 같은 사업도 거리를 둔다. 누군가의 슬픔이 묻어 있는 사업이기 때문이다. 일부 제약회사도 질병이 생기고 사망사고가 많아지면 주가가 오르는 곳들이 있다. 약품이란 사망을 막고 질병을 치료하는 일이지만 동시에 질병이 번지고 사람이 죽어야 주가가 더 오르는 게 사실이다. 경영진이나 투자자라면 어떤 마음이 생길지 짐작이 간다.

그 밖에 멀리하는 곳으로는 공해나 이상기온이 발생하면 주가가 오르는 기업이 있다. 사실 이 글은 논란의 여지가 많은 글이다. 어차피 누군가는 해야 할 일이고 필요한 일이기 때문이다. 하지만 내 자산 안에 슬픈 돈이나 불행에 기초한 돈을 함께 넣어놓고 싶지 않다. 내가 버는 돈도 돈마다 사연이 있다. 어려서는 황순원의 「소나기」를 읽고 청순가련형의 소녀가 이상형이었지만 나이가 들어서 보니 청순가련형은 가족이 될 만한 여자는 아니라는 것을 알게 됐다. 밝고 명랑하고 유쾌한 사람과 살아야 행복하다. 안사람만 우울해해도 모두가 눈치를 보고 집안이 침울해진다.

그렇다. 돈 역시 우울하고 어두운 것은 멀리하기를 권한다. 같이 있는 돈들이 떠날까 걱정된다.

보험은 저축이 아니다

가까운 지인 중 한 명은 월 250만 원 정도를 버는데 보험료로 매달 80만 원을 내면서 항상 힘들어한다. 왜 그렇게 보험을 많이 들어놓았냐 물었더니 보험을 저축으로 이해하고 있었다. 보험은 원래 보험계약 당사자가 약정한 보험료를 지급하고 재산 또는 생명이나 신체에 사고가 발생할 경우를 대비해 안전망을 마련해두는 것을 목적으로 한다.

그러나 보험회사는 생명보험과 손해보험 같은 실제 위험에 관련된 보험만을 팔지 않는다. 보장성 보험과 저축성 보험은 물론이고 정기보험·종신보험·변액보험·유니버셜보험·개인연금보험 같은 상품도 팔고 있다. 보험은 리스크를 기반으로 한 확률게임이다. 보험사, 즉 상품 개발 회사는 위험이나 손실이 생기는 영역을 찾아내고 그 영역의 실제 손실 발생수를 계산해 보험 액수를 결정한다. 가령 1만 명이 사는 동네에 연간 사고 사망자가 다섯 명이라면 나머지 만 명에게 각각 10만 원씩 걷어놨다가 10억 원이 모아지면 다섯 명에게 각각 2억 원씩 나눠주는 일을 하겠다는 뜻이다. 내가 그 다섯 명 안에 해당될지도 모른다는 불안감으로 사람들은 연간 10만 원만 내면 사고가 나도 남은 가족이 살 수 있게 해놓았으니 좋은 제도라 생각한다.

여기서 10만 원은 이 상품의 원가다. 그런데 이 일을 국가나 비영리 단체가 주도해서 무료로 하는 것이 아니라 이익을 추구하는 사기업이 하고 있다. 이들은 자체 보험 상품을 만들고 개발하고 홍보하고 사고가 발생하면 심사도 한다. 운영비도 들어간다. 또한 보험은 적극 판매를 해야 하는 상품인 만큼, 판매를 전문으로 하는 GA 같은 판매 회사도 있다. GA는 각 보험사의 상품을 비교 분석해서 소비자에게 전달하는 역할을 한다. 상품 하나를 팔기 위해 거대한 회사 조직을 운영해야 하며 홍보와 판매망에 수당을 지불해야 하니, 10만 원에 마진을 붙여 팔게 된다. 누군가는 관리를 하고 일을 해야 하기 때문이다.

문제는 보험사가 수당구조, 시책수당까지 포함해 많게는 월 보험금의 4~10배까지 판매망에 판매수수료를 지불하고 있다는 것이다. 즉, 1년치 보험료의 거의 전액이 판매수수료로 보험 설계사에게 지불되는 것이다. 거기서 끝나는 일이 아니다. GA는 최대 600%까지 수당을 주기도 한다. 이를 다 계산해보면 보험 가입자가 내는 월 보험료의 최대 16개월 분은 수당으로 나가는 셈이 된다. 보험 해지가 어렵고 중도해지 시 원금이 사라지는 건 이 때문이다. 더구나 보험사는 이렇게 많은 수당을 주면서 자신들의 회사를 운영하기 위해 직원들 급여, 사무실 임대료, 홍보에 쓸 돈을 보험료 안에 포함시켜야 한다. 상황이 이러니 실제 순수 보험료인 원가 10만 원짜리 보험의 보험료가 40만 원에 육박하게 된다. 이건 마치 보험액이 식당의 원재료값처럼 변해버린 꼴이다. 돈이 많은 사람이라면 매번 식당에 가서 외식을 할 수 있겠지만 보험을 드는 사람들은 자신의 자산 구조에 리스크가 있어서 보험에 기대 있는 사람들이다. 매일 세 끼를 외식할 수는 없는 것이다.

문제는 여기서 끝나는 것이 아니다. 보험사는 보험이라는 이름표로 온갖 금융상품을 팔고 있다. 이런 상품들은 실제 보험 역할보다 투자 역할에 가깝다. 투자은행이 하는 일을 보험으로 위장해 고객들의 돈으로 투자를 하는 것이다. 보험에 저축이나 연금이 붙어 있는 건 모두 마찬가지다. 보험은 VIP,

스마트, 안심, 퍼스트, 평생 같은 단어를 앞에 달고 판매한다. 이 말이 내겐 '우리는 스마트하게 평생 우리를 우선 생각하며, 고객을 VIP처럼 모시는 척할 테니 안심하시라'는 소리처럼 들린다. 이런 상품들의 공시이율이 2.5%라지만 10년 이익률이 20%를 넘긴 것도 별로 없다.

저축성 보험은 가입 후 첫 7년간은 보험료에서 보험설계사 인센티브 등 사업비를 제외한 금액만 투자되기 때문에 전체 보험료를 기준으로 생각하면 공시이율과 실제 수익률 차이가 크게 난다. 따라서 원금 기준으로는 가입 후 5~6년까지 적자인 경우가 대부분이다. 특히 TV에 광고가 가장 많이 나오고 있는 종신보험은 보험사의 가장 큰 효자 상품이다. 가입자는 종신토록 보험료를 내야 하는데 보험료가 높아서 5~7년 사이에 70%가 해지를 하고 원금을 날린다. 보험사는 해지로 인한 이익이 상당하기에 가장 열심히 팔도록 독려하고 가장 높은 수당을 지불한다.

생명보험은 내가 가족을 현재 부양해야 하고 나의 근로소득이 수입의 전부라면 들어놓아야 한다. 하지만 자산 소득이 따로 있다면 필요 없다. 자동차보험은 의무적 가입요건일 뿐이다. 미국의 일부 주에서는 10만 달러의 예치금이 있으면 따로 상업 자동차보험을 들지 않아도 된다. 나는 현대식 보험 무용론자다. 10만 원짜리 상품을 군이 40만 원을 주고 사야 하고, 저축성 보험에 이자보다 못한 이익을 받고 투자를 할 이유가 전혀 없다. 상품의 원가와 판매가에 너무 많은 차이가 있기 때문이다.

가족과 친지가 많으면 가족끼리 보험을 만들어도 된다. 영리하고 정직하고 계산 빠른 큰누나가 보험사가 되면 된다. 불과 몇 년만 모아도 큰돈이 될 수 있다. 글 앞머리에 언급했던 지인이 그동안 낸 보험료의 총액을 보니 1억 7,000만 원이다. 아들이 태어날 때 들어놓은 어린이 암보험까지 포함해서 여덟 개나 됐으니 그럴 만하다. 그 아이가 이제 열여덟 살이다. 자신이 살고 있는 집 전세금보다도 많다. 해지하면 원금을 날린다는 걱정에 해지도 함부로 못한다.

많은 사람이 백세인생이라며 노후를 걱정한다. 그렇지만 실제 통계청의 2018년 생명표 발표에 따르면 출생아의 기대 수명이 82.7세로 전년과 동일한 것으로 나타났다. 물론 인류의 기대 수명은 지난 200년간 빠르고 꾸준한 증가세를 보여왔다. 1800년대 평균 수명은 40세에 불과했지만 1900년대 초 평균 기대 수명은 60세에 다다랐고, 2000년대 들어 80세가 되었다. 그러나 그것은 비누의 보급과 더불어 영양 상태, 주거환경의 개선, 각종 예방약의 발견과 보급에 따른 유아 사망률 저하에 따른 결과다. 그럼에도 불구하고 기대 수명이 끝없이 증가하지는 않았다. 증가세에 급정거가 걸린 것은 2011년부터다. 현재까지 추세로는 기대 수명이 1년 늘어나기 위해서는 12년 정도의 시간이 필요할 것으로 보인다.

설령 2100년도에는 100세 기대 수명이 현실이 된다 해도 이 글을 읽는 사람들 중에 그때까지 살아 있을 걱정에 보험료를 내는 사람은 없을 것이다. 백세인생 키워드는 보험회사가 내놓은 최고의 히트 상품이다. 재수 없으면 100세까지 살지 모른다는 소리다.

나는 실제로 회사에서 들고 있는 건강보험과 자동차보험 외엔 아무런 보험이 없다. 주택에 들어놓은 화재보험도 없을뿐더러 생명보험도 없다. 손실보험이나 여행보험, 치매보험, 암보험도 없다. 나는 한국과 미국에 각각 300만 원 상당의 건강보험료를 지불하고 있지만 지난 10년간 의료비 지출은 100만 원도 안 된다. 운전도 거의 하지 않고 사고 역시 20여 년 전에 낸 접촉사고가 전부다. 그나마도 뒤에서 받혔다.

보험을 드는 사람은 최악을 걱정해서 보험을 들지만 그

돈을 20여 년 전부터 모아왔다면 확률상 자가 보험이 더 낫다. 왜냐하면 보험사는 어떤 상품을 팔아도 이미 내게 불리하게 설계를 끝내놓기 때문이다. 저축형, 비과세, 갱신형 등의 여러 유혹적인 단어가 붙어 있어도 결국 고객에게 불리한 상품일 수밖에 없다. 또한 보험사는 자신들에게 손해가 날 만한 고객들의 가입을 거부할 수 있는 권리도 있다. 병력이 있거나 나이가 많거나 해당 위험에 노출된 직업이 있는 사람들은 가입을 못 하게 막을 수 있다. 그래도 보험 때문에 혜택을 본 사람이 많이 있지 않느냐며 반문하는 사람이 있을 것이다. 카지노에서 돈을 버는 사람도 48%다. 모두가 돈을 잃으면 더 이상 카지노 할 사람이 누가 있겠는가?

나는 독자들이 보험에 대한 자신의 관점을 다시 생각하고, 생기지 않은 여러 두려움에 자신의 경제권을 넘기지 않기를 바란다. 스스로 보험사가 되거나 가족과 형제들끼리 가족 보험 통장을 만들어 공동 투자하고 직접 자산을 관리할 수 있다면 시도해보길 권한다.

사실 부자가 되면 원래 보험이라는 것도 필요 없어진다. 이미 자산의 일부가 보험의 역할을 충분히 하고 있기 때문이다. 그래서 부자는 더 부자가 되는지도 모르겠다.

보험 회사를 이렇게 냉정하게 비판했음에도 업계 관련자들로부터 단 한 번도 비판받거나 정정을 요구하는 연락이 오지 않았다. 오히려 대형 보험사들이 내게 강의를 요청하는 경우가 많았다. 내가 그러거나 말거나 보험은 세상 끝날 때까지 여전히 잘 팔리는 상품임을 알기 때문이다. 인간의 공포심을 파는 유일한 회사이기 때문이다.

예쁜 쓰레기

올해(2020년) 봄에 결혼 30주년을 맞아 아내와 세계 여행을 떠났다. 프라이빗 제트 비행기를 빌려서 컨시어지가 몇 명씩이나 따라붙고 의사와 요리사까지 대동하는 세상에서 제일 비싼 여행 패키지 상품이었다. 총 9개국을 돌면서 최고급 호텔에서 최고급 요리와 최고의 대우를 받았다. 공항에서조차 특별 게이트와 비밀 라운지를 통해 입국과 출국이 이뤄졌다. 함께한 사람들은 미국이나 캐나다, 영국, 남미에서 온 기업인들, 투자자들, 법률회사 대표, 멕시코 목축업자, 카레이서, 음악 산업을 하는 청년 등이었다. 두 사람의 여행 경비가 한국 평균 아파트 한 채 값이니 이 여행에 참여한다는 것은 다들 상당한 자산가라는 뜻이었다. 돈 걱정이 없는 사람들이다.

이들과 함께 다니면서 느낀 것은 이들이 쇼핑에는 전혀 관심이 없다는 점이다. 대신 박물관을 좋아하고 걷기를 좋아하고 함께 어울리기를 좋아했다. 이들은 딱히 쇼핑센터를 가려고 하지도 않았고 이런저런 기념품을 사는 일도 없었다. 이제 막 부자가 되거나 부자처럼 보이고 싶은 사람들과는 확실히 달랐다. 확실히 무언가를 사는 것보다는 그때그때의 경험을 즐기고 동료들과 함께 어울리고 로컬 행사에 직접 참여해 보는 것을 좋아했다.

나 역시 모로코 마라케시 마조렐 정원 안에서 모로코 전통 신발 바부쉬(Babouche)와 타조 가죽으로 만든 파란 카드지갑을 산 게 전부다. 대놓고 뒤꿈치를 접어 신는 바부쉬를 하나 갖고 싶었고 더 얇은 카드지갑이 필요했던 것뿐이었다. 아내 역시 부다페스트에서 직각 모양의 화병 하나를 사온 게 전부였다.

한 달 가까이 수많은 나라를 돌면서 이런저런 추억을 되살릴 만한 물건이 여럿 있었지만, 10여 년 전부터 이런 모든 것은 결국 예쁜 쓰레기라는 걸 알게 되었다. 당장 예쁘고 갖고 싶은 물건이 많지만 막상 집에 가지고 오면 놓을 곳도 마땅치 않고 나중엔 버리기도 아까운 예쁜 쓰레기로 변해 있는 것이 한두 개가 아니었다. 이런 물건들은 꺼내 놓아도 번잡하고 서랍에 처박혀 있어도 귀찮다는 것을 알게 된 것이다. 그래서 아내는 집을 꾸밀 때도 가장 간결하고 적절한 정도로 장식품과 가구를 배치한다. 공간에 여백이 있고 일정한 컨셉을 갖춘 매장처럼 집 안도 그렇게 꾸미다 보니 무엇을 사면 바로 그것이 예쁜 쓰레기가 될 것임을 알게 된 것이다. 이젠 있는 것도 치워버리는 상황이니 새로 무엇인가를 사온다는 것이 오히려 불편해졌다. 그래서 이제 어디 가서 예쁜 물건이 보이면 한번 집어보고 이것이 예쁜 쓰레기 후보인지 아닌지 생각해보면 금방 답이 나온다. 러시아의 마트료시카도, 하노이에서 본 밀짚모자도, 일본 기모노도, 몰디브 해변을 담은 스노우볼도, 탄자니아에서 본 팅가팅가도 집에 오자마자 예쁜 쓰레기가 될 것임을 알았기에 하나도 데려오지 않았다.

경험과 추억과 사진으로 집 안을 채우기도 벅차다. 여행 중에 찍어 온 사진 파일을 정리하는 데만 해도 1년은 걸리지 않는가? 부자가 되어 돈을 거느리고 살게 되면 저절로 명품이나 물건이 필요 없어진다. 구찌 마크가 촘촘한 가방을 자랑할 곳도 없고 자랑할 이유도 없어진다. 있어도 그만이고 없어도 그만이다. 자랑을 위해 소비하는 것이 아니라 필요를 위해 소비하는 형태로 바뀐다. 그때는 오히려 로고가 안 보이는 좋은 제품을 차게 되고 오메가나 롤렉스 시계가 아니라 200달러짜리 몬데인 시계를 차고 다녀도 멋있어 보인다.

아무리 예뻐도 결국 쓰레기다. 쓰레기는 버리거나 치워야 한다. 돈을 주고 쓰레기의 예쁨에 현혹될 이유가 없다. 차라리 그런 돈으로 가장 좋은 의자와 가장 비싼 베개를 사고, 가장 좋은 침대와 이불을 사고, 수제화를 신는 것이 낫다. 사람은 어디서 무엇을 하든 이것들 안에서 살아가기 때문이다.

경제에 대한 해석은
자신의 정치적 신념에서
벗어나 있어야 한다

이 말은 정치적 신념 때문에 경제를 해석하는 데 편견을 갖지 말라는 뜻이다. 많은 신문사가 경제 기사 속에 어떤 의도나 목적성을 숨겨놓는 일이 많다. 그런 기사를 액면 그대로 이해하지 말라는 뜻이다. 경제 기사는 부정적 보도가 관행이다. 긍정적인 소식보다는 부정적인 소식이 독자들의 주목을 받는다. 길을 걷다가 "나무에 꽃피었네"라는 소리보다 "앗, 차 조심!" 하는 소리에 더 주목하는 것과 같은 맥락이다.

미국 경제 기사도 신문사 논조와 상관없이 60%가 부정적 기사이고 한국은 80% 이상이 부정적 기사다. 부정성에 기반을 둔 뉴스가 언론을 감시하는 기능을 하니 부정적 기사의 비율이 높은 것도 이해된다. 잘한 것은 당연한 것이고 못한 것은 야단치고 혼을 내는 것이 언론의 주요 순기능이기 때문이다. 여기까지는 그래도 신문사에게 호의적인 해석이다.

신문사의 문제 중 하나는 경제 기사를 왜곡해 정치 기사로 만드는 경우다. 같은 상황을 놓고도 '비참한 자영업…1600곳 폐업'이라고 기사가 나올 수도 있고, '지난해 자영업 폐업률, 역대 최저 10.98%'라고 기사가 나올 수도 있는 것이다. 신문사 논조에 따라 '경제 실패 프레임'을 씌우거나, 반대로 1997년 외환 위기 당시 끊임없이 한국의 외환 위기 가능성을 지적하는 외신 기사가 나오는 상황에서도 전혀 문제가 없다는 기사를 내는 일처럼 말이다. 오히려 당시 국내 언론은 '경제 위기감 조장 말자', '경제 비관할 것 없다'라는 사설을 쓰기도 했다. 이런 기사들은 모두 경제 기사가 아니라 정치 기사다. 그렇기에 자신의 정치적 성향이 한쪽으로 완전히 치우쳐 있으면 경제를 해석할 능력이 사라진다. 실물경제 판단에 오판이 생기면 자칫 투자의 실패로 이어질 수도 있다.

인간이 타인에게 가장 큰 혐오를 느끼는 상황 중 하나가 나와 정치색이 다를 때다. 오히려 종교가 다른 사람하고는 문제가 없다. 학력이나 재산 규모 차이도 친구가 되고 같이 어울리는 데에는 큰 문제가 없다. 페이스북에서 종교가 다르다고 친구를 끊는다는 말은 들어본 적이 없다. 허나 정치 성향이 다르면 대놓고 삭제하는 경우는 많이 봤다. 정치 성향이 극단적으로 다른 사람들끼리는 살인을 불사할 정도로 감정이 증폭되는 경우도 있다. 역사를 보면 실제로 서로 죽이고 죽임을 당하기도 했다. 세계 역사에서 종교 갈등으로 전쟁이 일어나기는 했지만 이면에는 종교를 빙자한 정치적 이해관계가 들어있다.

결국 가장 깊은 감정 차이는 정치에서부터 온다. 따라서 한쪽 편을 온전히 지지하는 강성 정치 성향을 가지면 신문이나 언론 중에서도 자신의 성향에 맞는 기사만 보게 된다. 따라서 생각도 판단도 한쪽으로 치우치게 된다. 사실 정치 성향 자체가 문제가 되는 것이 아니다. 단지 경제 기사를 대할 때는 사실 판단을 위해 실제 데이터에 기반한 자료를 꼭 참고해야 한다는 점까지 인지하라는 말이다. 편향성을 띤 제목이나 논조에 대해선 언제나 의심하고 있어야 한다.

투자나 사업은 한번 방향을 잃으면 경쟁에서 밀려나거나 심지어 망할 수도 있다. 집값이 폭락하고, 공황으로 현금이 말라가고 있는데 느닷없이 '집값 상승시대 온다' 같은 터무니없는 기사가 나오기도 하니 말이다. 구매를 부추기는 신문기사를 사실대로 받아들이면 패가할 수 있고 누구에게도 책임을 묻지 못한다. 자신의 정치 성향과 개인 경제 정책은 독자적으로 분리해 판단하기를 바란다.

마중물과 종잣돈 1억 만들기의
다섯 가지 규칙

　　동네에 우물이 사라지고 아직 수도 시설이 좋지 않던 시
절에는 지하수를 끌어올려 식수로 사용하곤 했다. 땅 밑 수맥
에 파이프를 박아 펌프를 달아놓았다. 이 펌프에 물을 한두 바
가지 넣고 힘차게 위아래로 움직이다 보면 지하에 있는 물이
따라 올라온다. 물 펌프 구조를 보면 물을 끌어올리는 구멍이
뚫려 있고 그 부분이 고무막으로 막혀져 있다. 물을 끌어올릴
때 고무막이 구멍을 막아, 끌어올린 물이 다시 내려가지 못하
게 하는 간단한 원리다.

　　이 물을 끌어올리기 위해 붓는 물을 마중물이라고 부른
다. '마중하러 간다'는 의미다. 영어로는 Calling Water로 '물
을 부르는 물'이라는 의미다. 한 번 마중물을 넣으면 펌프질을
멈추지 않는 한 계속 물을 퍼낼 수 있지만 마중물 없이는 물을

빼낼 수 없다. 그래서 펌프 옆에는 항상 마중물용 물통이 하나씩 있었다. 자본을 모아 투자를 통해 자본 수익을 얻으려는 사람은 누구든지 이 마중물에 해당되는 돈을 모아야 한다. 이 마중물이 종잣돈이다.

종잣돈이란 농사를 짓기 위해 씨앗을 살 돈을 말한다. 적정한 투자가 이뤄지기 위해서는 약 1억 원의 돈이 필요하다. 1억 원 정도는 돼야 주식이나 부동산에서 의미 있는 투자를 할 수 있기 때문이다. 작은 돈으로는 투자에서 이익이 발생하거나 손해가 발생해도 별 보람이나 충격이 없어 관심을 가질 수 없다. 이 돈은 10억 원, 100억 원, 1,000억 원도 만들어내야 하는 씨 돈이다. 이제 청년들이 1억 원을 만들기 위한 현실적인 방법 다섯 가지를 제시하고자 한다.

첫째, 1억 원을 모으겠다고 마음먹는다.

둘째, 1억 원을 모으겠다고 책상 앞에 써 붙인다.

셋째, 신용카드를 잘라 버린다.

넷째, 통장을 용도에 따라 몇 개로 나누어 만든다.

다섯째, 1,000만 원을 먼저 만든다.

나는 항상 무언가를 이루고 싶을 때 가장 먼저 '정말 이 것을 이루고 싶다'는 마음이 들어야 한다고 주장한다. 조용히 책상 앞에 앉아 이렇게 혼잣말을 한다. "나는 우리 가족의 가난의 고리를 끊고 누구에게나 존경받는 부자가 되어 가족과 사랑하는 사람들을 지켜주며 살고 싶다." 이렇게 말을 하는 순간 말은 힘을 가지며 실제로 그렇게 되기 위한 행동으로 이끈다. 언어를 통제하면 생각이 닫히고 행동이 통제된다. 반대로 언어를 열면 생각이 열리고 행동이 실현된다. 정말 진지하게 이 말을 되뇌고 힘들 때마다 같은 말을 반복하기 바란다. 이것이 시작이다.

첫 번째 행동을 마쳤으면 '나는 1억 원을 모으겠다'라고 손으로 직접 적어서 책상 앞에 잘 보이는 곳에 붙여놓는다. 눈에 자주 보이는 곳이면 되니 화장실 변기 맞은편도 좋고 식탁 위도 좋다. 여기저기 붙이면 더 좋다. 욕망이 강렬하면 스마트폰 초기 화면에도 적어놓고 모니터 화면에도 올려놓는다. 누가 봐도 상관없다. 내 욕망을 이해하고 응원하는 사람이 많으면 더 쉽게 이뤄진다. 조롱하는 사람들이 있어도 상관없다. 조롱을 미리 받아보는 연습도 필요하다. 부를 만들고 유지하는 과정에서 어차피 조롱은 수시로 받기 때문이다. 이런 조롱이나 비난은 부가 범접할 수 없는 경지로 올라서면 그때야 좀 줄어들 테니 무시하고 여기저기 붙여놓으라.

두 번째 제안이 끝났다. 사실은 이 두 가지 제안이 다음 세 번째 제안에 비해 쉬운 것 같아도 가장 어려운 일이다. 사람의 마음을 바꾸는 일이 행동을 취하는 일보다 힘들기 때문이다. 부자가 되지 못한 사람 중 대부분은 능력이나 기회 혹은 종잣돈이 없는 사람이 아니라 부자가 되겠다는 실체적 욕심이 없는 사람이다.

세 번째 제안을 이행하기 위해서는 도구가 필요하다. 가위를 가져와서 신용카드를 잘라버린다. 부자가 되기 위한 첫 번째 선결 조건은 복리를 내 편으로 만드는 일이다. 그런데 신용카드는 복리의 적이다. 신용카드가 내 목을 조르고 번번이 훼방을 놓는다. 그러니 복리를 내 친구이자 나의 조력자로 만들기 위해 가장 먼저 카드를 잘라내라. 복리가 내 편이 되면 모든 돈이 따라올 준비가 된 것이다.

이제 현금만 가지고 다니거나 체크카드로 써야 한다. 동전이 딸랑거리는 것도 불편하고 체크카드를 쓰려니 잔고가 없을 수 있다. 걱정 마라. 조금만 고생하면 복리가 와서 도와줄 것이니 참고 견뎌야 한다. 한두 달을 정말 거지처럼 살아도, 약물중독에서 벗어나듯 미래 소득이 아닌 현재 소득으로 사는 위치로 옮겨와야 한다.

네 번째는 통장을 여러 개 만드는 일이다. 통장 하나에서 공과금이나 생활비 등을 모두 넣지 말고 통장을 추가로 서너 개 더 만들어 하나는 정규적인 생활비만 지출하는 통장을 만들어라. 이 통장에는 월세, 전화비, 교통비 같은 필수 생활비만 쪼개서 넣어놓는다. 다른 통장에는 밥값, 커피값 등 여유 자금으로 책정한 돈을 넣는다. 이 돈은 월초에 정해서 넣어놓고 중간에 모두 소진한 경우에도 다른 통장에서 옮겨 오거나 빌려 오면 안 된다. 그리고 저축을 위한 통장도 따로 하나 만든다. 이렇게 개인 예산에 맞춰 각각 통장을 만든다. 만약 이것이 귀찮고 불편하면 돈을 현금으로 찾아다 편지 봉투에 일일이 나눠 담으면 된다. 어쩌면 이 일은 번거롭고 통장을 만들기 위해 돈이 들어갈 수도 있다. 그래도 해야 한다. 해야 하는 이유는 명확하다.

국가나 기업을 운영하면 예산 편성을 한다. 한 해 수입과 지출을 예측하고 어느 부분에 얼마만큼의 예산을 책정할지 구분해서 나눠놓는다. 균형 있는 예산을 이루어야 통치와 경영이 가능하기 때문이다. 한 개인의 경제활동도 마찬가지다. 기초생활비, 저축, 문화활동, 교육 등의 주요 항목에 맞춰 예산을 편성해야 한다. 되는 대로 쓰고 남는 대로 저축하면 기업도 국가도 몇 년 안에 망한다. 국가나 회사는 부서별로 예산 사용권이 따로 있어 서로 건드릴 수 없지만 개인은 사용 범위를 넘나드므로 이렇게라도 구분을 하는 것이다. 이렇게 억지로라도 해야 한다.

마지막으로 다섯 번째는 목표액 1억 원의 10분의 1을 먼저 만드는 일이다. 1억 원은 큰돈 같지만 1,000만 원은 누구든 노력하면 만들 수 있다. 1년이 걸리든 2년이 걸리든 목표는 1억 원 모으기다. 첫 10분의 1을 억지로라도 모으다 보면 모으는 과정에서 재미도 붙고 요령도 생기고 추가 수입도 생기면서 흥미를 품게 된다. 두 번째 1,000만 원은 첫 1,000만 원보다 만들기 쉬워진다. 이렇게 모으는 과정을 경험해야 한다. 이것이 1억 원을 모으기 위한 시작이자 전부다.

내가 이런 이야기를 강연에서 하면 이런 질문을 하는 젊은이들이 꼭 있다. "너무 돈만 강조하시는 거 아닙니까? 삶에서 돈이 중요한 건 알겠지만 그렇게 돈을 모은다는 건 돈의 노예가 되는 것 아닌가요?"라고 말이다. 나는 돈의 중요성과 부자의 길을 이야기할 뿐인데 저축과 투자 혹은 절약에 대해 건

드리면 불편해하는 사람들이 있다. 그러나 나는 이 질문을 하는 청년이 위선적이라 생각한다.

돈에 대해 이야기하는 것조차 경멸하면 부자가 될 첫 문을 닫는 것이고 돈을 그렇게 함부로 생각하는 것 자체가 이미 돈의 노예가 된 상태다. 돈 때문에 병원에 가지 못하고, 돈 때문에 공부를 하지 못하고, 돈 때문에 결혼을 미루고, 돈 때문에 아이를 못 낳고, 돈 때문에 부모를 돕지 못하고, 돈 때문에 늙어서 일을 찾아야 하고, 빚을 얻으러 다니는 것이야말로 돈의 노예 상태다. 그렇지 않은가!

한국의 노년 빈곤층 비율이 50%에 가깝다. 노년층 자살률은 세계 1위고 자살 이유의 3분의 1은 경제적 이유다. 젊어서 돈을 함부로 대했기 때문이다. 소비를 줄이고 저축하고 투자를 하란 말이 행복하게 살지 말고 구두쇠가 되라는 말은 아니다. 오히려 반대다. 재산이 증식되고 사회 경제 구조를 이해하고 부자가 되는 길을 걷는 것은 대단한 행복이다. 젊어서 일찍 이 행복을 구하면 나중에 찾아오는 풍요로부터 다른 행복도 함께 따라온다. 이제 다들 가위를 들고 책상으로 가기 바란다.

좋은 부채, 나쁜 부채

　나는 이 글을 쓰는 현재까지 부채가 전혀 없다. 나 정도 규모의 비즈니스를 가진 사람 중에 부채가 제로인 경우는 흔하지 않다. 운영 사업체에도 부채가 전혀 없으며 개인적인 재산에도 부채가 없다. 자택이나 투자 부동산은 모두 현금으로 사놓았고 금융자산에 레버리지 투자를 이용하고 있는 상품도 없으며 신용카드 잔고도 없다. 부채가 없다는 것은 나의 은근한 자랑이었다. 그러나 사실 이런 경우는 극히 극단적인 경우이며 직업이 경영자인 사람으로서 자랑할 상황은 아니다. 자산 관리 입장이나 투자 입장에서 보면 절름발이 신세다.

　내가 이런 극단적인 무차입 경영을 하고 있는 이유는 개인적 트라우마 때문이다. 사업을 하면서 신용카드 돌려막기를 하며 무모한 도전을 이어가던 젊은 시절, 은행에서 부도 수표 때문에 걸려오던 전화의 공포가 아직까지도 남아 있기 때문이다. 원형 탈모가 생기고 은행 간판만 봐도 심장이 두근거리는 시절이 있었다. 자라 보고 놀란 가슴 솥뚜껑 보고 놀란다는 말이 있다. 어려서 개구리를 잡겠다고 흙구멍에 손을 넣었다가 거칠한 두꺼비 등껍질을 만지고 놀란 후에 아직도 나는 두꺼비만 보면 소름이 돋는다. 커서는 은행이 내게 그런 공포가 되어 지금도 은행에 가는 것을 좋아하지 않는다. 은행 업무가 있으면 은행 직원들이 서류를 가지고 사무실로 온다.

빚이 얼마나 무서운 것인가를 알기에 절대로 은행 빚을 지지 않겠다고 마음먹었고 아직 지키고 있지만, 어쩌면 이제 이 트라우마에서 벗어날 때가 온 것 같다. 나는 일반적으로 시중에서 말하는 신용점수가 좋지 않은 사람이다. 사실 좋지 않다고 볼 수는 없지만 금융권에 돈을 빌린 적이 없고 갚은 기록도 없어 신용평가를 할 수가 없다. 그런 내역이 없으면 나쁜 것으로 규정된다. 나는 지난 20여 년간 한 번도 돈을 빌려본 적이 없으니 평가할 근거가 없을 뿐, 다른 한편으로 보면 가장 신용도가 높은 사람일 수 있다. 아마 그래서인지 신용점수가 최악인 동양 남자에게 미국 최대 은행은 덜렁 두 장짜리 서류를 보내주더니 최소 2,000만 달러를 2% 내 이자로 쓸 수 있는 계좌를 만들어줬다. 벌써 이를 받아놓은 지 6개월이 지났지만 아직 한 번도 사용하지 않았다.

　사실 부채에는 좋은 부채와 나쁜 부채가 있다. 나는 나쁜 부채를 멀리하겠다는 결심 때문에 좋은 부채까지 밀어내고 있었던 것이다. 이는 경영자나 투자자로서 무능하다고 할 수도 있는 일이다. 내 개인적 트라우마가 사업 스타일에 큰 영향을 미친 것이다. 이 때문에 극히 제한된 보수적 경영이 이어지고 잘못하면 경쟁자나 시장의 평균 이익을 따라가지 못하게 될 것이다. 수많은 대형 회사가 회사에 유보금을 쌓아 놓고도 회사채를 발행해 추가 수익을 만드는 것에 익숙하다. 신용이 돈이기에 신용이 있다면 그 신용을 사용할 수 있어야 함에도 나는 그냥 묶어놓은 것이다.

　물론 지금도 여전히 나쁜 부채를 사용할 생각은 절대 없다. 그러나 좋은 부채는 이제 사용해도 될 만큼 자랐다. 두꺼비를 다시 만져볼 때가 된 것이다. 회계학의 기준에서 보면 자본과 부채를 합친 것이 자산이다. 단순하게 생각하면 왜 부채를 자산이라고 말하는지 이해가 되지 않는다. 5억 원짜리 집을 4억 원의 융자를 받아 산 사람이, 자기 자산이 5억 원이라고 말하는 것처럼 어폐가 있게 들리기 때문이다. 자산, 자본, 순자산, 재산 같은 단어는 회계적으로는 구분되어 명확히 사용되고 있지만 일반인들은 '모두 갚고 나면 얼마인가'로 생각하기 때문이다.

그래서 빚은 그저 남의 돈이라고 생각하고 가능하면 멀리하려는 게 일반적이다. 사실 돈은 빌리는 순간 내 마음대로 할 수 있는 돈이 된다. 내 마음대로 할 수 있으니 곧 내 자산이다. 내 맘대로 할 수 있는 것을 자산이라고 생각하면 빚도 많아질수록 부자가 되는 것이다. 단지 조건이 붙는다. 이 조건에 맞게 돈을 사용하면 좋은 부채가 되는 것이고 이 조건을 어기면 나쁜 부채가 된다. 사실 부채는 좋은 부채나 나쁜 부채가 원래 정해져 오는 것이 아니고 각 개인이 이 부채를 친구로 만들지, 악당으로 만들지를 결정한다. 부채를 좋은 부채로 만들기 위해서는 다음의 몇 가지 조건이 필요하다.

첫째, 소비에 사용하면 안 된다. 단순 지출, 여행, 채무 변제 같은 곳에 사용하면 나쁜 부채를 더 불러들이게 된다. 반드시 추가 이익이나 자본 확장이 일어날 곳에 사용해야 한다.

둘째, 나에게 일정한 수입이 있고 이후 이 부채로 일정한 수입이 발생하도록 만들어놔야 한다. 아무리 좋은 투자라도 일정한 현금흐름이 보장되지 않으면 숨이 막혀 죽게 된다. 부채가 오히려 숨통을 막아 다 죽게 만들 수 있다. 따라서 내가 부채의 이자를 일정하게 지불할 여력이 있거나 부채 자체가 발생시킨 이익이 이를 대신할 수 있어야 한다.

마지막으로 투자에서 나오는 ROE(자기 자본 이익률)가 내 부채에서 발생하는 이자보다 높아야 한다. 투자 이익이 부채 이익보다 적다면 당연히 이 부채는 나쁜 부채가 된다. 연이율 3%짜리 융자를 받아 연이율 6%짜리 빌딩을 샀다면 이자를 낸 후에는 3%의 수익이 남는다. 만약 회사가 제품을 만들어 30%의 이익을 남기고 있는데 공장을 증설해 돈을 더 벌 수 있고, 이때 5% 이자로 융자를 받아 추가 생산라인에서 25%의 이익을 남길 수 있다면 좋은 부채다. 즉, 싼 이자로 더 비싼 수익을 만들 수 있는 상황이라면 이 빚은 아주 좋은 빚이다.

다시 말해 내 주머니에서 돈을 가져가는 부채는 나쁜 부채고, 나에게 돈을 가져다주는 부채는 좋은 부채다. 내가 통제하지 못하는 부채는 나쁜 부채고, 내 통제 안에서 움직이는 부채는 좋은 부채다.

대기업들이 이런 부채를 이용하지 않았다면 커지지 못했을 것이다. 상장을 하거나 투자를 받거나 은행에서 돈을 빌리며 커진 것이다. 부동산에 투자하는 사람들도 비슷하다. '빚은 절대 안 된다'라는 말은 부채의 기능을 잘 이해하지 못해서 생기는 논리다.

혹 이 글을 "부채는 괜찮은거야"라는 메시지로 듣지 않기 바란다. 부채는 여전히 무서운 것이 맞다. 칼을 다룰 줄 모르면 제 살을 자를 수 있고 잘 사용하면 훌륭한 요리를 만들 수 있는 것과 같다. 그러나 칼은 여전히 위험하기 때문에 조심히 다뤄야 한다. 나도 이제 칼을 쓰러 나가야 할 때가 온 것 같다.

이제 나는 부채가 없는 경영자란 소리를 하긴 틀렸다. 한 은행에서 2,000만 달러까지 쓸 수 있게 해 준 사실을 알고 다른 금융기관에서 같은 금액에 더 나은 이자율을 제시했다. 이 중 일부를 가지고 처음으로 투자를 진행했다. 레버리지를 사용하기 시작한 것이다.

이 부채는 온전히 이자보다 높은 이익이 발생하는 곳에 투자되었다. 은행은 우산이 필요한 사람에게서는 우산을 걷어가 버리고 우산이 필요 없다는 사람에겐 우산을 2개씩 가져다 놓는 곳이다. 우산 장사로 나선 것이다. 은행과 동업을 시작했다고 보면 된다.

세상의 권위에
항상 의심을 품어라

나는 전문가들을 믿지 않는다. 변호사나 의사, 회계사 혹은 투자 전문가, 은행의 뱅커 같은 전문가들의 의견이나 제안에 언제든 의심을 버리지 않는다. 고위 정치인, 유명 작가, 대기업 경영인, 연예인이 하는 말에 무게를 더 두지도 않는다. 그들이 가는 식당이라고 굳이 찾아가본 적도 없다. 이곳에서 어떤 영화를 찍었다고 자랑한다고 그 동네가 더 아름다워 보이지도 않는다. 나는 생각보다 거만한 사람이다. 유명인이 좋아하는 음식이 내 입맛과 맞는지도 모르겠고 그가 묵었던 호텔방에 내가 묵었다고 해서 내 품격이 더 올라가는 것도 아니다.

그들의 유명세나 세상의 영향력이 내게 개인적인 영향을 끼치지 않는다. 아무리 전문가의 의견이라도 다른 전문가가 다른 의견을 가진 것을 알고 난 후부터는 의사, 변호사, 회계사, 투자 전문가, 종교인들의 모든 의견은 그저 하나의 의견일 뿐이라고 생각한다. 아무리 고급 전문용어로 포장되어 있어도 겁먹지 않는다. 결코 내가 그들보다 잘났다고 생각해서가 아니다. 그러나 내가 그들보다 못났다고 생각하지도 않는다. 이것은 상대적 비교가 아니기 때문이다.

아무리 위대한 정치인이나 유명한 연예인도 자기 밑은 자기가 닦을 것이다. 저명한 학자라도 그와 다른 의견을 가진 그만한 학자가 항상 있고, 시간당 1,000달러를 받는 변호사라고 해도 그의 견해를 반박할 상대가 있으며 경력 많은 의사라도 그와 의견을 달리하는 동료가 많을 것이기에 나는 그 누구의 절대적 권위도 인정하지 않는다.

나는 나 스스로다. 나는 나 스스로 존재하는 사람이다. 나는 독립적 인격체다. 내가 스스로를 이렇게 존중하면 내 안에 나를 사랑하는 자존감이 생긴다. 이 자존감은 다른 사람을 존중하면서도 그 어떤 권위에도 무조건 굴복하지 않게 한다. 사랑하는 부모님도, 존경하는 선생님도, 신부님, 목사, 스님에게조차도 내 자유의지를 넘길 수 없다. 신에게라도 그것을 빼앗길 수 없다. 내가 하나님을 위해 존재하는 것이 아니라 나의 행복을 위해 신도 존재하기 때문이다.

　당연히 투자에 있어 은행 직원, 증권사 직원, 투자 전문가, 선배, 혹은 세계 최고 펀드책임자, 은행장, 정부 고위관리 그 누구의 의견도 당신을 대신해 의사결정을 할 수는 없다. 스스로 판단하고 공부하고 결정해야 한다. 투자 문제에 있어 사고팔 때와 전망과 상품을 묻는 것은 하수들의 행동이고 대답을 하는 사람도 하수다. 고수는 물어도 대답을 하지 않는다. 오직 '모른다'가 정답인데, 오직 하수들이 모른다고 말하는 것이 부끄러워 말을 함부로 할 뿐이다.

　투자도 공부고 경험이다. 부자가 되고 자본을 모으는 기술은 결국 공부와 경험에서 나온다. 그리고 이 모두를 혼자 스스로 해내야 한다. 남의 의견을 듣고 투자에 성공한 사람은 남의 의견을 듣고 망할 수밖에 없다. 스스로 거물이 되어 남이 당신을 자랑하게 만들어라. 세상의 권위를 존중하되 의심하는 태도를 끝나는 날까지 유지하기 바란다. 절대로 길들여지지 말고 스스로 규칙을 만드는 사람이 되길 바란다. 스스로 규칙을 만들다 보면 규칙이 사라지는 날이 올 것이다.

　그날 비로소 당신은 혼자 스스로 서게 된 것이다.

좋은 돈이 찾아오게 하는
일곱 가지 비법

1. 품위 없는 모든 버릇을 버려라. 욕을 하고 투덜거리는 것, 경박한 자세로 앉아 있는 것, 남을 비웃는 것, 지저분한 차림, 약속에 늦거나 변경하는 일 등의 이런 모든 행동은 품위 없는 짓이다.

2. 도움을 구하는 데 망설이지 마라. 묻고 요청하고 찾아가고 부탁하라. 반드시 물음에 답을 주고 도움을 주고 반기는 사람이 있다.

3. 희생을 할 각오를 해라. 작은 목표에는 작은 희생이 따르고 큰 목표에는 큰 희생이 따른다. 공부를 위해서는 잠을 포기해야 하고 돈을 모으기 위해선 더 많은 시간을 일해야 한다.

4. 기록하고 정리하라. 투자내역, 정보, 갑자기 생각난

아이디어, 명함, 사이트 암호들, 구매 기록 등을 모두 정리하거나 기억하라. 이것은 재산이며 동시에 당신을 보호한다.

5. 장기 목표를 가져라. 산을 오르려면 봉우리가 보여야 한다. 즉각적인 자극에 유혹당하지 말고 평생 지킬 만한 가치를 찾아라.

6. 제발 모두에게 사랑받을 생각을 버려라. 눈치 보지 말고 비난에 의연하고 무리와 어울리는 것에 목숨을 걸지 마라. 진정한 친구는 두 명도 많고 가족의 지지가 모든 것의 기초다. 부정적인 사람과 결별하고 당신보다 나은 사람들과 어울려라.

7. 시간이 많다고 생각하지 마라. 투자는 지금도 늦었고 저절로 수고 없이 느는 것은 나이밖에 없다. 한 살이라도 젊어서 투자하면 한 살이라도 어릴 때 부자가 된다.

직장인들이 부자가 되는
두 가지 방법

우리가 직장에 다니는 이유는 크게 세 가지다. 안정적인 삶에 더 가치를 두고 있다는 뜻이고, 창업에 대한 희망보다 두려움이 더 크다는 뜻이며, 창업 욕망이 있어도 아이디어나 자본이 없기 때문이다. 할 수 없이 직장을 다녀야 한다면 직장인으로 백만장자가 되는 방법은 임원이나 사장이 되는 것이다.

그러나 임원이 되거나 사장이 되고자 할 때 본인이 직장인으로 행동하면 가능성은 거의 없다. 급여를 받고 지시를 받고 정해진 시간에 일하는 피고용인이 아니라 급여를 주고 지시를 하고 시간에 상관없이 일하는 고용주처럼 일해야 한다. 즉, 스스로 1인기업이라 생각하면 된다. 그러면 상사나 회사는 내 고객이 된다. 시키는 일을 하는 피고용인이라고 생각해서는 안 된다.

자신은 '나'라는 비즈니스를 경영하는 경영자다. 기획팀 직원이 아니라 회사와 기획 서비스를 계약한 비즈니스 파트너라고 생각하라. 내 서비스에 만족하면 회사는 계약을 갱신해갈 것이고 비용을 올려도 기꺼이 지불하려 할 것이다. 나를 1인기업의 경영자라고 생각하면 항상 서비스 개선을 위해 고민하고 노력할 것이다. 나로 인해 고객의 수입이 더 발생할수록 나도 수입이 더 발생하고 승진을 이어가게 된다.

사용자 입장에서 보면 한 명의 직원으로 인해 회사 수입이 증가하면 일반 사원의 급여체계를 지불하고 싶어도 하지 못한다. 퇴사하면 걱정이 되고 그가 창업할까 봐 염려되니 결국 동업자 역할을 줄 수밖에 없다. 동업을 할 수 없으면 승진을 시켜서라도 급여나 이익을 나눠줘야 한다. 회사 입장에서 보면 직원은 세 종류다. 급여만큼도 일을 못하는 사람, 급여 정도는 일하는 사람, 급여보다 훨씬 더 많은 이익을 만드는 사람이다. 급여만큼도 일을 못하는 사람은 해고하려 할 것이고, 급여 정도 일하는 사람은 자리를 지키나 승진이 어렵고, 급여보다 많은 돈을 버는 사람은 승진을 시키고 파트너로 받아들인다.

급여보다 많이 버는 사람은 내 기준으로 급여의 최소 세

배의 이익을 만드는 사람이다. 그러면 급여와 회사 이익과 잉여금으로 적당하기 때문이다. 직장 내에서 현실적인 금액으로 세 배의 이익을 내지 못하는데도 승진을 하고 급여가 올라가는 사람들이 있다. 한 사람은 능력이 뛰어나지만 충성도가 없고 다른 한사람은 충성도가 높지만 능력이 모자란다면 사장은 누구를 승진시킬까?

충성도는 필수 요건이고 능력은 선택 요건이기 때문에 능력이 조금 모자라도 충성도가 강한 직원을 승진시킨다. 이유는 간단하다. 충성도 없이 능력이 높은 직원은 성과가 올라가면 올라갈수록 결국 창업을 하거나 동업을 요구할 수준까지 갈 것이기 때문이다. 그래서 평균보다 조금 나은 성과와 충성도만 있으면 막강한 임원 후보군이 된다. 여기에 말뚝을 박을 만한 두 가지 행동만 있으면 어느 직장에 가서도 성공한다.

그중 하나는 보고하는 시간이다. 상사에게 지시를 받고 업무를 끝냈으면 끝냈다는 확인보고를 해주는 것이다. '했으면 그만이지'라는 행동은 상사의 기준에서 보면 하지 않은 것이다. 이 작은 행동이 상사에게 가장 강력한 영향을 준다. 부하직원이 있는 사람들도 이 문제로 가장 힘들어하면서 정작 자신은 상사에게 그렇게 하지 않는다. 상사라도 매번 확인하는 것은 쉽지 않고 본인도 잊어버린다. 그런데 어느 날 자기가 지시한 내용이 보고도 없이 누락되어 있으면 어떻게 될까? 단 한 번만 그런 일이 있어도 일을 못하는 부하로 낙인 찍힌다. 그동안 99% 제시간에 잘 수행한 업무는 의미가 없어진다. 반면 지시를 이행하고 바로바로 확인해주면, 특히 잊고 있던 업무를 마쳤다고 확인해주면 상사의 인식 속에는 믿을 만한 부하로 각인된다.

또 하나는 인사다. 상사를 어려워하지 말고 엘리베이터에서 만나든 식당에서 만나든 다가가서 인사하라. 이것은 유치원에서 배우는 것이다. 인사를 정중히 한다는 것은 두 인간 사이에 관계가 생긴다는 뜻이다. 관계와 인연이 생겨야 일이 이뤄진다. 영어에 'pushing on a string'이라는 문장이 있다. 내가 줄에 달린 장난감 자동차를 잡아당기면 끌려오지만 반대로 줄을 민다고 장난감 자동차가 밀리지는 않는다. 장난감 자동차는 당길 때만 반응한다. 상사들은 부하들이 자신을 당길 때만 반응하게 되어 있다. 인사가 바로 당기는 줄이다. 상사는 함부로 부하를 끌지 않는다. 충성도가 있는지 없는지 아직 모르기 때문이다.

결국 직장에서의 성공 원리는 아주 간단하다. 자기 일처럼 성실하게 일하고 보고를 바로 하고 인사를 잘하면 된다. 특별히 작은 기업에서는 이 정도만 해도 바로 몇 년 안에 임원이 될 가능성이 있다. 경영자 관점에서 이런 직원은 보석이다. 마음이 저절로 가고 뭐라도 해주고 싶은 마음이 절로 들며 '드디어 내가 후계자를 찾았나' 싶을 정도로 아낌을 주게 마련이다. 그만큼 생각보다 이런 태도를 가진 직원이 없기 때문이다.

임원이 되고 사장이 되면 일반 직장인의 10~20배 이상의 급여 소득을 받고 회사에 따라서는 특별 수당과 스톡옵션 또는 경영 참여를 통한 지분 매입도 가능해진다.

직장인으로 부자가 되는 다른 방법은 투자다. 급여의 20% 이상을 계속 모아서 종잣돈을 만들고 투자를 지속하는 것이다. 직장에서 급여를 받는 사람이 투자를 하지 않고 부자가 될 방법은 부자와 결혼하거나 복권 당첨밖에는 없다.

승진을 통한 성공을 꿈꾸지 않거나 기회가 없다 생각되면 부지런히 투자에 대한 공부를 해야 한다. 투자를 하지 않고 퇴직금만 바라보며 노후를 맞이하려 했다가는 인생 후반기가 비참해질 수 있다. 이 세상에 보장된 직장은 없다. 급여의 20%는 아주 없다고 생각하고 20년 이상 바르게 모으면 대부분 부자로 은퇴할 수 있다. 단, 투자도 치열한 공부 끝에 성공이 온다. 직업이 두 개라 생각하고 끊임없이 경제를 공부하고 관찰해야 한다. 투자를 저축으로 이해하면 안 된다. 저축은 더 이상 투자가 아니다. 적금도 아니다. 보험도 아니다. 물가상승률 이상, 평균 주가지수 이상을 벌어내는 기술을 따로 습득해야 한다. 이 기술이 없을 것 같으면 인사하고 보고 잘하고 당신의 상사를 존중하시길 바란다.

물론 이 두 방법을 모두 실행하면 안정적 직장인이면서도 반드시 백만장자가 될 수 있다는 것을 약속한다.

감독(자산배분)이 중요한가?
선수(포지션)가 중요한가?

축구 경기 승패에 감독의 역할이 더 중요한지, 선수의 역할이 더 중요한지에 대한 논란이 있다. 그러나 팀 경기라는 특성으로 봤을 때 감독의 중요성에 대해서는 의문의 여지가 없다. 팀원은 똑같은데 감독이 바뀐 후 뛰어난 성취를 이룬 경우는 2002년 한일월드컵이나 최근 베트남 박항서 감독의 활약을 통해서도 증명됐다.

좋은 선수가 기량을 내려면 전략과 전술을 자유자재로 구사해낼 감독이 필요하고 팀 내부의 역할을 조정해 선수의 능력이 발휘될 수 있도록 해야 한다. 그리고 이건 감독의 역량에 달렸다. 어느 선수가 언제 경기에 투입되고 언제 빠져야 하며 어떤 포지션에서 상대편의 누구와 싸워야 할지를 결정하는 데 감독의 능력이 필요하다. 이렇듯 감독의 판단에 따라 팀의 역량이 달라진다.

자산의 투자도 팀 경기다. 한국의 투자는 자산배분(Asset Allocation)보다는 투자 포지션에만 관심을 갖는 경향이 높다. 어디에 투자할 것인가에 대한 공부와 정보는 많은 반면, 어떻게 자산배분을 할지에 대한 관심도는 떨어진다. 마치 축구팀을 만들었는데 감독이 없어 선수들이 모두 공격수를 하고 있고 골키퍼도 공격에 가담하느라 골문을 비워놓는 경우와 비슷하다. 심지어 주전선수나 후보선수 모두 운동장으로 뛰어나가기도 한다.

원래 자산은 소유자 한 사람의 이름으로 돼 있어도 각기 다른 돈이다. 같은 팀이지만 선수들이 여럿 있는 것과 같다. 돈이 모이는 과정도 다르고 돈 안에 텃세도 있다. 그래서 어떤 돈은 원금이라 부른다. 외국에서 온 용병인 달러와 위안화도 있다. 각기 계약기간도 다르다. 어떤 돈은 1년 안에 나갈 돈이다. 결혼 자금으로 들어갈 예정이기 때문이다. 어떤 돈은 들어와서 다른 돈들을 꼬셔대기도 한다. 3년 안에 집을 사야 하기 때문이다. 어떤 돈은 평생 터줏대감을 할 것이다. 끝까지 살아남아 은퇴와 유산으로 남겨질 돈이기 때문이다.

이처럼 돈은 각기 사연과 목적과 기간이 있다. 때문에 자산배분을 통해 어디에 어떻게 어떤 방식으로 투자해야 좋은지를 투자 전에 먼저 정해야 한다. 이 과정에 대해 고민하지 않는 것은 감독 없이 경기에 나가는 축구팀과 같다. 누구와 어떤 경기를 해도 팀플레이어 한두 명의 개인기를 보다가 끝나게 된다. 아무리 위대한 선수가 있어도 혼자 수비하고 패스도 하면서 경기를 이끌 수는 없다. 당연히 경기에 질 게 뻔하다.

결국 자산배분이란, 현재 자금을 그 목표나 리스크 용인도(risk tolerance)와 투자기간에 따라 배분한 후 투자 방향을 정하는 일이다. 자산의 종류별로 정치적·사회적 여건에 따라 수익률이나 위험성이 변동하기에 특정 자산에 집중하는 위험을 피함으로써 투자자의 목표에 맞는 자산 조합을 만들어야 한다. 이것이 포트폴리오다. 투자자마다 나이나 수입도 다르고 사용 계획이나 기대 수익률도 모두 다르다.

첫째, 나의 재무 상태를 점검하고 둘째, 투자 목적을 명확히 하고 셋째, 리스크 허용한도를 설정한다. 이런 변수를 고려해서 투자 항목에 따른 분류를 해야 한다.

기업의 펀드 관리자들은 아마 투자보다 자산배분이 더 중요하다고 생각할 것이다. 자산배분을 잘하면 투자는 오히려 쉽기 때문이다. 개별 투자 종목의 선정이나 매수, 매도 시기보다도 어느 자산에 어떻게 들어가 있느냐가 수익의 대부분을 만들어낸다.

하지만 현실 투자 세계에서는 선수만 보이고 감독이 눈에 띄지 않아 자산배분 가치의 중요성을 잊고 항상 어느 종목에 투자해야 하는지만 찾는 실수를 하게 된다. 아무리 투자의 천재라도 매번 예측에 성공하고 매도 매수를 잘할 수는 없다. 분배야말로 자산을 유지시켜주는 근원이다.

자신의 포트폴리오를 구성할 때 처음 해야 할 일은 본인의 투자 자금 종류를 정확히 확인하고 이해하는 것이다. 만약 당신이 감독이라면 우리 팀 선수가 누구인지부터 아는 것과 같다. 선수마다 실력도 다르고 장단점이 다르다. 마찬가지다. 돈도 그 용도가 각기 다르고 참을성도 다르다. 어떤 선수를 공격수에 배치할지, 수비수 몇 명을 어떤 방식으로 내보낼지 고민해야 한다. 골키퍼 외에 선수 열 명의 포진을 '4-3-3'으로 할지 아니면 '4-2-4' 혹은 '3-5-2'로 할지 상대팀에 따라 경기를 계획해야 한다. 주식에만 100% 투자할 게 아니라 채권이나 부동산, 예금 상품으로 나누고 각 자산을 얼마나 오래 유지할 것인가도 미리 고민하고 각 자산에 따른 기대 이익률도 설정하는 모든 것이 자산배분이다.

나는 투자에 있어 선수보다 감독이 훨씬 더 중요하다고 본다. 아주 극단적으로 표현하면 자산배분을 잘하는 것이 투자 이익의 전부다. 실제로 자산 운용을 잘하는 기금들은 명확한 배분 정책을 갖고 있다. 자금 운용의 첫째 의무는 잃지 않는 것이다. 자산배분 정책이 없으면 언젠가 모두 잃을 수 있다. 그동안 아무리 많이 벌었어도 한 번에 잃을 수 있다.

당신이 투자 상품에 갖는 관심의 아홉 배를 자산배분에 쏟기 바란다.

은행에서 흥정을 한다고요?

"소고기로 드릴까요? 닭고기로 드릴까요?" 기내에서 승무원에게 이런 질문을 받았다고 옵션이 두 개만 있는 건 아니다. "둘 다요"라고도 할 수 있다. 유명 식당에서 '예약 손님 아니면 받지 않는다'고 하면 막판에 취소하는 손님이 있을 경우를 위해 대기자 명단에 넣어달라고 부탁하라. 은행에서 정기적금 이자율이 1.9%라고 인쇄된 용지 안에 동그라미를 그리며 알려주면 2.08% 달라고 요구하라.

무엇이든 제한된 선택권을 제시한다면 그것이 최종 선택권이 아닌 경우가 대부분이다. 때에 따라서는 '선택을 하지 않는 것'도 선택이 된다.

항공사는 닭고기와 소고기의 선호도 비율에 따라 식사를 준비하지만 한쪽이 남는 경우도 많다. 남으면 나중에 가져다줄 것이다. 유명 식당 역시 마지막에 예약을 취소하거나 부득이하게 도착하지 못하는 고객이 일정 비율로 발생할 것이다. 하지만 식당의 품격을 올리기 위해 예약 정책을 고수하고 있는 것이다. 그러니 예약 없이 들어오는 손님에게 자리가 남아 있다는 안내를 공개적으로 할 수 없는 것이다. 정중한 말투와 단정한 복장을 갖추고 대기 좌석을 부탁하면 대부분 자리가 나올 것이다.

이자율 1.9%는 그 은행이 팔고 싶은 가격이다. 하지만 옆 은행이 똑같은 자유 적립식 적금에 2.07%를 주는 것을 알고 있으면 2.08%를 달라고 요청할 만하다. 고객을 잃고 싶지 않은 매니저의 재량에 따라 은행 내부에 그런 예외 규정을 가지고 있다. 외화 환전 수수료도 기본 우대율과 상관없이 내가 원하는 우대율을 제시할 수 있다. 환전 우대율은 은행마다 다르기 때문이다. 우대 환율 90%에 만족하지 말고 원하는 우대율을 제시해보자. 환전수수료 비율이 은행에 따라 1.5%에서 1.9%까지 차이가 나므로 거기서 90% 우대를 한다 해도 차이가 날 수 있다. 미화 만 달러(환율 1,200원 기준)로 1.5% 수수료에 90% 우대 환율과 1.9% 수수료에 70% 우대 환율의 수수료 차액은 5만 400원이나 된다.

억지를 쓰라는 말이 아니다. 선택을 요구받거나 선택을

해야 되는 상황이 오면 답안지 안에서만 선택할 수 있다고 생각하지 말라는 의미다. 억지는 오히려 일을 그르치고 무례한 사람이 되게 하지만 정보에 기반한 요청은 나에겐 이득이 되고 상대에겐 최소한 손해가 되지 않는다. 기내에서 남은 도시락은 어차피 도착하자마자 폐기해야 하며, 식당은 버려질 수 있는 식재료로 품위를 잃지 않고 추가 수입을 얻을 수 있고, 은행은 고객을 하나라도 더 얻을 수 있다. 세상에 모든 것은 흥정할 수 있다는 걸 잊지 말기 바란다.

나의 운명은 나의 선택을 통해 결정된다. 남이 만들어놓은 선택 안에서만 선택해야 한다고 믿으면 내 인생이 아니라 남이 만들어놓은 인생을 살 수밖에 없다. 당연히 선택권을 늘려야 하고 그 선택이 나에게 이익이 되도록 하기 위해 다른 선택지를 요구할 수 있어야 한다. 때때로 선택하지 않아도 되는 선택이 가장 좋은 선택일 수도 있음을 기억하길 바란다.

떨어지는 칼을 잡을 수 있는 사람

떨어지는 칼을 잡기 위해서는 회사의 가격이 아닌 가치를 알고 있어야 한다. 시장의 변동성이 그 가치 이하로 내려가면 분할 매수에 들어가야 한다. 이를 위해서 투자 원칙이 있어야 하고 투자 원칙은 이 회사의 본질 가치를 알고 있을 때 실행 가능하다. 투자 격언이라며 "떨어지는 칼을 잡지 마라"라는 말과 "물타기를 절대 금하고 손절하는 것을 투자 지침으로 삼아라"라는 말을 하는 사람이 많다. 그러나 이 교훈은 기술적 투자 혹은 모멘트 투자를 하는 사람들 얘기다.

가치 투자를 지향하는 사람들은 칼이 떨어질 때가 사야할 때다. 단지 그런 상황이 실제로 발생했을 때 떨어지는 칼을 잡는 일은 상당히 공포스럽다. 하지만 그때 잡지 못하는 사람은 더 떨어질수록 더더욱 잡지 못하고 결국 투자에서 멀어지게 된다.

하지만 떨어지는 칼을 잡을 때 가죽장갑을 끼고 있으면 어떨까? 여기서 가죽장갑의 한쪽은 분할매수고 다른 한쪽은 회사의 본질 가치에 대한 확신이다. 주식 가격이 하락할 때 공포를 느끼지 않는 투자자는 없다. 전혀 느끼지 않는다고 말하는 사람이라면 내 돈이 아니거나 거짓말이거나 사이코패스 중 하나다. 누구나 공포를 느낀다. 투자는 시장과의 싸움이 아니라 자기 자신과의 싸움이다. 그나마 공포를 덜 느끼기 위해 분할매수를 하고 미수를 쓰지 않고 적정 가치 이하에서 구매를 마쳤다면 경제방송 TV와 주가 모니터에서 벗어날 수 있어야 한다.

시황을 예측하고 구체적인 숫자와 시기를 특정하는 전문가일수록 완벽한 데이터와 논리로 공포를 포장해서 배달한다. 이들은 동일한 상황을 정반대로 해석하고 아침 저녁으로 본인도 마음을 수시로 바꾼다. 역술인들은 한 번에 여러 가지 예측을 우르르 던져놓고 그중에 맞힌 것만 가지고 평가받는다. 16대 대통령 당선자를 노무현이라고 맞춘 역술인은 평생 홍보에 그 자랑을 하지만 15대 때는 이회창이, 17대 때는 정동영이 대통령이 된다고 말한 사실을 본인조차 잊어버렸다.

방송을 보면 자신들이 추천한 아마존이나 넷플릭스를

샀더라면 지금 수천 배를 벌었다며 한 달에 10달러만 보내면 족집게처럼 오르는 종목을 알려주겠다고 광고를 한다. 솔깃하지만 사기다. 그들이 추천한 종목 중에 상장폐지되거나 오르지 않은 종목은 더 많을 것이기 때문이다.

당신이 만 명의 투자자에게 메일을 보낸다고 가정해보자. 그중에 5,000명에게는 오늘 주식이 오른다고 보내주고 나머지 5,000명에게는 내린다는 전망을 보낸다. 다음 날 맞은 예측을 보낸 5,000명에게 다시 반은 오른다고 보내고 반에게는 내린다고 보낸다. 이렇게 일주일 동안 다섯 번을 보내서 남은 312명은 당신을 주식의 신이라 생각할 것이다. 이 312명은 이제 당신이 어떤 사기를 쳐도 믿을 것이다. 수많은 이코노미스트도 별반 다르지 않다. 전망이 1년에 한 번만 맞아도 계속 전문가 노릇을 할 수 있다.

신기한 일이다. 전망이 틀릴수록 이론이나 논리가 너무 정교하다. 듣다 보면 적정 가치와 분할매수의 가죽장갑은 낱낱이 해체되어 손가락을 자르고 손목을 자르게 된다. 그러나 주식 시황 방송을 보고 투자에 성공할 수 있는 사람은 단 한 명도 없다고 단언한다. 시황 분석을 하는 전문가들의 두세 달 전 방송만 돌려봐도 얼마나 의젓하고 품위 있게 예측을 잘못 전달했는지 보게 된다.

제발 매매 중심이 아닌 가치 중심으로 투자를 해석하고 이해하는 투자 방송국이 하나라도 있었으면 좋겠다. 방송국에 전화를 해서 이 주식이 오를지 내릴지를 묻고 대답하는 행위야말로 주식시장의 중요 가치를 허무는 일이다. 증권방송은 하나같이 가격을 예측하고 차트를 분석한다. 기업의 가치를 평가해주지 않는다. 시장엔 거래만 있을 뿐 투자가 없다. 그러니 증권투자를 했다가 망했다는 사람만 득실거리는 것이다.

나는 나이 서른 무렵에 당시 미국에 막 보급되기 시작한 차트 분석 트레이딩 기법을 배워 처음 주식을 해본 적이 있다. 이때의 실수로 전 재산을 날렸고 그 후 20여 년 넘게 주식시장을 가까이하지 못했다. 미래는 항상 새로운 것인데 과거에서 유추한 미래를 그렸다. 과거 데이터를 근거로 투자를 진행하면 수익이 나지만 현재 발생 데이터는 새로운 과거라는 것을 당시에는 알지 못했다. 이것을 알게 됐을 때는 이미 모든 재산을 날린 후였다. 투자가 아니라 투기이자 도박이었다. 투자를 잘못 배우는 바람에 수년 동안 모아온 재산을 날리고 빚을 지고 이후 아까운 20년을 투자도 못하고 허비한 것이다.

떨어지는 칼날을 잡을 용기와 그 칼을 잡았을 때 다쳤던 상처가 아무는 날, 칼날 손잡이를 제대로 잡고 일군 곡식을 베는 추수의 계절이 반드시 온다는 것을 배운 것은 나이 50이 다 되어서다. 이제라도 알게 되어 다행이다. 부디 젊은이들에게 내 실수가 고스란히 경험이 되기를 바랄 뿐이다.

재무제표에 능통한 회계사는
투자를 정말 잘할까?

가치 투자란 성장 가능성이 높은 기업의 주식을 적정 가격에 매입해, 적정 가격을 넘어서면 매도하는 것으로 쉽게 이해할 수 있다. 이때 주식이 적정 가치인지를 알아내는 도구 중에 가장 올바른 것이 그 기업의 재무제표다. 일반인들이 기업의 재무제표를 이해하기는 쉽지 않다. 용어부터 어렵고 봐도 이해가 되지 않기 때문이다. 그렇다면 재무제표를 가장 잘 이해하는 회계사들은 정말 투자를 잘할까?

투자는 정보와 심리로 나뉜다. 재무제표를 이해하고 해석하는 능력은 정보다. 우리는 아마존에서 20달러짜리 아이섀도 하나를 살 때도 상품평에 별 네 개 이상인지 확인하고 어떤 불만이 있는지 들여다본다. 서점에서 만 원짜리 책을 하나 사면서도 서평을 확인한다. 그런데 주식을 살 때는 상품평도

서평도 보지 않는다. 검증되지 않은 소문만 가지고도 수천 만 원, 수억 원을 배팅하는 비이성적인 결정을 한다.

당연히 주식의 상품평인 재무제표를 읽어봐야 한다. 또한 재무제표는 일종의 기업 성적표다. 재무제표만큼 이 기업이 앞으로 더 성장할 수 있는가를 확인할 만한 것은 없다. 과거와 현재 얼마나 잘해왔는지 확인이 가능하다. 재무제표는 대학 입학을 앞둔 학생의 성적표 같아서 이전에도 공부를 잘했다면 앞으로도 공부를 잘할 확률이 높다는 것을 추측할 수 있다. 당연히 성적이 좋지 않으면 앞으로도 달리 기대할 게 없는 학생이라고 짐작은 가능하니 합격 여부를 결정하는 중요한 기준이 된다. 물론 공부를 잘하는 학생이 졸업 후에 별다른 두각을 보이지 않거나 반대로 지금까지 두각을 나타내지 않는 학생이 크게 성공하기도 한다.

하지만 투자는 확률을 기반으로 성공한다. 실패를 최대한 줄여야 성공 확률이 높아지기 때문이다. 당연히 리스크를 줄이는 것이야말로 성공의 지름길이다. 투자자가 모험을 한다는 것은 투기를 한다는 소리다. 이익이 없거나 손실이 예측되는 회사들을 걸러내기 위해 재무제표의 이해와 공부가 반드시 필요하다.

내가 직접 회사를 운영해보니 성장 초기에는 이익보다 매출이 중요하고 이후에는 당기순이익보다는 영업이익이 더 중요하고, 현금흐름이 좋지 않으면 흑자 도산이 될 수도 있다. 회사의 재무제표에는 이 모든 정보가 담겨져 있다. 당기순이익은 회사의 건물 매각이나 다른 투자를 통해 증가시킬 수 있지만 영업이익이 줄어들고 있으면 근본 사업이 힘들어져서 회사를 야금야금 팔아 운영하고 있다는 뜻으로 해석이 가능하다.

자본은 많은데 현금으로 보유만 하고 사업투자가 이뤄지지 않으면 이 역시 의심을 해야 하고, 반대로 성장이 너무 빨라서 매출은 증가하는데 수익이 발생하지 않는다면 대박일 가능성도 있다. 이런 회사는 시장을 장악하고 이익구조를 개선하면 시장의 독점 강자가 되기 때문이다. 이 모든 것이 재무제표를 이해하고 확인할 때 보인다.

결론을 미리 내보면 이렇다. 나는 주변에 전문직 직업을 가진 사람들이 자기 직업의 특성을 본인에게 사용하지 않은 것을 많이 보아왔다. 갑상선 전문의가 갑상선병에 걸리고 변호사인데 사기를 당하고 회계사인데 정작 자신은 소문에 따라 투자하는 경우가 흔하다. 회계사가 일반적인 투자자보다 더 나은 투자 수익을 내고 있다는 근거나 조사는 본 적이 없다. 의사가 일반인보다 더 건강하다는 조사도 없고 변호사가 세상을 더 효과적으로 산다는 보장도 없다.

하지만 원하면 의사가 가장 건강하게 살 수 있고 변호사가 가장 공정한 대우를 받을 수 있으며 회계사가 투자를 가장 잘할 수는 있다. 하지만 일반인과 특별히 다르지 않은 건 전문 지식이 필요 없어서가 아니라 투자 시기와 투자 심리를 회계 장부가 알려주지 않기 때문이다. 피아노 조율사라고 연주를 잘하는 게 아닌 것처럼 회계사들도 장부를 통해 회사의 품질 검사를 할 뿐이다. 사실을 확인한다고 해서 투자 매수와 매도 시기를 정확히 알 수 있는 것은 아니다.

얼마나 다행인가. 그렇지 않다면 이 세상 자산은 모두 회계사들이 가질 테니 말이다.

물론 품질 검사 결과에 다른 사람보다 빨리 접근할 수 있다면 상당한 투자 이익을 만들 수 있다. 그래서 그 결과를 알 수 있는 상장회사를 감사하는 회계사는 해당 회사에 투자하지 못하도록 법으로 금지하고 있다.

사실 아주 간단한 문제다. 내가 현재 투자한 회사의 현직 사장이라고 가정하자. 그러면 부하직원에게 이번 달 재무제표를 가져와보라고 한다. 자신의 회사 상태를 이해하려면 이 서류를 보고 상황을 파악할 수 있어야 한다. 하루는 정말 사장이 되었다 생각하고 종일 들여다보기 바란다. 그렇게 생각하고 보면 보인다. 자신이 이 회사를 운영한다고 생각하고 회계 장부를 들여다보면 장부를 해석할 수 있게 된다.

멋지지 않은가? 주주도 사장이다. 이해가 되지 않는 부분이 있으면 저절로 공부하게 되고 묻게 된다. 이런 능력은 회계사라도 특출나게 더 우수한 것이 아니다. 영문 소설을 읽기 위해서는 알파벳과 단어를 무식하게 암기해야 하듯 회계도 용어와 구성을 공부해야 해석이 가능하다. 부자가 되고 투자자로 살아남고 싶다면 반드시 재무제표를 공부하기 바란다.

나는 나에게 필요한 공부가 있으면 관련 서적을 만화로 쓴 회계학같이 쉬운 책부터 전공도서에 준하는 회계학 책까지 30여 권을 한 번에 모두 산다. 그리고 한 달이고 두 달이고 계속 파고들면서 일정 수준의 지식을 쌓을 때까지 읽는다. 그러면 알아듣고 평가할 수준이 된다. 대학에서 한 과목을 이수하듯 몰입한다. 인생에 한 번은 꼭 해야 할 공부이니 시중에 나와 있는 쉽거나 어려운 회계학 책을 모두 사고 관련 강연도 찾아다니기를 권한다.

김승호의 투자 원칙과 기준

1. 빨리 돈을 버는 모든 일을 멀리한다.

2. 생명에 해를 입히는 모든 일에 투자하지 않는다.

3. 투자를 하지 않는 일을 하지 않는다.

4. 시간으로 돈을 벌고 돈을 벌어 시간을 산다.

5. 쫓아가지 않는다.

6. 위험에 투자하고 가치를 따라가고 탐욕으로부터 도
   망간다.

7. 주식은 5년 부동산은 10년.

8. 1등 아니면 2등, 하지만 3등은 버린다.

비트코인이 100달러도 안 되었을 때 큰아이가 재미로
투자해서 160달러에 팔았다는 말을 들었다. 나는 이때 무엇이든 빨리 이익이 나는 것은 결국 이익이 아니라고 가르쳤다. 설령 이것에 투자해서 돈을 벌었다 해도 그 돈은 비슷한 이익을 추구하다 결국 사라지기 때문이다. '그렇게 많은 돈을 갑자기 벌면 그때 딱 그만두고 평생 놀아도 되지 않냐'고 말하는 사람들도 있지만 한번 그렇게 돈을 벌고 나면 그런 투자만 찾아다니다 결국 모든 재산을 잃게 된다. 이런 뜻밖의 행운은 사업가로서나 투자자로서 마약을 맞는 것과 같다.

이런 마약 주사를 맞으면 절대로 3%, 5% 이익에 관심을 갖지 못한다. 열 배, 스무 배, 100배짜리 이야기에만 관심을 갖게 되고 테마주나 작전주를 찾아다닌다. 사업도 인생을 한 방에 바꿔줄 거라 믿으며 사행성 사업이나 보물섬 투자, 금광, 제약주 같은 무지개 구름을 평생 찾아다니게 된다. 이런 행운은 행운이 아니다. 그래서 나는 빨리 무엇인가 이루거나 이익이 많다는 모든 것으로부터 거리를 둔다.

앞서도 이야기했지만 생명을 죽이고 생명을 존중하지 않는 모든 사업에 투자하거나 참여하지 않는다. 생명은 모든 생명과 연결되어 있다. 생명을 함부로 하고 자연을 존중하지 않으면 자연도 다른 생명도 나를 존중하지 않을 것이고 행운은 떠나고 건강과 사람도 떠난다.

투자를 하지 않는 것은 가장 나쁜 투자다. 자산은 무엇인가 항상 투자를 하고 있어야 한다. 물론 투자를 위해 대기하는 자본도 투자다. 그러나 아무 계획도 없고 아무 욕망도 없는 자산은 죽는다. '나는 이만하면 괜찮아', '이 정도 햇빛이면 나는 충분해' 하고 말하는 나무는 없다. 주변 나무가 자라면서 해를 가리면 내 나무의 열매도 떨어지고 나무도 죽기 때문이다. 그래서 가장 나쁜 투자는 아무것도 하지 않는 투자다.

내가 돈을 버는 이유는 시간을 사기 위해서다. 나는 내 자산으로 나의 인생을 나에게 선물한 사람이다. 내가 무엇을 하든, 하지 않든, 모두 내 자유다. 모든 시간을 나를 위해 쓸 수 있으니 무엇이든 공부할 수 있고 필요한 모든 것을 구할 수 있다. 주변에 정보를 확인하고 의견을 구할 수 있는 최고의 전문가들을 고용할 수 있는 힘이 생긴다. 자본이 생길수록 투자 대상의 정보의 양과 질이 달라진다. 더 좋은 자산 투자 구조들이 생겨난다. 돈을 벌어 시간을 샀더니 시간이 나를 공부시키고 전문가를 만나게 하고 더 좋은 정보를 얻을 수 있게 해준다. 이 선순환은 계속 돌아갈 수 있다.

나는 부동산을 사든, 주식을 사든, 절대로 따라가지 않는다. 매물에 어떤 호재가 있다 해도 내가 계산한 내 가격대로 제시하고 기다린다. 내가 정한 가격이 내 자본의 크기와 임대 이익률에 기준할 뿐 상대가 부르는 가격은 전혀 중요하지 않다. 내가 제시하는 가격에 모욕을 느끼는 셀러도 있지만 내가 그 가격에 사면 그 모욕을 내가 당하게 된다.

'아님 말고' 정신이다. 주식도 내가 원하는 가격에 다다르면 지정가로 산다. 굳이 쫓아가서 매달리지 않는다. 배당률을 확인하고 적정 가격을 산정하고 한 달이고 두 달이고 1년이고 기다린다. 매번 시장에서 이익을 남길 필요는 없다. 다른 사람의 이익을 나의 손실로 생각하지 않는다. 다음 매물에서 이익을 남겨도 되기 때문이다. 흥정이 오지 않으면 흥정을 하지 않는다. 매정한 애인이다. '아님 말고'다.

젊어서는 가끔 경매장에 가서 의자, 냉장고, 불도저 심지어 말도 사온 적이 있다. 그때도 여전히 내가 원하는 가격을 정해놓고 그 가격을 넘어가면 냉정하게 돌아섰다. 200달러짜리 말을 사온 날도 있고 6만 달러짜리 불도저를 1만 2,000달러에 사온 날도 있다. '아님 말고' 정신으로 말이다.

나는 귀신이나 자연재해 같은 것에 대해 두려움은커녕 오히려 매력을 느낀다. 중학교에 입학하자마자 선배에게 들은 이야기가 있어 토요일 밤 12시에 학교 공동 화장실을 뒤지고 다닌 적이 있다. 빨간 종이나 파란 종이를 주는 귀신이 있는지 궁금했기 때문이다. 손전등 하나 들고 1반부터 10반 교실과 화장실을 다 열어봤지만 귀신은 없었다. 언젠가는 폭풍과 토네이도가 보고 싶어서 진지하게 따라가볼까 하다가 아내의 만류로 그만두기도 했다.

지금도 활화산 터지는 모습과 알레스카 얼음벽이 무너지는 현장을 보고 싶은 마음이 강렬하다. 혼자 산속에서 야영을 하는 것도 무서워하지 않는다. 상상의 공포나 자연이 주는 공포를 느껴보고 싶지만 사실 이런 일은 나에게 그다지 공포심을 주지 않는 게 문제다. 오히려 주식 폭락이 귀신이나 폭풍보다 무섭다. 그런데 이런 불경기나 공황보다 더 무서운 것은 탐욕과 거품이다. 그래서 공포는 살살 따라다니고 탐욕이 오면 멀리 도망간다.

시장이 아무리 좋지 않아도 5년이면 회전한다. 정부도 바뀌고 산업도 바뀌기 때문이다. 부동산은 한 번 사면 파는 것이 아니라 배웠다. 팔려는 생각이면 차라리 주식이 낫다. 그래서 10년은 가지고 있어본다. 아직 어떤 것도 판 적이 없다. 지나고 보면 항상 팔지 않기를 잘했다는 생각이 든다. 나는 주식이든 부동산이든 평생 팔 필요가 없는 상품을 찾는다.

어떤 업종이든 그 업종에서 1등이 되면 가격결정권을 가진다. 업계를 리딩하는 사람의 특권이다. 나는 부동산이든 주식이든 1등을 찾는다. 부동산을 살 때는 그 도시에서 가장 비싼 지역을 고르고 주식을 사면 해당 업계의 1등 주식을 산다. 펩시를 사느니 코카콜라를 사고 마스터카드보단 비자를 산다. 웰스파고보단 제이피모간을 사지만 1등을 넘보는 2등도 주목한다. 월마트보단 코스드코와 같이 1등을 괴롭히는 2등에도 투자한다. 늙은 사자를 대신할 젊은 사자가 될 수 있기 때문이다. 하지만 3등에겐 냉정하다. 내 시상대에는 3등 자리가 아예 없다.

자식을 부자로 만드는 방법

문제는 이 방법을 듣고도 대부분의 부모가 자식에게 이 방법을 전달하지 않는다는 거다. 이건 거의 확실하다. 이 비법을 전달하고 응원하는 사람이라면 본인이 이미 그렇게 하고 있기 때문이다.

최근 초중고 장래희망 조사에서 아이돌, 유튜버, 건물주, 운동선수가 나오고 있다. 고학년일수록 교사, 교수, 공무원 같은 안정적인 직업이 아이들의 희망이라고 한다. 결국 이 꿈은 돈을 많이 벌거나 돈을 안정적으로 벌고 싶다는 꿈이다. 만약 자녀가 공부를 그다지 좋아하지 않고, 시키지 않으면 공부를 하지 않는다면 이런 자녀를 위한 근사한 직업이 하나 있다. 이 직업은 고집이 있어야 하고 대항하고 저항하고 '아니요, 싫어요'를 할 수 있는 자녀에게 적합하다. 바로 기업가(Entrepreneur)다.

이런 자녀들에게 이 모든 것을 할 수 있는 직업으로 기업가가 있다는 것을 알려주고 싶다. 기업가가 되면 다양한 직업에 종사하는 사람들을 고용하는 사람이 되거나 그들과 함께 일하는 사람이 된다.

자녀에게 기업가가 되는 법을 가르치려면 어릴 때부터 증권 통장을 하나 만들어주는 것이 시작이다. 중학생 정도면 아주 좋고 대학생 자녀도 좋다. 한두 달 학원비 정도의 금액을 맨 처음 넣어주고 그 금액의 70%로는 한국 최고 기업의 우량주를 사주고 30% 정도는 자녀의 결정에 따라 회사를 고르게 한다. 자녀들이 사용하는 브랜드 중에 그들 사이에서 인기 있는 제품이나 서비스가 제공되는 곳이 있을 것이다. 자녀와 토론을 통해 그런 종목들을 산다. 이 기회를 통해 자녀에게 증권, 브랜드, 회사가치, 배당 같은 경제 용어를 가르친다. 주가가 오르거나 내리면 서로 시황을 놓고 분석도 해본다. 실제로 직접 증권을 사서 자기 계좌에서 일어나는 현금 변화를 보면서 해당 회사들과 경제를 배우는 것과 그냥 이론으로 배우는 것은 천지차이다.

이 방법을 자녀들이 따라오고 흥미를 느끼기만 한다면 그런 자녀들은 사업의 천재로 키울 수 있다. 음악이나 운동 혹은 공부에만 천재가 있는 것이 아니다. 사업도 가르치면 천재가 될 수 있다. 다른 아이들이 애플사의 새 전화기를 기다릴 때 내 자녀와 애플 회사의 배당정책과 자사주 매입 동향 및 신제품 판매 예상액에 대해 이야기한다면, 이 자녀는 정치·경제·사회의 모든 이면을 바라볼 수 있는 것이다.

놀이도 판돈이 걸려야 흥미가 생기듯 자녀에게 증권계좌가 있어야 이 모든 것이 보인다. 주식 투자는 단순한 투자 문제가 아니다. 사업을 이해하고 국가와 세계 경제를 이해하고 회사의 경영 시스템이 움직이는 것을 현장에서 볼 수 있게 하는 도구다. 한국의 존 리 대표의 제안처럼 사교육비로 돈을 쓰니 차라리 그 돈을 아이가 어렸을 때부터 증권계좌 안에 넣어두면 아이가 대학 갈 때 학비로 쓸 수도 있고 창업을 할 수도 있을 만한 돈이 모일 것이다.

만약 자녀가 창업이나 사업을 하고 싶어 하면 그에 맞는 공부도 저절로 찾아서 하게 된다. 그들은 왜 수학이 필요하고 영어가 필요한지 몰랐을 뿐이다. 자기 스스로 대학 교육이 필요하다고 느끼면 대학을 간다 할 것이다. 무엇이든 필요하다고 느끼면 알아서 공부하게 된다. 기업인들의 강연에 데리고 다니고 주주총회에 참여하고 박람회나 기업체 방문을 통해서 경영자의 꿈을 가질 수 있도록 격려하라.

한국 청년들은 창의적이며 뛰어난 실험 정신을 갖고 있다. 그럼에도 부모들은 자신의 실패를 교훈 삼아 오히려 도전을 포기한 삶을 살기를 바란다. 그래서 나온 방안이 결국 공부 잘해서 대기업에 취직하거나 전문직에 안착하는 것을 목표로 주는 것이다. 젊은이들의 가능성은 무한하다. 부모들은 자기 자녀의 가능성을 너무 과소평가하고 있다. 한 젊은이가 마음 먹으면 무엇을 할 수 있는지 어떤 가능성이 있는지 감히 짐작도 못 한다.

부모의 포기를 자녀에게 물려주지 마라. 나는 범죄에 연루된 일이 아니라면 아이가 무엇을 하든 상관하지 않는다. 자기가 좋아하고 자기가 하고 싶은 일을 하고 사는 것이 인생이다. 어디까지 갈지 모르는 한 아이가 고작 대기업 직장인이 꿈인 목표에 동참하게 하지 말기 바란다.

이스라엘은 국가와 사회와 대학이 앞장서서 창업을 하겠다는 청년들을 적극 돕는다. 이스라엘 청년들의 꿈은 미국 나스닥 상장이다. 이미 나스닥에는 수도 없는 이스라엘 회사들이 상장하고 있다. 무려 40%의 회사가 이스라엘인 소유다.

왜 한국 청년들은 미국 나스닥 상장을 꿈꾸지 않고 건물

주가 꿈일까? 부모의 잘못이다. 이스라엘 사람들은 특이한 도전 정신을 '후츠파' 정신이라고 부르는데 후츠파란 뻔뻔하고 당돌하고 저돌적이고 도전적인 정신을 뜻한다. 당신 자녀와 딱 맞지 않는가?

집안에 뻔뻔하고 당돌하고 말 안 듣고 건방진 자녀가 한 명씩은 있을 것이다. 어려서부터 형식과 권위에 얽매이지 않고 저항하고 따진다면 이 아이가 사업가가 될 아이다. 이런 아이에게 도전과 창업을 격려하고 실패를 두려워하지 않는 문화를 만들어주지 못했기에 유능하고 창의적인 아이들이 안정적인 공무원이나 교사가 꿈이 되어버린 것이다.

자식들의 이번 생일에는 기업가라고 적힌 근사한 명함을 선물해주기 바란다. 자녀가 명함을 가지면 단박에 어른이 된다. 사회적 생산의 한 부분을 감당하는 구성원이기 때문이다. 저축과 투자 계좌를 만들어주고 듬뿍 격려를 하는 것만으로도 아이는 삶에 실체적 도전 정신을 가질 수 있다. 자기가 하고 싶은 것을 하면서 살 수 있고 도전과 실패를 이어갈 수 있는 부모의 지지가 있다면 반드시 성공할 것이다.

번번이 실패해도 한 번만 성공하면 된다. 만약 이렇게 자식을 기업가로 응원하고 지원하는 부모가 당신의 부모였더라면 당신도 지금 직장인이 아니라 그 회사 사장이 되지 않았을까?

어느 날 반드시 당신 자녀가 그동안 증권계좌에 넣어준 돈의 수백 배를 돌려주는 날이 있을 것이다.

200쇄 증보판 메시지

"저희 아들이 말을 안 듣습니다. 아무래도 경영자가 될 것 같습니다."라고 어떤 부부가 내게 한 말이 잊히지 않는다. 부모가 자기 자식이 마음에 들지 않는 것이 자식이 부족한 탓이 아니라는 것을 느낄 때 자식도 빨리 제자리를 찾아가고 부모에게 다시 돌아오게 되어 있다. 이 부부는 내 책을 읽길 정말 잘 했다고 생각한다.

만약 삼성전자 주식을
아직도 가지고 있었더라면

투자자들이 흔히 하는 한탄이 있다. '그때 그 주식을 팔지 않고 그냥 가지고 있었더라면 지금 떼부자일 것'이라며 아쉬워한다. 당시에는 주식이 두 배나 올라서 횡재를 했다고 팔았지만 그 후에 더 올라가는 주식을, 내가 판 가격보다 차마 비싸게 살 수 없어 포기하고 만 것이다. 삼성전자는 2020년 1월경, 6만 원대에 접근한 적이 있다. 삼성전자 상장 직후인 1975년 6월 12일 수정주가 기준 56원이었던 것과 비교하면 1,063배 오른 것이다.

〈이데일리〉가 마켓포인트에 인용한 기사에 따르면 당시 은마아파트 분양대금을 치를 돈 2,400만 원으로 삼성전자를 샀다면 지금 192억 9,730만 원으로 불었을 거란 계산이 나온다. 여기에 배당액 재투자는 포함하지 않았으니 200억 원이 훌쩍 넘을 것이다. 현재 은마아파트 시세가 20여 억 원이 넘어가 니 1000% 이상 차이 나는 셈이다. 계산해보면 아까운 일이다.

하지만 억울해할 필요는 없다. 1975년도에 삼성전자 주 식을 가지고 아직도 팔지 않은 사람은 이건희 회장과 그 가족 을 제외하면 단 한 명도 없을 것이다. 주인의 마음으로 기다린 사람이 흔치 않기 때문이다. 일반적인 투자 스타일로 보면 단 기 투자가와 장기 투자가가 있지만 단기도 초단기 투자가 있 고 장기에도 영원히 팔지 않는 투자가 스타일이 있다. 가치 투 자자는 좀 다른 분류다. 가치를 기준으로 삼다 보면 단기투자 가 되는 경우도 발생한다. 사자마자 급격히 올라서 표준 가치 를 넘어가면 보유기간과 상관없이 매도를 해야 할 경우도 생 긴다. 나는 주식을 오래 갖고 있는 것이 좋다고 말하지 않는 다. 그러나 오래 갖고 있을 만한 주식을 오래 가지고 있는 것 은 훌륭한 투자라 생각한다.

앙드레 코스톨라니(André Kostolany, 유럽 증권계의 위대한 유 산으로 칭송받는 투자의 대부)도 파란만장했으며 전설적인 장기 투 자자인 일본의 고레카와 긴조도 몇 번의 파산을 맞이했었고 피터 린치(Peter Lynch, 금융인, 피델리티 매니지먼트 & 리서치 부회장) 는 불명예퇴사를 당하기 전에 스스로 영리하게 걸어 나왔다.

이들 모두 장기 투자자지만 힘든 날이 없던 것은 아니다. 대표적 장기 투자자이자 가치 투자자인 워런 버핏조차도 2020년 코로나 바이러스로 인한 주식시장 붕괴로 큰 타격을 입었다. 여섯 개의 종목이 무려 50% 이상 폭락했는데 버핏의 전통적 가치주 중심의 포트폴리오가 유난히 강한 폭격을 받았다. 11세부터 시작했다는 그의 80년 투자 인생의 막바지, 평생의 명성에 금이 가는 순간이었을 것이다.

나는 거래에 능한 사람이 아니다. 거래에 능하지 못한 사람은 거래를 하면 안 된다. 그래서 자동차를 사기 위해 흥정을 할 때도 적정 가격을 찾아낸 후 세일즈맨에게 최종인수가격(Drive out Price)을 단 한 번만 제시할 수 있다고 말한다. 가격이 마음에 들면 한 푼도 안 깎고 살 것이고 마음에 안 들면 그냥 나갈 것이라고 말한다. 그리고 추가 흥정은 하지 않겠다고 한다. 대부분 이 방법으로 가장 합리적인 가격으로 차를 살 수 있었고 한 시간 안에 차를 가져온 적도 있다.

부동산을 살 때도 거의 같은 방법을 유지한다. 흥정이 완료되었는데 또 다른 이유로 다른 가격을 요구하는 순간 나는 거래를 중지한다. 다시 흥정이 오가는 상황보다 매물을 버리는 쪽을 선택한다. 눈치가 오고 가고 협상을 주고받는 일을 좋아하지도 잘하지도 못하기 때문이다. 이 방식이 거래를 잘하지 못하는 사람이 쓸 수 있는 가장 최선의 거래 방법이다. 그래서 주식을 매번 사고팔아야 하는 상황도 싫어한다. 한번 사면 오랫동안 거래를 하지 않아도 되는 회사를 고른다. 심지어 평생 팔지 않아도 될 회사를 좋아한다.

이전에 서로 이웃으로 지내던 두 사람 중 한 사람은 논밭을 팔아 서울 변두리를 돌며 집 장사를 하면서 돈을 많이 벌었다. 대신 아이들은 학교를 1년에 한 번씩 옮겨야 했다. 결국 그 돈을 모아 강남 아파트 입성을 마지막으로 투자 인생을 종료하고 보니, 옆집에 살던 가족은 땅값이 올라 그 동네에 100억 원짜리 상가를 올렸다는 이야기를 들었다. 다람쥐가 아무리 촐랑대도 궁둥이 무거운 곰을 못 이기는 것이다. 사업이든 사람이든 품성 좋고 성실한 사람을 찾았으면 헤어지지 말고 한평생 잘 살기를 바란다.

국제적 수준의 행동 에티켓과
세계화 과정

중앙대에서 사업가 제자들을 데리고 글로벌 경영자 과정 교육을 2년간 진행했다. 한국을 넘어 전 세계로 사업을 확장하고 싶은 경영자들이 모여들었다. 이들과 일주일간 미국 로스앤젤레스나 뉴욕에서 현장교육을 위해 미국 업체나 사업 구조 등을 찾아다니는 교육이 있었다.

하지만 막상 현장에 데려오니 한국 굴지의 브랜드 대표들임에도 불구하고 국제적 기준의 에티켓 교육이 전혀 돼 있지 않았다. 그들이 일반적인 선진국 사업가들이 갖고 있는 일상적인 예의를 전혀 갖추지 않은 걸 본 뒤 나는 당황하기 시작했다. 사실 그들의 실수는 한국에서 너무나 자연스러운 행동이고 비난받거나 눈치받을 일이 없는 행동이었다.

나는 결국 그들의 한국 브랜드가 미국으로 진출하기 이

전에 경영자들에게 국제 비즈니스 행동기준을 먼저 가르쳐야 겠다는 생각이 들었다. 이름을 들으면 다들 알 만한 회사의 대표들을 유치원생이라고 생각하고 가르치기로 마음먹었다. 대략 이런 것들이다.

식당에 들어서면 안내를 받기 전까지 입구에서 기다려라. 아무 좌석에 먼저 앉지 마라. 길을 걸을 때는 사람과 부딪치지 않게 조심하라. 닿거나 부딪치면 반드시 사과해라. 음식을 먹을 때는 요란스럽게 나눠 먹지 마라. 흘리지 말고 먹어라. 호텔 복도에서는 목소리를 줄여라. 공공장소에서 줄을 설 때는 너무 바짝 다가서지 마라. 밖에서 전화를 받을 때는 조용히 받아라. 남의 집에 방문했을 때는 냉장고를 함부로 열지 마라. 남의 사업장을 방문하거나 미팅이 있을 때면 복장을 갖춰라. 업체 탐방 시에는 슬리퍼를 신지 마라. 식당에서는 팁을 줘라. 한국 식당에서도 팁을 줘라. 식품점에 가서 계산 전에 뜯어 먹지 마라. 카메라를 들이댈 때면 양해를 구하라. 흑인을 보고 놀란 표정을 하지 마라. 못 알아듣는다고 욕하거나 평하지 마라. 여럿이 걸을 때는 한쪽으로 걸어라. 호텔 로비 바닥에 앉지 마라. 호텔 방 안에 옷가지와 가방을 펼쳐놓지 마라. 호텔 방 안을 쓰레기장으로 만들지 마라. 나올 때는 베개 위에 팁을 매일 1~2달러 올려놔라. 머리를 빗고 다녀라. 수염을 기르려면 기르고 밀려면 다 밀어라. 제발 몇 개씩 턱밑에 남겨놓지 마라. 뒷짐 지고 다니지 마라. 소리 내서 먹지 마라. 외국인이 한국말을 하면 한국말로 받아줘라. 몇 살인지 묻지 마라. 뒤따라오는 사람이 있으면 문을 잡아줘라. 여자에겐 반드시 잡아줘라. 웨이터 옷자락 잡지 마라. 트림하지 마라. 귀 후비지 마라. 대화할 때는 눈을 쳐다보고 손으로 입을 가리지 마라. 공공장소에서 화장 고치지 마라. 태극기 나눠주지 마라. 호텔 방에서 김치 먹지 마라.

　　이것이 대학 최고경영자 과정의 교육이었다. 이 정도 수준의 잔소리를 하려면 교수라기보다 유치원 선생님이 맞다. 우리는 아직 국제적 수준의 문화 에티켓을 배우지 못했다. 다른 나라 사람을 흉볼 수준이 안 된다. 나는 이제는 제자들과 사업체 참관이나 박람회 참여를 위해 해외여행을 가면 항상 최소한 세미정장을 하고 공항에 나타나게 한다. 옷을 정갈하게 입으면 행동거지도 정갈해지기 때문이다. 우리는 대천 해수욕장에 가는 것도 아니고 태국 파타야에 가는 것도 아니다. 그래서 가기 전에 위에 적힌 수십 가지 잔소리를 한다. 모두 성인이고 지식이 있고 직원을 둔 회사의 대표들이지만 그들의 위치에 걸맞은 대우를 받으려면 배워야 하기 때문이다. 이 간단한 에티켓이 자신과 자기 사업체의 품격을 높여준다.

서울에 100만 명이 넘는 외국인이 산다고 하나 우리는 아직 국제 기준의 에티켓을 배우지 못했다. 한국 사업가들이 외국에서도 사업을 하려면 국제 규격에 맞는 행동양식을 배워야 한다. Manner Maketh Man(매너가 사람을 만든다). 영화 〈킹스맨〉의 주인공 해리의 유명한 대사다. 미국 콜롬비아 대학의 MBA과정에 참여한 CEO를 대상으로 '당신의 성공에 가장 큰 영향을 준 요인은 무엇인가?'라는 조사를 한 결과 93%가 매너를 뽑았다. 매너는 교육이자, 습관이요, 상대를 존중하고 배려하는 자세다. 국제적 성공도 매너에서 시작된다.

이 글이 생각보다 여러 곳에 인용되고 알려진 것에 놀랐다. 특별히 한국은 이제 문화적으로도, 경제적으로도 선진국대열에 들어왔기에 해외여행이나 국제 사업을 하는 모든 한국인은 이런 실제적인 국제사회 에티켓을 반드시 배워야 한다.

　매너 없는 부자는 경멸을 받게 되고 그런 나라의 문화는 인정받지 못하기 때문이다.

당신의 출구전략은 무엇인가?

회사를 창업하거나 현재 사업을 하는 모든 사람은 출구 전략(Exit Strategy)을 가지고 있어야 한다. 출구전략은 사업 초기부터 계획돼 있어야 방향성을 갖게 된다. 사업을 하면서 출구전략을 전혀 고민하지 않거나 심지어 이런 말을 처음 듣는 사람도 있을 것이다.

우리는 어떤 사업을 시작하면 이것을 평생 할 거라 생각하지만 실제로 평생 동안 할 사업은 생각보다 많지 않다. 사업 환경은 날마다 변하고 나의 재정적 상태나 능력에 따라 변수가 많기 때문이다. 보통 사업은 세 가지 정도의 출구전략으로 나뉜다. 이 세 가지 전략 중에 자신에게 어떤 것이 가장 유용한가에 대한 결정은 자신이 소유한 사업의 지속성장 가능성에 달려 있다.

본인의 사업체가 현재 아주 잘되고 있어도 앞으로 몇 년 안에 존속 가능성이 없어지거나 경쟁자가 늘어날 것 같으면 매각을 하는 것이 첫 번째 출구전략이다. 보통 사업을 하는 사람들은 지금 사업이나 장사가 잘되고 있으면 매각을 전혀 생각하지 않는다. 현재 사업이 10년 혹은 30년 후에도 존재할 수 있다면 다른 문제지만 어떤 사업들은 아주 잘돼도 1년 앞을 장담할 수 없다. 주식이 과열되면 팔고 나와야 하는 것처럼 이때는 사업체도 팔고 나와야 한다. 사업체를 팔 때 가장 높은 가격을 받을 수 있는 방법은 당연히 가장 잘될 때 파는 것이다. 그런데 자기가 만든 사업체에 애착이 생겨버린다. 어떤 사람은 본인 이름이나 자녀 이름으로 브랜드를 만들어놓기도 하는데, 내 이름으로 만든 브랜드라도 언제나 팔 생각을 하고 있어야 한다. '나'라는 사람은 내 브랜드보다 고귀한 사람이기 때문이다. 그러므로 함부로 자기 이름을 사업체에 넣지 말자.

회사에 자신을 투영시키지 마라. 간혹 어떤 회사들은 사업이 잘돼서 매각 요청을 받으면 지나친 가격을 요구하다가 성장률에 둔화기를 맞는다. 더 이상 성장이 이어지지 않는 구간에 다다르면 매매가격은 급격히 떨어진다. 앞으로 더 이상 성장하지 않을 회사를 정상 가격에 사고 싶어 하는 사람은 없다. 구매하는 사람은 추가 성장에 대한 욕구가 매입의 가장 큰 이유이기 때문이다.

프랜차이즈로 매장을 100여 개 넘게 키운 회사들이 이런 실수를 많이 한다. 더욱이 매장이 100개가 넘으면 개인이 살 수는 없다. 보통 펀드나 기관이 매입을 하는데 만약에 추가 성장 여력이 없다면 펀드는 살 이유가 없는 것이다. 현재 이익이 많아도 지속성장 가능성을 곱하기 때문에 오히려 매각 가격이 낮아질 수 있다. 사업체는 사업체다. 회사는 내가 아니다. 잘나갈 때 떠날 준비를 해야 한다.

두 번째 출구전략이 유용한 회사는 지속성장 가능성이 높은 회사다. 회사가 산업 안에서 자리를 잘 잡았고 앞으로도 성장 가능성이 높고, 성장을 마친 후에도 오랫동안 수입이 지속적으로 발생할 수 있는 사업을 만들었다면 가장 대표적인 출구전략은 기업공개 IPO(Initial Public Offering) 혹은 큰 기업과의 인수, 합병(M&A)이다.

기업공개를 추진하는 이유는 크게 두 가지다. 회사가 너무 커져서 개인들이 살 수 있는 규모가 아니기에 여러 개인에게 분산해서 팔려는 기업공개가 있고, 증자를 통해 자본 조달 후 더 빨리 시장을 장악하려는 목적의 기업공개가 있다. 전자는 창업자가 팔고 나가려는 의도가 있고 후자는 회사를 키우려는 목적이 있다.

마지막 출구전략은 출구전략이 없는 출구전략이다. 이 전략은 사업체가 대를 이을 정도로 단단하고 강력한 브랜드 파워를 가졌거나 특정 영역에서 시장을 장악하고 있을 때 가능하다. 즉, 해당 사업체를 팔아서 이만한 사업체를 다시 만들 수도 살 수도 없는 경우일 때는 평생 사업체를 운영하며 수입을 만드는 것이 전략이다. 동네를 넘어 전국에서 손님들이 찾아오는 맛집이나 이미 확실한 브랜드 파워를 가진 공산품 기업도 팔 이유가 없다. 대를 이어가도 좋은 사업체다. 이런 사업체를 갖는 것이야말로 가장 최선의 출구전략일 수 있다. 첫 번째 매각 출구전략을 가질 수밖에 없는 사람들의 꿈이 바로 출구전략 없는 출구전략이다.

사업을 하는 사람들은 이 세 가지 출구전략을 놓고 자신의 사업체가 어디에 해당하는지, 앞으로 어떻게 할 것인지를 고민하고 준비해놓아야 한다. 미리 준비하면 이에 맞춰 자신의 사업 방향을 면밀하게 조정해나갈 수 있고 투자 방향과 한계를 미리 계산할 수 있다. 선택한 전략에 따라 설비, 시설개선, 증설, 부동산 매입 등의 큰 결정을 쉽게 할 수 있고 불필요한 자금을 사용하지 않게 된다. 사업을 시작할 때 사업계획서

가 있듯이 사업에서 물러설 때도 사업계획서가 필요하다는

것을 기억하기 바란다.

모든 비즈니스는
결국 부동산과 금융을 만난다

그 사업이 무엇이든 사업체가 성장을 거듭해 동네를 벗어나 큰길에 들어서면 두 사람이 기다릴 것이다. 그 둘은 당신 양쪽에 서서 어깨에 손을 얹고 친하게 지내자고 접근할 것이다. 한 사람은 수트 차림에 넥타이를 맸고 한 사람은 잠바 차림에 모자를 썼다. 이 두 사람은 서로 경쟁자인 동시에 동업자다. 이 사람들은 이 바닥의 터줏대감으로, 사업을 더 키우기 위해서는 이 두 사람과 잘 지내야 한다. 이들은 당신의 친구가 될 수도 있고 적이 될 수도 있다. 적이 된다면 사업을 더 키우기란 쉽지 않을 것이다. 친구가 돼도 진짜 친구인지 아닌지는 한참 지난 후에나 알게 된다.

수트 차림에 넥타이를 맨 사람은 금융이고 잠바 차림에 모자를 쓴 사람은 부동산이다.

흔히 생산의 3대 요소가 토지, 노동, 자본이라고들 한다. 농업이 중요시되던 시절에 나온 이론으로 현대식 생산의 3대 요소로 바꾸면 부동산, 사업체, 금융이다. 모든 사업은 부동산을 기반으로 한다. 어떤 사업이든 매장이나 사무실 혹은 공장이 있어야 하기 때문이다.

모든 부동산은 가치를 지니고 있고 이 가치는 정확한 수치로 산출된 실물 금액을 가지고 있다. 실물 가치를 지닌 변동적 자산은 모두 이자를 만들거나 배당을 지불한다. 부동산을 사용하는 사업체가 지불하는 임대료는 배당이나 이익에 해당한다. 임대료를 지불할 수 있는 사업체가 있다는 뜻은 부동산과 긴밀하게 연결돼 있다는 의미다. 임대료를 지불할 수 있다는 것 자체가 부동산을 매입하거나 개발할 수 있는 힘이 있다는 뜻이다. 따라서 부동산 소유자들과 긴장이 생긴다. 부동산 사용자가 될 수도 있지만 부동산 구매자가 될 수도 있는 것이다. 즉, 부동산을 살 수 있는 구매 자격을 가짐으로써 현재 사업체와 부동산을 연결하면 기존 사업 못지않은 지속적 이익 구조를 만들 수 있는 것이다.

결국 사업을 잘해서 어디든 매장을 열어도 임대료를 낼 여력을 가진 회사를 소유했다면 수많은 부동산을 소유할 수 있는 자격이 생긴 것이다. 이때 금융이 도와 융자의 도움을 받으면 회사의 자산 구조에 사업체와 부동산 소유라는 두 가지의 이익구조가 나타난다. 부동산은 상대적으로 사업체보다 안전 자산에 속하기에 수익에 비해 높은 가격에 거래되는 특성이 있다. 수많은 회사가 부동산을 소유하고 있는 이유가 바로 이것이다.

사업체는 시장을 장악하고 성장률을 유지하기 위해 투자금을 모으고 인수합병이나 기업공개를 통한 상장까지 가야 하는 상황에 놓이게 된다. 이 모든 과정에 금융이 관여하게 된다. 투자의 종류와 방향에 따라 금융자본은 회사의 조직과 지분 그리고 이익 배분 방식을 결정하려 하고, 이 협의에 따라 회사는 금융조직과 동업의 길을 걷게 된다.

스타트업 회사와 같은 경우에는 프리-시드, 시드, 시리즈 A, 시리즈B와 같이 연쇄적인 투자 진행을 받으며 지분을 희석하는 과정이 있고, 자본의 금액과 성격에 따라서 창업자의 지분 이상을 요구하거나 신주 발행에 관여하는 식의 경영 참여를 하기도 한다. 자본이 회사 안에 들어온다는 뜻은 신용이 자산이 되기 시작했다는 뜻과 동일하다. 이때는 더 이상 창업자가 자기 사업을 잘한다고 해서 모든 것이 끝나지 않는다. 금융조직과 잘 지내고 자본을 이해해야 존립할 수 있는 단계로 넘어간 것을 뜻한다.

수입의 발생 방식은 몇 가지로 나뉜다. 먼저 자신의 노동력이 곧 수입이 되는 임금 노동자나 자영업자가 있으며 다른 사람의 노동력과 자본으로 수입을 만드는 기업가도 있다. 그리고 금융과 합작해 신용을 통해 미리 이익을 현금화하는 방식이 있다. 이토록 사업은 커지면 커질수록 금융과 손을 잡을 수밖에 없다. 금융에 대한 공부가 부족하면 사업체를 아무리 잘 만들었어도 『노인과 바다』에 나오는 늙은 어부 산티아고가 될 수 있다.

산티아고는 너무나 어렵게 멕시코만에서 큰 청새치를 잡아 보트에 매달고 시장에서 높은 가격에 팔릴 것을 기대하며 집으로 향했다. 하지만 청새치의 피가 상어들을 유인했고, 그 상어들이 결국 청새치의 뼈만 남기고 전부 다 먹어 치워버린다. 금융자본에 대한 이해가 부족한 경영자는 누구나 산티아고가 될 수 있는 것이다.

금융은 정교하고 날카로운 칼을 가지고 있다. 이 칼은 언제나 앞뒤를 바꾼다. 필요하면 당신을 위해 당신의 경쟁자들을 물리쳐주지만 상황이 돌변하면 칼이 당신을 향할 수 있다. 살과 뼈를 해체하듯 냉정하게 당신과 당신 사업체를 해체할 수도 있다. 그러나 만약 부동산과 금융이 언제나 당신 편에서 일을 하게 만든다면 확장성과 안정성을 모두 갖춘 사업체를 소유하게 될 것이다. 또한 이렇게 커진 사업체는 규모를 키워나갈수록 부동산과 금융을 발밑에 둘 수 있게 된다. 더 이상 파트너가 되겠다고 요구하지 않고 부하의 역할로라도 당신 옆에 붙어 있기를 바라게 된다.

하지만 여전히 방심하면 안 된다. 금융과 부동산은 언제나 세상의 강자였다. 강자에게 약하고 약자에겐 강한 역할을 하며 오랜 세월을 버텨낸 사람들이다. 당신이 방심하는 순간 언제나 발밑에서 칼날이 날아들 것이다. 자신의 사업에만 노력하지 말고 같은 열정으로 금융과 부동산도 함께 공부하기 바란다. 세상에 이름을 낸 모든 경영자는 이 둘을 모두 제압하고 그 자리에 있는 것임을 상기하기 바란다.

똑똑한 사람들이
오히려 음모에 빠진다

똑똑하고 지적 수준이 높은 사람들일수록 음모론에 더 잘 빠진다. 불확실성을 유난히 싫어하기 때문이다. 복잡한 정치요소나 이해하지 못할 경제 환경이 나타나면 이를 설명하려는 사람이 많이 생긴다. 하지만 설명이 분명치 않을 때 음모론은 쉽고 간단한 답이 된다. 종교의 원리주의자들이나 양극단의 보수나 진보 지식인들도 음모론에 쉽게 동화된다.

또한 이들의 지적·학문적 권위를 인정하는 다수에 의해 음모론은 힘을 얻고 대중을 설득하게 된다. UFO, 점성술, 혈액형, 대체의술 등은 여전히 식자들 사이에서 지지를 받고 있다. 『돼지가 철학에 빠진 날』의 저자인 런던 대학교 스티븐 로(Stephen Law) 교수는 우리 주변에 만연한 이런 비합리적인 믿음의 덫을 '지적 블랙홀'이라고 이름 지었다. 우리의 일상 대화

속에까지 이런 비합리적인 믿음과 주장이 범람하고 엘리트들 조차 이런 믿음과 주장에 현혹되는 이유는 논리와 이론이 매우 합리적이기 때문이다.

이들은 주변의 이성적 비판에 합리적으로 대응하기보다 자신들의 믿음 체계를 만들어낸다. 사실에 근거한 판단보다 주장에 맞는 근거들만 찾아 점점 자기들만의 세상으로 들어가버린다. 어렵고 복잡한 전문용어들을 나열하거나, 모호한 말로 심오한 무엇인가를 알고 있는 듯 가장한다. 히틀러(Adolf Hitler)의 탄생과 9·11 테러 사건 같은 굵직한 역사적 사건을 모두 예견했다고 하는 중세 예언자 노스트라다무스의 예언도 이런 모호함 때문에 아직 존재하고 있다. 직접적 언급이 없음에도 어떻게든 해석이 가능하기 때문이다. 인간이 달에 가지 않았다는 주장은 과학적 사실을 받아들이는 사람들 중에도 믿는 사람이 많다. 자신들이 옳다 믿으면 그것은 그들에게 일종의 신앙이 된다. 논리나 증거는 더 이상 필요 없다.

1960년대 미국의 역량을 총집결한 아폴로 계획에 직간 접적으로 연관된 사람은 75만 명에 달한다. 인간이 달에 가지 않았다는 음모론이 사실이라고 전제했을 때, 그 수많은 사람이 참여한 대형 프로젝트가 진행되면서 그토록 엄청난 비밀이 어떻게 지켜졌는지에 대해서는 반문해보지 않는다. 이런 의심이 확대되자 NASA는 아폴로 11호가 달 표면에 남긴 사각 지지대를 정찰위성(LRO, Lunar Reconnaissance Orbiter)으로 달 상공 24km에서 촬영한 사진을 공개했다. 하지만 음모론자들은 여전히 믿지 않았다.

'평평한 지구 국제 컨퍼런스'(FEIC)라는 단체는 2019년, 지구 평면설(지구는 평평하다는 이론)을 믿는 사람들을 태우고 세계를 항해하는 크루즈선 여행을 계획 중이라고 보도했다. 이들은 직접 배를 타고 나가 지구 평면설을 증명해내겠다고 한다. 어느 시장조사업체에 따르면 미국인의 2%가 지구 평면설을 믿는 것으로 나타났는데 현대 과학에 익숙한 25세 젊은이들이었다. 브라질의 경우 인구의 7%에 해당되는 1,100만 명이 '지구는 평평하다'고 생각하는 것으로 조사됐다. 이들에게 지구 평면설은 놀이나 유머가 아니다. 지구 평면설을 증명하려고 스스로 만든 로켓을 띄우기까지 한다.

1990년대 초 '에이즈를 믿지 않는 사람들'이라는 작은 단체가 인간면역결핍바이러스(HIV)가 에이즈의 원인이 아니라는 주장을 내놓았다. 에이즈는 바이러스가 아니라 영양실조나 허약한 건강 상태 같은 다른 요인 때문에 걸린다는 것이다.

증거도, 근거도 명확치 않았지만 남아프리카공화국의 타보 음베키(Thabo Mbeki) 대통령은 이런 주장에 동조하면서 에이즈 치료를 막기 위한 원조 제의를 거부했다. 음베키가 태도를 바꾼 것은 이로 인해 30만 명 이상의 사람들이 목숨을 잃고 3만 5,000명의 아이들이 HIV 양성반응을 보인 후였다.

한국에도 '약을 안 쓰고 아이를 키운다'는 뜻을 가진 사람들이 모인 네이버 카페 '안아키'가 있었다. 한때 회원 수 6만 명에 달했다. 카페의 설립자는 한의사로, 예방접종을 극도로 불신하고 자연 치유를 강조하여 많은 아이를 사지에 몰아넣은 적이 있다. 이 카페에 모인 부모들의 교육 수준은 평균 이상이었다. 정신 나간 생각을 신봉하는 사람 대부분이 정신이 제대로 박힌 사람들이라는 것이 놀라울 뿐이다.

주식시장에도 이런 음모는 자주 등장한다. 주가가 폭락하면 공매도 세력의 음모론이 떠오르면서 시장을 망가뜨린 범인을 찾으려 한다. "너만 알고 있어"라는 것도 일종의 음모다. 합리적인 생각을 가진 사람이라면 '그 소문이 나에게까지?'라고 생각해야 한다.

주가가 급등하면 세력의 음모라고 생각한다. 큰손과 작

전세력이 손을 잡고 개미투자자들을 호도하고 있다고 확신한다. 비정상적인 상황을 해석하는 데 이만큼 쉬운 정답이 없기 때문이다. 비트코인 하나에 30만 달러가 될 것이라든가, 강남 부동산이 반값 이하로 폭락할 거라는 소문은 음모와 희망과 예측이 범벅된 경우다. 누군가 이런 예측에 논리적 데이터를 접목하면 음모는 사라지고 과학적 예측만 남는다. 이런 논리들이 사실인지 아닌지는 그것이 쉬운 말로 설명이 가능한지를 보면 쉽게 구분된다.

상식은 과장, 허구, 왜곡, 사기를 알아볼 수 있는 가장 현명한 도구다. 많이 배운 사람이 더 상식적인 사람이라는 근거는 어디에도 없다. 상식은 지식과는 다른 종류의 능력이다. 사람들 사이의 여러 생각과 의견이 서로 교차하는 지점이 상식이다. 지혜와 지식과 도덕이 교차하는 지점이 상식이다.

그러므로 상식은 역사, 법, 관습, 신앙, 논리, 이성보다 위에 선다. 상식은 별도의 탐구나 공부가 필요 없고 특별한 노력이 없어도 대부분의 사람이 저절로 터득하게 되는 보편적 지식이나 식견이다. 그러므로 상식은 쉬운 말로 표현이 가능하다.

음모에 빠지는 순간, 상식을 벗어난다. 편협한 생각과 지적 우월감이 상식이 들어올 자리를 없애버린다. 유명 대학, 좋은 직업, 뛰어난 실적을 지닌 사람은 특별히 상식을 벗어나지 않도록 더더욱 자신을 살펴야 한다. 사업은 물론이고 인생도 상식을 벗어나는 순간, 패자로 전락하고 좋은 친구들이 떠나고 가난한 괴짜로 인생을 마칠 확률이 높아진다.

사기를 당하지 않는 법

나는 청년 시절에 몇 번을 속은 적이 있다. 당시 나는 절박했다. 미국 초기 이민자들이 그렇듯, 온 가족이 하루 열여섯 시간씩 주당 112시간을 일하던 시기였다. 지치고 힘든 가족들은 모두 예민했으며 말투는 날카로워졌다. 부모는 늙어가고 아이는 자라는데 달리 희망도 없었다. 중고 옷가게에서 산 3달러짜리 청바지에 에어컨도 나오지 않는 트럭을 타고 매일 아침마다 마켓에서 팔 과일을 사러 다니던 나는, 잘만 하면 넥타이를 차고 사무실에서 일할 수 있고 주말에는 가족과 놀러 갈 수 있겠다는 욕심에 눈이 멀어버렸다.

당시 삼보컴퓨터가 최대주주였던 e머신즈는 저가PC 판매로 미국시장에서 돌풍을 일으킨 회사로 한국 기업 사상 두 번째로 미국 나스닥 시장에 상장돼 관심을 모았다.

그는 나에게 상장 전에 만 달러어치 주식을 살 수 있는 특권을 줬다. 당시에 만 달러는 내게 정말 큰돈이었다. 별다른 인연이 없던 나에게 그런 특혜를 준다 할 때 물러서는 눈이 그 때는 없었다. 얼마 지나지 않아 상장은 폐지되고 주식은 휴지 조각이 됐다. 여기서 멈춰야 했으나 무지와 욕심이 다시금 올라왔다.

이때 그는 실시간 주식차트 거래가 미국에서 막 인기를 얻고 있는데 이를 통해 거래 분석으로 돈을 버는 사람들이 늘어나고 있으니 이런 거래 회사를 만들어 수수료를 벌자고 제안했다. 솔깃한 아이디어에 휴지가 된 주식을 소개한 죄도 묻지 못하고, 채소 도매상이 아닌 사무실로 출근한다는 흥분감에 또다시 그 제안을 받아들였다.

증명된 이익이 아무것도 없는데 증권거래 사무실을 열어버린 것이다. 몇몇 고객이 하루종일 욕설을 하며 초치기 거래를 했지만 결과는 모두 참혹했다. 한두 달을 버티지 못하고 손실을 보고 모두 떠나자 결국 혼자 남아 직접 거래를 시작했다. 마치 카지노 딜러가 혼자 카지노를 두는 모습처럼.

자본은 스스로 줄어들었다. 그러자 그 사람은 '이왕 이렇게 된 거 한 방에 크게 벌자'며 주식 옵션거래를 제안했다. 옵선에 대한 이해가 없던 나는 수없이 묻고 다시 물어서 겨우 상품에 대한 이해가 끝나자마자 옵션거래를 했지만 홀짝을 맞추는 도박에 불과했다. 적게 벌고 많이 날리며 수수료를 내는 과정이 반복되면서 결국 모든 자산을 날렸다. 좌절과 실망에 주저앉은 나에게 '외환 거래는 불과 몇백 달러로도 투자할 수 있다'며 재기를 부추겼을 때 이미 바닥까지 가버린 나로서는 저항할 방법이 없었다.

레버리지가 큰 상품인 외환 선물투자는 이익이 마이너스가 날 수 있다는 사실을 몰랐다. 결국 바닥이 아닌 지하실까지 내려간 것이다. 이민생활 10년, 3,650일의 노력이 빚까지 얻고 끝났다.

한 사람이 이런 식으로 몇 번의 제안을 지속적으로 한 것이다. 모든 게 끝나고 난 다음에도 나는 그가 선한 의도를 갖고 있었다고 생각했다. 이 일로 딱히 그 사람도 이익을 보지 않았다는 생각이 스스로 그를 편들어주고 있었다. 자기도 검증해보지 않은 아이디어를 내 돈으로 실험해보기 위해 전문 용어를 섞어가며 내 절박함을 이용했다는 것을 알았을 때는 이미 수년이 지난 후였다.

당시 e머신즈 상장은 전형적 공개 출구전략이었고 실시

간 차트거래는 실험 모델이었으며 옵션은 대형 펀드 투자자들의 헤지 모델이었고 외환은 국제적 전문가 영역이라는 정도를 알게 된 것이다. 나의 무지와 욕심이 결국 이렇게 만든 것이다. 내가 사기를 당했던 가장 결정적인 원인은 나의 욕심과 무지함이었다.

다행히 나는 그 이후 누구에게도 사기를 당한 적이 없다. 욕심을 부리지 않고 모르는 영역엔 관여하지 않으면 사기에 노출되지 않는다. 이익이 많다는 모든 제안에서 물러나고 내가 아는 영역 안에서만 투자를 진행하면 거의 모든 사기의 위험에서 멀어지게 된다.

내겐 제안이 끊임없이 들어온다. 거절하면 바보 취급을 당하는 경우도 있다. 이렇게 좋은 투자를 거절한다는 건 그들에겐 도저히 이해가 되지 않기 때문이다. 그러나 내가 거절하는 이유는 두 가지다. 이익이 너무 많고 사업 모델을 내가 이해하지 못하기 때문이다. 내가 이해할 수 있는 사업 모델이 아니라면, 사고가 생겨도 사업을 제어할 수 없고 예상이익이 많다는 예측은 리스크도 크다는 뜻이다.

사고처럼 한순간 당하는 사기는 생각보다 많지 않다. 누군가에게 사기를 당해본 경험이 있는 사람은 자신의 결과를 복기해보면 이해가 될 것이다. 만약 이해가 되지 않으면 또다시 사기에 휘말릴 수 있으니 특별히 조심하기 바란다.

투자의 승자 자격을 갖췄는지
알 수 있는 열한 가지 질문

1. 투자와 트레이딩을 구분할 수 없는가?

2. 매수와 매도에 기준이 없는가?

3. 있어 보이고 싶은가?

4. 5년간 안 써도 될 돈을 마련하지 못했는가?

5. 수입이 일정하지 않은가?

6. 승부욕이 강한가?

7. 부자가 되면 대중과 함께 살 마음이 없는가?

8. 빨리 돈을 벌어야 하는가?

9. 복리를 잘 모르는가?

10. 이번 달 신용카드 결제대금을 다 갚지 못해 이월시
    켰는가?

11. 귀가 얇은 편인가?

만약에 이런 질문에 '예'라는 대답이 다섯 개 이상이라면 투자를 절대 시작하면 안 된다. 투자는 고사하고 돈을 제대로 저축하지도 못하는 상황일 것이다. 투자는 동업이고 경영 참여이며, 이 단어는 가치를 따라 움직일 때 쓰인다. 트레이딩은 단순매매다. 사과를 도매상에서 사와 시장에서 파는 것은 투자라고 하지 않는다. 그것은 싸게 사서 비싸게 파는 거래다. 주식에서 시세차를 통해 이익을 남기거나 부동산에서 갭투자나 딱지를 사고파는 것은 투자라고 할 수 없다. 자신이 투자자인지 트레이더인지 구분할 줄 알아야 시작도 할 수 있다. 어떤 방식이 나에게 맞는지 확인하기 위해 많은 돈이 들어갈 수도 있는 상황이다.

매수와 매도에 대해 스스로 기준이 있어야 한다. 남이 만들어준 기준이 아닌 내가 만든 기준이다. 시장에서 가장 바보 같은 질문이 남에게 매수매도 시기를 묻는 것이다. 이걸 묻는다는 건 스스로의 기준이 없기 때문이다. 기준이 없다는 뜻은 투자를 왜 하고 있는지 본인이 본인을 설득하지 못한다는 뜻이다. 이런 사람은 매수를 잘해서 이익이 발생하고 있어도 결코 돈을 벌 수 없다. 매도가 완료되는 순간까지는 이익이 실현된 것이 아니다.

있어 보이는 좋은 자동차를 사야 하고, 명품 가방과 비싼 옷을 산다면 아직 투자 자격이 없다. 부자처럼 보이고 싶을 때 돈을 쓰지 말고, 부자가 되었을 때 돈을 써야 한다. 부자가 되기 전에 모든 자산은 다른 자산을 만드는 데 사용되어야 한다. 품위가 돈을 모아 오기는 하지만 품위와 사치가 동일한 것은 아니다. 실자산에 비해 과도한 품위도 사치다.

투자는 최소 5년은 기다려야 제 가치를 한다. 최소한이란 말에 주목해야 한다. 시간이 없는 돈을 투자하면 그 조급함에 당연한 기회도 놓치게 된다. 5년간은 쓰지 않아도 되는 돈만 투자하고 그럴 돈이 없으면 그런 돈을 만들든지 투자하지 마라.

시간은 인간보다 현명하다. 수입이 일정하지 않은 사람은 결국 투자금을 사용하게 된다. 일정한 수입은 이미 투자한 돈도 보호를 해줄 수 있는 지원군이다. 일정한 수입에서 일정한 돈을 투자금으로 활용하라.

승부욕이 너무 강한 사람은 조그마한 등락에도 흥분하기 마련이다. 투자에 성공하면 모든 곳에 소문을 내서 자랑하느라 밥값으로 이익이 없어지고 실패하면 폐인이 될 수 있다. 투자를 잘하려는 사람은 침착해야 한다. 성공을 해도 의젓하

고 손해가 나고 있어도 의젓해야 한다. 투자 시장은 스포츠가
아니다.

상품과 서비스는 대중 안에서 성장하고 죽는다. 대중교
통을 이용해보지 않고, 거리의 음식을 먹어보지 않고, 장터에
가본 일이 없으면 시장을 이해하지 못한다. 자가용만 타고 다
니고 셰프가 인사를 해주는 식당만 다니고 백화점에서 샤인
머스켓과 애플망고만 사 먹는 사람은 성공적인 투자자가 될
수 없다. 둘 다 능숙하게 해야 한다. 여유가 있어도 대중 안에
서 항상 자연스러워야 한다.

빨리 버는 돈은 빨리 사라진다. 빨리 돈을 벌려면 눈부신
위험자산을 좇게 돼 있다. 벌어도 결국 물에 던져진 솜사탕처
럼 사라지고 만다. 돈 주인에게 욕심이 보이면 돈은 미리 알고
떠난다. 급하게 돈을 벌어 빨리 부자가 되려는 사람은 가장 늦
게 부자가 되거나 부자가 영영 되지 못할 확률이 훨씬 크다.

복리는 고모님 이름이 아니다. 복리를 이해하지 못하는
사람은 글을 모르고 대학에 온 것과 같다. 글을 배워 다시 오
기 바란다.

신용카드 잔액을 이월시키면서 이자를 내는 사람이나, 5
만 원짜리 티셔츠를 사고 6개월 무이자 할부로 지불하는 버릇

이 있는 사람은 절대 투자하지 마라. 이자에 대한 개념도 없고 수입을 관리하는 능력도 없고 소비할 자격도 없다. 신용카드를 끊고 직불카드를 쓰며 몇 달 굶어야 몸의 투자 체질이 바뀐다. 나쁜 음식에 오래 노출되면 단식을 통해서 체질을 바꿀 수 있다. 신용카드를 사용하는 것은 아주 나쁜 경제활동이다.

사람들은 귀가 얇다는 걸 귀여운 성품쯤으로 생각한다. 귀가 얇은 사람은 본인만 피해를 당하는 게 아니라 가족을 힘들게 하고 가까운 이들에게 피해를 입힌다. 귀가 얇은 사람은 남의 말에 쉽게 넘어가면서 절대로 가족 말은 듣지 않는다. 이해관계가 없는 가장 순수한 충고를 주고받을 수 있는 사이가 가족임에도 택시 운전사의 조언에 따라 투자를 하기도 한다. 자기 주관이 없으면 뭐든 남의 결정을 따라야 하고 책임은 본인이 져야 한다. 스스로 마음의 자립이 생기고 매사에 합리적 의심을 할 수 있기 전까지는 아무것도 하지 마라. 아내나 남편이 허락할 때까지 기다리기 바란다.

두량 족난 복팔분

머리는 시원하게 하고, 발은 따뜻하게 두고, 배는 가득 채우지 말고 조금 부족한 듯 채우라는 말을 '두량 족난 복팔분'(頭凉 足煖 腹八分)이라고 한다. 이 말은 나의 투자 철학이기도 하다. 예전부터 불교 선방 스님들 사이에서 전래되는 생활 규범이다. 한의학에서도 두한족열(頭寒足熱)이라고 해서 머리는 차게 하고 발은 따뜻하게 하라고 권한다.

복팔분이란 배의 80% 정도가 차면 식사를 그치라는 교훈이다. 이 가르침을 따르면 몸의 순환이 좋아져서 달리 병이 생기지 않고 배를 가득 채움으로써 생기는 모든 병을 미리 막아 건강하게 살 수 있다고 한다. 자연의 동물들은 달리 운동을 하거나 건강관리를 하지 않아도 잘 산다. 사람도 두량 족난 복팔분만 지켜도 무리 없이 살 수 있다.

10여 년 전에 일본의 관상학자이자 뛰어난 투자자인 미즈노 남보쿠의 책에서 복팔분의 교훈을 얻은 후 잘 지켜내고 있다. 비단 건강을 위해 음식을 절제하는 것뿐만이 아니라 돈을 벌고 모으고 쓰는 모든 과정에 이 교훈을 적용한다.

돈을 벌기 위해서는 부지런히 발품을 팔아 현장에 다녀보고 알아보고 공부해야 한다. 돈을 쓸 때는 냉철하고 이성적으로 판단한 후에 지출한다. 투자를 할 때는 게걸스럽게 욕심내지 않고 배가 부르기 전에 일어서는 것이 윤택한 삶을 가장 오래 지속할 수 있는 방법이다. 과도한 욕심을 부리지 않는 것이 가장 확실한 이익만 챙기는 것이며 이 원리가 복팔분이다. 투자를 할 때 매수 못지않게 매도도 어렵다. 아무리 매수 타이밍을 잘 포착해 성공했어도 매도에 실패하면 원금까지 잃을 수 있기 때문이다. 매도가 어려운 것은 욕심을 부려서다.

욕심을 절제할 수 있으면 오히려 옳은 매도가 나온다. 100분의 1초짜리 전자시계를 가지고 가장 높은 숫자에 정지시켜보려면 100을 넘기기 쉽다. 투자는 100%를 지나면 0%가 될 수 있기에 결국 80%이면 가장 높은 점수다. 복팔분의 교훈을 주식(主食)이나 주식(株式)에서 모두 지키기 바란다.

부의 속성

열심히 산다고 돈을 많이 버는 것이 아니다.

돈을 많이 번다고 부자가 되지도 못한다.

부자가 된다고 행복해지는 것도 아니다.

부는 삶의 목적이 아니라 도구다.

열심히 산다고 모두 부자가 되었다면 이 세상은 이미 공평하게 모두가 부자가 되었을 것이다. 우리 부모님은 정말 열심히 사신 분들이지만 부자로 은퇴하지 못했다. 열심히 살면 먹고사는 문제는 해결될 수 있겠지만 정말 부자가 되기 위해서는 열심히 사는 것만으로는 부족하다.

그 이유는 방향성이 옳지 않기 때문이다. 열심히 사는 사람들은 부지런함이 모든 것을 해결해주는 줄 알고 있다. 일의 양을 늘려 부자가 되려 하지만 일과 저축을 통해 부자가 되는 데에는 한계가 있다.

자산이 스스로 일하게 만드는 법을 배우지 못하고 투자나 시장의 돈이 움직이는 것에 신경을 쓰지 못한다. 너무 일이 많고 바쁘기 때문이다. 돈을 모으는 방법도, 모아놓은 돈을 불리는 방법도 배우지 못하고 다른 자산이 올라가는 동안 집 한 채 겨우겨우 마련하고 인생이 끝나버린다. 열심히 일한 죄밖에 없다. 돈을 많이 번다고 부자가 되는 것도 아니다. 부자가 되기 위해서는 버는 돈보다 쓰는 돈을 잘 관리해야 한다. 씀씀이가 크고 사치가 늘면 더 많은 돈을 벌어야 하지만, 크게 벌리는 돈은 일정한 수입이 아닌 경우가 많다. 수입이 줄어도 씀씀이는 줄이지 못하니 수입은 모두 지출이 된다. 자산은 줄어들기 마련이다. 부자는 수입 규모에서 나오는 게 아니라 지출 관리에서 나온다. 작은 돈을 함부로 하지 말고 정기적인 지출을 모두 줄여야 한다. 수입 중에서 가장 좋은 수입은 정기적으로 들어오는 돈이고 가장 나쁜 지출은 정기적으로 나가는 돈이다. 매달 자동이체로 나가는 돈은 아무리 사소해도 줄여야 한다. 한 달에 10만 원에 속지 마라. 그 10만 원짜리 뒤에 줄줄이 36개가 달려 있기 마련이다. 3년 계약 360만 원짜리가 10만 원씩 나갈 뿐이다.

부자가 된다고 행복한 것도 아니다. 지킬 것이 많아져 불안하고 걱정이 많아진다. 더 큰 부자를 보면 초라해지고 가난한 사람을 보면 한숨이 난다. 은행에서 지점장이 인사를 안 하면 화가 나고 줄서서 기다리면 짜증이 난다. 가족은 돈을 쓸 때만 모이고 친척들은 갚지도 못할 돈을 빌려달라 떼를 쓴다. 부자의 재산 중에 부정한 수입이나 빼앗은 돈이 들어있으면 집안을 어지럽힌다. 세금을 착복한 돈은 흉기가 되고 뜻하지 않게 번 돈은 자랑하다 사라질 운명이다.

질이 좋지 않은 돈은 주인을 해칠 수 있다. 항상 좋은 돈을 벌어 자신은 절제하고 아랫사람에겐 너그러워야 한다. 환경미화원, 기사, 식당 직원이나 편의점 알바에게도 항상 감사하는 마음을 가져야 한다. 자신이 큰 부자일수록 세월과 사회에 더더욱 감사하는 마음을 가져야 한다. 작은 부자는 본인의 노력으로 가능하지만 큰 부자는 사회구조와 행운이 만들어주기 때문이다.

도구가 목적을 해하지 않게 하려면 돈을 사랑하고 돈을 다룰 줄 알아야 한다. 돈을 진정 사랑하면 함부로 대하지 않고 지나친 사랑으로 옭아매지도 않으며 항상 좋은 곳에 보내준다. 존중을 받지 못한 돈은 영영 떠나가고 사랑을 받은 돈은 다시 주인 품으로 돌아온다. 그러니 나가는 돈은 친구처럼 환송해주고 돌아오는 돈은 자식처럼 반겨줘라.

돈이 목적이 되는 순간, 모든 가치 기준이 돈으로 바뀌고 집안의 주인이 된 돈은 결국 사람을 부리기 시작한다. 결국 사람이 돈을 대신해서 일을 하게 되며 돈의 노예가 된다.

흙수저가 금수저를 이기는 법

역사에 대해 우리가 크게 잘못 이해하고 있는 게 있다. 역사는 강자들의 이야기로 가득 차 있지만 사실은 약자들의 이야기라는 점이다. 정확하게는 약자가 강자를 이긴 기록이다. 약자가 강자가 돼가는 과정에 인간은 감동하고 희열을 느끼는 것이며 승자가 된 이후에 이 과정을 기록한 것이 역사다.

인간은 약자가 강자를 이길 때 희열을 느끼고, 약자에 자신을 투영하여 강자를 쓰러뜨릴 때 대리만족을 느낀다. 실제역사를 들여다보면 약자가 강자를 물리친 경우는 허다하다. 조조의 수십만 대군을 화공으로 제압한 삼국지의 적벽대전이나 이순신이 지휘하는 조선 수군 열세 척이 명량에서 일본 수군 300척 이상을 격퇴한 해전은 모두 약자가 강자를 이긴 사례다.

보스턴 대학의 이반 아레귄 토프트(Ivan Arreguin-Toft)교수는 19세기 이후 강대국과 약소국의 전쟁 200여 건을 분석한 결과를 내놓았다. 결과를 보니 약소국이 이긴 경우가 28%에 달했다. 3분의 1이 약소국의 승리였다. 1950~1999년 동안에는 약소국의 승전율이 50%를 넘겼다. 게릴라전 같은 변칙 전술이 발전한 것이다.

세계 최강 미국도 베트남전쟁에서 졌다. 마찬가지로 기업 세계에서 약자가 강자를 이긴 이야기는 너무도 많다. 사실 전부라 해도 과언이 아니다. 우리가 이미 알고 있는 모든 기업은 약자였다. 월마트, 마이크로소프트, 애플, 스타벅스, 아마존, 구글, 테슬라와 같은 초대형 회사들도 불과 10~20년 전만해도 약자였다. 한국의 최대 기업인 삼성도 대구에서 마른 국수를 팔던 아저씨 가게에서 시작했다. 국수에 별 세 개를 그려넣은 '별표국수'가 국수가게를 벗어나며 삼성이 된 것이다. 서울에서 '경일상회'라는 가게로 쌀장사를 시작한 청년이 차린 회사가 현대다. 진주에서 포목상을 하던 구 씨와 사돈인 허 씨가 직접 가마솥에 원료를 붓고 불을 지펴 국내 최초의 화장품 '동동구리무'(럭키크림)를 만들면서 커진 회사가 LG다.

우리는 이미 강자의 모습만 보기 때문에 그들이 전에는 약자였고 당시 강자들을 이기고 그 자리에 올라선 것을 상상하지 못한다. 이들은 하나같이 기존 시장의 강자 전략과 차별화하여 1등을 무력화하며 그 자리에 올랐다. 강자는 강자이기에 갖고 있는 약점이 있다. 그 약점 때문에 싸움이 불가능해 보이는 약자와의 싸움에서 엄청난 강자들이 번번이 넘어가버린다.

강자들은 그 규모 자체가 커 변화를 알아차리는 데 시간이 오래 걸린다. 알아도 실행이 더디다. 이런 이유 때문에 약자가 전략을 바꾸고 빠른 속도와 실행력으로 도전하면 성공 확률이 높은 것이다. 약자가 계속 약자로 머물거나 강자가 되지 못하는 가장 큰 이유는 강자를 이길 생각을 하지 않아서다. 싸움에서 이미 지고 있기 때문에 도전의식이 생겨나지 않고 도전할 마음이 없으니 실행도 하지 않는다.

아프리카 호저(몸무게 13~27kg의 쥐를 닮은 당찬 동물)는 사자를 무서워하지 않는다. 사자에게 진다는 생각을 하지 않기 때문이다. 하이에나도 사자가 잡은 먹이를 빼앗아 먹으며 산다. 이들의 집요함과 물러섬 없는 도전에 사자조차 먹이를 내주고 만다.

생각을 바꾸면 강자야말로 약자의 밥이다. 이들이 보지 못하는 곳이나 부족한 부분을 찾아 개선하고 도전하는 일은 약자가 훨씬 더 잘할 수 있다. 강자를 겁낼 이유가 전혀 없다. 나 역시 사업 초기에 이미 있던 거대한 경쟁자를 겁낸 적이 없다. 그들의 시장을 대신할 아이디어가 많았고 작은 조직이라서 재빠르게 움직일 수 있었기 때문이다. 불과 하나의 매장으로 시작한 우리 회사가 3,000개의 매장을 가진 회사와 경쟁해나갈 수 있던 것은 우리가 작다는 것을 생각하지 않았기 때문이다. 그리고 3,000개 매장을 가진 회사를 우리의 시장으로 이해했기 때문이다.

2018년 10월 16일 토론토에서 전 세계 몇 개 회사와 합병 관련 회의를 마치고 최종적으로 합병 결정을 마친 바로 그 시간, 참석자 중에 한 명이 우리 경쟁 회사의 기사가 떴다며 기사 내용을 알렸다. 15년 가까이 우리 회사 때문에 성장에 발목이 잡혀 있던 그 큰 회사가 결국 매각된 것이다. 내가 전 세계 11개국에 3,000개가 넘는 매장과 8,308명의 직원을 고용한 글로벌 외식기업의 대주주가 되던 순간, 업계의 전설이던 상대 회사 오너는 출구전략을 통해 경영자 자리에서 내려온 것이다. 그는 끝까지 멋진 경영자였다. 우리 회사 때문에 애를 많이 먹고 얼마나 힘들었는지 잘 알지만 단 한 번도 부정한 방법이나 도의를 어긋나는 행동을 하지 않고 경쟁을 이어갔다.

멋진 경쟁자가 역사 속으로 사라진 것이다.

우리가 약자이던 시절에 나는 무서움이 없었다. 그래서 언젠가 이름도 모를 작은 회사가 독특한 아이디어와 열정을 가지고 우리 발목을 잡는 날이 있을 것이라는 것을 안다. 이제 공격만 하면 되던 우리의 시절은 지나갔다. 방어와 공격을 같이해야 하는 강자가 된 순간, 자칫 방심하면 약자에게 쓰러질 것이라는 사실을 알고 있다. 우리를 쓰러트릴 회사는 강자가 아닌 약자이기 때문이다.

흙수저는 금수저를 두려워할 필요가 없다. 금수저이기 때문에 갖고 있는 장점이 단점이 되기도 한다. 덩치가 큰 코끼리나 기린은 한번 주저앉으면 일어나기가 어렵다. 반면 여우는 그사이에 열 번도 더 뛰어다닐 수 있다. 차별적 변화를 찾아 빨리 움직이는 것은 약자만의 장점이다. 아무리 힘이 센 남자도 두 눈을 똑바로 뜨고 윗옷을 벗어던지며 달려드는 남자와 싸워 이길 수 없다.

생각을 바꿔보면 약자가 강자의 밥이 아니라 강자가 약자의 밥이다. 결국 강자는 이미 가지고 있기에 강자가 아니며, 강자가 되겠다고 마음먹은 사람이 강자인 것이다. 역사는 언제나 그렇게 흐른다.

당신 사업의 퍼(PER)는 얼마인가?

주가수익비율이라고 하는 PER는 어떤 주식의 주당 시가를 주당순이익(EPS)으로 나눈 수치다. PER는 주식시장에서 회사 가치를 측정하는 데 중요한 자료다. 주가가 1주당 수익의 몇 배가 되는가를 나타내는 말로 '이 회사의 1년 이익의 몇 년치가 회사 총액과 같은가'라는 말도 된다. 즉, 기업의 주가가 시장으로부터 어떤 평가를 받고 있는지를 나타내는 지표다.

예를 들어 어떤 기업의 주식 가격을 한 장에 5만 원이라고 가정하고 1주당 수익이 5,000원이라고 하면 그 기업의 PER는 10이 된다. 10년 치 이익과 주식 가격이 같기 때문이다. PER가 높다면 주당이익보다 주식 가격이 높다는 뜻이고 반대로 PER가 낮다면 주당이익보다 주식 가격이 낮다는 것을 의미한다.

회사의 PER가 높다는 의미는 회사의 가치가 고평가되

어 있다는 의미로 앞으로 성장이 기대되고 지속적 사업 가능성이 높아 미리 높은 가격에 판매하고 있다는 뜻이 된다. 반대로 PER가 낮다면 이 회사가 아직 인정을 받지 못했거나 사업성이 믿음직하지 못하다는 해석이 가능하다. 이런 PER 개념을 아직 상장하지 않은 자신의 일이나 사업체에 적용해보면 흥미로운 결과가 나온다.

가령 세 사람의 1년 수입이 동일하게 1억 원이라고 하자. 한 사람은 시장 입구에서 식당을 운영해서 수익을 얻고 있고, 한 사람은 인기 학원 원장님으로 수익을 얻고 있고, 마지막 사람은 음반 판권 수입으로 수익을 얻고 있다. 이들의 연수입은 모두 같지만 수입의 근원이 다르기 때문에 숨어 있는 추가 자산이 다르다.

식당 사장님은 자신의 매장을 매매할 경우 3년 정도의 권리금을 받을 수 있다. 경기에 영향을 받지 않고 오래전부터 시장 안에서 유명한 집이라면 5년 치도 받을 수 있다. 음반 판권을 가진 사람은 이 판권의 10년 치를 받을 수도 있다. 식당 주인보다 권리금이 더 비싼 이유는 판권 주인은 거의 일을 하지 않고 오랫동안 지속적 수입을 만드는 것이 가능하기 때문이다. 즉, PER가 올라간다. 학원 원장님은 PER가 0이다. 이유는 원장님이 그만두면 학원은 운영이 되지 않기 때문이다.

사장이 팔고 나가면 수입이 없어지는 회사를 살 사람은 아무도 없다. 이처럼 수입의 발생 근원이 얼마나 안정적으로 얼마나 지속할 것인가에 따라 PER는 높아지고 안정성이 사라진 소득은 PER가 제로가 되는 것이다. 의사, 변호사, 인기 강사, 연예인, 트레이너, 운동선수, 유튜버, 음악가, 방송인, 작가와 같이 우리가 흔히 선망하는 직업의 대부분은 PER가 낮거나 아주 없는 사람들이다. 상대적으로 PER가 높은 직업은 그 직업으로 돈을 버는 것이 아니라 그 직업을 가진 사람들을 고용해서 돈을 버는 경영자들이다. 특정인의 영향력이 사라져도 운영이 가능한 조직을 구성해야 높은 PER가 나온다.

식당이라고 모두 PER가 같은 건 아니다. 동일한 순이익을 내는 매장이라 가정하자. 인기 셰프에 의존하는 식당보다 주방에서 정해진 레시피에 따라 누구나 만들 수 있는 음식을 가진 식당이 PER가 높다. 주인이 일을 하지 않아도 매장이 운영될 수 있는 식당이라면 PER는 더 올라갈 것이다. 즉, 관여도가 적은 상태에서 얼마나 오래 사업할 수 있느냐에 따라 PER는 움직인다. 정말 다양한 사업이나 직업이 많지만 자신의 PER가 얼마인지 한 번도 고민해보지 않은 사업자가 정말 많다. 강연에서 PER에 대해 이야기하면 특히 전문직종이나 학원 선생님들이 충격을 받는다. 다른 직업에 비해 고소득자라 걱정하지 않고 있다가 현실적 숫자에 놀라버리는 것이다.

PER를 늘리지 않으면 아무리 많이 벌어도 일을 그만두는 순간 수입이 사라지기 때문에 장래를 걱정하지 않을 수 없다. 이미 높은 월수입에 자신의 지출 수준이 맞춰져 있어 조금만 수입이 줄어도 불안해지지만 달리 저축을 할 수도 없는 상황이 대부분이다. 사실 PER가 없는 사람들의 특징은 일반사람보다 개인 능력이 뛰어나서 수입이 높은 편이다.

특히 유명 운동선수, 연예인과 같이 특별히 월등한 수입을 만드는 사람들은 이 수입이 상당히 한시적이라서 남들이 인생 전체에 걸쳐 버는 돈을 몇 년 만에 몰아 번다고 생각해야 한다. 자신의 수입 규모가 평생 스타 대우를 받을 때와 같다고 생각하면 절대로 안 된다. 그래서 초특급 연예인들이 건물을 사서 임대수입을 받으려 하는 것이고 다소 인지도가 낮은 연예인들이 식당을 차리거나 사업을 하는 것이다.

자신의 직업이나 사업에 PER가 없다면 지금부터라도 PER가 높은 쪽으로 본인의 수입을 옮겨놓아야 한다. 연간 1억 원을 버는 학원 원장님은 1억 원이 자기 수입이라고 생각하면 안 된다. 1억 원 중에 아끼고 저축해서 어딘가 투자된 돈이 매달 만들어내는 수익이 자신의 진짜 수입이다. 만약 몇 년을 모아 오피스텔을 하나 사고 50만 원의 임대를 받게 된다면 그 50만 원이 온전한 PER이자 살아 있는 진짜 자기 수입이다. 이런 고품질의 PER를 지닌 수입을 한 달에 1,000만 원이 될 때까지 만들어가야 지금 수준의 소비 생활을 마음껏 할 수 있는 것이다. 한 달에 50만 원 버는 사람이 1,000만 원 버는 사람처럼 살면 안 된다. 노동이 투여되지 않고 생긴 고정적인 정기 수입이 자신의 진짜 수입이기 때문이다.

개인의 경제활동에서는 자본에서 생긴 돈만이 내 돈이다. 수입은 높지만 낮은 PER를 가진 직업이나 사업체를 가진 사람은 자신의 생활 수준을 바꿔야 한다. 이를 바꿔 적극적인 재산 이동을 통해 하루하루 자본이익을 만들어내야 한다. 당신의 수입은 진짜 수입이 아니었다.

이 이치를 이해하지 못하거나 받아들이지 않으면 당신의 노후가 사라져버린다. 아무리 연간 수입이 높아도 결국 끝은 같다. 현재 자신의 수입에 방심하지 말고 스스로에게 높은 PER를 줄 수 있는 경제활동을 독려하기 바란다.

큰 부자는 하늘이 낸다

어느 자리에서 누군가에게 이런 질문을 받았다.

"작은 부자는 근면함에서 나오고 큰 부자는 하늘이 낸다(小富由勤 大富由天)'라는 『명심보감』의 글귀가 있는데 동의하시는지 의견을 듣고 싶습니다."

그 질문에 나는 동의한다고 말했다. 하지만 그 동의에는 덧붙일 말이 좀 있다. 만약 그 질문의 의미 속에 '그럼 부자는 정해져 있는가?'라는 뜻이 담겨 있다면 내 대답은 '아니오'다. 정해져 있기 때문에 『명심보감』의 말에 동의하는 것이 아니라 정해져 있지 않기에 동의하는 것이기 때문이다.

근면함으로 작은 부자가 나오는 것은 분명 맞는 일이다. 그러나 큰 부자는 천명을 받아 선택된 사람이 되는 것이 아니다. 거기서부터는 운이다. 나는 여러 번 실패한 후에 한 번의 성공으로 이 자리까지 왔다. 나름 많은 경험을 했고 자칭 타칭 선생 노릇을 하며 수천 명의 사업가 제자들에게 사업의 도를 가르쳐왔다. 이런 내가 만약에 다시 망한다면 아무것도 없는 바닥에서 다시 이 자리까지 올라올 수 있을까?

아니다. 나는 나의 부지런함과 사업을 보는 안목의 힘으로 작은 부자로 살 수는 있어도 그 이상을 넘어가는 것은 아무것도 자신할 수 없다. 한번 사업에 성공한 사람이 다른 사업을 또 성공시키는 비율은 처음 사업에서 성공하는 사람들의 비율보다 그다지 높지 않다. 만약 하늘의 뜻을 받은 사람이 부자가 되는 것이라면 함부로 살아도 다시 부자가 되는 운명을 가졌단 얘기다. 이 말을 반대로 하면 큰 부자는 본래 하늘의 뜻에 달려 있기 때문에 하늘의 뜻을 타고난 사람이 아니면 아무리 노력해도 큰 부자가 되지 못한다는 얘기가 된다.

이런 절대적 운명을 믿는 사람들은 재벌의 사주를 풀이해보고 개명을 하고 미신에 절을 한다. 개명이 유용한 것은 개명을 할 정도로 새 마음 새 사람으로 태어나겠다는 결심을 돈독히 하는 데 의의가 있는 것이지 이름에 담긴 뜻이나 의미가 다른 인생을 주는 건 아니다. 개명으로 인생이 바뀐다면 세상의 이름이 대부분 비슷할 것이다.

부자가 되는 운명이 따로 있는 것이 아니라 부자가 되는 상황이 있는 것뿐이다. 열심히 노력하고 성실하고 근면한 것은 부자의 요소일 뿐이다. 정말 큰 부자가 될 때는 우연히 마침 그 날 그 자리에 내가 있었기 때문이다.

내가 사업에서 성공한 것 역시 운이다. 이 사업이 시작되고 확장되는 시기에 내가 그 도시에 있었기 때문이다. 그래서 이것이 실력이 아니고 운이라고 말하는 것이다. 만약 실력이라면 나는 언제고 어느 도시에서든 다시 성공할 수 있는 대단한 사람이란 뜻이다. 하지만 나는 그런 사람이 못 된다. 내가 다른 사람보다 대단한 것은 딱 한 가지다. 그것이 운이라는 것을 알고 있다는 점이다. 이것이야말로 주어진 부에 대해 항상 감사하고 겸손해져야 하는 근본적 이유다.

창업을 꿈꾸는 젊은이는 작은 회사로 가라

자본이 없거나 아이디어가 없어도 창업할 수 있는 방법이 있다. 창업은 가장 부자가 되기 쉬운 방법이자 가장 어려운 방법이다. 누구든지 창업할 수 있지만 성공하는 비율은 아주 낮다. 창업한 회사의 3분의 1은 5년 이상 살아남는다. 그리고 창업의 실패를 줄이고 자본을 모으면서 경영 교육을 받을 수 있는 곳이 중소기업이다.

대기업은 규모가 커서 하나의 부속품처럼 한정된 업무만 다루게 된다. 만약 당신이 반드시 창업을 하겠다고 마음먹은 청년이라면 자신이 앞으로 하고 싶은 직종의 작은 회사를 선택해 들어가기 바란다. 직원이 서너 명 내외로, 직책은 있어도 업무 영역이 구분되지 않을 정도로 작은 회사도 좋다. 회사가 성장하면 성장하는 대로 온갖 것을 배울 수 있고 실패하면 사장님이 망하는 것이다.

관심이 IT이든, 유통이든, 제조든, 작은 회사에 들어가면 무엇이든 하게 된다. 급여를 받으면서 사업 공부를 하는 셈이다. 더구나 작은 회사이니 이런저런 모든 일이 돌아가는 것을 보고 배울 수 있다. 내 일처럼 열심히 일하면 나이가 어려도 승진도 빠르고 회사가 잘 성장하면 곧바로 관리자가 되어 오히려 대기업보다 더 좋은 대우를 받기도 하고 일에 대한 성취감도 충분히 느낄 수 있다. 높은 급여와 좋은 복지를 원하면 당장 대기업에 들어가는 것이 좋겠지만 대신 평생 급여 생활자로 살아야 한다.

돈이 한 푼도 없는 청년도 몇 년 안에 커피숍 매장을 가질 수 있는 비법을 소개하겠다. 동네 커피숍 중에 장사가 잘되는 매장에 들어간다. 그런 매장들은 항상 알바나 직원을 구한다. 취직이 되고 나면 일을 배우자마자 맹렬한 기세로 사장님을 대신할 정도로 열심히 일해라. 마치 자신이 주인이 된 것처럼 시키지 않은 일까지 눈치껏 다 알아서 한다. 고객들이 자신을 보러 오게 할 정도로 일에 애착을 가진다. 결국 매니저 자리를 꿰찬다. 이제 사장님을 내보낼 작전을 짠다. 매니저가 되어 매출도 올리고 직원 관리도 잘하면서 매장에 사장님이 필요 없는 상황을 만든다.

그러면 사장님은 두 가지 행동을 할 것이다. 어떤 사장은 놀러나 다닐 것이고 어떤 사장은 매장을 하나 더 오픈하려 할 것이다. 이 순간부터는 당신이 결정권을 가진 사장과 다름없는 사람이 된다. 사장은 당신이 회사를 그만둘까 봐 겁이 날 것이다. 더 이상 실내 골프장에 다니지 못한다. 2호 매장을 운영할 사람이 없기 때문이다. 협박을 하라는 말이 아니다. 어쩌면 매장 하나를 분납으로 인수할 수도 있다는 의미다. 당신의 열정과 능력을 담보로 사장님과 동업자가 될 수 있는 기회가 생기는 것이다. 이렇게 급여를 받으면서 일과 사업을 배울 수 있다. 또한 자신이 이 일을 잘한다는 것을 알면 혼자서도 언제든 창업이 가능해진다. 그동안 모아놓은 돈과 경험이 창업의 어려움을 없애줄 것이기 때문이다.

나는 다시 태어나도 창업할 것이다. 지금 다시 망해도 창업할 것이다. 아들들이 창업한다 하면 기뻐할 것이다. 실패해도 다시 응원할 것이다. 창업을 통한 성공만이 흙수저로 자수성가하는 가장 빠른 길이고 유일한 길이기 때문이다. 내가 나를 고용해서 내 맘대로 나에게 맘껏 임금을 주고 싶다. 나는 대기업에 들어가 인정받은 대가로 내 인생을 넘기고 싶은 생각이 추호도 없다. 나를 인정해주고 내 인생을 나에게 주고 싶다.

　　나는 도전을 좋아하고 자의적으로 일하고 싶고 내 창의적인 아이디어가 구현되는 모습을 보고 싶다. 젊은 창업가들은 작은 회사에 들어가서 그 회사를 키우는 경험을 하고 나서 30대에 창업해도 늦지 않다. 20대에는 회사에서 공부하고 30대엔 창업하고 40대엔 번성하고 50대엔 후배에게 양보하고 60대엔 일에서 떠나 삶을 즐기면 그것이 최고의 인생이다.

능구〔能久〕와 공부〔工夫〕

나는 내가 무엇을 바꾸고 싶거나 깊은 염원이 있으면 100일을 계속하는 버릇이 있다. 내가 100일 동안 그 행동을 했다는 것은 바꿀 수 있다는 뜻이고 절박하게 노력했다는 뜻이다. 원하는 것을 100번씩 100일 동안 써보는 것은 그것을 나에게 증명해내는 시간이다.

『중용』에 나오는 능구(能久)라는 단어의 구(久)는 지속(duration)을 의미한다. 구체적 기간은 3개월을 뜻한다. 3개월만 무엇이든 꾸준히 하면 본질이 바뀐다는 공자의 가르침이다. 도올 선생을 통해 듣게 된 이 교훈으로 3개월 혹은 100일을 꾸준히 하는 개념이 아주 오래된 가르침임을 알게 됐다.

공부(工夫)는 중국어로 '꽁후우(gong-fu)'라고 발음하며 영어로는 'to study'로 번역되지만 사실은 몸의 단련을 일컫는 말이다. 나는 능구와 공부, 즉 지속적으로 3개월간 내 몸을 단련

시키는 일을 해내는 사람은 무엇이든 바꿔나갈 수 있다고 믿는다. 삶에서 가장 중요한 것 중 하나가 실천의 지속이기 때문이다.

무엇이 되었든 바꾸고 개선하고 싶은 게 있다면 3개월만 지속하기를 권한다. 반드시 다이어트에 성공하고 싶다면 저녁 5시 이후엔 먹지 않겠다고 생각하고 3개월 동안 실행해보자. 담배를 끊고 싶으면 3개월을 참고 가슴 근육을 키우고 싶으면 3개월만 팔굽혀펴기를 하자. 주식을 배우고 싶거든 3개월 동안 관련 유튜브 영상 수백 개를 모조리 뒤져보고 관련 서적을 독파해보자. 그것이 무엇이든 전문가 수준이 되고 싶다면 3개월만 죽어라 파보자. 3개월이면 몸도 마음도 생각도 바꾸기에 가장 좋은 시간이다. 삶을 개선하고 바꿔나가려면 이런 실체적 노력을 일정 기간 동안 하는 것이 가장 좋다. 이 과정으로 습관이 생긴다. 건강 전도사로 불리는 아놀드 홍은 벌써 수년 동안 '100일의 약속'이라는 주제로 일반인의 건강 습관을 바꾸는 일을 하고 있다. 100일만 운동을 가르치고 독려하면 그들의 인생이 바뀐다는 믿음이다.

구체적으로 아무것도 시도하지 않는 사람은 다음 달이나 내년에 다른 삶을 살 수 있을 거라는 희망을 버려야 한다.

돈을 벌고 투자하는 것도 노력하고 배우고 공부해야 한다. 진지하게 삶을 살아야 겨우 자리를 잡는 것이 인생이다. 우연히 시간 나는 대로 하다가 어쩌다 보니 오는 행운은 행운이 아니라 불행이다. 자기가 만든 게 아닌 행운을 갖고 있으면 언젠간 누군가가 반드시 되찾으러 온다. 무엇이든 열심히 하고 지속적으로 해보자. 어려워도 100일만 해보자. 100일이 어려우니 3개월만 해보자. 능구와 공부, 왠지 당기지 않는가? 제발 당기기 바란다.

아직도 할 사업은 끝도 없이 많다

사업은 하고 싶은데 막상 하려면 할 사업이 없다는 사람들이 있다. 나는 내 수첩에 메모해놓은 사업거리가 수십여 개다. 이 중 거의 대부분은 자본이 그다지 많이 필요하지 않은 것들이다. 평소에 내가 불편하다고 생각하거나 생활에서 개선이 필요하다고 생각하는 것들이 모두 사업거리가 되므로 할 사업이 없다는 말은 사실이 아니다.

이 세상에 필요한 사업은 이미 모두 있는 것 같겠지만 내 생각은 반대다. 아직 없는 것이 더 많다. 설령 있으면 또 어떤가? 기존의 사업자들이 잘하지 못하는 것도 사업거리고 이미 다른 사업자들이 실패한 사업도 기가 막힌 새 사업거리일 수 있다. 내가 메모해놓은 신규 사업들은 이런 것들이다. 공개하는 이유는 내가 어떻게 새 사업 아이템을 찾는지 보여주기 위해서다.

언젠가 일본에서 태평양이 보이는 조지시(銚子市)라는 도시를 후배들과 다녀온 적이 있다. 아침마다 해변가를 산책했는데 바다에 떠밀려온 나무들이 여기저기 보였다. 나는 평소에 나무 테이블을 만드는 취미가 있는데 바닷물에 쩔어서 단단해진 그 나무들이 그렇게 탐이 났다. 아마 세상 어딘가에서 태풍에 뽑혀진 나무들이 태평양을 돌다가 이곳 바닷가로 흘러 왔을 것이다. 재주 많은 목공이라면 저런 나무들로 멋진 가구를 만들 수 있다. 이 가구의 브랜드 이름은 '너는 어디서 왔느냐?'로 정했다. 이국의 어느 바닷가에서 자란 나무가 가구가 되었다는 스토리를 담아봤다. 해변에 널부러진 나무조각을 청소하니 스토리와 재생, 환경보호의 현대 산업 윤리와도 어울리는 가구회사가 나올 수 있다고 생각했다.

요즘은 남자들도 화장을 곧잘 한다. 남성 화장품 전문 매장도 가능해 보인다. 여자가 많은 숍에서 물건 고르는 것을 힘들어하는 남자도 많고 남성용품 종류도 제법 많아졌기 때문이다.

이런 아이디어들은 직접 해볼 생각도 있으나 그냥 버릇처럼 구상해보는 경우가 더 많다. 평소 산업에 빈틈이 보이거나 불편한 것들을 적어놨다가 실제로 구현해보기도 한다.

그중 하나가 플라워숍이다. 미국은 특별한 날이 아니어도 일상적으로 꽃을 많이 산다. 슈퍼마켓 제일 앞쪽에는 꽃이 그득하다. 선물용이 아니니 장 보다가 달리 포장도 없이 한 송이, 한 다발씩 카트에 넣는다. 그런데 한국에 가면 꽃집이 잘 보이지 않았다. 시내에는 지하 구석에 전국 꽃 배달 사인을 붙여놓고 주인이 꽃다발 만들 때나 냉장고 뒤에 가둬둔 생화를 꺼내 쓰고 있다. 매장 앞뒤로는 죽지도 팔리지도 않는 나무들이 오랜 화분 위에 올려져 있다. 꽃 한두 송이나 한 다발을 사려고 하면 "얼마짜리 해드릴까요?"라는 질문에 답해야 한다.

나는 호텔에 묵을 때도 가끔 꽃을 사다 놓는데 한국에서는 꽃 한 송이 사기가 영 불편했다. 조사를 해보니 한국의 꽃 시장은 경조사 시장 중심으로 되어 있었다. 꽃 소비의 80%가 경조사 시장에 팔려 나가고 개인 소비 시장은 20%도 안 됐다. 그나마 나처럼 즉흥적으로 꽃을 사는 인구는 1.5%도 안 되는 것이다. 미국과 완전히 반대였다. 미국은 80%가 개인 소비 시장이다. 결국 한국에 꽃 매장을 오픈해보기로 했다. 정말 한국 사람들은 꽃을 안 사는지 아니면 유통 시장이 잘못하고 있는지 궁금했다. 매장을 구성하면서 모든 관점을 소비자 입장에서 접근하기로 했다. 소비자가 꽃을 만지고 싶으면 만질 수 있게 냉장고를 오픈 형태로 만들고 가격을 붙이고 aT센터에서 소매점으로서는 처음으로 경매권도 받아서 판매 가격도 소비자가 접근하기 쉽게 만들었다. 좋은 수입산은 직접 수입도 하고 한 송이씩도 팔게 만들어봤다. 약 2년이 지난 현재, 서울에 벌써 열두 개의 매장을 오픈했다. 자신들이 꽃인 줄 이미 아는 10대들 빼고는 모든 연령층과 모든 성별이 편의점처럼 쉽게 들어와서 꽃을 사갔다.

한국인들은 꽃을 싫어하는 것이 아니라 한국 유통 시장이 실수한 것이었다. 꽃으로 선물가게를 운영하고 있었으니 나처럼 꽃을 사고 싶은 사람은 살 데가 없었을 뿐이다. 현재 한국 스노우폭스플라워의 총매출은 소매상점으로 이미 전국 1등이다. 서울 시내에만 300여 개 넘게 오픈할 수 있을 것으로 보인다. 어쩌면 상장도 가능할 모델이다. 사소한 의구심으로 시작한 도전이 근사한 사업으로 자리 잡게 된 것이다.

할 만한 사업이 없다는 사람은 할 만한 사업 아이디어를 보는 눈이 모자란 것이다. 사업은 아직도 끝이 없다. 만약 그래도 못 찾겠으면 이름 앞에 국제라는 단어가 붙은 모든 박람회를 다녀보기를 바란다. 그중에 이제 시작해서 비싼 부스를 구하지 못하고 구석에 사장이 혼자 나와 있는 외국 회사들이 있을 것이다. 한국 판권을 얻든가, 아이디어를 개선하면 그것이 새 사업이다. 할 수 있는 사업은 끝도 없으니 욕심이 있는 창업가들은 눈을 크게 뜨기 바란다.

사업가는 스스로에게
자유를 줄 수 있는 유일한 직업

나는 젊은이들의 꿈이 대기업에 가는 것이라는 말을 믿고 싶지 않다. 나는 그들이 공무원이 되겠다고 죽어라 공부한다는 것이 괴롭다. 대기업에서 가장 큰 성공은 임원이 되는 것이다. 대기업 임원이 급여 생활자의 별이라 하자. 한국경영자총협회의 조사에 따르면 별을 딸 확률은 0.7%다. 1,000명 중에 일곱 명만 임원이 된다. 입사 후 부장 승진까지는 평균 18년, 임원까지는 평균 22년이나 걸린다. 대졸 신입사원 1,000명이 입사하면 부장까지 승진하는 사람이 스물네 명이고 임원까지 오르는 사람은 일곱 명이라고 조사 발표됐다. 이 조사에 의하면 부장 승진 2.4%란 말은 나머지 97.6%가 부장이 되지 못하면서 해고가 되는데 그때 나이가 40대 중반이다. 게다가 해마다 임원 승진 비율도 낮아지고 있다.

언젠가 총영사관에서 휴스턴 지역 지상사 대표들을 초대했다. 대부분 한국 정유산업 관련 자회사 사장들로 한국 본사에서 발령받은 임원들이었다. 놀랍게도 이들은 수조 원짜리 프로젝트를 아무렇지 않게 말하면서도 사적인 이야기를 할 때면 퇴사 후 어떻게 살 것인지에 대해 한결같이 걱정했다. 결국 임원이 돼도 급여 생활자에 불과하다. 임기를 마치면 한국에 자리가 있을지 걱정이 태산이고 퇴직하면 자동차와 아이들 학비는 어떻게 해야 할지 고민이 많았다. 수조, 수천 억 원은 그들 돈이 아니었다.

나는 대기업에 들어가려는 청년들이 이 사실을 전혀 모를 것이라고 밖에 생각할 수 없다. 만약 이런 사실을 안다면 어떻게 성공 확률 0.7%에 도전하고 그나마 50세에 은퇴를 해서 차 걱정, 학비 걱정을 하는 인생에 올인 하겠는가. 최고의 지성과 최고의 교육을 받은 사람들이 잠을 쪼개가며 공부해서 정말 이런 취직을 원한 것인지 이해하기 어렵다.

대기업은 더 이상 꿈의 직장이 아니다. 꿈을 빼앗는 직장이다. 정말 평생 자신의 시간을 팔아서 돈을 벌며 살고 싶은가? 사실 평생이란 말도 맞지 않다. 나이 50 전에 명퇴 요구를 받을 것이고 그때 이후론 더 이상 그의 시간을 살 사람이 아무도 없다. 아직 수십 년을 더 살아야 하는데 그 나이에 무엇을 새로 시작하겠다는 말인가? 이것이 정말 당신 인생의 목표인가? 왜 당신은 당신 스스로 자본가나 사업가가 되겠다는 생각을 하지 않는가? 실패가 무서운가? 임원이 될 확률보다 사업으로 성공할 확률이 42배나 높다. 창업 자금이 없어서라면 이 세상 모든 창업자들은 태어날 때 자본을 갖고 태어났다는 말인가? 창업은 원래 돈 없이 작게 시작하는 것이다. 성공확률이 10%만 있어도 도전하는 것이 기업가의 창업 정신이다. 90%는 망한다는 두려움에 망설여지는가? 그렇다면 별이 되어도 나이 50이면 은퇴를 요구받는 자리에 오를 확률이 0.7%라는 걸 다시 상기시켜야 할까?

사업하다 망할 확률 90%가 사실이라 해도 임원이 되지 못할 확률이 14배 이상 높다. 이 비효율적 경쟁에 그렇게 뛰어들고 싶은가? 어제의 나와 경쟁하면서 살고 싶지 않은가? 내 삶의 주체가 내가 되고 싶지 않단 말인가? 이미 직장에 다니고 있어도 직업이 의사이거나 변호사여도 상관없다. 기회가 생기면 무조건 창업하라. 의사라도 의사 자격증을 가진 경영자를 꿈꿔라. 변호사 자격증을 가진 경영자를 꿈꿔라. 누구나 사업가가 될 수 있고 자본가가 될 수 있다. 절대로 대기업

취직을 목표로 한 번뿐인 인생을 넘기지 말기 바란다. 항상 도전하고 탈출을 꿈꿔라. 자신에게 직접 급여를 주고 자신을 평생 고용하고 자신의 시간조차 자신에게 돌려주는 꿈을 꾸기 바란다.

사업가는 자기 인생에 자신을 선물할 수 있는 유일한 직업이다. 한 번밖에 없는 인생에 나를 선물할 수 있는 길이 분명 있다. 부디 여러분의 희망이 공포를 이기기 바란다.

돈마다 품성이 다르다

돈은 그 돈이 만들어지는 과정에 따라 각기 다른 성격을 갖는다. 돈마다 성향도 있고 기질도 있어서 고집이 센 돈도 있고 배짱이 두둑한 돈도, 물러터진 돈도 있다. 집에 있기 좋아하는 돈도 있고 집 밖에 나가면 절대 들어오지 않으려는 돈도 있다. 한 부모 안에 태어난 자식이라도 각기 취향과 성향이 다르듯 돈도 마찬가지다.

고된 노동으로 번 돈과 주식 투자를 통해 얻은 수입, 카지노에서 번 돈, 저축에서 생겨난 이자 같은 돈은 똑같은 1,000만 원의 액면가라도 결코 같은 돈이 아니다. 같은 돈이 아니기에 어떤 돈은 죽어라 붙어 있으면서 돈값을 못하기도 하고 어떤 돈은 쉽게 사라지고 어떤 돈은 다른 돈을 불러들이며 어떤 돈은 있는 돈까지 데리고 나간다. 태어나는 방식에 따라 돈의 품성이 다르기 때문이다.

그래서 돈을 벌 때는 가능하면 품질이 좋은 돈을 벌어야 한다. 품질이 가장 좋은 돈이란 당연히 정당한 방법으로 차곡차곡 모아지는 돈이다. 급여 수입이나 합리적 투자나 정당한 사업을 통해 얻는 모든 수입이다. 자신의 아이디어와 노동을 통해 벌어들인 돈은 내 인생의 유일한 자산인 시간을 남에게 주고 바꾼 돈이라서 가장 애착이 가고 자랑스럽기에 어떤 돈보다도 소중하다. 이런 돈은 함부로 아무 곳에나 사용하지 못하며 이런 돈이 모여 자산이 되어 투자나 저축을 통해 이자를 만들어내면 마치 아들보다 더 예쁜 손자손녀 대하듯 귀해진다.

반면 이런 귀한 돈에 비해 일확천금은 품질이 좋지 않다. 카지노에서 딴 돈은 다음 카지노에서 다른 돈까지 데리고 나가고, 사기로 얻은 돈은 사치와 방탕한 생활을 하는 데 사용되어 인생을 그르치게 된다. 투기에 가까운 투자나 급하게 부자가 되려는 마음으로 무모한 레버리지를 이용해 운 좋게 벌어들인 돈도 남에게 자랑하는 용도로 사용되다가 결국 모든 돈을 데리고 한꺼번에 집을 나가버린다. 때때로 나쁜 돈은 주인을 해하거나 그의 가족을 무너뜨려버린다.

좋은 돈을 모으려면 삶에 대한 확고한 철학이 있어야 한다. 돈의 주인이 좋은 돈만을 모으겠다고 마음먹으면 저절로 돈이 붙어 있게 된다. 욕심을 부리지 않기에 오히려 사기를 당하지 않는다. 행동이 반듯해서 허풍스러운 곳에서 술값으로 돈을 버리지도 않는다. 불로소득을 바라지 않기에 어디 가서 망신을 당하는 일도 없고 공돈을 기대하지 않기에 비굴하지 않아도 된다. 더불어 이런 사람에겐 기회도 더 생기고 행운도 많아진다. 품성이 좋은 자산이 많이 몰려와 가족을 해치지 않고 뭉치게 만든다. 설령 행운처럼 생긴 자산도 이미 좋은 품성을 가진 돈 사이에 섞이면서 좋은 성품을 지닌 돈으로 변형되어간다.

각기 다른 환경에서 자란 젊은이들이 사관학교에 들어가 그 학교의 규율과 학풍을 배워가며 하나의 가치와 규범으로 동료가 되어 장교로 태어나는 것과 같다. 이렇듯 친구를 가려 사귀듯 돈도 가려 모아야 한다. 그렇게 모으는 돈은 많으면 많을수록 좋다. 견고하게 당신과 당신 가족을 지켜주며 흩어지지 않을 것이다. 그리고 오랫동안 남아 당신의 인생을 지켜주며 부자로서 존중받는 삶을 누릴 수 있게 해줄 것이다.

맨해튼에 비가 내리던 어느 여름날이었다. 저녁 식사를 끝내고 34번가 앞에 있는 100년도 넘은 유물 같은 메이시 백화점에 가족과 함께 들렀다. 백화점 정문 바닥에는 이 회사의 역사를 적어놓은 동판이 하나 놓여 있었다. 얼마나 많은 자본과 재화 그리고 부자들이 이 문을 거쳐 저 동판을 밟고 지나갔을지 상상해봤다. 그런데 그때 40세 정도 되어 보이는 걸인이 동판 앞에 앉더니 부슬비를 그대로 맞으며 지나가는 사람들의 동정을 구하기 시작했다. 도움을 구하는 종이에 쓰인 글을 보니 제법 교육을 받았던 사람인가 싶었다.

이미 늦은 밤인데 저녁도 하지 못했나 싶은 마음에 주머니에 있는 얼마 안 되는 현금을 구걸통 안에 넣어주고 다시 처마 밑으로 돌아와 서 있었다. 몇몇 사람이 주머니 안에서 동전을 꺼내 던져주었고 이후 더 너그러운 인도 여자가 제법 큰 단위의 종이돈을 건네주었다. 그제야 그는 저녁 값이 마련됐는지 일어서서 몇 안 되는 짐을 챙기기 시작했다. 마지막으로 컵 안을 살피던 그는 여러 사람이 준 동전들 사이에서 동전 몇 개를 골라내더니 길바닥에 버렸다. 그리고 도움을 청하는 문구가 적힌 종이판이 비에 젖을까 봐 걱정이 되었는지 배낭과 등짝 사이에 끼고 사라져버렸다.

그가 사라진 자리엔 3페니(약 11원)가 버려져 있었다. 이후에도 많은 사람이 동판 위를 밟고 지나갔지만 아무도 페니

따위에 관심을 두지 않았다. 나는 비를 맞으면서 몇 걸음 걸어가 젖은 3페니를 손톱으로 집어 손에 담았다. 사실 미국에서 3페니로 살 수 있는 것은 아무것도 없다. 그러나 작은 돈을 함부로 하는 사람은 결코 큰돈을 다루지 못한다는 것을 알기에 보석을 줍듯 소중히 주웠다. 그제야 쇼핑을 끝낸 아내와 아들이 페니 2만 개도 넘게 지불한 운동화 두 켤레를 사들고 나왔다. 나는 오른손 바지 주머니에 넣은 동전 세 개를 만지작거리며 '이 동전들은 돈의 씨앗이다'라고 중얼거리며 두 사람 뒤를 따라 걸어 집으로 돌아왔다.

사람들이 잘 모르는 사실이 있다. 작은 돈이 사람을 부자로 만들고 큰돈이 사람을 가난하게 만든다는 사실이다. 어쩌면 그 맨해튼의 거지는 10년 전에는 나보다 부자였을지도 모른다. 맨해튼 금융가에서 큰돈을 다루는 일을 하다 실수를 저질러 파산했는지도 모른다. 작은 돈을 함부로 하고 큰돈만 좇다 그렇게 된 것일지도 모른다. 그사이 가난한 이민자로 수없이 실패를 했던 동양인은 맨해튼 5번가에 베란다가 있는 집을 하나 더 사서 주말에 가끔 놀러 오는 부자가 되었다. 작은 돈을 소중히 대했더니 큰돈을 다 데려온 것이다.

319

가족 안에서 가장 부자가 되었을 때
부모와 형제에 대한 행동요령

　　형제자매 중에 누구 하나가 부자가 되면 아무도 부자가 되지 못한 것보다 낫다고 생각하지만, 가족들 사이에 의외로 여러 문제가 발생할 수 있다. 국가도 빈부 차가 벌어지면 사회 안전망이 무너지고 긴장이 고조된다. 가족 사이에도 빈부 차가 벌어지면 불화와 서운함과 비난이 난무하게 된다. 나의 독자는 모두 부자가 될 사람이라 믿고 지금부터 여러분이 부자가 되었을 때 부모와 형제에게 어떻게 처신해야 할지를 미리 알리고자한다. 돈을 버는 규모와 결혼 유무에 따라 조금씩 변화가 있지만 내 경우로 유추해 실수했던 것과 잘한 것들을 수정해서 기록했다.

상황1) 재산 규모가 10억 원 안쪽일 때

이때까지 하지 말아야 할 일은 다음과 같다. 형제들 창업 자금을 빌려주는 일, 부모님 집이나 차를 바꿔주는 일.

해야 할 일은 다음과 같다. 부모님을 모시는 올케언니나 형수님에게 명품 가방 사주기, 조카들 대학 입학 때 노트북 사주기, 가족 단체 식사 값 혼자서 내기, 부모님께 일정한 생활비를 정기적으로 드리기.

이런 정도라면 가난을 벗어나 막 부자가 된 경우다. 가족 내에 눈에 띄지 않게 고생하는 여자들이나 조카들을 챙기는 시기다. 가족 내에서도 은근히 질투와 시기가 일어날 수 있기에 고생하거나 소외받는 가족들을 챙겨줘야 한다. 무리하게 사업 자금이나 차를 바꿔주는 정도의 일은 아직 이르다. 자신의 자산이 뿌리를 내리기 전에는 목돈이 들어가는 일을 만들지 말고 부모님 생활비 외엔 어떤 비용도 정기적 비용으로 만들면 안 된다.

부모님 생활비는 마치 급여처럼 정해진 날에 반드시 늦지 않게 자동으로 결제되게 만들어놔야 한다. 부모들은 하루라도 늦으면 사업이 안되는지, 혹은 자신들이 뭘 잘못했는지 걱정을 만들어서라도 할 것이다. 항상 같은 날 일정하게 보내고 사업이 커지면 조금씩 금액을 올려야 한다. 용어도 생활비가 아니라 투자배당이라고 바꿔라. 생활비 주는 자식 눈치를 보시지 않게 해야 한다. 자식에게 젊어서 투자한 노력과 가치에 대한 배당이익이라고 설명드리고 당당하고 편하게 받으시도록 한다.

또한 생활비를 모으지 않도록 독려해야 한다. 생활비가 일정하게 오지 않으면 불안해서 쓰지 않으신다. 사정이 어려운 다른 자식들이나 손자손녀를 돕는다고 안 쓰고 모으는 일 없이 직불카드를 만들어 드리고 잔고가 남으면 남은 돈 빼고 드리면 된다. 그러면 월말마다 택시 타시고 커피 사드시고 꽃 사러 다니신 흔적이 통장에 보일 것이다.

형제들의 투자 요청, 주택자금 지원, 생활비 지원 등은 절대 하면 안 된다. 아직 물에서 미처 나오지도 않았는데 발목을 잡아 모두 함께 다시 가난으로 빠져들어갈 수 있는 시기다. 혹시 그런 일로 형제간 인연이 끊겨도 안 된다. 아직 당신 자녀와 배우자를 형제나 부모보다 먼저 챙겨야 되는 시기다. 그 돈으로 차라리 형수, 제수, 어머니, 여동생, 누나들에게 고급 가방 하나씩 선물해주는 것이 훨씬 효과적이다. 이 시기는 가족을 지원하는 시기가 아니라 가족을 흩어지지 않게 하는 시기다.

상황2) 재산 규모가 50억 원 안쪽일 때

이때는 부모님의 집을 사주거나, 차를 사주는 시기다. 부모님 용돈 정도가 아니라 생활비 전체를 책임져야 할 시기다. 조카들 학비를 내주는 시기도 됐다. 형제들이 질투하던 시기가 지나 인정하는 시기가 왔다. 이때는 큰돈을 써도 행세한다는 소리를 듣지 않는다. 조카들을 챙겨주는 이유는 두 가지다. 조카들을 챙기면 사촌들이 친척이라는 가족 공동체 개념이 명확해진다. 사촌들끼리 잘 어울리고 자주 만나게 된다.

다른 좋은 점은 내 형제자매들이 어려운 부탁을 덜 하게 된다. 자기 자녀들 학비를 내주고, 여행을 보내주고, 입학 때마다 노트북을 바꿔주는 부자 형제가 있다면 터무니없는 부탁을 하지 못한다. 조카들에게 쓰는 비용이 형제들 사업자금이나 보증, 주택자금 지원 등으로 쓰는 돈보다 훨씬 싸고 현명한 지출이다. 이 시기에도 형제들에 대한 지원은 여전히 조심해야 한다.

상황3) 재산 규모가 100억 원 이상 넘어갈 때

이때부터는 형제들 중에 가난한 사람이 있으면 안 된다. 그들이 가난에서 벗어나도록 적극적으로 도와줘야 한다. 그들의 가난은 이제 당신의 책임이다. 형제자매 중에 사업가 기질이 있는 사람에게 사업체를 만들어주고 직책을 주는 시기다. 당신뿐만 아니라 가문이 부자가 되도록 만들어야 한다. 이미 재산 규모가 100억대를 넘었다면 자산이 자산을 만드는 시기다.

부모님을 해마다 여행 보내드리고 부모님의 친한 친구들도 함께 보내드려서 자식 자랑을 부모 친구들이 하게 만들시기다. 가족과 친척 사이의 봉이 아니라 보험이 되어야 한다. 친지들의 경조사를 지원하고 병원비 들어갈 일이 생기면 당신이 자가 보험사가 되어준다. 그리고 이 일을 모두 배우자를 통해서 해야 한다. 그래야 배우자가 가족 안에서 대우받고 함께 보람을 느낀다.

실패할 권리

이 책을 끝까지 다 읽었는데도 용기도 나지 않고 방향도 모르겠다는 사람이 있을 것이다. 나는 현재 몇 개의 회사를 소유하고 있고 각기 다른 사장들이 회사를 운영하고 있다. 나는 아직 한 번도 내가 지휘하는 사장들이 실패했다고 징계를 해본 적이 없다.

오히려 도전하지 않음을 탓한다. 어떤 경우에는 실패가 내 눈에 보이는데도 그냥 방치하기도 한다. 그 실패가 다음 실패를 막을 수 있거나 아니면 내가 실수를 하고 있을지도 모르기 때문이다. 나는 많은 실패를 경험했고 지금도 여전히 실패를 하면서 산다. 이유는 여전히 도전하기 때문이다.

실패는 권리다. 특히 젊은이의 실패는 특권이 포함된 권리다. 우리 시대가 아무리 성공만을 종용하고 성과 없는 실패에 매정해도 이 세상에 실패 없는 성공이 도대체 몇 개나 된단 말인가? 한 번의 실패 없이 성공을 달리는 사람은 한 번의 실패로 모든 것을 잃을 수 있기에 실패가 녹아들어가지 않은 성공은 아직 성공이 아니다. 콘크리트가 철근 없이 얼마를 버티겠는가?

부모들 또한 자녀들의 실패에 너그러워야 한다. 실패를 오히려 환영해야 한다. 많은 부모가 자신들은 실패했으니 자녀는 실패하지 않았으면 하는 마음을 갖는다. 그 이유로 실패 자체를 하지 못하도록, 도전도 하지 못하게 막음으로써 결국 실패하게 만든다. 실패를 하는 자녀를 두었다는 것은 도전을 하는 자녀를 가졌다는 뜻이다. 창업을 말리고 취업을 부추기는 부모야말로 실패자다. 자신의 두려움을 자녀에게 물려주는 것이다. 부모의 관용만 있어도 자녀들은 다시 도전하고 언젠가 성공할 수 있다.

청년들은 절대로 실패를 두려워하지 마라. 실패는 권리다. 오늘도 그대는 실패할 권리가 있다. 실패할 권리가 없는 세상을 상상해본 적 있는가? 젊은이들에게 꼭 지켜줘야 할 권리다. 사람은 누구나 방황하고 좌절하며 성장한다. 단 한 번의 실패도 없이 성공의 문턱에 오른 사람은 없다. 실패는 범죄가 아니다. 무모한 일이라도 끊임없이 도전하라. 모든 성공은 도전하지 않는 자들에겐 항상 무모했기 때문이다.

책이 부자로 만들어줄까?

나는 책이야말로 여전히 삶의 가장 좋은 도구라고 믿는다. 인터넷이나 방송을 통해 더 빠르고 정확한 자료를 찾아낼 수도 있지만 책이 주는 내밀한 정보를 따라갈 수는 없다. 나는 지금도 여전히 한 달에 20여 권의 책을 산다. 관심사가 다양해서 독서량이 많은 편이다. 물리학 이론에 빠지면 관련된 책을 한꺼번에 주문하고 채권이 궁금하면 채권 책을 모조리 산다. 특정 작가에게 빠지면 절판된 책까지 중고를 찾아서라도 구해놓는다.

다행히 나는 책을 상당히 빨리 읽는 편이다. 300페이지 내외의 책은 두세 시간이면 읽는다. 필요하면 밑줄도 긋고 어떤 문장이나 단어를 읽고 나의 의견이 떠오르면 여백에 적어놓기도 한다. 책의 내용과 다른 생각이 떠올라도 그냥 적어놓는다. 제목과 달리 내용이 부실하거나 마음에 들지 않는 책은 굳이 끝까지 읽지 않는다. 나는 작가와 책 제목을 잘 외우지 못해서 읽은 책을 또 사는 경우도 많다. 다행히 요즘은 인터넷 사이트에서 주문을 하면 결제하기 전에 구매한 기록이 있다고 친절하게 알려준다.

나의 서재에는 수천 권의 책이 있다. 그런데 이 책이 나를 부자로 만들어주었을까? 아니다. 책은 당신을 부자로 만들지 못한다. 책을 해석하는 능력이 생기면서 스스로 질문을 가지게 될 때 비로소 당신은 부자의 길을 만난다.

흔히 책을 읽으면 저자에게 몰입되어 어디서 이런 대단한 생각이나 판단을 했을까 궁금해하며 지적 포로가 된다. 책에 나온 모든 글을, 사실을 넘어 진리로 받아들이고 자기의 생각을 버린다. 그러나 아무리 유명한 저자의 글이나 위대한 학자의 이론이라도 모두 옳을 수만은 없다. 성경도 오역과 빠진 부분이 있지 않은가. 그런데 저자에게 빠져 필사를 하고 저자보다 내용을 더 잘 기억하는 사람도 있다. 어느 부분이 옳다는 것만 보고 그 밖의 모든 부분이 옳지 않을 수 있다는 생각을 전혀 하지 않기에 생기는 일이다. 그러면 어느 부분이 옳고 어느 부분이 틀린 것일까?

그것을 알려주는 '책'이 따로 있다. 책을 읽고 감화를 받은 뒤 정신에 지적 무게가 얹어지면서 오히려 자신을 초라하게 느끼는 사람이 있다. 이런 경우라면 독서량이 많아질수록 어깨가 내려가고 무릎이 바닥에 닿는다. 거인들의 등을 타고 가는 것이 아니라 거인들의 엉덩이에 깔린 것이다. 이럴 때 어깨를 펴고 무릎을 세우면서 거인과 함께 걷는 방법을 알려주는 책, 그 책은 바로 '산책'이다. 산책을 통해 살아 있는 책을 접하는 것이다. 의심하지 않고 질문하지 않는 책은 아무리 읽어도 죽은 책이다.

산책을 통해 책으로 얻은 주제와 관점을 생각하며 자기 스스로의 기준으로 작가의 권위에 무조건 굴복하지 않고 옳고 그름을 스스로 판단하는 시간을 가져야 한다. 이를 통해 내려간 어깨와 굽어진 무릎을 펴고 스스로 홀로 서는 연습을 해야 한다. 책을 읽을 때마다 무릎은 다시 굽혀질 것이다. 하지만 스스로 생각하는 연습을 계속하다 보면 다리에 근육이 생기고 어깨가 펴지면서 스스로 혼자 우뚝 서는 날이 있을 것이다. 산책과 자문을 통해 의심하고 질문하는 습관을 길러야 한다.

길을 걷거나 조용히 앉아 오늘 읽은 책의 내용을 숙고하는 시간을 가져보기 바란다. 그러면 아무리 위대한 선생이 쓴

책이라도 페이지를 늘리기 위해서 쓴 헛소리라는 게, 단순히 팔기 위한 목적에 따라 이론을 만들어낸 자기계발서라는 게 보인다. 당신 마음의 무릎이 건강해졌기 때문이다. 산책은 몸도 마음도 건강하게 하니 하루에 만 보 이상 걷기 바란다.

신은 왜 공평하지 않을까?

아무리 노력해도 희망이 보이지 않고 지속되는 실패와 좌절이 다가오면 사람은 신을 원망한다. 나도 여러 번 실패를 맛보고 좌절이 이어지던 시절 신이 이렇게 잔인할 수 있는지 원망스러웠다. 이렇게 열심히 노력하고 나쁜 짓 하지 않고 도전했는데 왜 번번이 실패하는지 이해되지 않았다. 나 같은 사람이 성공하면 참 많은 사람을 도우며 살 텐데 왜 나에게 행운을 주시지 않는지 의심스러웠고 억울했다.

그러나 시간이 지나고 나서 보니 신은 항상 공평했다. 내가 성공한 다음이라서가 아니다. 성공하기 전이나 성공 후 어느 때든 신은 무슨 일이든 관여하지 않음으로써 공평함을 이루신다. 돌이켜보면 내가 일곱 번을 실패하든, 열네 번을 실패하든 관여하지 않으셨을 것이다. 반면에 내가 터무니없이 많은 돈을 벌거나 과분한 칭송을 받아도 관여하지 않으신다. 신은 세상이 스스로 돌아가도록 관여하지 않음으로써 자신의 공평함을 나타내신다.

신이 공평하다고 믿는 사람들이 넘쳐날수록 실망이 번져서 결국 불공평이 확장되는 것이다. 그러니 아무리 힘들어도 신을 원망하지 말고 신에게 의지하지 말고 스스로 일어서라. 신의 도움을 얻지 않고 스스로 일어서겠다고 마음먹어야 정말 길이 보일 수 있다. 신에게 하는 청원의 기도에 신은 전혀 동요하지 않으실 것이다.

신에게 드리는 기도는 신이 무슨 말씀을 하시는지 듣는 시간이지, 내가 신에게 하고 싶은 말을 하는 시간이 아니다. 신을 믿지 않는 사람도 이런 이치를 아는데 신을 모시는 사람이 왜 그분을 괴롭히는지 알 수 없다. 좌절하거나 실패해도 신을 원망하거나 자책하지 마라. 신의 잘못도 아니고 당신 잘못도 아니다. 다시 도전하면 된다.

신이 세상에 관여하지 않는 것은 무심이 아니라 무위다. 신이 우리를 사랑하지 않아서가 아니라 진정 사랑하여 그러는 것이다. 우리가 스스로 행동하고 자연이 스스로 움직이도록 놓아줌을 실현하시는 것이다. 신이 세상에 관여하는 순간 세상 모든 것은 정지될 것이다. 정지란 죽음이다. 이것이 신이 세상을 이끄는 방식이다.

신이 관여하지 않음을 통해 당신을 축복하고 지지하고 있음을 알렸으니 마음껏 세상의 부와 축복을 다 가져가길 바란다. 그래서 당신 스스로 신이 하고 싶은 일을 그 부를 통해 할 수 있기를 축복한다.

항상 투자만 하는 송 사장과
항상 화가 나 있는 그의 아내

송 사장은 장사의 신이다. 차리는 매장마다 성공이고 만드는 메뉴마다 히트다. 서울 인근에 있는 그의 디저트 카페는 언제나 손님으로 가득하다. 근처에 고깃집도 하나 운영하는데 매장마다 장사가 잘된다. 송 사장이 일하는 카페 뒤쪽에는 카페 매장만큼이나 큰 연구실이 있다. 실제로 입구에 연구실이라는 안내판을 붙여놨다. 송 사장의 컴퓨터 파일에는 2만 장이 넘는 사진들이 있다. 메뉴, 진열방식, 조명, 기구, 소품, 복장 등으로 잘 정리돼 있다. 일본과 유럽, 동남아시아의 유명하다는 식당을 다니면서 얻은 아이디어들이다. 송 사장의 이런 학자적 탐구 덕분에 카페 손님은 해외여행을 하지 않고도 세상의 여러 나라 메뉴를 먹을 수 있으니 카페는 늘 북적거린다.

그렇지만 그의 아내 윤 씨는 항상 남편에게 화가 나 있다. 결혼 생활 20년째인데 아직까지 집도 없고 벌어놓은 재산도 없기 때문이다. 주변에서는 알부자로 알고 있고 형편이 어려운 친정집에서는 은근 기대도 하지만 정말 돈도 없고 재산도 없다. 더구나 매장이 두 개나 되는데도 아침부터 저녁까지 매일 출근을 해야 한다. 만약 출근하지 않으면 집안에 생활비도 들어오지 않기 때문이다. 남편 꼴이 보기 싫어 카페로는 출근을 안 하고 고깃집으로 출근한다.

송 사장의 카페 뒷방 연구소에는 직원이 여섯 명이나 있다. 카페에서 일하는 네 명보다도 많다. 연구소 직원들은 카페에서 일을 하지 않는다. 카페 직원들은 연구소 직원이 되는 것이 꿈이다. 급여도 많고 하는 일도 창의적이기 때문이다. 송 사장의 꿈은 원대하다. 이 카페를 전국에 퍼트려 대기업으로 만들고 싶다. 그래서 메뉴 연구소를 만들어 세상에 맛있다는 모든 메뉴를 직원들과 만드는 것이다. 메뉴 개발 속도가 얼마나 빠른지 1년에 네 차례씩 카페의 메뉴가 전부 바뀐다. 덕분에 손님들은 즐거워하지만 아내 윤 씨는 속이 탄다.

이유는 간단하다. 송 사장이 카페로 버는 돈을 메뉴 연구와 연구소 직원들 급여로 모두 쓰기 때문이다. 직원들 데리고 일본으로 메뉴를 공부하러 다니고 수시로 메뉴를 업그레이드

하느라 메뉴판이나 시설 개설로 매년 그 비용이 수익보다 더 들어가기 때문이다. 잔소리라도 하면 새로운 메뉴가 대박을 터트려 우리를 부자로 만들어줄 것이라며 흥분한다. 메뉴가 바뀌면 그릇도 바뀌고 그릇이 바뀌면 테이블도 조명도 모두 바뀐다. 가끔 업계 사람들이 찾아와 송 사장을 칭찬하고 부러워하는 꼴을 보면 아내 속은 뒤집힌다.

송 사장은 완벽주의자다. 송 사장은 카페를 하기 전에는 카센터를 했고 그 전에는 인쇄소를 했었다. 한국 최고의 인쇄소를 만들겠다며 수입이 생기는 대로 독일제나 일본제 인쇄기를 다 모았던 시절이 있었다. 최고의 외제차 수리 분야 전문 카센터를 만들겠다며 중고 외제차를 종류대로 사서 모두 해체하던 시절도 있었다.

벌기도 잘하지만 버는 돈이 모두 100% 사업에 재투자되니 아내 윤 씨는 돈을 만져볼 기회가 없다. 지금도 연구소만 아니면 한 달에 2,000만 원도 더 벌겠지만 연구소 직원 월급과 재료비로 모두 날리고 있다. 고깃집에 가서 생활비라도 빼내오지 않으면 거기서 버는 돈으로 연구소 직원이 더 늘어날 게 뻔하다. 남편이 저렇게 열심히 일하고 돈 많이 벌어서 좋겠다는 동네 친구들 인사에 복장이 터질 것 같다.

나는 분명히 안다. 송 사장은 절대 부자가 될 수 없다. 송 사장의 카페나 고깃집이 더 잘되면 잘될수록 아내 윤 씨 말대로 가게에 투자되고 직원들에게 투자되는 돈은 많아질 것이다.

송 사장의 죄목은 첫째, 무한투자죄다. 회사란 투자 비율이 있다. 어떤 회사고 이익의 100%를 매해 투자하는 회사는 없다. 설령 송 사장이 매장을 수십 개 갖게 돼도 아내 윤 씨에게 돈이 돌아가는 날은 없을 것이다. 더 큰 회사를 만들기 위해 더 큰 투자를 해야 하기 때문이다. 그러다 한 번 실수하면 다시 바닥으로 가기 때문이다.

두 번째 죄목은 횡령(橫領)이다. 타인의 재물을 유용하는 경우, 형법 제356조에 위배되며 이는 10년 이하의 징역 또는 3,000만 원 이하의 벌금에 처해진다. 송 사장은 아내 윤 씨의 재산을 횡령한 것이다.

부부는 재산 공동체다. 부부가 함께 살면 누가 돈을 벌든 수익의 반은 배우자 몫이다. 송 사장은 사업을 통해 번 모든 돈을 사업에 재투자함으로써 아내 몫을 횡령한 것이다. 전액을 재투자하려면 아내에게 허락을 받았어야 한다. 허락은 고사하고 반대를 하는데도 매년 이런 식이었다.

그러나 남편 송 사장의 가장 큰 죄는 이익의 반을 아내에게 주고 나머지 반으로만 사업을 키우는 것이 훨씬 현명한 일이라는 것을 경영자이자 가장으로서 모르고 있는 경영무지죄다.

송 사장의 경영무지죄를 이야기하려고 여기까지 왔다. 송 사장은 가장이자 사업 경영자다. 사업은 폼으로 하는 것도 아니고 봉사활동도 아니다. 가족과 내 자유를 얻기 위한 처절한 종교 활동에 가깝다. 그동안 사업을 하면서 이익의 반을 계속 아내에게 주었더라면 아내는 가장을 존중하고 자랑스러워했을 것이다. 송 사장도 이익의 반을 아내에게 매년 넘겨줬으면 지금 집도 하나 사놓고 노후 저축도 마련해놓았을 것이다.

사업을 지금처럼 유지하고 크게 키우려면 그 정도 투자는 해야 하는 것 아니냐는 변명은 옳지 않다. 송 사장은 가족을 위해 사업을 하는 것이 아니라 가족의 희생을 빌미로 자신의 허영을 위해 일을 하고 있기 때문이다. 아내가 남편 송 사장을 무시하고 화가 나 있는 것은 당연하다.

송 사장에게 당부하고 싶다.

이익의 반을 아내에게 돌려라. 아내의 당연한 지분이다.

그것이 또한 당신에게도 좋은 일이다. 집안의 재산은 아내에게 옮겨오기 전까지는 완전한 자산이 아니다. 아내가 보관하는 돈이 집안의 실제 자산이다. 사업을 하면서 이렇게만 하면 당신은 사업도 보호하고 집안의 재산도 늘릴 수 있다. 무엇보다 가장 큰 혜택은 아내가 당신을 사업가로 자랑스러워할 것이라는 점이다. 송 사장이 이 글을 반드시 읽기 바란다.

동업을 어떻게 생각하세요?

투자를 받을 사람에게 말한다.

만약 당신이 다른 사람의 돈을 자기 돈보다 더 중요하게 생각할 수 있는 사람이라면 동업해도 된다. 투자자에게 분기별로 정기적으로 재무제표를 보고해줄 의무가 있다고 믿고 행동하면 동업을 해도 된다. 만약 사업이 잘되면 친구 돈을 돌려주고 동업을 파기할 욕심이 없다면 동업해도 좋다. 당신이 급여를 가져갈 때 동업자에게 급여의 수준을 보고할 책임이 있다고 믿으면 동업해도 된다. 세세한 자금집행도 모두 기록하고 열람할 수 있도록 할 자신이 있으면 동업해도 좋다.

투자를 할 사람에게 말한다.

만약 당신이 이 사업이 잘못돼도 자기 돈을 돌려받을 생각을 하지 않는다면 동업해도 된다. 동업자가 사업이 안될 때도 여전히 급여를 가져가는 것이 맞다고 생각하면 동업해도 된다. 동업자의 회사 직원을 내 회사 직원처럼 함부로 할 생각이 없다면 동업해도 된다. 밖에 나가 '그 회사는 내 것'이라고 자랑하고 다니지 않을 자신이 있으면 동업해도 좋다.

두 사람에게 말한다.

만약 두 사람이 계약을 명확히 문서화했고 공증을 했으며 지분, 직책, 급여, 경영권, 수익금 배분방식, 책임의 한계, 주식 양도 시 동의권, 재투자비율, 계약파기 조건 등의 항목을 명확하게 기록한 서류가 있다면 동업해도 좋다. 만약 두 사람이 이사회 혹은 증자, 배당 등에 대한 용어를 이해하고 이 문제를 문서로 협의했으면 동업해도 좋다. 둘 사이에 정확한 업무 역할표가 있고 이를 이행하지 못했을 경우, 손익 분배의 비율 조정에 대한 협의를 마쳤으면 동업해도 좋다.

동업은 잘되어도 문제고 안되면 더 문제다. 동업자를 잘못 만나면 일에 대한 스트레스보다 동업으로 인한 스트레스가 더 무서워진다. 그러나 좋은 동업자를 만나면 당신 같은 사람 두 사람이 함께 힘을 합친 것이다. 그러니 좋은 동업자 관계를 유지하기 위해서는 모든 것을 문서화하여 서로의 자산을 존중해줘야 한다.

돈은 우정보다 강해서 계약이 불분명하고 빈틈이 보이면 우정도 가족애도 허물어버릴 것이다. 부부 사이도 부자지간도 가를 수 있는 것이 합쳐진 돈이다. 두 사람은 친구이거나 가족이지만 돈은 서로 친구나 가족이 되지 못한다. 돈이 서로 친구가 되고 가족이 되는 일은 정확한 계약이 있을 때에만 일어난다. 우정은 우정대로 돈은 돈대로 따로 생각하기를 바란다. 남의 돈에 대한 존중만이 모든 동업 문제를 해결해준다.

길을 모르겠으면 큰길로 가라

강남에 마음에 드는 건물을 하나 살 때의 이야기다. 건물 주는 60대의 남자였는데 절대 안 팔겠다던 매물을 팔겠다며 연락이 왔다. 그는 몇 채의 건물을 가지고 있었는데, 그중에 하나를 자식의 사업자금으로 보태주기 위해 매각하려고 나온 자리였다. 그 당시만 해도 나는 부동산에 대해서는 달리 아는 것이 없었다. 거래를 마치고 난 후에 물었다.

"부동산 안목이 뛰어나신데, 비법 한 가지만 가르쳐주시지요?"

잠시 침묵을 지키던 그가 내 질문이 진지하다고 생각했는지 정말 딱 한 가지만 이야기해주고 나갔다. "나는 지하철 입구에서 나오면 바로 보이는 건물만 삽니다. 오늘 임대나 매물 안내를 붙이면 오늘 연락 오는 곳 말입니다. 아들놈만 아니면 평생 안 팔았을 겁니다. 김 선생도 오늘 연락받고 계약하시러 오신 것 아닙니까?"

이후 이 양반의 기준이 나의 부동산 매입 기준이 됐다. 당연히 지하철 역 앞에 있는 건물은 비싸다. 그러나 임대인과 임대인의 수준을 고를 수 있고 현금화가 손쉽다면 비싼 것이 가장 싼 것이다. 나는 지금도 건물을 살 때는 크기보다 로케이션(장소, 위치)을 보고, 이익률보다 로케이션을 보고, 빌딩의 연도보다 로케이션을 본다. 부동산 전문 투자자가 아닌 사람이 얻을 수 있는 가장 크고 안전한 이익은 로케이션이라는 것을 알게 되었기 때문이다. 또한, 내가 부동산에 대해 완벽한 자신이 생기기 이전에도 로케이션 중심으로 구매했을 때에는 크게 실수한 일이 없었다.

다른 도시를 여행할 때는 큰길로 다니면 된다. 분명 큰길이 있는데도 지름길을 찾겠다고 샛길을 찾다 보면 막다른 골목에 다다르거나 다시 돌아가야 할 때가 많다. 자신의 방향 감각을 믿다가 완전히 길을 잃을 수 있다. 특정 자산 영역에서 전문가가 아닌 사람이 길을 잃지 않으려면 그 자산이 말하는 큰길을 찾아가면 된다.

이것은 완벽하게 이해하지 못하는 시장에 투자를 할 경우 아주 유용한 팁이다. 나는 주식을 살 때도 해당 업계에 대한 이해가 확실하지 않으면 언제나 1등을 고른다. 이후에 이해도가 높아지면 2등을 고르기도 한다. 나는 아직 부동산 투자에 대한 이해가 부족하지만 자산 분배 차원에서 부동산을 보유해야 할 때가 있다. 항상 큰길에 있는 건물만 구매하는 것만으로 이미 훌륭한 투자를 하고 있다.

부자가 되지 못하는 사람들은 부자가 되지 못하는 생각을 가지고 있다. 서울 시내 부동산이 비싸다는 것은 다 안다. 그것은 비싼 이유가 있어서 비싼 것이다. 그런데 비싸다고 서울로 출퇴근이 가능한 인근 도시에 투자한다. 애플 주식이 최근 10여 년 사이에 30배가 올랐다. 애플 주식이 오르는 것은 그만한 이유가 있어서다. 그런데 애플 주식을 사는 것이 아니라 애플 테마주나 관련주를 산다. 요지에 작은 건물을 사면 되고 애플 주식을 좀 적게 사면 되는 것을 지름길을 찾겠다고 달려나가다 막다른 골목길에 다다르는 실수를 하는 것이다. 이미 열매가 자라고 있는 나무가 있는데 그 씨앗을 받아 나무를 키우겠다며 리스크를 만들고 있는 것이다.

투자를 할 때는 항상 두 가지 문제를 놓고 고민한다. 돈을 버는 것이 중요한 것인가, 손실을 피하는 것이 중요한 것인가에 관한 문제다. 수익과 손실 회피의 두 마리 토끼를 잡으려다 둘 다 놓치는 게 현실이다. 투자 세계에서 살아남은 사람들은 홀인원을 한 사람이 아니라 버디를 많이 한 사람이다. 홀인원 한 사람이 우승하는 경우도 드물고 다음 경기에서 우승하겠다고 홀인원에 목숨을 걸지도 않는다. 하지만 다들 홀인원에 관심을 갖고 버디를 가볍게 생각한다. 보기나 더블보기만 하지 않아도 친구 사이에서 우수한 선수일 수 있다. 자신이 모르는 것과 제어할 수 없는 것을 줄여가는 것이 최고의 투자가들이 늘 하는 일이다.

큰길로만 다니면 평생 흥미로운 것도 못 보고 뒷골목에 먹자골목이 생겨서 다들 떼돈을 벌 때 참여하지 못할 수 있다. 즉, 리스크를 너무 줄이려다 보면 평균 성장을 따라가지 못하는 실수를 할 수도 있다. 하지만 남들의 평균 이익보다 내 이익이 적다고 해서 빈털터리가 되지는 않는다. 한번 발생하면 빈털터리가 될 실수는 절대 하지 마라. 한번 낙오되면 절대 이 시장에 다시 돌아오지 못한다. 그 동네 사람이 되어 모든 골목을 구석구석 알게 되기 전까지는 반드시 큰길로 다니기 바란다.

쿼터 법칙

2019년 봄에 나이든 오랜 친구들과 젊은 새 친구들 몇몇이서 미국 대륙 자동차 횡단여행을 한 적이 있다. 대형 SUV 트럭을 타고 로스엔젤레스에서 뉴욕까지 운전을 하고 갔다. 딱히 목적지를 둔 여행은 아니지만 그래도 내가 가고 싶은 곳이 한 군데 있었다. 네브래스카주 오마하시에 있는 워런 버핏 자택이었다. 미국 최고 부자 중에 한 명이 나보다 작은 집에서 산다는 것이 믿기지 않아 실제로 한번 보고 싶었다.

버핏의 검소함과 소탈함은 이미 많이 들어봤지만 실제 그런 집에 살고 있는지 확인해보고 싶었다. 집에 도착했을 때는, 워런 버핏이 아무런 보안 시설도 경호원도 없는 집에서 방금 직접 차를 몰고 출근했다는 것을 알게 되었다. 62년 전 30만 1,500달러에 구매한 자택에서 아직도 살고 있었다(솔직히 버핏의 투자 실적을 보면 집을 사지 않은 이유를 알 만도 하다. 그의 집은 2020

년 현재 시세로 85만 4,000달러다. 그 돈도 투자에 넣었다면 136억 달러가 되었을 것이다.).

110조의 재산을 가진 버핏은 그동안 삼성전자가 2010년 하반기에 출시한 20달러짜리 폴더폰을 사용하다가 최근에 아이폰11로 갈아탔다. 아침 식사도 출근길에 맥도날드에서 '모닝 세트' 중 하나를 고르는데, 미국 케이블 채널 HBO와의 인터뷰에서 "재정적으로 넉넉하지 않다고 느껴질 때는 그중에 싼 것을 고른다"고 말한 적도 있다.

사실 그는 나보다 몇만 배 부자지만 나는 그보다 몇 배나 부자로 살고 있다. 우리 집은 그의 집보다 몇 배는 비싸고 나는 더 이상 맥도날드 같은 데서 아침을 먹지 않은 지 한참 됐다.

사실 버핏의 검소함을 존중하고 존경한다. 세계 최고 부자들 중 한 사람이 실제로 지극히 평범한 미국 중산층의 삶을 살고 있으니 담장에 철조망이나 경비원을 세워두지 않고도 살 수 있는 것이다. 이것이야말로 가장 멋진 부분 중 하나다.

다른 부자들이 가장 높은 곳에서 울타리를 치고 자기들만의 영역에서 보안 카메라와 경비원의 도움을 받으며 살아가는 것에 비하면 버핏의 위대함은 비교할 수가 없다.

하지만 존경한다고 따라 하고 싶은 생각은 전혀 없다. 나 역시 대단한 사치를 하는 것은 아니지만 다른 기준을 갖고 있기 때문이다. 나는 이것을 쿼터(quarter)법칙이라 부른다. 쿼터는 영어로 4분의 1을 뜻한다. 내 동일한 수준의 경제력이나 수입을 가진 사람들의 쿼터 수준에서 생활하는 것이다.

10만 달러를 벌면 2만 5,000달러의 수입을 가진 사람처럼 살고, 100만 달러를 벌면 25만 달러의 수입을 가진 사람처럼 살고, 1,000만 달러를 벌면 250만 달러의 수입을 가진 사람처럼 사는 것이다.

쿼터 법칙은 검소함과 사치 사이에서 기준을 만들어준다. 이 기준을 만든 이유는 매년 내 자산이 늘어나는 것이 확실하지 않은 상황에서 경제적 문제가 생겼을 때 수입 없이 3년은 살 수 있다는 위기 극복을 위해서다. 또 다른 이유는 수입이 늘면 늘어난 부분에 대한 보상을 스스로에게 부여하고 싶기 때문이다. 버핏 같은 극단적 절제보다 노력에 대한 보상 체계를 좀 더 명확히 하고 싶기 때문이다.

우리 가족은 홀푸드에서 유기농 제품을 구매하고 식료품을 구매하면서 가격을 신경 쓰지 않게 된 지 오래됐다. 마음껏 꽃을 사고 레저용, 가족용, 출근용, 야외용 차를 가지고 있다. 세상에서 가장 비싼 호텔에 묵고 비즈니스석이나 일등석으로 여행을 다닌다. 그러나 여전히 쿼터 법칙 안에서 생활한다.

내년에 수입이 줄어든다면 줄어든 쿼터 법칙에 따라 일반석을 타고 다니거나 소비를 줄일 것이다. 스스로 보상과 제한을 두는 것이다. 나는 가난을 경험한 자수성가형 사업가다. 나와 동일한 수준의 수입을 얻는 부자들과 나란히 생활하려면 나의 부가 더 오랜 검증을 거쳐야 한다고 믿는다. 내가 만약 그들처럼 제트 비행기를 사고 더 큰 저택에서 살고 싶으면 그들보다 네 배를 더 벌면 된다. 그것이 뒤늦게 이민자로 자수성가한 부자가 할 수 있는 최대의 사치라 생각한다.

동양철학에서는 음과 양을 이치에 맞게 대할 때 그 온전함이 나타난다고 가르친다. 집, 옷, 자동차 등과 같이 눈에 보이는 것은 양이다. 언어, 태도, 음식 같은 것은 음이다. 그래서 사업가나 자산가에게는 오히려 적당한 품위가 드러날 만한 사치가 필요하다.

단, 사치의 경계를 넘지 않는 옷차림, 깨끗한 자동차, 잘 정리된 집은 사업가의 신용을 높여주고 고운 언어, 단정한 태도, 정갈한 음식을 취하면 성품이 올라간다. 부자의 품격이 나타나는 지점이다. 부자가 되어도 버핏을 따라 할 생각이 없다면 나를 따라 쿼터 법칙을 실천해보기 바란다. 가장 안전하게 즐길 수 있는 부자의 길이다.

기도로는 부자가 될 수 없다

신은 당신을 부자로 만들지 못한다. 신의 은혜로 부자가 되다면 이 세상 부자들은 모두 종교를 믿는 신실한 사람들일 것이며, 이를 본받아 부자가 되고 싶은 모든 인간이 신을 믿고 있을 것이다. 신을 믿지 않는 사람들 중에도 부자가 많고 다른 종교를 가진 사람들 중에도 부자가 많다는 것이 이를 증명한다.

신은 당신을 부자로 만드는 것에 관심도 없지만 돈을 만들지도 못한다. 신이 할 수 없는 일 중 하나다. 세상 모든 일을 할 수 있고 모든 축복을 내릴 수 있다는 신이 이상하게 돈은 인간들에게 부탁한다. 이 세상의 모든 종교가 다 똑같다. 아무리 위대하고 웅장한 건물에 살고 계신 신이라도 자기 집을 구경하고 나면 마지막 방에서는 기념품을 팔고 계신다. 돈을 버는 일은 신보다 인간들이 더 잘하기 때문이다.

따라서 돈은 스스로 벌어야 한다. 참된 종교인이라면 복권을 사놓고 신에게 반드시 좋은 일에 쓰겠다는 따위의 기도는 하지 않을 것이며 성실하게 살면 언젠가 부자가 되게 해주시리라는 소망도 버려야 한다. 부자는 기도나 성실함으로 이뤄지는 것이 아니라 노력과 지혜, 기회와 운이 합쳐져 이뤄진다. 기회와 운은 신을 믿는 사람에게만 가는 것이 아니고 누구에게나 불특정하게 다가간다. 그것이 기회인지 아닌지 알아내는 노력과 지혜가 필요할 뿐이다.

또한 점술가, 무당, 점성가, 관상학자, 역술가든 초자연적인 무엇에 당신이 돈의 방향에 대해 묻기 전에 그가 나보다 부자인가를 알아봐라. 그가 나보다 가난하다면 더 물을 것도 없고 그가 나보다 부자라면 그 사람보다 부자가 되긴 글렀다.

때때로 이들의 점괘가 당신을 구해줄 수도 있지만 행운의 변덕 외에는 어떤 개연성도 없다. 나는 지금까지 인생에 있어 초자연적인 힘이나 신앙에 기대어본 적이 없다. 앞으로도 그럴 생각이 없고 경제적인 중대한 결정을 위해 신을 찾을 생각도 없다. 오히려 조사나 공부로 해결되지 않는 부분이라면 직관을 이용할 것이다. 신에 대한 기도가 인간을 지켜줄지는 모르지만 지갑까지 지켜주지는 않는다. 초자연에 의지하는 자세는 꿈이 현실이라고 믿는 것과 다를 바 없다. 결국 아주 위험한 재정적 상태를 넘어 파멸로 이끌게 된다.

한때, 친구 덕에 제법 유명한 역술가를 만난 적이 있다. 그의 사무실에는 고위 정치인들과 이름이 알려진 사람들의 흔적이 있었다. 차 한잔을 들고 마주 보고 앉은 자리에서 그는 내 얼굴을 가만히 바라보다 아직 입도 안 댄 찻잔을 내려놓고 갑자기 날 이끌고 나갔다. 그가 안내한 곳은 인근 식당이었다. 내가 생선구이를 좋아하는 것은 어찌 알았는지, 묻지도 않고 이것저것 생선을 종류대로 시키더니 음식이 한 상 차려지자 내게 진지하게 물었다.

"제발 나 돈 버는 법 좀 가르쳐주시오."

그 순간 확실히 알았다. 미래를 잘 안다는 사람도 돈은 어쩔 수 없구나. 『주역』 명리학을 바탕으로 인터넷 사주 사이트를 만들어보라고 했지만 듣기도 처음이라 했다. 무슨 점을 인터넷으로 볼 수 있냐며 손을 저으며 이해하지 못했다. 나는 결국 밥값도 못했고 그 역술가는 아직도 그 사무실에서 늙어가며 다른 사람 돈에 점괘를 내고 있을 것이다.

재산을 모을 때는 농부가 되고
투자 할 때는 어부가 돼라

부자가 더 많은 고급 정보를 가졌기에 유리한 투자 지점에 있다고 믿는 사람이 많다. 부자들은 돈이 많아서 폭락장에서도 물타기를 하며 얼마든 자산을 불릴 수 있다고 믿는 사람도 있다.

그러나 돈이 많으면 더 많은 손해를 볼 수도 있다. 부자들과 당신의 다른 점은 결정의 방향과 속도다. 그들은 재산 형성과정에서 수많은 결정을 잘해서 그 자리에 가 있을 확률이 높다. 부자들은 재산을 모을 때는 농부처럼 행동한다. 깊게 땅을 파고 비를 기다리고 가뭄을 이겨내며 오래 견딘다. 그러나 돈을 벌어 자산이 생기면 어부처럼 돌아다닌다. 이곳저곳에 출몰하는 물고기 떼를 따라 배를 돌리고 바람과 수온을 따라 어디든 그물망을 내린다. 작년에 이곳에서 줄곧 재미를 봤어도 해가 바뀌면 직관을 따라 그물의 위치를 변경한다.

투자 자산의 움직임에 따라 냉정하고 신속한 결정을 한다. 자기의 주관이 명확해서 자산관리인이나 금융사 직원들의 의견에 영향을 받지 않는다. 유능한 어부는 이미 자기 판단에 따라 어디에 그물을 던질지 생각하고 있다. 어부는 수협 공판장에 전화를 걸어 그물을 내릴 시기나 장소를 묻지 않는다. 부자들이 부자로 살아남는 것은 남들과 동일한 상황에서도 남다른 두 가지 능력을 발휘하기 때문이다.

첫째는 부자라고 해서 위기가 올 것을 짐작하거나 알려주는 시스템은 없지만 위기가 발생하면 대처할 준비가 평소에 되어 있다는 점이다. 둘째는 실제 위기 발생 시에 이에 대처하는 더 나은 답을 갖고 있지 않지만 답이 보이면 실제로 실행한다는 점이다. 보통 사람들이 주저하는 사이에 이미 판세를 뒤집어놓고 기다린다. 즉, 위기를 기회로 바꾸는 능력이 탁월할 뿐이지 더 많은 정보와 자산이 위기 시에 이들을 돕고 있지는 않다.

부자라도 이런 위기를 견디지 못하는 부자는 다시 내려갈 수밖에 없다. 부자도 능력이라서 위기를 견뎌내는 사람이 더더욱 부자가 되는 것이 바로 이 원리다.

돈을 모으는 네 가지 습관

　스스로에 대해 자존감이 없는 사람은 돈이 생겨도 제대로 사용할 줄 몰라서 돈이 그다지 도움이 되지 못한다. 자존감이 없는 사람에게 주어지는 돈은 주로 쾌락에 사용된다. 아직 자신을 진정으로 사랑하고 존중하는 법을 배우지 못한 상태에서 돈이 주어지면 술, 담배, 유흥, 사치, 허영, 친구들에게 돈 쓰기, 해외여행, 명품 구매 등과 같은 형태로 자신의 가치를 올리려 한다. 돈이 자신감을 만들어주고 자신감이 잘 자라면 자존감을 만들어주지만 먼저 돈을 갖기 전에 갖춰야 할 일상의 습관과 자질 몇 가지가 있다.

　특별히 젊은 청년들은 반드시 사회에 나가기 전에 이 네 가지를 몸에 습득하길 바란다. 아직 습득하지 못한 기성인들에게는 경각심이 되길 바라는 마음이다. 이것의 핵심은 부자가 되기 전에 부자의 태도와 습관을 미리 몸에 넣어놔서, 언제든지 부가 찾아와도 당당하게 받을 수 있게 함에 있다.

이 네 가지 습관은 부에 어울리는 사람이 되어 부가 빠져나가지 않고 항상 머물게 하는 효과를 갖게 한다. 다음 습관과 태도를 익히지 못한 상태에서 돈을 벌면 오히려 돈이 사람을 해칠 수 있다.

첫째, 일어나자마자 기지개를 켜라. 누워 있는 상태에서 팔을 머리 위로 뻗어 두 손을 모으고 몸을 C자로 만들면서 좌우로 허리를 쭈욱 편다. 다음엔 침대에 걸터앉아 다리를 똑바로 펴고 깍지 낀 손을 위로 올리고 아래위로 허리를 편다.

기지개는 전신 스트레칭으로 근육의 이완과 수축을 돕는 행동이다. 기지개를 켜면 몸속 근육을 부드럽게 자극해 피로감을 빨리 해소할 수 있다. 기지개는 스트레칭의 한 방법으로 간단해도 전신운동이다. 순간적으로 많은 공기를 폐에 확보하게 돼 많은 산소를 얻어낼 수 있다.

기지개는 아침에 온 세상과 나를 연결하는 행동이자 몸에 기를 넣는 행동이다. 동물들은 따로 운동을 하지 않아도 기지개를 켠다. 기지개는 모든 동물이 가진 몸의 자연스런 행위다. 기지개를 하고 일어나는 습관을 가지면 하루를 감사함과 당당함으로 맞이하게 된다. 인생에 또 새로 주어진 하루에 몸과 마음으로 인사를 드리는 것이 기지개다. 하루 시작부터 활력을 가진 사람이 되는 것이다.

둘째, 자고 일어난 이부자리를 잘 정리한다. 자신이 자고 일어난 자리를 정리하는 것은 삶에 대한 감사다. 음식과 잠자리는 삶의 질을 나타내는 가장 중요한 요소다. 편히 잠을 잘 수 있었음을 감사하며 잠자리에 대한 예의를 보여야 한다. 이불을 펼쳐서 털어내고 구겨진 베개를 바로 하여 호텔 메이드가 정리해준 것처럼 정리를 해놓는다. 엉크러진 잠자리로 저녁에 다시 들어간다는 것은 자신을 모욕하는 일이고 매일 같은 짓을 한다는 것은 자신의 인생 전체를 조롱하는 일이다. 하루를 마치고 저녁 잠자리에 들 때 자신이 잘 정리해놓은 침대로 들어가는 사람은 평범한 사람이 아니라 위대한 사람이다. 이런 사소함이 인간을 위대하게 만든다.

셋째, 아침 공복에 물 한 잔을 마셔라. 한 잔 이상 마실 수 있으면 더 좋다. 하지만 한 잔은 반드시 마셔라. 몸에 음식을 넣기 전에 몸을 어르는 일이다. 자는 동안 폐·피부 호흡을 통해 배출된 수분을 보충하고 걸쭉해진 혈액을 묽게 만든다. 장운동을 촉진해 배변을 돕는다. 위장은 물론, 두뇌활동을 원활히 하는 뇌의 교감신경을 자극해 잠에서 깨어나게 하고, 하루를 상쾌하게 시작할 수 있도록 도와준다. 이에 대한 장점을 현대 의학용어로 수도 없이 나열할 수 있다. 이는 인간의 모든 문화, 모든 시대에 걸친 수천 년의 지혜다.

넷째, 일정한 시간에 자고 일정한 시간에 일어나라. 만약 직업상 일정한 시간에 잠들 수 있는 상황이 아니라면, 일정한 시간에 일어나는 것은 양보하지 마라. 해가 뜨기 전에 일어나고 해를 맞이하며 위에 설명한 지침을 매일 실천하기 바란다. 일정함이란 매우 중요한 덕목이다. 이를 통해 자신에겐 믿음이, 남들에겐 신용이 발생한다. 이런 사람은 가장 가까운 가족으로부터 신임을 얻는다.

이렇게 아침에 네 가지만 꾸준히 잘하면 저절로 어깨와 허리가 펴지면서 사람이 커 보인다. 말과 행동이 일정해지고 식생활이 번잡해지지 않는다. 나이가 어려도 의젓하고 믿을 만하다. 심지어 후배라도 존중을 받고 아랫사람이라도 리더로 보인다. 이때가 되어 돈을 벌기 시작하면 돈이 사람을 더 돋보이게 만든다. 이미 자리를 가려 앉고 허명을 가려낼 줄 알아 사치나 자랑에 돈을 쓰지 않는다. 당연히 좋은 인연은 남고 나쁜 인연은 끊어져버린다.

이 사소한 습관이 돈을 부르지는 않는다. 그러나 이 습관을 가진 사람에겐 한번 돈이 들어오면 절대 줄지 않는다. 돈은 새신랑을 찾는 여자와 같다. 아침에 일어나 기지개를 켜고, 이불을 정리하고, 물 한 잔 마시는 일을 매일 아침마다 하는 남자를 보면 좋은 신랑감이라는 것을 안다. 사소한 행동 안에 그 사람의 인생 전체가 그대로 들어 있기 때문이다. 당연히 그런 남자와 평생 인연을 맺으려 할 것이다.

200쇄 기념
증보판

1. 시장을 이길 능력이 없다면

나는 그와 싸워 이기고 싶다.

만약 이긴다면 큰 이익을 가져올 수 있다.

하지만 매년 다시 싸워 매번 이겨야 한다.

만약 그와의 싸움에서 진다면 나는 재산을 다 잃거나 다른 사람보다 상대적으로 가난하게 살아야 하고 평생 노동을 해야 한다.

사람들은 이 남자가 항상 어수룩해 보여서 수시로 싸움을 걸어 보려 한다. 막상 싸워 보면 한두 번 펀치도 들어가고 해 볼만하겠다는 생각도 들지만, 번번이 그의 강력한 한방에 완전히 기절을 하고 만다.

알고 보니 평범한 동네 아저씨 같은 그와 싸움을 붙었다가 나가떨어진 사람이 한둘이 아니었다. 아침저녁으로 변덕

스럽고 그 속내를 알 수 없는 사람이다.

이 남자와 싸워서 이기려면 몇 년이고 운동을 하고 체력을 키워야 겨우 이길 수 있지만, 조금만 방심해도 곧바로 질 것이다.

이 남자는 결코 지치지 않는 체력과 끈기를 지니고 있기 때문이다. 이 남자를 이길 자신이 없는 사람들은 이 남자와 함께 하는 것이 최선의 전략이다.

이 남자와 함께 한다는 것이 주체적이지 못하고 내 실력이 부족하다는 것을 인정하는 것 같아 많은 사람들이 주저한다.

이 남자를 이기면 승자고 이 남자에게 지면 패자라는 생각에 중간에 남는 것도 마땅치 않아 꺼려한다.

이 남자의 이름은 성은 Market이고 이름은 S&P 500이다.

월스트리트 저널은 2021년 11월 말 현재, 미국의 액티브 펀드 중에 85%가 S&P 500 지수 상승률을 밑돌았다고 보도했다. 액티브펀드란 시장의 평균 성장을 앞서겠다고 만든 펀드들이다. 그러나 15%를 제외한 많은 펀드들이 결국 시장을 이기지 못했다. 펀드들이 잘하느냐 못하느냐는 시장보다 이익이 높았느냐 낮았느냐로 결정된다.

이때 우리의 인식에는 '시장 평균'이라는 용어가 자리 잡는다. 즉 시장과 똑같이 벌면 평균은 한 것이기에 잃지도 벌지도 않은 상태, 즉 중간처럼 인지된다. 그러나 시장을 뜻하는 S&P 500 인덱스 지수를 샀더라면, 즉, 미스터 마켓과 함께 했더라면 수익률 상위 15%에 해당된다는 뜻이다. 중간이 아니다. 상위 15%다. 대부분의 개인이나 펀드들이 시장의 성장만도 못하기에 시장을 따라가기만 해도 상위 15%에 들어간다는 뜻이다.

투자는 해야겠는데 특정 주식을 사기엔 이해나 공부가 부족하고 시간이 없으면 그냥 시장을 사는 것을 추천한다. 펀드를 사라는 뜻이 아니다. 펀드 중에서도 S&P 500 인덱스를 추종하는 펀드를 사야 한다. 그렇게라도 시장과 같이 가면 최소한 상위 15% 안에 들어갈 수 있다. 주가가 상승해도 모든 사람이 돈을 버는 것이 아니다. 우상향 하는 주식이라도 주가는 상승과 하락을 하며 올라가기에 여전히 투자 이익을 거두기 힘든 사람들이 많다.

나 역시 내가 직접 투자를 하지 못하는 상황이 오거나 내 재산을 아내가 유산으로 관리해야 할 일이 생기면 워렌버핏과 마찬가지로 무조건 S&P 500을 추종하는 ETF인 VOO나 SPY 같은 펀드를 사라고 유언할 셈이다. 시장이라는 남자를 이길 자신이 없으면 이 남자와 함께 하는 것이 최선이기 때문이다. 이 남자에게 졌을 때를 상상하면 끔찍하기 때문이다.

2. 당신의 재산을 지키기 위해 투표하라

　　사람들이 정치에 관심을 가지거나 정치적 행동을 하면 흔히 두 가지 경우의 부정적 견해를 얻는다. 첫 번째 부정적 견해는 '시인이 무슨 정치냐? 시나 잘 써라. 교수가 무슨 정치냐? 학생들이나 잘 가르치지. 학생이 무슨 정치냐? 공부나 해라' 등 정치에 관여하는 것 자체를 나무라는 사람들이 있다. 이런 논리가 맞는다면 정치는 정치인들만 해야 한다.

　　그런데 우리는 익히 경험했다. 정치인들끼리 정치를 하게 놔두면 어떤 일이 벌어지는지 너무나 분명하게 경험했다.

　　두번째 경우는 정치 자체에 무관심한 것이다. '정치가 우리의 삶과 무슨 상관이 있느냐'는 태도나, '참여한다고 달라지는 것도 없다'는 포기가 그것이다. 정치 무관심 역시 정치인들만 자신들의 이익을 위해 일하게 되는 환경을 만들어 준다.

다른 모든 영역과 달리 정치라는 영역은 그 사람의 직업과 상관없이 모든 사람이 관여할 수 있고 관여하고 참여해야 하는 영역이다. 우리는 자유민주주의 주권자 자격을 가지고 태어났다. 나와 나의 삶에 영향을 주는 모든 일에 의사를 표명하고 권리를 주장할 수 있다. 이에 따른 법과 규정을 만들고 이를 집행할 사람들을 뽑거나 직접 참여할 수 있는 시민의 권리가 있다. 이런 시민의 권리를 이해하지 못하거나 실천하지 못하는 사람은 스스로 자유인임을 포기하고 남의 삶에 도구가 되는 인생을 받아들인다고 봐야 한다.

당신의 삶에 이익이 되는 정당이나 정치 지도자를 지지하고 응원하고 투표하라. 마땅히 그럴만한 정당도 지도자도 없다면 전체 국민의 장기적 공동체 이익에 부합하는 곳이라도 찾아라.

당신의 삶과 당신의 자산은 당신이 직접 지켜야 한다. 당신의 임금구조나 세금 혹은 세금이 지출되는 모든 자원 환경은 당신의 근로시간, 환경, 인생, 노후의 모든 것에 영향을 미친다. 그러니 당신은 정치에 관심을 가지고 정당과 정치 지도자들에 대한 공부를 노동 시간 못지않게 중요하게 생각해야 한다.

　　정치는 정치인이 하는 것이 아니다. 정치는 국민 모두가
하는 것이다. 정치인은 단지 사안과 시기에 따라 고용되거나
해고될 뿐이다. 나는 세상에 고용주 중에 자신이 고용한 사람
의 지시를 받거나, 내가 누굴 고용했는지 모르고 급여를 주는
사람을 본 적이 없다. 오로지 정치에 참여하지 않고 무관심한
사람만이 이런 바보짓을 하면서 세상을 탓할 뿐이다.

　　한 국민으로서 자신과 국가의 이익을 위해 투표할 권리
를 찾기 위해서 얼마나 많은 역사를 통해 얼마나 많은 사람들
의 희생이 있었는지 이해한다면 절대로 함부로 정치 참여 권
리를 포기하지 않을 것이다. 당신이 보수적이든 진보적이든
상관없다. 당신의 이익과 삶의 가치를 대변하는 정당과 정치
인을 찾고 참여하고 투표하라. 당신의 삶과 재산을 위해서 절
대로 정치에서 멀어지지 않기를 바란다.

3. 선진국 대한민국

옥스퍼드 영어 사전에 지난 45년간 올라간 한국어 단어는 20개다. 1976년 kimchi(김치)와 makkoli(막걸리)가 처음 등재됐고 이어서 hangul(한글), taekwondo(태권도), ondol(온돌), chaebol(재벌) 등등 한국어로 밖에는 부를 수 없는 언어들이 그것이다.

그런데 지난 2021년 한 해에 무려 26개의 단어가 새롭게 등재됐다. chimaek(치맥), samgyeopsal(삼겹살), banchan(반찬), galbi(갈비), japchae(잡채), kimbap(김밥), bulgogi(불고기), dongchimi(동치미), mukbang(먹방), noona(누나), unni(언니), oppa(오빠), aegyo(애교), hallyu(한류), hanbok(한복), daebak(대박), manhaw(만화) 등 음식에 관한 단어가 9개나 되고, 호칭에 관한 것이나 한국의 사회적 문화를 나타내는 용어들이 다수

포함됐다.

한국의 경제적, 문화적 위상이 커지면서 이런 용어들이 자연스럽게 세계 공통 언어로 발전해 나가는 것을 볼 수 있다. 한국으로 흘러 들어와 고생하던 혼혈 영어인 skinship(스킨십), fighting(파이팅) 같은 단어도 이젠 당당히 영어로 자리를 잡게 되었다.

특정 언어를 확보한다는 것은 사회적 위치를 확정 짓는 일이다. 한국어의 일부가 세계 공통어로 확장돼 간다는 것 자체가 그 나라의 위상을 보여주는 것이다.

한국은 이미 선진국이다. 경제적으로도, 문화적으로도 국가 시민의식으로도 이미 선진국이다. 최근 외국에서는 더 이상 한국을 일본이나 중국 사이에 있는 어떤 나라가 아닌 모두가 아는 나라가 됐다. 해외에 사는 한국인들은 이런 변화 현상을 실감 나게 보고 느낀다. 오히려 한국에 사는 한국인들만 잘 모를뿐이다.

2021년 7월 2일 제네바 유엔본부에서 열린 제68차 무역개발이사회 회의에서 한국을 A그룹(아시아·아프리카)에서 B그룹(선진국)으로 옮기는 안건을 만장일치로 통과시켰다. 유엔무역

개발회의(UNCTAD)가 한국의 지위를 개발도상국에서 선진국으로 변경한 것이다. 개발도상국에서 선진국으로 변경한 것은 UNCTAD가 설립된 이후 처음 있는 일이다.

2021년도의 한국 1인당 국내 총생산은 3만 1,497달러로 이탈리아를 앞섰고 전 세계 무역 순위는 영국을 제치고 8위에 올라섰으며, 경제 규모 역시 러시아, 브라질 등을 제치고 전 세계 10위 안에 진입했다.

무디스 국가신용등급도 일본이나 중국보다 높다. 특히 무디스 ESG 신용영향 점수는 우리나라를 1등급으로 평가했다. 이는 2등급을 받은 미국·영국보다 높은 점수다. ESG 신용영향 점수는 국가제도·정책신뢰성·효과성·투명성·정보공개 등이 종합적으로 반영된 결과이기에 그 의미가 더 특별하다.

이제 BTS를 모르는 사람이 없으며 한국 영화, 드라마, 만화 등이 전 세계 최고 문화 상품으로 퍼져나가고 있고 민주주의 성숙도나 시민 의식 역시 세계 어느 나라와 비교해도 뒤처지지 않는다. 헌법을 무시하는 대통령을 비폭력 시민운동으로 내보낼 수도 있으며 데모가 이뤄져도 단 한 건의 약탈도 발생하지 않고 청소까지 해주고 물러나는 정치 시민 의식이 있는 특별한 나라가 대한민국이다. 대한민국 국민이라면 충분히 자랑스러워해야 하고 앞으로도 계속 지켜 나가야 할 덕목이다.

이제 선진국 국민으로서 자부심뿐 아니라 이 자부심과 더불어 다른 국민, 다른 인종, 다른 생각을 가진 사람들에 대한 이해나 관용으로 이어지고, 부유한 국가로서 세계인의 전체 행복을 위한 국제적 활동에도 관심을 기울여야 한다.

또한 선진국답게 산업 역시 전 세계를 대상으로 이끌수 있는 비즈니스를 찾아내고 발전시켜야 한다. 경영방식이나 회계방식에서도 최고의 선명성(鮮明性)이 요구된다. 주주들과 경영자 사이에 관계 정립도 필요하고 세금에 대한 국민들의 관점도 개선되어야 한다. 한국은 더 이상 변방이 아니다. 한국은 세계에서 또 다른 하나의 수도가 되었다. 우리 젊은이들은 한국이 아니라 전 세계를 상대로 경쟁하고 전 세계를 대상으로 사업을 하고 전 세계에 투자하는 최초의 세대가 되어야 한다.

이들 젊은이들이 선진 국가 국민으로서 국제적 생활과

도덕 수준을 습득하여 세상 어디를 가도 품위 있고 존중받는 한국인이 되길 바랄 뿐이다. 앞으로 한국 경제와 문화가 이대로 20년만 지속 성장한다면 김구 선생이 꿈꾸는 나라가 현실이 되지 않을까 생각한다. 우리는 지금 갈림길이자 변곡점을 동시에 만난 것이다. 부디 이런 국민들의 수준을 함께 할 좋은 지도자들이 이어지길 꿈꾼다.

4. 당신의 주식 투자 기회를 박탈한다면?

현대 문명사회에서 지극히 당연한 권리라 생각하는 투표권도 역사가 그리 오래되지 못했다. 여성에게 투표권이 주어진 것은 미국의 경우 1920년이고 한국은 1948년이다. 사우디아라비아 같은 경우엔 2015년에 이르러서야 여성 투표권이 주어졌다. 동등한 국민임에도 불구하고 나에게 투표권이 주어지지 않는다면 이를 얻기 위해 투쟁을 마다하지 않는 것이 사람이다.

그런데 만약 국가에서 당신에게 투자할 권리를 제한한다면 어떤 생각이 들까? 국가에서 투자를 할 사람들에게 일정한 자격을 주거나 일인당 주식 거래 횟수를 제안한다고 상상해 보자. 일정한 자격을 갖추지 못하면 주식 투자를 할 수 없고 평생 다섯 번 이상 거래하지 못하게 하는 등 엄격한 투자 제한을 한다면 아마 투표권 권리 쟁취보다 더 극렬한 저항 운동에 돌입할 것이다. 부자들끼리 부를 독점하고 계층 이동을 막는 악법이라며 국가 정부를 바꿀 정도의 저항을 받을 것이다. 그런데 실상에서는 많은 사람들이 스스로 이 권리를 포기하거나 심지어 다른 사람에게도 포기하라고 적극적으로 가르친다.

특히 자신들의 자녀들에게도 같은 권리 포기를 요구한다. 한 인간에게 투자의 권리를 막는 것은 평생 노동자로 살라는 뜻과 동일하다. 본인이 투자를 잘 하지 못해 실수를 했음에도 불구하고 투자 자체에 대해 비판적 자세를 갖는다. 투자에 실패하는 대부분의 이유는 투자 주최인 본인 당사자에게 있다. 욕심, 부족한 공부, 성급함, 조급함, 자본력 등이 실패의 첫째 이유다. 이를 사기, 세력, 작전, 불운, 시장, 정부 등에 핑계를 대고 다시는 이런 구렁텅이에 발길을 놓지 않겠다며 스스로 투자권을 포기하고 만다. 투자를 하지 않거나 투자를 배우지 못하는 사람은 평생 노동에서 벗어 날 수가 없다. 죽기 전까지 노동에서 나오는 수입으로 생계를 유지하고 부자가 될 기회를 절대로 얻지 못한다.

　인간은 인간으로서 살아가기 위해 세계 어느 나라에서 어떤 사람으로 태어나도 반드시 가져야 된다고 믿는 기본 권리가 있다. 이런 기본권의 특성은 인종, 성별 등에 구애받지 않고 모든 인간이 보편적으로 누릴 수 있는 보편성, 인간만이 인간이기에 당연히 갖는 고유성, 인간으로서 존재하는 한 누릴 수 있는 항구성, 인간을 위한 권리이므로 제한할 수 있으나 본질적 내용은 침해할 수 없다는 불가침성, 천부인권으로서의 자연권성 등으로 법률은 보장하고 있다.

　대한민국 헌법에도 기본권으로서는 행복추구권(10조), 평등(11조), 자유(12조~22조), 재산권의 보장(23조), 참정권(24조~26조), 재판에 관한 권리(27조~30조), 교육권(31조), 노동권(32조~33조), 생존권 및 복리증진의 권리(34조), 환경권(35조), 양성평등(36조) 등이 명시돼 있다.
　국제연합(UN)도 거주이전의 자유, 종교의 자유, 표현의 자유, 자유권(Right to liberty), 자결권, 결사의 자유, 집회의 자유, 사상의 자유, 적법절차의 자유 등 9가지 기본 권리를 명시해 놓았다. 그런데 이런 모든 자유를 보장하고 지켜줄 수 있는 투자의 자유는 너무나 당연해서 대부분의 모든 나라에서 투자를 제한하거나 투자 자체를 막는 권리는 사실 거의 없다. 유일하게 그것을 막는 것은 본인들이다. 투자권은 인간의 기본 권리 중에 하나다. 투자를 통해 스스로에게 인간의 모든 기본권을 부여할 수 있다. 이렇게 중요한 권리를 스스로 포기하거나, 잘못 공부했거나 잘못 경험한 사람들의 이야기를 그대로 받아들이지 않기를 권고한다.

투자는 인간의 기본 권리다. 그리고 평생 그 권리를 사용할 수 있어야 한다. 한 사람의 인생이 노동으로 끝나는 것보다 아쉬운 것은 없다. 물론 노동을 통해 삶의 보람을 얻는 방법도 있으나 먹고살기 위해서 노동을 이어가야 한다는 사실만큼 잔인한 삶도 없기에 자신에게 주어진 투자권을 가장 잘 이용할 줄 아는 인간이 되길 바랄 뿐이다.

5. 누군가에게
길을 가르쳐 준다는 것은

며칠 전 한 유튜브 채널에서 흥미로운 인터뷰 한 편을 보았다. 상대는 2조 원 이상의 자금을 운용하는 투자자이며 테슬라 투자로 성공한 경영자다. 나름 유명한 사람이고 따르는 사람도 많은 인물이다. 그런데 이 사람이 특정 회사에 대해 평가를 하면서 애초에 잘못된 사실 관계에 기반해 설명을 하고 있었다.

사실 5분만 공부해도 알 수 있는 내용을 대중들을 상대로, 자신의 명성을 기반으로 자신 있게 말하는 모습을 보면서 많은 생각을 하게 됐다. 어떤 유명인이 그동안의 경력과 행동으로, 특정 위치까지 오른 사람이라도 어느 분야에서는 완전히 엉터리 분석이나 정보를 내보낼 수 있다는 것을 현장에서 본 것이다. 그의 권위나 판단을 믿을 수많은 사람을 생각하며 그가 지금 무슨 짓을 하고 있는지 알고 있을까 섬뜩했다.

나는 경험이 많아지고 유명해지면서 점점 누군가에게 길을 가르쳐 준다는 게 힘든 일이라는 걸 알게 됐다. 자신 있게 말할 수 있는 것이 사실 별로 없기 때문이다. 너무 오래전에 다녀와서 그 길이 바뀌었거나 내 기억이 잘못될 수도 있고 그 길보다 빠른 길이 생겼거나 아주 다른 길로 연결되기도 하기 때문이다. 하물며 근처만 가보고서 그 동네를 다 아는 척하거나 혹은 그 나라를 다 아는 척하는 것은 다른 이의 인생과 시간을 버리게 만들 것이다. 어떤 이들은 심지어 가보지 않은 곳을 설명하거나 거짓으로 길을 알려 주기도 한다. 단지 모른다는 소리를 하고 싶지 않거나 멋진 사람으로 보이길 바라기 때문이다.

나에겐 정말 많은 젊은이들이 길을 묻는다. 내가 유명하다는 이유로, 작가라는 이유로, 부자라는 이유로, 사업가라는 이유로 길을 묻는다. 내가 가보지 않은 곳을 물으며 간절히 답을 원한다. 내가 가보지 않은 곳이라는 사실을 믿지 않는다. 심지어 나는 투자를 잘 하는 사람이 아니다. 나는 투자를 하는 데 미숙하기에 내가 갖고 싶은 회사나 사업거리를 찾아 그 회사와 동업하겠다는 마음으로 지분, 즉 주식을 살 뿐이지, 결코 유능한 투자자가 아니다. 이런 나에게 특정 주식이나 시세를 판단해 달라는 질문은 옳지 않다. 어쩌면 사업에는 남들보다 노하우가 조금 많을지 몰라도 그것이 새 사업을 일으키거나 현재 사업을 더 능숙하게 운영하는 데 도움이 될 제갈공명의 비단 주머니를 가진 사람도 아니다.

심지어 어디를 가는지도 모르고 '제가 어디로 가야 할까요?'라고 묻는 사람도 있다. 설령 내가 아는 길을 물었다 해도 그들이 그곳에 갈 수 있게 하려면 왜 그곳에 가려 하는지, 걸음은 얼마나 빠른지, 식량은 어느 정도 있는지 알아야 대답할 수 있다. 그리고 내가 가본 그 길이 유일한 길이라는 보장도 없다. 그래서 길을 가르쳐준다는 것은 쉽지 않은 일이다. 그래서 많은 경우에 대답을 하지 않는 것이 더 옳은 답이 될 수 있다.

목재를 이용해서 가구를 만들기 위해서 가장 중요한 일은 나무를 정각재 형태로 다듬는 일이다. 정각재란 목재의 6면이 완벽한 평면을 이루게 잘라 놓은 나무를 말한다. 보통

한쪽을 수압 대패를 이용해서 평면을 만들고 이 평면을 기준으로 반대 면을 자동대패로 다듬고 이를 따라 테이블쏘(Table Saw)로 옆면을 90도로 자르는 과정을 거친다. 이 과정 중에 어느 한 면이 기울거나 수평이 되지 못하면 결국 목재는 정각재가 되지 못하고 가구의 어느 부분에 들어가도 이음새가 벌어지거나 휘어지게 된다. 결국 어설픈 가구가 되거나 심지어 사용하지 못하게 된다.

길을 묻고 답을 한다는 것은 정각재를 만드는 과정과 같다. 바닥이 반듯해야 윗면을 반듯하게 만들 수 있듯 물음이 정확해야 답도 정확하다. 물음이 정확하려면 가려는 장소가 명확해야 하고 일행이 있는지, 식량이나 짐은 얼마나 되는지, 도보인지, 자동차인지, 비행기인지 모든 것이 정확해야 그나마 답이 나온다. 그래서 투자나 성공의 기법은 아무에게나 말할 수 없고 함부로 조언하지 않는 것이다. 남의 인생의 세세한 부분을 고려하지 않고 성공과 비결을 말하는 것은 무모하고 위험한 짓이다. 함부로 '이곳에 투자하면 돈 번다. 이렇게 투자하라. 성공의 비법은 이것이다.'라고 말하는 것이 점점 어렵고 조심스러운 이유를 길게 적어 봤다.

6. 난 오늘 언제라도
내 운명을 바꿀 기회가 있다

고등학교 시절엔 대학에 가지 못하면 인생이 끝나는 줄 알았다. 낙오자가 되는 기분이었다. 대학을 졸업 못하거나 직장을 잡지 못하면 역시 낙오자가 되는 줄 알았던 시절이 있었다. 사업에 실패하고 앞이 안 보일 때도 같은 생각이 들었다. 그렇게 서른이 넘고 마흔이 되었다. 이제 실패를 인정하라는 세상의 압박에 스스로 굴복해 들어갈 무렵에 나는 사업에서 일어났다.

더 시간이 지나서 보니, 내 인생을 바꿀 기회는 매일 오고 있었다. 나는 지금도 내 인생을 바꿔 나가고 있다. 하고 싶은 것이나 이루고 싶은 것은 무엇이든 가능하다고 생각한다. 다만 나이가 들어 경험이 쌓이면서 하고 싶은 것을 다 해야만 행복한 것이 아니라는 걸 알게 됐기에, 다 하지 않는 것뿐이다.

돌이켜 보면 내 인생을 바꿀 기회는 20대나 30대는 물론이고 40대나 50대도 수없이 많았다. 내 운명을 바꿀 기회를 제한하는 것은 나이가 아니라 스스로의 자각이 일어나지 않기 때문이다. 내가 내 인생을 지금 바꾸겠다고 마음먹으면 그 당시의 나이는 아무 의미가 없다. 내가 죽지 않는 한, 내 운명을 바꿀 기회는 매일 매시간 찾아오고 있기 때문이다.

마음이 일어나지 않은 사람을 바꿀 방법은 없고, 마음이 일어난 사람을 바꿀 방법도 없다. 마음의 변화는 그 인간의 변화다. 마음이 변한 사람은 그 이전의 사람과 다른 사람이다. 내가 내 인생을 바꾸겠다고 마음먹은 사람은 이미 다른 사람이기에 이전과 같은 인생을 살지 않는다. 이런 변화를 위한 첫 방향은 해결 방법을 찾을 것인가 핑계를 찾을 것인가의 차이뿐이다. 당신의 인생이 마음에 들지 않는다면, 당신의 인생이 지금의 이 모습보다 더 나은 모습이기를 바란다면 지금 이 순간이 인생을 바꿀 기회다.

7. 부자가 될 준비를 마쳤는지
알 수 있는 30개 질문

다음 질문에 80% 이상 '그렇다'라고 말하면 나는 당신이 부자가 될 준비를 마쳤고 80% 이상 부자로 인생을 마치게 될 것임을 확신한다. 여러분의 미래를 위해 다음 질문들을 보고 답을 적어 보기 바란다.

1) 나는 내가 부자가 될 수 있다고 믿는다.

2) 나는 정직하고 옳은 방법으로 부자가 나올 수 있다고 믿는다.

3) 나는 내가 부자라 생각하는 돈의 목표가 정확히 있다.

4) 한 달 수입의 20% 이상을 저축할 수 있다.

5) 나는 3)에서 목표하는 돈의 10% 이상을 현금으로 가지고 있다.

6) 나는 투자로 노동에서 버는 돈만큼 벌고 있거나, 벌 수 있다고 믿는다.

7) 내 인생에서 앞으로 10년 이상 투자를 계속할 수 있다.

8) 나는 일 년에 투자에 관련된 책 3권을 포함해서 총 10권 이상 읽는다.

9) 나는 투자 공부를 주당 5시간 이상 한다.

10) 특정 주식을 2년 이상 보유하여 이익을 낸 적이 있거나 보유 중이다.

11) 나는 미국연방준비은행 현재 금리가 얼마인지 알고 있다.

12) 나는 내가 사는 나라의 소비자물가지수(CPI)가 지난 달보다 올랐는지 내렸는지 알고 있다.

13) 나는 내 주변에 나보다 열배 이상 부자인 지인이 있고 자주 만날 수 있다.

14) 나는 경제 신문이나 기사를 정기적으로 읽는다.

15) 나는 지난 3년간 지갑, 가방, 전화기를 잃어버리거나 도난당한 적이 없다.

16) 나는 복리를 이해하고 복리로 생긴 이익을 복리로 투자하고 있다.

17) 나는 신용카드가 없거나 잔액을 매월 모두 정산한다.

18) 나는 내 명의의 집을 가지고 있다.

19) 자동차를 사면 5년 이상 타며 지난 3년간 무사고다.

20) 나는 현재 잘 사용하지 않으면서 계약 때문에 지불하고 있는 월 정기지출이 없다.

21) 지난 3개월 사이에 기억을 잃을 정도로 술을 마신 횟수가 한차례 이하다.

22) 치료를 위해 먹는 약이 세 가지를 넘지 않는다.

23) 일주일에 5시간 이상 운동을 한다.

24) 하루에 6시간 이상의 수면과 2시간 이상의 개인 시간을 가질 수 있다.

25) 자신이나 부양가족 중에 중병을 앓는 사람이 없다.

26) 배가 터지게 밥을 먹은 적이 한 달에 두 차례 이하이다.

27) 계약서나 영수증을 날짜별로 모아 두는 곳이 정해져 있다.

28) 각종 암호가 잘 정리되어 있고 항상 업데이트하고 있다.

29) 지난 3년간 경찰서나 법원에 다녀온 일이 없다.

30) 배우자나 가족도 이 질문에 80% 이상 '그렇다'라고

대답했다.

　　이 질문들은 한 사람의 경제 습관과 지식 혹은 생활 태도
를 통해 재산을 어떻게 관리하고 지키고 불려나가는지 확인
해 보기 위해 만들어 본 것이다. 질문은 개인의 생활환경, 가
족, 버릇, 습성, 태도, 건강상태, 경제적 지식, 관심도, 공부의
정도 등을 고려해 만들어 본 것이다. 이 서른 가지 질문 중에
현재 자신과 상관없는 항목을 제외하고 80% 이상 잘 하고 있
다면 사업에서 대박이 나거나 복권에 당첨되지 않아도 반드
시 조용하게 10년 안에 원하는 부자가 되어 있을 것이다.

　　반대로 상당 부분에 '아니다'라고 답을 했다면 이 책『돈
의 속성』구석구석에서 관련된 내용을 찾아 읽고 태도와 습관
을 고치기를 권한다.

8. 사회적 기업을 꿈꾸는
젊은이들에게

몇 해 전 필리핀에 갔을 때, 필리핀의 맥도날드로 불리는
졸리비(Jollibee) 매장 창가에서 동료들과 점심을 먹고 있을 때
였다. 창가 유리 너머로 다섯 살쯤 된 남자아이가 보였다. 꼬
질한 얼굴에 굶주린 상태로 내 햄버거에서 눈을 떼지 못하고
쳐다보는 아이가 안쓰러워 같이 간 사람에게 양해를 구하고
아이를 안으로 들어오게 했다. 콤보 메뉴 하나를 시켜 옆에서
먹게 했는데 정신없이 순식간에 먹어 치우고는 이내 사라졌
다. 놀라운 일은 다음이었다.

우리 일행이 식사를 마치고 나가자 문 앞에 40여 명 가
까운 아이들이 기다리고 있는 것이다. 음식을 얻어 먹은 아이
가 "저 아저씨다"라는 뜻으로 손가락을 가리키자마자, 아이들

이 옷자락을 잡으며 몰려들어 자기들도 사달라고 조르는 것이었다. 너무 많은 아이들에 놀라 자리를 뜨려하자 차에까지 몰려와서 앞뒤를 막고 차를 막대기로 치는 상황이 벌어졌다. 배려의 결과가 나와 동료를 위협하고 피해를 입힌 것이다.

사실, 착한 것과 의로운 것은 다른 것이다. '착하다'를 한 자어로 표현한 것이 선(善)이다. 착하다는 사전적 의미처럼 '언행이나 마음씨가 곱고 바르며 상냥하다' 정도에서 그친다.

반면에 의롭다는 것은 자신에서 끝나는 것이 아니라 주변에 영향을 주고 사회 전체에 그 가치가 전달되는 경우를 말한다. 그래서 선함에는 분노, 응징, 행동, 용기, 심지어 복수까지도 이어질 수 있다.

사실 착한 부자가 되긴 쉽다. 베풀면 된다. 그러나 부라는 것은 제한된 가치라서 아무리 부가 많아도 착한 행위를 지속하기는 힘들다. 내가 아무리 부자라도 필리핀 어린아이들을 다 먹일 수 없다. 필리핀 국가도 못하는 일이다. 데이비드 비즐리 세계식량계획(WFP) 사무총장은 2021년 CNN과 인터뷰에서 머스크와 아마존 창업자 제프 베이조스 등을 거론하며 '일회성으로 60억 달러를 기부하면 세계 기아 문제를 해결할 수 있다'고 말한 적이 있다. 이에 대해 일론 머스크는 정말 그 정도 돈으로 세계 기아 문제 해결이 된다면 자신이 주식을 팔겠다고 말하며 계획을 보여달라 했다. 이에 비즐리 사무총장은 이날 세계 43개국에서 기아로 허덕이는 4천만여 명에게 식량과 음식 쿠폰을 나눠주는 내용을 담은 지출 계획을 트위터에 공개했다.

그는 35억 달러는 직접 식량으로, 일부 달러는 현금과 음식을 사 먹을 수 있는 쿠폰 형태로 나눠주고, 7억 달러를 들여 국가별로 가능한 식량 조달 계획을 마련해 '도움의 손길이 시급한 이들을 지원할 수 있도록 하겠다'고 밝혔다.

이에 미국의 유명 인공지능(AI) 전문가인 엘리 데이비드는 트위터에서 '세계식량계획(WFP)은 지난해 84억 달러를 모금했다면서 왜 아직도 세계 기아 문제를 해결하지 못했는가?'라며 의문을 드러냈다. 그러면서 회계 내역을 공개해 대중들에게 기부금을 어떻게 사용하는지 정확하게 알려야 한다고 주장했다. 이들의 반응에 비즐리 사무총장은 의미가 잘못 전달됐다며, 60억 달러로 전 세계 기아를 해결할 수 있을 것이라고 말한 게 아니라 많은 생명을 구할 수 있는 '일회성 기부'를 말한 것이라며 한발 물러섰다.

이후 일론 머스크는 더 이상 대꾸하지 않고 있다. 아마도 60억 달러면 영구히 기아문제가 해결될 줄 알았는데 일회성 임을 알게 됐기 때문일 것이다.

선한 행위를 할 때는 위급함이나 영구 해결 혹은 최소한 지속적일 때 그 가치가 있다. 이 세 가지 원칙이 아니라면, 의로움에 따라 행동해야 한다. 따라서 의롭기 위해서는 냉정할 때도, 가차 없을 때도, 비난에 부딪칠 때도 있는 것이다. 착한 사람은 누구나 칭찬을 하지만 반대로 의로운 사람은 못된 사람으로 보이기도 한다. 그래서 착한 것보다 의로운 것이 힘들다. 흔히 선(善)하다의 반대는 악(惡)하다고 알려져 있지만 선함에도 악함이 들어 있다. 온전히 순수한 선함은 존재하지 않는다. '착(善)하다' 속에는 무능이나 무지, 순진함, 어리석음이 어느 정도 포함되어 있기 때문이다.

또한 착한 사람이 가장 위험한 것은 자신의 착한 행위가 신념이 되어 지속될 때다. 이러다 반드시 큰 실망을 하게 될 때가 있다. 도움을 받는 사람에게서 오히려 모욕과 피해를 당하는 일도 생기기 때문이다. 그래서 생면부지의 외국인에게 자기들은 왜 햄버거를 사주지 않느냐며 막대기로 차를 때리는 아이들을 만날 수밖에 없는 것이다. 그런 일이 생기면 혼자 선한 사람이 되어 자신을 돕지 않는 주변을 원망하거나, 더 이상 남을 돕지 않는 방관자로 살아가게 된다.

하지만 나는 여전히 착한 사람이 좋다. 어렵고 불쌍한 사람에게 연민을 느끼고 남의 아픔에 공감하고 도와주는 사람이 좋다. 그런 사람에게 끌리고 아름다워 보인다. 그런 착한 사람들은 걱정이 많다. 자신에 대한 걱정보다 남들에 대한 걱정을 더 많이 한다. 걱정이 많으니 일이 많고 잔소리도 많고 돈도 많이 들어간다. 이런 사람들을 위해 내가 착함과 의로움의 경계를 단호하게 정리해 줄 것이 있다. 그 경계는 이렇다.

형제라면 건강까지 걱정하면 된다. 부모라면 잠자리까지 걱정하면 된다. 자식이라면 반찬 걱정도 괜찮다. 이웃이라면 굶지 않는지, 아는 사람들이라면 살아 있는지 걱정하는 것으로 충분하다. 이 외에 걱정할 힘이 남이 있으면 지역 공동체나 사회에 대한 걱정으로 대신하면 된다. 그것만으로도 충분히 착한 사람이고 훌륭한 사람이다. 오히려 내가 정말 착한 사람, 좋은 사람이 되려면 누구에게도 걱정을 만들지 않고 나 하나라도 우뚝 서 있어야 한다. 빚지지 않고 정신적으로도, 육체적으로도 건강하면 그 자체로 착한 사람이다. 아주 가까운 가족에게 걱정을 만들지 않는 사람이 가장 착한 사람이 될 자격이 있는 것이다.

우리는 하늘을 날고 지구를 구하는 슈퍼맨쯤 돼야 영웅인 줄 알지만, 하루 종일 아이를 돌보고도 아직도 웃고 있는 엄마나 하루에 12시간 일하고 들어와 쓰레기를 버리러 나가는 남편이 얼마나 대단한 영웅인지 짐작하지 못하고 산다.

간혹 사회적 기업을 만들어 세상에 기여하고 싶다는 젊은이들이 멋진 복지 정책이 담긴 창업 기획서를 들고 올 때가 있다. 나는 그런 젊은이들에게 매번 같은 소리를 한다. "내가 생각하는 가장 좋은 사회적 기업은 직원을 한 명이라도 고용해서 늦지 않게 급여를 줄 정도만 돼도 엄청난 사회적 기업이다. 국가의 복지 정책에 의지하지 않고 오히려 세금을 낼 수 있는 회사만 만들어도 사회적 기업이다. 세금을 내고 급여를 지불해 주는 조직을 만들었다는 것이 사회적 기여가 있는 일이다." 지속 성장하는 기업을 만드는 것이 훌륭한 복지정책이 있었던 회사들보다 더 사회적으로 좋은 역할을 하기 때문이다. 착한 사장이 되려 하지 말고 의로운 사장이 되길 바란다. 그래서 자식의 반찬 걱정, 부모 잠자리 걱정, 형제들 건강 걱정을 먼저 하며 사는 사람이 되길 바란다. 그것이 진정한 복지다.

9. 투자에 있어서
변하지 않는 진리

우리는 흔히 언제 어디서나 누구든지 승인할 수 있는 보편적인 법칙이나 사실을 진리라 부른다. 삶에서의 진리는 찾기 쉽지 않지만, 투자에 있어서는 의외로 보편적 법칙들이 생각보다 많다. 예를 들면 1)시장은 아무도 예측하지 못한다 2)모든 오르는 것은 떨어진다 3)숫자는 사실이 아니다 4)어떤 투자자도 항상 옳지 않다 등이다. 검증이 필요하거나 대부분 사실인 진리들은 다음과 같은 것들이 있다. 1)위험이 높으면 손실도 높다 2)차트는 시세의 길잡이 3)소문에 사고 뉴스에 팔라 4)분할 매수 분할 매도 5)레버리지 절대 금지 6)종목과 사랑에 빠지지 말라 7)위기는 기회다 8)계란을 한 바구니에 담지 말라 등이다.

나는 이런 교훈들은 도구로 생각한다. 각각의 교훈들은 내가 취미 삼아 일하고 있는 목공소 벽에 걸린 도구들 같다. 조그만 커피 테이블 하나 만들려 해도 별별 기계나 도구가 등장한다. 먼저 나무를 잘라 내는 테이블쏘(Table Saw)도 필요하고 전기 각도, 절단기도 필요하다. 다리를 만들려면 목선반도 있어야 하고 수압대패도 써야한다. 쬠새, 줄자, 드릴, 사포 등 수 십여 가지 도구나 기계가 필요하다. 일을 마치면 정리해야 할 도구가 한가득이고 매번 비슷하면서 다른 도구들이 사용된다.

그래서 투자에 성공하기 위해서는 이런 투자 진리나 교훈들을 언제 어떻게 써야 효과적인지를 알아야 한다. 어떤 일에는 굳이 절단기가 필요 없고 어떤 일에는 다른 공구를 가져와야 효과적이듯, 필요에 따라 필요한 지혜를 사용해야 한다. 커피 테이블 만들 때 쓰지 않는 도구라고 필요 없다고 버리면 다른 작업을 할 때 원활히 할 수 없거나 일을 그르치기도 하기 때문이다. 투자 교훈들 중에는 무엇을 만들든 대부분 사용되는 망치처럼 언제, 어느 때나 쓸 수 있는 교훈이 있다. 반면, 자주 쓸 일은 없지만 가구를 만들 때라면 반드시 필요한 탁상 드릴같이(수직 구멍을 낼 때 쓰는) 투자 방식에 따라 때때로 빌려 올 교훈도 있다.

어떤 교훈이 살아남아 계속 우리 귀에 들린다는 것은 때때로 이것이 맞다는 얘기다. 하지만 한편으로 안타까운 것은 내가 아무리 정성을 들이고 시간을 썼어도 아내가 사 온 가구가 내가 만든 가구보다 가격도, 품질도 좋을 수 있다는 점이다. 금융시장에 있어서 가장 허탈한 교훈이 바로 이런 때다. 좋은 교훈들은 아무리 잘 적용시켜도 언제나 좋은 결과로 보상해 주지 않는다는 점 말이다. 자기자본, 공부, 인내, 철저한 포트폴리오 관리를 했어도 마지막으로 운이 좋아야 한다는 점이다. 그래서 매해 운이 좋은 펀드 매니저는 없는 것이다. 그가 마침 그곳에 그물을 치고 있었을 때 고기떼가 몰려온 것이다. 그가 내년에 그곳에 그물을 치고 있다 해서 또다시 그물에 고기떼가 가득하리란 보장은 없다. 이미 좋은 목이라는 소문이 나서 다른 그물들도 내려와 있고 고기떼도 방향을 바꾸기 때문이다. 하지만 나쁜 목에 그물을 내리고 있는 것보다는 훨씬 나을 것이기에 여전히 공부하고 인내하고 관리를 게을리 할 수 없다. 내가 고기떼를 몰고 올 수는 없어도 고기떼가 몰려 올 때 그물을 내릴 준비는 하고 있었어야 하기 때문이다.

투자란 시장을 이기겠다고 하는 일이다. 세상에서 가장 어려운 일 중에 하나다. 어쩌면 노동보다 훨씬 어렵고 고통스럽고 위험한 일이다. 우리가 이 일을 하는 이유는 그 대가가 너무 유혹적이기 때문이다. 시장을 이긴 사람들이 사는 모습을 보면 알 수 있다. 우리는 그들이 만든 세상 안에 부속물로 살아가고 있다. 시장을 이길 수 없다면 시장의 피해자가 되지는 않아야 한다. 그런 이유로 우리는 최소한 시장과 함께 하기라도 해야 하는 것이다. 제발 그물 따위는 알 바 없다고 팽개쳐 두지 말기를 바란다.

10. 돈에 대한 불편한 진실

1994년 8월 23일 영국 음악 밴드 KLF의 멤버인 빌 드러먼드(Bill Drummond)와 지미 코티(Jimmy Cauty)는 스코틀랜드 주라(Jura) 섬에 있는 시골 저택에서 100만 파운드의 현금을 실제로 태웠다. KLF는 1991년에 세계에서 가장 많이 팔린 싱글 히트 공연자들이자, 상당히 이례적인 퍼포먼스를 주도했던 음악그룹이다. 이들은 현금을 불태운 자신들의 행동을 행위 예술이라 말했다.

이 일을 계기로 사람들은 그들에게서 멀어졌고 심지어는 적개심을 갖고 비난했다. 아무리 자신들 돈이라 해도 사람들은 돈이 불타서 사라지는 장면에 불쾌감을 감추지 못했다. 내 돈도 아니고, 내가 가질 수 있는 기회가 있는 것도 아니며, 심지어 그 돈이 사라져 내 돈의 가치가 조금이라도 올라갔지만 사람들은 이들을 비난했다. 왜 그랬을까?

사람들 마음속에서는 이들이 태운 것이 돈이 아니라 가능성이었기 때문이다. 10억이 넘는 돈으로 할 수 있는 여러 일에 대한 가능성이 휴지처럼 사라지는 것을 보며 아픔을 느낀 것이다.

우리는 인생을 돈으로 대신할 수 없다고 말하지만 그만한 돈을 모으기 위해 얼마나 노력해야 하고 또 그 돈으로 무엇을 할 수 있는지 너무 명확하게 알기에 가장 단순한 종이에 불과한, 그리고 자신과 아무 상관없는 이익 가치가 사라지는 것을 보며 모욕을 느낀 것이다.

요즘도 일부 유튜브 방송을 보면 별 이유 없이 핑계를 만들어 사람들에게 돈을 한 뭉치씩 주는 방송이 있다. 그 돈을 받고 놀라고 고마워하는 사람들의 표정을 보고 즐거워하는 것이다. 그러나 나 역시 한편으로 안타까움을 느낀다. '왜?'라는 질문과 '어떻게 함부로 저렇게'라는 생각이 먼저 들기 때문이다.

누구에게나 돈에 대해서는 이중적 태도가 있다. 어쩐지 돈을 밝히면 속물이란 소리를 들을 것 같아 거리를 두는 척하지만 모든 사회적 행위들은 돈을 중심에 두고 있다. 공부나 직장, 결혼 상대조차 돈을 기준으로 움직인다. 능력이나 가치도 돈의 숫자로 평가한다. 이것은 부정할 수 없는 사실이다. 나에게 상당히 많은 강연 요청이 오는데 미리 얼마를 주겠다는 제안은 10%도 넘지 않는다. 지적 재산권을 파는 일을 하는 작가, 방송 출연자, 공연 관계자, 강연가들이 모두 이런 방식에 익숙해져 있을 것이라 생각된다. 당사자가 얼마를 달라고 요구하거나 돈 이야기를 직접 꺼내면 곧바로 속물로 치부될 수 있기 때문이다. 특히 한국 사회가 '돈'이라는 단어 자체에 거부감이 강하다.

　　나는 이 책을 처음 쓸 무렵『돈의 속성』이란 제목으로 책을 내지 않으면 책을 출간하지 않을 생각으로 출판사에 제목을 미리 등록해 달라고 요청했다. 예상한 대로 책이 나오자 어떻게 그런 제목으로 책을 낼 수 있냐는 질타들이 SNS를 통해 오기도 했다. 돈을 이야기하는 것을 마치 집안의 터부시 되는 어떤 문제를 들고 나온 것처럼 비난했다. 그러나 이 책이 나오자마자 여러 독자들이 아시는 바와 같이『돈의○○』을 제목으로 달고 나온 책이 백여 권에 가깝다. 그중 일부는 상당히 좋은 책도 많았다. 이제 한국에서도 돈에 대한 터부가 사라지고 돈을 현실적으로, 제대로 공부하고 이해하는 문화로 반전된 것이다.

어려서부터 돈에 대한 활발한 토론이 있고, 공부가 있어야 나중에 성인이 돼서 돈에 대한 올곧은 태도와 가치 기준을 가질 수 있다. 부모가 쉬쉬하는데 자녀들이 옳게 공부할 수 없고 금융에 대해 바른 이해를 가질 수 없다. 나는 이제야 비로소 우리가 돈을 똑바로 쳐다볼 수 있게 되었다고 믿는다. 이 글을 읽는 대부분의 사람은 자본주의 사회에서 살다 자본주의 사회에서 생을 마감하고 자녀 역시 자본주의 사회에서 살아갈 것이 분명하다.

돈에 대한 공부는 자본주의 경제활동 중 가장 중요한 것이라는 인식을 자녀들에게 심어주는 것은 매우 중요하다. 자식을 위해 증여로 단순히 재산을 물려주는 것이 아니라 부모의 재테크 능력이나 돈에 대한 시각도 물려줘야 그 집이 대대로 이어진다. 그러기 위해서는 내가 내 자식들의 선조가 되어 돈에 대한 시각을 완전히 바꿔야 한다. 돈을 밝히면 돈이 주인이 되고, 돈에 밝으면 내가 주인이 된다. 돈에 밝기 위해서는 돈에 대해 치밀하게 공부하고 돈을 말하는데 어려움이나 부

*끄*러움이 없어야 한다. 돈을 어려워하고 무서워하면 결코 돈의 주인이 될 수 없다. 돈은 무섭거나 더러운 것이 아니다. 돈은 좋거나 나쁜 것이 아니다. 돈을 버는 방식이 좋거나 나쁠 뿐이다.

KLF의 멤버가 돈을 불태우는 장면은 지금도 유튜브를 검색하면 나온다. 그것을 보며 불쾌감을 느끼는 것은 스코틀랜드 사람뿐만이 아니다. 여러분들도 지금 보면 여러 복잡한 감정이 들 것이다. 만약 사고로 10억 넘는 돈이 불타는 것이라면 단순히 안타까움만 있었을 것이다. 그러나 고의로 거액의 돈을 태우는 장면을 보는 것은 불쾌함, 모멸, 환멸, 아쉬움, 분노 등 여러 감정을 만들어 낸다.

어쩌면 그들이 '행위 예술이 그런 것임을 느껴 보라'고 했다면 대단한 성공이다. 돈이 만들어 주는 환경과 돈이 주는 가능성을 이해하는 사람은 남의 돈이 불타는 것을 보고도 내 돈인 듯 감정을 갖는다. 돈이란 노력, 인내, 인정, 희망, 가능성, 보상이란 꽃잎을 가진 수선화이며 그 가운데 평온이라는 방을 감싸고 있다. 이것이 아무 의미 없이 사라지는 것을 보는 것은 쉽지 않은 일이다.

나는 이 책을 통해 한 인간이 돈 앞에 당당히 일대일로 마주서길 바랐다. 이제 많은 이들이 그런 용기를 갖게 된 것에 가장 큰 기쁨을 느낀다. 어려서 개에게 물려 본 사람은 성인이 돼도 개를 가까이하지 못하지만 개를 다뤄 본 사람은 아무리 큰 개라도 함께 지낼 수 있고 보호를 받을 수 있다.

부모나 사회가 혹은 당신 스스로가 개(돈)를 무서워했다면 오늘부터 이 책이 개(돈)를 강아지로 만드는 시작이 되었길 바란다.

11. 절대로 다시 가난해지지 말자

나는 이 책 전체를 통해 부자는 돈을 많이 번다고 부자가 되는 것이 아니라고 말했다. 돈을 많이 벌어 부자가 되려면 당신이 상상하는 것 이상으로 돈을 벌어야 겨우 가능하다. 근본적으로 가난하다는 것은 더 큰 가난을 불러일으킨다. 가난한 사람들은 더 많은 사고에 노출되며, 몸이 다치는 일이 많으며 과도한 노동과 영양상태 불균형으로 병에 자주 걸린다.

따라서 직업 선택의 폭이 더 줄어들고 점점 더 나쁜 상태로 떨어진다. 가난은 그 자체가 대가를 요구하며 한 인간을 몰락시킨다. 온 가족이 가난해도 똘똘 뭉쳐 함께 위로하고 격려하며 좁은 방에서 온기를 나누며 그래도 행복하게 산다는 이야기는 판타지다.

가난해도 행복했다 말하는 사람은 덜 가난했을 뿐이다. 가난하면 집안에서 사생활이 없고 쉴 수도 없어 신경질이 늘고 싸우기 일쑤다. 음식을 놓고 경쟁하고 부모에 대한 존중과 자식에 대한 애정도 피곤과 절망을 이기지 못한다. 그래서 서로 밖으로 돌고 만나면 폭력적으로 변하는 것이 일상이 된다. 가난하면 선택권이 사라지고 경제적 고립이 증폭되고 이는 서로 회전하며 악순환을 만든다. 가난은 그 자체가 경제적으로, 정서적으로, 또한 건강에서도 엄청난 고리 이자를 요구하는 셈이다. 이 이자를 감당하기 위해 모든 기회들을 포기해야 하는 것이다. 기회가 사라진다는 것이야말로 가장 혹독한 이자인 셈이다.

그래서 어느 정도 안정적인 삶을 유지하는 사람이라도 다시 가난해지지 않도록 긴장을 늦추면 안 된다. 그리고 사회 생활을 시작하는 젊은이들도 워라밸이나 욜로족, 소확행 같은 개념에 함부로 동조하지 않기를 바란다. 일과 삶에 균형을 갖춘다는 멋진 말이 당신 인생을 송두리째 날려 버릴 수 있기 때문이다. 워라밸이라는 매력을 함부로 받아들였다가는 워(work)도, 라(life)도 사라질 수 있다. 가치를 느끼지 못하고 원하지 않는 직업에서 남이 시키는 일을 마지못해 하면서 인생에 밸런스까지 유지하겠다는 소리는 스스로를 너무 무책임하게 방치하는 일이다. 일이란 스스로 알아서 하고 가치를 느끼면 그것 자체가 인생이다. 이는 시간적 배분의 문제가 아니다. 욜로족은 그들은 어차피 결혼이나 주택 구입 등이 어려우니 내 인생의 즐거움을 위한 적극적인 소비를 통해 존재 가치를 느낀다. 하지만 언제까지 그런 상태가 가능할까? 스스로 개미 귀신이 만든 모래 함정으로 빠져들어가는 모습이다. 어설픈 위로를 한답시고 강연을 통해 함부로 욜로나 워라밸을 외치는 사람들을 보면 무책임하다. 막상 한 개인이 실직을 하거나 아무런 대책 없이 나이가 들었을 때 이를 주장하던 사람은 아무 책임을 지지 않을 것이다.

내 삶에서 가장 중요한 것은 '내가 주도하는 삶'이다. 내가 하고 싶은 일을 내가 자의적으로 하고 가치를 느끼면 그것이 워라밸이고 소확행이다. 그들이 말하는 일과 삶의 균형 속에서 그렇게 중요하다고 생각하는 '삶'이란 부분을 어떻게 보내고 있는가? 그 남은 시간에 얼마나 가치 있는 일을 하고 의미 있는 인생을 보내는가? 혹시 그 삶이라는 부분이 친구랑 어울려 다니고 커피숍에서 노트북을 열어 놓는 것이라면 무언가 크게 잘못하고 있는 것이다.

당신이 할 수 있을 때 죽기 살기로 노력하고 공부하고 기록하고 개선하고 참여하라. 18세 이상이라면 부모도 당신의 인생을 책임질 이유가 없다. 국가가 법으로 인정한 성인이고 독립 인격체다. 당신 인생의 최종 책임자는 본인이다. 치열하게 살지 않았는데도 워라밸을 잘 유지하는 삶은 그리 흔하지 않다. 최소한 그런 욕구를 가진 사람에게는 오지 않았다. 누군가 그런 단어에 끌렸다는 것은 아직 그럴 위치에 있지 않다는 점을 반증할 뿐이다. 인생을 날로 먹으려했다가 내가 누군가의 날생선이 돼 있을 수 있다.

20대, 30대에 충분한 수면과 정기적 휴가, 그리고 퇴근 후 취미 생활을 즐기는 삶을 원한다면 그에게 워라밸이 보장된 40대, 50대, 60대, 70대, 80대란 없다. 그런 생각을 했다는 것을 부끄러워해야 한다. 워라밸을 즐겼던 20~30대에게 닥쳐올 삶이란 치열한 20대를 보낸 사람들을 위해서 40대 이후부터 살아가야 하는 일뿐이다.

일론 머스크는 2020년 6월에 올린 트윗에서 "나는 일주일 내내 하루 16시간, 일 년 52주를 일하는데 사람들이 나를 행운아라고 부른다"라고 올린 적이 있다. 세계 최고 부자도 인

생이 이렇게 만만하지 않다는 것을 너무 잘 알고 있고 또 한편
으론 무엇이 그의 워라밸인지 잘 알 수 있는 글이다. 나는 누
군가에게는 이 글이 엄청 기분 나쁠 것이라는 것을 안다. 그럼
에도 쓸 수밖에 없었다. 책임지지 않을 사람들의 어쭙잖은 위
로가 얼마나 많은 인생을 힘들게 할 것인지 알기 때문이다. 한
명이라도 개미귀신의 모래 구멍에서 빼내어 와야 한다고 생
각하기 때문이다. 젊은 친구들! 이것은 현실이다.

책 쓰는 일은 여전히 가장 어려운 일 중에 하나입니다. 그동안 사장학개론 수업을 통해 3,000여 명의 사업가들을 가르치는 동안 돈에 대한 여러 문제가 가장 현실적인 고민이라는 것을 매번 느꼈습니다.

이 문제는 실제 경영을 하고 있는 사람에게 국한된 문제가 아닌 모든 사람들의 문제로 보였습니다. 그래서 경영자가 아닌 모든 사람과, 특히 사회생활을 시작하려 하는 젊은이들 중심으로 하고 싶은 이야기들을 모두 적어본 것입니다. 사실 2020년은 안식년 휴가를 보내고 있었습니다. 강연이나 수업도 모두 중단하고 세계 이곳저곳을 여행하고 책을 읽으면서 보내려고 했습니다. 그러나 3월부터 코로나 바이러스가 전세계에 영향을 주면서 집 안에 격리된 김에 그럭저럭 원고를 마감할 수 있었습니다.

시도 때도 없이 자료조사와 교정 요청을 도와준 조카딸 박지영에게 특별히 고마움을 전하고 강연이나 수업마다 따라와서 내용을 필사해준 제자 김현진 군에게도 감사를 드립니다. 혹시 기술한 내용에 있는 경제 용어, 이론, 숫자 등이 전문가들 보시기에 부족함이 있을 수 있으나 경제학자가 아닌 투자자의 한 사람으로 이해하고 기술한 내용이니 이해해주시기 바랍니다.

이 책이 많은 사람에게 경제적 자유를 주는 기회와 방법이 된다면 큰 보람이 될 것입니다.

2020년 4월 19일

김승호

돈의 속성

1판 1쇄 발행	2020년 6월 15일
4판 395쇄 발행	2024년 12월 24일
지은이	김승호
펴낸 곳	스노우폭스북스
기획·편집	여왕벌(서진)
대외 커뮤니케이션	진저(박정아)
진행	클리어(정현주)
검수	나우(장현)
마케팅 총괄	에이스(김정현)
SNS	라이즈(이민우)
커뮤니티	테드(이한음)
도서 디자인	헤라(강희연)
홍보 디자인	샤인(김완선)
퍼포먼스 바이럴	썸머(윤서하)
컨텐츠 아티클	루시(홍지연)
제작	해니(박범준)
검색	형연(김형연)
영업	영신(이동진)
종이	월드페이퍼(박영국)
인쇄	남양문화사(박범준)
주소	경기도 파주시 회동길 527, 스노우폭스북스 빌딩 3층
대표번호	031-927-9965
팩스	070-7589-0721
전자우편	edit@sfbooks.co.kr
출판신고	2015년 8월 7일 제406-2015-000159

ISBN 979-11-88331-79-6 (03320)
값 17,800원